Nora Roberts est l'un des auteurs les plus lus dans le monde, avec plus de 400 millions de livres vendus dans 34 pays. Elle a su comme nulle autre apporter au roman féminin une dimension nouvelle ; elle fascine par ses multiples facettes et s'appuie sur une extraordinaire vivacité d'écriture pour captiver ses lecteurs.

Quand vient l'été

NORA ROBERTS

Quand vient l'été

Traduit de l'anglais (États-Unis) par
JEANNE DESCHAMP
ANDRÉE JARDAT

Harper
Collins
POCHE

Titres originaux :
LOVING JACK
BEST LAID PLANS
UNFINISHED BUSINESS

HARPERCOLLINS FRANCE

83-85, boulevard Vincent-Auriol, 75646 PARIS CEDEX 13
Tél. : 01 42 16 63 63
www.harpercollins.fr
ISBN 979-1-0339-0364-2

LA PROMESSE DE L'ÉTÉ

1

Dès le premier regard, Jackie tomba amoureuse de la maison. « Un coup de cœur parmi tant d'autres », ne manqueraient pas de dire ses proches. Mais, si ses passions étaient nombreuses, Jackie ne se considérait pas comme un cœur d'artichaut pour autant. Elle était tout simplement très réceptive. Et plus perméable que la moyenne aux émotions qui circulaient. En elle et chez les autres.

Or cette maison était riche en messages émotionnels divers. Tous n'étaient pas sereins, d'ailleurs. Mais Jackie n'aurait pas voulu d'un endroit qui n'inspirait *que* le calme. Une sérénité totale l'aurait ravie un jour ou deux. Mais l'ennui aurait fini par s'installer. A une harmonie trop parfaite, elle préférait les contrastes marqués, les angles mordants et les lignes audacieuses. Le tout adouci ici et là par l'arrondi d'une fenêtre, le charme inattendu d'une arcade.

Le blanc des murs inondés de soleil était souligné par le noir profond d'un revêtement en ébène. Elle savait que, dans la vie, rien n'était jamais ou tout à fait noir ou tout à fait blanc. Mais la maison prouvait que ces deux forces opposées pouvaient faire bon voisinage.

Grandes et généreuses, les fenêtres étaient ouvertes sur le paysage et sur la lumière. Et les fleurs abondaient dans le jardin et dans les grandes vasques en terre cuite qui ponctuaient le pourtour de la terrasse. Au premier coup d'œil, Jackie apprécia l'harmonie des formes, des combinaisons et des couleurs.

Il faudrait prévoir de dégager du temps pour arroser et

désherber, bien sûr. Mais elle ne craignait pas de mettre la main à la pâte. Ou plus exactement à la terre. Et la beauté du jardin la récompenserait de ses efforts.

Par les portes-fenêtres ouvertes, elle admira les eaux cristallines d'une piscine en forme de lagon. Là encore, il faudrait compter des heures d'entretien. Mais la contre-partie serait intéressante. Elle se voyait déjà assise, les pieds dans l'eau, à regarder le soleil se coucher au milieu d'une débauche de fleurs.

Seule.

Au cœur de ce tableau idyllique, la solitude constituerait un léger couac. Mais ce n'était pas l'homme de sa vie qu'elle venait chercher ici, en l'occurrence. Elle était juste en quête de calme, de concentration et d'isolement créatif.

Après la piscine venait une étendue de pelouse en pente douce. Puis les eaux sombres et mystérieuses d'un canal. Un petit bateau à moteur passa lentement sous ses yeux et Jackie sourit en écoutant le son calme et régulier. Le trafic sur le canal lui permettrait de voir du monde. Mais à une certaine distance. Elle pourrait de temps en temps faire signe aux plaisanciers de passage sans se laisser distraire de son indispensable solitude pour autant.

Ici, à Fort Lauderdale, le réseau compliqué des canaux lui rappelait Venise où elle avait séjourné quelques mois lorsqu'elle était adolescente. Venise où elle avait flirté avec des hommes aux yeux noirs et navigué des heures durant sur la lagune. Même si les charmes de la Floride au printemps n'étaient pas ceux de la cité des Doges, Jackie se sentait en phase avec le paysage.

— Je l'adore, annonça-t-elle en se détournant de la vue pour inspecter le salon.

Deux canapés jumeaux de couleur fauve se faisaient face sur un tapis en laine rouge tissé main. Pour le reste, le mobilier était sobre, sombre et d'une élégance plutôt masculine.

Jackie adressa un sourire rayonnant à l'homme en blanc qui se tenait adossé à la cheminée en marbre clair. Le costume de style tropical semblait avoir été conçu tout

10

exprès pour s'accorder avec le lieu, l'ambiance et la pose de son propriétaire.

Connaissant Frederick Q. MacNamara comme elle le connaissait, Jackie était persuadée que ni le complet ni l'attitude n'étaient le fait du hasard.

— Je peux emménager tout de suite, alors ?

Le sourire de Fred illumina son visage rond, au charme juvénile. Personne, à le regarder, n'aurait pensé à associer le terme de « requin » à une physionomie aussi désarmante.

— C'est bien de toi, Jackie, de prendre une décision pareille en moins de cinq minutes. Tu fonctionnes toujours à l'impulsion, je vois ?

Tout était rond, chez Fred, y compris sa silhouette. Sans être à proprement parler en surpoids, il manquait de fermeté et de muscle. Le seul sport qu'il pratiquait au quotidien consistait à lever le bras pour héler les garçons de café ou les chauffeurs de taxi.

Il se dirigea vers elle avec une grâce languide qui avait été calculée au départ mais qui était devenue, petit à petit, une seconde nature.

— Tu n'as même pas encore visité les chambres, au premier étage.

— Je les verrai lorsque je déballerai mes valises.

— Attention de ne pas trop t'emballer avant de déballer, fillette. Tu ne veux pas t'accorder une heure ou deux pour réfléchir ?

Fred lui tapota la joue, jouant admirablement son rôle d'aîné responsable face à son écervelée de petite cousine. Mais Jackie était trop excitée par la maison pour songer à prendre ombrage de son attitude.

— Je ne voudrais pas que tu regrettes ta décision au bout de deux jours, poursuivit-il gravement. Songe quand même que tu te prépares à signer pour trois mois. Et que tu seras seule dans cette grande propriété.

Elle passa la main dans ses courts cheveux bruns bouclés et le soleil joua sur les pierres de couleur de ses bagues.

— La solitude est le but de l'opération, Fred. Pour que

je puisse écrire mon livre dans de bonnes conditions, il faut que je m'isole. Et, comme je n'ai pas franchement envie de m'enfermer dans une mansarde pour trois mois, quoi de plus idéal qu'une maison comme celle-ci ?

Jackie se tut, consciente qu'elle se montrait sans doute un peu trop confiante avec Fred. Même si elle avait toujours eu un faible pour son cousin, il convenait de multiplier les précautions avec un homme qui avait toujours considéré l'humanité en général et sa famille en particulier comme autant de vaches à traire.

— Tu es certain que cela ne pose pas de problème, vis-à-vis du propriétaire, que tu me sous-loues sa maison ?

— A Nathan ? Oh, pas du tout, non, répliqua Fred d'une voix aussi lisse que son front dépourvu de rides. Tant qu'il touche son loyer, il se fiche éperdument de savoir qui le paye. Il n'occupe les lieux qu'en hiver. Et encore… de façon épisodique. Mais il n'aime pas laisser la maison vide en son absence. Je lui avais promis que je resterais jusqu'en novembre. Mais on ne maîtrise pas toujours son emploi du temps. Et mes affaires m'appellent à San Diego de toute urgence. Tu sais ce que c'est, n'est-ce pas ?

Jackie savait, oui. Une « affaire urgente », pour Fred, pouvait signifier deux choses : soit il fuyait un mari jaloux, soit il était dans une situation délicate avec ses créanciers. Malgré son physique peu impressionnant, Fred avait toujours collectionné les aventures. Et, en dépit d'un nom de famille qui, lui, faisait impression, il lui arrivait tout aussi régulièrement d'avoir des problèmes avec la loi.

Avec un individu comme Fred, Jackie aurait eu toutes les raisons du monde de se montrer prudente. Mais elle n'avait pas toujours envie d'être raisonnable. Et le charme de la maison lui était déjà monté à la tête.

— Si le propriétaire tient à avoir un occupant, il a trouvé son homme, si je puis dire. Montre-moi ce contrat que je le signe, Fred. J'ai hâte de sortir mes affaires de ma valise et de m'affaler au bord de la piscine.

Fred extirpait déjà un dossier de sa serviette.

— Tu es sûre, alors ? Je ne veux pas avoir de scènes comme la fois où tu as racheté ma Porsche.

— Tu avais oublié de me préciser que la boîte de vitesses ne tenait plus qu'à grand renfort de colle superadhésive.

— Il revient à tout acheteur de se montrer vigilant, rétorqua Fred d'une voix suave en lui tendant un élégant stylo plaqué or.

En parcourant le contrat des yeux, Jackie connut une nouvelle bouffée d'inquiétude. Fred étant Fred, pouvait-elle se lancer aveuglément dans l'aventure ? Etait-il avisé de conclure un arrangement avec le roi de l'embrouille, le spécialiste absolu de « l'affaire en or sans risque » ? Elle ouvrait la bouche pour exprimer ses doutes lorsqu'un oiseau se percha en haut d'un arbre du jardin et lança ses trilles printaniers.

Estimant qu'il s'agissait d'un augure favorable, Jackie oublia toute considération de prudence et signa le contrat d'un trait avant de sortir son carnet de chèques.

— Ce n'est pas donné, commenta-t-elle avec une légère grimace en découvrant le montant mensuel de la sous-location.

— Tu ajouteras mille dollars de caution.

— Entendu.

Sans doute devait-elle s'estimer heureuse que le cher cousin Fred ne lui facture pas une commission.

— Tu peux me laisser un numéro de téléphone au cas où j'aurais besoin de joindre le propriétaire ? On ne sait jamais.

Pendant une fraction de seconde, Fred parut décontenancé. Mais, très vite, il retrouva son plus beau sourire. Le sourire MacNamara typique. Garanti cent pour cent charme.

— Tu n'as aucun souci à te faire, Jackie. J'ai déjà averti Nathan du changement de locataire. Il m'a dit qu'il se mettrait en rapport avec toi.

— Parfait.

Ce n'était pas le moment de se torturer l'esprit avec des détails pratiques. Le printemps venait de commencer. Et elle avait une nouvelle maison et un nouveau projet. Or Jackie n'aimait rien tant que les commencements.

Elle effleura le grand vase chinois sur la cheminée et se promit d'y placer un bouquet de fleurs.

— Tu es pressé de partir pour San Diego, Fred ? Je t'offre l'hospitalité jusqu'à demain matin, si tu veux.

Son cousin tapota le chèque déjà logé dans la poche intérieure de sa veste.

— Rien ne me ferait plus plaisir que de passer la soirée avec toi et de parler du bon vieux temps. Mais, à présent que tout est réglé, je ferais mieux de filer. Il faudra penser à te réapprovisionner assez vite, Jackie. Je n'ai pas eu le temps de remplir le frigo.

Tout en parlant, Fred se dirigeait vers la pile de valises qu'il avait entassées dans le vestibule. L'idée de proposer à sa cousine de monter ses bagages ne lui vint même pas à l'esprit. Tout comme Jackie, de son côté, n'aurait jamais songé à lui demander ce genre de service.

— Les clés sont sur la table. Amuse-toi bien.

— C'est ce que je compte faire.

Dès que Fred eut récupéré ses valises, Jackie le précéda pour lui ouvrir la porte. Elle avait été sincère lorsqu'elle lui avait proposé de rester jusqu'au lendemain. Mais elle était tout aussi sincèrement réjouie qu'il ait choisi de décliner l'invitation.

— Merci, Fred. C'est sympa d'avoir pensé à moi, pour cette maison.

— Tout le plaisir est pour moi, ma belle.

Fred se pencha pour l'embrasser et des effluves d'eau de toilette de luxe lui caressèrent les narines.

— Transmets mes amitiés à tes parents lorsque tu les auras au téléphone.

— Je n'y manquerai pas. Bon voyage !

Debout sur le pas de la porte, elle attendit que son cousin soit monté dans une voiture décapotable basse et blanche, assortie à son costume. Il démarra, lui adressa un salut nonchalant de la main, et disparut de son champ de vision.

Jackie regagna le salon à pas lents et s'avança jusqu'aux

portes-fenêtres. Cette fois, le sort en était jeté. Elle était seule. A pied d'œuvre. Et prête à se lancer.

Pas pour la première fois, d'ailleurs. A vingt-huit ans, elle avait l'habitude de fonctionner en solo. Elle avait sa vie, son appartement et son indépendance. Et les voyages en solitaire ne lui avaient jamais fait peur. Mais, chaque fois qu'elle s'attaquait à un nouveau projet, elle avait le sentiment de recommencer sa vie entière de zéro.

En cette journée ensoleillée de mars, elle entrait officiellement dans une phase décisive de son existence. Un tournant définitif s'amorçait : à partir d'aujourd'hui, elle serait Jacqueline R. MacNamara, romancière de son état.

Estimant que le nom et le titre s'accordaient à merveille, elle décida de déballer son nouvel ordinateur portable sur-le-champ et de s'attaquer à son premier chapitre. Riant toute seule dans la maison vide, Jackie entreprit de transporter son barda au premier étage et de se mettre à la recherche d'une chambre à coucher à son goût.

Il ne lui fallut pas longtemps pour s'acclimater. Très vite elle adopta le Sud, la maison d'architecte ainsi que son nouveau rythme de femme de lettres. Elle se levait tôt et prenait le temps de savourer le calme du petit matin en buvant un jus d'orange et en grignotant un toast. Ou, tout aussi bien, en avalant une part de pizza froide avec un coca éventé lorsque le réfrigérateur était vide et qu'elle avait la flemme de bouger.

Sa maîtrise du clavier s'améliorait d'heure en heure. Au bout de trois jours, elle avait atteint un débit de frappe tout à fait honorable. Les après-midi, elle s'accordait une pause pour piquer une tête dans la piscine. Puis elle s'allongeait au soleil et, les yeux clos, méditait sur sa scène en cours ou sur les tournants inattendus que prenait son roman.

Jackie bronzait vite et facilement. Un don du ciel qu'elle attribuait à une lointaine ascendance méditerranéenne. Deux générations plus tôt, en effet, son arrière-grand-père avait épousé une Italienne, dérogeant ainsi à la sacro-sainte tradition familiale qui voulait que, chez les MacNamara, on ne se marie qu'entre Irlandais.

Le hâle doré de sa peau plaisait beaucoup à Jackie. Une fois sur deux, elle faisait un effort et pensait à appliquer les filtres solaires et les crèmes hydratantes que lui envoyait sa mère. « Il faut toujours prendre soin de ta peau, Jacqueline, recommandait patiemment Patricia MacNamara à sa fille. L'important, c'est la perfection du teint et la structure du visage. C'est ça qui fait la beauté d'une femme, pas le maquillage ou les vêtements. »

Le teint et la structure, elle les avait l'un et l'autre. Mais même sa mère était forcée d'admettre que ces deux atouts ne suffisaient pas à faire d'elle une vraie beauté. Jolie, elle l'était, en revanche. Avec un charme que l'on s'entendait à qualifier de frais, d'authentique et de piquant. Mais la géométrie de son visage tendait vers le triangulaire plus que vers le pur ovale. Sa bouche était grande plus que pulpeuse. Ses yeux étaient aussi bruns que ceux de sa fameuse arrière-grand-mère italienne. Alors que le reste de sa famille avait hérité de regards d'un bleu intense comme le ciel ou d'un vert profond comme la mer.

Même ses cheveux étaient banalement châtain foncé. Adolescente, elle avait essayé toutes sortes de bains et de teintures dans des nuances plus ou moins criardes qui avaient consterné sa mère. Mais avec le temps elle avait fini par se réconcilier avec la couleur que la nature lui avait donnée. Même ses boucles folles, elle en était venue à les considérer comme un avantage appréciable. Renonçant à vouloir lisser ses cheveux coûte que coûte, elle les portait assez courts et les laissait friser à leur guise. Le halo qu'ils formaient autour de son visage lui ressemblait assez, au fond. Et elle évitait ainsi de perdre un temps précieux dans des salons de coiffure.

Ses séances de natation quotidiennes ne lui compliquaient pas trop la vie, du coup. Il lui suffisait de passer les doigts dans sa tignasse rebelle et de la discipliner un peu pour être coiffée, parée et prête à se remettre à son ordinateur.

Les matinées, Jackie les prenait comme elles venaient, plongeant directement dans son travail d'écriture au lever pour mieux plonger vers midi dans les eaux bleues de la piscine.

Puis, après un déjeuner vite expédié, elle se remettait à son roman et travaillait jusqu'au soir. Ensuite, c'était quartier libre. Elle consacrait une partie de son temps au jardinage. Mais il lui arrivait également de lire sur la terrasse. Ou de paresser, tout simplement, en regardant les bateaux glisser sur le canal.

Si elle fermait sa porte à clé tous les soirs, c'était plus par respect pour le propriétaire que par souci de sa propre sécurité. Chaque nuit, elle se glissait entre les draps dans la chambre à coucher qu'elle avait investie avec un sentiment d'appartenance profond. La maison lui allait comme un gant.

Au soir du quatrième jour, après une journée particulièrement productive sur le plan de l'écriture, elle se laissa choir dans le Jacuzzi et se détendit dans les bulles et la chaleur humide.

Chaque fois que ses pensées se tournaient vers Fred, Jackie souriait toute seule. Elle en venait presque à croire que son cousin avait fini par s'amender, avec l'âge. Il avait certes entraîné plusieurs membres de la famille dans des aventures désastreuses. Et s'était toujours arrangé pour se défiler à la dernière minute, en les abandonnant dans les situations les plus inconfortables.

Mais il lui avait tout de même rendu un fieffé service en lui trouvant cette maison en Floride. Mollement allongée dans les eaux bouillonnantes du spa, Jackie ferma les yeux et se promit d'envoyer des fleurs à Fred.

Elle se sentait une dette morale envers le mal-aimé de la famille.

Nathan tombait de fatigue mais son long périple, Dieu merci, touchait à sa fin. Il mourait d'impatience de s'effondrer enfin dans *son* lit. Le retour en avion d'Allemagne lui avait paru interminable. En débarquant à New York après six mois passés à Francfort, il avait été heureux de toucher de nouveau le sol américain. Mais son impatience de rentrer chez lui, en Floride, s'en était trouvée encore accentuée.

Pour la première fois depuis des mois, il s'était autorisé à penser de nouveau à sa maison. A son espace de vie. Son sanctuaire. Et il ressentait un besoin presque viscéral de réinvestir son territoire personnel.

Apprendre que le vol à destination de Fort Lauderdale avait une heure de retard l'avait mis d'humeur noire. Il avait arpenté la salle d'attente de l'aéroport en se retenant de grincer des dents. Même après le décollage, il n'avait cessé de regarder sa montre et de calculer le nombre d'heures qu'il lui restait à passer avant d'arriver chez lui.

A Fort Lauderdale, il avait retrouvé la douceur de l'air et les palmiers. Mais, même s'il était ravi de laisser enfin les rigueurs de l'hiver allemand derrière lui, il était trop fatigué pour apprécier les charmes du climat. Il n'aspirait plus qu'à une seule chose : poser ses bagages et savourer le calme qu'il ne trouvait que chez lui.

Sa voiture, par chance, l'attendait à l'aéroport. Une fois au volant de son véhicule, il poussa un soupir d'aise. Dans cet espace clos, agréablement familier, il recommençait à se sentir lui-même. Déjà les retards, les attentes, les longues heures de vol semblaient s'éloigner pour se fondre dans un passé révolu.

Dans vingt minutes, il tournerait la clé dans la serrure, respirerait l'odeur indéfinissable qui était celle de sa maison et trouverait des draps propres et fraîchement repassés. Fred MacNamara lui avait promis qu'il s'arrangerait avec Mme Grange, l'employée de maison, pour qu'elle vienne faire le ménage juste avant son arrivée.

Nathan ressentit une petite pointe de culpabilité au sujet de Fred MacNamara. Il était conscient qu'il l'avait bousculé en lui demandant de libérer les lieux avant son retour. Mais après six mois de travail acharné en Allemagne il n'était pas d'humeur à avoir un inconnu dans les jambes.

Une fois qu'il aurait récupéré de sa fatigue, il passerait un coup de fil à Fred pour le remercier de s'être chargé de la maison en son absence. La solution qui consistait à prendre quelqu'un pour occuper les lieux et gérer les problèmes éventuels lui avait paru commode à tous points de vue. Avec Fred MacNamara aux commandes, il n'avait pas eu à s'inquiéter de l'entretien de la piscine ou du jardin. Le savoir chez lui pendant ces six mois lui avait considérablement simplifié l'existence.

Avec un soupir de soulagement, Nathan introduisit sa clé dans la serrure. Plus tard, il se soucierait de reprendre contact avec ses amis et de réorganiser un peu son existence. Mais il voulait commencer par s'offrir vingt heures de sommeil d'affilée. Puis passer deux ou trois jours au calme à profiter de la piscine et du Jacuzzi sans voir âme qui vive.

Nathan poussa la porte, actionna les interrupteurs et laissa glisser sur le séjour un regard presque amoureux. Etait-ce parce qu'il l'avait imaginée, dessinée, aménagée ? Mais il entretenait avec sa maison un rapport exceptionnellement possessif.

La pièce était exactement telle qu'il l'avait laissée. Ou du moins… Non, pas *tout à fait* telle qu'il l'avait laissée six mois plus tôt, rectifia-t-il, sourcils froncés. Il frotta ses yeux que la fatigue rendait brûlants. Et examina les lieux avec une attention accrue.

Qui avait posé son vase Ming devant la fenêtre pour y arranger un bouquet d'iris ? Et pourquoi la coupe verte en porcelaine de Saxe avait-elle atterri sur la table au lieu de se trouver à sa place consacrée sur l'étagère près de la cheminée ? Nathan était pointilleux de nature. Et une demi-douzaine d'objets au moins avaient été déplacés.

Il faudrait qu'il en touche deux mots à Mme Grange. En attendant, il ne laisserait pas ces contrariétés mineures gâcher son retour. En moins d'une demi-heure, le lendemain matin, il aurait tout remis en place. Et le séjour recouvrerait son aspect familier.

Nathan résista à la tentation de passer directement dans la cuisine pour se servir un grand verre de thé glacé. En homme d'ordre qu'il était, il avait coutume de ranger d'abord et de se détendre ensuite. Soulevant ses valises, il gravit l'escalier qui menait à l'étage. Mais la vue de sa chambre à coucher lui procura une seconde mauvaise surprise, nettement plus violente que la première. Lentement, il posa ses bagages et s'avança vers son lit. Non seulement il avait été fait à la va-vite, mais il avait manifestement servi à quelqu'un d'autre.

Adieu, rêve de draps propres et fraîchement repassés.

Sa commode — une authentique Chippendale qu'il avait achetée aux enchères chez Sotheby cinq ans plus tôt — était couverte de pots, de tubes et de flacons. Même l'odeur de la pièce avait changé. Et pas seulement à cause du bouquet de roses thé arrangé dans le vase en cristal de Waterford qui n'aurait normalement jamais dû quitter la salle à manger.

Le mélange de senteurs qui avait envahi *sa* chambre était de composition subtile mais indiscutablement féminine. Des émanations d'huiles essentielles, de lotions, de poudre. Rien de lourd ni de capiteux, cela dit. Mais si l'odeur était légère elle n'en restait pas moins intrusive.

Nathan plissa les yeux en détectant la tache rouge sur le couvre-lit. Haussant les sourcils, il brandit un minuscule bas de Bikini.

Mme Grange ? Non, l'idée même était absurde. La volumineuse femme de ménage ne rentrerait même pas un doigt de pied dans ce bout de string. « Si cet âne de Fred a eu le culot d'introduire une femme ici… » Avec un profond soupir, Nathan éleva le microscopique maillot de bain à la lumière et s'exhorta au calme. C'était idiot de sa part d'imaginer que l'ami Fred avait passé les six derniers mois cloîtré dans une solitude ascétique. Mais, s'il pouvait tolérer que son gardien de maison ait eu des invitées féminines, rien ne l'obligeait à accepter pour autant qu'il les héberge dans *sa* chambre.

Et pourquoi cette femme était-elle partie en laissant toutes ses affaires sur place, d'ailleurs ? Une image se forma dans sa tête. Peut-être était-ce l'architecte en lui qui ressentait le besoin de remplir les blancs pour leur donner une forme et un contenu. Mais il eut soudain une vision très nette de la propriétaire du Bikini : une grande fille mince, sexy. Avec une voix légèrement rauque. Un peu gouailleuse. Une fille qui aimait se montrer et faire la fête. Probablement une rousse. Querelleuse et narcissique.

Si ce genre de femme était du goût de Fred, tant mieux pour lui. Mais l'arrangement qu'ils avaient passé était clair : la maison aurait dû être entièrement libérée à son retour. Et il n'était pas d'humeur à recevoir la rousse le lendemain, ou dans quelques jours, lorsqu'elle s'aviserait de venir récupérer son petit bazar.

Il jeta un regard sur les flacons alignés sur sa commode. Dès le lendemain, il demanderait à Mme Grange de venir faire un ménage de fond et de le débarrasser de tous ces produits. Machinalement, il fourra la culotte de Bikini dans sa poche. Et sortit faire le tour de la maison pour constater quels autres dégâts avaient été commis.

Les yeux clos, la tête reposant sur le bord écarlate de la baignoire à remous, Jackie fredonnait gaiement un air country. Non seulement son roman avait démarré sur les chapeaux de roue, mais elle avait battu tous ses records de productivité aujourd'hui. L'histoire dans sa tête prenait forme à une vitesse presque effarante. Et elle se félicitait tous les jours d'avoir planté son décor dans les déserts du Far West. L'Arizona aride, désolé, poussiéreux et désertique différait en tous points du paysage de Floride qu'elle avait sous les yeux. Mais elle s'était longuement documentée avant de démarrer son livre. Et sa riche imagination faisait le reste.

L'Ouest viril formait une toile de fond idéale pour ses deux personnages principaux : son héros, Jake, toujours le doigt sur la détente. Et son improbable compagne de route, la naïve Sarah, une jeune fille éduquée au couvent et très à cheval sur les bonnes manières.

Déjà un début d'attirance se dessinait entre eux. Mais ni l'un ni l'autre n'en avaient encore conscience. Optant par goût pour le roman historique, Jackie avait situé son intrigue en 1800. Il lui suffisait de fermer les yeux pour sentir la chaleur écrasante du désert et respirer l'odeur de cuir et de sueur qui émanait des hommes. Et naturellement l'aventure et le danger étaient présents à chaque pas. Son héroïne sagement élevée parmi les sœurs se trouvait confrontée à toutes sortes de situations terrifiantes. Mais, pour une jeune vierge un peu bégueule, Sarah ne manquait pas de répondant. Toute inexpérimentée qu'elle était, cette fille avait de l'énergie et du caractère.

Même si elle l'avait désiré, d'ailleurs, Jackie aurait été incapable de se mettre dans la peau d'un personnage de femme faible. Quant à son héros... Il suffisait qu'elle pense à lui pour qu'un sourire lui monte aux lèvres. Elle le voyait aussi clairement que s'il s'était matérialisé là, sous ses yeux, juste à côté du bain à remous. Ses cheveux noirs comme la nuit luisaient d'un éclat bleu au soleil. Il les portait suffisamment longs pour qu'une femme amoureuse puisse les rassembler dans sa main. Jake avait un corps dur et mince ; la démarche d'un homme qui passait sa vie en selle ; les cicatrices d'une forte tête qui ne manquait jamais une occasion de se jeter dans une mêlée.

Son caractère emporté se lisait sur son visage mince, osseux, assombri par le début de barbe qu'il ne prenait pas souvent la peine de raser. Sa bouche était sévère et pouvait être inquiétante. Mais il lui arrivait aussi de sourire. Et, lorsque ses lèvres s'écartaient sur ses dents fortes et saines, le cœur des femmes s'affolait malgré elles.

Et ses yeux... Ses yeux étaient extraordinaires. Gris ardoise, rehaussés par des rides d'expression, ils étaient froids et implacables lorsqu'il se servait de son arme. Brûlants et passionnés lorsqu'il prenait une femme.

Et il n'y en avait pas une, dans tout l'Arizona, qui ne fût

amoureuse de Jake Redman. Déjà au bout de quatre jours de fréquentation Jackie, pour son plus grand plaisir, commençait à en être un peu éprise elle-même. Si elle avait un tel faible pour lui, n'était-ce pas le signe que son personnage avait une réelle consistance ? Autrement dit, qu'elle faisait son travail d'écrivaine ?

Jake, cela dit, n'avait rien d'un ange. Il se disait cynique et ne défendait aucune cause hormis la sienne. C'était un voyageur qui prenait la vie et les femmes comme elles se présentaient. Il passait des heures à jouer aux cartes dans des lieux infréquentables et ne comptait plus les morts qu'il avait sur la conscience. Ce serait à Sarah de découvrir la mine d'or qu'il cachait tout au fond de lui-même. Et d'accepter la roche brute qui allait avec.

Jackie avait hâte d'être au lendemain pour se remettre au travail et s'asseoir de nouveau en compagnie de ses deux personnages. Elle était curieuse d'apprendre d'eux ce qui se passerait dans le prochain chapitre. Par moments, elle n'avait rien d'autre à faire que de laisser l'action se dérouler selon sa logique propre. Si elle se concentrait assez fort, elle pourrait presque entendre Jake lui parler.

— Qu'est-ce que vous fichez dans *mon* solarium, bon sang ?

Entre rêverie et réalité, Jackie ouvrit les yeux et vit que le visage de son héros imaginaire s'était concrétisé devant elle. *Jake ?* s'étonna-t-elle en se demandant si l'eau chaude lui avait ramolli le cerveau. Que diable venait-il faire ici, en Floride ? Non, c'était absurde. Son Jake ne portait ni costume ni cravate. Et pourtant, c'étaient les mêmes yeux. Le même regard étincelant. Et il avait cette expression inquiétante qu'il arborait toujours lorsqu'il se préparait à faire feu sur l'adversaire.

Les cheveux de l'apparition étaient un peu plus courts que ceux de son personnage. Mais pas tant que ça, quand même. Et l'ombre de barbe masquait bel et bien les joues. Se frottant les yeux, Jackie sentit la piqûre du chlore sous ses paupières closes. Mais lorsqu'elle les rouvrit Jake se tenait toujours devant elle. Un peu plus près, cette fois. Le son du moteur du Jacuzzi semblait soudain avoir augmenté et résonnait dans sa tête de façon lancinante.

— Je suppose que je rêve ? s'interrogea-t-elle à voix haute.

Nathan lui jeta un regard noir. Elle ne ressemblait en rien à la rousse tapageuse qu'il avait imaginée. C'était une jolie brune délicate avec d'immenses yeux de biche. Mais brune, rousse ou blonde, cette fille était une intruse. Et il était pressé de l'éjecter de chez lui.

— Vous ne rêvez pas, vous empiétez sur mon territoire. Qui êtes-vous, mademoiselle ?

Sa voix. Aussi incroyable que cela puisse paraître, même la voix était rigoureusement semblable à celle de Jake Redman. Jackie secoua la tête et fit un effort pour revenir sur terre. Même si ses personnages avaient pris une réalité pour elle, ils n'existaient que sur le papier. Dans la vraie vie, les héros de romans historiques ne s'incarnaient pas au XXIe siècle, vêtus de costumes à mille dollars. La réalité — alarmante — était la suivante : elle était seule et en fort délicate posture dans une maison isolée où venait de s'introduire un inconnu.

Jackie réfléchit frénétiquement à la meilleure façon de se sortir de ce traquenard. Elle avait bien pris des cours de kung-fu pendant deux ans. Mais elle avait oublié la plupart des prises. Et, compte tenu de la carrure de son pseudo Jake, sa pratique martiale ne la mènerait de toute façon pas loin.

— Peut-on savoir qui vous êtes ? lança-t-elle d'une voix hautaine qui aurait fait la fierté de sa mère.

— Ce serait plutôt à vous de répondre à cette question, rétorqua l'inconnu d'un air féroce. Mais je suis Nathan Powell.

— Nathan Powell ? L'architecte ? Je connais et j'apprécie votre travail. J'ai vu le Ridgeway Center à Chicago et…

Rassurée sur l'identité de son inconnu, Jackie allait se redresser. Mais elle se rappela juste à temps qu'elle avait omis d'enfiler un maillot de bain.

— Vous avez un talent très sûr pour combiner l'esthétique et le pratique, poursuivit-elle en s'affalant de nouveau dans l'eau.

— Merci. Et maintenant vous allez m'expli…

— Mais le fait que vous soyez Nathan Powell ne me dit toujours pas ce que vous faites ici, dans cette maison, à 11 heures du soir !

Il la considéra avec une expression tellement menaçante qu'elle lui trouva, de nouveau, un air de parfait flingueur.

— Il se trouve que cette maison m'appartient.

— Cette maison vous appartient ?

Jackie se frotta pensivement le front.

— Mais bien sûr, j'y suis ! Le Nathan dont Fred m'a parlé, c'est vous ! Voilà qui explique tout.

Lorsque la jolie brune dans le Jacuzzi lui décocha un sourire ravi, une fossette se creusa dans sa joue gauche. Nathan nota le phénomène mais le chassa aussitôt de son esprit. Il avait toujours été rationnel, ordonné et méticuleux. Autrement dit, pas le genre d'homme à nouer d'aimables conversations avec des inconnues allongées en pleine nuit dans *sa* baignoire.

— Pour ma part, cela ne m'explique rien du tout. Je vais me répéter, là, mais qui êtes-vous donc ?

— Oh, désolée. Je suis Jack.

Devant son air perplexe, elle sourit de nouveau et lui tendit la main.

— Jackie. Ou plus précisément Jacqueline MacNamara. La cousine de Fred, autrement dit.

Il jeta un rapide coup d'œil sur les doigts couverts de bagues mais s'abstint de les serrer. Furieux comme il l'était, il risquait de la tirer d'un coup hors de la baignoire s'il s'aventurait à prendre cette jolie main délicate dans la sienne.

— Et comment expliquez-vous, mademoiselle MacNamara, que vous soyez assise dans *mon* spa et que vous dormiez dans *ma* chambre ?

— Ah, c'est la vôtre que j'ai choisie ? Désolée. Fred ne m'a pas précisé laquelle je devais prendre. Alors j'ai opté pour celle qui me plaisait le plus. Il est parti pour San Diego, vous savez.

Toute sa vie, Nathan s'était considéré comme un homme patient. Et rien jusqu'à ce jour n'était venu contredire sa conviction.

Mais ce soir…

— Je me contrefiche de ce que devient votre cousin Fred, hurla-t-il. Je n'en ai rien, strictement rien à foutre, même ! Tout ce que je vous demande, c'est de m'expliquer ce que vous faites ici, chez moi !

— Ce que je fais ici ? Mais je sous-loue la maison à Fred. Il ne vous en a rien dit ?

— Vous *quoi* ?

— Ce n'est pas facile de s'entendre avec le bruit du moteur.

Il avait déjà le doigt sur le bouton pour l'éteindre lorsqu'elle l'arrêta d'un geste.

— Non, attendez ! Je n'avais pas prévu de recevoir de la compagnie ce soir, donc je ne suis pas… euh… très décente. Cela vous ennuierait-il de sortir quelques instants ?

Son regard se porta machinalement sur l'eau brassée et opaque qui tourbillonnait à la frontière de ses seins. Nathan serra les dents.

— Je serai dans la cuisine. Tâchez de ne pas me faire attendre.

Avec un profond soupir, Jackie s'extirpa de la baignoire.

— Fred la Menace a encore frappé, marmonna-t-elle, résignée, en attrapant un drap de bain.

Nathan se prépara un gin tonic, sans lésiner sur la quantité d'alcool. Dans la série des heureux retours, celui-ci laissait passablement à désirer. Trouver une femme nue dans sa baignoire en rentrant chez soi après des semaines de travail acharné répondait peut-être au fantasme de maints célibataires. Mais ce n'était sûrement pas le sien.

Il porta le verre à ses lèvres, but une lampée de son cocktail et s'adossa au comptoir en décidant de procéder par ordre. La première chose à faire était de se débarrasser de Jacqueline MacNamara en la mettant proprement à la porte avec toutes ses affaires. Ensuite…

— Monsieur Powell ?

Il leva les yeux pour la regarder entrer dans sa cuisine. Sa peau hâlée était encore humide. Son court peignoir en éponge, plus bariolé que le manteau d'Arlequin, dévoilait des jambes minces, brunes et longues. Sous la frange de cheveux mouillés, ses yeux paraissaient immenses et étrangement fascinants. Et il nota que la fossette était de retour.

— Je crois qu'une discussion au sujet de votre cousin est à l'ordre du jour, mademoiselle MacNamara.

— Le cher Fred, oui.

Sans cesser de sourire, Jackie se percha sur un tabouret au comptoir. Pendant qu'elle se séchait, elle avait réfléchi rapidement à la conduite à suivre. Et décidé de se montrer calme, détendue et sûre d'elle-même. Si elle laissait transparaître la moindre faiblesse, le moindre doute quant à la légitimité de sa position, elle se retrouverait à la porte, dans les cinq minutes, avec ses valises et son ordinateur sous le bras.

— Fred est un personnage à part, n'est-ce pas ? observat-elle sur le ton de la conversation. Comment l'avez-vous connu ?

— Par une amie commune. A qui je vais devoir dire deux mots, d'ailleurs. Un projet architectural en Allemagne m'a retenu en Europe pendant quelques mois. Et je voulais que quelqu'un garde la maison en mon absence. Fred m'avait été recommandé par cette amie, donc. Et comme je connais également sa tante…

Le visage de Jackie s'éclaira.

— *Patricia ?* Patricia MacNamara est ma mère.

— Je ne connais pas de Mme MacNamara. Il s'agit d'Adèle Lindstrom, en l'occurrence.

— Ah, tante Adèle ! C'est la sœur de ma mère.

Une étincelle malicieuse dansa dans le regard de la jeune femme.

— Ma tante Adèle est une très jolie femme.

Nathan choisit de ne pas relever.

— J'ai eu brièvement l'occasion de travailler avec Adèle sur un projet de restauration à Chicago. Dans la mesure où j'avais une double référence, pour Fred, j'ai décidé de lui confier cette propriété pour qu'il s'en occupe pendant quelques mois.

Jackie se mordilla la lèvre. C'était le premier signe de nervosité qu'elle laissait paraître. Elle-même n'en eut pas conscience mais la gêne qu'elle trahissait plaida largement en sa faveur.

— J'en conclus que Fred ne vous payait pas de loyer ?

— Bien sûr que non. Pas un centime.

Elle se mit à jouer avec ses bagues, les tournant une à une autour de ses doigts fins.

« Ne commence pas à lui poser de questions, surtout, se dit-il. Tu ne veux rien savoir de son histoire. Ordonne-lui juste de boucler ses valises et de vider les lieux. Sans explications et sans excuses. Si tu t'y prends bien, tu peux être au lit dans dix minutes. »

Nathan réprima un soupir. Peu de gens savaient que Nathan Powell cachait un cœur faible sous ses dehors sévères.

— C'est ce que vous a dit Fred ? Qu'il était locataire ?

— Le plus simple, je crois, c'est que je vous raconte toute l'histoire… Je pourrais en avoir un aussi ?

Lorsqu'elle pointa le doigt sur son verre, Nathan faillit jurer à voix haute. Il avait toujours été attentif à ses manières. Et cela ne lui ressemblait pas de manquer à ce point de politesse. Même si on pouvait difficilement considérer Jacqueline MacNamara comme une invitée.

Sans dire un mot, il se leva et mixa le cocktail avant de le placer devant elle.

— J'apprécierais que vous soyez concise. Gardez les détails pour vous et donnez-moi juste les temps forts.

— Entendu, je serai brève.

Elle prit une gorgée de sa boisson, comme pour y puiser du courage.

— Fred s'est mis en rapport avec moi la semaine dernière. Via le téléphone arabe familial, il avait appris que je cherchais un endroit tranquille pour y passer quelques mois. Je voulais un lieu où je pourrais travailler à mon roman sans être dérangée… Je suis écrivain, précisa-t-elle, non sans fierté.

Comme sa révélation ne suscitait aucune réaction, elle reprit une gorgée et poursuivit son récit.

— Quoi qu'il en soit, Fred m'a dit qu'il avait peut-être quelque chose d'intéressant à me proposer. Il m'a expliqué qu'il était l'actuel locataire mais que ses affaires l'obligeaient à quitter la Floride. Lorsqu'il m'a décrit la maison, j'ai eu très envie de la visiter. Et j'ai immédiatement été sensible à l'esthétique des lieux. A présent que je sais qui vous êtes, je comprends mieux pourquoi je suis tombée sous le charme. Si je n'avais pas été aussi préoccupée par mon projet d'écriture, j'aurais sans doute reconnu d'emblée votre style. J'ai étudié l'architecture quelques semestres avec Lafont, à l'université de Columbia.

— Venons-en aux faits, O.K. ? lança-t-il avec impatience. Euh… *Lafont*, vous dites ?

— Vous le connaissez ? Il est merveilleux, ce vieux bouc, non ? Si pompeux, si pénétré de sa propre valeur.

Nathan haussa un sourcil perplexe. Il avait lui-même suivi les cours de Lafont, il y avait de cela une éternité. Et il savait que le « vieux bouc », pour reprendre le terme employé par Jackie, n'acceptait dans ses cours que les étudiants les plus doués.

Il résista cependant à la tentation de l'interroger sur la question. S'il voulait en finir rapidement avec l'envahisseuse, il devait éviter de se laisser entraîner dans ce genre de digression.

— Revenons-en à votre cousin, mademoiselle MacNamara.

— Jackie, rectifia-t-elle en lui adressant une nouvelle version de son redoutable sourire. Eh bien, si je n'avais pas été aussi désireuse de me mettre rapidement à mon roman, je l'aurais sans doute envoyé promener. J'ai une certaine affection pour Fred, mais je sais qu'il convient de se méfier de lui comme de la peste. Toujours est-il que je suis quand même venue jeter un coup d'œil à la propriété... et que j'ai eu le coup de foudre au premier regard. Fred m'a expliqué qu'il devait partir pour San Diego et que le propriétaire — vous, donc — ne voulait pas que sa maison reste vide en son absence. Mais j'imagine que vous ne venez pas ici « de façon épisodique et seulement pendant les mois d'hiver » ?

Nathan tira une cigarette de sa poche. Il avait quasiment arrêté de fumer. Mais les circonstances étaient atténuantes.

— Non. Je vis ici en permanence. Sauf quand mon travail m'oblige à m'absenter, bien sûr. J'avais passé un arrangement avec Fred pour qu'il s'installe ici pendant la durée de mon séjour en Allemagne. Il y a deux semaines, je l'ai appelé pour le prévenir que je rentrais et je lui ai demandé de libérer les lieux. Il devait prévenir Mme Grange et lui laisser sa nouvelle adresse.

— Mme Grange ?

— L'employée de maison.

— Fred ne m'a rien dit au sujet d'une Mme Grange.

— Comme par hasard... Ce qui nous ramène au problème de votre présence ici.

Jackie prit une profonde inspiration.

— J'ai signé un bail de sous-location. Pour trois mois. Et j'ai payé le loyer d'avance. Y compris la caution.

Nathan réprima un soupir. Il était hors de question qu'il prenne en compte le sort de cette fille. Pourquoi se sentirait-il concerné par ses déboires ? Elle les avait bien cherchés puisqu'elle connaissait son escroc de cousin par cœur.

— C'est malheureux pour vous, mais je n'y peux pas grand-chose. Vous n'avez pas signé avec le propriétaire.

— J'ai signé avec le propriétaire par procuration... C'était du moins ma conviction, se hâta-t-elle de rectifier. Mon cousin Fred a un talent certain pour filouter son monde. Et je suis tombée dans le piège la tête la première.

Il ne souriait pas, nota Jackie. Pas même l'ombre d'une lueur d'amusement ne transparaissait dans son regard gris.

C'était vraiment dommage qu'il ne sache pas voir l'humour de la situation.

— Ecoutez, monsieur Powell. Nathan. Il est clair que Fred nous a joué un tour à sa façon. Mais il doit y avoir moyen de trouver une solution acceptable. En ce qui concerne les treize mille dollars, je…

— Treize mille dollars ? l'interrompit Nathan. Il vous a extorqué *treize mille* dollars ?

Elle fut tentée d'esquisser une moue boudeuse en réaction à son ton moqueur. Mais il était clair qu'avec un homme comme Nathan Powell ce genre de mimique ne la mènerait pas loin.

— Le montant ne paraissait pas déraisonnable. La maison est superbe, avec une piscine, un solarium, un sauna… Quoi qu'il en soit, si je mets le reste de la famille à contribution pour exercer une pression sur Fred, je pourrai sans doute récupérer une partie de la somme. Mais le plus urgent, en attendant, est de régler la situation.

— Régler la situation ?

— Le fait que nous soyons ici l'un et l'autre, je veux dire.

Nathan écrasa sa cigarette. Au nom de quoi se sentirait-il coupable parce qu'elle avait perdu de l'argent ?

— La solution au problème est toute trouvée : je peux vous indiquer quelques excellents hôtels dans la région.

Jackie sourit de nouveau. Qu'il connaisse de bons hôtels, elle voulait bien le croire. Mais elle n'avait pas l'intention de se laisser mettre dehors pour autant.

— Cela résoudrait le problème de votre côté mais pas du mien. Et j'ai tout de même signé un bail.

— Un morceau de papier dépourvu de toute valeur.

— C'est possible.

Elle tapota des doigts sur le comptoir.

— Vous avez étudié le droit, Nathan ? Lorsque j'étais à Harvard…

— Vous étiez à Harvard ?

D'un geste nonchalant de la main, elle indiqua qu'elle

ne tirait aucune gloire du séjour qu'elle avait effectué dans la vénérable institution.

— Je n'y suis pas restée très longtemps. Je me suis vite aperçue que le droit n'était pas ma voie. Mais j'ai quand même acquis quelques bases. Et, si je me souviens bien des grands principes du droit des contrats, vous pourriez avoir des problèmes si vous m'expulsiez de force.

Elle fit tourner pensivement son gin tonic dans son verre.

— Naturellement, si vous ameniez cette affaire devant les tribunaux en impliquant Fred, vous obtiendriez gain de cause.

Avant qu'il puisse objecter quoi que ce soit, Jackie enchaîna avec une parfaite décontraction.

— Mais je suis certaine que nous pouvons parvenir ensemble à une solution beaucoup plus satisfaisante… Vous devez être épuisé, ajouta-t-elle avec un naturel qui le stupéfia. Le plus simple serait que vous montiez vous coucher et que vous vous accordiez une bonne nuit de sommeil. Les choses paraissent toujours tellement plus simples lorsqu'on est reposé, vous ne trouvez pas ? Nous reparlerons tranquillement de tout cela demain matin.

— Il n'y a pas à reparler *tranquillement* de quoi que ce soit, mademoiselle MacNamara. Tout ce qu'il vous reste à faire ici, ce sont vos valises.

Il enfonça les mains dans ses poches et ses doigts rencontrèrent la minuscule culotte rouge. Les mâchoires crispées, il la lui agita sous le nez.

— C'est à vous, je crois ?

— En effet, oui. Merci.

Jackie accepta le sous-vêtement avec la plus grande décontraction.

— Il est un peu tard pour appeler la police et leur expliquer toute l'histoire. J'imagine que vous pourriez me jeter dehors de force. Mais ce ne serait plaisant ni pour vous ni pour moi.

L'éjecter *manu militari* ? Il ne se voyait effectivement pas en arriver là. Et elle en avait conscience. La désarmante

32

Jacqueline avait peut-être plus de points communs avec son cousin que leur seul nom de famille.

Il n'avait pas le cœur de la jeter à la rue à une heure pareille. Et il était tellement fatigué qu'il n'avait plus la force de soutenir une conversation. Le plus simple serait donc de laisser courir — pour le moment, en tout cas.

— Je vous accorde quarante-huit heures, mademoiselle MacNamara. Cela me paraît raisonnable.

— Tout à fait. Montez donc vous coucher. Et ne vous inquiétez de rien. Je me charge d'éteindre les lumières.

— Vous êtes dans mon lit.

— Pardon ?

— Vos affaires sont dans ma chambre.

Jackie se frotta pensivement une tempe.

— Ah oui, c'est un fait. Si vous y tenez vraiment, je peux transbahuter mon barda dans une autre chambre dès maintenant…

— C'est bon, c'est bon, laissez tomber.

Sa présence ici n'était peut-être qu'un mauvais rêve. Il allait se réveiller au matin et découvrir qu'il avait fantasmé toute la scène.

— Pour ce soir, je me contenterai d'une des chambres d'amis, annonça-t-il de guerre lasse.

— Cela me paraît préférable. Vous avez l'air épuisé. Passez une bonne nuit, Nathan.

Il la regarda fixement et en silence. Puis se détourna sans un mot et quitta la pièce. Lorsqu'il fut sorti, Jackie posa la tête sur le comptoir et se mit à rire sans bruit. Oh, elle se vengerait de Fred pour ce coup bas. Mais, en attendant, il y avait des mois qu'elle n'avait pas vécu quelque chose d'aussi hilarant.

2

Lorsque Nathan ouvrit les yeux, le jour était déjà levé depuis longtemps. Mais son cauchemar ne s'était pas dissipé pour autant. Il en fit le triste constat en scrutant le décor gris-bleu de sa chambre d'amis. Il était de retour entre ses murs mais se trouvait relégué au statut d'invité. En exil dans sa propre demeure. Un comble !

Ses valises — ouvertes mais pas encore défaites — étaient placées sur une grande commode de bois de cerisier. Il n'avait pas tiré les rideaux et le soleil qui entrait à flots éclairait des piles de chemises soigneusement pliées. Nathan en détourna les yeux avec impatience. Il était hors de question qu'il déballe ses affaires ailleurs que dans *sa* chambre.

Jacqueline MacNamara avait néanmoins eu raison sur un point : il se sentait effectivement beaucoup mieux à présent qu'il avait dormi. Et il avait l'esprit bien plus clair. Les mâchoires crispées, il passa en revue les événements de la veille, entre le moment où il avait franchi le seuil de la maison et celui où, mort de fatigue, il s'était effondré dans un lit qui n'était pas le sien.

Avec le recul, Nathan avait le plus grand mal à comprendre pourquoi il n'avait pas évacué l'intruse à la seconde même où il l'avait surprise dans son Jacuzzi. Mais, même s'il avait eu un moment de faiblesse la veille, l'erreur serait vite réparée.

Nathan se leva, s'étira et passa dans la salle de bains en emportant sa trousse de toilette avec lui. Mais il prit soin de replacer rasoir et brosse à dents dans le nécessaire. Il se

34

refusait à déballer quoi que ce soit avant d'avoir réintégré sa chambre.

Une fois rasé et vêtu d'un pantalon en lin clair et d'une chemise assortie, il se sentit apte à contrôler parfaitement la situation. S'il n'était pas capable de se débarrasser rapidement de la charmante foldingue qui dormait dans son lit, il aurait du souci à se faire quant à sa propre santé mentale. Mais pour commencer il lui fallait une tasse de café ou deux pour se mettre en train.

Il avait à peine posé le pied sur la première marche de l'escalier que l'odeur vint lui caresser les narines : du café. Du vrai. Fait maison. Corsé et fraîchement moulu. Les arômes en étaient si tentants qu'il faillit sourire. Mais il se rappela juste à temps *qui* devait se tenir aux commandes de la cafetière.

Résolu à en finir au plus vite, Nathan négociait la marche suivante lorsque d'autres senteurs vinrent se mêler aux premières. Du *bacon* ? Oui. Indiscutablement du bacon. Elle se sentait chez lui comme chez elle, de toute évidence. Même la radio était allumée. Jacqueline MacNamara appréciait le rock, semblait-il. Et bruyant, de préférence.

Non, le cauchemar ne s'était pas encore dissipé. Mais il allait prendre fin et rapidement. Hâtant le pas, Nathan poussa la porte de la cuisine, prêt à dégainer et à tirer à bout portant.

— Hello, Nathan ! Bien dormi ?

Jackie l'accueillit avec un sourire aussi radieux que le soleil qui illuminait la piscine.

Sans lui laisser le temps d'ouvrir la bouche pour hurler, elle baissa obligeamment le son de la radio.

— J'ignorais à quelle heure vous comptiez vous lever, mais j'ai pensé que vous n'étiez pas du genre à traîner au lit toute la matinée. Alors, j'ai lancé le petit déjeuner. J'espère que vous aimez les crêpes aux myrtilles. Je suis sortie tôt faire les courses et j'ai acheté des fruits frais.

Avant qu'il puisse répondre, elle lui glissa une myrtille entre les lèvres.

— Asseyez-vous. Je vous sers votre café.

— Mademoiselle MacNamara…

— Appelez-moi Jackie… Vous voulez du lait ?

— Non, merci. Nous avons laissé les choses plus ou moins en suspens hier soir. Mais je souhaiterais régler le problème sans attendre.

— Absolument. Vous aimez votre bacon bien croustillant ?

Jackie posa un plat sur le comptoir où elle avait déjà placé deux assiettes de son plus beau service. Ainsi que deux serviettes repassées de près et artistiquement pliées. Elle nota qu'il s'était rasé. Sans l'ombre noire sur ses joues, il ressemblait un peu moins à son Jake. Mais le regard, lui, restait toujours aussi redoutable. Ce serait une erreur — une grave erreur — de sous-estimer un tel adversaire.

Déposant une louche de pâte dans la poêle, Jackie baissa le gaz d'une main experte.

— J'ai longuement réfléchi à la situation et je crois avoir trouvé la solution idéale. Vous avez bien dormi, Nathan ?

— Très bien, oui.

En se réveillant, il s'était même jugé en grande forme. Mais à présent qu'il se retrouvait en présence de Jackie, il se crispait à vue d'œil. Se sentait envahi et un peu ébloui. Elle lui faisait l'effet d'un rayon de soleil qui se serait introduit dans une pièce où il aurait eu envie de tirer les volets et de s'endormir pour la sieste.

— Ma mère dit toujours qu'on ne dort jamais aussi bien que chez soi. Pour ma part, ça ne s'est jamais vérifié. Je peux trouver le sommeil facilement et n'importe où… Vous voulez le journal du jour ?

— Non.

Il prit une gorgée de café, scruta le contenu de sa tasse, puis y replongea les lèvres. Son imagination lui jouait sans doute des tours, mais il avait l'impression de n'en avoir jamais bu d'aussi bon.

— Je l'achète en grains chez un torréfacteur, précisa-t-elle, répondant à la question qu'il n'avait pas posée.

Sans lui laisser le temps de donner son avis, Jackie lui

36

prit son assiette et lui servit une crêpe. Puis elle se versa un café et vint s'asseoir à côté de lui.

— Vous avez une vue extraordinaire dans cette cuisine, commenta-t-elle. Cela fait de chaque repas un événement.

Nathan se surprit à attraper le sirop d'érable pour en arroser sa crêpe. Au point où il en était, autant manger d'abord. Il serait toujours temps de la jeter dehors une fois qu'il serait rassasié.

— Vous êtes ici depuis longtemps?

— Quelques jours seulement. Fred a toujours eu un excellent timing… Les crêpes sont bonnes?

Prétendre le contraire aurait été aussi mesquin qu'inutile.

— Excellentes. Vous ne mangez pas?

— J'ai grignoté en cuisinant.

Ce qui ne l'empêcha pas de porter un morceau de bacon à ses lèvres et de l'avaler avec une moue appréciative.

— Vous cuisinez? s'enquit-elle avec un de ces sourires engageants qui avaient le don de l'inquiéter.

— Seulement lorsqu'il y a des instructions sur l'emballage.

Jackie ressentit un premier frisson de victoire.

— Il se trouve que je suis une cuisinière d'exception.

— Vous avez fait des études hôtelières poussées, je suppose?

Elle sourit, amusée qu'il commence à si bien la connaître.

— Seulement pendant six mois. Mais cela m'a suffi pour acquérir les bases. A partir de là, j'ai préféré poursuivre à ma manière. La cuisine, c'est avant tout une question d'expérimentation, vous ne trouvez pas? J'estime qu'il faut que cela reste une aventure.

Pour Nathan, cuisiner était une corvée généralement vouée à se terminer par un désastre. Il se contenta d'émettre un grognement.

— Dites, votre Mme Grange…, poursuivit Jackie sur le ton de la conversation. Elle est censée venir tous les matins?

— Non. Une fois par semaine, seulement.

Les crêpes étaient absolument fabuleuses. Nathan avait une longue expérience de la nourriture servie dans les hôtels internationaux. Irréprochable, dans l'ensemble. Mais aussi anonyme que le décor des chambres. Et sans comparaison avec la cuisine maison telle que semblait la pratiquer Jackie. Elle avait raison au sujet de la vue, par ailleurs. C'était un vrai bonheur de prendre un pareil petit déjeuner en se détendant devant un panorama incomparable.

— Mme Grange fait le ménage, les courses pour la semaine et prépare généralement un ou deux plats à l'avance. Et je me débrouille le reste du temps.

Il se figea soudain, fourchette en main.

— Pourquoi cette question, au fait ?

— Elle a un rapport avec notre petit dilemme.

— *Votre* petit dilemme.

— Nommez-le comme vous voudrez. Etes-vous un homme juste, Nathan ? Quand je regarde vos réalisations architecturales, je vois que vous avez le sens du beau et de l'ordre. Mais je n'arrive pas à déterminer si vous êtes fair-play.

Elle se leva pour aller chercher la cafetière et les resservit l'un et l'autre. Nathan sentait son bel appétit le quitter à vue d'œil.

— Pouvez-vous préciser où vous cherchez à en venir ?

— J'ai perdu treize mille dollars dans l'affaire, expliqua Jackie en mâchonnant son bacon. Je ne dis pas que je me retrouve à la rue, avec mon baluchon, à vendre des petits bouquets de violettes sur le trottoir. Mais c'est pour le principe. Vous êtes un homme de principes, je crois ?

Prudent, il se contenta de hausser les épaules sans se prononcer sur la question.

— J'ai payé, de bonne foi, pour un endroit où je comptais vivre et travailler pendant trois mois, Nathan.

— Que voulez-vous que je vous dise ? Intentez un procès à votre cousin.

— Les MacNamara ne lavent pas leur linge sale en public. Ce qui ne veut pas dire que je n'aurai pas ma revanche. Je réglerai mes comptes avec Fred à ma façon. Et au moment où il s'y attendra le moins.

Notant la lueur dans son regard, Nathan comprit qu'il

ne s'agissait pas là de vaines menaces. Non seulement elle mettrait son projet de vengeance à exécution, mais elle trouverait le moyen de le faire avec panache. Il dut réprimer un élan d'admiration.

— Je vous souhaite de réussir. Mais je ne suis pas concerné par vos histoires de famille.

— Vous l'êtes par la force des choses puisque c'est de votre maison qu'il est question… Encore une petite crêpe ?

— Non… Non, merci, précisa-t-il avec un temps de retard. Mademoiselle… Jackie, je vais être très franc avec vous.

— Oui ?

Décidé à être raisonnable mais ferme, il constata avec satisfaction qu'elle avait tourné ses grands yeux vers lui et qu'elle le regardait avec une attention teintée de gravité. Aurait-elle enfin décidé de se montrer coopérative ?

— Je reviens d'un séjour harassant en Allemagne. J'étais sur un gros projet qui m'a laissé sur les rotules. Aujourd'hui, j'ai deux mois de congé devant moi que je compte passer ici, seul, à lire et à me détendre.

— Que construisiez-vous ?

— Quoi ?

— Votre projet ? En Allemagne ?

Il soupira.

— Un centre de loisirs. Mais ça n'a strictement aucun rapport avec ce qui nous occupe. Je suis désolé si je parais manquer de sensibilité, mais je ne me sens pas responsable de votre situation.

Jackie lui tapota la main d'un geste rassurant.

— Je ne trouve pas que vous manquiez de sensibilité. Au contraire, même. Et j'aimerais beaucoup que vous me parliez de votre projet en Allemagne. Mais, voyez-vous, Nathan, il me semble que nous sommes dans le même bain, vous et moi, si je puis dire. Nous nous préparions l'un et l'autre à passer quelques mois seuls ici à réaliser nos envies respectives. Mais Fred a tout fichu en l'air. Vous aimez la nourriture orientale ?

Elle gagnait du terrain. Nathan n'aurait su dire quand

et comment le sable avait commencé à lui glisser sous les pieds. Mais le fait était qu'elle progressait et qu'il reculait. Les coudes posés sur le comptoir, il se prit la tête entre les mains.

— C'est quoi, ces questions décousues, bon sang ? Où voulez-vous en venir, à la fin ?

— Mais à mon idée de base, bien sûr. C'est pour ça que je me renseigne sur vos goûts culinaires. Personnellement, j'aime toutes les cuisines. Mais la plupart des gens ont des préférences marquées.

Sa tasse entre les mains, Jackie s'assit en lotus sur son tabouret de bar. Elle portait un short d'un bleu éclatant avec un flamant rose dessiné sur une jambe. Pendant quelques secondes, Nathan regarda fixement le drôle d'oiseau avant de lever de nouveau les yeux sur son visage.

— Bon… Cette idée, si vous la formuliez une fois pour toutes, pendant que je suis encore à peu près en état de suivre le cours tortueux de vos pensées ?

— L'objectif, c'est que nous obtenions tous les deux ce que nous désirons — ou que nous parvenions, en tout cas, à une solution qui s'en approche. La maison est grande.

Lorsque le regard de Nathan se fit menaçant, Jackie fut saisie de nouveau par son incroyable ressemblance avec Jake, son héros. Non seulement elle était déjà amoureuse de son personnage, mais elle trouvait sa copie conforme assez irrésistible.

Et si l'arrivée inattendue de Nathan dans sa vie prenait la forme d'un cadeau du destin ? Une chose était certaine : elle avait toujours eu pour politique de saisir les opportunités au bond.

— Je suis une très bonne colocataire. Je pourrais vous donner plusieurs références. J'ai entamé toutes sortes d'études dans toutes sortes d'écoles et universités différentes. Donc j'ai partagé des chambres avec plein de gens. Je peux être ordonnée quand on me le demande. Et me faire oublier lorsqu'il le faut.

— Vous faire oublier, *vous* ? Permettez-moi d'être sceptique.

— Vous seriez surpris de voir à quel point j'arrive à me faire discrète lorsque je suis absorbée par un projet. Et c'est le cas en ce moment. J'écris quasiment du matin au soir. Je vous raconterais volontiers l'intrigue de mon roman, mais nous verrons cela plus tard.

— J'apprécie que vous soyez prête à différer.

— Vous avez de l'humour, Nathan. Ne le perdez pas, surtout. Quoi qu'il en soit, je crois beaucoup aux ambiances. Vous devez y être sensible aussi, en tant qu'architecte.

— Vous sautez toujours du coq à l'âne ainsi ?

D'un geste délibéré, Nathan repoussa son café. Autant éviter un excès de stimulation, vu les circonstances. Une tasse de plus et il pourrait être en danger de commencer à la comprendre.

— La maison, expliqua patiemment Jackie.

« Le problème, c'est son regard », diagnostiqua Nathan. Quelque chose dans ses yeux bruns vous forçait à la regarder, à l'écouter. Même si on n'avait qu'une envie : se coller les mains sur les oreilles et fuir en courant.

— Eh bien ? Qu'a-t-elle, la maison ?

— Il émane d'elle une atmosphère particulière. Dès l'instant où j'ai posé mes valises ici, j'ai pu commencer à écrire. C'est magique : l'histoire coule quasiment toute seule. Si je partais, mon inspiration pourrait retomber comme un mauvais soufflé. Et je ne veux pas prendre ce risque. Voilà pourquoi je suis prête à faire quelques concessions.

— « Vous êtes prête à faire quelques concessions », répéta lentement Nathan. Voilà qui est fascinant. Vous squattez chez moi, sans ma permission, mais vous voulez bien me faire la grâce de m'accorder un compromis. Vous savez que vous êtes saisissante, dans votre genre ?

— Ce n'est que justice que je fasse un effort, non ?

De nouveau, le redoutable sourire de Jackie surgit.

— C'est simple : vous ne cuisinez pas et moi si. Je suis

d'accord pour préparer tous vos repas à mes frais pendant la durée de mon séjour ici.

Pourquoi pas, après tout ? L'arrangement n'avait rien de déraisonnable. *Rien de déraisonnable ?* Nathan faillit s'étrangler avec la portion de crêpe qu'il venait de porter machinalement à la bouche. Par quel phénomène incongru commençait-il à trouver *raisonnable* l'idée que cette fille décide de s'installer chez lui ?

— C'est très aimable de votre part. Mais je n'ai besoin ni d'une cuisinière ni d'une colocataire.

— Comment le savez-vous ? Jusqu'à présent, vous n'avez eu ni l'une ni l'autre.

Il articula soigneusement en se forçant à ne pas élever la voix.

— Je n'aspire qu'à une chose : la tranquillité.

— Mais naturellement que vous voulez être tranquille ! s'écria-t-elle d'un ton conciliant, comme si elle avait affaire à un gentil vieillard capricieux.

Nathan faillit grogner tout haut.

— O.K. Je vous propose le pacte suivant : je respecterai votre tranquillité et vous respecterez la mienne.

Elle se pencha vers lui et couvrit sa main de la sienne.

— Nathan… Je sais que vous n'avez aucune raison de m'accorder une faveur. Mais ce livre est vraiment très important pour moi. Pour des raisons qui me concernent, je tiens absolument à aller jusqu'au bout de ce projet d'écriture. Et j'ai la certitude que je peux y arriver. Ici.

— Si vous essayez de me culpabiliser parce que je vous empêche d'écrire le futur grand roman du siècle, vous…

— Non, je n'essaye ni de vous culpabiliser ni de prétendre que je m'apprête à commettre une œuvre de génie. Je l'aurais peut-être fait si j'y avais pensé, mais l'idée ne m'a pas traversé l'esprit. Tout ce que je vous demande, c'est de m'accorder une chance. Donnez-moi deux semaines. Et, si je vous complique trop la vie, je partirai sans regimber.

— Jacqueline, je vous connais depuis douze heures à peine et vous me compliquez *déjà* la vie.

Jackie comprit qu'elle avait gagné. A quoi elle le sentait, elle n'aurait su le dire. Peut-être aux inflexions de sa voix. Ou à l'expression déjà résignée qui assombrissait ses traits.

Quoi qu'il en soit, elle poussa aussitôt son avantage.

— Vous avez mangé toutes vos crêpes.

Vaguement déconfit, Nathan baissa le nez sur son assiette.

— Pendant vingt-quatre heures, je n'ai rien avalé d'autre que de la nourriture d'aéroport.

— Attendez d'avoir goûté mes lasagnes. Vous ne vous en remettrez pas.

Comme il ne répondait pas, Jackie se mordilla la lèvre.

— Imaginez que vous n'aurez pas à ouvrir une seule boîte de conserve tant que je serai ici. Un luxe inespéré, non ?

Presque malgré lui, Nathan songea aux repas de fortune qu'il avait l'habitude de se concocter. Aux sinistres préparations qu'il rapportait régulièrement dans des barquettes en plastique. Il soupira.

— Je prendrai mes repas à l'extérieur.

— Et votre sacro-sainte tranquillité, que devient-elle ? Vous vous voyez, entouré d'inconnus bruyants dans des restaurants bondés, à essayer désespérément d'attirer l'attention de serveurs survoltés ?

Nouveau soupir. Il fallait reconnaître qu'il avait les restaurants en horreur. Et qu'il en avait soupé pendant les six derniers mois. L'arrangement proposé par Jackie présentait des avantages non négligeables. Du moins… tel qu'il le voyait maintenant, alors qu'il était encore sous l'impact de ses divines crêpes aux myrtilles.

— Je veux récupérer ma chambre. Sur-le-champ.

— Cela va sans dire.

— Et je déteste faire la conversation de bon matin. Pas un mot avant le petit déjeuner.

— Mes lèvres resteront scellées. J'aimerais bénéficier d'un créneau piscine.

— Va pour la piscine. Mais si je trébuche sur vous ou sur vos affaires, ne serait-ce qu'une seule fois, vous giclez.

— C'est d'accord.

Jackie lui tendit la main, certaine que pour un homme de principes comme lui une poignée de main aurait valeur d'engagement. Le voyant hésiter, elle porta le coup de grâce.

— Vous vous haïriez si vous me chassiez, et vous le savez.

Nathan lui jeta un regard noir. Mais il se surprit à presser sa paume contre la sienne. La main de Jackie était fine et légère. Mais sa prise était ferme. S'il devait regretter amèrement leur arrangement temporaire dans quelques jours, il aurait un compte de plus à régler avec cet escroc de Fred.

— Je vais faire un tour au solarium, annonça-t-il.

— Bonne idée. Tâchez de détendre tous ces muscles contractés… Vous avez des souhaits particuliers pour le déjeuner, au fait ?

Il ne tourna même pas la tête.

— Surprenez-moi.

Jackie prit son assiette et exécuta une brève danse guerrière d'un bout à l'autre de la cuisine.

Frappé de démence passagère.

Nathan se demanda s'il serait sage de plaider cette circonstance atténuante.

Restait qu'il était désormais affublé d'une locataire. Ou d'une occupante à titre gratuit, pour être exact. Lui, Nathan Powell, citoyen respectable et respecté, jeune architecte de génie, inscrit au *Who's Who* parmi les cinq cents plus grosses fortunes d'Amérique, se retrouvait avec une inconnue farfelue naviguant librement dans sa chère maison.

Et farfelue, Jacqueline MacNamara l'était sans l'ombre d'un doute. Il avait fini de s'en convaincre lorsqu'il l'avait vue méditer sur le bord de la piscine après le déjeuner. Les yeux clos et assise en lotus, les mains, paumes ouvertes, reposant sur les genoux. Encore une chance qu'elle ne se soit pas mise à psalmodier des mantras à voix haute. Il avait été sidéré de découvrir qu'il se trouvait encore des illuminées pour se livrer à ces singeries, à l'heure où les derniers hippies avaient déjà atteint l'âge de la retraite.

Sa seule chance dans son malheur, c'est qu'il ne s'était engagé que pour deux semaines. Une fois ce délai écoulé, il pourrait l'éconduire gentiment mais fermement. En attendant, il était grand temps qu'il procède à une vérification en règle. Il allait s'assurer immédiatement qu'il n'avait pas une mythomane — ou pire encore — sur les bras.

Jackie était au premier étage et travaillait à son roman — si roman il y avait. Ouvrant le répertoire de son mobile, il chercha à la lettre L. Dans une première étape, il vérifierait qu'elle était bien qui elle prétendait être. Et il serait toujours temps, après cela, de définir une ligne de conduite.

— Adèle ? Ici Nathan. Nathan Powell, précisa-t-il en sortant sur la terrasse avec son verre de thé glacé à la main.

Il devait reconnaître que la boisson maison préparée par Jackie constituait un net progrès par rapport aux mixtures chimiques qu'il avalait habituellement.

— Nathan ? Quelle bonne surprise ! Comment allez-vous ?

— Bien. Très bien… Et vous-même ?

— Ça irait mieux si le printemps ne tardait pas tant. Que puis-je faire pour vous ? Vous êtes de passage à Chicago ?

— Pas du tout, non. Je viens d'arriver à la maison, en fait. Et votre neveu Fred était… euh… chargé de garder les lieux.

— Ah oui, bien sûr. Je me souviens.

Il y eut un silence un peu prolongé sur la ligne. Puis Adèle reprit avec une pointe d'inquiétude dans la voix.

— Fred n'a pas fait de bêtises, au moins ?

Des bêtises… Perplexe, Nathan se passa la main sur le visage. Et décida de ne pas envoyer la triste réalité à la figure d'Adèle, mais de lui présenter une version édulcorée des faits.

— Il y a eu un petit souci, en fait. Votre nièce est également sur place.

— Ma nièce ? J'en ai plusieurs, de nièces… Ah, Jacqueline ! Bien sûr, j'aurais dû m'en douter. Notre Jackie a toujours eu l'âme vagabonde. Mon pauvre Nathan, vous avez une maison pleine de MacNamara, ma parole !

— Euh… Fred est à San Diego.

— A San Diego ? Mais que faites-vous à San Diego, tous les trois ?

Nathan tenta de se souvenir si Adèle avait été aussi évaporée du temps où ils travaillaient ensemble à Chicago.

— Seul Fred séjourne à San Diego. Enfin… il est censé être là-bas, en tout cas. Et je vous appelle de ma maison de Fort Lauderdale où je me trouve avec votre nièce.

— Chez vous avec ma nièce ? *Ah bon !*

Le « ah bon ! » était si enthousiaste que Nathan frémit.

— Je suis ravie, Nathan. J'ai toujours pensé que la seule chose qui manquait à notre Jackie, c'était un compagnon stable et solide. Ma nièce a un côté papillon. Mais elle est très talentueuse. Et elle a un cœur en or.

Nathan s'éclaircit la voix. Il s'agissait d'interrompre le flot et de remettre les pendules à l'heure.

— Je ne doute pas qu'elle ait de grandes qualités, Adèle. Mais la présence de Jacqueline ici est le résultat d'un malentendu avec Fred. Votre neveu avait… euh… oublié que je rentrais d'Allemagne. Et du coup il a proposé ma maison à sa cousine.

— Ah, je vois… C'est ennuyeux. Et vous avez réussi à trouver une solution acceptable, Jackie et vous ?

— Plus ou moins, oui. Vous êtes la sœur de sa mère, si j'ai bien compris ?

— Tout à fait, oui. Jackie ressemble beaucoup à Patricia. Physiquement en tout cas. Le type même de la belle brune piquante. J'ai toujours été jalouse de Patricia lorsque nous étions jeunes… Mais sur le plan du caractère nous n'avons pas réussi à déterminer de qui Jackie tient, dans la famille. Cela reste un mystère pour nous tous.

Avec un léger soupir, Nathan porta son regard sur les eaux calmes du canal.

— J'avoue que je ne suis pas surpris de l'entendre.

— Quelle est sa vocation du moment, au fait ? La peinture ? Mais non, qu'est-ce que je raconte ! Jackie est passée à l'écriture. Cette année, notre Jack est romancière.

— C'est ce qu'elle affirme, oui.

— Jackie a toujours eu un réel talent pour inventer des histoires. Peut-être que l'écriture est bel et bien sa voie.

— Espérons-le, acquiesça-t-il poliment.

— Quoi qu'il en soit, je suis sûre que vous vous entendrez à merveille, tous les deux. Ma nièce a très bon caractère. Et elle n'est vraiment pas compliquée à vivre. Tout le monde l'adore... Cela dit, nous persistons à espérer, Patricia et moi, que Jacqueline se stabilisera. Je pense que son inépuisable énergie trouverait à s'employer au mieux dans une vie de famille. C'est une fille vraiment formidable. Vous êtes toujours célibataire, Nathan ?

Les yeux au ciel, il secoua la tête.

— Plus que jamais, oui. J'ai eu plaisir à bavarder un moment avec vous, Adèle. Je dirai à Jacqueline de vous donner des nouvelles dès qu'elle aura trouvé un nouvel endroit où s'installer pour écrire.

— Entendu. A bientôt, Nathan. Et pensez à me faire signe la prochaine fois que vous passerez à Chicago.

Sourcils froncés, Nathan coupa son téléphone. Il avait la certitude désormais que sa locataire indésirable était bien qui elle prétendait être. Ce qui le ramenait à la case départ : il était parti pour quinze jours de cohabitation.

Sauf s'il parvenait à la faire changer d'avis, bien sûr. Il pouvait remettre la question sur le tapis. Et tenter de la convaincre de plier bagage. Mais le bref essai qu'il avait fait à midi ne l'avait pas mené loin. Non seulement Jackie avait campé résolument sur ses positions. Mais la conversation lui avait procuré un mal de tête léger mais insistant.

Alors tant pis si c'était une solution de lâche. Mais il comptait passer le reste de la journée comme s'il était seul chez lui. En se laissant aller à la douce illusion que Jacqueline MacNamara avec son sourire étincelant et ses jambes interminables n'existait que dans son imagination.

Installée devant son ordinateur, au premier étage, Jackie, elle, avait entièrement oublié Nathan.

Elle avait le nez sur son histoire. Et travaillait en état d'immersion totale. Lorsque ses doigts ralentissaient leur course sur le clavier et qu'elle revenait brièvement au présent, Jackie faisait le constat merveilleux et troublant qu'elle écrivait réellement. Et qu'elle ne se contentait pas de jouer à faire semblant. Comme ça avait été le cas pour ses activités précédentes.

Elle savait que sa famille la trouvait dispersée. Inconstante. Ses parents se désolaient de voir qu'elle avait tout : le talent, les aptitudes, l'énergie et le niveau d'études. Et que, malgré cela, elle multipliait les faux départs sans jamais aller jusqu'au bout des pistes qu'elle amorçait.

Mais elle aurait le plaisir de leur annoncer, cette fois, qu'elle avait rencontré l'écriture. Et que l'écriture l'avait rencontrée elle. Le tout dans une totale réciprocité.

Le bout de la langue coincé entre les dents, Jackie se renversa contre son dossier et relut la scène qu'elle venait d'écrire. Avec une excitation croissante, elle constata que l'intrigue fonctionnait, que le rythme était bon, ses dialogues captivants.

Problème : la réussite de ses trois premiers chapitres ne suffirait pas à convaincre les siens. Lorsqu'elle s'était lancée dans la restauration, trois ans plus tôt, elle avait acheté une immense maison délabrée. Elle avait gratté, récuré, poncé, peint et tapissé. S'était initiée à la plomberie et avait acquis des notions d'électricité. Avait fréquenté les grandes surfaces de bricolage et appris à scier et à clouer. Le rez-de-chaussée qu'elle avait entièrement terminé avait été une réussite. De l'avis de tous, elle était créative, compétente et alignait ses carrelages comme une pro.

Le seul problème, c'est qu'elle avait interrompu les travaux alors qu'elle avait à peine commencé à s'attaquer au premier étage. Parce que la restauration avait cessé de l'intéresser et qu'elle s'était passionnée pour la photo d'art. Elle avait revendu la maison bien plus cher qu'elle ne l'avait achetée. Donc elle n'avait perdu ni son temps ni son argent. Mais elle n'était pas allée au bout de ce qu'elle avait entrepris.

Avec l'écriture, elle était entrée dans une autre phase, toutefois. Elle avait réellement trouvé sa vocation.

Du moins… Jackie se prit le menton dans la main et songea au nombre de fois où elle avait déjà eu le sentiment d'être sur la bonne voie. Il y avait eu l'atelier photo. Les cours de danse. Le tour du potier. Cela dit, ces pistes suivies puis abandonnées ne représentaient-elles pas autant de galops d'essai qui avaient fini par la mener à sa destination véritable ? Ce roman, il fallait coûte que coûte qu'elle l'écrive jusqu'à sa dernière ligne. Peu importe si sa famille et ses amis la considéraient comme changeante et excentrique. Elle *était* changeante et excentrique. Mais elle voulait donner un sens à sa vie.

Le grand roman du siècle. La pensée même qu'elle pourrait avoir l'ambition d'écrire une œuvre immortelle fit sourire Jackie. Rien ne lui paraissait plus ennuyeux, d'ailleurs, que de s'atteler à une telle tâche. Tout ce qu'elle voulait, c'était raconter une histoire et la raconter bien.

Si elle parvenait à ce résultat, elle serait ravie. Elle n'avait pas encore vraiment réfléchi jusqu'ici au genre de livre qu'elle souhaitait écrire. Mais elle savait désormais que son but serait simplement de captiver et de distraire.

Et l'histoire venait vite. Si vite même qu'elle avait de la peine à suivre ! Elle procédait à l'instinct et avec facilité. Aussi loin qu'elle se souvienne — et sa mémoire était excellente — elle ne s'était jamais sentie aussi heureuse que depuis qu'elle passait ses journées à aligner des mots sur un écran.

Elle ferma les yeux pour réfléchir à Jake. Mais le cours fantasque de ses pensées dévia sur Nathan. Quel hasard incroyable, tout de même, qu'il lui soit apparu comme l'incarnation de son personnage. De là à penser que le destin avait son mot à dire dans leur rencontre…

Or Jackie n'était pas femme à plaisanter avec ce genre de choses. De sa formation en astrologie, elle avait gardé une propension marquée à observer et à décrypter tous les signes.

Cela dit, Nathan — à la différence de Jake — n'avait rien

d'un cow-boy sans foi ni loi. Il était classique dans ses goûts comme dans son allure. Et l'excentricité était aux antipodes de sa nature. Elle était certaine qu'il se considérait comme quelqu'un de sobre et d'organisé, avec un esprit avant tout pratique. Sans doute n'avait-il même pas conscience d'être un grand artiste. Alors qu'il faisait indubitablement partie des créateurs les plus talentueux de sa génération.

Même si elle n'avait jamais été capable de fonctionner de façon structurée, Jackie n'avait aucune objection de principe contre les plans et les listes. Elle admirait également chez Nathan le fait qu'il savait ce qu'il voulait. Et qu'il faisait bon usage de son talent.

Le regarder, d'autre part, était un plaisir pour les yeux. Surtout lorsqu'il souriait. Le sourire était généralement involontaire, ce qui le rendait d'autant plus désarmant. Déjà, Jackie considérait qu'il était de son devoir de le faire rire aussi souvent que possible.

Une mission qui ne devrait pas se révéler trop ardue. Car c'était quelqu'un de généreux, de toute évidence. S'il n'y avait pas eu cette profonde gentillesse en lui, il l'aurait virée avec pertes et fracas la veille. Le fait qu'il s'en soit abstenu avait attendri Jackie. Et elle était déterminée à rendre leur cohabitation la moins douloureuse possible pour lui.

Cela dit, elle était persuadée que Nathan et elle s'entendraient à merveille. Et que ces quelques mois passés en commun se dérouleraient dans les meilleures conditions. La compagnie, autant l'admettre, lui convenait beaucoup mieux que la solitude. Elle ne devait pas être faite, finalement, pour créer en recluse.

Chez Nathan, elle aimait la subtilité et le sarcasme, ce mélange d'éducation parfaite et d'ironie caustique. Même une personne infiniment moins sensible qu'elle se serait rendu compte qu'il n'avait qu'une envie : se débarrasser d'elle. En d'autres circonstances, elle aurait sans doute respecté son désir de solitude et serait partie avec armes et bagages. Mais son roman était devenu trop important pour qu'elle accepte de s'interrompre. Et c'était ici, où elle l'avait commencé, qu'elle souhaitait le finir.

En contrepartie, elle veillerait à rester d'une discrétion exemplaire. Et s'appliquerait à servir à Nathan les repas les plus succulents. Comme cette pensée lui traversait l'esprit, Jackie vérifia l'heure à sa montre. Elle jura tout bas mais se résigna à enregistrer son travail et à éteindre son ordinateur. Rien de plus râlant que d'avoir à s'interrompre alors que Jake était attaché par un lien en cuir au poignet d'un guerrier apache et que sa vie ne tenait qu'à un fil. Mais, même si elle répugnait à laisser son héros en plan, elle avait toujours eu pour principe de respecter ses engagements.

Ce furent les fumets en provenance de la cuisine qui ébranlèrent, une fois de plus, la ferme volonté de Nathan. Retiré dans son bureau dans un confortable fauteuil en cuir, il goûtait pourtant l'intense satisfaction qu'apportent le calme et la solitude dans un environnement choisi. Les portes-fenêtres donnant sur le patio étaient grandes ouvertes et il lisait des revues d'architecture, heureux d'être là, tout simplement, avec ses tapis de Perse aux couleurs fanées et ses livres autour de lui. Ce bureau était son refuge d'élection. Un lieu où la solitude lui était toujours douce.

Tard dans l'après-midi, il avait presque réussi l'exploit d'oublier Jacqueline MacNamara et son intrigant de cousin. Il avait entendu Jackie fredonner dans la cuisine mais il n'y avait pas prêté attention. Se découvrir capable d'indifférence l'avait réjoui au plus haut point. *Une domestique.* Il penserait à elle comme à une domestique. Rien de plus.

Petit à petit, cependant, les arômes en provenance de la cuisine avaient commencé à lui taquiner les narines. Elle avait encore mis la radio en plus. Fort. Il faudrait qu'il lui touche deux mots à ce sujet. Changeant de position dans son fauteuil, Nathan s'efforça de se concentrer de nouveau sur sa lecture. Mais ce fut peine perdue.

Quel genre de plat exotique pouvait-elle bien préparer ce

soir ? Il tourna une page, lut trois lignes d'un article technique sur les cheminées et les inserts. Et se surprit à chantonner une chanson de variété qu'écoutait Jackie. Jurant à voix haute, il reposa le magazine — non sans avoir marqué sa page au préalable — et se dirigea vers la cuisine.

Il dut élever la voix à deux reprises avant de parvenir à se faire entendre. Sans lâcher sa poêle à frire, Jackie cria pour couvrir le fracas de la musique :

— Le dîner sera prêt dans quelques minutes. Vous voulez un verre de vin en attendant ?

— Ce que je veux, c'est que vous mettiez ce machin infernal en sourdine.

— Que quoi ?

— Que vous éteigniez…

Pestant avec force, Nathan renonça à hurler pour se faire comprendre. Il alla vers le poste de radio et appuya sur le bouton d'arrêt.

— On ne vous a encore jamais parlé des ravages que provoquent les décibels sur l'oreille interne ?

Jackie secoua la poêle avant de couper le gaz.

— Je mets toujours la radio à fond lorsque je cuisine. C'est propice à mon inspiration culinaire.

— Alors investissez dans un casque.

Avec un haussement d'épaules, Jackie souleva le couvercle du riz pour vérifier qu'il était cuit.

— Désolée. Comme il y a des haut-parleurs dans toutes les pièces, je pensais que vous aimiez la musique. Comment s'est passée votre journée ? Vous avez réussi à vous reposer ?

Etait-ce une impression ou le traitait-elle comme une espèce de vieux grand-père grincheux ?

— A peu près, oui, marmonna-t-il, les mâchoires crispées.

— Parfait. J'espère que vous aimez la cuisine chinoise. J'ai un ami qui a monté un super restaurant asiatique à San Francisco. Et j'ai réussi à persuader le cuisinier de me confier quelques-unes de ses recettes fétiches.

Jackie versa un verre de vin à Nathan. Puis, s'emparant

d'une assiette, elle disposa quelques cuillerées de son poulet à la sauce aigre-douce sur un lit de riz thaï demi-complet.

Elle lécha un peu de sauce qu'elle avait sur le pouce puis entreprit de se servir à son tour.

— Installez-vous, Nathan. Ne laissez pas votre dîner refroidir.

Il obéit à contrecœur mais il obéit quand même. Tout être humain, qu'il le veuille ou non, avait besoin de s'alimenter pour vivre. Pendant qu'il maniait distraitement sa fourchette, il observa Jackie. Rien ne semblait jamais la troubler, ni la couper dans son élan infatigable. Elle s'activait avec des gestes fluides, rapides sans être heurtés, animés d'une grâce qui n'avait jamais rien de languide.

Il attendit qu'elle l'ait rejoint au comptoir pour annoncer la nouvelle :

— J'ai eu votre tante au téléphone, aujourd'hui.

— Ah vraiment ? Tante Adèle ?

Jackie noua une longue jambe nue autour du pied en métal de son tabouret.

— Adèle Lindstrom, oui.

— Vous avez vérifié auprès d'elle que j'étais bien sa nièce ? Elle vous a donné de bonnes références ?

— Plus ou moins.

— Vous l'aurez cherché, déclara-t-elle, laconique.

Puis elle s'intéressa au contenu de son assiette en faisant montre d'un solide appétit.

— Pardon ?

Jackie prit le temps de tester une pousse de bambou avant de répondre avec désinvolture.

— La nouvelle va se répandre comme une traînée de poudre. De la branche Lindstrom à la MacNamara. Avec un petit détour du côté O'Brian... C'est le nom de femme mariée de la sœur de mon père, précisa-t-elle en goûtant une cuillerée de riz. Et je ne peux pas être tenue pour responsable.

Nathan en perdait son latin une fois de plus.

— Je ne sais même pas de quoi vous me parlez.

— Du mariage.

— Quel mariage ?

— Le nôtre, bien sûr.

Elle but une gorgée de vin en lui souriant par-dessus le bord de son verre.

— Que pensez-vous de ce petit cru ? Sympathique, non ?

— Stop. Revenons en arrière une seconde, voulez-vous ? Vous venez de parler de « notre mariage ». Si vous avez l'intention de…

— Nathan, Nathan, calmez-vous. Je n'ai pas plus d'intentions que vous dans ce domaine. Mais Adèle en a, elle. Moins d'un quart d'heure après votre appel, elle aura sonné le rappel de toute la famille pour annoncer que vous et moi nous filons le parfait amour. Et le plus étonnant c'est que tout le monde la croira. Les gens écoutent lorsque tante Adèle a quelque chose à dire. Je n'ai jamais trop compris pourquoi mais c'est ainsi… Vous laissez votre poulet refroidir, Nathan.

Reposant ses couverts, il prit soin de ne pas élever la voix.

— Je n'ai rien dit à votre tante qui pourrait laisser supposer qu'il se passe quoi que ce soit entre nous.

— Je sais. Ne vous inquiétez pas.

Dans un élan de solidarité, Jackie lui serra amicalement le bras. La minuterie se déclencha au même moment et elle se leva d'un bond pour sortir sa tarte du four. Nathan mit ces quelques instants à profit pour se ressaisir. Il attendit qu'elle regagne sa place en face de lui pour reprendre le fil de leur conversation rocambolesque :

— En fait, j'ai juste expliqué à Adèle que votre présence ici résultait d'un malentendu avec Fred.

— Ma tante a une mémoire terriblement sélective, rétorqua Jackie en finissant de vider son assiette. Mais je ne vous demanderai pas de tenir vos engagements. Vous trouvez que j'ai mis trop de gingembre ?

— Je n'ai pas d'engagements à tenir.

Elle lui jeta un regard empreint d'amicale sollicitude.

— Bien sûr. Je plaisante ! Que cette histoire ne vous coupe pas l'appétit, surtout. Je me charge de calmer ma famille. Je peux vous poser une question personnelle ?

Nathan reprit sa fourchette. Comment aurait-il pu imaginer en poussant la porte de sa maison la veille qu'il s'apprêtait à chuter dans un gouffre sans fond ?

— Posez toujours.

— Vous avez quelqu'un dans votre vie ? Pas forcément une relation sérieuse.

Pour être personnelle, la question était personnelle, en effet. Nathan réfléchit à une demi-douzaine de réponses possibles avant d'opter pour la vérité :

— Non.

— Ah, zut. Dommage.

Un pli préoccupé se dessina entre les sourcils de Jackie. Puis, d'un coup, elle retrouva le sourire.

— Aucune importance, après tout. J'inventerai quelque chose. Cela vous ennuierait si je vous plaquais pour un spécialiste en biologie marine ?

Nathan se surprit à rire. Pourquoi, il n'aurait su le dire, mais le sourire flottait encore sur ses lèvres lorsqu'il attrapa son verre de vin.

— Pas le moins du monde non. Je vous rends votre liberté.

Jackie sentit un frémissement intérieur. Comme un subtil élan de douceur et de désir. Mais elle réprima aussitôt cette amorce de vertige.

« Ce ne serait pas judicieux, ma petite Jackie. Pas judicieux du tout, même. »

— Vous êtes un chic type, Nathan. Je ne suis pas certaine que tout le monde s'en rende compte. Mais les gens ne vous connaissent pas aussi bien que je vous connais moi... Laissez-moi vous resservir en poulet.

— Non, restez assise. J'y vais.

Ce fut juste un petit choc de part et d'autre. Une de ces maladresses banales que l'on commet à tout moment sans y prendre garde. Comme lorsque deux personnes franchissent une porte en même temps, par exemple. Ou se heurtent du coude sans le vouloir dans un ascenseur bondé. Le type même de l'incident sans incidence. Un contact physique qui se produit sans qu'on le désire et qu'on oublie aussitôt.

Ils se levèrent simultanément et tendirent tous les deux la main vers l'assiette de Nathan. Leurs doigts se rencontrèrent; leurs corps entrèrent brièvement en contact. Il la retint par le bras pour l'aider à reprendre son équilibre.

Ni l'un ni l'autre ne sourirent. Ni l'un ni l'autre ne prononcèrent un mot d'excuse.

Jackie sentit son souffle se coincer quelque part dans sa poitrine pendant que son cœur, lui, était agité de drôles de soubresauts. Elle était trop en phase avec ses émotions pour éprouver une réelle surprise. Mais elle n'en fut pas moins décontenancée par la profondeur et l'intensité de ce qu'elle éprouvait. La scène, a priori, aurait dû être comique plus que romantique. Et pourtant elle avait le sentiment d'un avènement. Comme si elle avait passé une vie entière à attendre cet instant.

Elle n'oublierait rien de ce bref — trop bref — épisode. Ni le contact de sa main. Ni la porcelaine sous ses doigts. Ni la chaleur de son corps qui avait à peine effleuré le sien. Elle se souviendrait du mélange d'étonnement et de défiance dans le regard de Nathan. De l'odeur des épices et du vin. Et surtout elle se remémorerait le silence. Un silence presque absolu — comme si l'univers entier avait retenu son souffle.

Bon sang, mais qu'est-ce qui m'arrive ? Telle fut la première pensée de Nathan. Et la seule cohérente. Il tenait le bras de Jackie avec trop de force. Comme s'il s'agrippait à elle. L'idée même était absurde, bien sûr. Mais il ne parvenait pas à la lâcher pour autant. Ses yeux étaient immenses et doux. Etait-il stupide de penser qu'il lisait en eux une sincérité totale ?

Et cette odeur… celle-là même qui l'avait frappé lorsqu'il avait pénétré dans sa chambre à coucher la veille. Et dont l'écho continuait à flotter dans la pièce, même si Jackie avait emporté ses affaires ailleurs. Il l'entendit ravaler son souffle. Puis il y eut le son d'une expiration tremblante.

La sienne ? Celle de Jackie ?

Il la désirait. Avec la force de l'évidence. De sa vie, il n'avait éprouvé quelque chose aussi clairement. Le phénomène ne dura que quelques secondes. Mais il fut d'une intensité remarquable.

Ils se rejetèrent en arrière d'un même mouvement. Comme on s'écarte au contact d'une flamme. Jackie s'éclaircit la voix. Nathan soupira.

— Cela ne me dérange pas de vous resservir, dit-elle.

— Merci, dit-il.

Le souffle coupé, Jackie se dirigea vers la cuisinière. En se demandant s'il n'aurait pas été plus avisé, finalement, de rassembler son barda et de quitter la maison pendant qu'il en était encore temps.

3

« Chaque fois qu'il la fixait ainsi, il se produisait un phénomène étrange. Ses pensées se brouillaient, son cœur battait trop vite et une pénible moiteur envahissait ses paumes. Pour déclencher tous ces bouleversements, un simple regard suffisait. Peut-être parce que ses yeux étaient particulièrement pénétrants ? Lorsqu'ils étaient rivés sur elle, c'était comme s'il savait. Savait qui elle était ou qui elle allait devenir. Il lui arrivait de penser qu'il avait accès à une partie d'elle-même dont elle ne soupçonnait même pas encore l'existence.

Non. C'était absurde de sa part, d'imaginer des choses pareilles. Cet homme pouvait d'autant moins la comprendre qu'il n'avait rien de commun avec elle. C'était un mercenaire sans religion ni morale. Alors qu'elle avait été élevée selon les valeurs chrétiennes. Toute sa vie on lui avait seriné que les frontières entre le bien et le mal étaient claires. Et qu'il convenait de ne jamais les franchir.

Le meurtre était le péché suprême. Celui pour lequel il n'existait aucun pardon. Or Jake avait tué et il tuerait sûrement encore. En toute logique, il aurait dû lui faire horreur. Mais Sarah ne ressentait rien de la sorte. Elle se sentait même parfois étrangement proche de lui, au contraire. Jusqu'à désirer poser la main sur la sienne. Ou se raccrocher à son bras… »

Se renversant contre son dossier, Jackie relut avec attention la page qui s'affichait à l'écran. Et s'interrogea sur la perplexité croissante qui devait envahir son héroïne de dix-huit printemps par rapport aux sentiments contradictoires que lui inspirait Jake. Comment faire interagir ces deux personnages que tout séparait au premier abord ?

Entre ces deux êtres, l'amour ne pouvait ni couler de source ni croître en douceur. Les réunir n'était pas impossible. Mais le chemin qui les menait l'un vers l'autre serait nécessairement chaotique et semé d'embûches. Jake et Sarah n'avaient pas la même vision du monde. Et tout, dans leurs expériences respectives, les opposait. Avec cela, ils étaient pris dans le tourbillon échevelé d'une réalité faite de bagarres, d'enlèvements, de revanches et de trahisons.

Mais, même si l'action était très présente dans le roman, Jackie constatait que l'histoire d'amour entre ses deux personnages constituait le moteur de son intrigue. Le cœur de son inspiration.

Comment cet homme et cette femme acceptaient peu à peu de changer. De s'adapter. De faire des compromis sur certains plans. De rester eux-mêmes sur l'essentiel.

Jackie qui avait suivi un cursus de psychologie sur le couple moderne avait acquis diverses notions qu'elle utilisait avec profit dans son livre. Car même si le vocabulaire changeait l'amour restait l'amour. Et, pour autant qu'elle pouvait en juger, Jake et Sarah avaient leur chance.

Et c'était déjà beaucoup.

Jackie prit conscience qu'« avoir sa chance » en amour était exactement ce qu'elle espérait pour elle-même. Rencontrer un homme pour qui elle serait prête à faire quelques ajustements. Avec qui elle établirait des projets à long terme. A croire que le fait de construire un couple de fiction lui donnait le désir d'en fonder un elle-même !

Un couple parfait ? Non, sûrement pas. Ce serait ennuyeux à mourir d'être toujours en phase et de s'entendre constamment à merveille.

Glamour, alors ? Mmm… Glamour pourrait avoir son

charme, oui. Elle se délecterait du tourbillon, du clinquant. Des bouquets de roses rouges et des magnums de champagne. Comme interlude, ce serait merveilleux. Mais à long terme Jackie pressentait un fiasco. Monsieur Glamour n'accepterait jamais de sortir les poubelles. Ou de déboucher une gouttière.

Sensible, peut-être ? Jackie laissa tourner « sensible » dans son esprit. Et en retira la vision d'un homme tendre, doux et rêveur. Un homme qui écrirait volontiers de la poésie et porterait de petites lunettes d'intellectuel. Il parlerait de belles choses sans jamais hausser le ton. Monsieur Sensible saisirait mieux que nul autre la complexité de l'âme féminine. Et elle concevrait pour monsieur Sensible une affection profonde. Mais il finirait fatalement par lui porter sur les nerfs.

Passionné pouvait être tentant aussi. Un homme qui la jetterait sur une épaule et lui ferait follement l'amour dans les endroits les plus incongrus. Fascinant, certes. Mais peu praticable sur le long terme.

Alors quoi ? Drôle ? Intelligent ? Téméraire ? Fiable ?

Jackie fit la moue. Le problème, c'est qu'elle pouvait citer toute une liste de qualités qu'elle apprécierait de rencontrer chez un homme. Mais qu'elle ne parvenait pas à concevoir une combinaison suffisamment convaincante pour la motiver sur une existence entière. Avec un léger soupir, elle posa le menton sur sa main et laissa son regard se perdre par la fenêtre ouverte. Peut-être que, à vingt-huit ans, elle n'était pas encore prête pour le mariage ?

D'ailleurs, le serait-elle jamais ?

La perspective de finir ses jours seule était un peu douloureuse à envisager. Mais Jackie était d'une nature trop optimiste pour concevoir le célibat comme un drame irréparable. Elle imaginait sans déplaisir son avenir d'écrivaine solitaire, dans une petite maison biscornue, perdue au bord d'un lac ou d'une rivière. A écrire de belles histoires d'amour à défaut d'en vivre elle-même. Elle aurait un jardin merveilleux qu'elle cultiverait de ses mains. Et plein de neveux et de nièces qu'elle chouchouterait lorsqu'ils seraient de passage.

Et le fait de ne pas rencontrer l'âme sœur ne ferait pas

d'elle un ermite pour autant. Elle appréciait les hommes, dans l'ensemble. Il lui était même arrivé d'en approcher d'assez près. Pour certains, elle avait conçu de l'attachement ; pour d'autres elle était allée jusqu'à les aimer un peu. Mais entrer en amour et en sortir avait toujours été facile pour elle. Ses histoires s'étaient terminées sans heurts, ne laissant ni douleurs ni cicatrices dans leur sillage.

Ces épisodes amoureux avaient glissé sur elle sans l'altérer. Alors que le véritable amour vous arrachait un peu de peau, un peu de tripes. Vous déstabilisait pour mieux vous rééquilibrer ensuite.

Jackie sourit pensivement dans la solitude de sa chambre. Elle devenait plus philosophe depuis qu'elle s'était lancée dans l'écriture. Tant mieux, d'ailleurs. Car la philosophie l'aiderait à comprendre ce qui s'était passé avec Nathan.

Alors qu'elle avait toujours eu beaucoup de facilités avec les mots, il lui était difficile de trouver les termes pour qualifier ce qui s'était produit lorsqu'ils s'étaient heurtés par mégarde.

Qu'était-il arrivé au juste ?

L'intensité et la lumière. L'effroi et l'évidence. Chacune de ces composantes avait été présente. Mais elle avait du mal à définir la somme qui avait résulté de leur assemblage.

On pouvait parler d'attirance, bien sûr. Mais l'attirance était présente dès le début. Elle l'avait déjà ressentie dans le Jacuzzi alors qu'elle le prenait encore pour un simple avatar de Jake. La plupart des femmes — allez savoir pourquoi — préféraient les grands bruns taciturnes au regard distant.

Mais, au moment où ils s'étaient touchés, quelque chose s'était déclenché entre eux. Et le phénomène avait été plus fondamental, plus bouleversant qu'une simple attraction. « Simple » n'était d'ailleurs pas le mot qui convenait, en l'occurrence. Elle avait éprouvé un élan fort, vital, élémentaire. Un vertige de partage et de présence comme on n'en ressent généralement qu'avec le temps et la proximité. « Je te connais, avait murmuré une voix en elle. Je te connais et je t'attendais depuis longtemps. »

Lui aussi avait été ébranlé. Jackie en était certaine. Peut-être avait-il été saisi de la même évidence. Du même désir, à la fois violent et instantané, d'abaisser toutes les barrières. Une chose était sûre, en tout cas : ce qu'il avait éprouvé l'avait contrarié. Car il avait pris soin de l'éviter deux jours durant. Un exploit dans la mesure où ils vivaient sous le même toit. Mais Nathan s'était débrouillé quand même.

Jackie fit la moue. Elle persistait à penser que ce n'était pas très poli de la part de Nathan d'être parti toute la journée sur son bateau en la laissant seule à la maison.

Mais elle était prête à lui reconnaître des circonstances atténuantes. Peut-être avait-il éprouvé le besoin de prendre du recul pour réfléchir. A vue de nez, c'était le genre d'homme qui devait aimer analyser, classer et ordonner dans tous les domaines. Y compris l'émotionnel.

Avec un haussement d'épaules, elle plongea la main dans le bol de pistaches qu'elle avait disposé à côté de son clavier. Si c'était à cause d'elle qu'il fuyait, il avait tort de s'angoisser. Elle n'avait aucune intention de le poursuivre de ses assiduités. Parce qu'elle ne voulait pas d'homme dans sa vie, en ce moment, pour commencer. Et, même si cela avait été le cas, elle n'aurait jamais choisi un type aussi coincé que Nathan Powell.

Si elle avait jeté son dévolu sur lui, il aurait eu toutes les raisons de s'inquiéter, en revanche. Une fois qu'elle avait un projet en tête, elle pouvait se montrer très tenace. Et très persuasive aussi.

Consultant sa montre, Jackie constata que l'heure du dîner approchait. Et qu'il n'était toujours pas rentré. Ce n'était pas son problème, cela dit. S'il arrivait en retard, il n'aurait qu'à se préparer un sandwich…

Le son d'un moteur sur le canal lui fit tourner la tête vers la fenêtre. Avec un léger soupir, elle se concentra de nouveau sur son écran lorsque le bateau passa son chemin au lieu de se diriger vers la jetée.

Elle ne pensait pas vraiment à Nathan, cela dit. Si elle guettait son retour, c'était juste une façon de tuer le temps.

Elle ne regrettait pas non plus cette occasion manquée de naviguer une journée entière avec lui. Ils auraient pu faire plus ample connaissance, d'accord. Mais elle ne tenait pas tant que cela à en savoir plus sur sa personne. Si elle se posait tant de questions à son sujet, c'était juste de la curiosité intellectuelle.

Le fait qu'elle adorait son rire n'était qu'un détail sans importance. Même si elle aimait plus que tout les moments où il baissait brièvement sa garde. Et ces instants de transition où son regard gris passait de l'orageux au pensif...

Nathan Powell n'était qu'un homme après tout. Un homme pris dans son travail et prisonnier de son image. Tout comme elle était monopolisée par son livre et préoccupée par son avenir. Ce n'était pas son problème si Nathan lui paraissait un peu trop tendu, un peu trop solitaire. Elle avait des impératifs plus urgents dans la vie que d'essayer de le faire sortir de sa coquille et de lui communiquer un minimum de joie de vivre.

Son seul but en ce moment était de mener son livre jusqu'à son terme. De boucler son histoire, de la vendre et de récolter les bénéfices liés à son nouveau statut de romancière. Même si elle n'avait pas encore une idée précise de la nature des bénéfices en question.

Quant à Nathan Powell, il n'avait aucune place possible dans un emploi du temps aussi chargé.

C'était pour le plaisir de vivre des journées telles que celle-ci qu'il avait eu hâte de rentrer chez lui, en Floride. La main sur le gouvernail, Nathan dirigeait son bateau au cœur du réseau imbriqué des canaux qui faisaient de Fort Lauderdale une « Venise américaine ». Il aimait ce paysage de terre et d'eau. Ces grandes plages de paix et de silence, loin des contraintes de construction. Loin des dates butoir. Des chefs de chantier récalcitrants et des fournisseurs toujours en retard.

Ici, avec le soleil et l'eau, il commençait enfin à se sentir lui-même. C'était étonnant, d'ailleurs, qu'il n'ait pas songé plus tôt à s'échapper pour une journée. Accepter de prendre une locataire pour deux semaines ne faisait pas pour autant de lui un prisonnier dans sa propre demeure. Rien ne les empêchait d'organiser leur journée chacun de leur côté, Jackie et lui.

Même s'il aurait été injuste de sa part de prétendre que sa présence chez lui transformait sa vie en enfer. Elle lui avait promis d'être discrète et il fallait reconnaître qu'elle tenait parole. Dans la journée, il ne la voyait pratiquement jamais. Sauf dans la cuisine, aux heures des repas.

Il s'était même habitué à entendre le cliquetis incessant de son clavier au rythme de ses doigts courant sur les touches. Elle pouvait passer des heures, cloîtrée dans sa chambre, derrière son ordinateur. Et, même s'il n'était pas en mesure de juger son travail, elle semblait en tout cas s'y tenir.

Il y avait quantité de choses ainsi, dont il ne pouvait pas se plaindre au sujet de Jackie. Restait quand même que certains aspects de sa personne étaient difficiles à avaler pour lui. Comme le fait qu'elle parlait trop vite, par exemple. Le reproche pouvait paraître étrange. Mais, pour quelqu'un qui aimait les conversations calmes et structurées, Jackie était une source d'exaspération permanente. S'il choisissait un sujet simple, comme le temps, elle commençait par lui annoncer qu'elle avait étudié la météorologie un semestre ou deux. Puis elle enchaînait brutalement sur le fait qu'elle aimait la pluie à cause de son odeur. Comment pouvait-on s'y retrouver avec des schémas de pensée aussi tordus ?

Autre chose qui le déroutait chez Jackie : elle anticipait ses moindres besoins. Alors qu'il commençait à peine à se dire qu'il boirait bien quelque chose de frais, elle avait déjà filé dans la cuisine pour lui préparer du thé glacé ou lui servir une bière. Jusqu'ici, elle n'avait pas encore mentionné le moindre diplôme de médium. Ni même un cursus accéléré de tarot. Ou des cours du soir en voyance extralucide. Mais il trouvait déconcertante sa faculté à prévenir ses désirs.

Cela dit, ce qui le dérangeait encore le plus chez elle,

c'était sa décontraction. Elle avait toujours l'air à l'aise et bien dans sa peau. Ce dont on ne pouvait décemment lui tenir rigueur, bien sûr. Mais plus Jackie se détendait, plus il se tendait de son côté.

Ses tenues variaient peu : il la trouvait tous les matins vêtue d'un short et d'un bout de tissu censé faire office de top. Elle ne se maquillait jamais et ignorait l'existence du sèche-cheveux. Sans être négligée à proprement parler, elle ne soignait pas son allure. Il n'avait donc aucune raison de la trouver attirante a priori. Ses goûts l'avaient toujours porté vers des femmes raffinées.

Alors pourquoi ne parvenait-il pas à détacher ses pensées de ce grand brin de fille tout en jambes qui ne faisait rien pour lui plaire, hormis se passer le visage à l'eau et sourire ?

Parce qu'elle était différente ? Avec un haussement d'épaules, Nathan rejeta cette hypothèse. A l'excentrique et au dépaysant, il préférait le confortable et le familier. Or, il n'y avait rien de familier chez Jackie.

Et tant pis si ses amis pensaient de lui qu'il était exagérément morne et routinier. Il considérait qu'avec un métier aussi itinérant que le sien il avait le droit d'être casanier à ses heures. Il avait suffisamment l'occasion d'être bousculé lorsqu'il voyageait pour son travail. Alors pourquoi ne mettrait-il pas ses congés à profit pour mener une vie paisible et sédentaire ?

Il aimait passer ses vacances seul chez lui et occuper son temps à la lecture et au jardinage. Ce qui ne l'empêchait pas de voir des amis à l'occasion, le temps d'un apéritif ou d'un dîner. Mais pour le reste il avait surtout besoin de se recentrer sur lui-même. Et pour cela il ne voulait personne dans ses jambes.

Or la présence de Jackie, bizarrement, ne l'incommodait pas autant qu'il l'avait redouté. Pire même : il commençait à s'y habituer. Une découverte pour le moins déstabilisante pour le grand sauvage qu'il était censé être.

Nathan mit les gaz et le bateau prit de la vitesse. Il aurait sans doute été plus à l'aise si elle avait été terne et ennuyeuse.

Pour sortir, il préférait la compagnie de femmes raffinées. Mais pour partager sa maison — ou comme pensionnaire, plus exactement — une femme un peu passe-partout lui aurait sans doute mieux convenu.

Le problème avec Jackie, c'est qu'elle avait beau passer ses journées terrée dans sa chambre, il était impossible de faire abstraction de sa présence. Avec ses remarques déconcertantes, ses sourires éblouissants et ses vêtements de couleurs vives, on ne voyait et on n'entendait qu'elle. Surtout que ses tenues bariolées ne couvraient généralement qu'un dixième de sa personne.

Peut-être pouvait-il le reconnaître ici, dans la solitude de son bateau, avec le vent pour seul témoin : même s'il avait du mal à admettre le viol de son sanctuaire, il la trouvait… drôle. Sympa. Amusante.

Or les plaisirs et les distractions n'avaient pas tenu beaucoup de place dans sa vie, ces quelques dernières années. Le travail avait été — et restait toujours — sa priorité. Concevoir, réaliser, construire constituait l'essence même de son existence. Et, même si les responsabilités étaient lourdes, elles ne lui avaient jamais pesé. Son travail, il l'aimait comme une nécessité. Il aurait d'ailleurs été surpris qu'on lui demande s'il aimait son métier. Pourquoi l'aurait-il choisi, sinon par passion ?

Il estimait avoir de la chance. Il n'était pas donné à tout le monde d'avoir la possibilité d'exercer le métier que l'on aimait. Même s'il y avait des moments compliqués où il se tapait la tête contre les murs, le résultat final compensait largement toutes les épreuves qui précédaient la réalisation. Rien, dans sa vie, ne lui avait jamais procuré une satisfaction aussi intense que de voir un de ses édifices terminés.

S'il s'investissait à ce point dans son travail, ce n'était pas parce qu'il s'ennuyait par ailleurs. Ou encore moins parce qu'il cherchait à compenser un quelconque manque affectif. Il se trouvait simplement que l'architecture était sa vocation. Et qu'elle le passionnait infiniment plus que tout le reste. Il appréciait la compagnie des femmes. Et ne dédaignait pas les plaisirs qu'elles pouvaient lui apporter. Mais aucune, jamais, ne l'avait tenu éveillé la nuit. Alors qu'il lui était arrivé de plancher jusqu'à l'aube sur un problème d'agencement.

Seule Jackie semblait avoir la capacité de lui procurer des insomnies. Mais Jackie ne comptait pas, bien sûr. Elle n'était qu'un élément passager. Une parenthèse dans sa vie.

Plissant les yeux à cause de la lumière, Nathan vira de manière à avoir le soleil dans le dos. Mais même ainsi, il continua à froncer les sourcils. Les conversations avec elle ressemblaient à des charades à décrypter. Ses théories le bousculaient; ses idées étaient pleines de ramifications inattendues. Il y avait longtemps qu'il n'avait pas réfléchi autant à quantité de sujets, des plus graves aux plus saugrenus.

Sa constante joie de vivre était contagieuse. Et il ne pouvait que s'incliner devant ses talents culinaires. Impossible de prétendre d'autre part que son sourire le laissait indifférent. Et ses yeux, bizarrement, étaient sombres et lumineux à la fois. Quant à sa bouche généreuse...

Sourcils froncés, Nathan mit un terme à son inventaire. Les attributs physiques de Jackie n'avaient pas d'incidence sur la situation. Ou ne devraient pas en avoir en tout cas.

Ce bref moment où il s'était senti en lien total avec elle n'avait été qu'une illusion. Il était certain, en tout cas, qu'il s'exagérait la profondeur et la portée du phénomène. Qu'il y ait eu une attirance passagère n'avait rien que de très naturel. Mais les affinités qu'il avait cru déceler n'existaient que dans son imagination.

Pour lui, la notion de coup de foudre était une commodité romanesque conçue à l'usage des mauvais écrivains. Et le désir lui apparaissait comme un mot élégant pour désigner une simple réaction hormonale.

S'il avait ressenti quelque chose, cela n'avait été qu'un mouvement fugitif. Et purement physique qui plus est.

Bizarrement, le son clair du rire de Jackie retentit soudain à ses oreilles. Alors qu'il était seul sur son bateau. Et que les bords du canal étaient déserts. Les mâchoires crispées, il renonça à différer l'inéluctable et mit le cap sur sa propriété.

Le crépuscule était déjà tombé lorsqu'elle entendit un bateau approcher. Sans même regarder, Jackie sut que c'était Nathan. Depuis deux heures qu'elle le guettait, son ouïe avait gagné en finesse : elle avait identifié le son de son moteur sans l'ombre d'une hésitation. Sa première réaction fut de soulagement. Il n'avait donc pas chaviré. Pas plus qu'il ne s'était fait enlever par un gang armé.

Mais à présent qu'elle le savait sain et sauf elle n'avait qu'une envie : l'étrangler.

Douze heures, songea-t-elle, révoltée, en plongeant dans la piscine. *Ce chien s'est absenté pendant douze heures en me laissant seule à la maison.* Il n'avait donc aucune considération ? Il ne lui fallut pas moins de vingt longueurs en crawl pour commencer à se calmer. Elle n'était pas en colère, cela dit. Même pas contrariée. Nathan était entièrement libre de vivre sa vie comme il l'entendait. De passer ses journées comme il le voulait, avec qui il le voulait. Et il était évident qu'elle ne ferait aucun commentaire. Pas un geste. Pas une mimique. Pas un mot.

Au bout de la vingt-cinquième longueur, elle prit appui des deux coudes sur le bord de la piscine et rejeta ses cheveux mouillés en arrière.

— Vous vous entraînez pour les jeux Olympiques ?

Nathan se tenait à deux pas, un sourire nonchalant aux lèvres. Un liquide transparent pétillait dans le verre qu'il avait à la main. Jackie cligna des yeux pour chasser l'eau qui obscurcissait sa vision. Nathan portait un bermuda dûment repassé avec un polo à manches courtes tellement impeccable qu'il semblait sortir tout droit de sa boîte d'emballage.

La décontraction version Nathan Powell, songea-t-elle avec une parfaite méchanceté.

— Tiens, je n'avais pas vu que vous étiez de retour,

rétorqua-t-elle, avec indifférence, en prenant soin d'éviter son regard.

Mentir était une chose. Mais le mensonge prononcé les yeux dans les yeux n'avait jamais été sa spécialité.

— J'arrive juste, précisa-t-il.

Elle était très clairement contrariée par son absence. Nathan en conçut une intense satisfaction. Oubliant qu'il détestait les conversations anodines, il s'enquit aimablement :

— Alors ? Cette journée ? Bien passée ?

— Très bien, oui, merci. J'ai été pas mal occupée.

S'éloignant du bord, Jackie fit quelques mouvements de brasse paresseuse. A l'est, le ciel était déjà presque noir, mais les dernières lueurs du jour éclairaient encore la maison et la piscine. Le petit sourire qu'affichait Nathan lui paraissait pour le moins suspect. Mais elle dut admettre qu'elle aimait lui voir cette expression. Il ne devait rien exister de plus ennuyeux, après tout, qu'un homme fiable à cent pour cent.

— Et vous ? Votre journée en bateau ?

— Très relaxante.

Jackie l'examina en s'allongeant sur le dos pour faire la planche. Il avait l'air un peu plus détendu que d'habitude, en effet. Elle avait déjà découvert qu'il faisait partie de ces gens qui restaient en permanence sur le qui-vive. Comme si la vigilance était pour lui une seconde nature.

Sa colère retomba aussi abruptement qu'elle lui était venue. Et elle ne put s'empêcher de lui sourire.

— Vous voulez une omelette ?

— Une quoi ?

Distrait de sa contemplation, Nathan se concentra sur son visage. Le Bikini qu'elle portait se réduisait à trois triangles microscopiques et quelques ficelles. Et le grain de sa peau hâlée exerçait sur lui une indicible fascination.

— Si vous avez faim, je peux vous confectionner une omelette.

— Non, merci, ça ira.

Il prit une gorgée de sa boisson pour adoucir sa gorge soudain trop sèche. Puis se fourra les mains dans les poches.

— Ça se rafraîchit, commenta-t-il platement.

Jackie se retourna, plongea et ressortit près du bord pour se hisser hors de l'eau. Elle était trop mince, se raisonna Nathan. Avec une démarche malgré tout très athlétique. Dans la lumière déclinante, les gouttes sur sa peau scintillaient comme une décoration primitive au charme lascif.

— Ah zut, j'ai oublié de prendre un drap de bain.

Avec un léger haussement d'épaules, Jackie se secoua pour se sécher. Nathan déglutit et détourna les yeux. Ce ne serait pas très avisé de regarder alors qu'il était poursuivi par une vision insistante de ses propres doigts tirant sur les ficelles du minuscule Bikini de Jacqueline MacNamara.

— Bon, je vais rentrer lire un peu, annonça-t-il. J'ai des quantités de livres qui m'attendent.

— Moi aussi. En ce moment, je lis tous les romans sur le Far West qui me tombent sous la main.

Il la regarda approcher, sans rien dire, hypnotisé par la fluidité de sa silhouette longiligne.

— Je vais vous débarrasser de votre verre, Nathan.

— Non, laissez.

Pour la seconde fois en moins de trois jours, ils tendirent simultanément la main vers le même objet. Pour la seconde fois, leurs doigts se trouvèrent. Nathan sentit la crispation de Jackie en même temps que la sienne. Ainsi elle était bel et bien affectée par le phénomène, elle aussi. Elle avait ressenti la même secousse suivie du même vertige. Cela n'avait pas été qu'un simple effet de son imagination.

Ils s'écartèrent avec un tel ensemble que le verre vacilla. Ils le rattrapèrent d'un seul mouvement. Puis demeurèrent immobiles, face à face.

La scène aurait dû être comique, songea Jackie confusément. Mais le petit rire qu'elle émit sonna faux. Dans les yeux de Nathan, elle lisait le reflet de ce qu'elle éprouvait elle-même. Un désir brûlant. Périlleux. Exigeant.

— Il nous faudrait un chorégraphe, commenta-t-elle.

— C'est bon, je tiens le verre, vous pouvez le lâcher, indiqua-t-il d'une voix rauque.

Elle s'exécuta sans un mot. Puis prit une décision impulsive et sans doute imprudente.

— Ce serait peut-être aussi bien si on évacuait le truc tout de suite, non ?

Nathan la regarda, interloqué.

— Si on évacuait tout de suite quoi ?

— Le baiser. C'est simple : vous vous interrogez de votre côté et moi du mien.

Le ton de sa voix était parfaitement désinvolte. Mais elle dut s'interrompre pour s'humecter les lèvres.

— Apparemment, nous sommes curieux l'un et l'autre de savoir ce qui se passerait si nous nous embrassions. J'en conclus que nous aurons l'esprit plus libre, une fois que nous aurons obtenu la réponse à la question qui nous tarabuste.

Nathan reposa lentement son verre sur la table en marbre. La proposition n'avait rien d'exalté. Il s'agissait d'une approche raisonnée. Logique. Et par là même séduisante.

— Vous avez une vue très pragmatique des choses.

— Cela m'arrive, oui.

Elle frissonna légèrement dans la fraîcheur de la nuit tombante.

— Mon expérience, c'est que tant qu'on reste dans l'imaginaire on prête une importance excessive à des… envies insignifiantes. Rien de tel qu'une dose de réalité pour ramener une curiosité passagère à ses justes proportions.

De nouveau, le sourire surgit sur ses traits et la fossette fit son apparition.

— Sans vouloir vous vexer, vous n'êtes pas du tout mon type, Nathan. Et je suis persuadée que je suis aux antipodes du vôtre.

— C'est le moins que l'on puisse dire, oui, rétorqua-t-il, vaguement meurtri.

Jackie hocha la tête.

— C'est bien ce qu'il me semblait. Alors on se débarrasse du baiser et on retourne à la normale. Ça marche ?

Nathan fulminait. Même s'il était à peu près certain qu'elle ne l'avait pas fait exprès, Jackie avait planté un cruel aiguillon dans son orgueil masculin. Elle était aussi détendue, amicale et indifférente que s'ils se préparaient à échanger une recette de cuisine. Et tout à sa certitude tranquille que le fait de l'embrasser la laisserait forcément de glace.

Elle parlait de leur futur baiser comme si c'était la mouche du coche qu'il suffirait d'écarter d'un geste impatient de la main. S'en débarrasser pour revenir à la normale… Elle voulait l'évacuer de ses pensées ? Eh bien, elle allait voir ce qu'elle allait voir.

Jackie eut un léger frisson lorsqu'elle vit le regard de Nathan s'obscurcir. Son expression « à la Jake » lui donnait soudain l'air d'un tueur. Mais il était trop tard pour reculer.

Une main de Nathan se posa sur sa nuque et ses doigts s'enfouirent dans ses cheveux mouillés. Son approche la surprit. Intime, possessive, elle lui coupa instantanément le souffle. L'instinct de fuite prit un instant le dessus et elle lutta contre le mouvement réflexe qui lui commandait de prendre ses jambes à son cou. Elle avait toujours eu pour principe d'aller au-devant du danger la tête haute.

Au lieu de reculer, elle fit donc un pas en avant et leva son visage vers le sien. Elle s'attendait à une tiédeur agréable. A quelques sensations modérément plaisantes. A un gentil petit baiser ordinaire, en somme.

Elle ne fut pas déçue.

Des fusées de couleurs vives. Un feu d'artifice. Telles furent les images visuelles et sonores qui se déclenchèrent lorsque les lèvres de Nathan touchèrent les siennes. Un ciel constellé de points de lumière mouvants. Et le grondement sonore en arrière-plan. Comme elle avait toujours aimé le fracas des explosions, elle laissa échapper un murmure de plaisir. Naturellement encline à accueillir les sensations positives, elle s'abandonna contre lui et goûta le plaisir de l'instant.

Elle sentait l'odeur de l'eau sur lui. Non pas celle javellisée de la piscine, mais les eaux plus mystérieuses de la mer. Avec la tombée complète de la nuit, la température baissait rapidement mais elle ne percevait plus, sur sa peau humide, que des ondes de chaleur d'intensité croissante. Chaleur du corps de Nathan. Chaleur de ses mains. Ainsi ce qui n'avait été qu'une impression fugitive se confirmait avec éclat : cette rencontre, elle l'avait anticipée, attendue. Il y avait des années que quelque chose en elle, souterrainement, s'y préparait.

A la différence de Jackie, Nathan, lui, avait cessé de penser. Presque dès la première seconde. Dès le premier contact. Il se laissait descendre en apnée dans un monde qui était pure découverte. Monde de saveurs. De goûts. De sensations. En approchant ses lèvres de celles de Jackie, il s'était préparé à un baiser acidulé, charmant mais un peu court en bouche et sans tenue véritable.

Rien dans l'aspect ni le rayonnement de Jackie ne lui avait laissé prévoir la douceur de lait, la tendresse de miel qu'il buvait à ses lèvres. Elle était comme une source dans le désert. Généreuse, désaltérante, infinie. Dans l'oasis qu'était devenu son esprit, elle coulait, se répandait comme la vie.

Il n'avait sûrement pas eu l'intention de la prendre dans ses bras. De la tenir. D'explorer de ses mains cette peau de soie. Mais il n'était plus maître de ses gestes. Et plus il la touchait, plus sa maîtrise lui échappait.

Le dos de Jackie était long, mince et souple. Et il la sentait ployer si docilement dans son étreinte. Une onde aveuglante de désir monta en lui. Si puissante qu'il retourna à l'assaut de sa bouche. Plus vigoureusement, cette fois. Comme si elle était citadelle à conquérir. Place forte à investir. Et elle s'ouvrait à sa conquête. Faisait alliance avec ses troupes. Lui ouvrait grand toutes les portes. Lorsqu'un soupir de Jackie vint glisser sur sa langue, le rythme de son pouls doubla.

Elle se pressait contre lui, bouche ouverte. Son corps était doux, réactif. Toujours en phase. Jamais soumis. Sa générosité l'époustouflait. La tentation le rendait fou.

Jackie était aux anges. Entre volupté et apesanteur. Chaque détail de la scène resterait ciselé dans sa mémoire pour l'éternité : l'odeur des fleurs, enveloppante et capiteuse. Le crissement des insectes dans le noir, le clapotis de l'eau toute proche. Jamais elle n'oublierait leur premier baiser. Entamé au crépuscule et poursuivi jusqu'à la nuit.

Un sourire flottait sur ses lèvres lorsqu'ils s'écartèrent l'un de l'autre. Sans chercher à dissimuler sa joie, elle laissa échapper un long soupir de contentement.

— J'adore les surprises, murmura-t-elle.

Pas lui. Nathan s'en souvint juste à temps et esquissa un léger mouvement de recul. En s'interdisant in extremis de la reprendre dans ses bras. Il était à la fois stupéfait et contrarié de découvrir qu'il ne tenait plus très bien sur ses jambes. Il désirait — douloureusement — ce qu'il n'avait nulle intention de prendre.

— Vous aviez raison. A présent que nous avons satisfait notre curiosité, nous devrions être tranquilles, commenta-t-il d'un ton détaché.

Il ne fut pas surpris de voir la colère étinceler dans le regard de Jackie. Mais la douleur qui suivit presque instantanément le prit au dépourvu, en revanche. Très vite, cependant, l'habituel pétillement amusé fut de retour dans ses yeux bruns.

— A ta place, je n'en serais pas si sûr, Nathan Powell.

Jackie lui tapota la joue d'un geste amical — bien qu'elle eût adoré le rouer de coups de poing. Puis elle s'éloigna d'une démarche nonchalante.

« Il ne le sait pas encore, mais sa tranquillité, il l'a perdue à tout jamais », résolut-elle sadiquement en refermant la moustiquaire derrière elle.

4

Que faire ? Empoisonner ses œufs pochés ? Jackie songea que ce ne serait que justice. Elle voyait la scène d'ici. Il descendrait prendre son petit déjeuner. Les traits lisses et reposés. La mine détendue. L'œil indifférent. Avec juste une pointe imperceptible de sarcasme dans le regard. Elle savait même d'avance comment il serait vêtu : pantalon en coton clair. Une chemise marine. Le tout repassé et sans un pli.

Elle, ne lui donnant aucune raison de se méfier, lui servirait en souriant une superbe assiette de bacon canadien, très légèrement grillé et des œufs pochés sur un toast. Avec juste un *soupçon* de cyanure.

Fidèle à ses habitudes, il commencerait par boire une gorgée de café. Puis il couperait sa viande. Elle-même se servirait une assiettée similaire à la sienne. Ainsi, tout paraîtrait parfaitement normal. Ils parleraient du temps. « Un peu humide, n'est-ce pas ? Il se pourrait qu'on ait de la pluie avant ce soir. »

Lorsqu'il prendrait sa première bouchée d'œufs, la sueur, presque aussitôt, perlerait à son front. Très vite, il tomberait à terre, les yeux révulsés, en proie à une souffrance atroce. Et, lorsqu'elle se pencherait sur lui, il la supplierait de lui pardonner juste avant de rendre son dernier souffle.

« Pas mal, jugea Jackie. Mais un peu trop banal, comme scénario. Il va falloir trouver plus subtil. »

Elle croyait beaucoup aux vertus de la vengeance. Les gens qui pardonnaient les pires offenses avec un pieux sourire méritaient, à ses yeux, d'être passés à la moulinette.

Ce qui ne voulait pas dire qu'elle était incapable de passer sur des petites vexations. Ou sur des blessures infligées sans le vouloir. Mais la cruauté délibérée se devait d'être punie.

Tôt ou tard, donc, Nathan se verrait présenter la note. Et elle comptait le faire payer très cher.

Jackie tenta de se convaincre qu'il était simplement froid, mou, insensible et aussi vivant qu'une figure en carton-pâte. Mais elle n'en croyait pas un mot. Malheureusement pour elle — ou pour lui — elle avait vu la gentillesse dans son regard. Et senti le fond de générosité en lui. Nathan était peut-être rigide. Mais il n'était ni froid ni insensible.

Peut-être — elle disait bien, peut-être — avait-elle prêté à leur baiser une signification exagérée. Elle était plus consciente de ses émotions que la moyenne, après tout. Et il était possible que Nathan n'ait pas perçu le fracas du feu d'artifice de son côté. Mais il avait bel et bien senti quelque chose. Un homme ne s'agrippait pas à une femme comme s'il était en train de chuter d'une falaise s'il était juste tombé de la hauteur d'un trottoir.

Bon. Puisqu'il avait senti quelque chose, il ne lui restait plus qu'à faire en sorte qu'il sente beaucoup plus encore. Jusqu'à souffrir les affres de l'enfer. Non pas qu'elle ne puisse accepter l'idée du rejet. Tout en moulinant son café en grains, Jackie songea que les échecs faisaient partie de la vie. Et qu'ils avaient pour fonction de vous endurcir pour vous pousser à aller de l'avant.

Elle-même, il est vrai, n'avait pas eu l'occasion d'échouer souvent. Mais elle considérait qu'elle avait une nature suffisamment souple pour accepter qu'on lui dise non.

A condition, toutefois, que le non soit justifié.

Sourcils froncés, Jackie regarda la vapeur s'élever en volutes au-dessus de la bouilloire. Loin d'elle l'idée d'exiger que tous les hommes tombent à ses pieds. Même si elle avait suffisamment d'amour de soi pour souhaiter en voir craquer un de temps en temps, elle n'attendait pas pour autant des serments d'amour éternel après une seule étreinte.

Mais de là à faire comme si rien ne s'était passé ! Il y

avait eu quelque chose de fort entre eux, tout de même ! Et lui s'était contenté de hausser les épaules et de prendre un air compassé.

Et ça, elle n'était pas prête à le laisser passer. Furieuse, Jackie versa l'eau bouillante sur le café fraîchement moulu. Nathan paierait pour la remarque désabusée, pour l'indifférence feinte. Et surtout pour la nuit blanche qu'elle avait passée à fulminer dans son lit.

Pour la première fois de sa vie, Jackie regretta de ne pas être renversante. Appartenir à cette catégorie de femmes magnifiques, avec des corps de statue et des pommettes saillantes. Ou être petite et délicate et ressembler à une poupée de porcelaine. Sourcils froncés, elle s'efforça de capter son reflet dans la cuisinière en Inox. Mais l'image qu'elle percevait était vague et déformée.

« Bah… J'ai la tête que j'ai, après tout. » Et elle avait toujours été capable de se débrouiller avec les qualités que la nature lui avait données. Nathan Powell, l'homme de granit et d'acier, finirait à genoux en moins de temps qu'il ne fallait pour le dire.

Elle l'entendit arriver mais prit son temps avant de tourner la tête pour le saluer. La robe très échancrée qu'elle avait enfilée pour l'occasion mettait son dos hâlé en valeur. Pour la première fois depuis son arrivée, elle avait puisé dans ses provisions de maquillage. Et avait fait un usage modéré de gloss pour les lèvres. Puis souligné ses yeux d'un discret coup de crayon.

Lorsque, enfin, elle se décida à lui lancer son plus beau sourire par-dessus une épaule, Jackie dut réprimer un éclat de rire. Il avait une mine épouvantable ! Le pauvre garçon ! N'était-ce pas malheureux de lui voir ces yeux battus ?

Nathan était d'humeur massacrante. Il avait passé la majeure partie de la nuit à se retourner dans son lit sans dormir. Et le sourire radieux qu'affichait Jackie ce matin lui donnait envie de montrer les dents et de grogner comme un pitbull en cage.

« Un simple baiser et tout reviendra à la normale »,

avait-elle dit ? Il aurait dû étrangler cette fille le soir même où il l'avait trouvée dans son Jacuzzi. Il n'y avait plus eu de « normalité » pour lui depuis l'instant où elle avait mis les pieds dans cette maison.

La dernière fois qu'il avait souffert de manque sexuel ainsi remontait à sa lointaine adolescence libidineuse. A un âge où son imagination était encore foisonnante et où son expérience avoisinait le degré zéro. Aujourd'hui, il avait sans doute moins de fantaisie, mais beaucoup plus de connaissances concrètes. Et les représentations qui l'avaient hanté pendant son insomnie avaient un caractère un peu trop torturant à son goût.

— Bonjour, Nat. Je te sers un café ?

Nat ? Voilà qui était nouveau. Et le tutoiement en plus. Il aurait dû s'insurger, sans doute. La remettre vertement à sa place. Mais il n'avait pas l'énergie de se lancer dans un débat tordu « à la Jackie ».

Avec un simple hochement de tête, il s'assit.

— Tiens, voilà ton café. Il est exactement comme tu l'aimes. Les œufs au bacon seront prêts dans cinq minutes.

Sa voix était si suave qu'elle avait des inflexions presque célestes. A croire qu'il lui était poussé deux ailes pendant la nuit. Nathan but sa première tasse de café d'un trait. Dès qu'il l'eut reposée sur le comptoir, Jackie vint le resservir. Elle s'était parfumée un peu plus généreusement qu'à l'ordinaire. Sans être capiteuse ni envahissante, son eau de toilette était soudain très présente. « Tu te souviens ? » semblait-elle lui dire. Prudent, il leva les yeux vers Jackie.

Rêvait-il ou était-elle réellement plus jolie qu'à l'ordinaire ? Il n'avait jamais compris comment elle se débrouillait pour avoir toujours une peau aussi fraîche, saine et éclatante. Et encore moins comment une femme pouvait avoir l'air désarmante et sensuelle avec des cheveux éternellement en pétard.

Avait-elle le droit d'afficher tant de forme et de vivacité de bon matin alors qu'il avait l'impression d'avoir passé la nuit à lutter contre une armée de démons invisibles ?

Elle avait appliqué une substance légèrement brillante sur ses lèvres. Sa bouche luisait comme pour le narguer, le ramener au souvenir de leur baiser.

— C'est aujourd'hui que Mme Grange vient faire le ménage, annonça-t-il d'un ton rogue.

Jackie sourit tout en cassant un œuf d'une main. Elle le fit glisser d'un geste expert dans la cuillère à pocher.

— Ah oui ? C'est formidable. Les choses reviennent vraiment à la normale, n'est-ce pas ? Tu penses être ici pour le déjeuner ?

Nathan la regardait procéder. Excellent, le truc avec les œufs. Des trucs, d'ailleurs, elle devait en avoir en réserve. Jackie MacNamara, à l'instar de son cousin Fred, avait plus d'un tour dans son sac.

— J'ai prévu de rester, oui. J'ai pas mal de coups de fil à passer.

— O.K. Je tâcherai de préparer quelque chose de bon.

Elle se tourna pour l'examiner avec attention.

— Tu sais que tu as l'air un peu hagard, ce matin, Nathan ? Tu as mal dormi cette nuit ?

Il se fit violence pour ne pas hurler.

— J'ai travaillé tard hier soir. J'avais des papiers à classer.

Jackie secoua la tête d'un air peiné.

— Tu travailles trop. C'est pour ça que tu es toujours si tendu. Tu devrais essayer le yoga. La méditation est un remède souverain.

— Je me relaxe en travaillant.

Jackie posa son assiette devant lui.

— C'est une théorie aussi courante qu'erronée. Il est exact que le travail, en occupant l'esprit, peut nous distraire de nos problèmes personnels. Mais il ne les résout pas pour autant. Alors qu'un bon massage, en revanche…

Tout en parlant, elle avait commencé à lui pétrir les épaules. Il s'attendait si peu à une telle initiative de sa part qu'il tressaillit violemment.

— Un bon massage, donc, peut être curatif, poursuivit-elle de la même voix, rauque et apaisante. Avec un peu d'huile tiède, une musique appropriée, l'esprit s'apaise et on dort comme un bébé… Tiens, tu as un gros nœud de tension, là, juste à la base de la nuque.

— C'est juste du muscle, maugréa-t-il.

S'il ne s'était pas retenu, il aurait sans doute cassé sa fourchette en deux. Cette fille avait de la magie dans les doigts. De la magie noire, sans l'ombre d'un doute.

— Je ne suis jamais tendu, protesta-t-il, comme elle continuait à masser en silence.

Sourcils froncés, Jackie oublia un instant le but de sa petite mise en scène. Nathan pensait-il réellement ce qu'il disait ? « Pas impossible », jugea-t-elle, consternée. La tension étant son état normal, il n'avait même pas conscience d'être anormalement crispé. Mais, même si c'était malheureux pour lui, elle ne se laisserait pas attendrir.

— Disons qu'il y a détente et détente, éluda-t-elle en se concentrant sur le muscle sous-scapulaire. Quand j'ai été correctement massée, je suis comme du beurre. Ça me fait penser que j'ai une très bonne huile de massage ici. Hans ne jure que par elle.

— Hans ?

La question à ne pas poser, bien sûr. Et comme un idiot il avait fallu qu'il tombe dans le panneau.

— Mon masseur. Norvégien d'origine. Hans a des mains d'artiste. Une sensibilité incomparable. Il a accepté de me transmettre sa technique.

— Comme par hasard, marmonna-t-il.

Jackie sourit dans son dos. En se demandant d'où lui venait sa belle musculature. Un architecte était censé ne connaître de la construction que ses aspects intellectuels. Il devait normalement passer ses journées devant un ordinateur ou une table à dessiner. Arpenter des chantiers pour débattre de complications techniques avec des entrepreneurs.

Elle passa les mains sur ses épaules.

— Tu es formidablement bien bâti, observa-t-elle. J'ai essayé de faire du body-building, à une époque. Mais sans grand résultat au niveau des deltoïdes.

Trop c'était trop. S'il la laissait continuer ainsi ne serait-ce qu'une seconde de plus, il risquait de commettre une action embarrassante. Comme de se mettre à gémir, par exemple.

Se retournant sur son tabouret, il lui attrapa les mains.

— A quoi tu joues, au juste ?

Le cœur de Jackie en oublia de battre. La sensation était plutôt plaisante. Mais elle ne devait pas oublier que la vengeance restait son but.

— J'essaye juste de dénouer tes contractures, Nat. C'est mauvais pour la digestion d'être tendu.

— Je ne suis pas tendu. Et ne m'appelle pas Nat.

— Désolée. Ça te va à ravir quand tu as cette expression meurtrière dans les yeux.

Nathan résolut de rester patient. Il entreprit de compter jusqu'à dix mais craqua à quatre.

— Attention, Jackie. N'oublie pas que tu es ici à l'essai. Je te conseille de renoncer immédiatement à ton petit jeu.

— Petit jeu ?

Elle sourit. Mais pour la première fois il vit son regard se durcir.

— Je ne comprends pas de quoi tu me parles.

— Tu t'es même mis du machin sur la bouche.

— Du machin ?

Elle se passa lentement la langue sur les lèvres.

— Tu n'aimes pas le gloss ?

Il ne jugea pas utile d'honorer cette question d'une réponse.

— Tu as aussi mis du produit sur tes yeux.

— Et alors ? Ils ont voté une loi pour interdire aux femmes de se maquiller, dans l'Etat de Floride ? Non, sérieusement, Nat — pardon, Nathan —, tu ne penses tout de même pas que je suis en train de te faire du charme ? Comme si un grand garçon costaud comme toi n'était pas capable de se défendre contre un brin de séduction éventuelle.

Elle aimait la façon dont ses yeux ardoise pouvaient virer à l'orage.

— Mais, si ça t'excite à ce point, je te promets d'adopter

une politique de lèvres nues dorénavant. Ça ira mieux comme ça ?

La voix de Nathan était si douce, si parfaitement maîtrisée qu'elle ne vit pas tout de suite le danger arriver.

— On ne t'a jamais dit que celui qui se bat avec des armes déloyales finit toujours par en payer le prix, Jackie ?

Rejetant la tête en arrière, elle lui coula un regard provocant de sous ses cils baissés.

— J'ai eu quelques échos de cette théorie, oui. Mais je suis une grande fille, moi aussi.

Alors seulement, elle comprit qu'elle l'avait sous-estimé. Une simple erreur de calcul, cela dit. Mais pour être mineure elle n'en risquait pas moins de lui être fatale. Car Jake le flingueur était de retour. Et ses armes étaient fumantes.

Elle avait semé le vent et s'apprêtait à récolter la tempête. Car Nathan, très clairement, ne s'arrêterait pas à un simple baiser. Son regard disait explicitement que ce serait ce qu'il voudrait, quand il voudrait et comme il voudrait. Et aucune protestation, aucun sourire charmeur n'y changerait rien.

Lorsque le carillon de la porte sonna, ils ne bougèrent ni l'un ni l'autre. Le cœur de Jackie qui avait cessé de battre reprit son mouvement de pompe. Sauvée par le gong. Elle aurait ri si elle ne s'était pas sentie aussi faible.

— Ce doit être Mme Grange, commenta-t-elle gaiement — un peu trop gaiement. Si tu veux bien me lâcher les mains, maintenant, Nathan, je me ferai un plaisir d'aller lui ouvrir pendant que tu termines ton petit déjeuner.

Il finit par la libérer, oui. Mais il commença par la faire souffrir pendant les cinq secondes les plus interminables de son existence. Cinq secondes pendant lesquelles elle demeura persuadée qu'il laisserait sonner sans réagir et exécuterait la menace qu'elle avait lue dans son regard.

Sans un mot, Nathan la laissa aller et se tourna de nouveau vers le comptoir. Le problème, c'est qu'il n'avait plus envie de café. Mais d'un whisky bien tassé.

Jackie, elle, s'esquiva sans demander son reste. En espérant que ses œufs seraient froids et son bacon desséché.

Elle était prête à vouer une affection sans retenue à la providentielle Mme Grange. Mais en ouvrant la porte Jackie fut un instant déconcertée par la silhouette massive dans la robe à fleurs. Le tout agrémenté par des baskets montantes roses. Mme Grange l'examina attentivement avec de petits yeux d'un bleu éteint. Puis ses lèvres esquissèrent une moue réprobatrice.

— Eh bien…

Pour être bref, le commentaire n'en était pas moins lourd de sous-entendus. Jackie sourit et lui tendit la main.

— Bonjour. Vous devez être Mme Grange. Je m'appelle Jackie MacNamara. Nathan supporte ma présence chez lui quelques semaines car il n'a pas eu le cœur de me jeter à la porte. Vous avez déjà pris votre petit déjeuner ?

— Depuis plus d'une heure, oui.

Mme Grange entra et posa un énorme cabas sur un banc du vestibule.

— MacNamara… Vous devez être de la famille de ce bon à rien, alors ?

Jackie n'eut pas besoin de demander qui était le bon à rien en question.

— Je plaide coupable, oui. Nous sommes cousins. Mais il est parti. Définitivement.

— Bon débarras.

Avec un petit reniflement dédaigneux, Mme Grange s'avança jusque dans le séjour qu'elle inspecta d'un œil critique.

— C'est vous qui avez mis les bouquets de fleurs ?

— Oui, c'est moi.

— Mmm… Pas vilain. Mais, comme je le répétais régulièrement à votre cousin, mon travail, c'est de nettoyer des maisons. Pas de suivre des porcs à la trace en ramassant leurs cochonneries derrière eux.

— Je suis entièrement de votre avis, acquiesça Jackie avec toute la gravité voulue.

Si Fred avait tenté d'exercer son charme légendaire sur Mme Grange, il s'était ramassé en beauté, de toute évidence.

— J'occupe une des chambres d'amis. La bleu et blanc, vous savez ? Et j'y suis également pour travailler. Alors prévenez-moi lorsque vous voudrez vous y attaquer. Je veillerai à ne pas être dans vos jambes. Pour le déjeuner, je prévois de le servir à midi et demi. Ça vous va ?

Elle avait déjà programmé mentalement un changement de menu pour aider la volumineuse employée de maison à perdre quelques kilos superflus.

Décontenancée, Irène Grange serra les lèvres. Il était rare qu'un de ses employeurs lui propose un repas. Avec la plupart d'entre eux, ses relations se limitaient à un Post-it collé sur le réfrigérateur, avec une liste d'instructions.

— C'est que j'avais apporté mes sandwichs.

— Si vous préférez manger seule, vous êtes libre, bien sûr. Mais cela me ferait plaisir que vous vous joigniez à nous… Si vous avez besoin de quoi que ce soit, je serai dans ma chambre. Nathan déjeune dans la cuisine. Et le café est encore chaud.

Jackie sourit de nouveau puis monta au premier étage en laissant Mme Grange se mettre à son ménage. Pendant toute la matinée, elle entendit le grondement de l'aspirateur et le pas lourd de l'employée allant et venant au rez-de-chaussée. Mais elle constata avec satisfaction que les bruits inhabituels ne perturbaient pas sa concentration. Elle avait toujours pensé qu'un écrivain véritable devait avoir une imagination suffisante pour passer outre aux interférences extérieures. Vers midi, elle abandonna temporairement Jake et Sarah à leur sort et descendit dans la cuisine, préparer une salade à base de blé concassé. Elle découpa ses légumes en petits dés tout en chantant avec la radio allumée. Et essaya de s'imaginer, fuyant à cheval dans le désert, poursuivie par une poignée de desperados.

Lorsque Nathan descendit, elle baissa le volume de la musique et posa un grand saladier sur le comptoir.

— Un café glacé, ça te dit ?

— Volontiers, oui.

Nathan avait répondu comme si de rien n'était mais il la tenait à l'œil. Et au premier mouvement suspect de sa part, il n'hésiterait pas à bondir. Il ne savait pas très bien au juste ce qu'il entendait par « mouvement suspect ». Et il n'avait pas d'idées très précises non plus sur ce qu'il ferait une fois qu'il aurait bondi. Mais il était prêt, de toute façon.

— Tiens, je passerai un coup de fil, cet après-midi, annonça-t-elle tout en préparant le couvert. Je crois que j'ai trouvé le scénario qui signera la défaite de Fred.

Il fronça les sourcils.

— Et comment comptes-tu procéder ?

— Il vaut mieux pour toi que tu n'en saches rien. Ah, vous voilà, madame Grange !

Irrité par cette interruption intempestive, Nathan considéra la femme de ménage avec impatience.

— C'est à quel sujet, madame Grange ?

— Asseyez-vous là, ordonna Jackie avant qu'il ne puisse poursuivre. J'espère que le repas vous plaira. J'ai préparé une salade orientale à base de blé, de tomates et de persil.

Mme Grange casa sa volumineuse personne sur un tabouret. Elle examina le contenu du saladier d'un regard méfiant.

— Mmm… Il n'y a rien d'illégal ou de bizarre là-dedans au moins ?

— Pas le moins du monde, lui assura Jackie en lui versant un verre de café glacé. Si vous l'aimez, je vous donnerai la recette pour que vous en fassiez pour votre famille. Vous avez des enfants, madame Grange ?

Irène Grange rit doucement.

— Il y a longtemps que mes fils ne sont plus des enfants.

Elle prit un peu de taboulé sur sa fourchette et goûta avec précaution. Jackie nota l'absence d'alliance sur sa main rougie par le travail.

— Vous n'avez eu que des garçons ?

— Quatre, oui. Et trois petits-enfants, pour le moment.

— Trois petits-enfants ! C'est merveilleux, non, Nathan ? Vous avez des photos ?

Mme Grange semblait prendre goût à sa salade orientale car elle mangeait avec appétit.

— J'en ai quelques-unes dans mon sac.

— Vous me les montrerez, à l'occasion ? Ça me ferait vraiment plaisir.

Jackie s'assit de manière à placer l'imposante silhouette de Mme Grange entre elle et Nathan.

— Quatre fils… Vous devez être fière.

Le visage sévère de l'employée de maison se détendit.

— Ce sont de bons garçons. Le dernier est encore étudiant et il vit toujours à la maison. Il veut devenir enseignant. Celui-ci a toujours eu de bonnes notes à l'école et ne m'a jamais donné aucun souci. Mais les trois autres, par contre…

Elle marqua un temps d'arrêt puis secoua la tête.

— Ils m'ont fait devenir chèvre plus souvent qu'à leur tour. Mais il faut bien que jeunesse se passe… Elle était drôlement bonne, votre salade, mademoiselle MacNamara. Et joliment présentée, avec ça.

— Appelez-moi Jackie. Et je suis contente qu'elle vous ait plu. Je vous sers encore un peu de café ?

— Merci, non. Il faudrait que je me remette à mon ménage… Vous voulez que je porte vos chemises au pressing, monsieur Powell ?

— Volontiers, oui.

— Si vous ne vous servez pas de votre bureau pour l'instant, je pourrais en profiter pour passer un petit coup maintenant ?

— Très bien, madame Grange.

Jackie, elle, eut droit à un regard amical.

— Inutile de vous déranger tout à l'heure, lorsque je ferai votre chambre. Vous n'aurez qu'à rester où vous êtes. Et je m'accommoderai de votre présence.

— O.K., merci, c'est gentil… Non, non, laissez tout ça sur la table. Je m'occupe de la vaisselle.

Dès que Mme Grange fut sortie, Nathan lui jeta un regard suspicieux.

— C'était quoi, ce cinéma, encore ?

Jackie haussa les sourcils en transférant les restes du taboulé dans un récipient en plastique.

— Quel cinéma ?

— Avec Mme Grange ? Où voulais-tu en venir ?

— Nulle part. Je lui ai demandé de partager notre repas, c'est tout… Ça t'ennuie si je lui donne le reste de salade ?

— Tu fais bien ce que tu veux. C'est une habitude chez toi de prendre tes repas avec ta femme de ménage ?

Jackie lui jeta un regard surpris.

— Pourquoi pas ?

Comme aucune réponse acceptable ne lui venait à l'esprit, il se contenta de hausser les épaules. Le voyant embarrassé, Jackie laissa charitablement le sujet de côté.

— Elle est divorcée ou veuve ?

Nathan finit son café d'un trait.

— Je suis censé le savoir ? D'ailleurs qu'est-ce qui te fait penser qu'elle serait seule ?

— Elle parle de ses fils et de ses petits-enfants. Mais elle ne porte pas d'alliance. Et à aucun moment elle n'a mentionné un M. Grange. Autrement dit, il n'y a pas d'homme dans sa vie. Elémentaire, mon cher Nathan.

— Si tu le dis…

— A la réflexion, le fait qu'elle ne porte pas d'alliance tendrait plutôt à indiquer qu'elle est divorcée. Les veuves, généralement, gardent l'anneau symbolique. Vous n'avez jamais abordé le sujet, elle et toi ?

— Non.

Pensif, il scruta le fond de sa tasse. Pourquoi avait-il du mal à avouer qu'Irène Grange travaillait pour lui depuis cinq ans — presque six — et qu'il venait tout juste d'apprendre qu'elle avait quatre fils et trois petits-enfants ?

— Je ne voudrais pas avoir l'air de lui tirer les vers du nez en lui posant des questions indiscrètes, avança-t-il dignement.

— N'importe quoi. La plupart des gens adorent quand on les interroge sur leur famille. Je me demande depuis combien de temps elle vit seule, d'ailleurs.

Jackie allait et venait dans la cuisine, rinçant, rangeant

et essuyant avec son efficacité habituelle. Ses bagues étincelaient ; ses mains semblaient voler comme des papillons.

— Je ne conçois rien de plus difficile au monde que d'élever des enfants seul. Cela t'arrive d'y penser, toi ?

— De penser à quoi ?

— A fonder une famille.

Elle se versa un dernier café pour l'emporter avec elle, dans sa chambre.

— Dès que je pense « enfants », je tombe dans les stéréotypes les plus éculés. Je vois tout de suite les balançoires dans le jardin, une barrière blanche, un garage pour deux voitures et le labrador de service. Je suis surprise que tu ne sois pas marié, Nathan, toi l'homme de tradition.

Son ton lui fit froncer les sourcils.

— C'est une insulte, je suppose ?

Elle lui effleura la joue du bout des doigts.

— Pas du tout, non. Qu'est-ce qui te fait penser une chose pareille ? Il n'y a pas de honte à être épris des valeurs du passé. Au contraire. Je t'admire, Nathan. Je trouve qu'un homme toujours capable de retrouver ses chaussettes au premier coup d'œil a quelque chose d'émouvant. La femme qui t'épousera pourra se vanter d'être tombée sur le gros lot.

Elle s'éloignait en riant lorsque la main de Nathan se referma comme un étau sur son poignet.

— Une question : cela t'est déjà arrivé de prendre un coup de poing dans le nez, Jackie ?

Enchantée, elle lui adressa son plus beau sourire.

— Pas encore, non. Tu veux qu'on se batte ?

— Essayons plutôt ceci.

Il tira d'un geste sec et Jackie se retrouva assise sur ses genoux. Comme il lui avait fait perdre brutalement l'équilibre, elle dut se raccrocher à ses épaules pour ne pas tomber. Prise au dépourvu, elle réfléchissait à une contre-attaque, lorsqu'il s'empara de sa bouche.

Et ses lèvres étaient comme du feu.

Nathan n'avait pas la moindre idée de ce qui l'avait poussé à adopter cette stratégie périlleuse. Sa seule véritable envie au départ avait été de la battre comme plâtre. Mais, comme un homme n'était pas censé cogner une femme, il l'avait muselée comme il l'avait pu.

Mais qu'il ait pu penser — ne serait-ce qu'un instant — que ce baiser constituerait une revanche lui apparaissait à présent comme la plus grosse aberration dont il avait jamais été victime. Jackie ne se débattit pas, même si elle s'était légèrement raidie sous l'effet de la surprise.

Mais elle ne pouvait guère être plus surprise que lui par ce qui était en train de se passer.

Comme si *lui*, Nathan Powell, était le genre d'individu à menacer une femme puis à l'attraper de force pour la renverser sur ses genoux ! Mais avec Jackie, bizarrement, ce comportement paraissait presque… normal. Comme s'il y avait là une sorte de fatalité. Il pouvait réfléchir et rationaliser pendant des heures. Raisonner jusqu'à atteindre des sommets de clarté. Mais lorsqu'il la touchait il se trouvait soumis à des forces intérieures obscures qui défaisaient toute logique. Et ce baiser, aussi étrange que cela puisse paraître, allait de soi.

Il planta les dents dans sa lèvre inférieure et l'entendit gémir de plaisir. Comme quoi il existait d'autres principes dans la vie que la symétrie et l'asymétrie.

« Celui-là, je l'avais cherché », reconnut Jackie.

Et heureusement elle l'avait trouvé. Toute pensée de revanche avait déjà quitté son esprit. A mesure que le baiser s'approfondissait, elle comprenait de moins en moins comment elle avait pu rêver meurtre, souffrance et complots. Leur étreinte était forte, brûlante. Merveilleuse. Intense. Bref, réunissait toutes les qualités qu'elle avait toujours espéré trouver dans un baiser.

Sans l'ombre d'une crainte ni d'une hésitation, Jackie mit son cœur dans la balance. Ici, comprit-elle, l'amour était possible. Et la confiance également. Nathan n'aurait pas pu l'embrasser comme il l'embrassait s'il ne l'avait pas acceptée jusqu'au plus intime de son être. Et qui disait acceptation totale, disait amour.

Forcément.

Elle n'était ni sotte, ni inexpérimentée, ni naïve. Et elle percevait les sentiments de Nathan aussi clairement que s'il les avait exprimés en paroles. Ce qui se passait là, entre eux, était unique. C'était de l'amour et de la meilleure espèce ; celui qui inspirait leurs œuvres aux poètes. Un amour si beau que d'aucuns vouaient une existence entière à sa recherche.

Dans un élan de reconnaissance, Jackie noua les bras autour de la taille de Nathan. La chance était de leur côté. Elle était prête à tout lui donner. Son être, sa main, sa vie. Sans doutes ni questions.

Nathan flottait entre la veille et le rêve. Il se passait quelque chose. Comme un mouvement à la fois sourd et puissant au fond de son être. Un élan qui se différenciait de la simple excitation physique. Une porte s'ouvrait dans la part la plus hermétique de lui-même. Comme si sa peau s'éveillait, que ses nerfs se mettaient à penser, que ses muscles se dotaient d'intelligence. Alors que sa tête cessait de fonctionner, en revanche. Lorsque sa bouche se mêlait à celle de Jackie et qu'elle semblait fondre ainsi entre ses bras, il perdait le passé et oubliait l'avenir.

Un état qui, à ses yeux, rimait avec folie et danger. Agir dans l'instant et rien que dans l'instant, c'était prendre le risque de perdre de vue l'enchaînement des causes et des effets. Et rien ne lui était plus désagréable que de se sentir gouverné par des forces irrationnelles.

Mais il avait beau lutter, il se sentait sombrer irrémédiablement. Sombrer en elle. De façon lente et irréversible. Et se voir perdre prise ainsi avait quelque chose d'étrange et de puissamment érotique.

S'il n'y mettait pas un terme maintenant, il serait bientôt trop tard. Car les mystérieuses mutations qui s'opéraient en lui étaient sur le point d'échapper à son contrôle.

Dans un sursaut de lucidité, Nathan écarta Jackie de lui. En s'efforçant d'être ferme. En se promettant d'être cruel. S'il lui était resté ne serait-ce qu'un grain de bon sens, il lui aurait intimé l'ordre de faire ses valises et de partir. Mais il s'en savait d'ores et déjà incapable.

Excitée, transportée, déjà amoureuse, Jackie posa les mains en corolle sur ses joues légèrement râpeuses.

— Et si on accordait son après-midi à Mme Grange ? J'ai envie de toi, Nathan.

Il voulut parler mais une nouvelle montée de désir lui noua la gorge. Il n'avait encore jamais rencontré une femme aussi libre dans l'expression de ses sentiments. Et sa franchise le terrifiait.

Nathan prit le temps de raffermir sa voix.

— Tu vas peut-être un peu vite en besogne, non ?

Comme s'ils s'étaient contentés d'échanger une bise amicale, il la reposa sur ses pieds. Et ressentit aussitôt son absence comme un vide glacial.

— Merci pour la proposition. Mais, compte tenu de l'arrangement qui nous lie, il ne me paraît pas très judicieux d'y mêler une histoire de sexe.

La voyant pâlir, il comprit que, dans sa hâte à se protéger, il avait été trop loin.

— Jackie… ça paraît un peu froid, dit comme ça, mais je voulais simplement…

— Laisse tomber, d'accord ?

Jackie était sidérée — absolument sidérée — par l'acuité de sa souffrance. Elle avait mal à en hurler. Depuis toute petite, elle avait rêvé de connaître l'amour. De tomber aveuglément, superbement amoureuse. « Eh bien, c'est chose faite », comprit-elle en portant la main à son ventre.

Mais finalement elle laissait volontiers l'amour aux masochistes et aux poètes.

— Jackie, écoute-moi.

— Non, merci. Ça ira.

Lorsqu'elle lui adressa une pâle mimique crispée, il comprit à quel point son sourire habituel était unique dans son authenticité.

— Tu n'as pas à te justifier, Nathan. C'était juste une idée en l'air. Je devrais sans doute te présenter mes excuses. J'ai pris les devants de façon éhontée.

— Je ne veux pas d'excuses ! Je…

— Ah non ? Tant mieux. Je crois que je me serais étranglée en les prononçant. Il est grand temps que je retourne à mon livre. Mais, avant de remonter, il me reste juste une petite chose à faire.

Avec un calme olympien, Jackie prit son verre de café glacé et le vida sur ses genoux.

— A ce soir pour le dîner, Nathan.

Jackie s'immergea dans son livre et travailla comme une possédée. Ce fut à peine si elle leva la tête lorsque Irène Grange entra dans la chambre pour changer les draps et faire la poussière. Elle était à la fois sidérée et furieuse d'avoir frôlé la crise de sanglots d'aussi près. Ce qui ne voulait pas dire qu'elle n'aimait pas pleurer. Il lui arrivait de céder aux larmes avec délices. Mais elle savait que, si elle laissait monter celles qui lui nouaient la gorge, la crise serait tout sauf un moment de plaisir.

Comment avait-il pu avoir la grossièreté de penser que sa proposition était purement sexuelle ? Qu'elle n'avait rien d'autre en tête qu'un cinq-à-sept expédié ? Cela dit, si Nathan avait péché par manque de tact, elle avait été d'une impardonnable stupidité de son côté. Avec quelle naïveté elle avait cru nager dans la félicité d'un amour partagé !

Mais pour aimer il fallait être deux. Et elle le savait depuis longtemps, en plus ! La preuve, c'est qu'elle était en train d'écrire une histoire où l'amour entre ses personnages naissait d'une découverte mutuelle progressive. Et non pas par le miracle d'un seul baiser.

« Tu es toujours la même, au fond, s'accusa-t-elle, dépitée. Toujours à croire que tout est simple, immédiat, facile. » Elle méritait une leçon et elle en avait reçu une. Mais, même si elle était prête à reconnaître ses torts, il n'en restait pas moins humiliant que Nathan l'ait rejetée.

Pour la troisième fois depuis qu'elle était entrée, Mme Grange s'éclaircit la voix. Dès l'instant où les doigts de Jackie ralentirent leur cadence sur le clavier, elle engagea la conversation :

— Vous tapez drôlement vite, dites donc. Vous faites du secrétariat à domicile ?

Jackie se souvint juste à temps qu'elle n'avait aucune raison de défouler sa mauvaise humeur sur Mme Grange. Stoïque, elle réussit à sourire.

— J'écris un livre, en fait.

— Ah, vraiment ?

L'intérêt d'Irène Grange était visiblement éveillé. Elle passa au pied du lit border la housse de couette.

— Un roman, j'espère ? J'adore les romans !

Mme Grange était la première personne à réagir de façon positive en apprenant qu'elle écrivait. Encouragée, Jackie fit tourner son siège pivotant. Elle ne se laisserait plus distraire par les Nathan Powell de ce monde. Jacqueline R. MacNamara était venue ici avec un but précis en tête. Et elle irait jusqu'au bout, en se détachant résolument des contingences extérieures.

— Vous prenez le temps de lire, madame Grange ?

— Après avoir passé ma journée à courir derrière un aspirateur, j'apprécie de me mettre dans un fauteuil avec un bon bouquin entre les mains.

Munie de son chiffon à poussière, l'employée de maison se rapprocha pour essuyer le pied en laiton de la lampe de bureau.

— C'est indiscret de vous demander quel genre de livre vous écrivez ?

— Une histoire d'amour. Ça se passe dans l'Arizona. En 1800.

Le visage de Mme Grange s'illumina.

— Non ? Sérieux ? C'est le genre de lecture que je préfère. Il y a longtemps que vous écrivez ?

— J'en suis à mon premier essai, en fait. J'ai d'abord

passé un mois à rassembler des documents et à étudier les techniques narratives. Et je me suis lancée en arrivant ici.

Mme Grange jeta un discret coup d'œil sur l'écran.

— J'imagine que tant que vous n'aurez pas terminé vous ne montrerez à personne ce que vous avez écrit ?

Avec un éclat de rire, Jackie ramena les jambes sous elle.

— Vous plaisantez ? Depuis le début, je n'attends qu'une chose : que quelqu'un ait envie de lire ce que j'ai déjà pondu.

Quelqu'un oui. Mais pas un membre de sa famille. Ses parents, oncles, tantes et cousins l'avaient déjà vue démarrer trop de projets qu'elle n'avait pas menés jusqu'à leur terme.

— Cela vous dirait de jeter un coup d'œil sur ma première page ? proposa-t-elle en sortant une feuille de l'imprimante.

— Ma foi… Je veux bien, oui.

Mme Grange prit le début du roman et se plongea aussitôt dans sa lecture. Retenant son souffle, Jackie vit son regard aller et venir sur les lignes. Au bout de quelques instants, l'employée de maison pouffa de rire. Et rien — strictement rien — n'aurait pu lui faire plus plaisir que cette réaction.

— Alors là, vous avez fait fort, commenta sa première lectrice. Vu comme vous présentez les choses, on a tout de suite envie de lire la suite.

— C'était l'effet que j'espérais obtenir. Ce n'est que du premier jet, pour l'instant. Mais le livre avance vite.

Jackie reprit la feuille que lui tendait Mme Grange et relut machinalement les premières lignes.

— Dans deux semaines, j'espère que j'en aurai écrit suffisamment pour faire un premier envoi.

— Je serai drôlement contente de lire le reste de l'histoire lorsque vous aurez terminé.

— Si j'ai la chance de trouver un éditeur, le premier exemplaire sera pour vous, promit Jackie solennellement. Vous savez que je n'en reviens pas de voir la pile de pages imprimées grandir de jour en jour ?

Posant la main sur le manuscrit, elle ajouta d'une voix soudain hésitante :

— Je me demande ce que je vais faire une fois que ce bouquin sera terminé, en revanche.

— Ben, vous vous attaquerez au suivant, trancha tranquillement Irène Grange avant de s'éclipser avec sa bombe de dépoussiérant.

Pensive, Jackie scruta son écran. Mme Grange avait raison, au fond. Que l'on réussisse ou que l'on échoue, la vie ne se résumait pas à un essai unique. Avec un large sourire, Jackie posa de nouveau les doigts sur son clavier. Elle pouvait appliquer cette saine philosophie à l'écriture. Et, pendant qu'elle y était, qu'est-ce qui l'empêchait de l'essayer également sur Nathan ?

5

Si Nathan était furieux contre lui-même, il trouvait plus facile — et plus confortable — de retourner sa colère contre Jackie. Il n'avait jamais eu l'intention de l'embrasser, pour commencer. S'il l'avait fait, c'était uniquement parce qu'elle l'avait provoqué. Il avait encore moins eu le dessein de la blesser. Mais en l'espace de quelques jours cette fille avait réussi l'exploit de le transformer en brute tourmentée par une libido surchauffée.

Dans la vraie vie, pourtant, il se considérait comme quelqu'un de plutôt fréquentable. Il pouvait être très exigeant, d'accord. Au travail, il lui arrivait d'être colérique, impatient et excessivement perfectionniste. Mais sur le plan privé son bilan était impeccable : ni disputes ni conflits.

Avec ses fréquentations féminines, il savait garder ses distances. Ses amitiés avec les femmes avaient toujours été d'une parfaite transparence. Et il ne serait jamais venu à l'idée de personne de le traiter de séducteur.

Ce qui ne l'empêchait pas d'avoir une vie sexuelle et affective, bien sûr. Il était jeune, en excellente santé et dépourvu de toute vocation monacale. Mais dans le domaine amoureux il appréciait qu'on lui laisse une marge de manœuvre. Il n'entrait pas dans ses habitudes de brûler les étapes ni de prendre de raccourcis bizarres. Lorsqu'un homme et une femme décidaient de devenir un peu plus que des amis, ils y mettaient un minimum de formes, bon sang ! Et ils en délibéraient de façon adulte et responsable, en faisant preuve de prudence autant que d'affection.

Les étreintes hâtives sur un tabouret de cuisine ne correspondaient pas à l'idée qu'il se faisait d'une relation mature. Et tant pis si c'était vieux jeu de sa part de défendre une vision traditionnelle de l'approche amoureuse. Il était prêt à assumer ses positions.

Le seul problème, c'est que le baiser échangé avec Jackie au-dessus du comptoir l'avait secoué bien plus profondément que toutes les histoires équilibrées et adultes qu'il avait vécues jusque-là.

Il n'avait pas appris grand-chose de son père à part nouer un nœud de cravate. Mais il avait tout de même retenu de son éducation qu'une femme devait être traitée avec respect et considération quoi qu'il arrive. Il était — avait toujours été — un gentleman. Un homme qui savait apporter des roses en temps utile. Et qui gérait sa vie amoureuse en évitant de faire des vagues.

Il était capable d'entamer et de clore une relation avec tact. Et surtout de négocier ses ruptures sans scène ni récriminations. S'il était d'une prudence extrême et sans doute exagérée, c'est qu'il avait de bonnes raisons de tenir les femmes à distance. Le contre-exemple qu'avait été son père l'avait rendu attentif à ne jamais faire de promesses qu'il n'était pas certain de pouvoir tenir. A ne jamais nouer de liens que le temps et la lassitude risquaient de défaire.

Et il était fier d'avoir toujours réussi à rester ami avec ses ex.

Mais comment Jackie et lui pourraient-ils se séparer amis alors qu'ils n'avaient même pas eu le temps de *commencer* à établir des rapports d'amitié ? D'ailleurs, avec une femme comme elle, il était inutile d'espérer faire l'économie d'une scène. Les cris, les crises et le chaos seraient forcément au rendez-vous.

Alors qu'il avait toujours eu les personnalités explosives en horreur. Elles nuisaient à ses capacités de concentration.

Ce qu'il lui fallait, c'était se remettre en selle, tout simplement. Se lancer à corps perdu dans les travaux de recherche préliminaires pour son nouveau projet. Et puis reprendre contact avec ses amis. Retrouver une vie sociale. Il n'avait encore revu personne depuis son retour d'Allemagne. Jackie ne lui avait pas laissé un moment de répit.

Parce qu'il l'avait bien voulu, il fallait le reconnaître. Mais les choses allaient bientôt revenir à la normale. Il laisserait encore une semaine à sa pensionnaire puisqu'il lui avait donné sa parole. Mais, après cela, il l'éjectait. De force, s'il le fallait. Et l'affaire serait réglée.

Il montait dans sa chambre chercher ses affaires de bain lorsqu'il entendit le rire clair de Jackie. Pour son malheur, elle avait un rire irrésistible. Tellement irrésistible qu'il ne put résister à la tentation de s'immobiliser sur le palier. La porte de la chambre d'amis était restée ouverte. Et ce n'était pas sa faute après tout, s'il entendait distinctement ce qu'elle disait au téléphone.

— Mais non, pas du tout, tante Honoria ! Je ne sais vraiment pas ce qui a pu te mettre ces idées en tête.

Son portable coincé entre l'épaule et le menton, Jackie se vernissait les ongles des pieds.

— Fâchée contre Fred ? *Moi ?* Mais pas le moins du monde, voyons. Pourquoi lui en voudrais-je ? Je suis ravie d'être ici, au contraire.

Jackie trempa son pinceau dans le minuscule flacon de vernis rouge passion. Et continua à déployer sa stratégie de vengeance en prenant soin de ne pas dévoiler ses cartes.

— La maison est merveilleuse. C'est exactement ce que je recherchais. Quant à Nathan… Oui, Nathan est le propriétaire. Et c'est un monsieur absolument adorable.

Jackie tendit le pied pour admirer son œuvre. Entre l'écriture et la cuisine, elle n'avait pas eu une seconde pour s'occuper de ses orteils jusqu'à présent. Or, une femme devait être impeccable de la tête aux pieds, quelle que soit sa charge de travail, disait toujours sa mère.

— Absolument, tante Honoria. Nous sommes parvenus à un arrangement tout à fait sympathique, lui et moi. Il a un côté un peu ermite, alors chacun vaque à ses occupations de son côté. Et pour le remercier de son hospitalité je lui mitonne des petits repas. Le pauvre cher homme commence d'ailleurs à prendre un début de bedaine.

De l'autre côté de la porte, Nathan porta automatiquement la main à son estomac.

— *Froid*, lui ? Penses-tu ! Il est gentil comme tout, au contraire. J'ai l'impression de cohabiter avec l'un de mes oncles. Il a exactement la même calvitie qu'oncle Bob, d'ailleurs.

Cette fois, les deux mains de Nathan montèrent à sa tête.

— Bon. Tant mieux si j'ai pu te rassurer, tante Honoria. D'ailleurs n'hésite pas à dire à Fred que tout se passe pour le mieux par ici. Si j'avais su qu'il était inquiet, je l'aurais appelé moi-même, d'ailleurs... Il est avec toi, tu dis ? Mmm... Pas à San Diego, finalement, donc ? Ah, ce Fred ! Quel courant d'air ! Toujours égal à lui-même.

La conversation se poursuivit quelques minutes sur un ton léger, ponctuée de petits rires. Nathan allait passer son chemin lorsque Jackie reprit la parole.

— A mon Dieu, j'allais oublier ! Juste une dernière chose, encore, tante Honoria : tu pourrais me donner le nom de cet agent immobilier formidable à qui tu t'étais adressée lorsque vous avez racheté votre propriété de Newport ?

Jackie écouta quelques secondes, puis changea de pied, se préparant à jeter l'appât.

— En fait, il s'agit d'un projet assez confidentiel, tante Honoria, mais je sais qu'avec toi il n'y a pas de problème, tu tiendras ta langue. J'ai appris qu'il y avait un terrain à vendre, tout près d'ici. Un endroit qui s'appelle Shutter's Creek. Or il se trouve que... Tu me *jures* de garder l'info pour toi, n'est-ce pas ?

Jackie sourit et continua à se peindre les ongles pendant que sa tante lui jurait solennellement qu'elle pouvait compter sur son absolue discrétion.

— Oui, bien sûr. Je savais qu'avec toi je pouvais parler en toute tranquillité. Quoi qu'il en soit, ma chère, ce terrain est à vendre. Et pour trois fois rien. En temps normal, il ne m'aurait pas intéressée, cela dit. Qui serait assez stupide pour aller s'encombrer de vingt-cinq hectares de marécage ? Mais figure-toi qu'Allegheny — tu sais, les promoteurs spécialisés dans les projets de stations touristiques de luxe ?... Oui, voilà... Ceux-là mêmes. Eh bien, il semblerait qu'ils envisagent d'assécher le terrain et de réaliser un ensemble de loisirs ultra-chic... Oui, exactement, comme ils ont fait dans l'Arizona, en effet. C'est étonnant, le parti qu'ils ont réussi à tirer de ces quelques hectares de désert, n'est-ce pas ?

Jackie prit le temps d'écouter la réponse de sa tante, avec la patience du pêcheur qui sent la truite sur le point de mordre à l'hameçon.

— Comment j'ai eu ce tuyau ? Oh, par un ami sûr. Mais j'ai tout intérêt à agir sans attendre. Une fois propriétaire, il ne me restera plus qu'à revendre le terrain à Allegheny. Il paraît qu'ils sont disposés à payer le mètre carré trois fois sa valeur. Tu vois un peu l'aubaine... Oui, voilà ce que je me suis dit : c'est presque trop beau pour être vrai. Alors garde bien le silence pour le moment, O.K. ? Je veux voir avec ton agent immobilier s'il n'y a pas moyen d'accélérer la transaction. Histoire de boucler l'opération avant que la nouvelle ne s'ébruite.

Hésitant à appliquer une troisième couche de vernis, Jackie prêta une attention distraite à la réponse de sa tante.

— Tu as raison, il s'agit de procéder dans le plus grand secret. C'est pour ça que je préfère ne pas m'adresser à un notaire d'ici... Non, je n'ai encore rien dit à papa et maman. Tu sais que j'adore les surprises. Ah, zut, on frappe à la porte ! Il faut que je coure ouvrir. Embrasse tout le monde pour moi, O.K. ? *Ciao*, Honoria.

Enchantée par sa petite manœuvre, Jackie pivota sur son siège.

— Ah tiens... Nathan ! Quelle bonne surprise...

— Je ne sais pas de qui tu tiens ton super « tuyau », mais, à moins que tu aies envie de jeter encore plus d'argent par les fenêtres, je te déconseille d'acheter quoi que ce soit à Shutter's Creek. Tu ne trouveras jamais un promoteur suffisamment fou pour investir dans vingt-cinq hectares de vase et de moustiques.

— Oui, je sais. Il n'y a rien à tirer de ces terres.

Avec une aisance digne d'une contorsionniste, Jackie amena son pied près de son visage pour souffler sur ses orteils.

— Et connaissant mon cher cousin Fred comme je le connais, il sera propriétaire de tous ces charmants moustiques dans moins de quarante-huit heures, compléta-t-elle avec un large sourire. Je considère que quand on frappe l'adversaire il vaut mieux viser là où ça fait mal. Or, le point sensible chez Fred se situe indiscutablement au niveau de son portefeuille.

Impressionné, Nathan s'avança dans la pièce.

— O.K. J'ai capté ! Le scénario destiné à signer la défaite de Fred…

— Exactement. Et, connaissant mon cousin, cela ne devrait pas traîner en longueur.

Nathan secoua la tête. C'était un sale tour qu'elle jouait à l'ami Fred. Un *très* sale tour, même. Son seul regret était de ne pas y avoir songé lui-même.

— Et tu crois qu'il tombera dans le panneau ?

Jackie sourit de plus belle.

— Tu veux parier ?

Nathan hésita un instant.

— Non. Combien le terrain vaut-il à l'hectare ?

— Oh, pas grand-chose. En torpillant la famille, en empruntant et en volant de l'argent ici et là, Fred ne devrait pas avoir trop de mal à réunir la somme nécessaire, lança-t-elle avec désinvolture en rebouchant sa bouteille de vernis à ongles. Comme tu vois, je règle toujours mes comptes, Nathan. *Toujours.*

C'était clairement une mise en garde. Et peut-être méritée, en l'occurrence ?

— Si ça peut te consoler, je crois que je ne boirai plus de café glacé pendant un certain temps.

Elle croisa nonchalamment les jambes.

— C'est déjà un premier résultat.

— Mais je n'ai pas de calvitie.

Jackie hocha la tête.

— Rien de détectable, en effet.

— Ni de brioche.

Avec une mimique concentrée, elle examina son ventre.

— Pas encore, non.

— Et je ne suis pas adorable.

Le regard rieur de Jackie se riva de nouveau au sien.

— Mignon, alors ? Quoiqu'un peu rigide et compassé ?

Il ouvrit la bouche pour protester mais songea qu'il serait plus sûr de ne pas s'enliser dans un nouveau débat.

— Je suis désolé, s'entendit-il dire avant même d'avoir réalisé qu'il regrettait effectivement ce qui s'était passé.

Le regard et le sourire de Jackie se radoucirent.

— Je crois que tu es sincère. Ça te dirait de prendre un nouveau départ, Nathan ?

C'était donc si simple ? Il aurait dû se douter, pourtant, que, avec une fille comme Jackie, il n'y aurait ni bouderies ni complications inutiles.

— Ça me dirait assez, oui.

— O.K.

Elle s'étira sur sa chaise. Et, s'il se surprit une fois de plus à regarder ses jambes, il jugea que c'était une réaction, au fond, parfaitement humaine.

— Alors, amis ? proposa-t-elle en lui tendant la main.

Il savait qu'il aurait dû lui décliner toute une liste de raisons pour lesquelles ils ne pourraient — ne devraient — jamais l'être. Mais il n'en fit pas moins claquer sa paume contre la sienne.

— Amis. Tu as envie de piquer une tête dans la piscine ?

— Bonne idée.

Elle l'aurait volontiers embrassé. Plus que cela, même : elle *brûlait d'envie* de l'embrasser. Jackie se sermonna énergiquement et se contenta de lui sourire.

— Je me mets en maillot et je te rejoins.

Il lui fallut moins de trois minutes pour se changer. Lorsqu'elle arriva au bord de la piscine, Nathan venait juste de refaire surface. Avant même qu'il puisse s'essuyer les yeux pour tenter de la repérer, elle plongea juste à sa hauteur. Puis émergea bien proprement, les cheveux lissés en arrière, le regard luisant d'énergie.

— Hello.

— Tu es rapide.

— Dans la plupart des domaines, oui.

Elle effectua une longueur en brasse coulée.

— J'adore ta piscine. C'est elle qui m'a décidée à prendre ta maison. J'ai l'habitude de nager tous les jours. Cela m'aurait manqué, si j'avais dû rester trois mois au sec.

— Tu me vois ravi d'avoir pu t'épargner cette épreuve.

Sa remarque caustique lui valut un sourire.

— Je faisais de la natation en compétition lorsque j'étais ado. Pendant quelques années, j'ai vécu avec les jeux Olympiques dans ma ligne de mire.

— Encore une vocation ratée ?

— Une parmi tant d'autres. Mais, à cet âge-là, j'y croyais dur comme fer. Et puis je suis tombée amoureuse de mon entraîneur. Il s'appelait Hank.

Elle bascula sur le dos pour faire la planche et soupira en fermant les yeux.

— Avec Hank, j'ai été distraite de mes ambitions olympiques. Et je ne me concentrais plus aussi bien qu'avant. J'avais quinze ans ; lui vingt-cinq. Et je rêvais de lui jour et nuit. Je nous imaginais unis pour la vie et donnant le jour à une équipe complète de futurs nageurs de compétition. Mais lui ne voyait que mon dos crawlé. J'ai toujours eu du talent pour nager en marche arrière.

— Tiens donc…

— Je t'assure que c'est vrai. Mon dos crawlé était tellement grandiose que j'ai failli être qualifiée pour des épreuves nationales. Quoi qu'il en soit, Hank était très grand, avec des épaules comme des poutres. J'ai toujours eu un faible pour les belles épaules masculines.

Jackie ouvrit brièvement les yeux pour examiner celles

de Nathan. Dévêtu, son corps paraissait plus puissant, plus massif que lorsqu'il portait ses éternelles chemises.

— Les tiennes sont plus qu'honorables, entre parenthèses.

— Merci.

Il découvrit qu'il se sentait détendu et revigoré à la fois lorsqu'il se laissait flotter dans sa piscine au côté de Jackie.

— Mais ce qu'on voyait surtout chez Hank, c'était ses yeux. Ils étaient d'un bleu si profond qu'on aurait pu s'y noyer.

Contre toute logique, Nathan se surprit à détester le maître-nageur.

— Mais lui ne s'intéressait qu'à ton dos crawlé, lui rappela-t-il, non sans une pointe de sadisme.

— Exact. Mais, comme je ne désespérais pas d'attirer son attention sur d'autres aspects de ma personne, je lui ai fait la grande scène de la noyade. J'avais calculé que, dès l'instant où Hank me ferait du bouche-à-bouche, il tomberait amoureux à son tour. Logique, non ? Qui aurait pu imaginer que mon père choisirait précisément ce jour-là pour venir assister à un entraînement ?

— Je sens que l'histoire tourne au tragique, commenta-t-il, pince-sans-rire.

— Tu admettras que j'ai joué de malchance. Voilà donc que mon père se jette à l'eau, dans son costume trois pièces en alpaga, avec sa montre suisse au poignet. Aucun des deux, si mes souvenirs sont bons, n'a recouvré entièrement son état d'origine. Lorsqu'il m'a ramenée sur le bord, il vociférait si bruyamment qu'on l'entendait d'un bout à l'autre de la piscine. Mes camarades d'équipe pensaient que c'était le choc d'avoir cru perdre sa fille. Mais mon père avait vu à travers mon jeu. Avant que j'aie eu le temps de comprendre ce qui m'arrivait, j'étais rayée de mon équipe et transférée sur les courts de tennis. Avec un prof très pro. De sexe féminin, *of course*.

— Ton père me paraît être un homme d'une grande sagesse.

— Assez, oui. Et malin avec ça. Il a une faculté incroyable pour discerner le vrai du faux. Dieu sait que j'ai essayé toutes

sortes d'entourloupes avec lui. Mais ça n'a jamais marché…
Je sais que mon père va adorer lorsqu'il apprendra quel
tour j'ai joué à Fred, ajouta-t-elle en esquissant quelques
mouvements paresseux dans l'eau.

— Tu t'entends bien avec ta famille ?

Sans en être complètement sûre, Jackie crut percevoir
une pointe d'envie dans sa voix.

— Très bien, oui. Presque un peu trop, parfois. Je me
demande si ce n'est pas pour ça que je passe mon temps
à courir à gauche et à droite pour démarrer de nouveaux
projets. Si je laissais faire mon père, je serais déjà mariée
avec un homme de son choix et j'élèverais sagement ses
petits-enfants à Newport… Et toi ? Tu as de la famille, ici,
en Floride ?

— Non.

Cette fois, il n'y avait plus l'ombre d'un doute : le sujet
était tabou. Craignant de briser la trêve, elle n'insista pas.

— On fait la course ?

— La course ? Où ça ?

Nathan avait atteint un tel degré de détente qu'il en
bâillait presque.

— Juste un aller-retour. Je te laisse trois brasses d'avance.

Surpris par la proposition, il souleva les paupières.
Jackie s'était redressée et se maintenait à flot par de légers
mouvements de jambes. Son visage était si proche du sien
qu'il n'aurait eu qu'un geste à faire pour l'attirer contre lui
et s'emparer de ses lèvres.

Disputer une course, décida-t-il, constituerait une activité
nettement moins dommageable.

— O.K. C'est parti.

Il fit trois brasses languides puis vit le boulet de canon
passer à côté de lui. Amusé et mis au défi, il se lança dans
la bataille. Très vite, il constata que Jackie avait gardé son
esprit de compétition, même si elle avait renoncé depuis
longtemps à ses visées olympiques. Avec la plupart des
femmes qu'il connaissait, il se serait arrangé pour perdre.

Mais il n'avait aucune envie de laisser gagner Jackie.

Ils touchèrent le mur opposé en même temps et amorcèrent la seconde longueur avec un ensemble parfait. Nathan avait espéré prendre une avance confortable sur elle, mais les longues jambes musclées de Jackie la propulsaient en avant à une vitesse impressionnante. Et sa technique était impeccable. Centimètre par centimètre, cependant, il gagnait du terrain, grâce à sa puissance physique et à la plus grande envergure de ses bras. A l'arrivée, il avait réussi à gratter péniblement quelques petits centimètres sur elle.

— Pff… Je dois commencer à perdre la main.

Légèrement hors d'haleine, Jackie posa la joue sur ses bras repliés pour examiner Nathan. Des milliers de petites gouttes d'eau étincelaient sur ses épaules et sur ses bras. Il avait l'air solide. Tellement solide… Avec un torse sur lequel il devait faire bon s'appuyer.

— Tu es en excellente condition physique, Nathan.

— Je peux te retourner le compliment, rétorqua-t-il d'une voix légèrement essoufflée.

— La prochaine fois, je ne t'accorde aucune avance.

— Je gagnerai quand même, lui assura-t-il en riant.

Jackie passa la main dans ses cheveux. Elle était jolie, ainsi, avec ses boucles mouillées qui auréolaient son visage.

— Et sur un court de tennis, qu'est-ce que tu donnes, Nathan ?

— Je me débrouille.

— Mmm… ça pourrait être une possibilité de revanche, commenta-t-elle en se hissant sur le bord. Et le latin ?

— Comment ça, le latin ?

— On pourrait faire un concours de latin.

Secouant la tête, il s'assit à côté d'elle, les jambes dans l'eau.

— Je n'ai jamais appris les langues anciennes.

— Moi non plus. Mais c'est comme la prose de M. Jourdain, tout le monde parle latin sans le savoir. Tiens, prends « ad hoc » « a priori » ou « placebo », par exemple. Je me suis toujours demandé pourquoi on qualifiait le latin de langue morte alors que des tas de gens s'en servent tous les jours.

— C'est un vaste sujet de réflexion, en effet.

Jackie ne put s'empêcher de rire. Il avait une façon désopilante de lui faire comprendre qu'il trouvait ses théories tirées par les cheveux. Lorsque son regard gris était amical et qu'un début de sourire jouait sur ses lèvres, il avait l'air aussi rassurant et familier que si elle le connaissait depuis toujours.

— Tu sais que j'ai une réelle affection pour toi, Nathan ?

— Bizarrement, c'est réciproque.

Il découvrit qu'il était impossible de ne pas lui rendre son sourire. Tout comme il était impossible de ne pas la regarder lorsqu'elle se trouvait à proximité. Comme si elle avait la faculté de vous attirer en elle, de vous absorber. Etre avec Jackie équivalait à un plongeon dans un lac de montagne par une journée brûlante. L'écart thermique saisissait. Brutalement même. Mais le choc était aussi salutaire que rafraîchissant.

Avant d'avoir réalisé ce qu'il faisait, Nathan saisit une de ses boucles mouillées et la glissa derrière une oreille. Cela ne lui ressemblait pas d'avoir des gestes pareils ; il n'avait jamais été de ceux qui touchent facilement. Au moment où ses doigts effleurèrent la joue de Jackie, il comprit qu'il commettait une nouvelle erreur. Il n'avait même pas conscience d'avoir commencé à prendre quelque chose. Et déjà il voulait plus. Beaucoup plus.

Lorsqu'il retira sa main, elle la retint dans la sienne. Et porta ses doigts à ses lèvres avec un naturel qui le stupéfia.

— Nathan, y a-t-il une autre femme ?

Il ne se dégagea pas comme il aurait dû le faire. Mais entremêla ses doigts aux siens.

— Pourquoi cette question ?

— Tu m'as dit l'autre jour que tu étais sans amie attitrée pour le moment. Mais j'ai pensé que tu avais peut-être quelqu'un en tête. Cela ne me dérange pas d'être en concurrence avec une autre. Mais j'aime autant savoir.

Il n'avait personne en tête. Et, même s'il y avait eu quelqu'un, le souvenir de cette autre femme se serait déjà dissipé tel un nuage de fumée légère. Rien ne résistait au charisme de Jackie. Et c'était bien ce qui l'inquiétait.

— Jackie, tu avances de deux pas chaque fois que j'en fais un. C'est épuisant.

— Ah oui ?

Elle n'eut presque rien à faire. Juste à tourner très légèrement la tête pour que leurs lèvres se touchent presque. Maintenant une infime distance, elle savoura la caresse légère de leurs souffles qui se croisaient.

— Et il te faudra combien de temps pour combler ton retard sur moi, Nathan ? chuchota-t-elle contre sa bouche.

Sans qu'il ait vraiment conscience d'avoir bougé, il se retrouva avec les mains posées autour de son visage. Sa peau brûlait soudain d'une chaleur sèche. Entre eux, les choses auraient pu être dépourvues de complication. Elle était consentante ; lui la désirait. Ils étaient libres et majeurs, l'un et l'autre. Aucun engagement, aucune promesse ne les liait.

Mais, alors que les lèvres de Jackie s'ouvraient sous les siennes et qu'il prenait librement ce qu'elle lui offrait, il savait déjà que rien ne serait simple.

— Je pense que tu es trop pour moi, Jackie, murmura-t-il.

Ce qui ne l'empêcha pas de la coucher sur le bord carrelé de la piscine.

— Si tu penses cela, cesse de penser.

Jackie l'entoura de ses bras. Impossible de lui expliquer qu'elle l'avait attendu — lui et rien que lui — depuis qu'elle était en âge de penser. C'était si simple pour elle. Si naturel de le désirer et de répondre au désir qu'il exprimait.

Petite fille, déjà, elle avait eu la certitude qu'il n'y aurait qu'un seul homme pour elle. Elle n'avait pas su, en revanche, quand et comment elle le rencontrerait. Ni même si leurs chemins se croiseraient un jour. Si elle ne l'avait pas trouvé, elle aurait poursuivi sa vie seule. Et se serait contentée de l'amour de ses amis et de sa famille. Jackie MacNamara n'avait jamais été de celles qui se satisfont d'un second choix.

Mais la vie lui avait accordé un très beau privilège : elle avait mis Nathan sur sa route. Enfin *son* homme était là, tout contre elle, sa bouche sur sa bouche, son corps brûlant contre le sien. Et peu lui importait ce qu'il adviendrait par la suite. Elle n'avait pas besoin de penser au lendemain alors qu'elle tenait le rêve de toute une vie entre ses bras.

Ce qu'elle voulait, c'était l'ici et le maintenant. Se blottissant étroitement dans l'étreinte de Nathan, Jackie se délecta de se sentir désirée autant qu'elle désirait.

Elle était différente des autres. Mais *en quoi*? Ce n'était pas la première fois qu'il avait envie d'une femme. Pas la première fois qu'il se sentait charmé, déconcerté et attiré jusqu'à l'obsession. Mais jamais à ce point. Nathan était incapable de penser lorsqu'il la tenait ainsi contre lui. Eprouver était la seule faculté qu'il lui restait : la tendresse, l'excitation, la frustration, l'élan. Comme si son intelligence abdiquait sans conditions, passant le pouvoir à ses émotions qui s'arrogeaient soudain tous les droits.

Etait-ce parce que Jackie — généreuse et sensuelle — incarnait la réponse aux fantasmes masculins les plus élémentaires ? Consentante, désinhibée, dépourvue de toute exigence, elle se donnait comme elle respirait, avec la fougue et l'appétit qui caractérisaient les êtres vraiment libres.

Non. C'était plus, beaucoup plus, que cela. Son désir pour elle s'étendait bien au-delà d'une simple promesse de sexualité facile. Il sentait qu'il s'enfonçait — inexorablement — dans un processus irréversible. Et qu'en cédant à l'attrait qu'il ressentait pour Jackie il se perdait lui-même. Petit à petit. Degré par degré. Toute sa vie, il avait su où il allait et pourquoi il y allait. Et ce ne serait pas juste d'accepter qu'elle fasse de lui quelqu'un d'autre.

Il devait interrompre le processus pendant qu'il avait encore le choix. Ou, du moins, tant qu'il pouvait prétendre qu'il était toujours libre.

Lentement — avec plus de peine encore qu'il ne l'avait prévu —, il se détacha de Jackie. Le soleil qui descendait à l'ouest avait gardé suffisamment d'éclat pour allumer des reflets dans ses cheveux. Des cheveux qui n'étaient pas bruns comme il l'avait cru, mais qui rassemblaient des douzaines de nuances différentes. Des nuances chaudes, douces, riches. Comme ses yeux. Comme sa peau.

Il se fit violence pour ne pas porter de nouveau la main à sa joue.

— Il serait temps de rentrer, tu ne crois pas ?

Entre les bras de Nathan, Jackie avait connu un avant-goût d'éternité. Elle était comme fondue, de joie, de bonheur, de plaisir. En cet instant, il aurait pu lui demander n'importe quoi et elle le lui aurait accordé sans une hésitation. Tel était le pouvoir de l'amour. Etourdie par ces sensations océaniques, elle cligna des yeux, répugnant à redescendre sur terre. Si on lui avait laissé le choix, elle aurait opté pour une prolongation à l'infini. Elle était prête à prendre racine à cet endroit même. Pour toujours entre ses bras.

Mais elle n'était pas idiote. Elle savait que Nathan ne lui proposait pas de rentrer pour poursuivre ce qu'ils avaient commencé. Il cherchait à tout arrêter, au contraire.

Jackie ferma les yeux, acceptant la douleur.

— Vas-y, toi. Je reste prendre encore un peu le soleil.

— Jackie…

Lorsqu'elle souleva les paupières, Nathan fut surpris de lire la patience dans son regard. Il s'écarta légèrement pour résister à la tentation de la serrer de nouveau contre lui.

— Quand je commence quelque chose, j'ai besoin de savoir comment ça va se terminer, précisa-t-il doucement.

Jackie poussa un long soupir. Le pire, c'est qu'elle comprenait.

— Tu passes à côté de beaucoup de choses ainsi, Nathan.

— Mais je commets aussi moins d'erreurs. Et j'ai toujours eu horreur de me tromper.

— C'est ce que je suis à tes yeux, alors ? Une erreur ?

La pointe d'amusement dans la voix de Jackie le soulagea d'un poids.

— Tout à fait. Une monumentale erreur depuis le début.

Elle se contenta de le regarder sans répondre. Avec cette

110

expression concentrée qu'elle avait parfois, lorsqu'elle essayait de réaliser une recette particulièrement compliquée.

— Tu réalises que ce serait plus simple pour toi comme pour moi si tu partais d'ici, Jackie ?

— Tu me jettes dehors ?

Il se hâta de secouer la tête.

— Non… Enfin, je devrais le faire mais je n'arrive pas à m'y résoudre.

Lorsqu'elle posa doucement la main sur son épaule, elle sentit que les tensions étaient revenues en force.

— Tu as envie de moi, Nathan. Est-ce donc si terrible ?

— Je ne me jette pas forcément sur tout ce qui m'attire.

Sourcils froncés, elle réfléchit un instant.

— C'est vrai. Tu es raisonnable. C'est une qualité que j'apprécie chez toi. Mais tu finiras par me prendre, Nathan. Parce que, entre nous, il y a quelque chose de profond et d'élémentaire. Et nous le percevons l'un et l'autre.

— Je ne couche pas avec toutes les femmes qui me font envie.

— Je suis rassurée de l'apprendre.

Jackie se redressa et passa les bras autour de ses genoux.

— Tu crois que je fais l'amour avec tous les hommes qui font grimper ma pression artérielle ?

Mal à l'aise, il haussa les épaules.

— Je ne sais pas grand-chose de toi ni de tes mœurs.

— C'est vrai. Il serait juste que je t'en dise un peu plus sur la question, acquiesça-t-elle, sensible à l'argument. Commençons par évacuer la question du sexe. Ce n'est pas très romantique mais ça a le mérite d'être concret. J'ai vingt-huit ans et je suis tombée amoureuse d'innombrables fois. Mais ça n'a jamais tenu plus de quelques mois. Cela te paraîtra sans doute difficile à accepter, mais je ne suis plus vierge, Nathan.

— Jackie, s'il te plaît. Je…

— Oui, je sais, le coupa-t-elle aussitôt en lui posant la main sur l'épaule. C'est affreusement choquant, mais c'est ainsi. La première fois que j'ai fait l'amour, c'était le jour de mon vingt et unième anniversaire.

— Ecoute, Jackie…

— Non, ne dis rien. J'admets que c'est tard, par rapport à la moyenne actuelle. Mais j'ai horreur de suivre les modes. Lui, j'en étais folle. Il citait Shakespeare comme on respire.

— Ça explique tout, maugréa Nathan.

— Je savais que tu me comprendrais. Il y a deux ans environ, je me suis lancée dans la photo. Du noir et blanc dépressif. Ambiance un peu glauque. Et j'ai rencontré un homme. Blouson noir, cheveux longs. Charme ténébreux. Regard sombre.

Une lueur d'amusement brilla dans les yeux de Jackie.

— Très vite, il est venu vivre chez moi. Il restait là, beau comme un dieu, à traîner son spleen sublime. Il ne m'a fallu que quelques mois pour comprendre que la dépression, ça n'était pas mon truc. Toujours est-il que j'ai gardé quelques très belles photos en souvenir de cette période. Depuis, il n'y a plus eu personne pour me faire vibrer. Jusqu'à toi.

Nathan ne dit rien. Il se demandait pourquoi il se réjouissait qu'il n'y ait eu que deux hommes importants dans la vie de Jackie. Et pourquoi il était aussi jaloux du poète à la noix que du bellâtre en blouson de cuir noir. Lorsqu'il tourna de nouveau les yeux vers Jackie, la lumière du soir parait sa peau d'un éclat chaud comme le thé et l'épice.

— Je n'arrive pas à savoir si tu es entièrement dépourvue d'artifice. Ou si tu en as plus à toi seule que toutes les femmes que j'ai connues.

— C'est toujours passionnant de se trouver pris dans ce genre de questionnement, n'est-ce pas ? Cela fait partie des raisons pour lesquelles j'ai décidé d'écrire, je crois. On peut multiplier les hypothèses et échafauder des scénarios à n'en plus finir.

Elle hésita un instant, puis poursuivit résolument :

— Nathan, il y a une autre question que tu te poses peut-être. Sache que la réponse est oui. Je t'aime.

Le voyant figé dans un silence stupéfait, Jackie réprima

un sourire. Estimant que ce serait plus simple pour elle comme pour lui de se donner un peu de distance, elle se leva.

— Ne t'inquiète pas, je ne te demande rien. Si je te l'ai dit, c'est seulement parce que je trouve dommage de voir les gens se tenir un tas de raisonnements compliqués qui ne leur servent qu'à nier les choses belles et vraies qu'ils ressentent. Voilà. Je vais rentrer me changer avant de préparer le dîner. A tout à l'heure.

Nathan la suivit des yeux en se demandant s'il existait une autre personne au monde capable de s'éloigner d'un pas aussi paisible après avoir lâché une bombe pareille. Sourcils froncés, il fixa les reflets dansants du soleil sur l'eau. Au nord, sur le canal, on entendait le bruit régulier d'un bateau à moteur. L'odeur du printemps flottait dans l'air. Les jours s'allongeaient et la chaleur persistait désormais jusqu'au soir.

Telle était la vie. *Sa* vie. Paisible. Raisonnablement solitaire. Marquée par le rythme des saisons.

A part que Jackie était amoureuse de lui.

C'était absurde. Totalement absurde. Et pourtant il n'était qu'à moitié surpris. Personnellement, il n'utiliserait les mots « aimer » et « amoureux » qu'avec la plus grande circonspection. Alors que Jackie, plus spontanée, se servait de ce même vocabulaire avec nettement moins de retenue. Elle était impétueuse et sans doute un peu irréfléchie. Ne lui avait-elle pas avoué qu'elle tombait amoureuse pour un oui ou pour un non ? Même si elle s'était entichée de lui, il ne représentait pour elle qu'une aventure parmi tant d'autres.

Cette pensée, bizarrement, le mit hors de lui. Il ne voulait pas que Jackie soit amoureuse de lui. Mais, si elle affirmait l'aimer, il souhaitait que ce soit du solide. L'idée d'être une simple parenthèse ludique pour elle lui était odieuse.

Nathan se leva et déambula jusqu'au canal. Il y avait eu un temps où sa vie avait coulé aussi paisiblement que ces eaux domestiquées et silencieuses. C'était ce qu'il avait voulu et c'était ce qu'il avait obtenu. Il n'avait pas de temps à perdre avec des femmes impulsives qui rêvaient d'amour.

Dans quelques années, lorsque sa carrière serait bien assise, il prendrait le temps de rechercher une épouse conforme à son idéal féminin. Lequel idéal, forcément, ne ressemblait en rien à Jackie. Pour commencer, déjà, elle serait plus lisse, plus rangée, plus polie…

Avec un soupir d'impatience, Nathan repoussa la vision déprimante qui se dessinait dans son esprit. En se demandant pourquoi les qualités qu'il venait d'énumérer paraissaient soudain plus aptes à décrire un élément du mobilier qu'à qualifier la femme de sa vie.

C'était Jackie qui semait le chaos en lui. Et il lui en voulait de le déstabiliser avec cet « amour » qu'elle lui balançait à la figure. Il en arrivait presque à se demander si, par hasard, ce qu'il ressentait de son côté ne serait pas…

Non. Coupant court à ces pensées, Nathan se détourna pour regagner la maison. Imaginer qu'il pourrait être amoureux d'elle relevait de la pure bouffonnerie. C'était plus qu'absurde : carrément comique. Il la connaissait à peine, cette fille. Et le peu qu'il savait d'elle l'irritait plus qu'autre chose. Si elle exerçait un tel ascendant physique sur lui, c'était uniquement parce qu'elle était jeune, jolie et pourvue d'une sensualité explosive. Et qu'il avait été trop pris par son travail pendant qu'il était en Allemagne pour mener une existence autre que monastique.

Bon sang ! Ça aussi, c'était un mensonge.

Jurant avec force, Nathan admit qu'il ressentait bel et bien quelque chose pour elle. Même s'il était infichu de définir la nature exacte de ses sentiments. Une chose était certaine : il n'aspirait pas seulement à rouler avec elle dans un lit pour satisfaire ses besoins de base. Non, il avait envie de la tenir, de l'entendre, de sentir sa voix caressante courir sur sa peau.

Mais qui disait envie ne disait pas forcément amour pour autant. Il s'agissait plutôt d'affection, en l'occurrence. Or l'affection était acceptable. On pouvait en ressentir pour une femme sans sombrer pour autant corps et âme.

Sauf lorsque la femme en question s'appelait Jackie.

Passant une main excédée dans ses cheveux, Nathan traversa la terrasse déserte à grands pas. Il était hors de question qu'il aborde le sujet avec elle, de toute façon. Ni aujourd'hui. Ni demain. Ni jamais. Tout ce qu'il voulait, c'était revenir à la normale. Quel que soit le prix à payer.

Il se dit que c'était par commodité — et non par lâcheté — qu'il avait choisi d'entrer par la porte latérale, en évitant soigneusement de transiter par la cuisine.

6

Jackie ne regrettait pas d'avoir avoué son amour à Nathan. Pourquoi aurait-elle honte de sa franchise ? Ce qui était dit était dit, de toute façon. Et rien ne servait de ressasser une décision une fois qu'elle avait été prise et mise à exécution.

Elle n'avait pas fait exprès d'aimer Nathan. Et le fait que cet amour lui tombe dessus sans crier gare le rendait d'autant plus précieux à ses yeux. En de précédentes occasions, les choses s'étaient passées tout à fait autrement : elle avait repéré un homme, s'était dit « tiens, c'est peut-être le bon » et s'était appliquée à en tomber amoureuse.

Alors qu'avec Nathan la passion était venue sans préméditation. Ils n'étaient ni parfaitement assortis ni idéalement complémentaires. Et il lui manquait sans doute quelques-unes des qualités indispensables qui figuraient sur sa liste.

Mais rien de tout cela n'avait d'importance puisqu'elle l'aimait.

Elle était prête à lui laisser tout le temps qu'il fallait — quelques jours, peut-être même une semaine — pour prendre conscience de ses sentiments à son tour. Mais elle était optimiste quant au dénouement de leur histoire. Elle l'aimait. Et le destin, se servant de Fred comme instrument, les avait réunis. Ce que Nathan ignorait sans doute. Car il n'avait pas encore compris, le pauvre, qu'elle était *exactement* la personne qu'il lui fallait.

Lorsqu'un homme était rationnel, épris de tradition — et même un peu vieux jeu, autant le reconnaître — il avait besoin d'une femme libre, moderne et fantasque pour le sauver de l'ennui. Et cette même femme — elle-même en l'occurrence — aimerait l'homme, Nathan, parce qu'il était solide. Elle s'attendrirait secrètement de ses manies. Mais veillerait à éviter qu'il se dessèche de l'intérieur.

Tout en battant les œufs pour son soufflé, Jackie voyait leur avenir commun avec une clarté surprenante. Au fil des années, ils apprendraient à mieux se comprendre. Et ils finiraient par être si proches qu'ils se comprendraient à demi-mot. Tomber d'accord ne serait pas toujours possible. Mais il y aurait entre eux beaucoup d'acceptation et de partage.

Lui se retirerait dans son atelier pour travailler à ses plans d'architecte pendant qu'elle écrirait de son côté dans une des chambres aménagées en bureau. Quand il quitterait la maison, ce serait pour assister à des réunions de travail. Tout comme elle s'éclipserait occasionnellement de son côté pour déjeuner avec son éditeur ou rencontrer son agent.

Lorsque Nathan voyagerait pour réaliser ses grands projets d'architecture, elle l'accompagnerait partout dans le monde. Mais, dès que leur premier enfant naîtrait, ils s'arrangeraient pour passer plus de temps chez eux. Jackie se refusait à essayer d'imaginer à quoi ressembleraient leurs fils et leurs filles. Chaque enfant était précieux. Et unique. Et elle n'avait pas le droit de faire peser sur lui une attente imaginaire. Elle était certaine, en revanche, que Nathan serait une vraie guimauve avec sa progéniture.

Elle serait toujours présente pour lui, à travers les années. Pour masser les muscles trop contractés de ses épaules. Pour le faire rire lorsqu'il serait trop sérieux. Pour l'encourager à laisser son immense talent s'exprimer avec plus de force et plus de liberté encore. Et lorsqu'elle gagnerait son prix Pulitzer, il achèterait un magnum de champagne et ils feraient l'amour une nuit entière.

Tout cela, au fond, était extrêmement simple. Il lui restait juste à attendre que Nathan ait la même prise de conscience de son côté. Et le tour serait joué.

La sonnerie du téléphone vint rompre le cours de ses rêveries. Avec son saladier coincé sous le bras, Jackie décrocha.

— Allô ?

Il y eut une brève hésitation. Puis une voix de femme, harmonieuse et joliment modulée :

— Je suis bien chez Nathan Powell ?

— Tout à fait, oui. Que puis-je pour vous ?

— Pourrais-je parler à Nathan, s'il vous plaît ? De la part de Justine Chesterfield.

« Justine Chesterfield » ? Le nom lui disait quelque chose. *Mmm…* Oui, bien sûr. Beauté blonde. Récemment divorcée, chouchou absolue des chroniqueurs mondains depuis quelques mois. S'appeler Justine Chesterfield vous ouvrait les plus belles portes dans des endroits comme Monaco ou Saint-Moritz. Et elle était accueillie à bras ouverts dans les salons les plus sélects de la côte Est. Jackie eut une prémonition désagréable. Elle était tentée de raccrocher au nez de la divine Justine. Mais elle avait conscience, hélas, que cela ne changerait pas grand-chose au final.

— Bien sûr, répondit-elle de son ton le plus distingué. Je vais voir s'il est disponible, madame Chesterfield.

Estimant que la jalousie était un sentiment indigne de sa personne, Jackie n'en éprouva pas moins une profonde satisfaction à tirer la langue en direction du combiné.

Elle n'eut pas à chercher loin pour trouver Nathan. Il descendait justement l'escalier.

— Un appel pour toi, Nathan. Justine Chesterfield.

— O.K., merci. Je vais prendre la communication dans mon bureau.

Elle ne s'attarda pas dans le vestibule. Pas à dessein, en tout cas. Le hasard voulut simplement qu'elle ait à se baisser pour relacer ses baskets. Et qu'elle entende par la même occasion Nathan décrocher.

— Comment vas-tu, Justine ?… De retour depuis quelques jours, oui. Une nouvelle employée à domicile, tu dis ? Non, non, c'était… enfin, peu importe. Je voulais justement t'appeler, Justine. Au sujet de Fred MacNamara. Il se trouve que…

Son lacet noué et renoué, Jackie se redressa et déambula

jusqu'à la cuisine. Son regard tomba sur le téléphone qu'elle avait laissé sur le plan de travail. Il lui suffirait de le porter discrètement à l'oreille et d'écouter quelques instants. Juste pour vérifier si Nathan était toujours en communication, bien sûr. Elle était sur le point de céder à la tentation lorsqu'elle jura tout bas et raccrocha bruyamment.

Elle ne voulait rien savoir de ce qu'il avait à dire à *cette femme*. Déjà Justine Chesterfield n'existait plus dans son esprit qu'en lettres italiques. Que Nathan se débrouille pour expliquer à *celle-là* pourquoi il avait une inconnue chez lui. Montant le son de la radio, Jackie sourit à l'idée de la femme en italique et se mit à chanter à voix haute.

Attentive à ne pas manier couvercles et casseroles avec fracas, Jackie poursuivit la préparation de son soufflé. Elle était capable de se maîtriser à la perfection lorsqu'elle le décidait. Ce n'était qu'un coup de fil, après tout. Justine C. l'appelait peut-être simplement pour lui demander de soutenir une des organisations humanitaires qu'elle parrainait. Ou alors elle avait décidé de refaire son appartement de fond en comble. Il pouvait y avoir des douzaines de raisons parfaitement innocentes pour lesquelles Justine C. appelait Nathan.

Alors pourquoi ce pressentiment pénible que *cette femme* cherchait à mettre le grappin sur son homme ?

D'un geste parfaitement mesuré, Jackie versa la préparation du soufflé dans le moule.

— Jackie ?

Elle tourna vers lui son sourire le plus étincelant.

— Ça y est ? Tu as fini de papoter avec Justine ?

— Je voulais juste te dire de ne pas compter sur moi pour le dîner. Je sors ce soir.

— Mmm…

Impavide, Jackie prit un concombre et le posa sur la planche à découper.

— Ah, tiens, je me demandais, à propos : le second divorce — ou est-ce le troisième ? — de Justine a-t-il déjà été prononcé ?

— Pour autant que je sache, oui.

Intrigué par son attitude étrange, Nathan s'adossa un instant au chambranle et regarda le couteau entre les mains de Jackie tomber sur la planche avec une effrayante précision. La vérité lui sauta brutalement aux yeux : il avait une femme jalouse sur les bras. Et Dieu sait qu'il n'y était pour rien, pourtant. Il ouvrit la bouche puis la referma. Il ne manquerait plus qu'il se justifie auprès de Jackie. Si elle pensait qu'il avait des vues sur Justine, tant mieux. Ce n'était sûrement pas lui qui la détromperait.

— A plus tard, Jackie.

— Passe une bonne soirée, Nathan.

Avec un bruit sourd, la lame s'abattit sur le bois.

Jackie continua à émincer son concombre à un rythme régulier jusqu'au moment où elle entendit la porte d'entrée se refermer derrière Nathan. Alors, soufflant sur les cheveux qui lui tombaient sur les yeux, elle jeta le mélange pour le soufflé dans l'évier.

Ce soir, ce serait menu sandwich.

Se remettre à son livre fut une véritable délivrance. Et le meilleur dans l'affaire fut l'irruption d'un nouveau personnage : Justine — ou Carlotta, en l'occurrence — patronne de maison close de son état. Carlotta avait des seins comme des obus et un goût certain pour l'intrigue. Son cœur était aussi dur que l'éclat platine de ses cheveux. Et elle jouait avec ses amants comme avec des jetons de poker.

Jake qui n'était qu'un homme s'était laissé prendre dans ses filets. Mais Sarah, avec une lucidité typiquement féminine, avait vu clair d'emblée dans le jeu de Justine — enfin, de Carlotta.

Afin de fuir son amour naissant pour Sarah, Jake était tombé dans le lit de Carlotta, le rustre. Plus loin dans le roman, Carlotta lui ferait un coup bas et sa trahison manquerait coûter la vie à Sarah. Mais pour l'instant, Sarah devait composer avec la réalité du moment : l'homme qu'elle en était venue à aimer s'était tourné vers une autre femme.

Jackie aurait préféré une Carlotta un peu fripée et marquée par ses vices. Elle avait même songé très sérieusement à lui coller une verrue sur le menton. Mais elle ne voulait pas dévaloriser le personnage de Jake en lui faisant choisir une créature par trop défraîchie.

Non, Carlotta était superbe même si son type de beauté avait quelque chose de glacial. Jackie avait vu des photos de Justine dans les magazines. Une grande fille mince et pâle, avec de beaux yeux limpides et une jolie bouche, presque enfantine. Un cou long et mince. Des cheveux couleur avoine. Et une morphologie de danseuse classique. Prenant des libertés romanesques, Jackie s'était quand même permis de durcir un peu ses traits, de relâcher légèrement la ligne pure du menton et de lui infliger un problème de boisson.

A mesure qu'elle écrivait, cependant, son nouveau personnage prenait une épaisseur, une consistance. Et une certaine humanité, même. Jackie comprenait mieux, désormais, le cynisme de Carlotta. Elle avait eu une enfance malheureuse et un premier mari qui l'avait maltraitée sur le plan moral comme sur le plan physique. Quoi d'étonnant si elle tirait désormais ses revenus de la faiblesse des hommes ? Plus elle avançait dans son chapitre, plus Jackie se sentait favorablement disposée envers Justine. Même si Carlotta se préparait à mettre en danger la vie de Jake et de Sarah.

Il était déjà quasiment minuit lorsque son inspiration retomba et qu'elle éteignit son ordinateur. Tout en se répétant qu'elle n'attendait pas Nathan, Jackie prit son temps pour se démaquiller, faire un masque et se limer les ongles en parcourant un magazine.

A 1 heure, elle s'ordonna d'éteindre et demeura allongée sur le dos, à scruter le plafond. Peut-être les gens avaient-ils raison, au fond : elle devait sans doute être un peu plus folle que la moyenne. Une femme qui déclarait son amour à un homme qui ne voulait rien savoir se mettait en position de souffrir mille morts.

A vingt-huit ans, elle découvrait pour la première fois ce qu'était la souffrance du cœur. Et l'expérience était cuisante.

Mais elle ne regrettait rien. Aimer valait le détour même si elle en prenait plein la figure. Ce n'était pas la même chose qu'avec l'amateur de Shakespeare. Ou même avec l'homme au blouson de cuir. Avec eux, elle avait connu des sensations comparables à celles d'un coureur prêt à se donner à fond pour un cent mètres. Alors qu'avec Nathan elle vivait quelque chose qui ressemblait plutôt au départ d'un marathon. Dans les deux cas, on retrouvait sans doute un sentiment d'effervescence identique. Mais, pour le marathon, il y avait une dimension supplémentaire : la détermination à tenir sur la durée. Et à aller jusqu'au bout de l'expérience.

Exactement comme pour le livre qu'elle était en train d'écrire, d'ailleurs. Le parallèle était si frappant que Jackie, galvanisée, se dressa sur son séant. Pour tous les projets dans lesquels elle s'était lancée, il y avait eu le grand frisson au départ. Une puissante montée d'adrénaline. Puis une retombée brutale.

Alors qu'avec l'écriture elle avait éprouvé une certitude plus calme. Et l'élan qui la portait était plus continu, plus progressif. Comme si ses expériences précédentes n'avaient servi qu'à la préparer à sa vraie vocation.

Pour Nathan, c'était exactement le même phénomène. Les autres hommes qu'elle avait connus lui avaient pour ainsi dire servi de marchepied. Ou de tremplin. Et l'avaient amenée petit à petit jusqu'au stade où elle avait pu rencontrer celui avec lequel elle se sentait prête à vivre une vie entière.

Si quelqu'un ou quelque chose s'était interposé pour l'empêcher d'écrire, se serait-elle inclinée sans lutter ? Jamais de la vie. Jackie se laissa retomber contre ses oreillers mais non sans s'être relevé mentalement les manches au préalable. Personne ne viendrait se mettre en travers du chemin qui la conduisait à son homme. *Justine C.* n'avait qu'à bien se tenir.

Nathan était de retour depuis plus d'une heure. Mais il ne parvenait pas à se décider à descendre de voiture. C'était tout de même un comble qu'il ne puisse se résoudre à rentrer dans sa propre maison ! Mais il avait beau se raisonner, il restait bloqué. Les lieux n'étaient plus les mêmes depuis que Jackie y avait pris ses quartiers. Sa chambre d'amis ne serait plus jamais autre chose à ses yeux que sa chambre à elle.

Il avait vu la lumière briller à sa fenêtre lorsqu'il était arrivé. Puis elle avait éteint et la maison était retombée dans l'obscurité. Peut-être dormait-elle, à présent. Alors qu'il doutait pour sa part de retrouver un jour le sommeil.

Et zut. Il n'avait qu'une idée fixe : franchir la porte, grimper l'escalier quatre à quatre et se perdre corps et âme dans la promesse — ou la menace — que représentait Jackie. Excédé, Nathan abattit son poing sur le volant. Rien dans ce qu'il éprouvait pour elle ne tenait debout. Rien ne pouvait être défini, analysé, décortiqué. Inlassablement, la scène de la piscine revenait se dérouler dans son esprit. Il les revoyait assis côte à côte, les pieds dans l'eau. C'était comme s'il sentait encore sa peau mouillée sous ses paumes. Comme s'il entendait le son de sa voix.

« Je t'aime. »

L'amour pouvait-il *réellement* être aussi simple, aussi évident pour elle ? Oui, avec une fille comme Jackie, les phénomènes les plus étranges devenaient concevables. A présent qu'il commençait à mieux la connaître, il découvrait qu'aimer était un état naturel chez elle.

A part que c'était *lui*, l'objet de son amour, en la circonstance.

Rien ne l'empêchait de tirer parti de la situation. Et de se servir de ses sentiments à elle pour assouvir ses désirs à lui. Il savait qu'il n'y aurait de la part de Jackie ni griefs ni reproches.

Mais il ne pouvait se résoudre à profiter du feu vert qu'elle lui avait pourtant donné explicitement. Jamais il n'oublierait l'expression dans le regard de Jackie lorsqu'elle lui avait avoué qu'elle l'aimait. La confiance, l'honnêteté foncière. Et la vulnérabilité surtout. Elle se croyait forte, résistante. Et il ne doutait pas qu'elle ait de bonnes capacités à rebondir. Mais jusqu'à un certain point seulement. Si elle l'aimait réellement et qu'il la blessait en prenant avec désinvolture ce que l'amour la poussait à lui donner, s'en remettrait-elle si aisément ?

Il avait cru trouver un remède à la situation en se rendant chez Justine. La visite faite à son amie avait été une manœuvre délibérée destinée à prouver à Jackie qu'il avait sa vie et qu'elle avait la sienne. Et qu'elle aurait tort de tabler sur un quelconque avenir pour eux.

Mais une fois dans l'appartement de Justine, avec son décor blanc et or et ses antiquités magnifiques, il n'avait pas été en mesure de penser à autre chose qu'à Jackie, encore Jackie, toujours Jackie. Le dîner préparé par la cuisinière française de Justine était d'un raffinement exquis. Alors pourquoi avait-il été travaillé par le souvenir de la soupe de légumes de Jackie pendant l'entière durée du repas ?

Il avait souri lorsque Justine, vêtue de satin blanc, ses longs cheveux élégamment relevés, lui avait servi un cognac avec le café. Et il avait pensé à Jackie, à ses boucles folles et à ses vieux shorts.

Son hôtesse et lui avaient parlé de leurs amis communs et comparé leurs impressions de Paris et de Berlin. Justine avait une belle voix, douce et posée. Ses remarques étaient toujours pertinentes et elle excellait dans une forme d'humour en demi-teinte qu'il adorait. Mais, au lieu de savourer le plaisir de leur conversation, il s'était surpris à songer avec nostalgie aux coq-à-l'âne de Jackie et à ses raisonnements improbables.

Justine était une vieille amie. Il la connaissait depuis une éternité et se sentait parfaitement à l'aise en sa compagnie. Leurs opinions différaient parfois mais restaient toujours compatibles. Depuis une décennie qu'ils se fréquentaient, cependant, ils n'étaient jamais passés du stade d'amis à celui d'amants. Entre les mariages de Justine et ses voyages à lui, ils n'en avaient pas eu l'occasion. Même s'il existait entre eux une forme d'attirance douce.

Si quelque chose devait se passer entre eux, c'était maintenant ou jamais. Justine était de nouveau célibataire et il avait deux mois de liberté devant lui. Il était clair qu'il ne rencontrerait pas d'autre femme avec qui il partagerait des affinités aussi fortes. Que ce soit physiquement ou mentalement, Justine Chesterfield correspondait point pour point à son idéal féminin.

Et pourtant, alors qu'il parlait avec cette femme superbe, confortablement affalé à côté d'elle dans son canapé design, il n'avait eu qu'une envie : se retrouver perché sur un tabouret de cuisine à regarder Jackie s'activer devant ses fourneaux. Et cela malgré le vacarme de sa fichue radio.

Le moral au plus sombre, Nathan se demanda sérieusement s'il n'était pas en train de perdre la raison.

En quittant Justine, il l'avait embrassée rapidement sur les lèvres. Mais ce baiser avait été si chaste qu'il aurait pu tout aussi bien lui poser une bise fraternelle sur la joue. Et le plus atroce, c'est que s'il avait fait l'amour avec Justine il aurait pensé à Jackie tout le long. Avec la désagréable sensation de commettre un adultère.

Fou. Il était devenu fou à lier en l'espace d'une semaine.

Renonçant à essayer de mettre de l'ordre en lui-même, Nathan s'extirpa de sa voiture. Rien ne servait de rester assis là, comme un idiot. Alors qu'une bonne séance de bain à remous lui permettrait peut-être de se détendre suffisamment pour trouver quelques heures de sommeil.

Lorsqu'elle perçut une présence au rez-de-chaussée, Jackie se redressa en sursaut. *Nathan ?* Mais, si cela avait été lui, elle aurait entendu sa voiture. Il y avait déjà plus d'une demi-heure qu'elle guettait le moindre son dans l'attente de son retour. Même dans un demi-sommeil elle aurait identifié le bruit de son moteur.

Se glissant vers le pied du lit, elle tendit l'oreille.

Silence.

Si c'était Nathan qui se déplaçait sans bruit en bas, comment expliquer qu'il ne montait pas se coucher ? Le cœur battant, Jackie se leva avec précaution et alla jusqu'à la porte. La maison était plongée dans le noir, constata-t-elle en l'entrebâillant.

Quelle raison Nathan pourrait-il bien avoir de circuler dans l'obscurité chez lui ?

Aucune, trancha-t-elle, catégorique. Il s'agissait donc d'un cambrioleur. L'intrus surveillait vraisemblablement la maison depuis des semaines, observant les faits et gestes de ses occupants, et guettant une opportunité favorable. Sachant que Nathan était absent et considérant qu'elle s'était endormie, le voleur s'était introduit avec un passe et se préparait à rafler tout ce que Nathan avait de plus précieux.

La main plaquée sur sa poitrine pour contenir les battements furieux de son cœur, Jackie réfléchit à la conduite à suivre. Le plus sûr serait d'appeler la police, puis de se blottir au fond de son lit jusqu'à ce que la cavalerie arrive.

Le problème, c'est qu'elle avait pu imaginer le son qu'elle venait d'entendre. Et si Nathan, rentrant de chez *cette femme*, trouvait sa maison pleine de policiers en uniforme, il risquait de n'apprécier que moyennement son initiative.

Jackie prit une profonde inspiration. Il ne lui restait qu'une chose à faire : descendre s'assurer si elle avait, oui ou non, de bonnes raisons de s'affoler. Elle descendit l'escalier en prenant soin de ne pas faire craquer les marches. La maison restait toujours aussi noire et silencieuse. Etrange… Un cambrioleur, même discret, devait quand même faire un minimum de bruit lorsqu'il fouillait dans les tiroirs pour s'emparer de l'argenterie familiale.

« Tu as trop d'imagination, ma vieille », conclut-elle en arrivant en bas des marches. Rassurée, Jackie décida malgré tout de faire une tournée d'inspection. Histoire de pouvoir se recoucher le cœur vraiment tranquille.

Sifflotant à dessein, elle se mut de pièce en pièce. A priori, elle s'était fait tout un cinéma pour rien. Mais, au cas où il y aurait quelqu'un quand même, elle aimait autant annoncer sa présence.

Son imagination, s'il fallait en croire sa mère, avait toujours été aussi tordue que terrifiante. Une fois qu'elle eut traversé le séjour, vérifié le bureau de Nathan, jeté un œil dans les toilettes et exploré la salle à manger, son cambrioleur était déjà considérablement monté en grade. De simple voleur, il s'était mué dans son scénario en une bande de tueurs psychotiques récemment échappés d'une prison de haute sécurité du Kentucky.

Décidée à vaincre ses propres fantaisies macabres, Jackie pénétra dans la cuisine. Pas une lumière qui ne soit allumée dans la maison derrière elle. Mais au moment précis où elle tendait la main vers l'interrupteur elle entendit *distinctement* un bruit de pas.

Sa main se figea. Mais pas son imagination. Ils étaient six dans le solarium voisin. L'un d'eux avait une cicatrice qui courait de la tempe à la mâchoire. Il avait été condamné à la prison à vie pour avoir assassiné à coups de hache d'honorables citoyens dans leur sommeil. Terrifiée, Jackie se préparait à battre en retraite, lorsque le son se rapprocha.

Trop tard pour fuir. Dans un ultime sursaut d'autoconservation, Jackie s'empara de la première arme qui lui tomba sous la main. Sa poêle à frire brandie au-dessus de la tête, elle se prépara à défendre cher sa peau.

Lorsque Nathan pénétra en caleçon dans la cuisine, le choc fut réciproque. Et la surprise aussi forte d'un côté que de l'autre. Stupidement gêné d'être surpris en sous-vêtement, il eut un mouvement de recul. De son côté, Jackie poussa un cri perçant, lâcha sa poêle qui tomba sur le carrelage avec fracas. Pliée en deux, elle se mit à hoqueter, à mi-chemin entre la crise d'hystérie et le fou rire.

— Qu'est-ce qui te prend de rôder dans le noir en agitant une poêle à frire, bon sang ?

Jackie en étouffait presque.

— Je croyais avoir affaire à six hommes avec des intentions homicides. L'un d'entre vous avait une cicatrice et l'autre était petit avec un visage de fouine.

— Et naturellement tu es descendue pour nous vaincre tous les six à grands coups de casserole sur la tête.

— Pas exactement, non, pouffa-t-elle en s'adossant contre le comptoir. Je suis désolée, je ris toujours quand j'ai peur.

— Quoi de plus logique ?

— Au début, je suis descendue parce que je pensais qu'il y avait un cambrioleur. Une fois en bas, j'avais réussi à me convaincre qu'il n'y avait personne. Et…

Un hoquet l'interrompit.

— Puis j'ai fini par me persuader qu'une bande de malfrats du Kentucky dirigée par un type répondant au nom de Bubba avait réussi à s'introduire dans la maison par un soupirail… Oups ! Il me faut de l'eau.

Elle prit un verre dans l'égouttoir et le remplit à ras bord.

— Tu as enfin choisi le champ d'activité qui te convient, Jackie. Avec une imagination aussi fertile, tu devrais gagner gros grâce à l'écriture.

— Merci.

Tout en buvant, elle traçait des cercles du bout d'un doigt sur le fond du verre.

— Qu'est-ce que tu fabriques, encore ?

— C'est un truc pour faire passer le hoquet. Imparable.

Elle posa le verre et attendit.

— Tu vois ? Ça marche à tous les coups. A ton tour, maintenant. Tu peux m'expliquer pourquoi tu te glissais sans bruit dans le noir, en tenue aussi légère ?

— Je suis chez moi, non ?

— Exact. Et la tenue en question te va à merveille. Désolée de t'avoir fait peur.

— Tu ne m'as pas fait peur. J'étais sur le point de prendre un bain à remous. Et comme j'avais soif j'étais venu chercher une boisson fraîche.

Jackie hocha la tête en serrant les lèvres. Ce n'était pas le moment de reprendre une crise de fou rire.

— O.K. Je comprends… Tu as passé une bonne soirée, au fait ?

— Quoi ? Ah oui. Excellente.

Le moment était mal choisi pour constater qu'elle avait l'air d'être nue sous son grand T-shirt, avec un portrait délavé de Mozart sur la poitrine. Il fit un effort pour garder les yeux rivés sur son visage.

— Tu ferais mieux d'aller te recoucher.

— Je vais d'abord te préparer quelque chose à boire.

Il lui attrapa le poignet sans ménagement alors qu'elle ouvrait déjà la porte du réfrigérateur.

— Laisse ça, tu m'entends ! Je peux m'en occuper tout seul.

— Inutile de m'aboyer dessus. Je t'ai dit que j'étais désolée.

— Je ne t'aboie pas dessus. Retourne au lit, Jackie.

— Je te trouble, n'est-ce pas ? murmura-t-elle en se tournant vers lui. C'est bien.

Nathan rejeta la tête en arrière lorsqu'elle voulut lui caresser la joue. Elle avait le visage vierge de maquillage. Mais ce parfum…

— Oui, tu me troubles. Et non, ce n'est pas bien. Va te coucher, je te dis.

— Tu as envie de venir avec moi ?

Il plissa les yeux d'un air féroce.

— Tu ne crois pas que tu pousses le bouchon un peu loin, Jackie ?

— C'était juste une suggestion.

Jackie s'efforça de se mettre à la place de Nathan et de déchiffrer la situation de son point de vue. Elle ressentit une vague immense de tendresse. Quoi de plus émouvant qu'un homme honorable menant un combat acharné contre sa propre conscience ?

— Tu ne veux vraiment pas comprendre que je t'aime et que j'ai envie de faire l'amour avec toi ?

Nathan se raidit. S'il avait le malheur d'entrer dans sa logique et de trouver *normal* de monter se coucher avec elle, il était fichu.

— Ce que j'ai surtout du mal à comprendre c'est que tu puisses prétendre aimer quelqu'un que tu connais depuis une semaine à peine. L'amour n'est pas si simple, Jackie.

— Parfois, il l'est. Tiens, prends Roméo et Juliette, déjà. Enfin, non… Ce n'est peut-être pas le meilleur exemple. Le problème, c'est qu'aucun couple célèbre ne me vient à l'esprit pour l'instant, car je n'arrive à penser qu'à toi, chuchota-t-elle en traçant du bout des doigts le pourtour de ses lèvres.

Un nœud brûlant se forma dans l'estomac de Nathan.

— Si tu essayes de me compliquer la tâche, tu as réussi au-delà de toute espérance.

— J'espérais la rendre impossible. Mais, si je te la complique, c'est déjà pas mal.

Elle se rapprocha un peu plus encore. Leurs cuisses se frôlèrent. Les paupières de Jackie se fermèrent.

— Embrasse-moi, Nathan. Même mon imagination est pauvre à côté de la réalité de tes baisers.

Il jura. Ou du moins tenta de le faire. Car ses lèvres étaient déjà fondues aux siennes. Chaque fois, c'était un peu plus fort, un peu plus aliénant, un peu plus inoubliable. Il perdait pied et il le savait. S'il laissait libre cours à son désir, il n'était pas certain du tout de pouvoir encore s'arrêter. Et il se retrouverait pris au piège. Dans quel piège exactement, il n'aurait su le dire. Mais il restait qu'il avait la conscience aiguë d'un danger.

Jackie était comme une drogue hallucinogène pour un homme qui aurait toujours eu l'esprit clair ; comme une chute du haut d'une falaise pour un alpiniste au pied sûr.

Son pressentiment ne l'avait pas trompé : elle était bel et bien nue sous le grand T-shirt souple qui flottait autour de son corps mince. Douce, nue et dorée. Il se surprit à prendre, à caresser et à toucher malgré les signaux d'alarme qui clignotaient dans sa tête.

La prudence avait toujours été chez lui une seconde nature. Avant de faire le premier pas dans quelque domaine que ce soit, il avait toujours mesuré le pour et le contre, examiné les angles et les degrés, calculé les probabilités au plus près. Mais, lorsqu'il tenait Jackie dans ses bras, ses facultés d'analyse tombaient en sommeil.

Avec elle, faire le second pas semblait relever de l'évidence. Il suffirait de fermer les yeux et de laisser la nature suivre son cours. Jackie murmurait son nom. Ses mains magiques remontaient le long de son dos, descendaient s'arrimer à ses hanches. Il sentait chaque courbe, chaque sinuosité de son corps sous le fin coton de sa parodie de chemise de nuit. Comment se débrouillait-elle pour être à la fois aussi familière et aussi neuve ? Pour réconforter et déstabiliser dans le même mouvement ?

Il voulait la ramasser comme une proie, l'emporter et se perdre en elle. Et rien — strictement rien — ne s'y opposait. Pressée contre lui, elle était dans l'expectative. Infiniment consentante.

Dans un ultime sursaut, il l'écarta de lui.

— Non, Jackie.

Alanguie, elle souleva lentement les paupières.

— Mmm ?

Si elle continuait à le regarder comme ça, il allait lui arracher son T-shirt et la prendre sur le carrelage.

— Il faut que cette comédie s'arrête, Jackie. Je ne suis pas assez hypocrite pour prétendre que je n'ai pas envie de toi. Mais je ne suis pas assez inconscient non plus pour démarrer quelque chose qui finirait forcément par un drame.

— Et en quoi cela serait-il si dramatique de faire l'amour ensemble ? C'est une activité qui ne me paraît présenter que des agréments, au contraire.

— Sauf que ça n'irait peut-être pas plus loin que l'aspect sexuel. Ce qui ne correspond pas forcément à ton attente.

Comme elle vacillait devant lui, Nathan la retint par les épaules. Bon sang, elle tremblait. A moins que ce ne soit lui.

— Je n'ai pas de place pour une femme dans ma vie, O.K. ? Et je n'ai pas non plus *envie* d'en faire une. Ça, je ne pense pas que tu puisses le comprendre.

Elle se dressa sur la pointe des pieds pour lui effleurer les lèvres.

— Si c'était vrai, ce serait vraiment très triste pour toi, chuchota-t-elle.

— *C'est* la vérité, Jackie.

Mais il n'était plus tout à fait aussi convaincu lui-même.

— Mon travail absorbe tout mon temps, mon énergie, ma concentration. Et c'est un choix que je revendique. Vivre une brève histoire érotique avec toi serait tentant. Mais je tiens à toi à ma façon, Jackie. Et je sais que ce n'est pas ce à quoi tu aspires.

— C'est un fait. Mais pourquoi ne pas laisser venir ce qui vient et oublier le reste ?

Nathan prit une profonde inspiration. S'il parvenait à lui expliquer calmement les choses, elle finirait peut-être par comprendre.

— Dans six semaines, je dois partir pour Denver. Ensuite, ce sera Sydney. Et, après cela, je ne sais où encore. Je suis mobile, disponible et je voyage « léger ». Autrement dit, seul. Et je n'ai pas envie non plus d'avoir à m'inquiéter d'une compagne restée à la maison.

Jackie recula d'un pas et pencha la tête sur le côté pour l'examiner. Il n'y avait pas de colère dans son regard. Juste une compassion qui le mit mal à l'aise.

— Que s'est-il passé pour que tu aies tant de mal à faire une place à l'autre dans ton quotidien, Nathan ? Tu ne conçois la vie que tracée à l'avance et en ligne droite ? Sans virages et sans détours ? A trente-deux ans, ce n'est pas seulement triste, c'est dramatique de repousser quelqu'un qui t'aime sous prétexte que tu n'as pas envie qu'on bouscule ton train-train.

L'espace d'une seconde il se vit sur le point de laisser échapper un torrent de justifications furieuses. Tout remontait en vrac : les raisons, les explications, la colère. Une douleur dont il avait oublié jusqu'à l'existence. Mais des années d'entraînement à l'impassibilité lui permirent de se ressaisir presque aussitôt.

— C'est peut-être regrettable, mais c'est ainsi que j'ai choisi de vivre, rétorqua-t-il d'un ton glacial.

Il lut dans le regard de Jackie qu'il lui avait fait mal. Presque au même instant, il sentit une lame aiguë de souffrance se retourner contre lui. Et comprit que, en la blessant elle, il se blessait lui-même tout autant.

— Tu veux que je te dise, Jackie ? Avec une autre que toi, cela aurait été infiniment plus facile de prendre des distances. Ce que je ressens pour toi, je n'ai pas *envie* de l'éprouver. Tu peux comprendre cela ?

— Oui. Malheureusement, je le comprends.

Elle baissa la tête, comme en signe de défaite. Mais, lorsqu'elle leva son visage vers lui, la lueur déterminée était de retour dans son regard.

— Ce que *toi* tu ne comprends pas, en revanche, c'est que renoncer n'est pas dans ma nature. Ça doit être mon côté irlandais buté. Toujours est-il que c'est toi que je veux, Nathan. Et tu auras beau courir vite, je finirai par te rattraper un jour ou l'autre. Et là toutes tes petites barrières étriquées s'écrouleront comme une rangée de dominos.

Lui saisissant le visage à deux mains, elle lui pressa un baiser énergique sur les lèvres.

— Et tu me remercieras, car personne, jamais, ne t'aimera autant que moi, Nathan Powell.

Elle l'embrassa de nouveau — avec moins d'énergie et plus de tendresse, cette fois.

— J'ai préparé de la citronnade fraîche au cas où tu aurais toujours soif. Bonne nuit et à demain.

Il la suivit du regard avec la sensation vertigineuse d'entendre déjà, au loin, un bruit de dominos s'effondrant un à un…

7

« *Si seulement elle avait pu le détester. Sarah aspirait de tout son être au soulagement qu'aurait apporté la colère. Si elle avait réussi à brandir l'étendard de son indignation, elle se serait sentie entière et non plus déchirée. Mais elle ne parvenait même pas à lui en vouloir. Alors que cet animal de Jake avait passé la nuit avec une autre femme.*

Plus que dans la rage, elle était dans le deuil. Le deuil d'un amour qui aurait pu être magnifique et qui était resté en bourgeon.

Il y avait de la place pour elle, dans le cœur de Jake. Sarah le savait.

Alors pourquoi ce revirement brutal ? Alors qu'elle commençait à baisser sa garde et à l'accepter tel qu'il était, pourquoi s'était-il tourné vers une femme de petite vertu ? »

« *Une femme de petite vertu…* »

Pfff. Jackie secoua la tête en relisant ses dernières lignes. Si elle n'était pas capable de trouver mieux que ce vieux cliché éculé, elle ferait mieux de se coucher tout de suite. Avec un léger soupir, elle enregistra une copie et éteignit l'ordinateur.

Son inspiration du jour n'avait pas été très féconde, d'ailleurs. Lorsqu'elle était descendue préparer le petit déjeuner, elle avait trouvé un mot de Nathan. Non pas griffonné, car son écriture était aussi nette et ordonnée que le reste de sa personne. Mais juste une phrase laconique pour lui annoncer qu'il s'absentait pour la journée.

Pour le coup, elle s'était contentée de grignoter une barre de céréales tout en méditant sur la situation en cours. Et ses conclusions n'avaient pas été très optimistes. Elle aimait un homme qui était déterminé à la tenir à distance. Un homme qui cherchait à annuler ses sentiments pour lui à grand renfort de raisonnements. Non pas parce qu'il s'était engagé auprès d'une autre femme. Pas non plus parce qu'il souffrait d'une maladie incurable. Et encore moins parce qu'il dissimulait un passé criminel.

Mais tout simplement parce que l'amour le perturberait dans ses habitudes.

Nathan était trop sérieux, trop respectueux pour profiter de la situation. Et trop buté pour admettre qu'une harmonie entre eux était possible. « Je n'ai pas de *place* pour une femme dans ma vie », avait-il dit ? Jackie se leva pour arpenter la chambre. Pensait-il vraiment qu'elle s'inclinerait devant un argument aussi pitoyable ?

Elle avait du mal à comprendre pourquoi il se braquait à ce point face à l'amour qui lui était offert. Et pourquoi il était si aveugle sur lui-même et sur ses sentiments, surtout. Chez les MacNamara, on pouvait être terriblement conventionnel sur certains plans. Mais l'amour avait toujours circulé librement dans sa famille. Et elle avait grandi sans jamais s'effrayer de la force de ses sentiments. D'ailleurs, à quoi servait la vie si on refusait d'être vivant ? Elle savait que Nathan n'était pas insensible. Le problème, c'est qu'il se méfiait de ses émotions. Chaque fois qu'il se voyait sur le point d'être submergé, il verrouillait les accès, bloquait toutes les issues et se coupait de lui-même au point de ne plus rien sentir. Jackie soupira. Il lui faudrait livrer une sacrée bataille pour vaincre ses résistances. Une bataille où il se défendrait pied à pied.

Se battre ne lui faisait pas peur, cela dit. Mais ce combat particulier était plus douloureux que la moyenne. Car chaque refus de Nathan faisait mal. Chaque rejet se muait en blessure.

Elle avait été sincère avec lui sans que cela donne grand résultat. Elle avait été provocante sans parvenir pour autant à ses fins. Elle avait été pénible. Compréhensive. Et ne savait plus très bien quelle nouvelle stratégie adopter.

Roulant sur le ventre, Jackie se demanda si la meilleure chose à faire ne serait pas de s'accorder une sieste. L'après-midi était déjà relativement avancé et elle avait travaillé sans s'arrêter depuis le petit déjeuner. Et pas moyen de se motiver pour aller nager dans la piscine. Si elle s'endormait en pensant à Nathan, elle se réveillerait peut-être avec une solution géniale, qui sait ? Décidée à faire confiance aux déesses de la destinée — qui, après tout, l'avaient déjà menée jusqu'à l'homme aimé —, Jackie ferma les yeux.

Elle avait déjà sombré dans une plaisante torpeur lorsqu'on sonna à la porte d'entrée. Des témoins de Jéhovah, songea-t-elle en bâillant. Ou un vendeur d'encyclopédies. Elle allait se rendormir lorsqu'une idée atroce chassa d'un coup jusqu'aux dernières traces de somnolence. Et s'il était arrivé un accident grave à Nathan ?

Bondissant hors du lit, elle dévala l'escalier.

— J'arrive !

Repoussant d'une main les cheveux qui lui tombaient sur les yeux, elle tira le battant de l'autre.

Ce n'était ni un porteur de mauvaises nouvelles ni un vendeur au porte-à-porte. Et encore moins un démarcheur de l'apocalypse en mission de prosélytisme. Justine Chesterfield en personne se tenait sur le pas de la porte. Jackie réprima un soupir. Décidément, ce n'était pas son jour.

Elle gratifia sa visiteuse d'un mince sourire.

— Hello.

— Bonjour. Je me demandais si Nathan était par là.

— Non, désolée. Il est sorti.

Sa main sur la poignée la démangeait de claquer la porte au nez de la grande blonde. Mais ce serait très peu civilisé de sa part. Jackie entendait d'ici les remontrances choquées de sa mère si elle commettait une pareille entorse à l'étiquette.

— Il ne m'a pas précisé où il allait ni quand il comptait

rentrer, poursuivit-elle d'un ton plus amène. Mais, si vous voulez l'attendre ici, vous êtes la bienvenue.

— Volontiers, oui. Merci.

Justine était habillée comme si elle venait juste de descendre de son yacht privé. Sa haute silhouette — toute en lignes élégantes et en courbes douces — était admirablement mise en valeur par une tenue blanche de type sport chic. Ses bijoux étaient discrets et visiblement hors de prix. Ses cheveux défaits lissés à la perfection.

Tout était parfait chez elle, d'ailleurs : l'allure, la beauté, les manières. Jackie était ravie de pouvoir la haïr.

— J'espère que je ne vous dérange pas…, commença Justine.

D'un geste qu'elle jugea magnanime, Jackie lui indiqua le séjour.

— Pas du tout non. Faites comme chez vous.

— Merci.

Justine posa son sac à main sur une table basse. Jackie nota machinalement qu'il était assorti à ses sandales en croco.

— Vous devez être Jacqueline, la cousine de Fred.

— Je dois l'être, oui.

— Moi, c'est Justine Chesterfield. Une amie de Nathan.

— Oui, j'ai reconnu votre voix.

Se conformant par automatisme aux codes habituels de politesse, Jackie tendit la main à Justine. Celle-ci la prit avec l'ombre d'un sourire. Malheureusement pour Jackie, le sourire était à la fois franc, amical et engageant.

— Et moi, j'ai reconnu la vôtre. D'après Nathan, Fred est aussi retors qu'il est charmant.

— *Plus* retors qu'il n'est charmant, croyez-moi.

C'était donc le type de femme auquel Nathan accordait sa préférence. Discrètement raffinée. Discrètement stylée. Discrètement magnifique. Réprimant un soupir découragé, Jackie se résigna à accomplir son devoir d'hôtesse.

— Je vous sers quelque chose à boire ? Un café ? Une boisson fraîche ?

— Je boirais volontiers quelque chose de glacé, si cela ne vous dérange pas.

— Asseyez-vous. J'en ai pour une minute.

Jackie grommela rageusement pendant qu'elle préparait deux verres de citronnade et disposait des petits-fours sur un plat en porcelaine de Saxe. Il était rare qu'elle se préoccupe de sa tenue lorsqu'elle traînait à la maison. Mais il avait fallu que Justine tombe pile sur le jour où elle avait enfilé son short le plus infâme. Et son T-shirt vert et blanc n'était pas fait pour arranger son allure. Elle portait pour une petite fortune en bagues mais ses pieds étaient nus. Et le vernis à ongles rouge passion commençait à s'écailler sur ses orteils.

— Oh et puis zut, je m'en fiche, marmonna-t-elle tout bas en s'efforçant — sans succès — de mettre de l'ordre dans ses boucles. Madame la Reine de beauté pensera bien ce qu'elle voudra.

Elle était persuadée que Sarah, elle, aurait fait bon accueil à Carlotta. Mais elle commençait à soupçonner Sarah d'avoir un bien meilleur fond que Jacqueline MacNamara. Décidée à ne donner aucun motif d'insatisfaction à Nathan, elle prit son plateau et l'apporta bravement dans le séjour.

Le soleil de l'après-midi autant que les couleurs contrastées du salon semblaient s'être donné le mot pour mettre la beauté de Justine en valeur. C'était pénible à admettre mais Jackie avait toujours été réaliste.

— C'est vraiment très gentil de votre part, commenta Justine. J'espérais que nous trouverions un moment pour bavarder, toutes les deux. Vous n'êtes pas trop pressée ? Nathan m'a dit que vous aviez un roman en cours.

— Il a dit cela ?

De surprise, Jackie se laissa choir dans un fauteuil. Elle aurait été prête à jurer que Nathan avait déjà oublié qu'elle écrivait. Et jamais — au grand jamais — elle n'avait imaginé qu'il parlerait de son livre à qui que ce soit.

Justine était la seconde personne, après Mme Grange, à ne pas avoir ricané en mentionnant son livre, d'ailleurs.

— Oui, Nathan m'a expliqué que vous vous étiez lancée

dans la rédaction d'un roman historique. Et que vous travailliez avec régularité et discipline. Nathan croit beaucoup aux vertus de la discipline.

— C'est ce que j'ai remarqué, en effet.

Justine, en tout cas, lui avait donné le prétexte idéal pour écourter la conversation.

— Je suis très prise par mon bouquin, oui. Il se trouve que je faisais une courte pause lorsque vous avez sonné.

— C'est une chance pour moi d'être tombée au bon moment.

Justine prit un petit-four qu'elle grignota avec grâce. Elle portait un parfum très sophistiqué — riche et féminin sans être opulent. Ses mains longues et fines n'étaient ornées que d'une seule bague, une magnifique opale sertie de diamants.

— Je vous dois des excuses, Jacqueline.

Distraite de sa contemplation fascinée, Jackie haussa un sourcil.

— Des excuses ?

— Pour le malentendu entre Nathan et vous. C'est moi qui ai convaincu Nathan de confier sa maison à Fred pour la durée de son séjour en Europe. La solution me paraissait idéale. Nathan répugnait à laisser les lieux inoccupés. Et Fred avait l'air de traverser une mauvaise passe.

— Fred traverse toujours une mauvaise passe, précisa Jackie par-dessus le bord de son verre.

Elle ressentit une bouffée de compassion pour Justine. Le charme de Fred n'avait peut-être pas opéré sur Mme Grange. Mais l'employée de maison était l'exception à la règle.

— Il a également un talent incomparable pour vous faire croire qu'il est capable de transformer de la paille en or. A condition de payer très cher pour la paille.

Une lueur amusée brilla dans le regard de Justine.

— C'est ce que j'ai cru comprendre, oui. Et je m'en veux, à présent que j'ai appris que Fred vous avait délestée d'une somme non négligeable.

Jackie mordit énergiquement dans un biscuit.

— Vous n'êtes pas responsable. Je connais Fred depuis

toujours. S'il y a une personne au monde qui aurait dû voir clair dans son jeu, c'est bien moi… D'ailleurs, tout s'est arrangé puisque Nathan et moi sommes parvenus à une solution à l'amiable, précisa-t-elle avec un sourire qu'elle jugea admirablement détaché.

— C'est ce qu'il m'a dit, oui. Il paraît que vous êtes une cuisinière remarquable.

— Oui.

La fausse modestie n'avait jamais été son style. Mais elle se demandait ce que Nathan avait encore pu raconter à son sujet. Et, si Justine était venue pour se battre, qu'attendait-elle pour passer à l'offensive ?

— Mes compétences culinaires se limitent à fabriquer des sandwichs. C'est vrai que vous avez étudié à Paris ?

— J'ai fait quelques trimestres à la Sorbonne, oui.

Jackie sourit malgré elle. D'accord, Justine dégageait une impression de froideur et de snobisme. Mais sous le vernis de la princesse on devinait une authentique gentillesse. Et la gentillesse, quel que soit l'emballage autour, l'avait toujours attirée.

Justine lui sourit en retour et la tension dans la pièce retomba encore de quelques degrés supplémentaires.

— Mademoiselle MacNamara… Jacqueline… Puis-je être franche avec vous ?

— Je suis assez en faveur de la franchise. Neuf fois sur dix elle permet de réaliser une économie de temps considérable.

— Vous n'êtes pas du tout celle que j'attendais.

Intriguée, Jackie s'assit en tailleur dans son fauteuil.

— Et vous vous attendiez à quoi ?

— J'ai toujours pensé que, lorsque Nathan s'éprendrait d'une femme, ce serait quelqu'un de calme, de lisse et de réservé. J'aurais même tablé sur soporifique.

Jackie dut déglutir bruyamment pour avaler sa gorgée de citronnade.

— Pardon ? Vous avez bien dit « s'éprendre de » ?

— Nathan ? Il est dévasté. Une épave. Vous l'ignoriez ?

— Il le cache bien, murmura Jackie.

140

— Je ne sais pas comment il est avec vous, mais hier soir avec moi cela sautait aux yeux.

A la mention de ce « hier soir avec moi », Jackie recommença automatiquement à bouillir. Justine dut voir la lueur dans son regard car elle crut bon de préciser :

— Nathan et moi n'avons jamais été autre chose qu'amis, entre parenthèses… Je crois que si j'étais à votre place j'apprécierais qu'on soit claire avec moi sur ce point.

Rougir n'entrait pas dans les habitudes de Jackie, mais elle sentit une chaleur suspecte lui monter aux joues.

— J'apprécie, en effet… Ce serait indiscret de vous demander pourquoi il n'y a jamais rien eu entre Nathan et vous ?

— Je me suis moi-même posé la question, rétorqua Justine en reprenant un petit-four. En fait, ça ne s'est jamais présenté, si on peut dire. Je ne suis pas quelqu'un d'indépendant et l'état conjugal me convient. Résultat : j'ai tendance à me marier souvent. J'étais avec mon premier mari lorsque j'ai rencontré Nathan. Puis, après mon divorce, j'ai vécu à New York. De retour ici, j'ai épousé quelqu'un d'autre et ainsi de suite pendant une décennie. J'étais absorbée par mes passions et Nathan par son travail. Pour des raisons qui le concernent, il a toujours préféré s'investir dans des monuments que dans des histoires de cœur.

Jackie brûlait d'interroger Justine sur les raisons d'une telle préférence. Mais elle ne pouvait pas pousser la curiosité aussi loin. Et, s'il devait se passer quelque chose entre Nathan et elle, ce serait de lui que devraient venir les explications.

— Merci d'avoir accepté de me répondre, Justine. Je crois qu'il est temps de préciser que vous n'êtes pas du tout ce que j'attendais non plus.

— Ah non ? Et vous me voyiez comment ?

— Comme une intrigante calculatrice avec un congélateur à la place du cœur. Prête à dévorer mon homme tout cru, *of course*. J'ai passé le plus gros de ma soirée à vous haïr.

Lorsque sa description amena une mimique amusée aux

lèvres de Justine, Jackie se félicita d'avoir renoncé à coller une verrue à Carlotta.

— Vous tenez bel et bien à Nathan, donc ?

— Je l'aime, oui.

Le sourire qui se dessina cette fois sur les traits de Justine était teinté d'une pointe de nostalgie qui en disait plus long que n'importe quelles paroles.

— Nathan est très seul, Jackie. Il a besoin de quelqu'un, même s'il est persuadé du contraire.

— Je sais. Et je serai ce quelqu'un-là.

— Je vous souhaite de tout cœur de réussir. Ce qui n'était pas mon intention lorsque je suis arrivée ici.

— Et qu'est-ce qui vous a fait changer d'avis ?

— Vous m'avez proposé d'entrer et vous m'avez offert à boire alors que vous brûliez d'envie de me claquer la porte au nez.

Jackie sourit.

— Et moi qui croyais avoir si admirablement dissimulé mon hostilité !

Justine éclata de rire.

— Vous étiez transparente ! Ecoutez, mes prestations dans le domaine sentimental ne sont pas très édifiantes. Allez… je vais être franche : elles sont même carrément minables. Mais j'aimerais quand même vous donner un conseil.

— Cela tombe bien. Je ne sais plus du tout comment m'y prendre, justement.

— En amour, certains hommes ont besoin d'être poussés un peu plus énergiquement que d'autres. Avec Nathan, je vous suggère d'y aller à deux mains.

— Très judicieux, en effet. Je vais voir ce que je peux faire.

La tête penchée sur le côté, Jackie réfléchit un instant.

— Vous savez, Justine, j'ai un cousin au second degré du côté de mon père. Attention, il ne s'agit pas de Fred ! se hâta-t-elle de préciser. Celui-ci est professeur à l'université du Michigan. Vous aimez le genre intello ?

Justine reposa son verre en riant.

— Reposez-moi la question dans six mois, d'accord? Pour l'instant, je suis en congé sabbatique.

Lorsque Nathan regagna son domicile quelques heures plus tard, il était loin d'imaginer que Justine avait passé une partie de l'après-midi chez lui. Ni que Jackie et elle avaient comploté impunément dans son dos. Ce qui était sans doute une bonne chose. Car la situation le perturbait déjà bien assez comme cela.

Il se surprit à ressentir un élan de joie en poussant sa porte. Pas comme lorsqu'il était rentré d'Allemagne et qu'il s'était réjoui de retrouver sa solitude. Là, il avait hâte de voir Jackie — de lui parler, de se détendre en sa compagnie. Même la perspective d'avoir à déjouer une de ses manœuvres de séduction l'amusait d'avance.

Il entendit la musique dès qu'il pénétra dans le vestibule. Non pas celle, bruyante, qu'il s'était habitué à entendre retentir dans la cuisine. Mais une valse de Strauss, tendre, heureuse et sensuelle. Intrigué par ce changement, Nathan décida qu'une certaine prudence était de mise. Il se glissa dans son bureau pour poser son attaché-case.

Tout en desserrant d'une main son nœud de cravate, il poussa la porte de la cuisine. Comme chaque jour, quelque chose de bon mitonnait sur la cuisinière. Déjà, de tentants fumets lui caressaient sensuellement les narines. Quant à Jackie, elle avait renoncé à ses shorts habituels et portait une robe souple coupée dans un tissu si mouvant qu'il semblait danser autour d'elle. Elle était pieds nus et une seule boucle en ébène pendait à une oreille.

Un pressentiment l'envahit, comme une mise en garde. Conscient que la solution de sagesse aurait consisté à faire demi-tour et à fuir à toutes jambes, il s'avança jusqu'au plan de travail.

— Bonsoir.

Jackie l'avait entendu arriver mais réussit à se retourner avec un sourire surpris.

— Salut.

Nathan était magnifique, en costume clair, avec sa cravate à moitié défaite. Emue de le voir, elle l'embrassa sur la joue.

— Tu as passé une bonne journée ?

L'entrée en matière paraissait innocente à souhait. Nathan ne savait jamais à quoi s'attendre avec elle. Rien de nouveau sous le soleil, cela dit. Elle n'avait cessé de le déconcerter depuis le début. Mais ce baiser léger, presque fraternel, avec lequel elle l'avait accueilli était exactement ce à quoi il aspirait. Et il trouvait inquiétante la façon dont elle semblait toujours s'adapter à des besoins qu'il ne formulait pas.

— Ça va, oui. J'ai bien avancé sur mon futur projet de Denver.

— J'espère que tu as faim. Le dîner sera prêt dans quelques minutes.

Comment avait-elle réussi à prévoir son repas pour l'heure exacte de son retour alors qu'il n'avait pas précisé à quel moment il rentrerait ?

— Et ton livre ? s'enquit-il. Il progresse ?

— Plutôt, oui. J'ai eu un temps mort, cet après-midi. Mais après ça a coulé tout seul. La semaine prochaine, je devrais avoir une centaine de pages que je pourrai envoyer à un éditeur.

— Bien, commenta-t-il en réfrénant une réaction de panique.

Tant mieux si son roman avançait à pas de géant. Pourquoi redouterait-il le moment où elle lui annoncerait qu'elle n'avait plus besoin de rester chez lui pour écrire ?

La minuterie du four sonna et Jackie se détourna juste à temps pour dissimuler un sourire satisfait.

— J'ai pensé que nous pourrions dîner dans le patio, ce soir, annonça-t-elle en posant sa tarte aux pommes sur une grille. Il fait tellement doux.

Nathan lui jeta un regard en coin. De nouveau, les signaux d'alarme se déclenchaient en lui. Mais de façon plus assourdie, cette fois.

— On annonce de la pluie pour ce soir, Jackie.

— Elle ne tombera pas avant plusieurs heures, rétorqua-t-elle en prenant la cocotte. Tu veux bien apporter le pain ? La table est déjà mise dehors.

Là encore, elle avait soigné son timing, constata-t-il. Le soleil était déjà bas. Et les nuages de pluie qui s'agrégeaient à l'horizon se paraient d'un mince liséré rose. Une brise légère apportait un air doux chargé d'un soupçon d'embruns. La table ronde avait été mise avec soin mais sans faste ostentatoire. Il se serait méfié s'il avait vu des chandeliers et une nappe blanche damassée. Mais elle s'était contentée de mettre deux sets de table de couleur vive. Et de placer un bouquet de fleurs sauvages dans un joli flacon de verre.

Nathan se renversa contre son dossier pendant que Jackie le servait.

— Je ne t'ai jamais remerciée pour tous ces repas.

Elle sourit en s'asseyant en face de lui.

— Il n'y a pas de quoi. Tu m'héberges, je te nourris. C'est le contrat.

— Oui, mais il y a repas et repas. Et les tiens sont largement plus élaborés que la moyenne.

— C'est tellement plus agréable de cuisiner pour deux que pour un.

Il avait toujours pensé tout le contraire. Jusqu'à maintenant, en tout cas.

— Mmm… Jackie ? Nous avons eu un démarrage un peu difficile, tous les deux. Mais comme nous sommes victimes, l'un et l'autre, dans l'histoire j'aimerais conclure une trêve.

Elle le regarda avec ses grands yeux bruns écarquillés.

— C'est déjà fait, non ?

— Un cessez-le-feu officiel, alors.

Levant son verre, Jackie le fit tinter contre le sien.

— O.K. Buvons à la paix.

Il but une gorgée et finit de dénouer sa cravate.

— Et si tu me parlais de ton livre ?

Voir Jackie soudain frappée de mutisme fut une première pour Nathan.

— De mon livre ?

— Je ne connais même pas l'histoire. Mais tu préfères peut-être la garder secrète ?

— Pas du tout, non. Si je m'écoutais, je ne parlerais que de cela, au contraire. Mais je n'imaginais même pas que cela pourrait t'intéresser. Après six mois en Allemagne, puis le coup de Fred, et sachant que je te tapais déjà sur le système, j'ai pensé que j'avais tout intérêt à ne pas aggraver mon cas en te rebattant les oreilles avec mes héros à la dérive.

Pensif, Nathan prit une gorgée de son vin.

— C'est bizarre. Tu t'exprimes toujours de façon aussi déroutante et décousue. Et pourtant je commence à te comprendre quand même. Tu ne peux pas imaginer comme ça me terrifie. Mais bon… Parlons plutôt de ton roman.

Jackie s'humecta les lèvres.

— L'action se situe dans l'actuel Arizona, une dizaine d'années environ après la guerre du Mexique. J'ai hésité à en faire une saga qui aurait débuté au XVIIIe siècle, lorsque ce territoire était encore une colonie européenne. Mais j'ai eu envie de rentrer tout de suite dans le vif du sujet.

— Et il n'y avait pas moyen d'entrer dans le vif du sujet au XVIIIe ?

Saisie d'une nervosité inattendue, Jackie émietta sa tranche de pain.

— Si, bien sûr. Mais Jake et Sarah — mes deux personnages — n'étaient pas encore nés, à l'époque. Et l'histoire que j'écris est essentiellement la leur. J'étais trop impatiente de démarrer avec eux pour avoir le courage de m'attaquer à leurs ancêtres. Lui est une sorte de mercenaire qui vit de son talent à manier les armes. Elle une jeune fille encore innocente. L'Arizona m'intéresse car, pour moi, c'est vraiment l'Ouest dans toute sa splendeur.

— Chasseurs d'or, fusillades et attaques d'Indiens à tous les étages ?

Toute nervosité évanouie, Jackie lui resservit à boire.

— Exactement. Ma Sarah arrive dans l'Ouest suite au décès de son père. Ce dernier, Daniel Conway, lui avait toujours fait croire qu'il était l'heureux propriétaire d'une mine prospère. Elle-même a grandi sur la côte Est où elle a reçu l'éducation typique réservée aux jeunes filles de bonne famille. En apprenant la mort brutale de son père, Sarah se rend aussitôt sur place. Et là elle doit se rendre à l'évidence : pendant toutes ces années où elle le croyait dans l'opulence, son père avait vécu dans la plus extrême misère. Et tout le maigre argent qu'il avait pu tirer de sa vieille mine délabrée avait servi à financer l'éducation de sa fille.

— Elle se retrouve donc en territoire inconnu, sans un sou à son nom, et orpheline de surcroît ?

Ravie qu'il se prenne ainsi au jeu, Jackie leva son verre.

— Exactement. J'ai pensé que cela ferait d'elle un personnage à la fois vulnérable et sympathique. Quoi qu'il en soit, Sarah découvre assez rapidement que l'auteur de ses jours n'a pas succombé à l'effondrement d'un couloir de sa mine, comme le veut la version officielle, mais qu'il est mort assassiné. Alors qu'elle remue ciel et terre pour tenter de comprendre ce qui s'est passé, elle se heurte à plusieurs reprises à Jake Redman, un aventurier sans foi ni loi qu'elle considère comme une racaille. Mais il ne lui en sauve pas moins la vie alors qu'elle se fait attaquer par des guerriers apaches.

— Il a donc quand même quelques qualités, ce Jake.

— En fait, c'est un diamant brut. Et Sarah est en danger permanent avec la faune redoutable qui rôde dans la petite ville minière. La situation politique était encore très incertaine, à l'époque, et aucune sécurité n'était assurée aux habitants.

— Mais Sarah ne prend pas ses jambes à son cou pour autant. C'est une fille qui n'a pas froid aux yeux.

— Sarah s'est juré de ne pas repartir avant d'avoir compris ce qui est arrivé à son père. Et, pour cela, elle brave tous les dangers. Y compris les plus déconcertants. Comme son attirance pour Jake Redman, par exemple.

— Réciproque, j'imagine ?

Jackie porta pensivement son verre à ses lèvres.

— Jake l'aime aussi, mais il ne veut rien en savoir. C'est un grand solitaire, cet homme. Il a toujours été sans attaches ; libre d'aller et de venir au gré de ses humeurs. C'est un voyageur sans bagage qui refuse de s'encombrer.

Nathan eut une moue amusée.

— Voilà qui est subtilement amené, Jackie.

Elle sourit.

— N'est-ce pas ? Quoi qu'il en soit, Sarah sait ce qu'elle veut, elle. Et elle compte bien le faire changer d'avis. Quitte à l'avoir à l'usure, s'il le faut. Cela dit, Carlotta fait tout son possible pour lui saboter le travail.

— Carlotta ?

— Une patronne de maison close qui a jeté son dévolu sur Jake. Parce qu'il plaît à toutes les femmes, pour commencer. Mais essentiellement par haine pour Sarah qui représente pour elle tout ce dont elle a toujours été privée. Carlotta est également la seule à savoir que Daniel Conway a été assassiné pour une raison bien précise : il était enfin tombé sur le bon filon. La vieille mine qui appartient désormais à Sarah vaut une fortune, ce que tout le monde ignore. J'en suis là pour l'instant.

— Et ça se termine bien, j'espère ?

— Aucune idée.

— Comment ça, aucune idée ? C'est quand même toi l'écrivain, non ? Ne me dis pas que tu n'as pas encore prévu le dénouement de ton intrigue.

— Si je savais d'avance ce qui allait se passer, cela m'amuserait nettement moins de m'asseoir à ma table de travail tous les matins. Ecrire un livre, ce n'est pas comme tracer les plans d'un édifice, Nathan.

Voyant qu'il peinait à comprendre, elle se pencha vers lui, les coudes posés sur la table.

— Je vais te dire pourquoi j'aurais sans doute fait un très mauvais architecte, même si je trouve fascinante l'idée de partir d'un espace vide et de lui donner forme, volume et couleur.

Nathan lui jeta un regard surpris. C'était exactement ainsi qu'il aurait défini son métier si on le lui avait demandé. A croire qu'elle disposait d'un passe secret qui lui permettait de pénétrer ses pensées à volonté.

— Pour être un bon architecte, il faut être capable de tout prévoir, du premier coup de pelle au détail final, poursuivit-elle. Quand on dessine un lieu de travail ou d'habitation, il ne s'agit pas seulement d'ériger un bel édifice. On a également une responsabilité vis-à-vis des êtres humains qui auront à y vivre ou à y travailler. Rien ne peut être laissé au hasard et l'imagination doit composer avec la sécurité et la fonctionnalité.

— Je crois que tu te trompes, observa-t-il après un temps de silence. Je pense que tu aurais fait une excellente architecte.

Jackie secoua la tête.

— Non. Même si j'ai bien saisi les enjeux, je n'aurais jamais été capable de faire des étincelles dans ce métier. Crois-moi, j'ai essayé… Toi, en revanche, tu as ce talent qui fait que tu combines l'artistique et le pratique, le créatif et le réel.

Touché qu'elle soit sensible à la qualité de ses réalisations, il hocha la tête.

— Et toi, tu fais la même chose, mais dans l'écriture. C'est ça ?

— J'essaie, en tout cas.

Se renversant contre son dossier, Jackie regarda les nuages rouler furieusement à l'horizon. La pluie se rapprochait.

— Il y a des années que je tâtonne, sans vraiment savoir ce que je cherche. J'ai été un peu musicienne, un peu peintre et même un peu ballerine à mes heures. A dix ans, j'ai composé ma première sonate… J'étais précoce, précisa-t-elle avec une moue de dérision.

— Tiens donc. Qui l'eût cru ?

Elle rit doucement.

— Ma vocation musicale ne s'est pas vraiment affirmée depuis. Mais j'ai toujours su, au fond de moi-même, que j'avais quelque chose à offrir sur le plan artistique. Mes parents ont été d'une patience angélique avec moi. Je ne méritais sans doute pas tant d'indulgence. Mais cette fois-ci c'est différent… ça va sans doute te paraître ridicule à mon âge, mais j'ai envie qu'ils soient fiers de moi pour ce livre.

— Je crois que la plupart des gens courent toute leur vie après l'approbation de leurs parents. Même s'ils en ont rarement conscience.

— Et tes parents t'approuvent, Nathan ?

— Oui.

Conscient sans doute que la réponse était un peu sèche, il précisa avec un haussement d'épaules :

— Ils sont satisfaits l'un et l'autre de la reconnaissance professionnelle que j'ai obtenue ces dernières années.

Jackie se risqua à creuser un tout petit peu plus loin.

— Ton père n'est pas architecte, n'est-ce pas ?

— Non. Il est dans la finance.

— Ah, tiens, c'est drôle. Nos pères ont dû se rencontrer dans les couloirs de la Bourse. J.D. est un passionné de la finance.

— Tu appelles ton père « J.D. » ?

— Ça dépend des contextes, en fait. Mon père adorait lorsque, gamine, je m'effondrais dans un fauteuil de bureau en lançant : « Alors, J.D., la tendance est à la hausse ou à la baisse ? »

— Tu es très attachée à ton père, n'est-ce pas ?

— Je l'adore, le vieux requin. Et ma mère aussi, même lorsqu'elle me casse les pieds pour que j'aille à Paris me faire refaire.

Nathan fronça les sourcils.

— Te faire refaire ?

— Ma mère pense que seuls les Français seraient capables de me transformer en une créature acceptable, avec des cheveux qui aient l'air coiffés et des tenues dignes d'une « vraie » femme.

— Je te trouve très bien telle que tu es.

Là encore, Jackie demeura un instant interdite.

— Tu ne m'avais encore jamais rien dit d'aussi gentil, murmura-t-elle.

Au moment où il riva ses yeux aux siens, Nathan crut

entendre au loin un premier roulement de tonnerre. Il toussota et se leva de table.

— Si tu ne veux pas te prendre une saucée, nous ferions mieux de rentrer tout ça et de nous mettre à l'abri.

Sans un mot, Jackie suivit le mouvement et l'aida à débarrasser la table.

— Vu comme tu es habillé, je suppose que tu n'as pas passé la journée à la plage ? s'enquit-elle pendant qu'ils faisaient la vaisselle.

— Non. J'avais une réunion de travail avec mes clients de Denver. La banque S&S veut un immeuble de prestige pour son nouveau siège social. Et ils ont retenu mon projet.

— Comme l'immeuble que tu as conçu à Dallas, pour cette même banque, il y a cinq ans ?

Surpris qu'elle soit au courant, Nathan lui jeta un regard en coin.

— En effet, oui. Mais celui-ci sera très différent. J'ai décidé de revenir à des lignes plus classiques.

— Je pourrais voir tes croquis d'architecte ?

— A l'occasion oui, pourquoi pas ?

Elle lui tendit son verre avec un reste de vin.

— Tout de suite ?

Nathan constata qu'il avait envie de lui montrer son travail. Et que l'opinion de Jackie comptait pour lui. Surpris de se trouver dans des dispositions aussi positives, il lui fit signe de le précéder dans son bureau. Puis il sortit ses dessins de leurs tubes et les déroula devant elle.

Jackie se pencha par-dessus son épaule.

— La façade sera en brique brune, expliqua-t-il en s'efforçant d'ignorer la caresse de ses cheveux contre sa joue. Et j'ai misé sur les courbes plus que sur les lignes droites.

— Il fait très Art nouveau.

— C'était le but, oui.

Pourquoi n'avait-il pas remarqué son parfum plus tôt ? A présent qu'elle se tenait appuyée sur lui, les émanations, sans être puissantes, l'enveloppaient comme dans une bulle.

— J'ai cintré les fenêtres et…

Lorsqu'il laissa le reste de sa phrase en suspens, elle sourit. La patience et la compréhension n'étaient pas faites pour mettre un homme mal à l'aise. Et pourtant Nathan détourna hâtivement les yeux pour se concentrer de nouveau sur ses dessins.

— Chaque bureau individuel aura au moins une fenêtre. Je pense qu'on travaille mieux lorsqu'on ne se sent pas prisonnier d'une cage.

— Oui.

Elle souriait toujours et ni l'un ni l'autre ne regardaient plus les croquis.

— C'est un très beau bâtiment, commenta-t-elle. Orgueilleux sans être oppressant. Classique sans être raide.

Les lèvres de Jackie étaient roses. D'un rose subtil et rare. Tout naturellement, il tourna la tête pour les effleurer des siennes. Cette fois, il entendit distinctement le tonnerre. Beaucoup plus proche, cette fois. Secoué, il s'écarta et entreprit de ranger ses esquisses en silence.

— J'aimerais voir les dessins d'aménagement intérieur, Nathan.

— Jackie...

— Il est bon de toujours aller au bout de ce que l'on entreprend, je crois ?

Hochant la tête, Nathan ouvrit son carnet. Elle avait raison. Et il l'avait d'ailleurs compris depuis le début. Ce qui était commencé demandait à être terminé. Quelles que soient les conséquences...

8

Jackie prit une profonde inspiration. Cette fois, les dés étaient jetés. Et il n'y aurait plus de retour en arrière possible. Pour la première fois, Nathan avait accepté d'abroger les distances entre eux. Peut-être parce qu'il avait envie d'elle, sur le plan physique et rien que physique. Mais, s'il n'avait pour elle que du désir, elle s'en contenterait.

Le désir avait au moins le mérite d'être simple, honnête et sans fioritures.

Elle avait cru ne pas pouvoir l'aimer plus qu'elle ne l'aimait déjà. Mais elle s'était trompée. Chaque pas qui la rapprochait de lui, chaque moment passé en sa compagnie contribuait à élargir les frontières de son cœur.

Avec une infinie patience, elle l'écoutait poursuivre ses explications techniques, regardait sa main à la paume large, aux doigts longs et sensibles se mouvoir sur le calque. Elle aimait le son de sa voix, forte sans être grossière, intelligente sans être affectée.

— ... Là, il y aura du parquet. Et ici, nous avons prévu...

Il se tut brusquement lorsqu'elle posa la main sur son bras.

— ... la salle de conseil d'administration? compléta obligeamment Jackie en se perchant sur l'accoudoir de son fauteuil.

— Quoi? Mmm... Oui, voilà. Quant aux lambris, ils seront...

Nathan s'interrompit en se demandant quel intérêt il avait jamais pu trouver à cette question de lambris. La main de

Jackie reposait sur son épaule, chassant doucement des tensions musculaires dont il n'avait pas eu conscience.

— Les lambris, Nathan ?

Il fit un effort de concentration.

— En acajou du Honduras.

— Magnifique. Et durable. Eclairage indirect ?

— Oui.

Il leva la tête et vit qu'elle souriait, son visage juste au-dessus du sien. Sa vision se brouilla.

— On ne peut pas continuer comme ça, Jackie.

— Je suis d'accord avec toi, acquiesça-t-elle en se laissant glisser sur ses genoux.

— Qu'est-ce que tu fais ?

Une violente tension nouait les muscles de son ventre. Et pourtant il se surprit à sourire.

— Je pense effectivement que la situation actuelle ne peut pas se prolonger, acquiesça-t-elle gravement. Ça va finir par nous rendre cinglés l'un et l'autre. Et ce n'est pas le but.

— Peut-être pas, non, murmura-t-il, fasciné par les bagues qui étincelaient à ses doigts.

— Je vais donc y mettre un terme.

Il tenta de la retenir par le poignet lorsqu'elle commença à retirer sa cravate.

— Un terme à quoi, au juste ?

— A nos incertitudes, à nos hésitations.

Ignorant son grognement de protestation, elle déboutonna sa chemise.

— Laisse-toi faire, Nathan. J'en prends la responsabilité. Tu n'as même pas ton mot à dire, en fait.

Lorsqu'elle voulut retirer sa veste, il l'attrapa par les épaules.

— Tu peux m'expliquer ce que tu es en train de faire, là ?

— Je me sers de toi pour assouvir mes bas instincts, Nathan.

Elle posa d'autorité sa bouche sur la sienne. Si bien qu'au lieu d'éclater de rire il se surprit à gémir.

— Inutile d'essayer de te défendre contre cette tentative de viol, Nathan. Je suis résolue à aller jusqu'au bout.

154

Elle tira énergiquement sur sa chemise pour la dégager de son pantalon. Nathan se sentait quelque part à mi-chemin entre l'irritation, le fou rire et l'explosion libidinale.

— Jackie, arrête tes bêtises, O.K. ? La moindre des choses serait qu'on en discute d'abord.

— *Nada*. Finies, les belles paroles, l'ami. C'est de l'action que je veux. Et je te prendrai, que tu sois consentant ou non, lui murmura-t-elle à l'oreille avant de resserrer doucement les dents sur le lobe.

Cette fois, ce fut le rire qui l'emporta.

— Je fais au moins une tête de plus que toi.

— Plus on est grand, plus on tombe de haut, rétorqua-t-elle, imperturbable, en lui ôtant sa ceinture.

— Tu es sérieuse ?

Elle rejeta la tête en arrière pour le regarder au moment où le premier éclair zébra le ciel.

— Mortellement sérieuse, chuchota-t-elle en faisant glisser les bretelles de sa robe sur ses épaules. Tu ne sortiras pas de cette pièce avant que je me sois rassasiée de toi, Nathan. Si tu coopères, je ne te ferai aucun mal. Mais si tu résistes…

D'un mouvement ample, elle se dénuda les seins.

Il aurait pu se prêter au jeu et ne rien dire. Et laisser à Jackie le soin d'assumer seule la responsabilité de leurs actes. Mais il n'était pas lâche au point de nier son désir.

— J'ai envie de toi, Jackie. Viens, on monte dans une chambre.

Tournant la tête, elle enfouit son visage dans sa paume. C'était un geste d'une immense tendresse. Presque un mouvement de soumission.

— Non, ici. Et maintenant.

Mêlant sa bouche ouverte à la sienne, elle ne lui laissa aucun choix. Très vite, elle ne fut plus pour lui que tentation douloureuse, sublime torture. Son corps s'enroulait autour du sien, ses lèvres étaient partout à la fois. Pulsé au rythme fou du désir, le sang courait furieusement dans ses veines. Les mains de Jackie étaient omniprésentes, douces, sûres et sans merci.

Elle ne connaissait ni le doute ni l'hésitation. A l'image de la tempête qui faisait rage derrière les vitres, Jackie, dans l'amour, n'était que feu et lumière.

Dangereuse à l'instar de ces déesses toutes-puissantes qui semaient la terreur et la fascination dans leur sillage. Et pourtant il en voulait plus, toujours plus, l'enveloppant dans ses bras, la pressant contre lui. Il sentait qu'elle l'amenait au-delà des limites qu'il s'était toujours imposées, qu'elle l'entraînait vers une réalité où ni la raison ni la civilisation n'avaient cours.

Le son rauque qu'il percevait n'était autre que le va-et-vient précipité de son propre souffle. Et c'était sa peau qui brûlait d'un désir disproportionné et aveugle.

— Jackie…

Les lèvres pressées sur ses épaules, sur sa poitrine, il l'aurait happée, absorbée en lui, incorporée définitivement s'il l'avait pu.

— Pas si vite, protesta-t-il faiblement.

Mais Jackie se contenta de rire, prise d'une frénésie égale à la sienne. Elle se débattait avec ses derniers vêtements comme avec autant d'ennemis. Le besoin de le sentir sur elle, contre elle, en elle était devenu le seul moteur de ses gestes. Le souffle court, haletants, ils roulèrent enlacés sur le tapis au pied du bureau.

Elle avait prévu de vaincre, caresse après caresse, les résistances de Nathan. Elle l'aurait cajolé, poussé dans ses retranchements, amadoué petit à petit. Mais il n'y avait plus de barricades à abattre, plus le moindre bastion à conquérir de haute lutte. Ils étaient prisonniers des mêmes forces aveugles qui guidaient leur élan inexorable. Comme un caillou propulsé par l'élastique d'une fronde, elle était projectile en mouvement lancé vers son but. Mais quelle importance puisque Nathan suivait la même trajectoire?

Le désir régnait en maître, alimenté par un amour qu'elle était seule à admettre. Mais dans les bras de Nathan, avec l'orage au-dehors qui atteignait son point culminant, le partage des corps et des souffles lui suffisait.

Noués l'un à l'autre comme l'arbre et la liane, ils roulaient, se chevauchaient, pris dans une lutte sublime pour le plaisir. Ils avaient l'un et l'autre la faculté d'être entièrement présents à ce qu'ils faisaient. Mais c'était la première fois qu'ils trouvaient à employer cette capacité dans l'acte d'amour. D'un pied impatient, ils repoussaient les vêtements abandonnés qui s'enroulaient à leurs jambes. Leur frénésie se mêlait à celle de la pluie qui fouettait les vitres. Un vase oscilla sur une console heurtée au passage et chuta sur le tapis. Ni l'un ni l'autre ne s'en aperçurent.

La pièce ne résonnait ni de promesses murmurées ni de mots tendres chuchotés. Seuls s'élevaient des grognements et des soupirs. La faim aveugle avait effacé tout le reste.

Avec un sourd cri de triomphe, Nathan se plaça au-dessus d'elle. Un éclair jaillit, illuminant le visage et les cheveux de Jackie. Lorsqu'il la prit, elle l'accueillit comme une évidence, les yeux grands ouverts, prête à tout partager, même sa nuit la plus obscure.

Parfait. Nue, moite et encore étourdie par le plaisir, Jackie se pelotonna contre Nathan. De sa vie, elle n'avait connu épisode aussi magique. Le cœur de Nathan battait toujours aussi fort contre le sien, son souffle irrégulier continuait à lui caresser la joue. La pluie s'était calmée et l'orage n'était plus qu'un murmure apaisé au loin. Elle n'avait pas eu besoin de faire l'amour avec Nathan pour savoir qu'elle l'aimait. Mais même son imagination féconde ne lui avait pas permis d'entrevoir que la rencontre de deux corps pouvait suffire à renouveler l'univers.

Il l'avait vidée d'elle-même puis remplie d'une substance neuve. Fermant les yeux, elle passa les bras autour de lui et s'abandonna à la félicité de l'instant.

Nathan, lui, aurait bien voulu parler mais il n'avait même plus la force d'ouvrir la bouche. Il avait cru bien connaître l'homme qu'il était devenu — l'homme qu'il avait choisi d'être. Mais le Nathan Powell dont il venait d'avoir un aperçu ne lui ressemblait pas. Avide, déchaîné, il avait pris et donné avec un abandon dont il avait ignoré être capable.

Il aurait dû faire l'amour à Jackie avec plus de considération et de maîtrise. Mais il avait perdu les rênes et lâché les commandes. Et ils avaient dégringolé du haut de la falaise d'un même élan.

Ce qui s'était passé, ils l'avaient voulu l'un et l'autre. Mais était-ce justifié pour autant ? Il n'y avait eu entre eux ni questions ni délibérations préalables. Et ils s'étaient jetés l'un sur l'autre avec une telle frénésie qu'il n'avait même pas songé à demander à Jackie si elle était protégée.

Tout en lui caressant les cheveux, il résolut d'aborder le sujet. Et rapidement, même. Car ce qui venait de se produire n'était qu'un début. Des épisodes comme celui-ci, il y en aurait d'autres. « Ce qui ne veut pas dire pour autant que la relation sera permanente », se hâta-t-il de préciser pour lui-même.

Il posa une main possessive sur son épaule.

— Jackie ?

Lorsqu'elle souleva la tête pour le regarder, il fut envahi par une vague de tendresse si forte et si inattendue qu'il demeura incapable de proférer un son. Rapprochant son visage du sien, elle l'embrassa. Il n'en fallut pas plus pour raviver les braises de son désir. Sa main se crispa sur sa nuque et il l'attira plus près. Fine et souple, elle se cala plus étroitement contre lui.

— Je t'aime, Nathan... Non, ne dis rien, chuchota-t-elle en frottant doucement les lèvres contre les siennes. Je ne te demande pas de me répondre. Je voulais juste que tu saches que j'ai envie de faire l'amour avec toi, encore et encore.

Ses mains sur son corps lui murmuraient la même chose. Et sa bouche qui glissait le long de son cou se faisait gourmande de nouveau. Il sentit son désir renaître avec une force qui le sidéra.

— Jackie, attends une seconde.

— Ah non, pas de jérémiades. J'ai déjà abusé de toi une fois et je recommencerai s'il le faut.

— Je n'en doute pas. Mais stop !

Ne songeant qu'à elle, il la retint fermement par les épaules.

— Il faut que nous parlions d'abord.

— Nous aurons tout le temps de parler lorsque nous serons vieux. Cela dit, j'aimerais mentionner en passant que j'adore ton tapis.

— J'avoue avoir désormais un petit faible pour lui aussi. Mais là n'est pas la question. Arrête de gigoter comme ça, Jackie. Je suis sérieux.

Elle poussa un long soupir théâtral.

— Le faut-il vraiment ?

— Oui.

— Très bien. Alors je suis tout ouïe, annonça-t-elle en s'installant confortablement, la tête sur son épaule.

Nathan glissa la main dans ses cheveux.

— Je m'y prends un peu tard, comme un idiot. Mais je veux au moins éviter de reproduire une erreur éventuelle. Tout s'est passé tellement vite que j'ai oublié de te demander si c'était O.K. ?

— Bien sûr que c'était O.K., répondit-elle en riant. Plus qu'O.K., même. Merveilleux. Inoubliable… Ah, mon Dieu, pour la contraception, tu veux dire ? Tu es un homme honorable, Nathan Powell. Merci de t'en inquiéter, mais il n'y a pas de problème. J'ai peut-être l'air d'une évaporée, mais je ne le suis pas tant que cela. Ou du moins je suis une évaporée responsable.

De nouveau, la tendresse le submergea.

— Tu n'as pas l'air d'une évaporée. Tu te comportes parfois comme si tu en étais une. Mais tout ce que je vois quand je te regarde, c'est que tu es belle.

— Si tu me trouves belle, c'est que tu dois commencer à avoir un petit faible pour ma personne.

Jackie s'efforçait d'être légère mais elle en avait presque les larmes aux yeux.

— J'ai envie que tu penses que je suis belle, admit-elle à mi-voix. J'ai toujours rêvé de l'être.

Emu, il releva une boucle folle qui lui tombait sur les yeux.

— La première fois que je t'ai vue, j'étais fatigué et furieux de tomber sur une intruse dans mon solarium. Mais la première chose qui m'a frappé en te voyant, c'est ta beauté.

— Et moi, j'ai cru que tu étais Jake.

— Jake ?

— J'étais en train de penser au personnage masculin de mon roman. Imagine-toi que je le voyais devant moi, comme si c'était une personne réelle. Et là j'ouvre les yeux et je me dis : « C'est lui ! précisa-t-elle en abandonnant la tête contre sa poitrine. Mon héros. »

Troublé, il lui caressa le dos.

— Je n'ai rien d'un héros, Jackie.

— Pour moi si, chuchota-t-elle en roulant sur lui pour appuyer son front contre le sien. J'ai oublié ma tarte, Nathan.

— Ta tarte ?

— Celle que j'ai faite pour le dessert. On pourrait la manger au lit ?

Plus tard, se promit Nathan. Plus tard, il s'inquiéterait de son statut de « héros » et de la déclaration d'amour de Jackie.

— J'ai toujours été en faveur des desserts consommés couchés, admit-il en la soulevant par la taille.

Un sourire lumineux éclata sur ses traits.

— Ton lit ou le mien ?

— Le mien, trancha-t-il sans hésiter. C'est dans mon lit que je te veux.

La paresse était à elle-même sa propre récompense. Jackie se blottit confortablement sous la couette et effleura la jambe de Nathan.

— Tu es réveillé ? demanda-t-elle sans ouvrir les yeux.

Son bras vint s'enrouler autour d'elle.

— Non.

Elle somnolait encore mais sourit quand même.

— Et tu aimerais que je t'aide à sortir des bras de Morphée ?

— Ça dépend, marmonna-t-il en l'attirant contre lui. Tu crois qu'il reste de la tarte aux pommes dans le lit ?

160

— Aucune idée. Je vais jeter un coup d'œil.

Tirant la couette au-dessus de leurs têtes, Jackie passa à l'attaque. Elle avait plus d'énergie qu'il ne devrait être humainement permis d'en posséder, songea Nathan, un peu plus tard, alors qu'elle gisait, étalée de tout son long sur lui. Jackie était fine, étirée, avec juste ce qu'il fallait de rondeurs subtiles — belle et dorée comme un fruit. Il avait toujours cru qu'il préférait les cheveux longs chez une femme. Mais il découvrait le plaisir incomparable qu'une nuque dégagée offre sous la caresse. Comme chaque fois qu'il posait les mains sur elle, Jackie ronronna comme une chatte comblée.

Qu'allait-il faire d'elle ?

L'expulser gentiment, comme il se l'était promis ? Impossible. Il avait besoin d'elle. De sa présence. De l'odeur de sa peau. De son extraordinaire sourire. *Besoin ?* Le mot même le faisait frémir. Il tenta de se représenter ce que serait sa vie dans une semaine ou dans un mois lorsqu'elle serait partie. Mais aucune image ne se forma dans son esprit. Il ne voyait qu'un grand blanc devant lui.

Bon. Puisque l'avenir paraissait barré, il se contenterait, en toute lâcheté, de vivre dans le présent. Un présent où Jackie « l'aimait » et où lui était, disons… attaché à elle. Jackie pouvait parler d'amour car le concept, pour elle, restait léger, réversible. Elle était persuadée de l'aimer aujourd'hui mais rien ne prouvait qu'elle ne l'aurait pas oublié dans trois semaines. Jackie était ainsi faite : ancrée dans l'ici et le maintenant.

Pour lui, en revanche, le mot amour impliquait une promesse. Or il ne promettait que s'il était certain de pouvoir tenir. Une promesse bafouée était, à ses yeux, plus grave encore qu'un mensonge.

Avec le soleil du matin entrant à flots par les fenêtres grandes ouvertes, il était tenté de partager les vues optimistes de Jackie. Mais son expérience de la vie familiale l'avait vacciné à vie contre toute forme d'illusion conjugale.

Non pas qu'il soit à l'image de son père, bien sûr. Il n'avait cessé de se démarquer de l'exemple paternel dans à peu près tous les domaines. Mais il n'en reconnaissait pas moins des aspects de son père en lui : l'ambition, par exemple. La détermination à réussir à tout prix. Il avait beau s'en défendre, il portait cette hérédité en lui.

Nathan secoua la tête. Il y avait des années qu'il n'avait pas pensé à son enfance, à ses parents, à son absence de vie de famille. C'était Jackie qui le tirait en arrière. L'amenait à reconsidérer des choix qui étaient réglés pour lui depuis des lustres. Le poussait presque à regretter ce qu'il n'avait jamais songé à regretter jusqu'ici.

Il ne pouvait s'autoriser à l'aimer. Car aimer, c'était s'engager. Et, lorsqu'il romprait son engagement, il se haïrait. Jackie méritait mieux que ce qu'il avait à lui offrir. Ou plus exactement mieux que ce qu'il n'avait *pas* à lui offrir.

— Nathan ?

— Mmm ?

— A quoi tu penses ?

— A toi.

Lorsque Jackie leva la tête, son regard était solennel.

— A moi ? J'espère bien que non.

Perplexe, il passa les doigts dans la masse indisciplinée de ses boucles.

— Pourquoi ?

— Parce que tu es de nouveau tendu comme un arc.

Une ombre passa fugitivement sur le visage de Jackie.

— Ne regrette rien, s'il te plaît, murmura-t-elle d'une voix presque suppliante. Je crois que je ne le supporterais pas.

Il la berça impulsivement contre lui.

— Comment pourrais-je regretter quoi que ce soit ?

Elle enfouit le visage dans son cou.

— Je t'aime, Nathan. Et cela aussi j'aimerais que tu l'acceptes sans culpabilité ni inquiétude. Adviendra ce qui adviendra. Tout ce que je te demande, c'est de laisser venir.

Il lui prit le menton pour la forcer à soutenir son regard. Les yeux de Jackie étaient secs. Les siens, intenses.

— Et cela te suffit ?

Elle réussit à sourire.

162

— Pour aujourd'hui, oui. Et demain est un autre jour. En attendant, il faudrait peut-être penser à se mettre quelque chose sous la dent. Il ne doit pas être loin de 11 heures. Je pourrais faire des crêpes mais je ne suis pas sûre qu'il reste assez de lait. Autre solution : on pique une tête dans la piscine et on enchaîne sur un brunch avec omelette aux champignons et…

— Jackie ?

— Oui ?

— Tais-toi.

— Tout de suite, là ? s'enquit-elle dans un murmure lorsqu'il lui saisit doucement les hanches.

— Tout de suite.

— D'accord.

Elle commença à rire mais les lèvres de Nathan rencontrèrent les siennes avec une tendresse si fragile et si déchirante qu'elle ne put qu'en gémir. Tout amusement oublié, Jackie ferma les yeux. Elle se considérait comme une femme forte et même vaillante à ses heures. Mais face à la tendresse elle restait aussi faible et démunie qu'un enfant nouveau-né.

Nathan de son côté découvrait des sensations tout aussi inattendues. Cette fois il n'y avait ni flashs, ni éclairs, ni roulements de tonnerre. Il ressentait juste une chaleur languide qui se glissait sous sa peau, envahissait son cerveau, remplissait son cœur. Il avait suffi d'un baiser pour que Jackie pénètre en lui et se glisse dans son espace intérieur.

Du tourbillon d'énergie qu'elle était d'ordinaire, il ne restait plus trace. Elle lui paraissait soudain infiniment délicate, comme si elle était devenue soluble sous ses doigts. Plus petite. Plus fragile. Et tellement douce.

Jackie émit un faible murmure émerveillé. Elle avait toujours pressenti que Nathan cachait des trésors de patience au fond de lui. Mais c'était la première fois qu'il la manifestait. De nouveau, elle se perdait en lui. Mais ce n'était plus une course frénétique au plaisir. Juste une quête lente, tendre et grave.

Il ne cherchait plus à pétrir, à prendre d'assaut et à posséder mais à caresser, à expérimenter, à effleurer. La peau de Jackie était comme du satin et frémissait au plus léger contact. Il y avait en elle une fluidité alanguie qui avait pris la place de la ferveur, un acquiescement qui avait chassé l'impétuosité.

Il explorait et faisait mille trouvailles en territoire déjà conquis. La générosité de Jackie était toujours présente. Mais couplée à une vulnérabilité qui touchait la fibre sensible en lui. Pressant ses lèvres sur son cœur, il sentit les battements légers, fragiles se répercuter en lui.

Au creux de son poignet, le pouls rapide de Jackie battait comme un oiseau en cage. Il lui prit les doigts pour les porter un à un à ses lèvres.

Jackie glissait sans fin, chutant en apesanteur dans les eaux noires du plaisir. Elle sombrait sans crainte dans les ténèbres, certaine que Nathan la rejoindrait au fond de l'abîme pour l'entraîner vers les hauteurs.

Il aurait pu lui demander n'importe quoi. Son amour pour lui était si absolu qu'elle lui aurait tout accordé, sans une pensée pour elle-même ou pour sa survie. Par sa tendresse, il avait fait d'elle son esclave. Gisante et alanguie.

Nathan sentit un nouveau changement en elle. A présent, il était protecteur autant qu'amant. Et il donnait autant qu'il prenait. Lorsqu'il la désirait, il était incapable de penser à l'avenir et aux conséquences. Tout ce qu'il percevait encore, c'était l'acceptation inconditionnelle de Jackie. Et le fait même qu'elle le prenait ainsi, comme il était, le poussait à donner plus, toujours plus.

Caresses lentes. Effleurements. Errances paresseuses. Des soupirs légers s'élevaient dans l'air gorgé de parfums et de lumière. Il aurait voulu avoir des fleurs, des milliers de fleurs, à disposer autour d'elle, à effeuiller sur son visage. Mais il n'avait que lui-même à lui offrir.

Nathan lui suffisait. Elle aurait accepté de se dessaisir de tout sauf de lui. Sous ses caresses s'allumaient une myriade de lumières, comme des astres. Etoiles scintillant doucement dans la clarté de leurs souffles.

Lorsqu'elle tremblait, il murmurait. La rassurait. Et elle qui s'était toujours crue forte comprenait soudain que, sans lui, elle se perdrait, s'étiolerait, retomberait en poussière.

Il vint en elle comme on entre en lieu sûr.

Même aux abords de la jouissance, leurs mouvements demeurèrent pure tendresse. Bouches mêlées, ils se murent en une danse élégante et légère comme une valse viennoise. Lorsque le rythme augmenta, ils tourbillonnèrent avec la musique, portés par le crescendo, les yeux grands ouverts, comme scellés l'un à l'autre.

Et la danse se termina aussi harmonieusement qu'elle avait commencé.

Le soleil était déjà haut dans le ciel. Dans un état de bienheureuse satiété, lovée au creux du corps de Nathan, Jackie regardait la brise jouer dans les rideaux. Du jardin montaient, par bouffées, les fragrances mêlées des fleurs printanières.

— Tu sais ce que j'aimerais ? murmura-t-elle.

— Mmm ?

— Passer une journée entière au lit avec toi.

— On a déjà pris un bon départ.

Elle tourna la tête pour frotter son nez contre le sien.

— Tu sais quoi ? On pourrait… Oh, non, pas le téléphone ! Comme il tendait le bras pour répondre, elle secoua la tête.

— Laisse tomber. C'est un faux numéro. Ou une démarcheuse à la voix nasillarde.

Nathan la repoussa en riant contre les oreillers et décrocha.

— Allô ?

— Je t'avais prévenu, Nathan, commenta-t-elle d'un ton funèbre.

Cette fois, il lui enfouit la tête sous l'oreiller.

— C'est toi, Laura ?

— Comment ça, *Laura* ? répéta Jackie d'une voix étouffée.

Repoussant l'oreiller, elle lui mordit l'épaule.

— Aïe! Bon sang! Non, non, excuse-moi, Laura. Tout va bien, je t'écoute…

Pour se protéger des assauts de Jackie, Nathan la plaqua sous lui.

— O.K. Pas de problème. On peut avancer le rendez-vous à demain matin. Préviens Cody, d'accord? Merci, Laura. A demain.

Lorsqu'il raccrocha, Jackie, suffoquant à demi, se dégagea tant bien que mal et lui envoya l'oreiller à la figure.

— J'ai bien compris ta manœuvre, Nathan Powell. Tu as tenté de m'étouffer pour t'enfuir avec la comtesse. Et n'essaie pas de nier, surtout.

— La comtesse?

— Laura, évidemment!

Réprimant un fou rire, elle s'empara d'un polochon et lui en assena un coup lorsqu'il l'attrapa par la taille.

— Inutile d'essayer de te faire pardonner, félon! J'ai déjà décidé de vous électrocuter l'un et l'autre dans votre baignoire à remous.

Pour se défendre, Nathan la plaqua sur le matelas et ils roulèrent enlacés sur le lit. Il commençait juste à prendre plaisir à la lutte lorsque l'élan de Jackie les propulsa par terre.

Le souffle coupé, il se frotta l'épaule.

— Tu es folle à lier.

Jackie le chevaucha et plaqua les mains de chaque côté de son visage.

— Parle, Powell. *Qui* est Laura?

Elle avait les joues empourprées, les yeux brillants. Et sa bouche luisait, tentante et accessible.

— Tu veux la vérité? s'enquit-il nonchalamment.

— Et comment.

— La comtesse Laura Mandolini et moi avons une liaison torride depuis des années. Elle trompe son mari, le vieux comte impuissant, en faisant mine d'être ma secrétaire. Et le pauvre vieux fou est persuadé qu'il est réellement le père des jumeaux.

— Exactement ce que je pensais, commenta Jackie, ravie.

Puis elle mêla ses lèvres aux siennes.

9

Maniable et sûr, le bateau à moteur était une merveille à barrer. Jackie aurait dû se douter que Nathan le maintiendrait en parfait état. Cela faisait partie des qualités qu'elle admirait chez lui. Il entretenait à la perfection tout ce qui lui appartenait. Trop de gens — et elle-même la première, d'ailleurs — avaient tendance à négliger ce qu'ils avaient en leur possession. Alors que la propriété impliquait une responsabilité. Et cela, c'était en observant Nathan qu'elle l'avait compris.

A présent qu'elle lui « appartenait » corps et âme, Jackie espérait que Nathan s'occuperait d'elle avec le même soin jaloux qu'il mettait à veiller sur tout le reste.

« Tu es trop pressée, comme d'habitude », se mit-elle en garde. La patience aussi, elle en avait découvert les vertus grâce à Nathan. Le fait qu'il ne paraissait plus tout à fait aussi consterné lorsqu'elle lui disait qu'elle l'aimait devrait déjà suffire à la combler. Au moins dans un premier temps.

Le jour finirait par venir où il s'apercevrait qu'il l'aimait aussi. Depuis trois jours qu'ils étaient amants, mille détails le lui prouvaient. Elle le voyait à ses regards ; elle le sentait lorsqu'il la touchait.

Mais, au lieu de faciliter l'attente, cette conviction ne faisait qu'accroître son impatience, au contraire. Jackie avait toujours recherché les satisfactions immédiates. Comme elle était rapide et apprenait facilement, elle s'était habituée à réussir vite dans tout ce qu'elle entreprenait. Mais l'écriture lui avait appris autre chose encore que l'art de rédiger un récit : elle avait découvert que les satisfactions différées avaient également leur charme. S'il fallait attendre Nathan une vie entière, elle attendrait. Il méritait toute sa patience.

— Tu as choisi la journée idéale pour me kidnapper et m'emmener en virée sur les canaux, reconnut Nathan qui lézardait au soleil en feuilletant une de ses revues.

Jackie sourit sous sa visière orange.

— Je savais que ce serait criminel de te laisser partir pour ton bureau. Heureusement que j'ai réussi à te détourner in extremis.

Menant le bateau à faible allure, elle emprunta un canal secondaire. Les eaux calmes et sombres s'enfonçaient entre deux murs de végétation épaisse. Du bois mort aux formes tortueuses flottait près des bords.

Comme un éclair bleu, une libellule en chasse passa au-dessus de la proue avant d'effleurer la surface de l'eau. Fascinée, Jackie coupa le moteur.

— Qu'est-ce qui se passe ? s'enquit Nathan en levant les yeux de sa revue.

— Rien. J'écoute.

Dans le silence retrouvé, les oiseaux reprirent en s'égosillant leurs activités printanières. Des milliers d'insectes formaient un chœur de sopranos. Un léger floc se fit entendre. Puis un autre : une grenouille en avance sur le déjeuner venait de gober un moucheron. Même les eaux silencieuses émettaient une forme de chant subtil.

Jackie retira ses lunettes de soleil.

— J'ai toujours adoré camper. J'embarquais un de mes frères de force et…

— Tu ne m'avais pas dit que tu avais des frères.

— J'en ai deux, pourtant. Par chance pour moi, ils se sont intéressés à l'empire paternel l'un et l'autre. Du coup, on m'a fichu la paix et on m'a laissée libre de choisir ma voie.

— Tu n'as jamais envisagé une carrière dans la haute finance ?

— Si. A six ans. Je me destinais à devenir présidente du conseil d'administration. Mais trois mois plus tard j'optais pour la neurochirurgie. Heureusement, Ryan et Brandon étaient là pour combler l'attente de J.D... J'ai toujours pensé que ça devait être une épreuve d'avoir un père exigeant lorsqu'on n'a pas l'intention de suivre ses traces.

Un silence profond accueillit sa remarque. Jackie en conclut qu'elle avait touché un point sensible.

— Tu veux reprendre la barre ? proposa-t-elle pour le sortir de son mutisme.

— Non. Garde-la. Tu te débrouilles très bien.

Sur un éclat de rire, Jackie remit le moteur en route.

— Tu n'as encore rien vu.

Elle continua à sillonner les canaux jusqu'à l'heure du pique-nique. Sous les ombres mêlées d'un cyprès et d'un palmier, ils dégustèrent du pouilly-fuissé dans des gobelets en plastique avec du crabe cuit encore prisonnier de sa carapace.

Puis Jackie accéléra l'allure et, faisant voler l'écume, déboucha sur la mer, juste avant Port Everglades. Ici les horizons étaient vastes, les embruns plus frais. Voiliers, paquebots et cargos sillonnaient les eaux du grand port de croisière.

— Tu viens ici souvent ? cria-t-elle pour couvrir le bruit du moteur et le fracas du vent.

Nathan secoua la tête en retenant la visière orange qu'elle avait transférée sur lui d'autorité.

— Presque jamais, en fait.

— J'adore les ports. Ils me font rêver. Il y a tellement de choses à faire, tant de lieux à voir, Nathan. Une seule vie n'y suffirait pas, lui confia-t-elle, cheveux au vent. C'est pour ça que j'ai décidé de revenir.

— Où ? En Floride ?

— Non, sur terre. Pour une vie supplémentaire.

Jackie s'interrompit pour faire de grands signes à des touristes entassés sur un bac. Nathan ne put s'empêcher de rire. S'il y avait une personne sur terre capable de convaincre les instances de l'au-delà qu'elle méritait une seconde incarnation, c'était bien Jackie.

En milieu d'après-midi, elle accosta dans la partie du port réservée aux visiteurs et sortit son sac à main de la cabine.

— C'est quoi, la suite du programme ? s'enquit Nathan, sur ses gardes.

— On part à l'assaut des magasins.

Il tendit la main pour l'aider à sauter à quai.

— Pourquoi ? On a besoin de quelque chose ?

— Pas forcément. Mais j'ai pensé que, dans quelques semaines, les vacanciers auraient envahi les lieux.

Il soupira.

— Ne m'en parle pas.

— Ne sois pas si rabat-joie, Nathan. Tout le monde a le droit de profiter de ses loisirs. Mais j'ai pensé que la horde des touristes t'incommoderait, même si, personnellement, j'adore la foule. Alors il m'a paru judicieux de ne pas trop attendre pour aller explorer les magasins du coin.

— J'apprécie la profonde considération dont tu fais preuve à mon égard.

Elle lui planta un baiser sur la joue avant de repartir d'un pas vif en l'entraînant par la main.

— Tu m'arrêteras si je me trompe, mais il me semble que tu vis coupé du monde. Tu habites Fort Lauderdale, mais il ne te viendrait pas à l'esprit d'aller te balader sur la plage. Et, à ma connaissance, tu ne possèdes pas un seul T-shirt avec une publicité de bière ou un slogan obscène.

Il médita un instant sur ce constat.

— Et c'est grave, docteur ?

— Peut-être plus que tu ne le crois. C'est pourquoi j'ai décidé de m'occuper de ta garde-robe.

— Jackie… Sois charitable.

— Tu verras. Tu me remercieras plus tard.

— O.K. Passons à une solution de compromis : je m'achèterai une cravate.

— Seulement à condition qu'elle soit jaune et bleu avec un motif de sirènes.

Jackie n'eut aucun mal à trouver ce qu'elle cherchait : un labyrinthe de petites rues où s'alignaient les classiques magasins pour touristes. Tout y était à vendre : du masque avec tuba bas de gamme aux saphirs les plus précieux.

A la torture, Nathan s'engouffra derrière Jackie dans une espèce de bazar dont l'entrée était flanquée de deux gigantesques flamants roses. Jackie tomba aussitôt en arrêt devant une boîte à musique couverte de coquillages. Il ne se souvenait pas d'avoir jamais vu quelque chose d'aussi hideux.

— Il est facile d'aimer ce qui est harmonieux et esthétique, Nathan. Mais ce qui est laid et inutile mérite également notre attention.

— C'est un point de vue. Pour ma part, j'ai toujours considéré ce genre d'endroit comme une forme de pollution visuelle et sonore particulièrement offensive. Tu penses en avoir encore pour longtemps ?

Avec un large sourire, Jackie l'entraîna vers le fond de la boutique. Et se prit d'une véritable fascination pour un pélican en coquillages.

— J'aimerais beaucoup te l'offrir, Nathan.

— Non, merci, sincèrement. C'est très délicat de ta part mais je ne saurais abuser de ta générosité.

— Même pas pour le souvenir inoubliable de cet instant ? Comme un objet un peu fou ? Un symbole qui n'aurait de sens que pour nous ?

— Même pas pour toi, Jackie.

— Bon. Allons voir les T-shirts, alors.

Au rayon en question, la préférence de Jackie alla d'abord à un motif d'alligator vautré dans un hamac. Mais elle finit par arrêter son choix sur un requin souriant arborant une paire de lunettes noires.

— C'est tout à fait toi, commenta-t-elle, ravie.

Perplexe, il examina la bête.

— Tu trouves ?

— Absolument. Ce qui ne veut pas dire que tu tiennes du prédateur. Mais les requins sont connus pour être de grands solitaires. Et les lunettes de soleil symbolisent un besoin d'être respecté dans sa vie privée.

— Tu es une grande philosophe du T-shirt.

— L'habit fait l'homme, Nathan.

Une fois le T-shirt au requin emballé, elle le traîna de magasin en magasin jusqu'à ce que les palmiers en plastique, les chapeaux de paille tressée et les tasses décorées se mélangent dans sa tête en un kaléidoscope bariolé oscillant entre la vision de cauchemar et la toile de style cubiste.

Enfin, sur une soudaine inspiration, Jackie conclut son grand achat du jour : un impressionnant perroquet en papier mâché qu'elle fit emballer et expédier à son père.

— Ma mère le détestera et contraindra papa à le mettre dans un de ses bureaux. Mais mon père l'adorera. Il a une passion pour les objets absurdes.

— C'est de lui que tu tiens, alors ?

— Sur ce plan-là, oui… Il ne me reste plus qu'à faire un saut jusqu'à la bijouterie qu'on voit là-bas pour essayer de dégoter quelque chose d'acceptable pour ma mère. Tu tiens encore le choc, Nathan ? s'enquit-elle en le déchargeant charitablement de deux paquets.

— Mes forces devraient me porter jusqu'à la bijouterie. Mais sûrement pas au-delà.

Elle se pencha pour l'embrasser.

— Tu es un amour. Et si je t'offrais une glace en cornet ?

— Ce serait une compensation.

En moins d'un quart d'heure, Jackie fixa son choix sur une broche en ébène, diamants et corail. Nathan nota que le bijou était d'un goût parfait. Et que Jackie avait à peine jeté un coup d'œil sur l'étiquette du prix. Il était clair qu'elle ne regardait pas à la dépense lorsque quelque chose lui tenait à cœur.

Ils étaient à peine sortis de la bijouterie, cependant, lorsqu'elle lui donna un nouveau sujet d'inquiétude en louant un tandem.

— Tiens, Nathan. Tu peux mettre les paquets dans une des sacoches, si tu veux.

Il contempla l'engin d'un œil plus que sceptique.

— Tu es sûre que c'est une bonne idée, Jackie ? Je n'ai pas remis les pieds sur un vélo depuis l'âge de quinze ans.

— Aucune importance. Je peux conduire si ça t'inquiète.

Si elle avait voulu le mettre au défi, elle avait réussi. Avec un léger haussement d'épaules, il prit le guidon.

— Bon, allez, grimpe. Et souviens-toi que tu l'auras voulu.

Ravie de lui laisser les commandes, Jackie se hissa en selle. Très vite, Nathan retrouva ses réflexes d'ancien cycliste. Et quelques minutes plus tard ils roulaient en direction du front de mer. Jackie était aux anges. Elle pouvait rêvasser et regarder autour d'elle sans crainte. Nathan, lui, ne se laisserait pas distraire et resterait attentif au trafic.

Il était fort et fiable. Deux qualités qu'elle n'aurait jamais imaginé apprécier un jour chez un homme. Fort, fiable et détendu pour aujourd'hui.

Tellement détendu, même, que Nathan ne se reconnaissait pas lui-même. Qui aurait cru qu'il prendrait plaisir à pédaler sur un tandem dans ce coin de Fort Lauderdale qu'il considérait comme voué aux adolescents et aux touristes ? Avec Jackie en selle derrière lui, il se sentait soudain l'un et l'autre. Elle ne lui montrait pas seulement des aspects de sa ville qu'il ignorait. Mais aussi de nouveaux côtés de la vie qu'il avait passé plus de trente ans à ignorer.

Jackie était imprévisible, certes. Mais il découvrait que l'imprévisible pouvait être rafraîchissant. Il avait oublié Denver, les pénalités de retard et les soucis du lendemain. Jamais il n'avait goûté comme aujourd'hui la précieuse simplicité de l'instant.

Le sable était fin et blanc ; le soleil radieux. Et la mer plus bleue que bleue. Des enfants se poursuivaient dans les vagues en riant. Un cerf-volant jaune et noir filait dans le ciel. Même l'odeur de hot dog dans l'air réveillait en lui des plaisirs oubliés. Comment avait-il pu penser que la plage était sans intérêt ?

Sur une impulsion, il fit signe à Jackie qu'il s'arrêtait.

— Tu me dois une glace, annonça-t-il en descendant du tandem près d'un marchand en camionnette.

— Exact. Tu fais bien de me le rappeler.

Jackie prit tout son temps pour choisir les formes et

les parfums. Lorsqu'elle se retourna avec ses deux cônes vanille noisette à la main, Nathan la rejoignit avec un gros ballon orange gonflé à l'hélium qu'il lui attacha au poignet.

— Tiens. Il est assorti à ta tenue.

Dans un premier temps, Jackie demeura interdite. Dans un second, elle fondit en larmes. Ce n'était pourtant qu'un peu de gaz et de caoutchouc retenu par une ficelle. Mais le geste…

— Merci, chuchota-t-elle en lui jetant les bras autour du cou.

Nathan la serra contre lui en s'efforçant de ne rien montrer de son malaise. C'était la première fois qu'il voyait un adulte pleurer pour un ballon de baudruche. Il aurait été prêt à jurer qu'elle éclaterait de rire pourtant. Il lui posa un baiser léger sur la tempe. Et se souvint que, avec Jackie, rien ne se passait jamais comme il le prévoyait.

— Je t'aime, Nathan.

— Je vais finir par le croire, murmura-t-il, secoué.

Qu'allait-il faire d'elle ? Qu'allait-il faire d'eux, bon sang ?

Levant les yeux, Jackie vit la confusion dans son regard. Réprimant un soupir, elle lui effleura la joue. Rien ne pressait, après tout. Denver était encore loin. Ils avaient tout leur temps.

— Tu viens ? On va s'asseoir dans le sable pour manger nos glaces. Comme ça tu pourras mettre ton nouveau T-shirt.

Nathan lui prit le menton dans la main et l'embrassa longuement. Tendrement.

— Ne compte pas sur moi pour enfiler ce T-shirt en public, Jackie.

Elle se contenta de sourire et lui prit la main.

Sur le chemin du retour, une heure plus tard, Nathan portait son requin à lunettes noires.

10

— Madame Grange ? lança Jackie, le cœur battant. J'ai une petite course à faire. Je reviens tout de suite.

L'employée de maison leva à peine les yeux de son aspirateur.

— Prenez votre temps.

Moins d'un quart d'heure plus tard, Jackie sortait du bureau de poste d'une démarche chancelante. La certitude qu'elle venait de commettre la plus grosse erreur de son existence la clouait d'horreur sur place. Les cent premières pages de son livre, dûment relues et corrigées, étaient parties dans une enveloppe matelassée. Adressées à un agent de New York.

Le ventre noué, le cœur au bord des lèvres, elle se rendit compte que son avenir était dans la balance. En vérité, sa vie, son amour, son bonheur, *tout* dépendait de ce qui allait suivre. Si le début de son manuscrit était accepté, elle aurait fait ses preuves en tant qu'écrivain. Vis-à-vis d'elle-même, de Nathan et de sa famille. Mais s'il était refusé…

Prendre des risques ne l'effrayait pas d'ordinaire, mais celui-ci était terrifiant. Car, elle avait beau se dire que c'était ridicule, elle ne pouvait s'empêcher d'associer un échec éventuel de son livre à une issue malheureuse pour son histoire avec Nathan.

Les jambes coupées, Jackie ferma les yeux. Nathan avait changé. Et il l'avait changée, elle. Il riait plus souvent et chaque nuit, dans son sommeil, il cherchait sa présence. Elle, de son côté, était devenue plus stable, plus raisonnable. Et plus tenace aussi. Grâce à lui, elle pensait plus souvent à l'avenir. Et elle avait découvert surtout qu'un projet, quel qu'il soit, ne s'arrêtait pas forcément avec la retombée du premier élan d'enthousiasme. Qu'on pouvait aussi reprendre son souffle, traverser la crise et remettre l'ouvrage sur le chantier.

Mais Nathan la croirait-il sur parole si elle lui affirmait qu'elle n'était plus la même ? Que le papillon avait cédé la place à une créature moins ailée, moins bondissante, moins éphémère ?

Une créature qui, privée de sa légèreté première, prenait désormais le risque de la chute et de l'échec…

Songeant au manuscrit qu'elle venait d'envoyer, Jackie sentit des crampes d'angoisse lui nouer le ventre. Si seulement elle avait pris le temps de relire encore une fois son premier chapitre. Effarée, elle se prit la tête entre les mains. Elle avait commis des dizaines d'erreurs flagrantes, laissé de côté des aspects psychologiques cruciaux, oublié de typer ses personnages secondaires.

Ne serait-ce que le shérif, par exemple. Si seulement elle avait eu l'idée de le faire chiquer, il aurait pris plus de relief. Il aurait suffi au fond qu'elle lui colle un peu de tabac à mâcher dans la bouche et le livre aurait fait un best-seller.

Prête à supplier l'employée au guichet de lui rendre son paquet, Jackie poussa la porte du bureau de poste. Mais son bras retomba sans forces. Non seulement elle était en train de se couvrir de ridicule, mais si elle ne s'asseyait pas dans les trois secondes elle allait être malade. Les jambes faibles, elle se posa à même le trottoir. Le sort en était jeté. Ses cent premières pages partiraient pour New York. Et ce serait aujourd'hui ou jamais.

Et dire qu'elle avait prévu d'ouvrir une bouteille de champagne le jour où elle aurait mis son premier manuscrit à la poste ! Non seulement elle n'avait pas envie de faire la fête, mais elle voulait rentrer à la maison en rampant et se glisser sous sa couette.

Et si elle s'était trompée sur toute la ligne en tablant sur l'écriture et sur Nathan ? Etait-il bien sage de mettre ainsi tous ses œufs dans le même panier ? Misant le tout pour le tout, elle avait confié son manuscrit à un éditeur et son cœur à son amant. Mais il n'était pas exclu qu'on lui retourne l'un et l'autre. Barrés d'une croix, avec l'étiquette « Refusé » collée dessus.

Soudain consciente qu'elle avait les joues ruisselantes de larmes, Jackie les essuya avec impatience. Quel spectacle pitoyable elle offrait ! Une femme adulte pleurant sur un coin de trottoir parce qu'elle n'était pas certaine d'obtenir les satisfactions qu'elle briguait. Brusquement revigorée, Jackie se leva d'un bond. Si ses projets n'aboutissaient pas, il serait toujours temps de penser à composer avec l'échec. Mais en attendant elle se battrait pied à pied pour donner la couleur de la réalité à ses rêves.

A midi, une Jackie de nouveau en grande forme partageait une salade de pâtes avec Irène Grange en admirant les photos de ses petits-enfants.

— Le petit blond, là, c'est Lawrence. Il vient d'avoir trois ans. C'est du vif-argent, celui-ci. Il ne faut pas le quitter des yeux un seul instant.

Jackie examina le bambin souriant avec la trace de chocolat sur le menton.

— En voilà un qui brisera le cœur des filles quand il sera grand, commenta-t-elle, attendrie.

Mme Grange hocha la tête.

— Comme son père, oui… Celle-ci, c'est Anne-Lise. Tout le monde dit qu'elle tient de moi. C'est difficile à croire lorsqu'on me voit maintenant, mais j'étais mince comme un fil, étant jeune. Et même jolie avec ça.

— Vous êtes toujours agréable à regarder, madame Grange. Et vous avez une famille magnifique.

Le compliment était si spontané qu'Irène Grange l'accepta de bonne grâce. Et se laissa même aller aux confidences :

— Mes enfants et petits-enfants, c'est tout mon bonheur, en fait… Je n'avais que dix-huit ans lorsque je me suis enfuie de la maison avec Clint. C'était de la folie, mais rien n'aurait pu m'arrêter à l'époque. Il était beau comme le diable, mon homme. Et tout aussi mauvais. Mais je ne me suis pas demandé s'il était envoyé des dieux ou émissaire du démon, à l'époque. De toute façon, je l'aurais suivi les yeux fermés jusqu'en enfer s'il me l'avait proposé.

Elle rit doucement, avec l'indulgence détachée qui ne venait qu'avec les cheveux blancs.

— A cet âge-là, les filles n'ont pas grand-chose dans la tête. Et moi qui me croyais si maligne, j'étais encore plus bête et plus crédule que les autres.

— Mais vous avez connu la passion, madame Grange. Et ça n'est pas donné à tout le monde d'aimer à en mourir.

Irène Grange réfléchit un instant, puis un sourire illumina son visage.

— C'est bien vrai, ce que vous dites là. Et, au fond, je ne regrette rien. Même si, à vingt-quatre ans, je me suis retrouvée seule avec mes quatre garçons sur les bras. L'ami Clinton est parti un beau jour sans crier gare. Et il n'a plus jamais donné signe de vie depuis.

Le cœur de Jackie se serra.

— Oh, mon Dieu. Ça a dû être un coup terrible pour vous.

— J'ai connu des moments plus drôles. Pour notre malheur, la vie nous accorde parfois ce que nous lui demandons, miss Jackie. J'ai voulu cet animal de Clinton Grange et je l'ai eu.

— Qu'avez-vous fait quand il est parti ?

— J'ai sangloté toute la nuit pour commencer. Et j'aurais bien continué comme ça quelques semaines — voire quelques mois — de plus. Mais le lendemain matin j'ai vu mes quatre petits bonhommes désemparés sans leur papa. Et j'ai compris qu'ils n'avaient plus que moi au monde. Alors je me suis retroussé les manches et j'ai décidé que, question dégâts, ça suffisait comme ça. Je me suis mise aux ménages. Et, vingt-huit ans plus tard, Irène Grange brique toujours.

Les poings sur ses hanches majestueuses, Mme Grange embrassa la cuisine immaculée d'un regard satisfait.

— Mes quatre garçons ont grandi et je considère que

j'ai mené ma tâche à bien. On peut dire que Clint m'a rendu service à sa façon. Mais je ne pense pas que je le remercierais si je devais le croiser au supermarché, ce chacal.

Jackie fronça les sourcils.

— Il vous a rendu *service*, vous dites ?

— S'il n'était pas parti, je serais sans doute restée une femme faible toute ma vie. Il y a des gens qui vous transforment en entrant dans votre vie. D'autres qui vous changent lorsqu'ils en sortent… Cela dit, précisa Irène Grange, en lui décochant un clin d'œil, je ne verserais pas forcément une larme si j'apprenais que le vieux Clint gît quelque part dans le ruisseau à faire la manche.

Jackie rit de bon cœur et leva son verre.

— Vous me plaisez, madame Grange.

— Moi aussi, je vous aime bien, miss Jackie… Les compliments, ce n'est pas trop mon genre. Mais je dirais que vous, vous faites partie de ceux qui vous transforment en *entrant* dans votre vie. M. Powell n'est plus le même homme depuis que vous habitez ici.

— Je l'aime, admit Jackie avec un soupir en se levant pour débarrasser. Mais aimer ne suffit pas toujours, n'est-ce pas ?

— Aimer n'est pas facile. Mais c'est toujours mieux que de se prendre un coup sur la tête.

Avec sa gentillesse un peu rude, Mme Grange lui tapota l'épaule et repartit à son ménage.

En rentrant ce soir-là, Nathan trouva Jackie rivée à son ordinateur. C'était la première fois qu'il la surprenait en plein travail. D'habitude, elle l'entendait arriver et dégringolait l'escalier pour se porter à sa rencontre. Mais ce soir elle était tellement absorbée par son roman qu'elle continuait à marteler son clavier, sans même s'apercevoir de sa présence.

Un mois, songea-t-il en s'adossant au chambranle. Un simple petit mois qu'elle était entrée dans sa vie et déjà il n'était plus le même. Malgré ses fermes résolutions, il n'avait pas mis longtemps à tomber fou amoureux d'elle, finalement. Ce qui ne faisait que compliquer le problème.

Car il était tenté plus que jamais de lui murmurer toutes les jolies promesses irréalistes qu'elle attendait. Pour la garder, il lui aurait sans doute même proposé le mariage.

S'il ne l'avait pas aimée comme il l'aimait.

Mais Jackie méritait mieux que ce qu'il avait à lui offrir. Et il préférait la perdre plutôt que de gâcher son existence en la liant indissolublement à la sienne.

Ce qui ne l'empêcherait pas de goûter jusqu'au bout le bonheur de l'avoir avec lui maintenant. Encore douze jours, compta-t-il rapidement. Ils avaient encore douze jours devant eux avant son départ pour Denver.

Lorsque les doigts de Jackie s'immobilisèrent sur les touches, il lui posa la main sur l'épaule. Avec un cri de frayeur, elle bondit de sa chaise.

Il ne put s'empêcher de rire.

— Je suis désolé. Je ne voulais pas t'effrayer.

— Tu ne m'as pas effrayée, tu m'as paralysée de terreur ! Comment se fait-il que tu rentres en milieu d'après-midi ?

— Il est déjà 18 heures.

— Je n'ai pas vu le temps passer. Ce n'est pas étonnant si j'ai le dos aussi brisé qu'un haltérophile octogénaire.

Il entreprit de lui masser les épaules.

— Tu travailles trop.

— Je pensais m'arrêter plus tôt, mais Burt Donley a fait une entrée fracassante et…

— Burt Donley ?

— L'homme de main de Samuel Carlson.

— Mmm… Tu m'en diras tant.

Elle rit doucement.

— C'est Burt qui a assassiné le père de Sarah sur les ordres de Carlson. Quelques années plus tôt, Burt a également tué le meilleur ami de Jake. En lui tirant dans le dos, bien entendu.

— Cela va sans dire… Ma journée a été beaucoup plus

calme. Pas l'ombre d'une fusillade en vue. Et aucune dame de petite vertu n'a croisé mon chemin.

Elle se leva pour lui glisser les bras autour du cou.

— Tu as de la chance. Je me sens particulièrement peu vertueuse, ce soir. Mais je vais commencer par jeter un coup d'œil dans le frigo pour voir s'il y a moyen d'improviser un dîner.

— Tu n'es pas obligée de me faire à manger tous les soirs, Jackie.

— N'oublie pas que je suis ici sous contrat.

Il lui imposa silence d'un baiser.

— Nous n'en sommes plus tout à fait là, tu ne crois pas ? De nous deux, c'est toi qui as eu la journée la plus difficile, chuchota-t-il en passant une main sous sa chemise pour caresser la peau nue de son dos.

— On pourrait commander une pizza ?

— Excellente idée, acquiesça-t-il en l'entraînant vers le lit. Mais pour dans une heure seulement.

Bien plus tard, lorsque la nuit fut tombée et que les grillons eurent entamé leur sérénade, Jackie, les jambes allongées devant elle dans le patio, poussa un long soupir de bien-être.

— Nathan ?

— Mmm… ?

— Je viens d'avoir une idée… Tu m'écoutes, au moins ?

— Non, je te regarde. Tu sais que tu es extraordinairement jolie, par moments ?

Elle en rougit presque dans le noir.

— Arrête de me tourner la tête. Tu veux que je te parle de mon idée ?

— Ça dépend. Elle est dangereuse comment ?

— Oh, très modérément. J'ai pensé qu'on devrait donner une soirée et inviter plein de gens… En tant qu'artiste connu et pilier de la communauté, tu te dois de recevoir.

Il haussa les sourcils.

— Je n'ai rien d'un pilier de quoi que ce soit, Jackie.

— C'est là que tu te trompes. Quiconque porte le costume comme tu le fais est un pilier par excellence. Il suffirait de pas grand-chose. Une vingtaine de personnes, quelques canapés et trois lampions dans le jardin. Et puis ce serait une façon de célébrer ton départ pour Denver.

Tournant la tête dans sa direction, Nathan vit que son regard était grave — infiniment plus grave que ses paroles. Ainsi, elle aussi pensait à leur séparation imminente. Même si elle ne l'avait jamais mentionnée jusque-là.

Il lui prit la main et la serra fort dans la sienne.

— O.K., pourquoi pas, après tout ? J'appellerai le traiteur.

— Sûrement pas, non. Je me charge de tout.

Préparer une fête lui occuperait les mains et lui distrairait l'esprit. Le cœur lourd, soudain, Jackie se leva d'un bond.

— Tu viens nager ?

Nathan hésita puis secoua la tête.

— Je n'ai pas le courage de me changer.

— Qui parle de se changer ? Au hit-parade des grands plaisirs de la vie, le bain de minuit figure dans les dix premières places. Et il se pratique déshabillé.

Avec la sensualité naturelle qui la caractérisait, Jackie joignit le geste à la parole et se débarrassa de ses vêtements. Fasciné, Nathan la regardait, la bouche sèche, le sang de nouveau bouillant.

Jackie effectua un plongeon impeccable puis refit surface en riant.

— C'est incomparable, Nathan… Tu viens nager, alors ?

S'il la rejoignait maintenant, la nage ne figurerait pas au programme.

— *Niet.*

— Bon, tant pis, tu l'auras cherché.

Sortant une main de l'eau, Jackie brandit deux doigts vers lui, le pouce replié, comme les enfants lorsqu'ils faisaient semblant de tirer.

— Et maintenant, lève-toi, Nathan. Et pas de mouvements brusques, surtout. Je t'ai à l'œil.

Il éclata de rire.

— Arrête ton cinéma, Jackie.

— Attention, j'ai la détente facile. Garde les mains levées au-dessus de la tête.

Pourquoi il obéit à cet ordre stupide, Nathan n'aurait su le dire. Un effet de la pleine lune, sans doute.

— Très bien. Déshabille-toi, maintenant.

— Tu es complètement cinglée.

— Cinglée, peut-être. Mais avec un P38 dans la main. Et, crois-moi, ça peut faire de gros dégâts.

Avec un haussement d'épaules, il retira sa chemise.

— Tu n'oserais pas tirer de toute façon.

— Je n'en serais pas si sûr à ta place. Enlève ton short ou je te fais sauter une rotule. Et tu vas comprendre ta douleur.

Elle était incontestablement folle à lier. Et le problème, c'est qu'elle commençait à déteindre sur lui. Se dévêtant à son tour, il plongea et resurgit juste à côté d'elle. Jackie l'attendait, triomphante, les bras plongés dans l'eau. Il lui jeta un regard féroce.

— Tu as lâché ton arme, on dirait ? Voyons comment tu vas te défendre, maintenant.

Il voulut se jeter sur elle, mais elle plongea au dernier moment et refit surface un peu plus loin, avec un sourire jusqu'aux oreilles. Se mesurant du regard, ils tournèrent lentement, déterminés à vaincre l'un et l'autre. Chaque fois qu'il s'avançait, elle reculait. S'il feintait, elle ajustait. Quand il manœuvrait, elle trouvait la contre-manœuvre correspondante.

Sur une brusque inspiration, Nathan s'enfonça dans l'eau, puis remonta, deux doigts pointés, le pouce replié.

— Tu es cuite, Jack. Regarde ce que je viens de trouver sur le fond de la piscine.

Ce fut plus fort qu'elle. Jackie éclata de rire.

— Oh, Nathan, je t'adore.

Elle voulut l'entourer de ses bras lorsqu'il l'attrapa soudain par les cheveux. Presque avec rudesse. Le cœur de Jackie battit la chamade.

Ils se cramponnèrent l'un à l'autre, très vite possédés par le même désir, violent, ravageur, presque désespéré.

11

Le jour de la fête, Jackie, misant sur une soirée sans pluie, avait installé toutes les tables dehors sous des guirlandes d'ampoules de couleur tendues entre les arbres. Elle avait veillé à ce que tout soit parfait. Ne serait-ce que pour montrer à Nathan qu'elle pouvait prendre place dans son cercle d'amis tout comme elle avait pris place dans le cercle de ses bras.

Jamais il ne lui avait dit qu'il l'aimait. Et cette absence de mots sur ce qu'il ressentait la frappait douloureusement aux moments les plus inattendus. Même s'il l'appelait régulièrement du bureau à midi pour le seul plaisir d'entendre le son de sa voix. Même s'il lui apportait des fleurs à tout moment. Même s'il la serrait fort dans ses bras après l'amour.

Il lui donnait tant, déjà. Pourquoi ne pouvait-elle se contenter de ce qu'elle avait au lieu d'aspirer à plus encore ?

Une heure avant le début de la fête, Jackie passa dans la chambre d'amis pour se préparer avec soin et enfiler la robe qu'elle avait achetée pour l'occasion.

Nathan était en bas en grande conversation avec Mme Grange lorsqu'elle se jugea enfin prête. Une main sur la rampe, elle descendit l'escalier d'un pas théâtral. Et ne fut pas déçue par la réaction de Nathan.

Laissant sa phrase en suspens, il fit un pas dans sa direction. Avec un sourire un rien hautain, elle tourbillonna devant lui dans sa robe blanche fendue, en faisant tinter les innombrables bracelets d'argent à son bras.

— Alors ? Qu'est-ce que tu en penses ?

— Tu crois que je suis encore capable de penser ? Tu es renversante. J'en ai la mâchoire qui tombe par terre.

Avec un léger rire, Jackie glissa son bras sous le sien.

— C'est gentil de me dire ça.

— Tu t'y entends toujours pour me surprendre, Jackie.

— Je l'espère bien.

Il effleura son épaule nue de sa main libre.

— A quel rituel t'es-tu livrée là-haut pour te transformer en femme fatale ?

Elle rit doucement.

— Ce sont les trucs du métier. Mais je suis toujours la même, Nathan.

— Jamais tout à fait la même ; jamais tout à fait une autre. Et je n'ai qu'une hâte : que tous ces gens s'en aillent et que nous nous retrouvions seuls.

Elle éclata de rire.

— Tu peux difficilement les mettre dehors alors qu'ils ne sont même pas encore arrivés !

Leurs lèvres se joignaient lorsque les premiers invités sonnèrent à la porte. Main dans la main, Jackie et Nathan s'avancèrent pour leur ouvrir.

Une heure plus tard, la maison était pleine. Objet de toutes les curiosités, Jackie ne se formalisa pas de l'attention marquée qu'on lui portait. De son côté, elle ne demandait pas mieux que de découvrir les amis de Nathan. Cody Johnson, l'architecte que Nathan avait embauché pour le seconder, deux ans plus tôt, vint se présenter et lui serrer la main.

— J'avais envie de vous observer d'un peu plus près, annonça-t-il tout de go en lui décochant un clin d'œil.

Son abord franc plut à Jackie.

— Vous comptez me soumettre à un examen en règle ?

Cody retint sa main dans la sienne, mais le geste n'avait rien de séducteur. Jackie songea que c'était le genre d'homme qui formait ses impressions autant à partir du tactile que du visuel.

— Nathan a toujours eu un goût parfait, conclut-il avec un léger sourire.

— C'est un compliment ? Ou un verdict positif ?

— Les deux, mon capitaine. Et je suis heureux pour Nathan. C'est un ami. Un vrai. Vous êtes de passage dans sa vie ou vous avez l'intention de durer ?

Si Jackie appréciait les questions directes, elle ne se sentait pas toujours obligée d'y répondre directement.

— Vous n'y allez pas par trente-six chemins.

— J'ai horreur des approches obliques.

Jackie sourit. Son opinion était faite. Elle appréciait Cody Johnson. Enormément, même.

— J'ai l'intention de m'attarder. Jusqu'à cent ans, si possible. Y a-t-il une femme dans votre vie, Cody ?

Avec un sourire dévastateur, il glissa le bras sous le sien.

— Pas encore, non, mais ça pourrait venir. Vous avez une sœur qui vous ressemble ?

Plongés dans leur conversation, ils ne remarquèrent ni l'un ni l'autre que Nathan ne les quittait pas des yeux.

La jalousie n'avait jamais été son truc, pourtant. Non seulement elle était de mauvais goût mais, d'après ses observations, le jaloux finissait invariablement par commettre un acte stupide et par se couvrir de ridicule.

Le problème, c'est que son ami Cody avait tout — absolument tout — pour plaire à Jackie. Nathan décocha un sourire crispé à l'ingénieur à la voix geignarde à qui il était censé tenir une conversation. Cody, lui, aurait facilement pu passer pour un aventurier de l'Ouest. En fait, il était Jake Redman tout craché, une version *live* réussie du héros de Jackie.

Long et mince, Cody n'avait pas une once de tension ou de rigidité. Il était la décontraction personnifiée, au contraire. Avec son jean usé, sa veste sport, ses cheveux délavés par le soleil qu'il portait toujours un peu longs, Cody avait un charme authentique et sans chiqué.

Il se fichait des normes et des conventions et il était doté d'un goût sûr et d'un solide sens de l'humour. Bref, Cody résumait à lui seul l'idéal masculin de Jackie. Et cette dernière, de son propre aveu, tombait amoureuse pour un oui ou pour un non…

Lorsqu'elle leva des yeux pétillant d'humour vers Cody et répondit à son sourire, Nathan faillit allumer une cigarette, oubliant qu'il avait arrêté de fumer depuis plus de trois semaines. Qu'avait-il à craindre, bon sang ? Cody était son meilleur ami. Quant à Jackie… Oui, que représentait Jackie pour lui ? Elle était amie, amante, compagne. Et se dressait dans sa vie comme un rocher inébranlable, au cœur d'un monde en constant mouvement.

C'était surprenant de penser à quelqu'un qui avait la réputation d'être un papillon comme à un rocher sécurisant et solide. Mais, rocher ou pas rocher, il ne lui avait jamais demandé de lui jurer fidélité. Parce qu'il refusait de la mettre en cage. Parce qu'il n'avait pas le droit de limiter ses horizons.

« Oh, et puis au diable ses horizons ! »

Plantant là l'ingénieur médusé, Nathan rejoignit le couple à grands pas. Aussitôt, Jackie lui offrit le cadeau de son incomparable sourire et entrelaça ses doigts aux siens. Quant à Cody, il leva son verre.

— Sympathique, ta petite fête, Nathan. Je t'ai déjà complimenté sur ton bon goût, je crois ?

— Oui, merci. Tu sais que les tables dehors sont chargées de victuailles ? Connaissant ton appétit, je suis surpris que tu ne te sois pas encore rué dessus.

— Tu fais bien de me le rappeler. J'étais justement sur le point de foncer.

Avec un clin d'œil pour Jackie, Cody prit son verre et disparut par les portes-fenêtres ouvertes.

— Tu l'as viré, commenta-t-elle, intriguée.

— Il te monopolisait. Je pensais que tu devais en avoir plus qu'assez que ce bon vieux Cody te colle comme ça.

Un instant, elle le regarda, médusée. Puis elle se mit à rire.

— Tu sais que *j'adore* les hommes possessifs ? Comment procède-t-on, alors ? On fait le tour de nos invités avec un air convivial ou on se jette sur le buffet ?

Nathan lui prit la main pour presser les lèvres au creux de sa paume. Contrairement à ses pronostics pessimistes, son accès de jalousie ne s'était pas soldé par une scène où il se serait couvert de ridicule. La vie avec Jackie était ainsi faite : toujours riche en bonnes surprises.

— Impossible d'avoir l'air convivial sur un estomac vide. Allez, viens, on se jette sur le buffet.

La soirée fut une brillante réussite. Pendant les jours qui suivirent, les remerciements affluèrent ; une pluie d'invitations tomba. Jackie aurait dû être aux anges. Mais à quoi bon être acceptée par son entourage alors que Nathan lui-même partait pour Denver ? Et cela, sans une promesse ou un « je t'aime ».

Son avion décollait dans quelques heures à peine. Et ils n'avaient pas encore échangé un seul mot sur l'avenir de leur relation. A une ou deux reprises, Nathan avait mollement essayé d'aborder le sujet. Et c'était elle qui, répugnant à gâcher les moments qu'il leur restait à passer ensemble, avait éludé chaque fois.

Mais aujourd'hui il ne restait plus rien à gâcher puisqu'il partait l'après-midi même. Les adieux étaient imminents. Et peut-être définitifs. Jackie s'engagea dans l'escalier, armée d'une décision ferme : s'il la mettait à la porte, elle ne partirait pas sans avoir obtenu au moins une explication.

Rassemblant son courage, elle redressa la taille et rejeta les épaules en arrière. Puis elle pénétra dans la chambre où Nathan faisait ses bagages.

— Tiens, je t'ai apporté du café.

Il leva les yeux de sa valise.

— Merci.

— Tu as besoin d'aide ? demanda-t-elle en portant sa propre tasse à ses lèvres.

— Non, ça va. J'ai presque fini.

Hochant la tête, elle s'assit sur le bord du lit. Si elle commençait à faire les cent pas, elle pourrait être tentée de jeter son café contre le mur. Ou de casser quelque chose.

— Tu ne m'as pas dit quand tu revenais.

— Je ne le sais jamais précisément à l'avance. Dans trois semaines, je pense. Quatre tout au plus.

Nathan plaça une dernière chemise dans sa valise et la referma d'un geste sec. Faire ses bagages ne le dérangeait pas, d'ordinaire. Mais aujourd'hui il en aurait hurlé.

Jackie prit une gorgée de café. Et le trouva singulièrement amer.

— Tu aimerais me trouver ici à ton retour ?

Nathan se redressa. Ainsi l'heure était venue. Il reconnaissait bien Jackie dans la façon dont elle abordait le sujet. Elle n'exprimait pas d'exigences. Ne formulait aucune demande. Se contentait d'une question.

— Comme tu veux, répondit-il après une légère hésitation.

— Non, ce n'est pas « comme je veux », Nathan. Mes sentiments pour toi, tu les connais. Je n'en ai jamais fait mystère.

Elle attendit un instant. Mais, comme rien ne venait, elle enchaîna, le cœur déjà broyé.

— C'est à toi d'annoncer la couleur, maintenant.

Nathan hésita. Le regard de Jackie était si grave. Et il n'y avait pas l'ombre d'un sourire sur ses lèvres. Déjà, sa gaieté, sa vivacité lui manquaient. Il songea qu'elle portait la lumière sur son visage comme d'autres porteraient un bijou.

— Tu comptes beaucoup pour moi, Jackie. Aucune femme n'avait encore pris une telle importance dans ma vie.

Elle fut à deux doigts de se contenter des miettes précieuses qu'il venait de lui offrir. Mais elle haussa les sourcils et garda les yeux rivés sur lui.

— Mais encore ?

Nathan vida son café d'un trait. Depuis des jours et des jours, il se préparait à cette conversation. Cherchait les mots justes. Luttait contre son imagination lorsqu'elle s'emballait et qu'il se voyait, traînant Jackie de force à l'aéroport avec lui, s'envolant avec elle pour des destinations heureuses. Sur un pélican en coquillages.

Mais il était bien placé pour savoir que les fantaisies roses ne résistaient pas longtemps à la dure épreuve de la réalité.

— Je ne peux pas te demander de rester pour t'imposer ensuite des amours au jour le jour, Jackie. Ce n'est pas ce genre de vie que j'ai envie de t'offrir.

Envahie par une sensation cuisante de rejet, elle se mordit la lèvre.

— Et toi ? A quel type d'existence aspires-tu pour toi-même ? A celle que tu avais avant de me connaître ?

Il tenta de se représenter sa vie d'avant. Des quelques images qui lui venaient se dégageait une impression générale de rigidité, de tristesse et d'ennui. C'était de cette vie-là qu'il devrait se contenter, pourtant, dans la mesure où il était incapable d'en concevoir une autre.

— Je ne peux pas te proposer le mariage, la famille ou un quelconque engagement durable, Jackie. Parce que je ne crois pas à ces chimères. Et je préfère te blesser maintenant que te faire souffrir au quotidien une vie entière.

Une telle douleur transparaissait dans ces derniers mots que le cœur de Jackie s'ouvrit en grand pour lui. Même si elle avait mal pour l'homme qu'elle aimait, elle ne regrettait pas d'avoir abordé le sujet.

— Tu as donc été si malheureux, enfant ?

Il haussa les épaules.

— Ça n'a aucun rapport.

— Bien sûr que si, ça a un rapport, décréta-t-elle en se levant. Je ne dis pas que tu me *dois* une explication. J'ai toujours pensé que le don était sans contrepartie par définition. Tu n'as strictement aucune obligation envers moi, Nathan. Mais je pense qu'il serait juste que tu me fournisses une explication.

Après un long silence, il hocha la tête.

— C'est vrai. Tu as le droit de savoir de quels parents je suis issu… Ma mère est née dans une famille en vue. Et ses parents attendaient d'elle qu'elle fasse un « brillant mariage ». Mon père, de son côté, avait plus d'ambitions que de pedigree. Mais on disait de lui qu'il irait loin. Et on lui reconnaissait un fort charisme. Lorsque ma mère est tombée amoureuse de lui, ses parents, sans être enthousiasmés outre mesure, se sont inclinés devant son choix. Quant à mon père, il obtenait tout ce qu'il lui manquait encore en matière de relations, d'assise sociale, de respectabilité.

Jackie baissa les yeux sur sa tasse vide.

— Je vois.

— Il s'est marié avec ma mère, sans amour. Pour des raisons purement stratégiques. Cela dit, je ne veux pas noircir inutilement le tableau : il ne la détestait pas non plus. Je pense même qu'il avait une forme d'affection pour elle. Mais sa vie était ailleurs, dans ses affaires. Les rares fois où on le voyait à la maison, il était mentalement absent quand même. Réussir était une obsession pour lui. Lorsque je suis né, il a offert un collier en émeraude à ma mère pour la récompenser d'avoir mis un fils au monde. Un peu comme on offre une médaille à une bonne reproductrice.

Pétrifiée par son récit, Jackie écoutait en silence.

— Ma mère, elle, vouait à mon père un amour passionné et sans réserve. Enfant, j'avais une nourrice, une bonne et un garde du corps pour veiller sur moi. Elle était terrifiée à l'idée qu'il puisse m'arriver quelque chose. Non pas qu'elle fût particulièrement attachée à moi. Mais elle craignait la réaction de mon père. J'étais l'héritier. Le symbole vivant de sa réussite.

— Nathan, murmura-t-elle. Tu ne crois pas que… ?

Il secoua la tête.

— Non, je n'exagère rien. Ma mère elle-même m'a fourni toutes ces explications lorsque j'avais six ans. Et plus tard aussi, avec force détails, lorsque sa folle passion pour mon père a fini par se muer en indifférence. Quoi qu'il en soit, j'ai grandi pratiquement sans les voir, l'un et l'autre. Ma mère était accaparée par ses devoirs mondains et mon père par son empire financier. Une fois par mois, il vérifiait mes carnets de notes et me faisait un petit sermon sur l'honneur et sur la responsabilité. En sachant que ses conceptions de l'honneur étaient assez extensibles. Il a toujours eu des maîtresses à la pelle. Ma mère le savait et fermait les yeux. Il m'a confié un jour que ses liaisons étaient purement « de confort ». Et qu'aucune de ces femmes ne comptait vraiment pour lui.

— Ton père t'a dit ça à toi ? se récria-t-elle.

— Au cours de ce qu'il considérait comme une conversation « entre hommes », lorsque j'ai eu seize ans. Le fol amour que lui vouait ma mère s'était éteint. Et nous vivions, côte à côte, comme trois étrangers polis. Dans un sens, j'étais tranquille. La plupart du temps, j'avais la maison entière pour moi.

D'où son besoin de solitude et de tranquillité, sans doute. Ses parents lui avaient fichu une paix royale, certes. Mais il l'avait payée le prix fort.

Le milieu d'où elle venait était proche de celui de Nathan. Les MacNamara aussi étaient des gens riches et respectables. Mais leur maison n'avait jamais été ni froide ni silencieuse. Il y avait toujours eu des cris, des rires, des disputes et des courses-poursuites dans les couloirs.

— Tu leur as parlé, Nathan ? Savent-ils à quel point tu as souffert de leur attitude ?

— J'ai essayé une fois. Ils ont été surpris que je mette un pareil sujet sur le tapis. Et choqués par mon manque de gratitude. Du coup, j'ai fini par me désintéresser d'eux, à mon tour. Mon père s'est souvenu de moi lorsqu'il a découvert que j'avais entamé des études d'architecture. Il m'a fixé rendez-vous pour m'intimer l'ordre d'arrêter tout de suite. J'avais été mis au monde dans un seul but : prendre sa suite dans les affaires.

Nathan émit un rire bref, teinté d'ironie.

— Il était persuadé que je lui obéirais sans protester. Pendant dix-huit ans, j'avais été sous sa coupe. Totalement soumis. Mais, du jour où j'ai compris que je voulais être architecte, mon rêve est devenu plus grand, plus fort que lui.

— Tu avais grandi, murmura-t-elle.

— Suffisamment, en tout cas, pour tenir tête à mon père. Horrifié par mon acte de traîtrise, il m'a menacé de me couper les vivres.

— Ta mère t'a défendu, j'espère ?

— Ma mère soutenait mon père, par principe. D'ailleurs, le sujet la laissait indifférente. Pour elle, j'étais le fils de mon père et rien de plus.

— Mais, Nathan…

— Ma mère n'a jamais voulu de moi, Jackie.

Le crayon à papier avec lequel il jouait distraitement se brisa entre ses doigts.

— Pendant des années, elle m'a répété que, sans moi, elle aurait peut-être réussi à sauver son mariage. Elle disait qu'elle aurait été plus libre, plus disponible. Et qu'elle aurait suivi mon père dans ses voyages.

Jackie sentit le sang se retirer de son visage. Quelle mère pouvait être assez cruelle et immature pour traiter son propre enfant comme un gêneur et un étranger ?

— Ils ne te méritaient pas, chuchota-t-elle.

Elle se leva pour esquisser un mouvement dans sa direction. D'un signe, cependant, Nathan lui demanda de rester à distance. Avec personne, jamais, il n'avait abordé le sujet chargé de son enfance et de sa famille. Mais à présent qu'il avait commencé il avait besoin d'aller jusqu'au bout.

— Le jour où j'ai eu cette discussion avec mon père, j'ai décidé que je n'avais plus de famille. Ma grand-mère, en mourant, m'avait laissé de quoi financer mes études. Et j'ai pu me débrouiller sans plus jamais avoir à accepter un centime de mon père. Depuis, je fonctionne sur un principe d'indépendance. Ce que je fais, je le fais par moi-même et pour moi-même.

Jackie ravala ses larmes. Même si elle brûlait d'envie de le réconforter dans ses bras, quelque chose lui disait que ce n'était pas de consolation qu'il avait besoin.

— Tu continues à laisser tes parents régenter ta vie, Nathan. Leur mariage était moche, donc l'amour est moche, la famille est moche, tout est moche. C'est stupide !

— Je ne récuse pas le mariage en général, je récuse le mariage lorsqu'il me concerne !

Une soudaine furie montait en lui. Il avait fait l'effort de rouvrir pour elle une plaie encore sensible. Alors pourquoi revenait-elle à la charge ainsi ?

— Tu crois peut-être que nos parents ne nous transmettent que la couleur de nos cheveux ou la forme de notre menton ? C'est toi qui raisonnes stupidement, là, Jackie. Nos ascendants nous chargent de tout le poids d'une hérédité implacable. Mon père est un être profondément égoïste. Et son égocentrisme, je l'ai reçu en partage. La seule différence entre lui et moi, c'est que je suis réaliste. Et que je refuse de nous infliger — à toi, à moi et aux enfants que nous aurions eus — de vivre un calvaire !

Jackie serra les poings. Et le sale caractère des MacNamara explosa.

— Et tu appelles ça « être réaliste » ? Tu es là, à débiter des arguments plus tirés par les cheveux les uns que les autres, et tu te targues d'être logique ? Tu ne vois pas que c'est du grand n'importe quoi, Nathan ? Tu crois que, si ton père avait été un assassin qui tuait ses victimes à coups de hache, tu aurais forcément passé ton temps à découper les gens en morceaux ? Mon père adore les huîtres et je suis malade dès que j'en vois une. Dois-je en conclure que j'ai été adoptée ?

— Ne sois pas absurde, Jackie.

— Moi je suis absurde ?

Avec une exclamation de rage, elle s'empara du premier objet qui lui tomba sous la main — une coupe de verre de Venise datant du XIXᵉ — et la projeta au sol où elle explosa avec fracas.

— Je vais te dire, moi, ce qui est absurde, d'accord ? L'absurdité c'est d'aimer, d'être aimé et de prendre tes jambes à ton cou par crainte que la relation ne soit pas cent pour cent parfaite.

— Je ne te parle pas de perfection ! Non, Jackie, bon sang ! Pas ce vase !

Mais le vase en question gisait déjà en morceaux.

— Bien sûr que si, c'est la perfection que tu vises. Monsieur Nathan Parfait Powell fait des projections sur l'avenir et ne veut voir que des horizons impeccables ! Un futur tiré au cordeau !

Il l'attrapa par les épaules et la fit pivoter vers lui avant qu'elle puisse attraper un nouvel objet à fracasser.

— O.K., d'accord, c'est vrai. Je suis perfectionniste, exigeant, organisé et toi, tu ne vas jamais au bout de rien, comme tu le dis toi-même. Tu vois bien que nous ne pourrons jamais arriver à quoi que ce soit ensemble.

Les yeux secs, le menton levé, Jackie fit face. Elle savait que les larmes viendraient plus tard. A torrent.

— J'étais sûre que tu finirais par me balancer mon côté cigale à la figure. En tout cas, tu as raison sur un point : le monde est fait de deux genres d'individus : les bordéliques et les organisés. Tu appartiens à la dernière catégorie. Moi à la première. Je suis ravie d'être ce que je suis, mais je ne te regarde pas de haut pour autant.

Nathan soupira. Se disputer n'était pas dans sa nature. Sauf lorsqu'il se battait pour les conditions de sécurité des ouvriers sur ses chantiers.

— Je ne disais pas ça pour te critiquer, Jackie.

— Admettons... Il n'en reste pas moins que nous sommes différents, toi et moi. Mais cela n'enlève rien au fait que je t'aime et que j'ai envie de passer le reste de ma vie avec toi.

Cette fois, elle le saisit par le devant de sa chemise.

— Tu n'es pas ton père, Nathan. Et je suis encore moins ta mère. Alors, je t'en supplie, ne laisse pas ces deux êtres gâcher ce qu'il y a entre nous.

Il couvrit ses mains des siennes.

— Peut-être que si tu n'avais pas été aussi importante pour moi j'aurais franchi le pas. Mais je tiens trop à toi pour me lancer dans l'aventure avec un double handicap à la base.

Les larmes étaient si proches maintenant qu'elle recula d'un pas.

— Tu vois, Nathan, ce que je trouve vraiment difficile

à avaler, c'est que, même à ce stade, tu n'aies pas assez de tripes pour me dire que tu m'aimes.

Elle sortit de la chambre en courant. Moins d'une minute plus tard, il entendit la porte d'entrée claquer derrière elle.

12

— Les maçons ont perdu deux jours à cause de la pluie, précisa Nathan en pataugeant dans la boue à côté de Cody. J'ai fait doubler les équipes.

Ebloui, Nathan plissa des yeux pour examiner le début de construction. Le soleil avait fini par faire son apparition sur Denver mais le printemps continuait à se faire attendre. Son Stetson solidement arrimé sur la tête, Cody admira le travail accompli.

— Compte tenu du temps de chien que vous avez eu pendant trois semaines, je trouve que vous avez pas mal avancé quand même. Vous avez fait du beau boulot. Mais toi, tu as une sale tête, en revanche.

— C'est toujours un plaisir de t'entendre, Cody.

— Des problèmes avec Jackie ?

Sourcils froncés, Nathan cocha une case sur sa liste.

— Pourquoi cette question ?

— Parce que tu as la mine de quelqu'un qui ne dort plus depuis des semaines. Ça te ferait du bien d'en parler, tu ne crois pas ?

— Fiche-moi la paix, Cody.

— Oui, patron. Bien, patron.

Nathan jura tout bas.

— Désolé.

— C'est sans importance. J'avalerais bien un café avec quelques œufs sur le plat, en revanche. Et comme je peux les faire passer en note de frais je t'offre ton petit déjeuner.

— C'est généreux de ta part, ironisa Nathan.

Mais il n'en suivit pas moins Cody jusqu'à son pick-up. Dix minutes plus tard, ils prenaient place dans un établissement d'allure douteuse où le « trash » le disputait au kitsch. Les serveuses fardées à outrance portaient des holsters sur leurs minijupes roses. Un gros homme chauve entre deux âges somnolait derrière sa caisse. Et les cendriers étaient en forme de selle à cheval. Une tenace odeur d'oignons frits flottait dans l'air épais.

— Tu as toujours eu l'art de choisir les rades les plus classe, maugréa Nathan en se glissant sur la banquette.

Mais la seule chose à laquelle il parvenait à penser, c'est que Jackie aurait adoré.

— Ce n'est pas l'aspect extérieur qui compte.

Cody sourit lorsqu'une serveuse transmit en hurlant sa commande à un cuisinier à la mine patibulaire. Avant même qu'ils aient demandé quoi que ce soit, un pot de café fut placé devant eux sans autre forme de procès.

— Ça vaut tous les restaurants français chic du monde, déclara Cody en leur servant du breuvage fumant. Vous me mettrez deux assiettes royales, jeune fille ?

— Deux royales, marmonna la serveuse blond platine en griffonnant sur son carnet.

— Deux royales, oui, mais sur une seule assiette, précisa Cody avec un clin d'œil.

La serveuse posa les poings sur ses hanches maigres.

— Vous avez de l'appétit, vous, dites donc.

— A revendre. Et vous servirez la même chose à mon camarade. Avec les œufs pas trop cuits, une belle tranche de lard et des frites maison.

Comme la jeune femme s'éloignait sur un éclat de rire, Nathan se surprit à sourire pour la première fois depuis deux semaines.

— Alors ? Tu l'as appelée ? s'enquit Cody en allongeant les jambes pour les poser sur la banquette à côté de lui.

Nathan hésita. Mais il aurait été idiot de sa part de prétendre qu'il n'avait pas envie d'en parler. Et il savait qu'il pouvait compter sur Cody pour être sincère. Que la vérité soit agréable à entendre ou non.

— Non, je ne l'ai pas appelée.

— Donc, vous vous êtes bel et bien disputés.

— Disputés est un grand mot…

Sourcils froncés, Nathan se souvint de la porcelaine brisée.

— Oui, enfin… On doit pouvoir appeler ça une dispute, en effet, concéda-t-il avec un soupir.

— Les gens qui s'aiment se querellent à longueur de temps.

— C'est le genre de chose que dirait Jackie.

— C'est une femme sensée… A en juger par ta mine défaite, c'est elle qui a gagné ?

— Non. Nous n'avons gagné ni l'un ni l'autre.

De la pointe de sa cuillère, Cody heurta sa tasse au rythme de la chanson country qui passait dans le juke-box.

— Tu pourrais lui envoyer des fleurs.

— Ce n'est pas aussi simple que cela, Cody.

Ce dernier décocha un clin d'œil à la serveuse qui leur apportait deux énormes assiettes remplies.

— Nathan, je sais que tu es d'un caractère réservé. Et j'ai toujours respecté ton besoin de garder le silence sur ta vie privée. Travailler avec toi ces deux dernières années a été une belle expérience pour moi. J'ai beaucoup appris, sur le plan de l'organisation, de la maîtrise, de la rigueur. Mais il me semble qu'entre nous il y a un peu plus qu'une simple relation professionnelle. Et, quand un homme a un problème avec une femme, ça lui fait du bien de s'en décharger sur un autre homme. Non pas que l'autre homme comprenne les femmes mieux que lui. Mais ils peuvent être déconcertés ensemble. Et ça soulage.

Nathan suivit distraitement des yeux les manœuvres d'un semi-remorque qui se garait devant les fenêtres crasseuses du bar-restaurant.

— Jackie voulait un engagement de ma part. Et je n'ai pas pu la satisfaire sur ce plan.

Cody prit son temps pour beurrer un toast.

— Pas pu ? Ou pas voulu ?

— Pas *pu*, dans ce cas précis. Pour des raisons sur lesquelles je préfère ne pas m'attarder, je ne suis pas en mesure de lui offrir le mariage et la famille auxquels elle aspire. Jackie a besoin de savoir où elle va. Et je ne suis pas le genre de type à faire des promesses.

— Tu es libre, bien sûr, commenta Cody pensivement. Mais tu as l'air très à l'aise par rapport à ce qui s'est passé entre vous. Si tu ne l'aimes pas, tu n'y peux rien si…

— Je n'ai pas dit que je ne l'aimais pas.

— Ah, intéressant… Tu l'aimes, mais tu la rejettes.

— Ecoute, Cody, le mariage est déjà compliqué lorsqu'il met en présence deux personnes proches dans leurs attitudes et leurs comportements. Mais on ne peut rêver personnalités plus opposées que celle de Jackie et la mienne. Elle veut tout le tralala : un foyer, des enfants, et les complications qui vont avec. Et tu sais aussi bien que moi que je suis obligé de m'absenter souvent. Or quand je rentre de voyage j'ai besoin de…

Mais il ne savait plus très bien de quoi il avait besoin, au fond. Cody hocha gravement la tête.

— C'est un gros obstacle, en effet. Voyager avec une femme et partager tes chambres d'hôtel anonymes et tes repas solitaires, ça paraît lourd à surmonter. Et rien de plus atroce que de trouver la personne que l'on aime chez soi après un périple long et fatigant.

Nathan, dont le regard s'était perdu de nouveau dans le vague, reporta son attention sur son ami.

— Je suis sérieux, Cody. Ce ne serait pas juste pour elle.

— Probablement pas, non. Il vaut mieux avoir la certitude d'être malheureux sans elle que de prendre le risque d'être heureux avec… Tes œufs refroidissent, patron.

— Tu as vu les statistiques de divorce.

— C'est vrai. Elles ne sont pas encourageantes. Et pourtant les gens se marient encore à tour de bras. C'est à n'y rien comprendre.

— Tu es bien célibataire, toi.

— Ouais. Pas encore trouvé LA femme, en l'occurrence,

admit Cody en finissant ses pommes de terre. Mais je peux y remédier. Je pense aller faire un saut pour voir Jackie la semaine prochaine en rentrant d'ici.

Lorsqu'il vit le regard meurtrier de Nathan, Cody sourit et s'étira.

— Tu lui as rendu sa liberté, non ? Jackie est un cœur à prendre.

— Ne me pousse pas à bout, O.K. ?

— Je crois que tu t'es déjà poussé à bout toi-même.

Reprenant son sérieux, Cody se pencha vers lui.

— Je vais te dire une chose, Nathan. Tu es un homme intègre et un architecte extraordinaire. Tu ne mens pas, tu ne biaises pas. Tu te bats pour défendre tes principes et les gens qui travaillent pour toi. Tu es obstiné mais capable de faire des compromis lorsqu'il le faut. Sans elle, tu seras toujours le même homme. Mais avec elle tu pourrais être encore plus que cela. Jackie a mis de la lumière dans ta vie, mon vieux.

Nathan repoussa l'assiette qu'il n'avait pas touchée.

— Je sais. Mais si je mettais des ténèbres dans la sienne ? C'est ça qui me chagrine. S'il ne tenait qu'à moi…

— S'il ne tenait qu'à toi ?

— Je suis incontestablement plus heureux avec elle. Mais je pense qu'elle pourrait être mieux lotie sans moi.

— Et si tu laissais à Jackie le soin d'en décider ? Personne — et surtout pas toi — n'a le droit d'en juger à sa place… Je pense que j'en sais à peu près autant que toi sur le projet en cours ici, n'est-ce pas ?

— Oui, pourquoi ?

— J'ai un billet d'avion pour Fort Lauderdale dans ma chambre. Pour après-demain. Je te l'échange contre ta chambre d'hôtel.

Quitter Denver ? Laisser en plan l'immeuble à peine sorti de terre ? Mais pourquoi pas, après tout ? Tout était programmé, dans les rails. Et Cody était parfaitement capable de prendre la relève. Nathan se leva.

— Tu peux garder ton billet. Je rentre aujourd'hui.

Nathan arriva chez lui à 2 heures du matin, éreinté par un parcours labyrinthique où il avait été ballotté impitoyablement d'aéroport en aéroport. Une seule certitude l'avait tenu debout : elle serait là lorsqu'il rentrerait. Malgré tout ce qu'ils s'étaient dit, malgré les vases brisés et son refus de s'engager, il était convaincu que Jackie n'avait pas plié bagage.

Elle était trop sûre d'elle, trop têtue pour renoncer aussi facilement. Lorsqu'une femme comme Jackie aimait, elle n'aimait pas à moitié. Elle s'obstinerait, pour le meilleur et pour le pire. Et, comme il lui avait déjà fait subir le pire, il allait essayer de s'orienter vers le meilleur.

A part que, contre toute attente, Jackie avait bel et bien disparu…

Dès l'instant où Nathan poussa la porte, il sut qu'elle était partie. L'ambiance de la maison était de nouveau celle qui avait régné avant qu'elle ne s'y installe : grave, sévère. Jurant à voix haute, il grimpa l'escalier quatre à quatre, se rua dans sa chambre.

Vide.

Pas de T-shirts aux couleurs vives jetés sur les chaises. Pas de flacons sur sa commode. Tout était de nouveau rangé, en ordre, impeccable.

La pièce suait la solitude et l'ennui.

Dans les placards, il ne restait plus que ses vêtements à lui, soigneusement suspendus. Et dans la chambre que Jackie avait convertie en bureau il n'y avait plus ni son ordinateur ni ses livres. S'effondrant sur le lit, Nathan scruta le vide autour de lui et le jugea intolérable. S'il fallait aller la chercher à l'autre bout du monde, il irait la chercher à l'autre bout du monde. Mais il la ramènerait. De gré ou de force.

Sitôt cette pensée formée, il s'endormit comme une masse et dormit d'un sommeil de plomb toute la nuit.

— Tu ne crois pas que c'est pitoyable, pour un homme de ton âge, de tricher au Scrabble !

J.D. MacNamara gratifia sa fille d'un regard peiné.

— Comme si *moi* j'avais besoin de tricher pour te battre ! « Séphyrique » est un adjectif qui signifie « léger », « gracieux ». Comme dans « la ballerine exécuta un entrechat séphyrique ».

— N'importe quoi.

— Ce n'est pas parce que tu es écrivain, maintenant, que tu connais tous les mots de la langue. Tu peux vérifier dans le dictionnaire, si tu veux. Mais si tu le trouves tu perds cinquante points.

Jackie hésita. Elle savait que son père bluffait avec un art consommé. Mais d'un autre côté…

— Bon. Très bien, je t'accorde séphyrique. Mais c'est bien parce que c'est toi.

— Sage résolution, ma fille.

Ravi, son père ajouta des points à son score. Jackie prit une gorgée de vin et examina J.D. MacNamara. Tout comme le père de Nathan, J.D. avait la réputation d'être un financier averti. Il aimait jouer et il adorait gagner. Mais il avait autant de plaisir à tricher au Scrabble avec sa fille qu'à remporter des millions à la Bourse.

— Je t'adore, papa. Même si tu es tricheur comme le diable.

— Moi aussi, je t'adore, ma fille. Mais ça ne m'empêchera pas de te mettre une volée au Scrabble.

Pliant les jambes en tailleur, Jackie scruta les lettres devant elle. Le petit salon où ils se trouvaient était réservé à la famille et aux amis proches. Même s'il était meublé et décoré avec une élégance impeccable, il n'en respirait pas moins la vie. Le regard de Jackie glissa sur la tapisserie d'Aubusson, les rideaux en percale, les objets familiers dans les vitrines. Mille souvenirs heureux étaient liés à ces lieux où avait fleuri son enfance insouciante.

— Tu sèches, ma fille ? Je croyais que les mots étaient votre fonds de commerce, à vous autres, gens de lettres.

Elle ne put s'empêcher de sourire. Son père avait pris l'habitude de lui rappeler sa condition d'écrivain plusieurs fois par jour.

— Laisse-moi vivre, J.D.

— C'est comme ça qu'on parle à son père, fille indigne ?

Jackie le gratifia d'une grimace. Les yeux bleus de J.D. pétillaient derrière ses lunettes en demi-lunes, sa cravate était desserrée et de travers, ses cheveux en bataille.

— J'étais en train de me dire que vous étiez vraiment très différents, maman et toi, observa-t-elle pensivement.

— Mmm… ?

Son père leva les yeux, distrait de la tâche créative et exigeante qui consistait à inventer des mots plausibles au Scrabble.

— Maman est élégante, raffinée.

— Et moi, je suis un épouvantail, peut-être ?

— Pas vraiment. Tiens, j'ai trouvé : « trichaxique »…

J.D. secoua la tête.

— Ça n'existe pas.

— Bien sûr que si, mentit-elle avec aplomb. Ça vient du grec ancien et désigne une tendance irrépressible à enfreindre les règles et à tromper son monde. Comme dans « mon père était maladivement trichaxique ». Tu peux toujours contrôler dans le dictionnaire si tu as envie de perdre cinquante points… Mais dis-moi comment vous avez réussi à rester heureux ensemble, maman et toi.

— Je la laisse faire ce pour quoi elle est faite. Et elle me laisse tranquille dans mes champs de compétence. Et puis tu sais que je l'adore.

Les larmes qui n'étaient jamais très loin montèrent aux yeux de Jackie.

— Oui, je sais. Je crois que l'amour que vous vous portiez, tous les deux, a été un immense cadeau pour les garçons et pour moi.

— Jackie… Et si tu racontais à ton vieux père ce qui ne va pas ?

Elle se pencha pour lui effleurer la joue.

— J'ai grandi ce printemps, c'est tout.

— Et le fait de grandir a un rapport avec cet homme dont tu es amoureuse ?

— Ça a tout à voir, oui. Il te plairait tu sais, papa. Il est fort, parfois trop dur avec lui-même. Il est drôle à sa façon, avec un humour un peu sec. Il fait des listes pour tout et les suit dans l'ordre. C'est également le genre d'homme qui vous ouvre la porte et qui s'efface pour vous laisser passer. Pas par conformisme mais par gentillesse véritable. Je suis sûre que maman l'aimerait aussi.

— Alors où est le problème, Jackie ?

— Il n'est pas prêt.

— Comment ça, pas prêt ? Tu veux que j'aille lui botter les fesses, moi, à ce garçon ?

Avec un éclat de rire, Jackie se percha sur ses genoux.

— Pourquoi pas ?

Vêtue de soie bleu pâle et irradiant l'élégance, Patricia pénétra dans la pièce, et se servit un fond de sherry.

— Ah, tu es là, ma fille ! Je t'ai dit que j'avais dégoté un nouveau coiffeur qui pourrait faire des miracles pour toi ?

Jackie sourit en soufflant sur les boucles indociles qui lui tombaient sur les yeux.

— Je t'aime, maman.

Le regard de Patricia s'adoucit.

— Moi aussi, je t'aime, ma chérie. La maison est toujours un peu trop calme depuis que vous êtes partis, les garçons et toi.

J.D. but une gorgée de son whisky.

— Ne compte pas revoir ta fille souvent à présent qu'elle est devenue une écrivaine célèbre.

— J'avoue que je n'étais pas mécontente de pouvoir annoncer à Honoria que tu avais vendu ton manuscrit, admit Patricia en se posant délicatement dans un fauteuil.

Jackie se leva lorsqu'on sonna à la porte d'entrée mais sa mère la retint.

— Laisse, Jackie. Philip ira ouvrir. Recoiffe-toi plutôt.

Docilement, Jackie se passa la main dans les cheveux

pendant que le majordome s'acquittait de sa tâche. Quelques instants plus tard, le vieil homme en uniforme vint s'incliner devant Patricia.

— Un monsieur Nathan Powell souhaiterait voir miss Jacqueline, madame.

Avec un cri perçant, Jackie voulut se ruer dans le vestibule.

— Jacqueline, assieds-toi et attends que Philip l'introduise.

— Mais…

— Obéis à ta mère, ordonna J.D. Et tais-toi.

Jackie se laissa tomber bruyamment sur sa chaise.

— Et arrête d'afficher cet air renfrogné, enchaîna son père. Ou ce pauvre garçon risque de faire demi-tour sur-le-champ.

Et si ses parents avaient raison, au fond ? Pour une fois, ce ne serait peut-être pas une mauvaise idée d'aviser d'abord et d'agir ensuite. Lorsqu'elle vit Nathan entrer, cependant, il fallut que le pied de son père vienne écraser le sien pour l'empêcher de se lever d'un bond et se jeter dans ses bras.

— Jackie…

Nathan avait une voix rauque, un peu tendue. Comme s'il n'avait pas ouvert la bouche depuis des jours. Elle se leva calmement et s'avança pour lui serrer la main.

— Bonjour, Nathan. Je ne t'attendais pas.

Nathan se sentit soudain désemparé et ridicule, planté dans le salon des parents de Jackie, avec son costume froissé par le voyage et son paquet sous le bras.

— J'aurais dû appeler avant.

— Mais non, voyons, rétorqua-t-elle avec aisance en glissant la main sous son bras. Nathan, j'aimerais te présenter mes parents, Patricia et J.D. MacNamara.

J.D. serra énergiquement la main de Nathan.

— Ravi de faire votre connaissance. Jackie nous a beaucoup parlé de vous. J'ai une grande admiration pour votre travail. Et il me semble, accessoirement, qu'un whisky pourrait vous faire du bien.

Comme J.D. s'éloignait pour le servir, Nathan se tourna vers Patricia. Et réalisa, non sans une bouffée d'émotion, qu'il avait sous les yeux la femme que Jackie serait dans vingt-cinq ans. Toujours belle, avec une peau claire et saine et la grâce qui ne venait qu'avec les années.

— Madame MacNamara, pardonnez-moi de faire irruption chez vous à l'improviste.

— Mais vous êtes le bienvenu, Nathan, déclara Patricia avec un sourire approbateur. Asseyez-vous, je vous en prie.

— C'est-à-dire que…

J.D. l'interrompit en lui assenant une grande tape amicale dans le dos.

— Tenez, prenez ce whisky, mon garçon. Et parlez-moi un peu de vous. Vous faites également dans l'ancien ?

— A l'occasion, oui. Quand…

— Bien. Parfait. Je voudrais vous parler d'un immeuble que j'ai en vue. Un peu délabré pour l'instant, mais beaucoup de potentiel. Je…

— Excusez-moi.

Oubliant ses manières, Nathan fourra son verre entre les mains de J.D. et attrapa Jackie par le bras pour l'entraîner sur la terrasse.

— Eh bien…

Patricia toussota d'un air choqué mais étouffa un fou rire dans son verre de sherry. J.D. se contenta de pousser une sorte de hululement triomphal avant de vider d'un trait le whisky destiné à Nathan.

— Tu te sens d'attaque pour organiser un mariage dans les plus brefs délais, ma Patty ?

Dehors, l'air était doux et parfumé et la lune brillait de son plus bel éclat. Mais Nathan ne remarqua ni les sons de la nuit ni la beauté des jardins baignés d'une lumière blanche. Il posa son paquet sur une table en marbre et attira Jackie dans ses bras.

Il constata qu'elle s'y logeait à la perfection.

— Je suis désolé. J'ai été d'une inexcusable grossièreté avec tes parents.

— Aucun problème. Ils ont l'habitude avec nous trois.

Jackie lui prit le visage entre les mains.

— Tu as l'air fatigué, Nathan.

— Je n'étais pas sûr de te trouver ici non plus, admit-il en luttant pour tenter de retrouver un semblant de cohérence.

— Non plus ?

— Quand je suis rentré à la maison, tu étais partie. J'ai réussi à me procurer l'adresse de ton appartement, mais il n'y avait personne. C'était un peu mon ultime espoir lorsque j'ai fini par tenter ma chance ici.

Décidée à ne pas tirer de conclusions trop hâtives, Jackie s'adossa à la table.

— Tu me cherchais, autrement dit.

— Depuis deux jours, oui. Sans relâche.

— Je pensais que tu ne rentrerais pas de Denver avant une bonne semaine. C'est ce qu'ils m'ont expliqué à ton bureau, en tout cas.

— J'ai pris un avion plus tôt que… Tu as appelé à mon bureau, tu dis ?

— Oui. Tu as pris un avion plus tôt que quoi, Nathan ?

— Plus tôt que prévu, répondit-il sèchement. J'ai laissé la direction du chantier à Cody et je suis revenu. Et j'ai découvert en arrivant à la maison que tu m'avais quitté.

Jackie faillit lui sauter au cou. Mais elle décida de pousser le jeu jusqu'au bout.

— Tu pensais que je resterais ?

Il se passa la main dans les cheveux.

— Oui. Non… Enfin, *oui* ! Je sais que je n'étais pas en droit d'attendre que tu sois là à mon retour. Mais j'y croyais quand même. Et, quand j'ai trouvé la maison vide, je ne me suis pas senti chez moi du tout. C'était insupportable même. Je n'arrive même pas à penser quand tu es loin de moi. C'est ta faute. Tu m'as altéré le cerveau — déconnecté les circuits ou je ne sais quoi. Je ne sais plus qui je suis sans toi.

Jackie nota qu'il faisait les cent pas. Ce qui ne lui ressemblait pas.

— Chaque fois que je vois quelque chose, j'essaye d'imaginer ta réaction. Je n'ai même pas pu manger une « assiette royale » sans penser à toi.

— Voilà qui me paraît inquiétant, en effet… Tu as envie que je revienne, Nathan ?

Il se tourna vers elle, les yeux étincelants d'un mélange d'exaspération et de fureur.

— Qu'est-ce que tu veux, au juste ? Que je rampe ?

— Voyons que je réfléchisse, déclara-t-elle posément en effleurant le ruban sur le mystérieux paquet de Nathan. Tu mériterais de ramper un peu mais je ne suis pas vraiment d'humeur à te faire subir quoi que ce soit… Et je ne t'ai jamais quitté, entre parenthèses, précisa-t-elle avec un sourire.

— Ah non ? Tes affaires ont disparu, en tout cas. Tout était net, rangé. Ordonné comme dans un tombeau.

— Tu n'as pas regardé dans les placards ? Mes vêtements sont toujours en place dans la chambre d'amis. Je ne pouvais pas dormir dans ton lit sans toi, alors je suis passée dans la pièce à côté. Mais je ne suis pas partie… Je n'avais pas l'intention de te laisser gâcher ta vie, ajouta-t-elle en lui effleurant la joue.

Il lui saisit la main comme il aurait attrapé une bouée de sauvetage.

— Alors comment se fait-il que je te trouve ici ?

— Je voulais voir mes parents. Ce que tu m'as dit au sujet des tiens m'a donné envie de les remercier. D'autre part, je voulais leur annoncer de vive voix que j'avais enfin poursuivi un projet jusqu'à son terme.

— C'est-à-dire ?

— J'ai vendu mon livre à un éditeur.

— Tu vas être publiée ? Je ne savais même pas que tu avais envoyé ton manuscrit !

— Je n'en avais parlé à personne. J'avais peur de te décevoir si mon roman était rejeté de partout.

— Tu ne m'aurais pas déçu, Jackie.

Il l'attira plus près, s'abreuvant de sa présence, se nourrissant de son odeur. Et comprit que, un foyer, ce n'était pas forcément quatre murs et un toit.

— Je suis heureux pour toi. Fier de toi. J'aurais aimé être là le jour où tu as reçu la réponse.

— Cette expérience, j'ai eu besoin de la traverser seule. Mais j'aimerais que tu sois à mon côté lorsque j'attaquerai mon second livre.

Les mains de Nathan se crispèrent sur sa taille. L'émotion assombrit son regard. *Le regard de Jake*, songea-t-elle, de nouveau ivre d'amour.

— L'amour est donc si simple, Jackie ? Tout ce que j'avais à faire, c'était venir ici et te poser la question ?

— Ça n'a jamais été plus compliqué que cela.

— Je ne te mérite pas.

Elle sourit.

— Je sais.

Avec un grand rire, il la prit dans ses bras et l'embrassa à perdre haleine.

— Je suis arrivé ici avec une liste d'arguments, prêt à prendre des engagements et à prononcer quantité de serments. Et tu ne me demandes rien.

— Ce qui ne veut pas dire que je n'ai pas envie de les entendre, tes serments, murmura-t-elle en posant la tête sur son épaule.

— Je veux que nous démarrions sur de bonnes bases, Jackie. Pas de séparations prolongées ni de promesses brisées. J'ai pris une décision que j'aurais déjà dû prendre il y a un an. J'ai proposé à Cody de devenir mon associé.

— Excellente décision, commenta-t-elle, avec quelque chose dans le regard qui lui fit penser à son businessman de père.

— C'est une mesure professionnelle mais aussi un engagement personnel, Jackie. Avec une charge de travail allégée, je me sentirai plus disponible pour ma vie de famille. Une *vraie* vie de famille. Je ne sais pas quel genre de mari je ferai ni quel genre de père, mais…

D'un doigt posé sur ses lèvres, elle lui imposa silence.

— Nous le découvrirons ensemble.

Il prit ses deux mains dans les siennes.

— Il m'arrivera de voyager quand même mais j'espère que tu accepteras de venir avec moi aussi souvent que possible.

— Essaie de m'en empêcher, pour voir.

— Et tu seras là pour me rappeler que l'amour passe avant tout le reste.

Jackie tourna la tête pour presser les lèvres dans son cou.

— Tu peux compter sur moi. Je collerai des Post-it partout.

Il sourit tendrement.

— Je m'y prends à l'envers, une fois de plus. Je voulais commencer par te dire que, depuis que je t'ai trouvée, rien n'est plus pareil pour moi. Te perdre serait pire que d'être amputé d'un bras ou d'une jambe, car sans toi je ne vois rien, je ne sens rien, je ne touche plus les choses de la même manière. J'ai besoin de toi dans ma vie. Nous pouvons apprendre l'un de l'autre, commettre des erreurs ensemble et je t'aime plus que je ne suis en mesure de le dire.

— Je trouve que tu as formulé cela à la perfection.

Jackie renifla puis secoua la tête.

— Je ne veux pas pleurer, ce soir. Je suis affreuse quand je pleure et j'ai envie d'être belle. Donne-moi mon cadeau, tu veux, avant que je me mette à déblatérer à tort et à travers !

— J'adore quand tu déblatères.

Il pressa un baiser sur son front, sur une tempe, sur une fossette au coin de ses lèvres.

— Encore une chose : je me sens une dette immense envers ton cousin Fred.

Jackie émit un son à mi-chemin entre le rire et le sanglot.

— Aux dernières nouvelles, il cherchait à vendre vingt-cinq hectares de marécage et de moustiques.

— Il a trouvé son acheteur.

Il lui prit de nouveau le visage entre les paumes pour la regarder. Pour toucher ce qui était plus réel pour lui que son propre cœur.

— Je t'aime, Jackie.

— Je sais. Mais tu peux le répéter, le ressasser, le chanter, le penser aussi souvent que tu le désires.

— C'est exactement ce que j'ai l'intention de faire. Mais je veux d'abord te remettre ceci, fit-il en lui posant le paquet entre les bras. Je pensais que, si je ne parvenais

213

pas à m'expliquer, ce cadeau t'indiquerait plus clairement que n'importe quelles paroles que tu m'as donné foi en un avenir auquel je n'avais jamais cru jusqu'à toi.

En s'essuyant les yeux d'une main, Jackie examina l'emballage.

— Voyons… Les diamants sont éternels mais j'ai toujours eu un faible pour les pierres de couleur.

Déchirant le papier, elle découvrit l'intérieur du paquet. Pendant quelques secondes, elle demeura sans voix, debout sous la lumière de la lune, les joues encore luisantes de larmes. Dans ses mains, elle tenait un pélican couvert de coquillages.

Lorsqu'elle leva de nouveau les yeux sur lui, ils ruisselaient.

— Personne ne me comprend aussi bien que toi, chuchota-t-elle.

— Ne change jamais, surtout.

Il l'enveloppa dans ses bras en serrant le ridicule oiseau entre eux.

— Et maintenant rentrons chez nous.

LA BRÛLURE DE L'AMOUR

1

Elle valait vraiment le coup d'œil. Et pas seulement parce qu'une femme ne pouvait passer inaperçue dans ce domaine exclusivement masculin. Sa prestance, voilà ce qui, avant tout, accrochait le regard, malgré le jean délavé, la chemise trop ample et le casque disgracieux. Sa prestance et une certaine assurance… Deux qualités qui justement attiraient Brett presque autant que la dentelle ou les bas de soie noire. Dommage… Il n'avait pas de temps à perdre en vaines spéculations. Il arrivait avec une semaine de retard et une montagne de travail l'attendait.

Il fréquentait depuis suffisamment longtemps les chantiers pour percevoir au premier coup d'œil, et au-delà du désordre apparent, les efforts des hommes, la puissance créatrice des concepteurs et les possibilités de l'avenir. Mais aujourd'hui, il n'avait d'yeux que pour la visiteuse.

Elle était grande et mince plutôt que fine. En tant qu'architecte, il ne pouvait qu'apprécier les lignes superbes de sa silhouette. En tant qu'homme, il trouvait délicieuses les courbes harmonieuses que soulignaient ses vêtements, malgré leur ampleur. Une épaisse natte aux reflets cuivrés dépassait du casque de protection.

Il remonta ses lunettes de soleil sur son nez. Il aimait aussi beaucoup sa manière de bouger, avec économie et non sans grâce. Elle n'avait pas le teint pâle des rousses mais la peau dorée des gens qui travaillaient toute l'année sous le chaud soleil de l'Arizona. De loin, il ne voyait pas ses yeux. Sa voix, en revanche, lui parvenait clairement et lui paraissait plus adaptée aux conversations romantiques au clair de lune qu'à ce décor de poussière et de sueur.

Il glissa les pouces dans les poches de son jean, et sourit. Quel dommage qu'il ne soit pas arrivé une semaine plus tôt…

Inconsciente de l'examen attentif dont elle était l'objet, elle s'épongea le front du revers de la manche.

A peine 8 heures, et le soleil tapait déjà sans pitié. Avec cette chaleur, le travail serait encore ralenti. Chaque journée qui passait était une lutte sans merci pour respecter les délais ridiculement courts accordés par l'entrepreneur. Jusqu'à présent, elle n'avait à se plaindre d'aucun retard. Heureusement, car la construction du centre de loisirs était de loin la mission la plus importante de sa carrière et elle avait fermement l'intention de la mener à bien. Tout de même… Par moments, il lui venait des envies d'étrangler Tim Thornway pour avoir accepté des délais aussi courts, et surtout, pour avoir placé sur ses épaules la responsabilité de cette course contre la montre.

Ella se redressa, comme si elle en sentait littéralement le poids. Sa décision était prise : à la fin de ce chantier, elle donnait sa démission. Même si, grâce au vieux Thomas Thornway, elle avait pu gravir rapidement les échelons du poste d'assistante à celui d'ingénieur. De toute façon, elle ne risquait pas d'oublier sa confiance aveugle. Car depuis son décès, à son lot de soucis quotidiens s'ajoutait celui, de taille, de la mauvaise gestion de Tim, son fils et successeur. Mais pourquoi s'en soucier ? Après tout, son contrat de travail ne stipulait pas qu'elle devait se sacrifier au détriment de sa carrière. En rêvant à un grand verre de limonade fraîche, elle continua de superviser la mise en place des poutrelles métalliques.

*
* *

Charlie Gray, l'assistant zélé de Brett, le tira par la manche.

— Voulez-vous que je prévienne Mlle Wilson que vous êtes là ?

— Vous voyez bien qu'elle est occupée.

Une cigarette aux lèvres, il cherchait ses allumettes dans les poches de sa chemise humide de transpiration.

— M. Thornway a hâte que vous fassiez connaissance…

Brett sourit.

— Ça viendra, ne vous tracassez pas.

— Vous n'étiez déjà pas à la réunion d'hier…

— Eh oui, que voulez-vous…

Il n'en perdrait pas le sommeil ! Il avait conçu ce centre de loisirs, et puis des problèmes familiaux l'avaient contraint de déléguer à Nathan, son associé, la supervision des premiers travaux. En regardant Ella, Brett en venait à le regretter…

Charlie sur les talons, il se dirigea vers la caravane garée à quelques mètres de là. A l'intérieur, il faisait un peu moins chaud que dehors. Il ouvrit la glacière et en sortit une cannette de bière fraîche.

— Je voudrais revoir les plans du bâtiment principal.

En bon petit soldat, Charlie les lui posa sur une table et s'éclaircit la voix.

— A la réunion d'hier, commença-t-il, Mlle Wilson a signalé les transformations qu'elle jugeait souhaitables. De son point de vue…

Brett se laissa tomber sur la banquette inconfortable et chercha un cendrier des yeux, avant de dérouler les plans. Décidément, l'ensemble s'annonçait superbe avec la verrière en forme de dôme au sommet et les étages de bureaux disposés en cercle autour d'un vaste espace central. On avait toute la place qu'on voulait, ici, dans le désert. Les murs de verre teinté permettraient d'ailleurs de contempler à loisir les dunes. Au rez-de-chaussée, dans le hall en demi-cercle, un bar à deux étages et un salon de thé… Des ascenseurs tout de verre et des escaliers en spirale donneraient accès aux trois restaurants et aux salons particuliers du dernier étage.

Brett avala une gorgée de bière. Il voyait dans son projet

le mariage tout à fait heureux de l'ancien et du moderne, avec une pointe d'humour et une touche de fantaisie toutes personnelles. En entendant s'ouvrir la porte de la caravane, il leva les yeux.

Elle était encore plus belle de près que de loin. Et à cet instant, elle paraissait très en colère.

— Qu'est-ce que vous faites ici ? demanda-t-elle en lui arrachant la cannette des mains. Vous croyez que Thornway vous paie pour vous tourner les pouces ? Et boire de l'alcool par-dessus le marché ? Vous ne savez donc pas que c'est interdit ?

Elle reposa la cannette sur un comptoir avant de céder à la tentation et de se rafraîchir elle-même.

— Mademoiselle Wilson…

Apercevant Charlie, Ella lui adressa un sourire.

— Oh, monsieur Gray… Un instant, je vous prie.

Se retournant vers Brett, elle fronça les sourcils.

— Ecoutez, mon vieux, si vous voulez recevoir votre salaire à la fin de la semaine, allez tout de suite trouver votre contremaître. Il va vous donner du travail.

Comme il lui souriait avec insolence, elle serra les poings. Elle n'avait aucune sympathie pour ces hommes qui croyaient s'en tirer avec un sourire. Curieusement, elle se demanda de quelle couleur étaient ses yeux, derrière les lunettes noires.

— Mademoiselle Wilson…, répéta Charlie, affolé.

— Qu'y a-t-il ? dit-elle avec impatience, trop fatiguée pour contenir sa mauvaise humeur. Avez-vous au moins réussi à tirer votre précieux architecte de sa piscine ? Quand nous honorera-t-il de sa présence ?

— Justement, je…

— Vous permettez ?

Lui coupant de nouveau la parole, elle se tourna vers Brett.

— Vous n'êtes pas encore parti ? Vous parlez pourtant l'anglais, non ? Alors remuez-vous un peu !

Ce qu'il fit, mais pas de la manière escomptée. Plutôt comme un chat qui s'étire longuement avant de sauter sur un fauteuil. Elle remarquait qu'il avait des jambes d'une longueur interminable, quand, sous ses yeux ébahis, il récupéra la bière.

— Vous êtes plutôt grande, mademoiselle...

Une fois encore, elle serra les poings. De quel droit lui parlait-il ainsi ? Rapide comme l'éclair, elle lui arracha la cannette et renversa sur ses chaussures ce qui restait de bière. Heureusement que Brett avait presque tout bu... Horrifié, Charlie avança d'un pas.

— Monsieur...

— Fichez-moi la paix, coupa Brett, et allez faire un tour.

— Mais...

— Dehors ! Compris ?

Charlie ne se le fit pas dire deux fois. Le doute s'insinua en Ella. L'assistant avait appelé le cow-boy... monsieur ? Plissant les yeux, elle redressa les épaules.

— Nous n'avons pas été présentés, fit observer Brett en enlevant ses lunettes de soleil.

Il avait les yeux bruns — d'un brun pailleté, pas le moins du monde assombri par la colère ou la gêne. Non, il la considérait plutôt avec curiosité.

— Brett Johnson, architecte, déclara-t-il en lui tendant la main.

Elle aurait pu bredouiller des excuses. Ou rire du malentendu et lui offrir une autre bière. Elle ne fit rien de tout cela.

— C'est gentil d'être passé, déclara-t-elle.

« Et coriace avec ça », songea Brett.

Il en avait maté de plus redoutables.

— Si j'avais su qu'on me réserverait un accueil aussi chaleureux, je serais arrivé plus tôt.

— Désolée, le comité d'accueil est reparti avec l'orchestre et les majorettes.

Comme il lui barrait le chemin de la porte, elle releva le menton et le regarda dans les yeux.

— Des questions ?

— Quelques-unes, oui. Par exemple... qui est mon rival ? Ou encore : depuis quand les casques de chantier sont-ils devenus sexy ? Ça vous arrive souvent d'arroser les chaussures de vos hommes ?

— Ça dépend...

Sans rien ajouter, elle essaya de passer. Elle se retrouva coincée contre la glacière. Il avait suffi à l'architecte de tourner légèrement les épaules.

— On est un peu à l'étroit, ici, mademoiselle Wilson, vous ne trouvez pas ?

Ella avait beau être ingénieur, elle n'en était pas moins femme. Et si elle n'y mettait pas immédiatement bon ordre, cet individu allait finir par la troubler...

— Vous portez un dentier ? demanda-t-elle calmement pour désamorcer ce sourire exaspérant.

Il haussa un sourcil.

— Jusqu'à nouvel ordre, non.

— Alors, à votre place, je me pousserais.

Il aurait aimé l'embrasser, autant pour saluer son courage que par désir. Mais s'il était souvent impulsif, il était aussi excellent tacticien.

— Oui, madame.

Satisfaite d'avoir marqué un point — du moins le crut-elle —, elle jeta un coup d'œil sur les plans et s'assit.

— Je suppose que Gray vous a résumé notre réunion d'hier ?

— Oui. Vous désirez apporter quelques changements, je crois ?

— Depuis le début, l'idée de base me pose problème, je ne m'en suis pas cachée, monsieur Johnson.

— Vos lettres me sont bien parvenues, en effet. Vous auriez préféré une architecture plus... classique, n'est-ce pas ? comme celle qu'on rencontre un peu partout dans le désert ?

— Je ne me souviens pas d'avoir utilisé le mot... classique. Mais il faut croire que vos confrères ont de bonnes raisons d'avoir tous adopté les mêmes principes de base, pour cette région.

— J'en ai d'excellentes à vouloir innover un peu. C'est ce concept révolutionnaire qui a plu à votre client. Un centre de

loisirs réellement luxueux, destiné à une clientèle fortunée…
M. Barlow veut que ce centre tranche totalement avec ceux qu'on voit surgir de terre comme des champignons tout autour de Phoenix. C'est ça que je lui offre.

— Avec quelques modifications…

— Il n'y en aura aucune, mademoiselle Wilson.

Elle eut un mouvement agacé.

— Ecoutez, nous avons été choisis pour travailler ensemble sur ce projet… Je sais que ça ressemble à une mauvaise plaisanterie du hasard…

— Ou du destin, rectifia-t-il.

— Je vais être franche avec vous, monsieur Johnson. Du point de vue engineering, votre conception ne tient pas debout.

Il tira une bouffée de sa cigarette et souffla lentement la fumée. Elle avait des yeux d'une couleur étrange, comme s'ils n'arrivaient pas à se décider entre le vert ou le gris…

— C'est votre problème, dit-il tranquillement. Si vous ne vous sentez pas d'attaque, Thornway peut encore faire appel à quelqu'un d'autre.

Avec quel plaisir elle lui aurait fait avaler ses plans !

— Vous ne vous débarrasserez pas aussi facilement de moi, monsieur Johnson. Et rassurez-vous, je me sens tout à fait d'attaque.

— Alors, tout va pour le mieux, n'est-ce pas ? ironisa-t-il en croisant ses pieds bottés. Maintenant, si vous me mettiez au courant de l'avancement des travaux ?

Ce n'était pas à elle de le faire. Elle faillit le lui rappeler, mais elle était liée par un contrat qui ne laissait aucune place à l'erreur. Elle paierait sa dette à Thornway même si, pour cela, elle devait courber l'échine devant cet individu prétentieux.

— Vous avez sans doute constaté que les travaux d'excavation sont terminés en temps et heure. Nous avons réussi à les réduire à leur strict minimum pour préserver le paysage.

— C'est ce qui était convenu.

Ella jeta un coup d'œil sur les plans, puis releva la tête.

— C'est vrai, admit-elle à contrecœur. En tout cas, l'ossature des grands bâtiments sera achevée à la fin de la semaine. S'il n'y a pas le moindre changement…

— Il n'y en aura pas.

— S'il n'y a pas le moindre changement, s'entêta-t-elle, nous serons dans les temps, pour ce qui est du premier contrat. La construction des villas individuelles ne commencera que lorsque celle du bâtiment principal et du centre de remise en forme sera bien avancée. Pour les terrains de golf et de tennis, ce n'est pas mon rayon. Vous verrez avec Kendall. De même pour le paysage.

— Parfait. Savez-vous si les carrelages ont été commandés ?

— Je suis ingénieur. Pour le matériel et les fournitures, adressez-vous à Marie Lopez.

— D'accord. Une dernière question…

Ella ouvrit la glacière bourrée de jus de fruits, d'eau gazeuse et de bières. Prenant son temps pour choisir, elle se décida enfin pour une bouteille de jus de pamplemousse, sans rien proposer à Brett.

— Oui ? dit-elle enfin.

— C'est parce que je suis un homme, un architecte ou tout simplement parce que je viens de Floride… ?

— Pouvez-vous préciser le sens de la question ?

— Est-ce parce que je suis un homme, un architecte ou que je viens de Floride, que vous ne pouvez pas me supporter ?

Plus que la question, c'était son sourire narquois qui faillit, une fois de plus, avoir raison de la patience d'Ella. Mais elle s'adossa au comptoir et le regarda sans ciller.

— Que vous soyez un homme est sans importance, à mes yeux. Les architectes sont souvent arrogants et capricieux. Ils jettent sur papier leur délire mégalomane et s'attendent que les ingénieurs et les ouvriers en fassent un chef-d'œuvre pour la postérité. Mais ça n'est pas tellement gênant, surtout quand ils s'intéressent à l'environnement et en tiennent compte. Que vous veniez de Floride, en revanche, me pose un problème. Vous ne comprenez rien au désert, aux montagnes, à la terre.

Parce qu'elle commençait à l'intéresser vivement, il ne tenta pas de se justifier. Il avait pourtant fait trois fois le voyage jusqu'au site pendant l'élaboration du projet. Les premiers croquis avaient même été dessinés sur place. Certes, il avait eu une vision, le terme n'était pas trop fort. Mais en tant qu'architecte, il pouvait se féliciter : elle tenait debout.

— Si vous êtes une farouche protectrice de la nature, mademoiselle, il faut changer de métier. Car chaque fois que vous enfoncez une pelle dans la terre, c'est une agression.

— Non. Chaque fois qu'on enfonce une pelle dans la terre, il faut le faire en pensant à ce qu'on va lui donner en retour.

— Ingénieur et philosophe ! dit-il en riant. Attendez ! Avant de m'injurier davantage, sachez que je suis d'accord avec vous, mais jusqu'à un certain point seulement. Personne ici ne parle de néon ou de plastique ! Que vous soyez ou non d'accord avec mes conceptions, c'est votre affaire. On dîne ensemble ?

— Pardon ?

— On dîne ensemble ? répéta-t-il en rangeant les plans dans le cylindre de carton.

C'était l'invitation la plus directe qu'elle ait jamais reçue.

— Non, merci.

— Vous êtes mariée ?

— Non.

— Fiancée ?

La patience n'était pas la qualité dominante d'Ella.

— Et vous, flic ?

— Vous avez la gâchette sensible… Ça me plaît.

— Et vous un sacré culot, Johnson. Et ça ne me plaît pas.

S'approchant de la porte de la caravane, elle posa la main sur la poignée.

— Si vous avez d'autres questions à propos de la construction, vous savez où me trouver.

Brett n'eut qu'à tendre le bras pour lui poser la main sur l'épaule. Il sentit qu'elle se raidissait, prête à bondir toutes griffes dehors.

— Ce sera pour une autre fois. N'oubliez pas que vous me devez une bière.

Haussant les épaules, Ella affronta la chaleur torride du dehors. Elle baissa le casque sur son front en approchant de la structure métallique du bâtiment. Aux yeux de certaines femmes, les cheveux châtains de Brett, éclaircis par le soleil, n'auraient pas manqué de charme. Tout comme ce visage tanné et ces larges épaules. Ella Wilson n'avait pas le temps de s'attarder sur ces détails. Avec un demi-sourire, elle regarda la poutrelle se balancer dans le vide, attachée au filin de la grue. Voir un bâtiment surgir de terre la fascinait. Et elle était toujours profondément attristée par le spectacle de la nature inutilement blessée par ce qu'on appelait communément le progrès. Ces sentiments apparemment contradictoires étaient sans doute à l'origine du choix de sa carrière. Au moins pouvait-elle s'assurer, à son niveau, que la nature était respectée.

Mais ce projet, avec son dôme, ses courbes, ses spirales… Un fantasme, un rêve tout au plus. Rien de sérieux. Elle avait passé de longues soirées penchée sur les plans, armée de sa calculatrice, à essayer de concevoir un système de fondations approprié. Les architectes ne s'embarrassaient pas de ces détails. Eux ne songeaient qu'à l'esthétique ! Pourtant, envers et contre tout, elle construirait ce bâtiment. Et elle le construirait bien. Sa poitrine se gonflait de fierté chaque fois qu'elle vérifiait angles et degrés. Inadéquate ou non, la structure serait solide comme le roc.

Un picotement dans la nuque l'avertit de la présence de l'architecte. Inconsciemment, elle redressa les épaules.

— Un problème ? demanda-t-elle avec dédain.

— Je ne le saurai que lorsque j'aurai jeté un coup d'œil. Vous permettez ?

— Faites comme chez vous…

Les mains sur les hanches, il la toisa de la tête aux pieds en secouant légèrement la tête.

— Personne ne vous a encore jamais remise à votre place ?

— Non.

— Tant mieux. Je serai le premier.

— Vous pouvez toujours essayer, mais il serait tout de même plus productif de concentrer vos efforts sur le projet.

Il sourit, créant un désordre sympathique parmi les angles et les courbes de son visage.

— Je suis capable de me concentrer sur plus d'une chose à la fois. Pas vous ?

Au lieu de répondre, elle sortit un bandana de sa poche et s'épongea le cou.

— Votre associé avait l'air d'être raisonnable, lui.

— Il l'est.

Il lui prit le bandana des mains et lui en tamponna le front et les tempes.

— Il vous considère d'ailleurs comme une perfectionniste.

— Et vous ? demanda-t-elle en réprimant son envie de lui arracher le foulard des mains.

— Je vous laisse juge.

Un coup d'œil vers le bâtiment encore traversé par les vents, et il poursuivit :

— Nous sommes appelés à nous revoir quotidiennement pendant un certain temps…

— Ça ne me pose pas de problème particulier. Et à vous ?

Cette fois, elle récupéra son foulard et le fourra dans sa poche.

— Ella…

Il disait son nom comme s'il goûtait une liqueur… Furieuse contre elle-même, elle sursauta quand il lui effleura la joue du plat du pouce. Brett ne cacha pas sa satisfaction.

— A plus tard, dit-il avec un sourire.

Prétentieux !, songea-t-elle en essayant d'ignorer le frisson qui la parcourait soudain.

2

Ella avait horreur de ces inévitables convocations qui l'éloignaient du chantier. Elle était responsable des hommes travaillant sur le dôme et le centre de remise en forme, et Dieu sait que les querelles, encore attisées par la canicule, ne manquaient pas d'éclater entre eux. Elle n'avait vraiment pas besoin de s'entendre répéter que les délais devaient à tout prix être respectés. Cette pensée l'obsédait jour et nuit. Elle avait l'impression que ce chantier, et tout ce qui s'y passait, lui appartenait à elle, bien plus qu'à Tim Thornway. Elle en avait fait une affaire personnelle — sa façon de remercier Thomas Thornway, et son cadeau d'adieu.

Bien sûr, les exigences de l'architecte n'allaient pas lui faciliter la tâche. Mais malgré lui, malgré ses éviers de marbre et ses carreaux de céramique introuvables, elle réussirait ce tour de force en temps voulu. A condition qu'on n'exige pas sans cesse sa présence à des réunions où elle était la seule à arriver à l'heure. Avec impatience, elle fit trois fois le tour de la pièce. Si elle n'avait pas eu quelque chose de bien précis à dire à Tim, elle serait repartie depuis longtemps.

Autrefois, ce bureau avait été celui de Thomas. Elle en avait aimé les couleurs discrètes et la simplicité. Depuis que Tim s'y était installé, il y avait apporté quelques changements qu'elle jugeait regrettables. Oh, elle ne détestait pas les plantes vertes ni les coussins de couleurs vives… Elle les trouvait tout simplement déplacés dans le bureau d'un entrepreneur. Il y avait aussi les tableaux. Thomas avait un goût prononcé pour les peintures indiennes et les paysages, tandis que Tim affectionnait l'art abstrait. Quant à la nouvelle moquette saumon de plusieurs centimètres d'épaisseur…

Mais quelle importance, après tout ? Tim était différent, c'était son droit le plus strict, et son privilège. Ce n'était pas parce qu'elle avait aimé et admiré le père, que le fils devait absolument être un bon à rien… Malgré tout, le courage et l'humanité de Thomas faisaient cruellement défaut à Tim qui de plus — chose impardonnable aux yeux d'Ella — s'intéressait uniquement aux bénéfices. Si Thomas Thornway était encore en vie, elle n'aurait sûrement pas songé à donner sa démission. Tandis qu'aujourd'hui, elle partait sans le moindre regret. Bientôt, elle volerait de ses propres ailes, et l'idée la terrifiait tout autant qu'elle l'attirait. L'inconnu avait toujours exercé cette fascination sur elle.

Comme Brett Johnson, par exemple.

Elle s'approcha de la fenêtre. C'était ridicule… Cet homme n'était ni terrifiant ni attirant. Elle en avait déjà vu à l'œuvre, de ces charmeurs qui se croyaient irrésistibles. De très près même… Et on ne l'y reprendrait pas.

Surprise, elle rougit pourtant imperceptiblement quand il entra en compagnie de Tim.

— Désolé de vous avoir fait attendre, s'excusa ce dernier. Le déjeuner a duré un peu plus longtemps que prévu.

Ella se contenta de froncer les sourcils, l'air réprobateur. Elle-même avait sacrifié son repas pour être à l'heure…

— Pourquoi voulez-vous me voir ?

Tim s'installa derrière son bureau et leur fit signe à tous les deux de s'asseoir.

— Il faut bien que je me tienne au courant, de temps en temps.

— Vous avez vu les rapports.

Il sourit, de ce sourire engageant qui avait le don d'horripiler Ella.

— Oui, mais je dîne avec Barlow, ce soir. Je voudrais bien pouvoir lui parler d'autre chose que de chiffres.

— Faites-lui part de mes objections concernant la disposition interne du dôme.

— Je croyais que ce problème était définitivement réglé ?

Ella haussa les épaules.

— Vous me posez une question, j'y réponds. Dites-lui aussi que d'ici la fin de la semaine, les électriciens devraient avoir terminé l'installation du dôme. Ce qui est un tour de force, si l'on considère la grandeur du bâtiment et sa complexité. Ça va lui coûter une fortune en climatisation.

— Il a les moyens, fit remarquer Brett.

— S'il veut venir jeter un coup d'œil, il sera le bienvenu.

— Je ne pense pas que…

— Je suis d'accord avec Mlle Wilson, intervint de nouveau Brett. Plus tôt il nous donnera son avis, mieux ce sera pour tout le monde.

— Le projet a été approuvé dans son ensemble. Nous avons le feu vert, non ?

— Sur les plans, on ne se rend pas toujours bien compte, insista Brett. Et il arrive souvent qu'on ait de grosses surprises à l'arrivée.

— D'accord, je lui en parlerai, acquiesça Tim. Ella, dans votre rapport, vous proposez de rallonger la pause déjeuner des ouvriers…

— Oui. Le chantier est maintenant ouvert depuis quelques semaines… Je peux vous assurer qu'à moins d'un adoucissement de la température, les hommes vont avoir besoin d'une heure complète de repos au milieu de la journée.

Tim croisa les mains sur son bureau.

— Trente minutes supplémentaires ? Ça représente beaucoup d'argent et de temps…

— J'en conviens, mais c'est indispensable. Les tablettes de sel ne suffisent pas. Et nous ne sommes qu'en mars…

— Ella, pardonnez ma brutalité mais ces hommes sont payés pour transpirer !

— Comment voulez-vous qu'ils travaillent correctement s'ils sont abrutis de fatigue ?

— Vous dramatisez. Je n'ai rien lu de tel dans les rapports des contremaîtres.

— Pas encore, mais ça viendra.

Elle serra les poings pour ne pas s'emporter, et repartit à l'attaque.

— Tim... ils vont très vite avoir besoin de cette demi-heure supplémentaire. Travailler en plein soleil est épuisant. En se déshydratant, on s'affaiblit, on perd ses réflexes, les risques d'erreur sont accrus, le danger aussi.

— Je verse un salaire important aux contremaîtres pour qu'ils veillent au grain.

Ella allait laisser exploser sa rage quand Brett intervint.

— De toute façon, les ouvriers ont tendance à rallonger d'eux-mêmes les pauses, par nécessité. Officialiser la chose ne changera probablement pas grand-chose et vos hommes seront contents.

— Bon, j'y réfléchirai.

Avec un sourire, Brett se leva.

— Je vais profiter de la voiture de Mlle Wilson pour me rendre au chantier. Merci pour le déjeuner, Tim.

Dans l'ascenseur, Ella ne résista pas à l'envie de dire à Brett sa façon de penser.

— Je n'ai pas besoin d'un chevalier servant pour me défendre.

— Il vous en faut un, en revanche, pour apprendre à manipuler une cervelle de moineau.

Voyant l'amusement qui faisait briller les yeux de Brett, elle eut un sourire réticent.

— Vous voulez parler de Tim, je suppose ?

— Je vous laisse deviner...

L'ascenseur s'était arrêté à l'étage du parking. Perplexe, Ella se tourna vers l'architecte : son regard pétillait d'humour et d'intelligence. Avec un haussement d'épaules, elle quitta la cabine et, sa natte se balançant dans son dos, elle marcha jusqu'à une Land Rover blanche à la peinture passablement écaillée.

— Je peux vous déposer à votre hôtel, si vous préférez, dit-elle en s'installant au volant.

— Merci, non. Figurez-vous que je m'intéresse de très près à ce chantier. Il va falloir vous y faire.

Elle tourna la clé de contact et la radio et la climatisation démarrèrent en même temps que le moteur. Sur un petit bloc de feuillets aimanté au tableau de bord, elle avait griffonné des notes. Brett déchiffra l'écriture féminine : Ella devait penser à acheter du lait et du pain, à vérifier la date de livraison de cinquante tonnes de béton, et à appeler sa mère. Alors qu'elle manœuvrait pour sortir du parking, il observa ses mains — elle avait de longs doigts aux ongles courts et carrés. L'absence de vernis et de bijoux le surprit à peine. Et pourtant, il imaginait ces mains aussi bien en train de servir le thé que de changer une bougie dans le moteur.

— Alors, comment… manipuleriez-vous Tim, puisque, de toute évidence, c'est à lui que vous attribuez cette cervelle de moineau ?

Brett, en train d'imaginer la caresse de ces mains sur sa peau, mit quelques secondes avant de redescendre sur terre.

— Tim ? J'ai l'impression que vous n'êtes pas toujours d'accord avec lui.

— Remarquablement bien observé, mon cher Watson.

— Ce ton sarcastique vous va mal. Personnellement, je m'en moque, mais avec Tim, il vaut mieux être plus diplomate si vous voulez obtenir gain de cause.

Et sans lui demander sa permission, il sortit une cigarette. Il avait raison, bien sûr. D'un geste brusque qui trahissait son irritation, elle enfonça l'allume-cigares.

— Il comprend rarement mon humour à froid.

— Neuf fois sur dix, il passe peut-être à côté. Mais méfiez-vous, la dixième pourrait vous attirer de graves ennuis. Vous allez me dire que ça vous est égal. Inutile, je le sais.

Elle sourit malgré elle. Il éteignit la radio sans qu'elle proteste.

— Vous connaissez ces chevaux de parade auxquels on met des œillères pour qu'ils ne soient pas effrayés par la foule ? dit-elle. Thornway leur ressemble.

— Oui. Il est obsédé par les bénéfices. Et si vous voulez obtenir des conditions de travail plus décentes pour les hommes et des matériaux de meilleure qualité, il va falloir vous exercer à plus de subtilité et de diplomatie.

— C'est au-dessus de mes forces.

— Mais non, voyons. Vous êtes beaucoup plus intelligente que lui, c'est tout de même un atout considérable.

— Il me met hors de moi. Et quand je suis en colère, je dis tout ce qui me passe par la tête.

Ça, Brett le savait déjà.

— Il y a une solution simple… Utilisez sa faiblesse : l'appât du gain. Par exemple, vous voulez qu'il accorde une pause d'une heure aux ouvriers ? Ne lui dites pas qu'ils en ont besoin, dites-lui que ça améliorera leur rendement.

— En tout cas, je vous remercie de m'avoir soutenue.

— On dîne ensemble ?

— Non.

— Pourquoi ?

— Parce que vous êtes un charmeur. Et que je n'ai aucune confiance dans les char…

La Land Rover fit une embardée. Ella réussit à redresser et à s'arrêter sur le bas-côté.

— Un pneu crevé, dit-elle, exaspérée. Moi qui suis déjà en retard !

Elle claqua la portière. Un des pneus arrière était presque à plat. Quand Brett la rejoignit, elle était déjà en train de sortir la roue de secours.

— Elle n'a pas l'air en meilleur état, dit-il.

— Les pneus ont tous besoin d'être changés. Celui-ci devrait tenir le coup en attendant.

La voyant s'emparer du cric, Brett faillit lui proposer de changer la roue à sa place. Mais il voulait la regarder travailler. Les pouces glissés dans sa ceinture, il recula de quelques pas.

— Vous avez sûrement les moyens de vous offrir une voiture en meilleur état, fit-il remarquer après un moment.

— Celle-ci est très bien. Pourquoi en changerais-je ?

— En tout cas, vous êtes complètement inconsciente de rouler avec des pneus lisses.

Il fit le tour du véhicule.

— Les autres ne sont pas mieux.

— Je viens de vous le dire ! Je n'ai pas eu le temps de m'en occuper.

— Quand quelqu'un est aussi imprudent sur le plan personnel, ça ne laisse rien augurer de bon sur le plan professionnel.

Ella finit de serrer les boulons en silence. Il avait raison, mais pour rien au monde elle ne l'aurait reconnu devant lui. Le pneu remis en place, elle se releva. Brett s'était rapproché. Elle devint nerveuse. Elle n'aimait pas cette proximité, parce qu'elle n'y était pas insensible, tout simplement. Il lui prit la manivelle des mains et appuya la jeune femme contre le pare-chocs.

— Il ne faut pas trop tarder, dit-elle pour masquer sa gêne. Je reçois un inspecteur cet après-midi.

— Pas avant 2 h 30.

Il lui prit la main et la retourna pour regarder l'heure à son poignet.

— Ça vous laisse un peu de temps devant vous.

— Thornway ne me paie pas pour ne rien faire.

— Et consciencieuse avec ça…

Le cœur d'Ella battait comme si elle venait de courir un cent mètres. Une sensation qui était loin de lui plaire.

— Si vous avez quelque chose à dire, dépêchez-vous. J'ai du travail.

— Je ne vois rien de particulier à vous signaler, pour le moment. Et vous ?

— Moi non plus.

Elle voulut passer devant lui pour reprendre le volant, mais il lui saisit l'autre poignet et l'attira fermement contre lui. Au prix d'un effort quasi surhumain, Ella retint un petit cri d'effroi.

— Que me voulez-vous exactement ? demanda-t-elle.

— Je ne sais pas encore. Je peux vous embrasser ?

Elle sentit le souffle de Brett Johnson sur ses lèvres, et fronça les sourcils. Aussitôt, il recula d'un pas.

— La prochaine fois, je ne vous demanderai pas la permission.

Ella l'entendit à peine. Elle tentait de calmer les battements désordonnés de son cœur. Pourvu qu'elle ne se trahisse pas... Quand elle se sentit assez sûre de ses gestes, elle ramassa le cric pour le ranger à l'arrière.

— Trouvez-vous quelqu'un d'autre pour agrémenter votre séjour dans l'Ouest, marmonna-t-elle.

Sans répondre, il fit rouler le pneu crevé jusqu'au coffre et l'y hissa.

Bien entendu, l'inspecteur délégué par le ministère était arrivé en avance. Il attendait Ella depuis une vingtaine de minutes. En une heure, il vérifia les points clés de l'installation électrique et l'isolation des câbles. Puis il repartit satisfait.

Tout au long de la visite, Ella ne pensa qu'aux lèvres de Brett à un centimètre à peine des siennes.

Depuis quand les ingénieurs étaient-ils romantiques ? se demandait-elle, perchée sur une plate-forme à vingt mètres au-dessus du sol. Avec un soupir, elle déroula un plan. La climatisation : voilà un casse-tête qui devrait lui occuper sainement l'esprit pendant plusieurs jours. Sans parler des ascenseurs de verre. Bientôt, ils seraient installés et en état de marche.

Impossible de se concentrer tant que le visage de ce maudit Brett reviendrait sans cesse danser devant ses yeux ! Pourquoi se sentait-elle si vulnérable ? Baissant la tête, elle comprit.

A l'étage inférieur, Brett Johnson s'entretenait avec Charlie Gray, lui montrant l'endroit où bâtiment et montagne se rejoindraient pour fermer la structure. De longs panneaux de verre courbés vers le sommet s'élèveraient vers le ciel pour former le plafond. Ella n'avait pas caché son opinion : cette fantaisie manquait totalement de réalisme mais, comme on le lui avait déjà plusieurs fois rappelé, on ne lui demandait pas d'approuver mais de construire.

Empruntant l'escalier métallique provisoire, elle redescendit au rez-de-chaussée. Elle devait encore faire un tour d'inspection au centre de remise en forme, ainsi que sur les fondations des villas individuelles.

Tim aurait dû être à ses côtés, mais il s'était entièrement déchargé sur elle de ses responsabilités. C'était d'ailleurs beaucoup mieux ainsi. Ses manières de dandy et ses costumes hors de prix exaspéraient les hommes. Alors qu'elle jetait un coup d'œil sur sa montre, elle entendit un cri, au-dessus de sa tête. Elle eut juste le temps de voir un gros rivet métallique tomber vers elle, avant d'être brutalement tirée vers l'arrière. La pièce atterrit à quelques centimètres de ses chaussures. Avec ou sans casque, elle aurait été grièvement blessée sans cette aide providentielle. Encore sous le coup de la frayeur, elle se retourna. Brett !

— Ça va ? demanda-t-il.

Elle essaya faiblement de se dégager.

— Oui…

— Quel est l'imbécile qui a lâché ça ? cria-t-il sans desserrer son étreinte.

Deux hommes dévalaient en courant les marches, l'air catastrophé. A peine arrivés, ils commencèrent à bredouiller des excuses.

— Mademoiselle Wilson, vous n'avez rien ? Je me suis pris les pieds dans un filin au moment de fixer ce rivet, et il m'a échappé des mains…

— Je n'ai pas été touchée, dit-elle, cherchant toujours à se dégager des bras de l'architecte.

— Remontez là-haut et assurez-vous que tous les étages et toutes les plates-formes sont dégagés, explosa Brett. Encore une imprudence de ce genre et j'en connais qui vont se retrouver au chômage ! Allez, déguerpissez !

Les ouvriers s'éclipsèrent sans demander leur reste.

— Ecoutez, je n'ai rien ! dit Ella. Inutile de semer la terreur !

— Vous, taisez-vous ! Vous n'avez peut-être rien, mais vous êtes pâle comme un linge.

D'une main rude, il l'obligea à s'asseoir. Il aurait aimé

être plus doux, mais une rage irrépressible l'habitait. A cause d'une négligence impardonnable, elle avait frôlé l'accident fatal.

— N'en faites pas tout un plat, protesta-t-elle en se relevant aussitôt. J'allais me pousser quand vous êtes intervenu.

— Très bien ! La prochaine fois, je vous laisserai vous débrouiller toute seule !

— C'est ça ! Je n'ai pas besoin d'un ange gardien.

Les hommes s'étaient remis au travail, mais tous observaient discrètement l'ingénieur et l'architecte en train de se chamailler. Brett s'en rendit compte et sa colère retomba aussitôt.

— A votre place, je demanderais aux contremaîtres d'inculquer quelques règles élémentaires de prudence à ces hommes.

— Merci du conseil. Maintenant, laissez-moi tranquille, j'ai du travail.

3

« Elle aurait tort de s'inquiéter, j'ai d'autres chats à fouetter ! », se disait Brett en se savonnant énergiquement sous la douche.

Maintenant que la femme de son associé attendait son premier enfant, il se retrouvait chargé non seulement du centre de loisirs, mais aussi de la gestion du cabinet... Ce qui faisait pas mal d'heures et de tracasseries supplémentaires. Les responsabilités ne lui faisaient pas peur. Au contraire. Il n'avait pas oublié la misère dans laquelle il était né, à la frontière de la Georgie et de la Floride. Il avait fait un sacré bout de chemin depuis cette époque... Aujourd'hui, il travaillait la moitié du temps en plein air, pas par nécessité mais parce qu'il aimait ça.

Il ferma les robinets de la douche et passa les deux mains dans ses cheveux mouillés. Des mains calleuses, durcies dès l'enfance par les travaux de terrassement. Aujourd'hui, elles maniaient la règle à calcul, le crayon et la gomme sur une table à dessin. Jamais Brett ne renierait les épreuves qu'il avait dû traverser pour sortir de sa condition.

Il noua une serviette autour de sa taille, et retourna dans la chambre. Cette suite était presque aussi spacieuse que la maison dans laquelle il avait grandi. Adolescent, il s'était payé des études d'architecte avec un salaire de manœuvre gagné à la sueur de son front sur les chantiers, autour de Miami. Ces années difficiles lui avaient laissé un respect immuable envers les hommes qui suaient sang et eau pour une bouchée de pain.

Dans ce sens, il comprenait l'agressivité d'Ella. Combien d'architectes et d'ingénieurs se souciaient des ouvriers chargés de concrétiser leurs rêves ? Tandis qu'Ella Wilson, elle, était prête à tous les sacrifices pour améliorer leurs conditions de travail. Il sourit en se souvenant de la bière qu'elle avait versée sur ses chaussures. Tant d'audace et d'impétuosité... Deux qualités qui lui plaisaient chez une femme. Il préférait tellement la franchise aux jeux compliqués de la séduction...

Un coup d'œil sur sa montre et il calcula l'heure de Miami. Il était beaucoup trop tard pour appeler là-bas. Il se lèverait donc à 5 heures le lendemain.

Il allait décrocher l'Interphone pour demander qu'on lui monte son dîner quand on frappa à la porte.

Une visite pour le moins inattendue, songea-t-il en reconnaissant Ella. Debout sur le seuil, un sac d'épicerie calé sur la hanche, elle attendait qu'il l'invite à entrer. Elle avait libéré ses cheveux qui tombaient en cascade bouclée sur ses épaules. Et elle portait son éternel jean, mais avec un chemisier rouge vif et des tennis. Plus étonnant encore : elle souriait.

— Bonsoir, dit-elle sans rien laisser paraître de sa nervosité.

— Bonsoir. Vous passiez par là ?

— Pas tout à fait. Je peux entrer ?

— Bien sûr.

Les couleurs du salon étaient celles du désert — mauve, ambre et crème. Ella se tourna vers Brett.

— Je suis venue vous présenter mes excuses.

Il haussa un sourcil.

— A quel sujet ?

En venant ici, elle s'était promis de garder son calme quelle que soit la réaction de Brett Johnson. Heureusement, car il avait manifestement l'intention de se moquer d'elle.

— Pour mon ingratitude et ma mauvaise humeur de cet après-midi.

Il enfonça les mains dans les poches de son peignoir.

— De cet après-midi seulement ?

Ella faillit s'énerver. Mais elle boirait le calice jusqu'à la lie, même si elle en étouffait de rage.

— Oui. Je reconnais que j'ai eu tort de m'emporter.

Sans y être invitée, elle s'approcha du comptoir qui séparait le salon d'une kitchenette, et posa son paquet.

— Je vous ai apporté de la bière.

— Pas pour me la verser sur les chaussures, j'espère ?

— Je ne sais pas, à vous de voir.

O miracle, elle réussit à sourire. Brusquement, ses yeux pétillants animèrent son visage comme par magie. Brett faillit en oublier de respirer.

— Je ne savais pas si vous aviez dîné, alors j'ai aussi apporté un sandwich et des frites.

Affreusement mal à l'aise, elle sortit du sac un long paquet enveloppé de papier aluminium. Brett eut un hochement de tête approbateur. Puis ce fut le tour d'une barquette de frites.

— Je voulais également vous remercier d'avoir réagi aussi vite. Tout à l'heure, j'ai dit que j'aurais eu le temps de m'écarter… Maintenant, je n'en suis plus si sûre. Je m'en veux beaucoup d'avoir été aussi désagréable.

Tout en parlant, elle pliait et dépliait nerveusement le sac désormais vide. Ce geste montrait mieux que des mots ce que lui coûtaient ses excuses.

— Vous auriez pu m'écrire un petit mot, au lieu de vous donner tant de peine. Mais ces faux-fuyants ne doivent pas être votre style.

Il résista à l'envie de lui caresser les cheveux. Ç'aurait été une erreur, à ce stade. Il ne fallait surtout pas l'effrayer.

— Je vous sers une bière ?

Elle n'hésita pas longtemps, soulagée qu'il cesse de la tourmenter.

— Avec plaisir.

— On partage le sandwich, bien sûr.

— Volontiers.

Voilà. A demi-mot, ils venaient tacitement de conclure une trêve. Ils dînèrent sur la terrasse, au milieu des bacs de magnolias et de cytises. Lentement, le soleil disparaissait à l'horizon et la fraîcheur s'installait sur la ville.

Ella étendit ses jambes devant elle et croisa les pieds sur le muret du balcon.

— Avec ce métier, vous devez voyager beaucoup?

— Pas mal. Et vous?

— Non. Seulement en Arizona. J'aime pourtant beaucoup les hôtels, dîner dans la chambre, prendre un bain...

— Vraiment? Ne vous gênez pas...

A présent, elle était assez détendue pour se moquer de ses insinuations. Mordant à belles dents dans le sandwich, elle savoura le mélange de viande grillée et de sauce épicée.

— Vous vivez depuis longtemps en Floride?

— Depuis toujours. Si je n'ai pas de soleil toute l'année, je dépéris.

— Moi aussi, répondit-elle en prenant une frite. Ici, quand il pleut, c'est vraiment un événement. Tout de même... j'aimerais bien voir l'océan, de temps en temps.

— Quel océan?

— N'importe lequel.

Brett remarqua qu'à la lumière du soir, ses yeux prenaient des reflets argentés.

— A votre place, je ne m'en priverais pas. Il ne faut qu'une ou deux heures d'avion jusqu'à la côte Ouest.

— Je sais. Mais j'attends toujours une occasion de faire le voyage.

— Les vacances?

— Il y a plusieurs années que je n'en ai pas pris. On parle à tout bout de champ de la libération de la femme, mais il y a quand même beaucoup d'obstacles à franchir quand on se retrouve ingénieur.

— Pourquoi ingénieur, au fait?

— Pourquoi pas? Il en faut bien pour tempérer les fantaisies des architectes.

Il prit une gorgée de bière et lui sourit.

— C'est la mission dont vous vous sentez investie?

— Avec vous, ce n'est pas facile. Prenez la cascade du centre de remise en forme, par exemple.

— Je me doutais bien que vous remettriez ça sur le tapis.

— Chassez le naturel, il revient au galop. Cette cascade, disais-je, la trouvez-vous bien fonctionnelle ?

— Vous avez quelque chose contre les cascades ?

— Nous sommes dans le désert, Johnson.

— Et les oasis, alors… Vous n'en avez jamais entendu parler ?

Elle soupira. La soirée était trop belle pour s'énerver.

— D'accord, vous aurez votre cascade.

— Merci.

— Mais si vous l'adossiez contre le mur ouest, comme je l'ai suggéré…

— Impossible. Pour celui-là, j'ai prévu de très larges baies vitrées, à cause des couchers de soleil. D'ailleurs, c'est à l'ouest que la vue est la plus belle.

— Pensez logistique, acheminement de l'eau !

— Non, pensez-y pour moi, et laissez-moi l'esthétique. Ainsi, on continuera à bien s'entendre.

Ella secoua la tête en signe d'impuissance.

— Brett, la moitié des difficultés pourraient disparaître avec quelques ajustements mineurs…

Les yeux de Brett pétillèrent de malice.

— Si le travail vous fait peur, changez de métier !

Elle plissa les paupières, luttant contre la colère.

— Le travail ne me fait pas peur. Ce sont les gens bornés comme vous qui m'empoisonnent l'existence.

Il parvint à dominer son propre mouvement de colère.

— Si je me soumettais à tous les changements que vous proposez, je ferais mal le travail qui m'a été demandé.

— Appelez ça de l'intégrité professionnelle, si vous voulez, moi j'appelle ça avoir une tête de mule.

— Vous avez tort. Une fois de plus.

— Vous auriez manqué à votre devoir d'architecte en déplaçant cette cascade ridicule de l'est à l'ouest ?

— Oui.

— Je n'ai jamais rien entendu de plus stupide ! s'exclama-t-elle, élevant sensiblement le ton.

Puis, n'y tenant plus, elle se leva et se mit à arpenter la terrasse.

— Ah ! j'ai hâte d'être à mon compte ! Au moins, c'est moi qui choisirai mes collaborateurs !

— Vous aurez du mal à en trouver un qui supporte votre caractère et votre manie de couper les cheveux en quatre...

Elle se tourna vers lui.

— Je ne coupe pas les cheveux en quatre ! Il faut être architecte pour m'accuser d'une chose pareille !

— On dirait que vous avez une très mauvaise opinion des gens de ma profession... Si vous tenez à la vôtre, il va falloir changer d'avis à ce sujet. Si vous avez d'autres récriminations, allez-y, ne vous gênez pas.

— Avec plaisir. Je suis indignée que vous n'ayez pas daigné assister aux réunions préliminaires... J'étais contre l'idée d'engager quelqu'un de la côte Est, mais Tim n'a rien voulu savoir. Là-dessus, vous débarquez, l'air fanfaron, et dès qu'on vous parle de modifier un iota de votre précieux projet, vous ne voulez rien entendre ! Aux autres de se débrouiller !

Sortant de l'ombre, il fit un pas vers elle. Elle vit alors qu'il était furieux. Comble de malchance, il était dix fois plus séduisant quand ses yeux flamboyaient de colère.

— Primo, des raisons personnelles m'ont empêché de participer aux réunions préparatoires, raisons que rien ne m'oblige à vous exposer. Secundo, je ne suis pour rien dans la décision de votre patron de signer un contrat avec mon cabinet !

Il avança encore d'un pas, et elle faillit reculer. Pour se donner une contenance, elle enfonça les mains dans ses poches. A présent, il était si proche qu'en respirant un peu fort, elle était certaine d'effleurer sa poitrine. Courageusement, elle continua à le regarder dans les yeux.

— Tertio, je n'ai pas l'air fanfaron.

Luttant contre une subite envie de rire irrépressible, Ella prit l'air le plus innocent qu'elle put.

— Vous voulez dire que vous ne le faites pas exprès ?

Elle se moquait de lui, purement et simplement ! Si elle espérait qu'il allait répondre à la provocation, elle pouvait toujours attendre.

— Ella, je suggère que vous vous en teniez à vos compétences, et moi aux miennes.

— D'accord, soupira-t-elle. Puisqu'il n'y a pas de dialogue possible, il ne me reste plus qu'à vous dire bonsoir et à demain.

Comme elle se tournait vers la porte, poussé par Dieu sait quel démon, Brett lui saisit le poignet et l'attira contre lui.

Pour commencer, ils se mesurèrent du regard comme deux combattants avant la lutte. De la rue, leur parvint un rire de femme, et le bruit de ses talons sur le macadam. Tout à coup, au risque de faire exploser la tension qui régnait entre eux, Brett s'empara des lèvres d'Ella.

Elle ne le repoussa pas. Elle était prête. Le désir qu'elle avait de cet homme avait été plus fort que la colère. A vrai dire, ce désir existait depuis le premier instant. Mais jamais elle n'y avait cédé aussi radicalement. En une seconde, elle apprit que le choix n'existe pas toujours. Que le libre arbitre n'est pas souverain. Un élan irrésistible l'avait poussée vers Brett.

Elle s'aperçut qu'elle lui avait passé les bras autour du cou. Quand elle entrouvrit les lèvres, ce fut autant une supplication qu'une invitation. Elle accueillit la violence de Brett comme une terre desséchée reçoit l'ondée salvatrice. Elle eut un gémissement plaintif auquel il répondit par un long frisson. Instinctivement, elle se serra contre son corps, émerveillée de sentir le pouvoir qu'il lui octroyait ainsi sur lui-même. Ils se séparèrent quelques brèves secondes, pour s'embrasser encore, à en perdre la raison. Puis ils restèrent enlacés, redoutant l'un et l'autre de rompre la magie de l'instant.

— Qu'allons-nous faire ? demanda doucement Brett.

Ella eut à peine la force de secouer la tête. Il était trop tôt pour réfléchir, trop tard pour ne pas le faire.

— Il faut que je parte, souffla-t-elle en s'accrochant désespérément à ses épaules.

— Pas encore. Nous devons parler, Ella. Ne voyez-vous pas que c'est indispensable ?

Il chercha ses cigarettes dans sa poche. Elle regarda l'allumette s'embraser dans la nuit. Certaines flammes se consumaient aussi vite qu'elles avaient jailli...

— C'est très simple, dit-elle, ça n'aurait jamais dû arriver.

— Trouvez autre chose.

Agacée, elle passa une main dans ses cheveux emmêlés par les caresses de Brett.

— Je pense que nous sommes suffisamment raisonnables l'un et l'autre pour oublier ce regrettable incident. Nous travaillons ensemble, mieux vaut nous en souvenir.

Il aurait dû se douter qu'elle saisirait la première échappatoire venue.

— Nous sommes d'accord au moins sur un point. Ce baiser n'a strictement aucun rapport avec le chantier. Mais ça ne m'empêchera pas de vous regarder différemment, maintenant, pendant les heures de travail. Et croyez-moi, on n'en restera pas là.

Un frisson la parcourut. Elle redressa les épaules.

— Ecoutez, Brett, je dois penser à mon avenir. Nous savons tous les deux qu'il n'y a rien de plus compliqué que ces liaisons cachées entre associés. Je ne vais pas risquer ma carrière pour un moment d'égarement passager.

D'une pichenette, il se débarrassa de sa cigarette. Le point rouge décrivit un arc de cercle par-dessus la balustrade.

— Une petite précision, Ella. Je continuerai à avoir envie de vous embrasser, à tout moment, sans me soucier du reste. Et vous avez beau jouer les vierges effarouchées, vous en avez encore autant envie que moi.

La fureur la laissa sans voix. Elle fit un pas en avant et pointa l'index sur la poitrine de Brett.

— Méfiez-vous, Brett. Je déteste l'arrogance.

Elle était merveilleuse. Positivement horripilante, mais

merveilleuse. Comment réussit-il à ne pas la prendre dans ses bras ?

— Aussi directe qu'une flèche en plein cœur, murmura-t-il en lui glissant une mèche de cheveux derrière l'oreille. En tout cas, je suis content que ça vous ait plu.

Ecumante de rage, elle le repoussa, traversa la suite au pas de charge et claqua la porte derrière elle.

4

Désormais, Ella s'en tiendrait aux discussions professionnelles avec Brett. Et cela, jusqu'à la pose de la dernière pierre. Rien ni personne ne la ferait changer d'avis.

Elle qui s'était crue à l'abri des égarements de sa mère ! Elle n'était pas loin de lui ressembler... Un coucher de soleil, une certaine atmosphère et le tour était joué ! Elle prit le dossier que lui tendait le contremaître, le parcourut distraitement des yeux et y apposa sa signature. Elle avait hérité de la faiblesse de la romantique Jessie ? Eh bien, au contraire de sa mère, elle saurait se dominer et changer ce handicap en force.

Elle passa la matinée en allées et venues entre le dôme et le centre de remise en forme. Personne, en la regardant discuter avec les différents responsables et répondre à leurs questions, n'aurait pu deviner que son esprit était ailleurs.

Sans cesse, elle cherchait Brett des yeux. « Mieux vaut ne pas se laisser surprendre... », se disait-elle, sans conviction. A midi, sa nervosité retomba. A cette heure, il ne viendrait plus. Feignant de confondre déception et soulagement, elle déjeuna dans la caravane d'un paquet de chips et de jus d'orange. Puis elle eut une longue conversation téléphonique avec l'ingénieur mécanicien. Il travaillait un peu lentement à son goût, mais elle ne pouvait que se féliciter de sa conscience professionnelle. De cet entretien, il résulta que le toit ouvrant au-dessus de la piscine posait toujours quelques problèmes.

En croquant des chips, elle pianota une équation sur sa calculatrice de poche. Tout serait si simple sans la cascade que ce maniaque voulait absolument voir ruisseler le long du mur jusque dans la piscine… Ce type qui, avec sa folie des grandeurs, refusait le moindre changement. Ah oui ? Eh bien, il les aurait ses folies ! Toutes : cascades, dômes, toits ouvrants, spirales… Elle en ferait un point d'honneur ! Et cet exploit donnerait un départ fulgurant à sa nouvelle carrière… Un peu apaisée, elle reprit ses calculs et ses vérifications. Quand la porte s'ouvrit, elle était tellement absorbée qu'elle ne s'en rendit pas compte.

— Bonjour…

Cette voix… Son cœur bondit dans sa poitrine. Elle leva les yeux.

— Je croyais que vous ne veniez pas aujourd'hui.

Sans cesser de sourire, il s'écarta pour laisser entrer Tim Thornway et Willie Barlow. Ella se leva précipitamment.

— Vous vous souvenez de Mlle Wilson, dit Tim. Notre ingénieur.

Le petit homme aux yeux vifs tendit la main à Ella.

— Un Barlow n'oublie jamais un joli visage…

Ella resta de marbre, même en voyant Brett dissimuler un sourire.

— Enchantée de vous revoir, monsieur Barlow.

— M. Barlow est venu jeter un coup d'œil sur notre installation, expliqua Tim.

— Je ne connais rien en architecture, mais ces courbes et ces arches me plaisent beaucoup !

Ella ignora le sourire narquois de Brett.

— Vous avez choisi une journée bien chaude pour venir jusqu'ici… Voulez-vous un rafraîchissement ? Jus de fruits ou thé glacé ?

— Prenez donc une bière, intervint Brett en ouvrant lui-même la glacière. Il n'y a rien de tel qu'une Lager bien fraîche pour nettoyer la poussière qu'on respire sur un chantier.

Barlow l'avala d'un trait. Puis il jeta un coup d'œil admiratif sur les plans et le bloc-notes aux feuillets couverts de l'écriture gracieuse d'Ella.

— Les seuls chiffres qui me parlent sont ceux de mes

comptes en banque, plaisanta-t-il en s'adressant à Ella. Le vieux Thornway disait toujours que vous aviez la tête sur les épaules. Je n'en doute pas. Et de jolies épaules, avec ça, ajouta-t-il avec un clin d'œil.

Cette fois, elle sourit.

— Merci.

— Maintenant, si nous faisions le tour du chantier, Tim ?

Tim reposa sa bière à peine touchée et se tourna vers la jeune femme.

— Ce soir, j'organise un dîner en l'honneur de M. Barlow. Je vous attends à 7 heures. M. Johnson passera vous prendre.

C'était un ordre. Ella allait le contester, quand Brett intervint.

— Passez devant, je vous en prie... Nous vous rejoignons tout de suite.

— Vous devriez desserrer votre cravate, Tim, déclara Barlow en ressortant de la caravane. Par cette chaleur, vous risquez d'étouffer...

Brett referma la porte sur eux et s'y adossa.

— C'est vrai que vous avez de jolies épaules.

Pourquoi la caravane paraissait-elle soudain plus étroite à Ella ? Pour cacher son trouble, elle se mit à ranger la table.

— A propos, ce n'est pas la peine de venir me chercher ce soir.

Brett ne savait plus s'il était froissé ou amusé par son attitude.

— C'est pourtant bien ce que j'ai l'intention de faire.

« Après tout, se dit-elle, ce n'est qu'un repas d'affaires... » Prenant une profonde inspiration, elle fit face à Brett.

— Je vais vous donner mon adresse.

Il se redressa, s'écartant de la porte. Instinctivement, Ella recula, songeant même un instant à se faufiler entre le mur et lui. Mais il lui saisit le poignet. Affolée, elle prit les devants.

— Considérons ce qui s'est passé hier soir comme un moment d'égarement regrettable, dit-elle avec courage.

Le regard de Brett s'assombrit. La colère en était cependant absente. Enfin, il paraissait décidé à être raisonnable. Encouragée, elle poursuivit.

— Oublions tout ça, vous voulez?

— D'accord.

Soulagée, elle risqua un sourire.

— Parfait. Maintenant, si…

Le reste de sa phrase se perdit sur les lèvres de Brett. Oh… N'avait-il donc pas de parole? Elle se raidit dans ses bras, tétanisée par la fureur. Où était la douceur, la sensualité de leur premier baiser au clair de lune? Celui-ci, presque vengeur, n'était que violence. Elle se débattit, en vain.

— Assez! parvint-elle à articuler entre deux assauts de Brett.

L'air lui manquait, elle avait l'impression de se noyer — mais dans un océan de plaisir. Brett était à la fois l'instrument de sa perte et une source vive, le soleil, la vie même… Quand ils se séparèrent, elle s'appuya, chancelante, contre la table. A présent, elle comprenait son erreur : une immense colère brûlait dans les yeux de Brett, en même temps qu'une détermination farouche et un désir brûlant.

— A ce soir, dit-il avec un calme trompeur. Soyez prête à 7 heures.

A une dizaine de reprises au moins, Ella faillit appeler Brett à son hôtel et se décommander. Mais agir ainsi, ç'aurait été reconnaître non seulement qu'il l'attirait mais aussi qu'elle était lâche. Car elle avait peur, oui. Et elle devait absolument le dissimuler.

La mort dans l'âme, elle passa en revue sa garde-robe en essayant de se raisonner. Il ne s'agissait que d'un dîner d'affaires… Oui, mais il était important, pour rassurer Barlow, de lui donner l'impression que l'architecte et l'ingénieur s'entendaient à merveille. Qu'elle le veuille ou non, ils allaient travailler ensemble pendant plusieurs mois. Il fallait qu'elle trouve la force de lui tenir tête. Quant à ce soir, si elle s'y prenait habilement, ils échangeraient à peine quelques mots.

En entendant frapper, elle eut un mouvement d'impatience et jeta un coup d'œil sur sa montre. 7 heures ! Et elle n'était toujours pas habillée ! Serrant la ceinture de son peignoir, elle se résigna à aller ouvrir. Brett observa sa tenue en hochant la tête.

— Jolie robe, ma foi.

— Je suis un peu en retard… Partez sans moi, je vous rejoindrai là-bas.

— Non, je vais attendre.

Sans y être invité, il entra dans l'appartement. Ella avait beau avoir l'esprit précis et ordonné d'un ingénieur, elle vivait dans un désordre indescriptible. Une multitude de coussins colorés étaient jetés pêle-mêle sur le canapé défraîchi au pied duquel s'entassaient des magazines. La pièce était de taille réduite comparée à la chambre de la suite de Brett. En revanche, elle était loin d'être impersonnelle. Des tableaux de styles tout à fait hétéroclites ornaient les murs et un mobile de cristal accrochait les derniers rayons du soleil devant la fenêtre.

— Je n'en ai pas pour longtemps, dit-elle. Si vous avez soif, servez-vous. La cuisine est par ici.

Le minimum de ses devoirs d'hôtesse accompli, elle se retira vivement dans sa chambre. La porte refermée, elle se passa nerveusement une main dans les cheveux. Comment lutter contre tant de charme et de séduction réunis ? Très vite, une idée prit forme dans son esprit. Avec vivacité, elle s'empara du sévère tailleur-pantalon qu'elle avait projeté de mettre et le rangea dans le placard. Si elle devait jouer avec le feu, elle le ferait avec raffinement et élégance.

Brett remplit deux verres d'un vin blanc découvert dans le réfrigérateur. Il en avala une gorgée qu'il fit rouler sur sa langue, en connaisseur. Ella avait encore beaucoup à apprendre en matière de vin. Il voulait bien se charger de son éducation. Revenant dans le salon, il tendit l'oreille. Elle faisait un bruit de souris qui fouine, comme si elle cherchait partout quelque chose d'introuvable.

Secouant la tête d'un air amusé, il s'approcha d'un meuble sur lequel étaient exposées des photos. Certaines étaient des portraits d'Ella, seule ou avec d'autres personnes. Cette femme pouvait être sa sœur aînée… Elles avaient les mêmes yeux noisette, mais Ella était plus grande. Il reconnut le père de Tim Thornway sur l'une d'entre elles. Tout à coup, les bruits cessèrent dans la chambre.

— J'ai rempli deux verres de vin, cria-t-il. Vous voulez le vôtre ?

— Non… Oui, bon sang !

— Va pour le oui.

Sans attendre davantage, il poussa la porte. Une agréable surprise l'attendait.

Il avait toujours eu un faible pour les robes noires. Celle-ci avait un décolleté profond souligné du même galon argenté qu'à l'ourlet, juste au-dessus du genou. Le scintillement attirait le regard qui s'aventurait ensuite le long des jambes gainées de soie noire. Ella essayait en vain de tirer la fermeture Eclair. Il la trouvait déjà très séduisante en jean, baskets et coiffée d'un casque. Mais dans cette tenue… elle lui fit l'effet d'une bombe.

— La fermeture doit être coincée, gémit-elle.

— Attendez…

Il évita de marcher sur une paire de sandales noires à talons hauts et lui tendit les deux verres de vin. Surtout, dominer son désir…

— C'est bloqué, déclara-t-il.

— Je sais, figurez-vous ! s'impatienta-t-elle. Vous pouvez faire quelque chose ?

Brett leva les yeux et leurs regards se croisèrent dans le grand miroir. Il remarqua son rouge à lèvres carmin brillant tandis que son parfum envoûtant lui montait à la tête.

— Alors ? Qu'est-ce que vous attendez ? demanda-t-elle, énervée.

Malicieusement, il caressa du bout du doigt la peau mate que découvrait le vêtement récalcitrant, et remarqua avec satisfaction qu'elle frissonnait légèrement.

— Chaque fois, vous réagissez au quart de tour, Ella.

— Nous sommes en retard…

— Justement. Quelques minutes de plus ou de moins…

Négligemment, il glissa les mains autour de sa taille. Se rebellant aussitôt, elle appuya les deux verres pleins contre sa poitrine. Il les lui retira doucement et les posa sur une table. Ella ne chercha même pas à fuir et Brett cueillit deux ou trois baisers sur ses lèvres fardées. Elle tourna légèrement la tête, les paupières baissées.

— Il ne faut pas, Brett. Je ne suis pas prête…

Il aurait été moins étonné par un oui ou un non catégorique. Perplexe, il laissa retomber ses bras le long de son corps.

— Prête pour quoi ?

— Je ne sais pas. Tout ce qui arrive… Vous, et ce que je ressens en votre présence.

Elle lui donnait l'avantage, ils le savaient tous deux. Il n'aurait pas la lâcheté d'en profiter.

— Combien de temps voulez-vous pour réfléchir ?

— Vous vous doutez bien que je ne peux pas répondre à cette question.

— J'attendrai. Quelque chose me dit que l'avenir nous réserve à tous les deux pas mal de surprises…

Sans la quitter des yeux, il porta sa main à ses lèvres.

A leur arrivée à la propriété des Thornway, la fête battait déjà son plein. On avait disposé une multitude de plats mexicains sur une grande table rustique, et le vin coulait à flots. La villa de pierres roses et blanches était construite au milieu de pelouses soigneusement entretenues avec des bouquets de palmiers ici et là. Au fond du terrain en pente douce, une piscine. La plupart des invités étaient sur la terrasse et la pelouse en contrebas. La fine fleur de la bourgeoisie de Phoenix était là.

— Voici un chablis, dit Brett en tendant à Ella un verre pris sur le plateau d'un serveur. Celui-ci vient de Californie. Jolie couleur, arôme très fin, il a du corps.

— Tous les vins se ressemblent, dit-elle avec un haussement d'épaule.

— Vous avez beaucoup à apprendre.

— Ella, vous voilà enfin !

Marci Thornway, épouse de Tim depuis deux ans, s'avançait vers eux, dans le scintillement de ses bijoux. Après avoir échangé une brève poignée de main avec Ella, elle tourna un regard saphir vers Brett.

— Je comprends mieux maintenant pourquoi vous êtes si en retard…

Gênée, Ella fit les présentations.

— Brett Johnson… Marci Thornway…

— Vous êtes architecte, je crois ? enchaîna Marci en glissant un bras possessif sous celui de Brett. Tim m'a parlé de vous. Il a simplement omis de me dire à quel point vous étiez bel homme.

Un rire léger secoua ses frêles épaules.

— Enfin, de la part d'un mari, c'est bien pardonnable ! Vous venez de Floride, m'a-t-on dit ?

Agacée par les minauderies de Marci, Ella leur tourna le dos et faillit se heurter à Barlow.

— Monsieur Barlow ! s'exclama-t-elle. Excusez-moi, je…

— Appelez-moi Willie, je vous en prie. Et pour vous faire pardonner, venez donc me tenir compagnie au clair de lune. J'ai aperçu des tables, là-bas.

Trop contente d'échapper à Brett et à leur encombrante hôtesse, Ella ne se le fit pas dire deux fois. Elle découvrit en Willie Barlow le plus agréable des compagnons. Et si, de temps à autre, son esprit et ses yeux vagabondaient jusqu'à Brett, ce n'était nullement par ennui, mais juste pour voir si Marci Thornway continuait à l'accaparer.

— …égoïste, disait Barlow en avalant la dernière gorgée de son verre. Vous devez avoir envie de rejoindre les gens de votre génération…

Coupable de s'être laissé distraire, elle lui adressa un sourire charmant.

— Pas du tout, je suis très bien avec vous. Pour tout vous dire, je n'aime pas beaucoup les soirées mondaines.

— Il serait pourtant plus normal que vous soyez en compagnie d'un homme de votre âge.

— Je déteste qu'on s'occupe de moi comme d'une indigente, dit-elle en regardant Brett allumer avec empressement la cigarette de Marci.

Barlow suivit la direction de son regard et hocha la tête.

— Marci ne lâche pas votre architecte d'une semelle, ce soir, dit-il, guettant sa réaction.

— C'est votre architecte, rectifia Ella, pas le mien ! Marci et lui sont tous les deux originaires du Sud-Est, ils doivent avoir beaucoup de choses à se raconter.

— Si nous faisions un tour dans le jardin ? J'aimerais me dégourdir les jambes.

Agacé de voir Ella pendue au bras de Barlow et discuter avec lui depuis une heure, Brett trouva un prétexte pour s'éloigner de Marci. Il s'approcha d'eux.

— Vous n'êtes pas bien en chair, mais c'est du premier choix, disait Barlow.

Riant aux éclats, Ella lui mit une fleur à la boutonnière. En entendant toussoter, ils se retournèrent tous les deux.

— Johnson ! s'exclama Barlow en lui administrant une tape sur l'épaule. Vous prenez du bon temps, j'espère ? Mais croyez-moi, la soirée serait encore meilleure si vous la passiez avec une femme comme Ella. Quel dommage... les jeunes gens d'aujourd'hui n'ont plus aucun romantisme. Excusez-moi, je vais chercher une bière...

Il s'éloigna dans le jardin.

— Je crois que je vais me mêler un peu à la foule, déclara Ella, mal à l'aise.

— Juste au moment où j'arrive ?

Elle n'avait qu'une hâte : mettre le plus de distance possible entre elle et lui.

— Je me suis laissé accaparer par Willie.

— J'ai remarqué, dit-il d'un ton acerbe. Il n'est peut-être plus dans sa première jeunesse, mais avec des revenus comme les siens, l'âge ne compte plus, j'imagine.

Ella le dévisagea longuement avant de répondre.

— Je ne comprends pas un traître mot de ce que vous dites.

Il tira avec impatience sur sa cigarette. Avec des talons hauts, Ella était presque aussi grande que lui.

— C'est pourtant clair. Barlow est très riche, veuf, et il apprécie les jolies femmes.

S'il n'y avait pas eu autant de dédain dans les yeux de Brett, Ella aurait éclaté de rire. Mais il parlait sérieusement.

— Excusez-moi…

Comme elle faisait mine de lui fausser compagnie, il lui empoigna le bras et l'attira brutalement contre lui.

— Non, je ne vous excuse pas, Ella. Mais ça ne m'empêche pas d'avoir très envie de vous.

— Vous perdez votre temps, Johnson, siffla-t-elle en le repoussant avec violence. Je me moque de ce que vous pensez de moi, mais je trouve Willie trop sympathique pour vous laisser le calomnier ainsi.

— Sympathique, ce vieillard lubrique et vulgaire ? Et n'essayez pas de le défendre, j'ai parfaitement entendu la manière dont il vous parlait !

Ella hésita une minute, visiblement perplexe, puis éclata de rire. Un rire sans joie et teinté d'amertume.

— « Vous n'êtes pas bien en chair, mais c'est du premier choix… », c'est ça ? C'est une réplique de film, pauvre idiot ! Figurez-vous que nous sommes tous les deux des fans inconditionnels de Katharine Hepburn. Mais je vais vous dire autre chose… Si j'ai envie de prendre du bon temps avec quelqu'un, ce n'est pas vous qui m'en empêcherez. Vous comprenez ?

Pour se faire plaisir, elle le poussa une fois encore sans ménagement.

— Je préfère les manières raffinées de ce monsieur à vos tactiques d'homme des cavernes !

— Allons, Ella, calmez-vous.

— C'est vous qui allez vous calmer !

Les yeux d'Ella flamboyaient dans l'obscurité.

— Fichez-moi la paix, Johnson ! Ou vous pourriez le regretter !

Et elle le planta là. Le souffle coupé, Brett la suivit des yeux. Revenu de sa stupeur, il jeta sa cigarette et l'écrasa du talon.

— Tu l'as cherché, mon vieux, maugréa-t-il en se massant la nuque. Mais quel tempérament !

5

Il songea à lui envoyer des fleurs. Mais Ella n'était certainement pas de celles qui fondent à la vue d'une rose. Il songea à lui faire des excuses franches et directes, comme à un ami. Mais Ella ne le considérait sûrement pas comme un ami. Il finit par se résoudre à la seule solution possible dans ces circonstances : se faire oublier quelque temps.

Pendant les semaines suivantes, ils se revirent chaque jour sur le chantier. Et le fossé qui les séparait se creusait toujours un peu plus. Ella était souvent obligée de le consulter, mais elle s'arrangeait toujours pour le faire lorsqu'ils n'étaient pas seuls. Brett acceptait la situation un peu comme une pénitence. Durant cette période, il fit deux voyages éclairs : l'un à son bureau de Miami, le second à San Diego où l'on construisait, selon ses plans, un centre hospitalier. A chacun de ses retours, il retrouva Ella toujours aussi glaciale.

Son casque en place, les yeux protégés par ses éternelles lunettes de soleil, Brett regardait la grue descendre lentement la structure de verre constituant le faîte du dôme.

— Superbe, dit Barlow.

— Willie ! s'exclama Brett. J'ignorais que vous étiez là.

Un doigt sur les lèvres, Barlow répondit :

— Je suis venu incognito. Pour rien au monde je n'aurais voulu manquer l'installation du dôme. J'espère que l'air climatisé sera bientôt en état de fonctionner, il fait une chaleur infernale.

— C'est prévu pour aujourd'hui.

— Parfait, parfait.

Il souriait, aux anges. On était en train de construire pour lui un véritable château, une forteresse imprenable… Il fixa le point où la montagne entrait littéralement dans le grand hall. Ce Johnson était un génie… Le long des murs porteurs, de grandes baies en arc de cercle permettaient d'admirer le désert. Des hommes installaient la tuyauterie de la cascade artificielle. Barlow étant avare de compliments, Brett les accueillit avec d'autant plus de plaisir.

— Mes félicitations, Brett. J'avoue qu'en voyant les plans et la maquette, j'ai émis certaines réserves. Mon fils, lui, a tout de suite été partie prenante. Je me suis fié à son jugement, j'ai bien fait. C'est une véritable œuvre d'art.

— Merci.

— J'ai hâte de voir le reste. Mais en attendant, vous avez bien une bière fraîche à m'offrir ?

— On devrait pouvoir trouver ça…

Brett le conduisit jusqu'à une glacière dont il sortit deux cannettes. Barlow but à longues gorgées gourmandes et soupira d'aise.

— Je vais bientôt avoir soixante ans, et je n'ai encore rien trouvé de plus délicieux sur cette terre qu'une bonne bière glacée.

Au même moment, il aperçut Ella qui se dirigeait vers le centre de remise en forme.

— Enfin, presque, ajouta-t-il pensivement.

Brett ne dit rien. Lui aussi, il avait vu la jeune femme. Elle portait une tunique large sur un pantalon sans forme qui aurait ressemblé à un sac sur n'importe qui d'autre.

— M'est avis que vous ne pensez pas toujours qu'au verre et à l'acier, remarqua Barlow avec un petit sourire entendu. Vous n'auriez pas un petit béguin pour notre ingénieur ?

— Possible…, répondit Brett en prenant une cigarette.

Il en offrit une à Barlow qui refusa.

— Je ne fume plus. Ordre du médecin. Mais revenons à Ella. J'adore cette petite. Ce n'est pas difficile, belle comme elle est. Mais elle est aussi très intelligente et très courageuse.

J'ai cru remarquer que vous aviez eu un différend, tous les deux, à la soirée ?

— Vous n'allez pas me croire… J'étais jaloux de vous.

— Jaloux ?

Barlow rugit littéralement de rire. Quand il eut retrouvé un peu de calme, il s'essuya le front avec un mouchoir à carreaux et tendit la main à Brett.

— Vous venez de me rajeunir de vingt ans, merci ! Vous avez l'air d'oublier que je ne suis plus tout jeune. Riche, c'est vrai, mais est-ce bien le genre de notre amie ? Elle n'a pas dû apprécier vos soupçons.

— Pas vraiment, non.

— J'ai bien observé la manière dont elle se comportait avec vous. Si vous voulez mon avis, vous êtes sur des sables mouvants.

— La comparaison est très juste. Vous avez des suggestions ?

— Trouvez vite une corde pour vous sortir de là.

— Je pencherais plutôt pour des fleurs…

Armé d'un énorme bouquet, Brett frappa le soir même à la porte d'Ella. Deux semaines s'étaient écoulées depuis leur altercation. Si elle n'était pas revenue à de meilleurs sentiments, il emploierait les grands moyens. Car elle lui manquait, tout simplement. Il aimait leurs discussions orageuses à propos du dôme et des cascades. Il aimait l'entendre rire quand elle n'était plus sur la défensive. Il aimait sentir ses bras se refermer autour de son cou…

Il jeta un coup d'œil sur les lis tigrés choisis chez le meilleur fleuriste de Phoenix. Si elle les lui jetait au visage, cela romprait au moins la monotonie de leurs hochements de tête polis et de leurs sourires figés.

Ce ne fut pas Ella qui répondit, mais une inconnue. Sa ressemblance avec la maîtresse des lieux était tellement frappante que Brett lui sourit comme s'ils se connaissaient déjà de longue date.

— Bonsoir. Je suis Brett Johnson, un associé d'Ella.

— Et moi Jessie Peters. Entrez donc. Ella est sous la douche. Vous boirez bien quelque chose ?

— Avec plaisir.

— Je viens de faire du jus de citron. Installez-vous, je vais la prévenir. Elle vous attendait ? ajouta-t-elle en disparaissant dans la cuisine.

— Non.

Jetant un coup d'œil autour de lui, Brett remarqua que l'appartement avait été rangé et épousseté de fond en comble. Au passage, son regard s'arrêta sur une des photos exposées. C'était sur l'une d'elles qu'il avait vu Jessie pour la première fois.

— J'adore les surprises ! dit celle-ci en revenant avec deux verres dans lesquels tintaient des glaçons. Vous êtes ingénieur ?

— Non, architecte.

Jessie se figea, puis sourit.

— Ah, le fameux architecte ! s'exclama-t-elle en s'asseyant en face de lui.

Tout en jouant distraitement avec le diamant ornant son annulaire gauche, elle lui fit subir un examen attentif.

— Vous venez de l'Est ?

— Oui, de Floride.

— Le pays de Walt Disney ! Excusez ce cliché mais…

Une porte claqua et Ella parut. Elle portait un pantalon de survêtement blanc et un sweat-shirt trop grand. A ses pieds, des espadrilles à la couleur passée. Jessie se leva avec un sourire malicieux.

— Tu as de la visite, ma chérie. Avec un cadeau, ajouta-t-elle en désignant les fleurs.

— Je ne suis pas aveugle, dit Ella en enfonçant les mains dans ses poches.

— Je vais les mettre dans l'eau.

Sans attendre, Jessie s'éclipsa dans la cuisine avec les lis tigrés.

— Que voulez-vous ? demanda Ella.

Brett toussota.

— Vous voir.

— Voilà qui est fait. Maintenant, excusez-moi mais j'ai à faire.

— Et vous présenter mes excuses.

Elle hésita. Cette scène lui en rappelait une autre, mais aujourd'hui, les rôles étaient inversés. Brett ne l'avait pas chassée, elle avait une dette envers lui.

— D'accord, oublions tout ça.

— Vous ne voulez pas d'explication ? demanda-t-il en approchant d'un pas.

Automatiquement, Ella recula.

— Ce n'est pas la peine. Je…

— Regardez comme c'est joli ! claironna Jessie en entrant dans la pièce.

Elle posa le vase au centre de la table basse, et recula d'un pas pour admirer l'effet.

— N'oublie pas de changer l'eau deux fois par jour, ma chérie. Et de soulever le vase pour faire la poussière…

— Maman…

Brett écarquilla les yeux en se tournant brusquement vers Jessie.

— Maman ? C'est une plaisanterie, je suppose.

Jessie rayonnait.

— C'est le plus beau compliment qu'on m'ait fait de la journée… Bon, je me sauve. Passez une bonne soirée, tous les deux.

— Mais… on devait dîner ensemble ? s'étonna Ella.

Jessie caressa la joue de sa fille, et serra la main de Brett.

— Désolée, j'ai un million de choses à faire. Ravie d'avoir fait votre connaissance, Brett.

— A bientôt, j'espère, madame.

— Jessie. Il n'est pas question qu'un homme aussi séduisant que vous m'appelle madame !

Comme un tourbillon, elle disparut dans le couloir et referma la porte.

— Je ne rêve pas, c'est vraiment votre mère ?

262

— Jusqu'à nouvel ordre, oui. Ecoutez, Brett, c'est gentil d'être venu, mais…

— Maintenant, disparaissez… c'est ça ?

— Je ne voudrais pas être impolie en vous mettant à la porte, mais je crois qu'il vaut mieux éviter de nous rencontrer en dehors des heures de travail. A quoi bon insister ? Nous ne sommes vraiment pas faits pour nous entendre.

— Avant d'en décider, si on faisait connaissance ?

Sans y être invité, il s'assit dans le premier fauteuil venu. Ella n'eut pas le cœur de protester.

— Essayons d'être logiques, enchaîna-t-il. Les ingénieurs sont des personnes logiques, non ?

Elle hocha la tête.

— Nous sommes appelés à nous côtoyer tous les jours pendant plusieurs mois encore. S'il y a la moindre tension entre nous, le travail s'en ressentira.

Ella sourit.

— C'est vrai. Mais je ne coucherai pas avec vous simplement pour détendre l'atmosphère.

— Moi qui vous prenais pour un modèle de dévouement…

Il haussa un sourcil interrogateur.

— Une pizza et le cinéma, est-ce trop compromettant pour vous ?

— Vous me promettez d'être sage ?

— Ça dépend…

Ella secoua la tête.

— Alors, c'est non. Je ne me contenterai pas de réponses évasives. Avant de faire plus ample connaissance, comme vous dites, mettons les choses au point.

— Dois-je sortir mon bloc-notes ? demanda-t-il, pince-sans-rire.

— Ce ne sera pas la peine. Il n'y a rien de compliqué. Je veux bien qu'on se voie, mais comme des amis, des associés. Pas question de quoi que ce soit de romantique.

— De romantique ? Pouvez-vous être plus précise ?

— Vous m'avez parfaitement comprise, Johnson.

Brett soupira.

— D'accord. J'accepte la règle du jeu. Il va falloir que je remporte mes fleurs…

— Non, puisque vous me les avez offertes avant que nous passions notre accord.

Elle se leva, satisfaite de la transaction.

— C'est moi qui offre la pizza. Vous, le cinéma.

Les jours suivants, Ella n'eut qu'à se féliciter d'avoir été ferme. L'orage grondait parfois entre eux sur le chantier, mais leurs sorties au restaurant ou au spectacle se déroulaient toujours dans la bonne humeur.

Peu à peu, elle apprit à mieux connaître Brett. Il lui parlait de la ferme où il avait grandi, de ses difficultés pour entreprendre des études et les mener à leur terme. En revanche, il ne disait rien des problèmes financiers de sa famille, ni de ses efforts intenses pour y faire face. Elle devinait pourtant l'essentiel de ce qu'il taisait pudiquement. Elle changea d'avis à son sujet. Elle se reconnaissait dans cette ambition mêlée de courage et de ténacité. Elle-même lui confia toute son admiration pour le père de Tim, ainsi que sa gratitude. Qui d'autre lui aurait donné cette chance inouïe d'apprendre un métier d'homme ? Pourtant, elle ne parlait jamais de son enfance ou de sa famille. Bien sûr, Brett ne cherchait pas à percer ce mystère. Leur relation était encore bien trop fragile.

Si cette trêve satisfaisait pleinement Ella, elle était pour Brett une source continuelle de frustration. Il avait sans cesse envie de la caresser, de l'embrasser, de la prendre dans ses bras. Il n'en faisait rien, de peur de rompre les liens ténus qui se tissaient entre eux. Il lui arrivait de vouloir tout abandonner, interrompre définitivement leurs sorties platoniques. Mais comment s'y résoudre, quand ses sentiments pour elle étaient déjà si forts ?

*
* *

Les mains sur les hanches, Ella observait l'équipe d'ingénieurs et de mécaniciens au travail sur le toit ouvrant. Le support en béton était terminé. Le toit de verre lui-même serait installé avant la fin de la semaine.

— Chérie !

Sa concentration troublée, Ella se retourna.

— Maman ! Que fais-tu là ?

— Tu me parles si souvent de ce chantier que je n'ai pas résisté à la tentation de venir.

Elle glissa un bras sous celui de sa fille.

— C'est fantastique, ici, absolument fabuleux ! Cet énorme bâtiment à l'entrée, on dirait un château du XXIVe siècle.

— C'est à peu près ça.

— Je n'ai jamais rien vu d'aussi majestueux. C'est toujours comme ça qu'on devrait construire dans le désert.

Avec le même enthousiasme, elle jeta un coup d'œil sur la piscine au fond de laquelle les carreleurs étaient en train de poser une somptueuse mosaïque.

— Tiens, on dirait ton architecte, dit-elle.

Aussitôt, elle lissa sa robe. Brett n'était pas seul.

— Et qui est ce monsieur qui accompagne ton chevalier servant ?

— Brett n'est ni mon chevalier servant ni mon architecte, rétorqua Ella avec une pointe d'irritation. Le monsieur en question est Barlow. Notre client.

— Vraiment ?

Tout sourires, elle tendit la main à Brett avec une œillade en direction de Willie.

— Bonjour ! J'étais en train de dire toute mon admiration à Ella. C'est un chef-d'œuvre !

— Merci. Voici Willie Barlow… Willie, la mère d'Ella, Jessie Peters…

— Sa mère ?

Il la regarda avec stupeur.

— J'ignorais qu'Ella n'avait que seize ans !

Jessie rayonnait.

— Je ne vais pas vous déranger plus longtemps, expliqua-t-elle. J'espérais visiter le chantier avec Ella mais elle a du travail. Tant pis, ce sera pour une autre fois.

— Vous me permettrez peut-être de la remplacer, avança Willie.

— Oh, je ne voudrais pas…

— Mais je vous en prie…

Ella les suivit des yeux en secouant la tête d'un air désapprobateur. Puis elle replongea dans ses préoccupations professionnelles.

— Nous avons eu des problèmes avec le toit.

— Vous les avez résolus.

— Au prix de beaucoup de temps et d'argent.

Une dispute allait éclater, Brett le sentait. Pourquoi était-elle soudain si agressive ?

— Personne n'aurait rien remarqué si vous aviez accepté de modifier légèrement l'angle d'inclinaison du toit.

— Moi, si.

— C'est de l'obstination pure et simple, Brett. Comme de vouloir absolument des feuilles de verre intégrales plutôt que des panneaux.

Sans un mot, il la prit par le bras et l'entraîna vers l'escalier qui descendait dans la piscine. Les carreleurs souriaient. Prenant le visage d'Ella entre ses mains, Brett le tourna vers le ciel.

— Que voyez-vous ?

— Le ciel. Et si vous ne me lâchez pas, vous, ce sont des étoiles que vous allez voir !

— C'est ça, le ciel. Que le toit soit ouvert ou fermé. Ce ne sont pas des panneaux de verre, ni une fenêtre, ni un toit, mais le ciel. Mon travail, c'est d'imaginer, Ella. Le vôtre, c'est de réaliser mes rêves.

Elle eut un rire narquois et sans joie. Pour la faire taire, il n'y avait qu'une solution. Brett n'hésita pas. Sans réfléchir, il posa les lèvres sur les siennes. Autour d'eux, tout le monde s'arrêta de travailler, mais ni l'un ni l'autre ne le remarquèrent. Peu leur importait ! Ella était bouleversée. Depuis combien de temps attendait-elle qu'il rompe leur pacte ridicule ? Enfin, il comprenait les signaux silencieux qu'elle lui lançait depuis le jour où il était venu lui présenter ses excuses ! Enfin, il passait outre ses protestations !

Si Brett n'avait pas senti le désir d'Ella comme une brûlure, s'il n'avait pas entendu son doux gémissement, il serait peut-être rapidement revenu à la raison. Mais au lieu de ça, il avait envie de la renverser sur le sol et de cueillir sur-le-champ les fruits de sa conquête. Et pourtant, la raison finit par tempérer leur ardeur. Par quel miracle ? Ils n'auraient su le dire. Tout à coup, Brett s'écarta. Ella respirait avec difficulté, anéantie par la révélation qu'elle venait d'avoir dans ses bras : elle était amoureuse ! Elle secoua la tête pour dissiper le bourdonnement dans ses oreilles et échapper au bruit assourdissant des perceuses. Les joues en feu, elle serra frénétiquement les poings et toisa Brett avec haine.

— Faites bien attention à ce que je vais dire, Johnson. Ne vous avisez pas de recommencer, ou je vous traîne devant un tribunal pour harcèlement sexuel sur un lieu de travail !

6

Après son altercation avec Brett au fond de la piscine, la malchance s'acharna sur Ella : les ascenseurs du dôme tombèrent en panne, une violente dispute éclata entre deux ouvriers, Rodriguez et Swaggart, un des menuisiers fut blessé à l'œil par un éclat de bois, et Tim vint jusqu'au chantier pour se plaindre d'un surcroît de dépenses imprévu.

La visite de Jessie a tout désorganisé, songeait Ella avec rancœur en se rafraîchissant le visage dans la caravane, en fin de journée. Willie Barlow et Jessie s'étaient tout de suite plu. Ella avait peut-être tort de le déplorer, mais l'expérience lui avait appris à se méfier des engouements subits de sa mère…

Au lieu de s'inquiéter de la vie amoureuse de Jessie, mieux valait réfléchir à la sienne. Ou plutôt à son absence caractérisée. Jusqu'à aujourd'hui, Ella ne s'en était guère souciée. Ses projets, autant personnels que professionnels, n'en tenaient même jamais compte. Qu'attendait-elle de Brett, au juste ? Avec rage, elle donna un coup de pied dans la table. Quelle question ! N'entretenait-elle pas le même espoir insensé depuis le premier jour ? Humiliée, furieuse, elle se dit que le monde était peuplé d'hommes aussi séduisants que Brett, sinon davantage. Alors, pourquoi lui ? Et pourquoi maintenant ?

La caravane rangée, elle la ferma à clé et se dirigea vers sa voiture. De sombres pensées l'accablaient. Elle était aussi responsable que Brett de cette scène ridicule au fond de la piscine. Heureusement, elle s'était ressaisie à temps.

D'autres difficultés, autrement plus graves et importantes, exigeaient son attention. Dans son travail, quand elle se trouvait confrontée à un problème, il lui suffisait de poser la bonne équation, de venir à bout des calculs, et la solution venait d'elle-même. En procédant de la même manière, elle résoudrait l'énigme de ses sentiments pour Brett. Dès lors, sa vie reprendrait son cours, comme si rien ni personne n'était jamais venu la troubler.

Entendant approcher une voiture, elle tourna la tête et reconnut avec consternation le coupé loué par Brett. Il s'arrêta à sa hauteur dans un nuage de poussière et, sans lui laisser le temps de fuir, il bondit dehors.

— Pas si vite ! J'ai à vous parler.

— J'allais partir.

Pressentant qu'elle ne se laisserait pas aisément fléchir, il lui subtilisa clés et attaché-case, et les jeta sur la banquette arrière de sa propre voiture.

— Montez.

— Jamais !

L'air las, il s'approcha et la souleva dans ses bras.

— Vous êtes complètement fou ! hurla-t-elle alors qu'il la déposait sur le siège du passager.

Il répondit d'une voix douce, sans colère.

— Si vous tentez de fuir, vous vous en repentirez.

— Rendez-moi mes clés !

— Jamais.

— Très bien, je ferai du stop.

— Méfiez-vous…

— Vous ne me faites pas peur, Johnson.

— Dommage.

Malgré ses fanfaronnades, Ella resta immobile quand il contourna la voiture pour venir s'installer au volant. Sans un mot, il démarra.

— Vous voulez prouver quoi, au juste ?

— Je n'en sais rien. Pour le moment, je veux seulement m'installer dans un endroit tranquille et parler avec vous.

L'endroit tranquille fut son hôtel. Ella se cabra aussitôt en bondissant dans le parking. Avec le même calme effrayant, Brett la rattrapa, la bascula sur son épaule et la transporta ainsi jusqu'à sa suite. Là, il se débarrassa de son fardeau dans un fauteuil.

— Voulez-vous boire quelque chose ? demanda-t-il.

Ella le fusilla du regard sans répondre.

— En tout cas, moi, j'en ai bien besoin, continua-t-il en ouvrant le bar.

Il remplit deux verres de chardonnay et en tendit un à Ella. Heureusement, il était sur ses gardes. Au moment où elle allait lui en jeter le contenu à la figure, il lui saisit le poignet.

— Ella, protesta-t-il d'une voix douce, si vous n'êtes pas sage, vous allez récolter une fessée.

Se libérant d'un geste sec, elle vida son verre d'un trait et se dirigea d'un pas ferme vers la porte. Elle n'avait pas fait trois pas que Brett lui barrait le chemin.

— Ce n'est pas comme ça qu'on apprend à apprécier le bon vin, dit-il en la repoussant sans douceur dans son fauteuil. Maintenant, passons aux choses sérieuses. Ou nous discutons raisonnablement, en personnes civilisées, ou bien je cède à mes instincts primitifs. A vous de décider.

— Nous n'avons rien à nous dire ! cria-t-elle, sortant enfin de son mutisme.

— Très bien.

La tirant sans douceur par les poignets, il l'obligea à se lever et l'embrassa. D'abord tendue et rebelle, Ella se trouva emportée par un courant contre lequel elle était impuissante, tremblante de passion et de volupté. Seul l'instant présent comptait désormais. Elle se pressa davantage contre lui, conquise.

La sonnerie du téléphone brisa l'enchantement. Ils firent la sourde oreille, puis Brett enfouit le visage dans les cheveux d'Ella, avant de la prendre à bout de bras. Se lasserait-il un jour de la contempler ?

— Nous ferions mieux de parler, dit-il enfin.

Cette fois, Ella était domptée. Elle se laissa retomber dans le fauteuil, à bout de forces. Brett remplit de nouveau les verres et lui en tendit un avant de s'installer dans le fauteuil voisin. Pour la première fois, Ella accepta de le regarder objectivement et sans méfiance. Le voyage éclair en voiture lui avait ébouriffé les cheveux. Même quand il était immobile, une énergie phénoménale émanait de toute sa personne, à peine domptée, prête à se manifester à tout instant.

Tout à coup moins sûre d'emporter la victoire, Ella ouvrit les hostilités. Le ton qu'elle adopta était la démonstration même qu'en quelques minutes, ils venaient de parcourir beaucoup de chemin.

— Je n'aime pas beaucoup la manière dont tu m'as traînée jusqu'ici.

— Serais-tu venue si je te l'avais demandé poliment ?

Elle sourit.

— Non. Mais ça ne te donnait pas le droit de te comporter comme un homme de Cro-Magnon.

— Veux-tu des excuses ?

— Non. Depuis qu'on se connaît, on ne fait que ça. Tu voulais parler, je t'écoute.

— Tu es très belle, tu sais.

A peine avait-il commencé sa phrase qu'elle se levait avec un soupir excédé.

— Si c'est tout ce que…

— Assez d'hypocrisie, Ella. Quelques politesses échangées sur le ton de la conversation ne changeront rien à notre désir l'un pour l'autre.

Ella reconnut, bien à contrecœur, qu'il avait raison.

— Tu as réponse à tout, c'est horripilant. Brett, nous n'avons ni l'un ni l'autre le temps de faire face à des complications de ce genre.

Des complications ? Il faillit bondir de son fauteuil et lui prouver sur-le-champ que compliqués, leurs rapports l'étaient déjà terriblement. Mais elle avait l'air si vulnérable, tout à coup, qu'il préféra s'abstenir.

— Pour le moment, restons concrets. Primo, j'ai très envie

de toi. Secundo, la réciproque est vraie. Nous ne sommes plus des enfants. C'est tout de même assez simple, non ?

Ella ne le suivait déjà plus, torturée par le désir de lui ouvrir et ses bras et son cœur… Affolée, elle chassa ces pensées. Ces égarements étaient bons pour Jessie, pas pour elle. Elle jeta un coup d'œil à Brett. Il paraissait si détendu qu'elle lui en voulut presque.

— C'est très simple, en effet, dit-elle soudain. Ayons une aventure.

Cet air détaché ne lui disait rien qui vaille. Pourtant, n'était-ce pas ce qu'il désirait le plus au monde ?

— Très bien. Quand veux-tu commencer ? demanda-t-il avec une ironie amère.

Ella tressaillit. Mais après tout, elle l'avait bien mérité.

— Mettons-nous bien d'accord. Il n'est pas question de long terme, de promesses ou de regrets éternels. Dans quelques semaines, tu repars en Floride, moi je reste ici. Essayons de ne pas faire semblant.

Quel sang-froid ! Brett se demanda s'il n'allait pas l'étrangler. Lui qui ne songeait qu'à lui faire l'amour à en perdre la raison !

— On dirait que tu as l'habitude de traiter ce genre d'affaire, dit-il d'un ton cassant.

Elle pâlit et baissa les yeux. L'air si vulnérable qu'il vint s'accroupir au pied de son fauteuil.

— Qu'y a-t-il ? J'ai touché juste ? Quelqu'un t'a brisé le cœur et maintenant tu te méfies ?

— Ça a l'air de t'amuser.

Il lui effleura la joue.

— Pas du tout. Si on t'a fait souffrir, je le regrette.

Sa compassion était sincère et les yeux d'Ella s'emplirent de larmes. *Certaines blessures ne cicatrisent jamais*, songea Brett. Un jour, il l'interrogerait. Pas aujourd'hui. Il était encore trop tôt.

— On dîne ensemble ?

Elle essuya une larme et parvint à sourire.

— Je ne suis pas habillée pour sortir.

— Qui te parle de mettre le nez dehors ?

Tendrement, il lui embrassa la main.

— Tu m'as dit un jour que tu adorais les hôtels pour le plaisir de dîner au lit...

— Menteur...

Elle posa la main sur sa joue et se laissa embrasser. Tout irait bien. De quoi s'inquiétait-elle ? Sans lui lâcher la main, Brett l'invita à se lever.

— Dans ton règlement, les promesses ne sont pas interdites ?

— Lacune regrettable.

— Alors je vais t'en faire une.

— Brett...

— Chut. Juste une seule... Je ne te veux aucun mal, Ella, il faut me croire...

La sonnerie du téléphone retentit de nouveau. Cette fois, ils ne pouvaient l'ignorer. Sans lâcher Ella, Brett décrocha. Après les salutations d'usage, il hocha la tête, l'air très ennuyé.

— Lefkowitz, dit-il enfin, on ne vous a jamais dit que vous n'étiez qu'un bon à rien ? Nous pensions vraiment, en vous confiant ce poste, que vous étiez à la hauteur. Vous avez les spécifications sous la main, non ?... Eh bien, lisez-les !... Bon, très bien. Donnez-moi le numéro de téléphone, je vais m'en occuper. Le mieux, c'est que je me rende sur place.

Lorsqu'il eut raccroché, Ella lui tendit son verre.

— Ce n'est pas l'amabilité qui t'étouffe, Johnson.

— Je laisse le tact et la diplomatie à mon associé, Nathan.

— Alors, tu pars en voyage ? demanda-t-elle d'un ton qu'elle voulait détaché.

— A San Diego, oui. Lefkowitz n'est qu'un incapable. Un ingénieur — encore un qui se prend pour une lumière ! — lui a fait modifier les plans. Maintenant, forcément, les fournisseurs regimbent, et il n'est pas foutu de s'en sortir tout seul.

— Des plans à toi ?

— En grande partie, oui.

L'air soudain pensif, il se passa une main dans les cheveux.

— Si tu venais avec moi, Ella ? Tu m'expliquerais pourquoi l'ingénieur a raison et moi tort. Et moi, je te montrerais l'océan.

C'était tentant, et elle faillit accepter. Mais son sens du devoir l'emporta.

— On ne peut pas laisser tous les deux le chantier. Combien de temps pars-tu ?

— Un jour ou deux. Ella…

Il la prit par les épaules.

— Est-ce que je vais te manquer un peu ? Ou est-ce contre le règlement ?

— Je vais tâcher de le modifier un peu…

Brett l'attira contre lui et ils s'étreignirent avec tendresse. Un instant, il eut des visions de leurs corps enlacés glissant sur le lit, mais il sut résister à la tentation.

— Je vais préparer rapidement mon sac de voyage. Après, je te déposerai à ta voiture en allant à l'aéroport. Mais ce n'est que partie remise, d'accord ?

Elle le regarda. Il n'allait pas loin. Il reviendrait. Un jour, cependant, il n'effectuerait pas le voyage de retour et disparaîtrait à tout jamais de sa vie…

Brett fut retenu trois jours. Il enrageait. Et puis enfin, il n'eut plus que quelques heures à tuer avant le départ de son avion. Allongé sur son lit, dans sa chambre d'hôtel, il portait de temps à autre la main à sa poche, où se trouvait le plus précieux de ses bagages : un collier de pierres vert d'eau, comme la mer au printemps. En l'apercevant dans la vitrine du bijoutier, il l'avait acheté sans hésiter pour Ella. C'était sans nul doute un beau cadeau pour une femme dont il n'était même pas l'amant. Mais il était à la mesure de ses sentiments pour elle. Oui, il était amoureux, pour la première fois de sa vie.

Un coup d'œil sur sa montre l'informa qu'il restait deux heures encore avant son départ pour l'aéroport. Décrochant le téléphone, il composa le numéro d'Ella. Sa voix douce lui répondit, mais sur une bande enregistreuse.

— Vous êtes bien chez Ella Wilson. Je suis absente pour le moment, mais si vous laissez un message... je vous rappellerai dès mon retour... N'oubliez pas de préciser la date et l'heure de votre appel. Merci !

— Si tu reviens avant 7 heures, murmura-t-il, appelle-moi à mon hôtel. Je... Ne te mets pas en colère, mais tu m'as manqué. Beaucoup. Allez, rentre vite maintenant.

Profondément déçu, il raccrocha et composa aussitôt un deuxième numéro. La voix qui lui répondit était agréablement féminine.

— Brett ! Que c'est gentil d'appeler !

— Comment va, Jackie ? Je t'envoie par la poste une dizaine de kilos de documentation historique sur l'Arizona.

— Fantastique ! J'en ai vraiment besoin. Mille fois merci !

— De rien, voyons. C'est un véritable plaisir que de donner un coup de main à une célèbre romancière.

— Célèbre ? Laisse-moi encore quelques mois avant de le devenir. Et l'Arizona, ça va ?

— Bien. Mais pour le moment, je suis à San Diego.

— San Diego ? Tiens, tiens... Tu pourrais peut-être m'envoyer des...

— Laisse-moi un peu tranquille, tu veux ? Et dis-moi plutôt si tu as grossi.

Il l'imagina en train de caresser son ventre rond.

— Je crois bien que oui. Nathan m'a accompagnée à la clinique pour des examens, la semaine dernière. Et il a entendu le cœur du bébé. Depuis, ce n'est plus le même homme.

— Il est là ?

— Il vient de sortir. J'avais envie de poisson pour le dîner... Quand rentres-tu ?

— Je ne sais pas. Pas avant la fin des travaux, je crois.

— Ne me dis pas que tu es devenu à ce point consciencieux !

Brett hésita. Puis il se lança.

— Non, mais il y a une femme.

— Oh, oh ! C'est sérieux... ?

— C'est bien possible.

— Elle est architecte ?

— Non, ingénieur.

— Tu plaisantes ? Tu les détestes encore plus que Nathan et ce n'est pas peu dire ! Tu dois être vraiment amoureux…

— Ça m'en a tout l'air.

— Tu es heureux au moins ?

Il réfléchit un instant. Mais comment répondre à une aussi vaste question ?

— Ça ne dépend pas de moi. Pour tout dire, elle se fait un peu tirer l'oreille.

— Si elle n'est pas gentille avec toi, elle entendra parler de moi !

— Quand je lui dirai ça, je suis sûr qu'elle va trembler. Préviens Nathan qu'à San Diego, tout est arrangé. Il comprendra. Tu veux ?

— Promis ! Et au fait… bonne chance !

Il était près de 9 heures quand Ella rentra chez elle. Comme chaque fois qu'elle passait la soirée avec sa mère, elle revenait partagée entre deux sentiments contradictoires : l'amusement pur et simple, et une vive inquiétude. Jessie était drôle, absurde, primesautière. Mais tellement puérile parfois… Elle ne comptait plus les coups de foudre. Et sa dernière coqueluche était Willie Barlow. Il n'avait été question que de lui durant tout le dîner.

En se massant la nuque, Ella passa en revue le courrier ramassé dans la boîte aux lettres. Comment pouvait-elle songer à travailler sérieusement si sa propre mère était la maîtresse de son client ? De cette question en découlait logiquement une autre : comment pouvait-elle travailler sérieusement en étant la maîtresse de l'architecte ? La vie était devenue bien compliquée, tout d'un coup…

Car elle était amoureuse, irrémédiablement, comme quelques années plus tôt, sinon davantage. Excepté que cette fois, elle était plus mûre et mieux préparée à se défendre. Plus jamais elle ne s'exposerait à l'humiliation et à la souffrance que lui avait infligées James Frye. Avec Brett, cependant, les données n'étaient plus les mêmes. Pour commencer, elle était professionnellement son égale. Ensuite, il était différent de James, elle en était certaine.

Ella secoua énergiquement la tête. Elle devait cesser de penser à lui, ou il allait de nouveau lui manquer. Ayant échangé son tailleur-pantalon contre un immense sweat-shirt de basket-ball, elle se prépara une tasse de café et s'installa dans le canapé avec le journal. Ses yeux tombèrent alors sur le répondeur et elle fit dérouler la bande en écoutant distraitement les messages : une amie, qui rentrait à Phoenix après deux semaines de vacances, la secrétaire de Tim la conviant à une réunion pour le lundi suivant. Puis, reconnaissant la voix de Brett, elle tendit l'oreille.

— … si tu reviens avant 7 heures…

Un coup d'œil sur sa montre, et elle soupira, déçue. Et elle continua d'écouter avidement.

— Tu m'as manqué… beaucoup…

Stupidement heureuse, elle repassa le message quatre fois consécutives. Puis elle travailla un peu, rêva beaucoup. Brett ne parlait pas de son retour. Serait-ce samedi ? Dimanche ? Dès le lendemain matin, elle irait acheter ce joli caraco aperçu dans une vitrine ce soir. Et il y avait bien longtemps qu'elle n'avait pas pris rendez-vous chez l'esthéticienne ou le coiffeur… Quand Brett reviendrait, elle serait méconnaissable !

Un coup de sonnette interrompit le cours de ses pensées.

— J'arrive, j'arrive ! chantonna-t-elle tout excitée à la perspective du lendemain.

Où diable était passé son peignoir ? Ah… Elle l'enfila rapidement et ouvrit la porte. La surprise la pétrifia.

Avec un sourire amusé, Brett la toisa de la tête aux pieds. Sa queue-de-cheval était retenue par un lacet cassé. Elle s'était depuis belle lurette démaquillée et son vieux peignoir était trop petit pour contenir l'énorme sweat-shirt qui lui descendait à mi-cuisses.

— Salut, Ella, dit-il enfin.

7

Ella cligna des yeux. Elle était sûrement en train de rêver…
— Qu'est-ce que tu fais là ?

Brett prit l'air fâché.
— En voilà une question ! Je peux entrer ?
— Oui, mais…

Elle recula comme un automate. Les mirages ne parlaient pas, et ils ne sentaient pas aussi bon… Elle songea à tous ses projets pour son retour et considéra avec dépit le désordre qui régnait dans son appartement.

— Tu aurais pu me prévenir que tu rentrais ce soir, gémit-elle en se passant une main dans les cheveux. Je… je ne suis pas prête !

Où était le dîner aux chandelles et le caraco de soie noire qu'elle avait prévus pour leurs retrouvailles ? Tout à coup, sa déception se changea en colère.

— Tu débarques ici comme dans un moulin ! Pourquoi n'as-tu pas téléphoné ?

Un instant, Brett fut décontenancé. Pourquoi s'était-il imaginé qu'elle éprouverait la même joie que lui à le revoir ?

— Je l'aurais fait si tu étais restée chez toi, ce soir. A propos, où étais-tu ?

— J'ai dîné dehors.

— Ah.

Enfonçant les mains dans ses poches, il sentit l'écrin du collier.

— Avec quelqu'un que je connais ?

— Ma mère.

278

Stupidement, Brett se sentit soulagé.

— Pourquoi souris-tu ? demanda Ella.

— Pour rien.

— Je sais bien que je suis affreuse ! Si tu n'étais pas arrivé à l'improviste, j'aurais au moins rangé un peu.

Brett commençait à comprendre. Seule la déception la rendait si peu loquace, voire agressive. Elle avait dû se réjouir à l'idée de créer un décor, de se faire belle et, en voulant lui faire une surprise, il avait tout gâché. Comment rattraper cette gaffe ?

— Tu es d'accord pour que nous soyons parfaitement honnêtes l'un avec l'autre, n'est-ce pas ?

— Jusqu'à un certain point, oui, grommela-t-elle.

— Alors voilà…

Il l'attira dans ses bras et pressa sa bouche contre la sienne. Elle sentit aussitôt croître un désir fou et entrouvrit les lèvres dans un gémissement de protestation. En moins de quelques secondes, il lui enleva le peignoir et glissa les mains sous le sweat-shirt, sur sa peau nue. Le souffle coupé, Ella rejeta la tête en arrière.

— Brett…

— Tais-toi…

Puisqu'il lui refusait le droit de parler, elle tira d'un coup sec sur sa veste, déboutonna fébrilement sa chemise avant de la faire glisser sur ses épaules.

— J'ai envie de toi, souffla-t-elle. Maintenant…

Ce délicieux murmure mit le feu aux poudres. Désormais sans entrave, le désir les embrasa tous deux. La chambre leur parut trop éloignée. Ils s'effondrèrent sur le divan. Aidé d'Ella, Brett acheva de se déshabiller tout à fait. Comme possédée, elle le caressait, lui mordillait le cou, prenait possession de ses lèvres. Le sweat-shirt alla rejoindre les vêtements jetés pêle-mêle sur la moquette. Et elle s'offrit à lui.

Elle allait le rendre fou. Partout où ses mains et ses lèvres se posaient, elles rencontraient une peau satinée délicatement parfumée. A chacune de ses caresses, il avait l'impression qu'une vague de plaisir déferlait sur elle. Ils avaient attendu si longtemps… Maintenant, ils étaient ensemble, aussi avides l'un que l'autre. Ella se sentait traversée par de multiples sensations. Jamais elle n'avait éprouvé désir aussi brûlant. Une explosion de plaisir intense lui fit momentanément perdre la raison. Elle cria son nom. Fasciné, Brett regarda son visage transfiguré par la volupté. Elle avait la tête renversée en arrière et ses cheveux tombaient en cascade jusqu'à la moquette. Il essaya de prononcer son nom, mais il était trop ému pour parler.

Plusieurs fois, Ella atteignit les sommets du plaisir. Alors, songeant enfin à lui-même, Brett la prit tout entière, sans plus de limites. Comme possédés, ils s'élevèrent jusqu'à un univers jamais exploré. Puis, à bout de forces, Brett s'affaissa. Ella était aussi douce qu'une ondée de printemps. Il sentit sa main glisser le long de son dos et descendre, toute molle, jusqu'au tapis. Sous ses lèvres, son cœur battait à une vitesse inouïe. Il ferma les yeux, tout entier concentré sur ce dernier lien avec la réalité.

Tous deux se taisaient. D'ailleurs, y avait-il quelque chose à dire ? Ils s'étaient donnés l'un à l'autre, corps et âme. Etait-ce l'amour qui faisait alterner tant de force et de fragilité ? se demandait Ella. Dans les bras de Brett, elle s'était métamorphosée. Tout ce qu'elle avait connu jusqu'à ce jour lui paraissait vide de sens. Alors ? Elle sentit les doigts de Brett glisser dans ses cheveux et ferma les yeux. Elle ne se reconnaissait plus. Pour une de ses caresses, elle était prête à oublier ses principes les plus chers, comme ses plus intimes convictions. A quoi bon nier ses sentiments désormais ? A quoi bon ?

Il posa les lèvres au creux de son cou.

— Ella…

Elle ferma à demi les paupières.

— Brett…

— Ça va ?

— Je ne sais pas. Et toi ?

— Jamais je n'ai été aussi bien. Tu es encore en colère ?

— Je n'étais pas en colère. Mais j'aurais voulu…

Sa phrase resta en suspens quand il lui effleura le ventre du bout du doigt. Sur ses lèvres, son nom se transforma en soupir voluptueux.

— Etonnant, murmura-t-il en sentant le désir reprendre possession de leurs corps alanguis. Franchement étonnant...

La chaleur du soleil sur son visage sortit Ella de sa torpeur. Légèrement étourdie, elle glissa une main entre les draps en chuchotant le nom de Brett. La place était vide ! Tout à fait réveillée, elle se dressa. Elle était seule. Se pouvait-il qu'il soit parti ? Sans un mot ?

— J'aurais préféré que tu te réveilles avec le sourire, dit-il sur le seuil.

Ella releva brusquement la tête. Puis serra le drap contre sa poitrine nue.

— Je te croyais parti...

S'approchant du lit, il lui tendit une tasse de café.

— Parti où ?

— Je... Simplement parti.

Se sentant un peu ridicule, elle but une gorgée et se brûla la langue.

— Je vois que tu as une excellente opinion de moi.

Avec un sourire, il s'assit à côté d'elle, au bord du lit, et trempa ses lèvres dans sa tasse.

— Ton café est éventé.

— Je n'ai jamais le temps de m'en faire le matin. Je t'offrirais bien un petit déjeuner, mais c'est pareil...

— Je sais. Il n'y a rien dans la cuisine qu'une banane et un paquet de corn-flakes rassis.

Comme elle évitait soigneusement de croiser son regard, il la prit par le menton.

— Veux-tu me regarder, Ella ?

Elle osa enfin.

— Si j'avais su que tu revenais, j'aurais fait des courses.

— Je ne pense pas qu'il s'agisse vraiment de bacon et

d'œufs, ma chérie. Si tu me parlais de ce qui te préoccupe vraiment?

— Mais rien, voyons. Que vas-tu imaginer?

— Veux-tu que je parte?

— Non. Ce n'est pas ça.

Brett la prit par les épaules et la secoua doucement.

— Ecoute, depuis hier soir, j'ai l'impression que tu juges ce qui se passe entre nous en fonction d'événements auxquels je n'ai aucune part, et ça ne me plaît pas beaucoup. Vrai ou faux?

— J'en suis navrée, Brett.

— Ça ne suffit pas. Parle-moi de celui qui t'a rendue aussi méfiante.

La révolte colora les joues d'Ella.

— Occupe-toi de tes affaires. Est-ce que je te pose des questions sur les femmes que tu as connues avant moi?

— Non, mais si tu trouvais ça important, je le comprendrais tout à fait.

— Justement, ce n'est pas important.

Elle mentait, bien sûr. Il le voyait dans ses yeux, l'entendait à sa voix.

— Si c'était vrai, tu ne serais pas aussi malheureuse et contrariée. Honnêtement, Ella, si tu es en train de me comparer à quelqu'un d'autre, j'ai le droit de savoir à qui et pourquoi.

Sentant qu'il ne lâcherait pas prise, elle céda enfin.

— Très bien, tu vas être servi.

S'enveloppant dans le drap, elle s'assit en tailleur sur le lit.

— C'était un architecte, commença-t-elle avec un sourire ironique. Je travaillais depuis quelques mois chez Thornway sur le même projet que lui. Il était beau parleur, très intelligent. Moi, beaucoup moins, ajouta-t-elle avec un haussement d'épaules désabusé.

Elle était nerveuse, agitée. Brett craignit qu'elle ne ravive d'anciennes blessures.

— Ça suffit, j'ai compris, dit-il doucement.

— Non. Tu as voulu entendre cette histoire, je la raconterai jusqu'au bout. On a commencé à sortir ensemble. Moi, j'étais folle de lui. Il ne me promettait rien, mais il me laissait échafauder les plans les plus insensés. J'étais jeune, je croyais encore à l'amour fou. Quand il m'a dit qu'il avait envie de moi, j'ai supposé qu'il m'aimait, qu'il m'épouserait…

— Ce n'était pas du tout son intention.

— Loin de là ! Tu vas voir…

Elle eut un rire amer en rejetant ses cheveux en arrière.

— J'étais en train de préparer ma valise pour partir en week-end avec lui. Un week-end romantique à la neige. J'imaginais déjà les feux de cheminée, les longues soirées… J'étais sûre qu'il attendait cette occasion pour me demander ma main. Je prévoyais comment serait ma robe… Juste au moment où je fermais à clé la porte de l'appartement, j'ai reçu une visite. C'est très drôle…

Elle se tut un instant, perdue dans ses souvenirs.

— Si j'étais partie quelques minutes plus tôt, je n'ose pas penser à ce qui se serait passé. C'était sa femme, dont il n'avait pas jugé utile de me révéler l'existence.

Prenant une profonde inspiration, Ella s'adossa contre le lit.

— Le pire, c'est qu'elle aimait son mari et venait me supplier de le lui rendre. Elle était prête à lui pardonner si j'avais pitié d'elle. Au début, j'ai cru qu'elle jouait la comédie. J'en étais même sûre. Mais je me suis vite rendu compte qu'elle disait la vérité.

Elle baissa les yeux sur ses doigts qu'elle croisait et décroisait nerveusement.

— Ils avaient un petit garçon de trois ans, elle voulait coûte que coûte sauver leur mariage. Il y avait eu d'autres femmes avant moi. J'étais couverte de honte. Je me sentais non seulement trahie, mais laide, avilie, méprisable. Elle pleurait, implorait, et moi, je ne disais rien.

Brett s'allongea sur le lit, tout près d'elle.

— L'aurais-tu aimé si tu avais su ?

— Je me suis posé cette question d'innombrables fois. Non, j'en aurais été incapable.

— Alors qu'as-tu à te reprocher ? Il t'a abusée autant qu'il abusait sa femme.

— Je sais bien. Ce qui me tracasse, c'est d'avoir été aussi crédule. Je ne lui avais jamais posé la moindre question. Quand on se trompe à ce point sur quelqu'un, après on fait très attention. Depuis, je laisse à Jessie les coups de foudre.

— Tu as peur de moi ?

— Tu n'es pas marié…

— Non, et il n'y a personne d'autre. Je ne t'ai pas fait la cour pour passer le temps pendant mon séjour à Phoenix, ni parce que ça m'arrangeait.

Ces mots procurèrent instantanément un immense bonheur à Ella. Une faible lueur d'espoir brilla au fond de ses yeux.

— Je ne te compare pas à James. Simplement, je ne sais pas comment me comporter…

Brett noua les bras autour de sa taille.

— Tout ce que je te demande, Ella, c'est d'être toi-même. C'est si compliqué que ça ?

Avec une infinie douceur, il lui effleura le front. Elle avait besoin de sa tendresse, bien plus encore qu'elle ne le laissait paraître. S'il avait eu connaissance du dénouement de ses premières et uniques amours, avec quelles autres précautions l'aurait-il aimée, cette nuit-là ! Il la serra contre lui avec dévotion.

— Habille-toi, maintenant, je t'emmène prendre le petit déjeuner dehors.

L'aisance avec laquelle Brett s'était transformé sans transition en ami bienveillant était pour Ella une source inépuisable d'étonnement. Dans un petit café, ils dévorèrent œufs au bacon, toasts, croissants et café, avant de se rendre au marché où Brett acheta des tonnes de victuailles.

— Mais que veux-tu faire de tout ça ? demanda Ella en posant, à leur retour, deux énormes sacs sur le comptoir de la cuisine.

— Le manger !

Elle jeta un regard dubitatif sur leurs provisions.

— Tu fais la cuisine ?

— Non. C'est pour ça que j'ai acheté des trucs qui se mangent nature ou simplement cuits à l'eau. Ou des surgelés qu'il suffit de réchauffer. Tu sais, quelquefois, avec un ouvre-boîtes et un four, on fait des miracles.

Le lait, les yaourts et le beurre que Brett tendait à Ella trouvèrent leur place dans le réfrigérateur.

— Ce soir, nous aurions pu aller chercher des plats cuisinés...

— Pour ça, il faut sortir, rétorqua Brett en l'enlaçant. Et il n'en est pas question jusqu'à lundi matin...

Elle rit.

— Moi qui voulais m'acheter un caraco de soie noire !

— Mmh, dommage... Mais il est trop tard, maintenant. Au fait, je t'ai rapporté quelque chose.

— Ah ? Qu'est-ce que c'est ? Un souvenir de San Diego ?

— Pas tout à fait. On a terminé ici ?

— Je crois...

— Alors, viens, je vais te le montrer.

La prenant par la main, il l'entraîna vers le salon. Avant de sortir, il avait mis l'écrin dans son sac de voyage, ouvert sur une chaise. Il le prit et le lui tendit.

— Un cadeau ? C'est gentil...

Elle se sentit tout à coup affreusement intimidée.

— Ne te réjouis pas trop vite, plaisanta Brett. C'est peut-être un cendrier avec une décalcomanie de San Diego.

— Ce serait tout de même un cadeau.

Se penchant, elle lui effleura tendrement les lèvres.

— Merci, Brett.

— C'est la première fois que tu fais ça, murmura-t-il, ému.

— Quoi ?

— M'embrasser de toi-même, sans que je te le demande.

Il se pencha pour picorer ses lèvres de petits baisers tendres. Quel courage il lui fallut pour ne pas la renverser sur le canapé... Mais elle soulevait le couvercle de l'écrin et écarquillait les yeux de surprise. Rien ne l'avait préparée à la beauté de ces pierres translucides comme l'eau vive, douces comme le satin.

— C'est… c'est magnifique, balbutia-t-elle.

Brett lui prit le collier des mains et le lui attacha autour du cou.

— Je ne sais pas quoi dire, murmura Ella. On ne m'a jamais rien offert d'aussi joli.

Avec une vivacité qui trahissait sa joie, elle alla s'admirer dans la glace.

— Superbe ! Regarde comme elles brillent !

Se retournant d'un bloc, elle se jeta au cou de Brett et le serra à l'étouffer.

— Merci ! Oh, merci !

— Si j'avais su qu'il suffisait de quelques cailloux pour te mettre dans cet état, je m'en serais occupé depuis longtemps ! ironisa-t-il pour cacher sa propre joie.

— Ris tant que tu veux. J'adore ce collier !

Et moi, c'est toi que j'adore, songea-t-il. Il l'enlaça et le désir rejaillit.

— Tu es belle, Ella.

Et brusquement, il défit le nœud qui retenait son pantalon de jogging et fit passer son T-shirt pardessus sa tête. A présent, elle n'était plus habillée que du collier et d'un minuscule petit slip. Sa poitrine se soulevait de plus en plus vite. Brett lui prit le visage dans ses mains, avec douceur, comme si elle était infiniment fragile, et il posa tendrement les lèvres sur les siennes. Lui prenant la main, Ella voulut l'entraîner vers la chambre.

— Nous avons tout notre temps, chuchota-t-il en continuant à l'embrasser et à la caresser.

Ce matin-là, il lui fit l'amour avec lenteur, et une délicatesse qu'elle n'oublierait jamais. La nuit, ils avaient assouvi une passion primitive. A présent, ils évoluaient dans le monde merveilleux de l'infiniment délicieux. Après avoir découvert la sensualité passionnée d'Ella, Brett découvrait sa fragilité, sa crainte d'aimer et d'être aimée. Ce qu'il avait éprouvé pour elle la veille n'était rien en comparaison de cette intimité généreuse. Son corps coulait comme une rivière entre ses mains, s'épanouissait comme une fleur au soleil. Quand elle murmura son nom, son cœur bondit dans sa poitrine. Des promesses furent échangées, tacitement, mais Ella n'en était pas encore consciente. Un lien solide et inaltérable s'était formé.

8

Finalement, être amoureuse est moins dramatique que je ne l'avais redouté, songea Ella en garant sa voiture dans le parking de la Thornway. Après tout, elle pouvait aimer Brett jusqu'à ce qu'il reparte, sans rien changer à sa vie… Elle voulait — elle devait — le croire.

Elle se dirigea vers les bureaux de la Thornway. Elle enfonça le bouton d'appel de l'ascenseur et sourit au souvenir de leur long week-end paresseux entrecoupé de moments de passion intense. A moitié nus, vautrés sur la moquette, ils avaient regardé un festival Cary Grant à la télévision. Pour le dîner, ils avaient fait réchauffer une pizza, dégustée ensuite aux chandelles. Le dimanche après-midi, ils avaient fait une longue sieste en écoutant du jazz à la radio. Oui, Brett l'avait rendue heureuse. A chaque instant. Quand viendrait le moment de se séparer de lui, elle pourrait regarder ces quelques semaines comme un précieux cadeau de la vie.

Les portes de l'ascenseur s'ouvrirent. Elle pénétra dans la cabine et sentit les mains de Brett lui encercler la taille. Ils n'étaient pas restés séparés plus d'une heure, le temps qu'il rentre se changer à son hôtel pour la réunion, mais leur joie de se retrouver était immense. Les portes se refermèrent et Ella, entre les bras de Brett, se retourna pour l'embrasser.

— Tu as un goût de fraise, ce matin, murmura-t-il. Et tu es ravissante.

Ella rit de plaisir.

— Tu n'as pas traîné, dis-moi.

— L'hôtel n'est pas loin. Mais ça aurait tout de même

été plus pratique si tu m'avais laissé apporter quelques affaires chez toi.

Elle n'était pas encore prête à franchir ce pas. S'ils vivaient ensemble durant les prochaines semaines, l'appartement lui paraîtrait affreusement vide lorsque Brett repartirait pour la Floride.

— Je ne voudrais pas te priver d'une aussi belle suite.

Elle se dérobait, refusait d'abolir la faible distance qui les séparait encore. Tout à coup, il enfonça un bouton et la cabine s'arrêta entre deux étages.

— Mais... qu'est-ce que tu fais ?

— J'ai une question à te poser, avant de pénétrer dans le sacro-saint domaine du travail. Tu veux bien dîner avec moi ?

Avec un soupir, Ella remit l'ascenseur en marche.

— Franchement, tu n'avais pas besoin d'une telle mise en scène pour me le demander.

— Alors, c'est oui ?

— Mais bien sûr !

— A mon hôtel, ajouta-t-il, les lèvres sur le poignet d'Ella. Et tu passes la nuit là-bas avec moi.

— Le programme me plaît. A quelle heure ?

— Le plus tôt sera le mieux.

Elle riait aux éclats quand les portes de l'ascenseur s'ouvrirent à l'étage de Tim. Celui-ci les attendait avec du café et des pâtisseries qu'Ella refusa poliment.

Tim paraissait sous pression. Impatiente, Ella l'écouta rabâcher des points de détail. Si elle n'était pas au chantier à 10 heures, elle manquerait de nouveau l'inspecteur. Quand il sortit l'organigramme général des travaux pour se lancer dans d'interminables estimations au sujet des délais, elle abandonna tout espoir d'arriver à l'heure.

— Comme vous pouvez voir, expliquait-il, nous avons commencé à prendre du retard à l'installation des toitures.

Brett alluma une cigarette et étudia l'organigramme de plus près.

— Il n'y a pas de quoi s'affoler pour deux ou trois jours.

— Nous sommes aussi en retard pour la plomberie.

— Là non plus, pas plus d'un jour ou deux… Avec les villas, on rattrapera le temps perdu.

Tim ne paraissait pas convaincu.

— Ce n'est pas tout. Le budget aussi me préoccupe. Si nous ne trouvons pas le moyen de rogner les dépenses, nous allons avoir des ennuis.

— Ces questions ne me concernent pas, répondit Brett. Pas plus qu'Ella. Mais laissez-moi tout de même vous dire que là non plus, il n'y a pas de quoi en faire un drame.

— Brett a raison, intervint Ella. Jusqu'à maintenant, tout marche comme sur des roulettes. Les matériaux nous sont livrés en temps et heure, ou avec des retards minimes. Je crois que vous…

La sonnerie du téléphone l'empêcha de terminer.

— Excusez-moi…

Tim décrocha le combiné. C'était Marci.

— Je suis en réunion, ma chérie… Non, pas encore. Je n'ai pas eu le temps… Cet après-midi, c'est ça…

Il avala nerveusement une gorgée de café. Il en était à sa troisième tasse.

— Oui, oui, je te le promets. Tu… Non, je n'oublie pas. A tout à l'heure.

Quand il raccrocha, la transpiration perlait sur son front.

— Je ne vais pas vous retenir davantage, dit-il. Vous avez sûrement mieux à faire.

Ils prirent congé et se retrouvèrent au rez-de-chaussée sans trop savoir pourquoi ils étaient venus.

— Je comprends qu'il soit nerveux, remarqua Ella. Après tout, c'est le premier projet qu'il supervise seul d'un bout à l'autre.

— Sa boîte a bonne réputation, mais que penses-tu de lui ?

— Je ne sais pas… J'étais très proche de son père. Je l'aimais comme un ami. Il connaissait le métier sur le bout des doigts, tu comprends ? Il était proche de ses hommes, quelle que soit leur place dans la hiérarchie. Tim est totalement différent. Je ne devrais pas mais je ne peux pas m'empêcher de le comparer à son père.

Dans le parking, elle plissa les yeux pour se protéger de la lumière aveuglante du soleil.

— En tout cas, il est très nerveux, dit-elle. Remarque, les sanctions financières en cas de retard ont de quoi flanquer la frousse.

— Ou alors il compte sur le bonus et veut à tout prix être en avance sur les délais prévus. Sa femme a l'air de lui coûter cher... Tu te souviens de ce petit collier de chien qu'elle portait l'autre soir ? Rien que ce bijou vaut plusieurs milliers de dollars.

— Les perles n'étaient pas fausses ?

Il sourit.

— Tu es vraiment naïve, ma chérie. Les femmes de ce genre ne portent pas de la verroterie.

— Après tout, il a le droit de dépenser son argent comme il veut...

— Il considère peut-être ça comme un investissement. Pour rester avec un homme, certaines femmes ont d'énormes exigences.

Tout à coup, le malaise envahit Ella.

— Tout ça ne nous regarde pas, dit-elle brusquement. Partons, l'heure tourne.

— J'ai quelque chose à prendre en allant au chantier et j'aurai besoin de toi. Tu veux bien me suivre ?

Dix minutes plus tard, ils s'arrêtaient devant un entrepôt où l'on vendait des pneus de voiture neufs et d'occasion. Un peu perplexe, Ella suivit Brett à l'intérieur. Le hangar sentait le caoutchouc et le cambouis. Un petit homme chauve à lunettes s'avança à leur rencontre.

— Bonjour. Vous désirez ?

Brett montra la Land Rover.

— Je voudrais quatre pneus, plus un de rechange. Ce qu'il y a de mieux.

Muette de stupéfaction, Ella vit le petit homme feuilleter un catalogue.

— J'ai quelque chose en stock qui devrait faire parfaitement l'affaire.

Brett hocha la tête.

— Je vous laisse carte blanche. Vous pensez que ça peut être prêt d'ici 5 heures ce soir ?

L'homme regarda sa montre, fit la grimace, et finit par hocher la tête.

— Ça pourra aller.

— Parfait. A tout à l'heure…

Abasourdie, Ella emboîta le pas à Brett. Dehors, elle retrouva enfin l'usage de la parole.

— Mais enfin… vas-tu m'expliquer ce que ça veut dire ?

— C'est ton anniversaire, non ?

— Je suis née en octobre !

— Tu vois, je suis déjà très en retard.

— Ecoute, Brett, je ne plaisante pas. Tu n'as pas le droit de prendre ce genre de décisions à ma place.

S'arrêtant brusquement, il lui prit le visage dans ses mains.

— Ella, chaque fois que tu roules avec ces pneus lisses, tu es un véritable danger public, pour toi comme pour les autres. Tu veux qu'on se dispute à ce sujet ?

Parce qu'elle n'était pas encore remise de son audace, elle se contenta de froncer les sourcils.

— Non. Mais je m'en serais occupée, de toute façon.

— Quand ?

— Bientôt.

— Maintenant, c'est fait. Joyeux anniversaire !

Cédant enfin à la joie que lui procurait cette attention, elle sauta au cou de Brett et l'embrassa.

— Merci…

Ce soir-là, Ella rentra précipitamment chez elle. Une fois de plus, elle avait manqué son rendez-vous avec l'inspecteur, mais les fondations de la première série de villas avaient satisfait aux normes de sécurité. Le toit ouvrant au-dessus de la piscine était enfin posé et les ascenseurs fonctionnaient normalement. De la réunion avec Tim, elle était ressortie suffisamment inquiète pour vérifier les emplois du temps journaliers des contremaîtres. Ces tâches supplémentaires avaient prolongé sa journée de travail jusqu'à 6 heures. Elle avait ensuite dû prendre un taxi pour aller récupérer sa voiture.

En débouchant au pas de course sur le palier de son appartement, elle eut la surprise de découvrir Jessie devant sa porte.

— Tiens, qu'est-ce que tu fais là ?

— J'allais te laisser un message, mais puisque tu es là… Tu es essoufflée. Tu as couru ?

— Je suis éreintée, avoua Ella en invitant sa mère à entrer.

— Je tombe mal ?

— Oui. Enfin, non. Je repars dans un instant.

— Tu as été retenue au chantier ?

— Non. Mais j'ai dû aller chercher des pneus neufs que m'a offerts un ami.

— Tu as des amis qui t'offrent des pneus, toi ?

Ella sortit un jean de velours côtelé vert d'eau du placard et s'examina dans la glace.

— Qu'en penses-tu ? demanda-t-elle à Jessie.

— Très joli. Tu as toujours eu le sens des couleurs. Ce qu'il te faudrait, ce sont des anneaux dorés aux oreilles. Pourquoi t'a-t-on offert des pneus ?

— Parce que les miens étaient lisses, répondit distraitement Ella en cherchant sa boîte à bijoux au fond d'un tiroir. Et il avait peur que j'aie un accident.

— Il… ? Je n'ai jamais rien entendu d'aussi romantique…

Ella haussa les épaules.

— Je ne vois pas en quoi offrir des pneus est romantique !

— Justement, tu ne vois jamais ces choses-là.

Devinant ce que sa fille allait répondre, elle leva la main.

— Je sais ! Moi, c'est l'inverse… Que veux-tu, je suis comme ça. Tu ressembles beaucoup plus à ton père qu'à moi. S'il n'était pas mort si jeune…

Jessie tapota les oreillers sur le lit, comme pour cacher son trouble.

— Tu l'aimais ? s'étonna Ella.

Aussitôt, elle se rendit compte de ce que sa question contenait de mépris.

— Pardon, je ne voulais pas te demander…

— Et pourquoi pas ?

Avec un soupir rêveur, Jessie plia un chemisier de sa fille.

— Je l'adorais. Nous étions jeunes, amoureux fous. C'est avec lui que j'ai connu le plus grand bonheur de ma vie. Au fond, c'est ce bonheur que j'essaie de retrouver avec les autres. Tu étais si petite quand il est mort… Tu ne peux pas te souvenir de lui… Mais tu lui ressembles d'une manière étonnante !

— C'est curieux… Je n'aurais jamais cru que tu avais tant de regrets, en pensant à lui.

— Pourquoi ? Parce que je suis volage ?

Avec des gestes précis et méticuleux, Jessie commença à faire le lit.

— La solitude me fait peur, que veux-tu. Une peur sûrement aussi grande que ton amour de l'indépendance. Si ton père avait vécu, j'aurais été différente, c'est certain. Et tu ne me ferais pas tous ces reproches.

— Pardon, je ne voulais pas te juger…

— Oh, je sais bien que tu désapprouves ma manière de vivre. Moi non plus, je ne te comprends pas toujours. Et pourtant, je t'aime.

— Moi aussi, je t'aime, maman. Et je voudrais que tu sois heureuse.

— A propos, je pars quelques jours.

— Ah ? Où ça ?

— A Las Vegas. Willie veut m'initier au black-jack.

— Tu pars avec M. Barlow ? !

— Ne fais pas cette tête ! Willie est un homme charmant, spirituel, délicat… Un vrai gentleman ! Il a loué deux suites séparées.

— Eh bien, bonne chance…

— J'en ai toujours eu. Tiens, tiens…

Jessie s'approcha avec curiosité de la commode.

— Où as-tu déniché ce collier ?

— C'est un cadeau. Tu le trouves joli ?

Déjà, Jessie paradait devant la glace, les perles à son cou.

— Et même beaucoup plus que ça, répondit-elle avec admiration. Tu ne devrais pas le laisser traîner…

— J'ai l'écrin, quelque part. Mais je vais le porter ce soir.

— A ta place, il ne me quitterait jamais. Qui te l'a offert ?

— Un ami.

— Allons, Ella…

Se taire ne ferait qu'exciter davantage la curiosité de sa mère.

— Brett. Il me l'a rapporté de San Diego.

— Eh bien… C'est le genre de cadeau qu'un homme fait à sa femme. Ou à sa maîtresse.

Ella se sentit rougir.

— Ce n'est pas grand-chose… Que vas-tu imaginer ?

— Pas grand-chose… des diamants ! ?

— Maman, ne sois pas stupide, tu veux ? Tu as déjà vu des diamants colorés ?

Jessie poussa un soupir à fendre l'âme.

— Ella, quelquefois, tu m'inquiètes. Je n'ai qu'une fille, et il y a tellement de lacunes dans son éducation…

Ouvrant son sac, elle en sortit un poudrier et désigna la petite glace ovale.

— Voilà du verre.

Elle fit glisser une des pierres à la surface du miroir.

— Maintenant, regarde.

— C'est rayé…

Ella était médusée.

— Bien sûr, reprit Jessie, puisque ce sont des diamants ! De cinq carats, je dirais. Tous les diamants ne sont pas blancs, tu le sais maintenant.

— Oh… Mon Dieu !…

— Pourquoi fais-tu cette tête ?

Pétrifiée, Ella n'osait plus bouger. Jessie lui attacha le collier autour du cou.

— Sur toi, ils font un malheur.

— Ce sont des vrais…, murmura Ella. Et moi qui les trouvais… jolis !…

— Achève de te préparer. Et va vite le remercier comme il se doit.

Où diable était Ella ? Elle avait eu largement le temps de rentrer chez elle, de jeter quelques affaires dans un sac, et de faire le trajet jusqu'à l'hôtel… Que signifiait ce retard ?

Brett se laissa tomber dans un fauteuil et alluma une cigarette. Regardait-on continuellement sa montre, quand on était amoureux ? Oui, c'était bien connu.

Sur le chantier, il s'était conformé à ses désirs toute la journée, ne s'adressant à elle que sur un ton strictement professionnel. Ils avaient d'ailleurs failli se disputer deux fois. Mais à cette heure, les masques étaient tombés et il ne pensait déjà plus qu'à elle.

Quand elle frappa, il se leva et gagna la porte en moins de quelques secondes. Dès qu'il la vit, son anxiété fondit comme neige au soleil.

— Ça valait le coup.

— Quoi donc ?

— D'attendre.

La prenant par le bras, il l'attira à l'intérieur. Mais au moment où il allait l'embrasser, il la sentit préoccupée.

— Qu'est-ce qui ne va pas ?

— Je ne sais pas. Enfin, si… Tu comprends, je ne m'en suis pas rendu compte tout de suite parce que je… je n'y connais rien… Et maintenant, je ne sais plus quoi penser.

— Ah.

Brett s'assit sur le canapé.

— Si tu recommençais, mais en précisant quelques détails, cette fois ? Par exemple, de quoi parles-tu exactement ?

Elle se laissa tomber à côté de lui en serrant les mains sur ses genoux.

— Du collier, naturellement.

— Je croyais qu'il te plaisait ?

— Bien sûr ! Il est magnifique… Mais ma mère est passée chez moi tout à l'heure. Elle part à Las Vegas avec M. Barlow.

Brett hocha gravement la tête.

— Et… c'est ça le problème ?

— Non, pas tout à fait. Elle dit que ces pierres sont des diamants, qu'il en existe des colorés.

— Ça concorde avec les dires du bijoutier. Et alors ?

— Alors ? Mais, Brett, tu ne peux pas m'offrir un aussi beau cadeau !

— Attends, je n'y comprends plus rien.

Il se souvint de son plaisir et de son excitation en ouvrant l'écrin et sourit.

— Tu es vraiment étrange, Ella. Ce collier te plaisait beaucoup tant que tu le croyais acheté dans un supermarché. Qu'y a-t-il de changé ?

Ella écarta les mains dans un geste d'impuissance.

— Je n'ai jamais eu de diamants de ma vie, dit-elle comme si ça expliquait tout.

— Tant mieux ! Je préfère être le premier à t'en offrir. Tu as faim ?

— Brett, tu ne m'écoutes pas…

— Je ne fais que ça depuis que tu es arrivée ! J'aimerais mieux t'embrasser…

— Je me demande si je dois le garder. Et en même temps, je n'ai pas du tout envie de te le rendre… Tu n'es vraiment pas gentil de m'avoir mise dans cette situation.

Brett se leva en secouant la tête.

— Tu as raison. Il faut vraiment être un salaud pour acheter un truc comme ça et espérer faire plaisir.

— Ce n'est pas ce que je voulais dire, et tu le sais. Oh… et puis zut !

Elle se jeta à son cou.

— Il est splendide, Brett.

— Je suis vraiment navré. La prochaine fois, j'en choisirai un très laid.

— Ne dis pas de bêtises. Il faut aussi que je te remercie pour les pneus.

Il lui effleura les lèvres de sa bouche.

— Mmh…

— Ma mère trouve que les pneus… c'est un cadeau très romantique…

— Voilà une femme sensée.

— Brett…

— Oui ?

Il la regarda dans les yeux, possédé par le désir.

— Ne m'offre plus d'aussi beaux cadeaux…

— D'accord. Alors, c'est toi qui m'invites à dîner.

— Tu… tu as vraiment faim ?

Elle l'embrassa. Il en perdait la tête.

— Plus tellement, finalement…

9

— Brett ! Tu veux bien répondre ?

Assise au bord du lit, Ella enfilait ses bottes de cuir. Qui donc pouvait bien la déranger à 7 heures du matin ?

Brett sortit de la cuisine, une tasse de café à la main. Ses cheveux étaient encore humides et sa chemise flottait, ouverte sur sa poitrine.

Jessie était sur le palier. Ils se sourirent.

— Bonjour !

— Bonjour... Vous êtes bien matinale !

— Oui, je voulais voir ma fille avant qu'elle parte pour le chantier. Euh... elle est là ?

— Dans sa chambre. Je vous sers du café ?

— C'est-à-dire que je... Ah, te voilà, dit-elle avec un sourire nerveux en voyant arriver Ella.

Tous trois se regardèrent, paralysés par la gêne. Ne sachant que faire de ses mains, Ella les fourra dans ses poches. Jessie s'installa sur le canapé.

— Cette tasse de café, ça tient toujours... ?

Dès que Brett eut disparu dans la cuisine, Jessie se tourna vers sa fille.

— Tu as deux minutes pour bavarder avec moi ?

Alarmée, Ella s'assit dans un fauteuil, face au canapé.

— Maman... Que se passe-t-il ?

Brett revint avec une tasse pleine qu'il tendit à Jessie.

— Je vais vous laisser bavarder tranquillement toutes les deux.

— Non, je vous en prie, Brett... asseyez-vous. Je suis

ennuyée de vous retenir, mais rassurez-vous, je n'en ai pas pour longtemps.

Elle prit une profonde inspiration avant de poursuivre.

— Je viens de rentrer de Las Vegas.

Ella essaya de plaisanter.

— Tu es ruinée, c'est ça ?

— Non. Je me suis mariée.

Ella écarquilla les yeux de stupeur.

— Quoi ?! Mais avec qui ?

— Avec Willie, bien sûr.

Quand Ella eut retrouvé un peu de calme, elle parla lentement, en détachant chaque syllabe.

— Tu as épousé M. Barlow à Las Vegas ?

— Il y a deux jours.

— Mais… tu le connais à peine.

— Depuis deux semaines, nous ne nous quittons plus. Il est merveilleux, chérie… Je dois reconnaître que je ne m'attendais pas à une telle proposition. On était là, devant cette petite chapelle, on est entrés et… et un prêtre nous a mariés.

— C'est vrai que tu n'en es plus à un mari près, lança Ella méchamment.

La consternation assombrit le visage de Jessie.

— Je voudrais que tu sois heureuse pour moi, ma chérie. Ou si c'est impossible, au moins que tu acceptes. Willie voulait venir avec moi, ce matin, mais il valait mieux que je t'annonce moi-même la nouvelle. Il t'aime beaucoup, tu sais.

— Moi aussi, dit Ella avec raideur. Je te souhaite bonne chance.

Le cœur de Jessie se serra.

— Bon. Je vais vous laisser. J'ai rendez-vous à 9 heures pour remettre ma démission à mon patron et elle n'est pas encore tapée.

— Parce que, en plus, tu démissionnes ?

— Oui. Je vais vivre à Dallas, chez Willie.

— Je vois. Tu pars quand ?

— Nous prenons l'avion cet après-midi. Mais je reviens dans une semaine, pour le déménagement... Je t'appellerai.

— Très bien, dit Ella avec froideur. Bon voyage, maman.

Brett se leva précipitamment pour raccompagner Jessie à la porte. Là, il l'embrassa affectueusement sur la joue.

— Tous mes vœux de bonheur, Jessie.

— Merci, répondit-elle, les yeux pleins de larmes. Prenez bien soin d'elle...

Brett referma la porte et se retourna.

Ella n'avait pas bougé. Elle était livide.

— Que t'arrive-t-il, chérie ? Tu as l'air si bouleversée...

— Il y a de quoi, non ?

— Parce que ta mère se marie ? Elle a tout de même le droit de vivre, non ?

Cette intervention mit le feu aux poudres.

— Vivre ! Tu appelles ça vivre ? Bob, trois ans de mariage ! Jim, six mois ! Bud, Bud Peters. Celui-là est resté sept ans, un record ! Je l'aimais beaucoup. Je ne te parle pas des autres, les... les oncles... de trois ou quatre semaines !

Brett essaya de l'apaiser.

— C'est sa vie, Ella...

— C'était la mienne aussi ! cria-t-elle. Tu sais ce que c'est que de se demander constamment quel sera le prochain nom de ta mère, dans quelle maison ou quel appartement tu vas vivre, dans quelle école on va t'inscrire ?

Brett songea au mariage heureux de ses propres parents, aux liens indestructibles qui unissaient sa famille.

— Non, je le reconnais. Mais tu n'es plus une enfant, maintenant. Tu n'es donc plus concernée directement...

— Tu ne comprends pas ! C'est la même histoire qui se répète depuis toujours ! J'ai vu ma mère tomber amoureuse et se lasser des dizaines de fois ! Et qu'elle se marie ou qu'elle divorce, dire toujours la même chose : c'est mieux pour tout le monde ! Eh bien, pas pour moi !

Brett la prit dans ses bras. Elle tremblait.

— En dépit de tout ça, elle t'aime comme une mère ! Te rends-tu compte de ce que ton attitude peut avoir de blessant ?

Ella se taisait. La serrant fort contre lui, Brett finit par l'apaiser à force de caresses et de mots tendres.

— Je sais bien que ma mère m'aime, soupira-t-elle. A sa manière. Mais pas comme je l'aurais voulu.

Doucement, elle s'écarta, un peu honteuse.

— Ma réaction est excessive, j'en conviens. Je lui parlerai à son retour. Pardonne-moi pour cette scène, Brett.

— Il n'y a rien à pardonner, c'est bien humain…

Il la serra contre lui, pour le seul plaisir de lui prodiguer sa tendresse.

— Je suis fou de toi, tu sais. Quand les travaux seront terminés, j'aimerais beaucoup que tu viennes avec moi en Floride. Pour prendre un peu de bon temps…

Ella n'eut pas le cœur d'émettre ses réserves habituelles.

— Pourquoi pas ? Tu me montrerais l'océan à moi qui ne t'ai pas encore montré le désert…

— On pourrait y remédier dès aujourd'hui, non ?

Avec des mots simples, et grâce à sa présence miraculeuse, il l'avait aidée à retrouver son équilibre menacé. Elle lui sourit.

— Non, pas aujourd'hui. Il ne faudrait pas négliger les travaux du nouveau mari de ma mère…

A son arrivée sur le chantier, Ella se rendit directement aux villas. En apercevant le chef électricien, elle agita la main.

— Bonjour, Tunney. Ça marche ?

— Bien, mademoiselle Wilson.

Il passa une main sur son front ruisselant de sueur.

— Vous pensez que l'installation électrique sera terminée dans les temps ? demanda-t-elle. Je vous avoue que Thornway est assez inquiet.

— Il n'y a pas de quoi. Jugez vous-même. Les menuisiers aussi avancent à pas de géant.

— Ces câbles viennent d'être livrés ? s'enquit-elle en désignant trois énormes bobines. Si les fournisseurs sont aussi consciencieux pour les délais, c'est merveilleux.

Distraitement, elle s'approcha d'une des bobines pour s'y adosser un instant. Elle aimait la forme que prenait peu à peu le centre de loisirs. Elle n'en avait pas encore parlé à Brett, mais elle commençait à percevoir sa vision. Et c'était beau cette magie, cette fantaisie, dans une des régions les plus arides du pays. Des coyotes erraient encore dans les collines, des serpents dans les rochers, mais l'homme y avait aussi sa place. Terminé, le centre ne se fondrait pas seulement avec le désert, il deviendrait le témoin de sa beauté sauvage.

— Ça va être quelque chose, hein ? dit-elle en hochant la tête.

— Ouais…

— Vous êtes déjà allé en week-end dans un endroit comme celui-ci, Tunney ?

— Non.

— Moi non plus. Nous, on les construit, c'est déjà pas mal…

— Ouais…

Tunney n'était pas bavard. Elle sentit son impatience.

— Mais je vous empêche de travailler.

Comme elle se redressait, l'extrémité d'un câble se prit dans l'ourlet de son pantalon. En se penchant pour se libérer, elle fronça les sourcils et, perplexe, prit le câble entre ses doigts pour l'examiner de plus près.

— Ça vient d'arriver, vous dites ?

— Il y a une heure à peine.

— Bon sang… vous avez vérifié ?

— Pas encore.

— Faites-le maintenant.

Les bras croisés, elle attendit son verdict.

— Ce n'est pas du quatorze, dit-il enfin.

— Non. Plutôt du douze…

— Oui, c'est aussi mon avis.

Elle fit rapidement le tour des trois bobines.

— Rien que du douze, Tunney, dit-elle avec consternation. Ils se sont trompés à la livraison. J'aurais dû m'en douter… C'était trop beau pour durer.

Elle essuya ses paumes moites sur son pantalon.

— Appelez tout de suite le fournisseur et demandez-lui s'il peut procéder à un échange standard sans délai. Heureusement qu'on a véri...

Un vacarme épouvantable de verre brisé et de cris couvrit le son de sa voix. Aussitôt, elle se mit à courir vers le centre de remise en forme. En arrivant, hors d'haleine, elle vit Brett penché sur le corps d'un homme gisant à terre, grièvement blessé, au milieu de débris de verre. Son cœur cessa de battre. Le blessé n'avait sûrement pas plus de vingt ans.

— C'est grave ? demanda-t-elle.

— Difficile à dire. Quelqu'un est parti appeler une ambulance.

— Que s'est-il passé ?

— Apparemment, il était sur un échafaudage, à l'intérieur, en train de poser des fils électriques. Il a dû perdre l'équilibre, faire un faux pas, je ne sais pas. En tout cas, il est tombé d'une bonne dizaine de mètres. A travers la vitre.

Ella se tordit les mains. L'attente des secours leur parut interminable. Dès que la sirène se fit entendre, elle prit en main la direction des opérations.

— Brett, va prévenir Tim. Vous, lança-t-elle vers le petit attroupement d'ouvriers, reculez, vous risquez de gêner les secours. Comment s'appelle le blessé ?

— Dave Mendez, répondit une voix.

— Il a de la famille ?

Un des ouvriers, témoin impuissant de la chute, leva la main. Il était livide.

— Il est marié. Sa femme s'appelle Carmen.

— Je m'occupe de la prévenir, intervint Brett.

Ella le remercia d'un regard.

— Je pars à l'hôpital. Dès que le chirurgien l'aura examiné, je téléphonerai.

Une demi-heure plus tard, Ella arpentait la salle d'attente en attendant le diagnostic. Elle ne connaissait pas personnellement Mendez, mais elle souffrait comme pour un ami de longue date. Elle se sentait de la même famille, car c'étaient des hommes comme lui qui concrétisaient ce qu'elle et Brett imaginaient sur le papier.

— Ella!

Elle se jeta dans les bras de Brett.

— Je croyais que tu n'arriverais jamais.

— Je suis allé chercher sa femme. Elle est en train de remplir les papiers.

— Comment réagit-elle?

— Elle est terrifiée. Mais très courageuse... Elle a peut-être dix-huit ans, pas plus...

— Tim est prévenu?

— Oui.

— Si seulement on pouvait voir le médecin!

Une jeune femme enceinte entra dans la pièce. Brett la prit par les épaules et l'entraîna vers une chaise, tant elle tremblait. Ella s'agenouilla devant elle et lui prit les mains. Elles étaient aussi petites que celles d'une enfant, et glacées.

— Madame Mendez, je suis Ella Wilson, l'ingénieur. Je vais rester avec vous. Voulez-vous qu'on appelle quelqu'un?

— *Mi madre*, répondit la jeune femme effrayée.

— Pouvez-vous me donner le numéro? demanda-t-elle doucement.

Ella tendit à Brett un petit morceau de papier où des chiffres étaient griffonnés d'une main malhabile. Et s'asseyant auprès de Carmen, elle lui apporta tout le réconfort dont elle était capable. L'attente dura plus de quatre heures. De temps à autre, Brett allait chercher du thé au distributeur, dans le couloir. Il rapporta même des sandwichs et des gâteaux que Carmen refusa.

— Il faut manger, la gronda doucement Ella. Pour le bébé.

— Pourquoi ne viennent-ils pas?

Ils durent patienter encore avant que le chirurgien apparaisse. Il sortait tout juste du bloc opératoire et paraissait épuisé. En l'apercevant, Carmen devint livide.

— Madame Mendez? dit-il. Je viens d'opérer votre mari. Il est actuellement en réanimation.

De violents tremblements saisirent Carmen. Incapable d'articuler le moindre son, elle attendait le verdict.

— Nous l'avons stabilisé. Il a fallu lui faire une ablation de la rate, et il a perdu beaucoup de sang. Mais il est jeune, en parfaite condition physique…

Carmen ferma les yeux. Rate, ablation, ces mots lui étaient inconnus. Une seule question l'obsédait.

— *Por favor*, il va mourir ?

— Nous allons faire tout ce qui est en notre pouvoir pour le sauver.

— Je peux le voir ? Maintenant ?

— Il faut attendre un peu. Nous viendrons vous chercher dès que ce sera possible.

Ella rattrapa le chirurgien dans le couloir, sous prétexte d'aller se rafraîchir un peu.

— Je vous en prie, soyez franc avec moi. Remarchera-t-il ?

— Je vous avoue qu'en le voyant arriver, j'en doutais. Il est encore un peu tôt pour se prononcer, mais j'ai bon espoir. Ce sera cependant au prix d'une rééducation draconienne.

Obéissant à un élan du cœur, Ella serra les mains du chirurgien entre les siennes.

— Merci, docteur.

Brett l'attendait sur le seuil de la salle d'attente. Un regard lui suffit pour comprendre qu'elle rapportait sinon de bonnes nouvelles, du moins un message d'espoir. Il l'enlaça.

— Tu as été merveilleuse avec Carmen. Elle avait besoin de parler, qu'on lui tienne la main.

— Ils étaient si heureux d'avoir bientôt un bébé…

— Tais-toi. Tout ira bien, il le faut.

— Je me sens tellement impuissante…

— Je vais te raccompagner chez toi.

Ella secoua la tête.

— Je ne veux pas la laisser.

— Alors, attendons l'arrivée de sa mère.

— Merci. Brett ?

— Oui ?

— Je suis contente que tu sois resté tout le temps.

Il frotta son nez contre le sien.

— Tu verras, tu n'es pas près de te débarrasser de moi…

Recroquevillée sur le canapé, Ella dormait profondément. A l'horizon, le soleil déclinait lentement. Tout en veillant sur son sommeil, Brett pensait à l'avenir. Désormais, il ne l'envisageait plus sans elle. Venir à bout de sa méfiance lui prendrait du temps. Mais il saurait gagner sa confiance et faire en sorte que leur amour soit éternel.

Il écrasa sa cigarette dans un cendrier et se leva pour prendre Ella dans ses bras. Elle s'éveilla dans un sursaut.

— Que… ?

— Tu es fatiguée, ma chérie. Viens te coucher.

— Non, non, je me suis seulement un peu assoupie.

Sourd à ses protestations, il la transporta jusqu'à son lit et commença à délacer ses chaussures.

— Je rêvais, murmura-t-elle.

— A quoi ? demanda-t-il en s'attaquant à son jean.

— Je ne sais pas exactement, mais c'était très bien. Dis donc, Brett, serais-tu en train de me séduire ?

Il regarda ses longues jambes, ses hanches étroites, puis son visage fatigué, ses paupières lourdes.

— Non. Pour ça, je te préfère en pleine possession de tes moyens.

Rabattant le drap sur ses épaules, il se pencha pour lui embrasser le front. Ella lui saisit la main.

— Ne pars pas.

Brett ôta ses bottes et s'allongea à côté d'elle.

— Qui te parle de partir ?

Les bras autour de sa taille, elle chercha ses lèvres.

— Vas-tu m'aimer ?

— Mais je t'aime déjà, murmura-t-il, oubliant aussitôt ses résolutions.

La lumière baissa peu à peu, s'adoucit, puis le ciel flamboya. Ils n'échangèrent pas un mot de plus. A quoi bon ? Jamais Ella ne se lasserait de le caresser. Etrange comme elle se

sentait en sécurité dans ses bras. Protégée, désirée, aimée…
Voilà ce dont elle avait toujours rêvé, non pas seulement du
plaisir, de la volupté et du désir, mais du bonheur de vivre
avec l'être aimé. En prenant son visage entre ses mains,
elle essaya de lui montrer ce qu'elle n'était pas encore tout
à fait prête à lui dire…

10

— Je suis vraiment soulagée que tu aies pu venir avec moi, déclara Ella.

Brett lui jeta un coup d'œil à la dérobée en se garant devant l'hôtel de Jessie et Willie.

Vêtue d'une légère robe blanche serrée à la taille par un foulard brillant vert émeraude, Ella jouait nerveusement avec son collier. Sur le trottoir, elle respira à fond pour se donner du courage. Le sentiment d'insécurité qui, à l'évidence, l'agitait parfois ne cessait d'étonner Brett. Ses clés dans sa poche, il la prit par le bras et l'entraîna dans le hall.

— Je ne vois pas pourquoi tu t'inquiètes autant.

— J'ai de bonnes raisons, crois-moi.

— Ella, il s'agit seulement de dîner avec ta mère et son dernier mari. Rien de bien nouveau pour toi, ajouta-t-il dans l'intention de la dérider.

Il y parvint presque.

— D'accord, je vais essayer de me calmer. Ça ne va pas être facile...

Le maître d'hôtel vint à leur rencontre.

— Madame... monsieur... Bonsoir. Une table pour deux ?

— Nous sommes attendus par M. et Mme Barlow.

— Ils viennent justement de descendre. Si vous voulez bien me suivre...

Il était tôt et de nombreuses tables étaient encore inoccupées. Au centre de la salle, des palmiers en pot encerclaient une petite fontaine d'où fusait la courbe gracieuse d'un jet d'eau. Attablés tout près, Barlow et Jessie se tenaient par la main. Barlow les aperçut d'abord.

— Quelle exactitude ! s'écria-t-il avec un entrain que démentait l'anxiété de son regard.

Il se leva et se tourna vers Ella.

— Puis-je embrasser ma belle-fille ?

— Bien sûr…

Elle lui tendit la joue, mais Barlow la prit dans ses bras et l'étreignit de toutes ses forces.

— J'ai toujours rêvé d'avoir une fille, murmura-t-il avec émotion. A mon âge, c'est une chance de réaliser ce rêve.

Gênée, Ella se pencha pour embrasser sa mère sur la joue.

— Tu as l'air en pleine forme. Vous avez fait bon voyage ?

— Oui. Dallas est une ville très agréable. J'espère que tu auras le temps de nous y rendre visite !

— Il y aura toujours une place pour vous à la maison, ajouta Barlow en malmenant son nœud de cravate.

— C'est gentil. Merci.

— Nous sommes désormais de la même famille !

— Désirez-vous un apéritif ? demanda le maître d'hôtel.

— Apportez-nous un dom-pérignon 71, décida Barlow.

Il y eut un silence lourd. Sentant la main d'Ella chercher la sienne sous la table, Brett décida de leur venir en aide.

— J'espère que vous viendrez faire un tour sur le chantier avant de rentrer à Dallas ?

Barlow saisit la perche que l'architecte lui tendait.

— C'était bien notre intention !

Brett poursuivit sur sa lancée. De temps à autre, il parvenait à dérider un peu les deux femmes. Sans toutefois que Jessie cesse de froisser nerveusement sa serviette. De son côté, Barlow passait sans arrêt un doigt dans le col de sa chemise en toussotant et touchait à la moindre occasion la main de Jessie, son bras, son épaule…

Comme ils ont besoin de se rassurer…, songea Ella. Et cela, elle le sentait bien, uniquement à cause d'elle, de son égoïsme, de sa mesquinerie. Pourquoi ne pouvait-elle donc leur donner sa bénédiction ?

310

Le sommelier apporta le champagne. Le bouchon sauta sans bruit, et les visages se détendirent un peu. Barlow goûta, approuva. Le liquide pétillant moussa dans les verres.

— Je voudrais porter un toast, commença Brett.

Ella lui posa une main sur le bras.

— Non, moi d'abord.

Ils se tournèrent tous vers elle, redoutant visiblement ce qui allait suivre.

— A votre bonheur, dit-elle simplement. Willie, j'espère que vous aimerez ma mère autant que je l'aime.

Jessie toussota, tenta sans succès de se ressaisir. Et brusquement, elle se leva.

— Excusez-moi, bredouilla-t-elle. Je reviens tout de suite...

Elle s'éloigna rapidement, presque en courant. Barlow cligna des yeux et, avec un large sourire, il prit la main d'Ella.

— C'est très gentil, Ella. Je saurai prendre soin d'elle, je vous le promets.

Ella hocha la tête.

— Je n'en doute pas. A mon tour de vous demander de m'excuser...

Elle retrouva Jessie au vestiaire des femmes. Assise dans un fauteuil tendu de velours blanc, elle pleurait à chaudes larmes. Ella s'approcha doucement et lui posa la main sur l'épaule.

— Je t'ai fait de la peine ?

Jessie secoua énergiquement la tête en se tamponnant les yeux.

— Au contraire ! Tu as dit exactement ce qu'il fallait pour me combler de joie...

— Je suis vraiment désolée d'avoir été aussi dure, maman.

— Non, tu n'as rien à te reprocher. Je sais que j'ai souvent manqué à mes devoirs, ma chérie. Je le regrette profondément. Quelquefois, c'est toi qui as payé pour mes erreurs... Il est bien normal que tu m'en veuilles...

Certes, il était arrivé à Ella de maudire sa mère, les jours de désespoir. Mais à quoi bon évoquer ces temps difficiles ? L'heure était à la joie, aux bons souvenirs.

— Tu te souviens quand je suis rentrée de l'école avec les genoux en sang ? Bob Hardy m'avait fait tomber de vélo. Mon pantalon et ma chemise étaient en lambeaux…

— Ce gamin était tellement insupportable, soupira Jessie.

— Tu m'as couverte de mercurochrome et tu m'as câlinée jusqu'à ce que j'arrête de pleurer. Puis tu es allée trouver Mme Hardy pour lui dire ta façon de penser.

— Et comment ! Je crois qu'elle n'en est toujours pas revenue !

— Le soir, elle a obligé Bob à venir me faire des excuses. Il ne m'a plus jamais embêtée. Grâce à toi.

Jessie soupira de nouveau, assaillie par une nouvelle vague de larmes.

— Si tu savais comme je t'adorais… Et pourtant, je n'ai jamais su m'y prendre avec toi quand tu étais enfant. Il est bien plus facile de parler à une femme qu'à une petite fille.

Ella l'embrassa tendrement sur la joue.

— Attention, maman… Tu vas abîmer ton maquillage.

Consternée, Jessie se leva pour voir l'étendue du désastre dans le miroir.

— Quel gâchis ! Willie va s'enfuir en courant !

— Je crois que tu n'as aucun souci à te faire ! Tout de même, mets-toi vite un peu de poudre avant que le champagne ne soit tiède…

En entrant dans l'appartement d'Ella, Brett commença par enlever sa cravate.

— Finalement, ça ne s'est pas trop mal passé.

— Plutôt bien, même, répondit-elle en lançant ses chaussures à l'autre bout de la pièce.

Voyant Brett approcher de la fenêtre, elle fronça les sourcils.

— Tu as l'air bien préoccupé, depuis tout à l'heure.

Il se retourna lentement. Un peu gênée d'être dévisagée avec autant d'insistance, elle essaya de sourire.

— Qu'y a-t-il ?

312

— Rien… Rien du tout. Je pense à certaines choses, c'est tout.

— Tu es inquiet pour le chantier ?

— Non.

Le regard sombre et grave de Brett lui donna le frisson.

Il veut rompre, songea-t-elle, affolée. S'humectant les lèvres, elle se prépara à l'inéluctable. Elle s'était promis d'être forte, le moment venu. Pourquoi avait-elle soudain envie de mourir… ?

— Tu veux qu'on parle ? insista-t-elle, préférant le danger à cette incertitude.

Il jeta un coup d'œil circulaire autour de lui. Comme d'habitude, l'appartement était très en désordre. Il lui ferait sa déclaration, même s'il n'y avait ni clair de lune, ni musique douce, ni bougies à la flamme vacillante… Il ne mettrait pas non plus un genou à terre, non. Et pourtant, le moment le plus important de son existence était arrivé.

— Oui, dit-il. Je crois que ce serait bien…

La sonnerie du téléphone les fit tous deux sursauter. Comme dans un rêve, Ella s'approcha de l'appareil et décrocha.

— Allô ?… Je… oui, il est là.

Le visage impassible, elle tendit le combiné à Brett.

— C'est ta mère.

Elle n'entendit rien de la conversation, trop occupée à rassembler ses forces en prévision de l'affrontement qui allait suivre. Comme Brett quelques minutes plus tôt, elle marcha jusqu'à la fenêtre, jouissant des derniers instants de paix avant l'orage. Une question sournoise lui venait à l'esprit : pourquoi envisageait-elle toujours systématiquement le pire ?

— Ella ?

Elle sursauta, puis se tourna vers lui. Il avait raccroché.

— Oui ? Rien de grave, j'espère ?

— Il ne faut pas m'en vouloir d'avoir donné ton numéro à ma mère. Elle doit toujours savoir où me joindre depuis que mon père a eu une crise cardiaque, il y a deux mois.

— Oh, je suis désolée. Il va bien, au moins ?

— Oui, rassure-toi. Elle voulait seulement me communiquer les résultats de ses dernières analyses.

— Tu as dit deux mois… C'est arrivé à peu près à l'époque des réunions préparatoires, n'est-ce pas ?

— Oui…

Elle ferma les yeux, soudain envahie par la honte.

— Pourquoi diable ne m'as-tu rien dit, le premier jour ?

— Ça ne te concernait pas. A l'époque.

Lui prenant la main, il la porta à ses lèvres.

— Les temps changent. Ella…

Quand la sonnerie du téléphone retentit de nouveau, il faillit arracher le fil. Riant de son mouvement d'humeur, Ella alla répondre.

— Allô ? Madame Mendez ! Comment va votre mari ?… Je suis bien contente… Non, vous ne me dérangez pas du tout… Ce soir ? Eh bien, je… Oui, vous avez bien fait. C'est important. Nous serons là dans vingt minutes. A tout à l'heure.

— Dans vingt minutes… ? Mais où ça ? s'enquit Brett quand elle eut raccroché.

— A l'hôpital. Carmen semble bizarre, très agitée… On a installé Mendez dans un autre service. Il paraît qu'il veut absolument nous parler.

— On y va, mais à une condition.

— Laquelle ?

— A notre retour, tu débranches le téléphone.

Ils trouvèrent Mendez allongé sur le dos, le corps relié à plusieurs sondes et appareils de contrôle.

— C'est gentil d'être venus.

Ella posa affectueusement la main sur l'épaule de Carmen.

— Avez-vous besoin de quelque chose ? demanda-t-elle.

Stupéfaite, elle vit les yeux du jeune homme s'emplir de larmes.

— Non, *gracias*. Carmen m'a raconté combien vous aviez été généreux avec elle.

Il s'humecta les lèvres, et quelques gouttes de sueur perlèrent sur son front.

— J'ai bien cru que j'allais mourir sans m'être mis en règle avec ma conscience. Carmen et moi avons longuement parlé. Et nous avons décidé de tout vous dire.

Il avala sa salive et ferma les yeux un moment.

— Nous avions besoin de cet argent... pour le bébé. Quand M. Tunney m'a fait cette proposition, je savais que c'était mal, mais je voulais tant de choses pour Carmen et notre enfant. Et moi-même...

Mal à l'aise, Ella échangea un bref regard avec Brett, et s'approcha du blessé.

— Que vous a demandé exactement M. Tunney?

— Seulement de fermer les yeux sur son trafic. La plupart des câbles que nous utilisons sur le chantier ne sont pas conformes.

Ella sentit son estomac se nouer.

— Tunney vous a payé pour installer des câbles électriques non conformes?

— Oui. Pas tous, et pas partout. Il n'a pas confiance dans tous ses hommes, vous comprenez. Quand une livraison arrive, il dirige les mauvaises bobines vers certains d'entre nous. Je sais que je risque la prison en vous avouant cela... Tant pis. Je ne peux plus vivre avec ce mensonge.

— Je ne comprends pas. Les câbles sont vérifiés par un inspecteur. A moins que...

— Il est de mèche, lui aussi. Souvenez-vous... quand il vient, M. Johnson et vous êtes presque toujours retenus ailleurs. Ce n'est pas par hasard...

Un doute affreux s'insinuait peu à peu dans l'esprit d'Ella.

— De qui Tunney reçoit-il ses ordres? demanda-t-elle.

Le jeune homme hésita longtemps avant de répondre.

— De M. Thornway lui-même. Et il n'y a pas que les câbles, d'après ce que j'ai entendu dire : certains rivets, certaines feuilles d'acier, une partie du béton armé...

— Nous allons rendre l'argent, intervint Carmen.

— Ne vous inquiétez pas de ça, dit Ella d'un ton apaisant.

Ni du reste. Vous avez bien agi en me prévenant. M. Johnson et moi allons nous occuper de tout ça. La police aura peut-être besoin de votre témoignage.

Instinctivement, Carmen posa la main sur son ventre.

— Nous ferons ce que vous nous demanderez. *Por favor...,* mon mari n'est pas un mauvais homme...

— Je sais. Vous n'avez rien à craindre.

Ella ressortit de la chambre aussi étourdie qu'après une chute.

— Qu'allons-nous faire ?

— Rendre une petite visite à Tim, répondit Brett en la prenant par les épaules. Mais auparavant, je vais prévenir Nathan. Attends-moi là, j'en ai pour une minute...

Ils n'échangèrent pas une parole en chemin. Ella songeait avec désespoir à l'entreprise que le père de Tim avait bâtie pierre par pierre, à sa réputation durement acquise. Dès la première année, Tim Thornway avait ruiné le travail de toute une vie...

— J'aurais dû m'en douter, murmura-t-elle en arrivant chez Tim. Le jour de l'accident de Mendez, j'étais avec Tunney. On venait de livrer du câble. J'ai vérifié tout à fait par hasard. C'était du douze. Avec l'accident, je n'y ai plus pensé...

Brett se gara et se tourna vers elle.

— Si tu m'attendais ici ?

— Non. Je veux être présente.

— Un quart d'heure plus tard, et vous n'auriez trouvé personne, s'exclama Tim en leur ouvrant. Marci et moi, nous sortons ce soir. Elle finit de s'habiller. Entrez donc ! Je vous offre l'apéritif...

Ils le suivirent jusqu'au salon. Mais au moment de s'asseoir, Brett lui fit face et le toisa.

— Tim, nous avons besoin d'une explication, dit-il avec froideur.

— Pourquoi utilisez-vous du matériel non conforme aux spécifications pour le projet Barlow ? enchaîna Ella.

Le visage de Tim prit une couleur de cendre.

— Mais vous êtes complètement fous ! De quoi parlez-vous ?

— De pots-de-vin, de dessous-de-table, de chantage, accusa Ella.

Tim se mit à transpirer.

— J'ignore à quoi vous faites allusion ! Et je vous avertis… je n'apprécie pas du tout vos accusations. Tout ce que je fais est parfaitement légal. Si c'est une plaisanterie…

Il se servit un whisky qu'il avala d'un trait.

— Franchement, Ella, vous me décevez beaucoup. Mon pauvre père doit se retourner dans sa tombe…

— Assez joué la comédie, Thornway, intervint Brett. Nous savons tout. Nous avons même des témoins.

— Vos accusations sont ridicules, mais je vais faire mon enquête. Si quelqu'un s'est permis d'acheter du matériel au rabais, je prendrai les sanctions qui s'imposent.

Ella lui posa une main sur le bras et le regarda droit dans les yeux.

— Parfait. Appelez l'inspecteur.

— Vous pouvez y compter.

— Tout de suite, Tim.

— Je ne vais certainement pas le déranger un samedi soir.

Oh ! je suis sûre qu'il sera très intéressé. Pendant que vous y êtes, appelez aussi Tunney.

Cette fois, Tim parut comprendre que ses protestations d'innocence étaient inutiles. Sans un mot, il s'affaissa dans un fauteuil et avala un deuxième whisky d'un trait.

— Ça doit pouvoir s'arranger, murmura-t-il enfin. Disons que j'ai pris certains raccourcis. Rien de très grave, croyez-moi.

— Mais pourquoi ? explosa Ella. Pour quelques dollars de plus ?

Tim eut un rire strident. Le masque était bel et bien tombé.

— Quelques dollars ? Des milliers, vous voulez dire ! J'avais besoin de cet argent ! Pour Marci !

Il leva les yeux comme s'il voyait la chambre à travers le plancher.

— Elle est belle, exigeante et jamais satisfaite. Plus je lui en donne, plus elle en veut ! Pour emporter le marché, j'ai dû faire une offre ridiculement basse à Barlow. Il fallait bien que je trouve le moyen de rentabiliser l'affaire. Depuis que j'ai repris la direction de la Thornway, les dettes s'accumulent. J'ai perdu cinquante mille dollars sur le projet Lieterman. Et ce n'est pas tout… Depuis neuf mois, le compte commercial de la Thornway est à découvert. Si en plus des économies réalisées j'avais pu empocher la prime, j'aurais enfin comblé le déficit.

— Et si un incendie électrique s'était déclaré ? intervint Brett avec colère.

— C'était un risque à prendre. Vous préfériez que je dise à Marci que nos finances ne nous permettaient pas de partir en Europe cet été ?

— Ce que vous allez être obligé de lui dire est dix fois pire, Tim. Car vous comprenez bien que, maintenant, les travaux ne reprendront qu'après une enquête serrée.

— Vous n'avez encore prévenu personne ?

— Non, répondit Ella. En souvenir de votre père, j'ai voulu vous laisser une chance de vous racheter.

Tim réfléchissait très vite.

— Je voudrais d'abord préparer Marci. Laissez-moi vingt-quatre heures, je vous en prie.

Ella n'hésita pas.

— D'accord. Après-demain, vous organiserez une réunion générale de tous les responsables dans votre bureau.

— Je n'ai pas le choix, murmura Tim, atterré.

Brett et Ella prirent congé, laissant derrière eux un homme brisé et affreusement seul.

*
* *

Tim était seul dans le salon. Il imagina brusquement les conséquences terribles de sa déchéance. Là-haut, insouciante, égoïste et capricieuse, sa femme se faisait belle.

Il jeta rageusement son verre qui se fracassa contre le mur. Il la haïssait. Il l'adorait ! Si jamais elle le quittait...

Non, la seule pensée du départ de Marci lui était intolérable. Comme l'idée du scandale qui allait éclater le lendemain à Phoenix. Il serait crucifié, honni, accusé, il allait tout perdre.

A moins que...

Il restait peut-être une chance. Il y en avait toujours une. Titubant jusqu'au téléphone, Tim Thornway composa un numéro.

11

Ella ouvrit les yeux. Un bruit venait de la réveiller. Un bruit ou un rêve ? Elle roula sur le côté, cherchant Brett de la main. Personne…

— Brett ?

— Je suis là !

Debout dans la pénombre, près de la fenêtre, il fumait.

— Qu'y a-t-il ? demanda-t-elle.

— Je n'arrive pas à dormir.

Elle se redressa et écarta les cheveux qui lui tombaient sur les yeux.

— Viens quand même près de moi… On n'est pas obligés de dormir…

— Tu es insatiable… Je n'aurais jamais pensé qu'un jour, je rencontrerais une femme capable de m'épuiser !

— C'est un compliment ?

— Non, une constatation, répondit-il en s'asseyant au bord du lit.

— Tu es habillé ? Pourquoi ?

— Je m'apprêtais à sortir. Pour une balade en voiture… J'hésitais à te réveiller.

— Tu aurais dû. Où veux-tu aller ?

— Devine. Je dois voir ça de mes propres yeux ! Peut-être qu'ensuite, je pourrai penser à autre chose.

— Je viens avec toi. Tu veux bien m'attendre ?

— Bien sûr.

Il lui embrassa la main.

— Merci…

Ils quittèrent la route bordée de maisons et de magasins. Le ruban d'asphalte se déroulait maintenant dans l'immensité du désert. Ella entendit le cri d'un coyote. Autour d'eux, les dunes n'étaient que des ombres indistinctes happées par la nuit fraîche.

— C'est la première fois que je fais ce chemin la nuit. Quel calme… On aimerait que ce soit toujours ainsi…

— Curieuse réflexion pour un architecte… D'ordinaire, en voyant ces terres désertiques, les gens de notre profession pensent plutôt à les couvrir de constructions.

Elle resta silencieuse un instant.

— Toi aussi d'ailleurs.

— Non. Certaines choses sont inviolables.

Ella sourit.

— Je t'aime bien, Johnson.

— Merci, Wilson. Moi aussi.

Elle conduisait. Il lui entoura les épaules du bras et joua avec ses cheveux.

— Tu disais une fois que ce contrat était ton dernier avec la firme Thornway, dit-il. Tu as reçu des propositions ?

— Non. Je ne cherche pas un autre employeur.

Il était le premier à qui elle parlait du projet qui lui tenait à cœur.

— Je vais travailler pour mon compte, monter ma propre affaire. Je mets de l'argent de côté depuis un certain temps.

— C'est un grand pas pour toi, n'est-ce pas ?

— Oui. Je dois tout au père de Tim. Il est le seul à m'avoir donné une chance. Mais depuis que Tim a pris sa place, les choses ont changé. Et pour cause…

Son regard fut attiré vers l'horizon. Le jour se levait.

— Je n'arrive toujours pas à y croire. Je pensais le connaître et… Comment un homme peut-il en arriver à de telles extrémités simplement pour plaire à une femme ?

— Par amour. Tout simplement.

— Peut-être l'aime-t-elle aussi. Et pas seulement pour son argent.

Brett secoua lentement la tête.

— Non, Ella. Il y a de fortes chances pour que Marci Thornway reprenne bientôt sa liberté.

— C'est cruel. Il est tout de même son mari…

Elle ralentit. Ils arrivaient sur le chantier. Brett remarqua une voiture qui en sortait.

— Tiens, c'est étrange… Je me demande qui c'est…

— Des gosses, probablement.

— A cette heure-ci ?

La voiture s'engagea sur la piste.

— En tout cas, si c'était des vandales, nous le saurons bientôt.

Ils s'arrêtèrent près de la grue, descendirent de voiture et, main dans la main, contemplèrent leur œuvre commune.

— Quand je pense qu'il va falloir en démolir une partie, murmura Brett. Sinon la totalité.

— On reconstruira tout.

— Peut-être… mais ce ne sera pas facile.

Ella comprenait maintenant tout ce que Brett avait mis de lui-même dans cette construction — son imagination, sa sensibilité, son cœur.

— Je crois que le moment est venu de te dire la vérité, dit-elle soudain.

Il lui embrassa doucement les cheveux.

— A quel propos ?

— A propos d'ici. J'avais tort. Tu avais raison.

Prenant son temps, il l'embrassa tendrement sur la bouche.

— Ça ne change pas grand-chose entre nous…

— Continue comme ça, et je ne te dirai pas ce que je pense.

— C'est-à-dire ?

S'écartant de quelques pas, les mains dans les poches, elle tourna lentement sur elle-même.

— Cet endroit est merveilleux. Et je ne dis pas ça pour te faire plaisir, ni pour te consoler. Il m'a fallu quelques semaines pour bien voir ce que tu voulais exprimer, par le biais de cette construction. Eh bien, c'est très beau, Brett. Et majestueux. Quand ça sera terminé, ce sera une véritable œuvre d'art.

A cet instant, le soleil apparut au-dessus de la montagne et avec lui, les premières lueurs du jour.

— Tu peux être fier de toi. Moi, je le suis. Quand le moment sera venu de reconstruire, je veux être là, à tes côtés. Enfin, il y aurait bien quelques modifications à apporter…

Il rit et l'attira contre lui. En quelques mots, Ella venait de lui apporter un immense réconfort.

— C'est plus fort que toi, hein ?

— Des modifications minimes, Brett.

— Naturellement.

— Mais nous avons tout le temps d'en reparler.

— Je ne changerai pas mes plans d'un iota, Ella.

— Brett…

— Allons faire un tour. Après tout, c'est pour ça que nous sommes venus ici, coupa-t-il.

Toujours main dans la main, ils se dirigèrent vers le bâtiment principal.

— L'enquête risque de compromettre tes velléités d'indépendance. Du moins pour un temps.

— Je sais. J'y penserai plus tard. Au fait, qu'a dit Nathan ?

— Qu'il prenait le premier avion, répondit-il en poussant la porte. Il sera là tout à l'heure.

Deux jours plus tôt, les plâtriers avaient terminé leur travail. Les cabines d'ascenseur, qui avaient causé tant de souci à Ella, fonctionnaient maintenant parfaitement, et attendaient toutes au rez-de-chaussée. Les échafaudages étaient en place pour la construction des escaliers en spirale. Dans ce silence tellement inhabituel, Ella et Brett partageaient la même émotion, la même tristesse. Tout ce travail, bientôt réduit à néant…

— Ça fait mal, dit-elle.

— Oui, soupira Brett. Mais nous y survivrons. Je préfère simplement ne pas être là quand ils commenceront à tout casser.

— Je ne veux pas voir ça, moi non plus. Je vais te proposer quelque chose, ajouta-t-elle avec un sourire. Quand les travaux seront terminés, que tes damnées cascades fonctionneront, je t'offrirai un week-end ici.

— On n'est pas obligés d'attendre ! J'ai fait les plans d'un centre similaire à Tampa. Il est déjà ouvert.

— Il y a des cascades ?

— Non ! Juste un petit lac au milieu du hall.

— Oh… mais il fait noir comme dans un four, ici.

— J'ai une lampe torche dans la voiture. Attends-moi, je vais la chercher.

Restée seule, Ella leva les yeux vers le ciel. La faible lumière de l'aube pénétrait dans le bâtiment, joliment teintée par le verre du dôme. Elle se représentait sans peine la splendeur des meubles, des plantes et des fleurs qui orneraient le rez-de-chaussée, le luxe des luminaires, le brouhaha des conversations, le doux clapotis des fontaines… Un jour, Brett et elle reviendraient ici. Ce jour-là, ils se rappelleraient comment tout avait commencé. Rêvant éveillée, elle approcha des immenses canalisations grimpant le long d'une paroi en imaginant le mur aquatique qui la dissimulerait bientôt. Ce serait splendide. Elle le voyait déjà…

Tout à coup, un détail étrange attira son regard. Un petit tas de mortier… Pourquoi les ouvriers l'avaient-ils oublié là ? Intriguée, elle s'accroupit pour l'examiner de plus près et tendit la main pour toucher. On aurait dit du mastic…

Un frisson d'horreur l'ébranla. Prestement debout, elle courut vers la porte en hurlant le nom de Brett.

Brett entendit son cri au moment où il refermait le coffre de la voiture. Il releva brusquement la tête, son cœur cessa de battre. Déjà, il courait à perdre haleine vers le bâtiment principal.

A mi-chemin, une formidable explosion retentit.

Au même instant, un mur d'air chaud, de bris de verre et de débris métalliques le heurtait de plein fouet. Le choc le laissa étourdi quelques secondes — une dizaine, pas davantage. Bondissant comme un tigre, il reprit sa course, ignorant qu'il était blessé à la tempe et que le sang coulait. Il ne voyait que les flammes qui s'échappaient par les baies vitrées pulvérisées. Les explosions se succédaient très rapidement, comme sur un champ de bataille. Il criait le nom d'Ella à tue-tête, tout son être possédé par une angoisse insoutenable. Toussant, pleurant, il s'accroupit devant la porte et entra.

A travers l'épaisse fumée, il vit des murs entiers effondrés, ainsi qu'une partie du toit. Aveuglément, au milieu du fouillis de verre et d'acier, il progressa vers l'intérieur. Sans se soucier du métal qui lui lacérait les paumes, ni du sang et des larmes qui lui brouillaient la vue, il continuait sa lente avancée dans les entrailles de l'enfer.

Apercevant par miracle la main d'Ella, il commença à dégager son corps inerte, au milieu des flammes. Elle lui apparut bientôt, couverte de débris et baignée de sang. Sans même savoir si elle était encore vivante, il la souleva avec mille précautions. Puis, talonné par la terreur et un désir farouche de triompher de la mort, il reprit sa marche pénible en sens inverse. D'un moment à l'autre, le bâtiment allait s'effondrer et les ensevelir tous les deux.

Il parcourut une dizaine de mètres à l'air libre sans même s'en apercevoir, tant la fumée était épaisse. La terre disparaissait sous les débris de verre, de métal et de bois. Chaque inspiration lui brûlait les poumons. Epuisé, il marcha encore quelques mètres, Ella dans les bras.

Brusquement, il s'effondra.

Il entendit vaguement le hurlement des sirènes. Tout ce sang sur le visage d'Ella, dans ses cheveux... Ses forces le quittaient peu à peu, mais il continuait de lui crier son nom. Il approcha une main tremblante de sa gorge.

Il n'entendit pas le fracas apocalyptique derrière lui quand le bâtiment s'écroula. En revanche, il perçut le battement faible du cœur d'Ella...

12

— Vous avez besoin de soins, monsieur Johnson.

L'angoisse décuplait les forces de Brett. S'apercevait-il seulement qu'il tenait le médecin par le col de sa chemise ?

— Non, laissez-moi ! Je veux d'abord savoir où vous avez transporté Ella.

— Mlle Wilson est entre les mains des meilleurs spécialistes, répondit le Dr Holm.

— Où ? ! cria Brett.

Holm songea un instant à appeler de l'aide, puis il se ravisa.

— On est en train de la préparer pour l'opération. Nous ne savons pas encore si son état est grave…

Brett s'affaissa sur une chaise. Mais sans lâcher la veste du médecin.

— Je veux la voir.

— C'est impossible pour le moment. Vous avez déjà beaucoup de chance d'être en vie tous les deux, monsieur Johnson.

Holm desserra prudemment les doigts de Brett crispés sur son col.

— Laissez-vous soigner. Dès qu'elle sortira de la salle d'opération, on viendra vous chercher.

Brett baissa les yeux sur ses mains. Elles étaient gonflées et couvertes de sang séché.

— Excusez-moi, soupira-t-il, vaincu.

— D'après les renseignements qui m'ont été fournis par l'ambulancier, vous avez plusieurs blessures à la tête. A en juger par l'état de vos vêtements, vous devez être touché ailleurs. Je vais vous ausculter.

— Messieurs…

Le médecin et Brett tournèrent la tête vers la porte qui venait de s'ouvrir. Un homme en civil, exhibant un badge, venait d'entrer.

— Lieutenant Asaro de la police criminelle. J'aimerais vous parler, monsieur Johnson.

— Vous ne voyez pas que cet homme est grièvement blessé ? protesta Holm. Attendez au moins qu'il ait reçu les premiers soins !

Asaro avisa une chaise et y prit place, l'air renfrogné.

Raisonnable à présent, Brett s'assit sur la table d'examen et enleva ce qui restait de sa chemise. Comme l'avait soupçonné le médecin, il était couvert de brûlures et de coupures. Holm commença par nettoyer la plaie à la tempe. Asaro ne fut pas long à rompre le silence.

— Pourriez-vous me dire ce que Mlle Wilson et vous-même faisiez sur le chantier à l'aube ? demanda-t-il tout à coup.

— Elle est ingénieur. Et moi architecte.

— Je vais être obligé de vous insensibiliser, dit Holm.

Brett hocha la tête.

— Hier soir, nous avons appris que certains responsables avaient commis des irrégularités. Notamment en achetant des matériaux au rabais et non conformes aux spécifications.

— Qui vous l'a dit ?

— Je préfère ne pas divulguer son nom. En revanche, je veux bien vous répéter ce que je sais.

Asaro brancha un petit magnétophone.

— Volontiers.

Pendant que le médecin le soignait, Brett raconta toute l'histoire. Il n'omit aucun détail, excepté le nom de Mendez, mais il parlait comme un automate, l'esprit ailleurs, obsédé par l'image d'Ella allongée sur la table d'opération. Lorsqu'il en vint à l'épisode de la voiture rencontrée à l'entrée du chantier, il secoua la tête.

— Je n'ai pas vu le visage du conducteur. Mais je suis

pratiquement certain que c'est lui qui a posé des explosifs partout dans les bâtiments du centre, pour faire disparaître les preuves…

— Est-ce une accusation, monsieur Johnson ?

— Se sentant pris à la gorge, Thornway a paniqué et décidé de tout détruire. Dès qu'Ella sortira de la salle d'opération, j'irai le tuer. De mes propres mains. C'est terminé ? demanda-t-il avec impatience au médecin.

— Pas tout à fait. Vous avez des morceaux de verre dans le dos, et quelques belles brûlures au troisième degré.

— Monsieur Johnson, reprit le policier, je vous remercie de votre coopération. Un conseil cependant… En présence d'un policier, faites attention à ce que vous dites.

Brett haussa les épaules, mouvement qui lui arracha une petite grimace de douleur.

— Je me fous de ce qui peut m'arriver, lieutenant. Il y a dans cet hôpital une femme que j'aime plus que tout au monde. Si vous aviez vu dans quel état on l'a transportée ici… Son seul crime, c'est d'avoir eu la générosité d'accorder quelques heures à ce salaud pour préparer sa femme au scandale. En guise de remerciement, il a failli la tuer.

Asaro se leva.

— La justice va s'occuper de lui. Laissez-la faire. Je reprendrai contact avec vous.

— Vous allez être hospitalisé un jour ou deux, reprit Holm dès qu'ils furent seuls. L'infirmière vous donnera des analgésiques. Maintenant, vous allez pouvoir vous reposer un peu.

— Il n'en est pas question tant que je n'aurai pas vu Ella. A quel étage est-elle ?

Holm comprit qu'il était inutile d'insister.

— Comme vous voudrez. Elle est au cinquième. Il y a une salle d'attente confortable, vous verrez. Faites-moi plaisir, arrêtez-vous à la pharmacie au passage, d'accord ?

Il rédigea hâtivement une ordonnance et la lui tendit.

— Merci, dit Brett en l'empochant. Je vous remercie sincèrement, docteur.

Ses blessures le faisaient souffrir, mais il ne s'arrêta pas à la pharmacie. Il n'avait pas une minute à perdre. La salle d'attente ne lui était pas inconnue. Il y avait passé plusieurs heures avec Ella, en attendant d'avoir des nouvelles de David Mendez. Il se souvint de l'inquiétude d'Ella, de sa douceur avec Carmen. Aujourd'hui, c'était elle qui était allongée sur une table d'opération, entre la vie et la mort, et tout ça pour quoi ? Pour les misérables dollars empochés par ce bandit de Tim Thornway ! Un gémissement de rage lui échappa et il serra les poings. Puis il se laissa tomber dans un fauteuil et y resta prostré.

— Brett ?

Les cheveux en bataille, les traits tirés, Jessie entra dans la salle d'attente, Barlow sur les talons.

— Qu'est-il arrivé à Ella ? On m'a dit qu'il y avait eu un accident au chantier ! Mais que faisait-elle là-bas, un dimanche matin à l'aube ?

Se rendant soudain compte de l'état de Brett, elle porta la main à sa bouche et retint un cri d'effroi.

— Mon Dieu ! Brett, comment est-elle ?

Barlow lui prit la main et l'obligea à s'asseoir.

— Calme-toi, ma chérie. Et ne fatigue pas Brett. Il est suffisamment mal en point…

— Ils sont en train de l'opérer, dit enfin Brett d'une voix lasse. Je n'ai pas encore pu la voir…

Il allait s'effondrer, il le sentait. L'immobilité, l'incertitude auraient raison de ses dernières forces.

— Elle est vivante, c'est tout ce que je sais. Quand je l'ai sortie de là, elle respirait…

— Sortie de quoi ? demanda Jessie avec angoisse.

— Elle était dans le bâtiment quand il a explosé. Le feu s'est propagé à une vitesse inouïe.

De nouveau, il était au cœur de la fournaise, en train de chercher Ella comme un fou, aveuglé, étouffé par la fumée.

— Il devait y avoir plusieurs charges de plastic. C'est

sa main que j'ai vue en premier, sous un monceau de gravats…

Jessie était livide. Et le récit incohérent de Brett décuplait son inquiétude. Voyant cela, Barlow posa une main sur le bras de Brett.

— Si vous recommenciez depuis le début, Brett…

Anesthésié par la douleur, Brett répéta son récit. Jusqu'au moment où les infirmiers de l'hôpital avaient emporté Ella. Jessie secoua lentement la tête.

— Vous avez risqué votre vie pour la sauver…

— Parce que, sans elle, ma vie n'a aucun sens.

Les yeux brûlant de larmes non versées, elle lui prit la main.

— Vous ne la perdrez pas, Brett. Vous l'aimez trop.

Barlow s'absenta pour donner quelques coups de téléphone, et l'attente interminable reprit. Le regard enfiévré de Brett voyageait sans cesse entre la pendule murale et la porte. Quand Nathan et Jackie entrèrent, une heure plus tard, il était trop assommé pour être surpris. Jackie s'assit à côté de lui et lui prit doucement les mains.

— M. Barlow nous a tout raconté. Il était dans le hall, en train de téléphoner, quand nous t'avons demandé à la réception. Ne dis rien, on parlera plus tard.

Nathan lui posa une main sur l'épaule.

— Thornway est sous les verrous, lui dit-il. Quand la police est venue l'interroger, il s'est effondré en apprenant qu'Ella et toi étiez à l'intérieur pendant l'explosion.

Brett se leva péniblement, les membres ankylosés, et s'approcha de la fenêtre. Peu lui importait que Thornway soit en prison ou en enfer, désormais. Sa colère était retombée, cédant la place à un immense désespoir. Sans bruit, Jackie approcha.

— C'est l'ingénieur, n'est-ce pas ? demanda-t-elle simplement.

— Oui, murmura-t-il. Et je n'ai même pas eu le temps de lui dire que je l'aimais.

Il appuya le front contre la vitre dont la fraîcheur lui fit un peu de bien.

— Brett, je sais que mon optimisme est parfois horripilant, mais crois-moi, tu le lui diras très bientôt. Je le sens.

Du bout du doigt, elle effleura les pansements sur son visage. Puis elle retourna les mains de Brett entre les siennes en réprimant un frisson d'effroi.

— T'ont-ils au moins donné quelque chose pour calmer la douleur ?

— Une ordonnance...

— Que tu as gardée dans ta poche.

Enfin quelque chose qu'elle pouvait faire pour lui ! Ayant saisi l'ordonnance qui dépassait de la poche déchirée, elle embrassa Brett sur la joue.

— Je vais à la pharmacie, au rez-de-chaussée.

A partir de l'instant où Jackie prit les choses en main, Brett fut bien obligé de se soigner.

Une heure passa. Puis une autre. Il souffrait moins. Et sa peur en était décuplée. Quand le chirurgien entra, il glissa un regard sur le groupe étrange tassé dans les fauteuils et le canapé, et s'approcha de Jessie.

— Vous êtes madame Barlow, la mère de Mlle Wilson ?

— Oui.

Elle voulut se lever, mais ses forces la trahirent.

— Je vous en prie, dites-moi...

— L'opération est terminée. Bien sûr, elle n'a pas encore repris connaissance. Je ne vous cache pas qu'elle a perdu beaucoup de sang. Heureusement, les poumons sont intacts. Il s'agit essentiellement de fractures au bras gauche et au genou.

— Elle guérira ?

— Elle a reçu un choc énorme à la tête, à en juger par la gravité de ses blessures. Nous en saurons davantage sur ses lésions avec l'électro-encéphalogramme et le scanner.

— Quand saurons-nous ?

— Dans la soirée.

Se tournant vers Jessie, Brett l'implora du regard.

— Permettez-moi de la voir…

Jessie hocha silencieusement la tête.

Sa peau était presque translucide tant elle était pâle. Et éteinte. On lui avait enfilé une chemise de nuit d'hôpital. Il en voulut à toutes les femmes qui avaient porté cette chemise avant elle.

« Où est-elle ? », se demanda-t-il en lui prenant la main. Il était horrifié qu'elle soit aussi lointaine, ne savait que dire pour la ramener près de lui.

— Ils ne veulent pas que je reste, Ella, murmura-t-il, mais je vais rester dans la salle d'attente jusqu'à ce que tu te réveilles. Reviens vite, mon amour…

Il se tut. Ce fut de nouveau le silence, troublé par les bips des moniteurs électroniques dont elle était entourée.

— On pourrait aller en Floride, quand tu sortiras d'ici. Pour l'amour du ciel, Ella, ajouta-t-il dans un sanglot, ne me laisse pas…

Il crut sentir ses doigts remuer à peine entre les siens.

— Il faut te reposer, Brett.

Etonné, il leva les yeux du journal qu'il regardait sans le voir.

— Que fais-tu là, Nathan ?

— J'ai raccompagné Jackie à l'hôtel et je suis revenu.

— Sois gentil, Nathan. Laisse-moi…

— Permets-moi au moins de t'offrir à dîner.

— Je ne voudrais pas manquer le chirurgien.

— D'accord. Tu veux connaître les dernières nouvelles, pour Thornway ?

Brett hocha la tête. Nathan attendit qu'il ait allumé une cigarette avant de poursuivre.

— Il a fait des aveux complets. Substitution de matériel, pots-de-vin, chantage, fraude… tout y est passé. Il dit que tout de suite après ton départ avec Ella, il est devenu comme fou. C'est là qu'il a tout arrangé. Il a pensé que, le centre détruit, personne ne pourrait rien prouver contre lui.

Brett souffla lentement la fumée.

— A cause de lui, Ella a failli mourir. Encore maintenant, elle...

Sa voix s'étrangla dans sa gorge.

— Il va passer de longues années en prison, murmura Nathan.

— Ce ne sera jamais assez.

Holm entra dans la salle d'attente, et secoua la tête.

— Depuis ce matin, personne n'a encore eu la bonne idée de vous aliter de force, monsieur Johnson ?

— Non.

— Dommage... J'ai croisé Bost, tout à l'heure. Le chirurgien. Il était en train d'examiner les résultats des derniers examens de Mlle Wilson. Ils m'ont tout l'air satisfaisants...

La gorge sèche, Brett s'éclaircit la voix.

— Vous voulez dire que... qu'elle est sauvée ?

— Tout juste. Le scanner et l'électro-encéphalogramme n'ont révélé aucune lésion. Elle a une bosse carabinée, si je puis m'exprimer ainsi. Mais Bost doit descendre dans quelques minutes pour vous annoncer lui-même la bonne nouvelle. Elle a repris très brièvement connaissance. Le temps de dire son nom et son adresse. Et de vous demander.

— Où est-elle ?

— Vous ne pourrez pas la voir avant un certain temps. Elle est sous sédatifs.

Brett se leva et tendit péniblement le bras vers Jessie qui s'était assoupie sur l'épaule de Barlow.

— Répétez à sa mère ce que vous venez de dire. Moi, il faut que j'aille prendre l'air.

— Un lit vous attend au troisième, dit Holm en l'accompagnant jusqu'au couloir. Restez donc dans notre petit hôtel... Je vous recommande notre soupe de légumes.

— J'y songerai.

Ella voulut ouvrir les yeux. Des bruits de voix, très lointains, lui parvenaient. Elle ne souffrait pas, elle avait l'impression de flotter. Au prix d'un immense effort, elle arrivait à se souvenir confusément de certains événements, sans les rattacher entre eux : le soleil levant visible à travers le dôme, sa terreur en découvrant la charge de plastic, l'apocalypse puis la sensation d'une main amie qui la soulevait de terre. Celle de Brett ? Elle sentait constamment sa présence auprès d'elle. Ou bien rêvait-elle ? Non, en soulevant très légèrement les paupières — elles étaient si lourdes ! — elle l'avait vu assis tout près, des pansements sur le visage et autour des mains. Jessie aussi était venue. Et puis des inconnus, qui s'étaient penchés au-dessus d'elle pour approcher des petites lampes très vives de ses yeux, lui poser des questions... Pourquoi ne réussissait-elle pas à leur parler ? Etait-elle morte ?

Deux jours qu'elle était plongée dans un semi-coma encore accentué par les sédatifs. Deux jours où Brett ne l'avait pratiquement pas quittée une seule seconde. Tour à tour consciente et inconsciente, assommée par les médicaments, elle articulait des mots sans suite, incohérents.

Le troisième jour, il perçut une différence nette dans son état. De toute évidence, elle essayait de parler. Elle y parvint.

— Je ne veux plus dormir... Que me donnent-ils ?

Fou de joie, Brett lui prit doucement la main.

— Quelque chose pour t'aider à te reposer.

— Je n'en veux plus, murmura-t-elle en tournant la tête pour le regarder. Dis-leur.

— Tu en as besoin.

— J'ai surtout besoin de réfléchir...

En essayant de bouger, elle vit le plâtre autour de son bras et lutta pour retrouver la mémoire. Sa jambe aussi était prise dans un cylindre de plâtre.

— Les bâtiments du centre... Il n'y a plus rien, c'est ça ? demanda-t-elle.

Brett lui embrassa le bout des doigts.

— C'est sans importance, répondit-il. Tu m'as fait si peur, Ella…

La douleur commençait à la tenailler. Dès qu'elle restait éveillée plus de quelques minutes, cette douleur revenait la persécuter.

— Tu as mal, s'affola Brett. Je vais appeler l'infirmière !

— Non ! Je ne veux plus dormir…

Il se pencha pour lui embrasser le front.

— Je ne supporte pas de te voir souffrir…

— Embrasse-moi encore. Ça me fait du bien…

L'infirmière entra, très affairée.

— Le médecin va vous examiner, mademoiselle Wilson, déclara-t-elle avec un regard appuyé à Brett. Monsieur, soyez gentil d'attendre dehors.

Il sortit tandis qu'Ella disait :

— Je ne veux pas de médicaments… C'est compris ?

Brett sourit. Pour la première fois depuis des jours, il croyait vraiment à sa guérison.

Une semaine plus tard, Ella ne tenait pas en place. Elle se sentait comme prisonnière, avec son bras et sa jambe plâtrés. Elle traversait tour à tour des périodes de colère, de découragement et d'ennui. Un après-midi, en se réveillant après la sieste, elle aperçut une jeune femme inconnue dans sa chambre. Une jeune femme enceinte de plusieurs mois.

— Bonjour.

— Ah, vous êtes réveillée ! Brett va m'en vouloir… Je l'ai envoyé chercher des gâteaux et du thé à la cafétéria. En une semaine, il a perdu plus de dix kilos !

Jackie s'approcha et s'assit près d'Ella, au bord du lit.

— Comment vous sentez-vous ?

— Bien. Mais… qui êtes-vous ?

— Oh ! pardonnez-moi ! Que je suis sotte ! Je suis Jackie, la femme de Nathan. Vous devez vous ennuyer ici…

— A mourir. C'est gentil d'être venue. Comment va Brett ?

— De mieux en mieux au fur et à mesure que vous reprenez des forces. Nous nous sommes fait beaucoup de souci pour vous.

Ella observa un instant le visage amical et frais de Jackie, et eut instantanément confiance en elle. Il fallait faire vite. Brett allait revenir d'une seconde à l'autre.

— Si je vous demande quelque chose, vous me répondrez ? s'enquit-elle soudain.

— J'essaierai.

— Racontez-moi tout ce que vous savez de l'attentat. Chaque fois que j'essaie d'en parler à Brett, il change de sujet ou se met en colère.

Le premier mouvement de Jackie fut de détourner elle aussi la conversation, mais il y avait une telle angoisse dans les yeux d'Ella qu'elle n'eut pas le cœur de se dérober.

— Si vous me racontiez déjà ce dont vous vous souvenez ?

Ella se détendit sensiblement.

— Nous étions tous les deux dans le bâtiment principal. Le jour se levait à peine. Brett est parti chercher une lampe torche dans la voiture. En l'attendant, je jetais un coup d'œil... Vous êtes au courant, pour les câbles électriques ?

Jackie hocha la tête.

— Tout d'un coup, j'ai aperçu quelque chose qui ressemblait à du mastic, dans un endroit vraiment incongru. Je me suis penchée. C'était une charge de plastic. J'ai couru vers la sortie... Je n'ai pas eu le temps d'y arriver...

Jackie sentit que ce n'était pas la peur qui animait le regard d'Ella, mais la détermination farouche de comprendre ce qui lui était arrivé. A présent, son tour était venu de terminer le récit.

— Brett était dehors quand tout a commencé à exploser, continua Jackie. Il est quand même entré et s'est lancé à votre recherche. Je ne connais pas les détails, il n'en parle jamais... sûrement parce que ces instants ont dû être terrifiants pour lui. Il a réussi à vous sortir de là sans même savoir si vous étiez morte ou vivante.

Ella secoua lentement la tête. Cette main, ces bras qui l'avaient secourue…

— Ainsi, c'était lui…

— Il se sent responsable de ce qui vous est arrivé.

— Pourquoi ?

— Il se dit que s'il avait livré Thornway à la police, s'il n'avait pas eu envie de venir sur le chantier, s'il ne vous avait pas laissée seule à l'intérieur… si…

— C'est ridicule.

— Qu'est-ce qui est ridicule ?

Les deux femmes sursautèrent en entendant la voix de Brett.

— Toi ! répondit Jackie en riant. Je vous laisse tous les deux. Où est Nathan ?

— Il a voulu faire un détour par la nursery.

Riant de plus belle, Jackie s'éclipsa.

— Je la trouve très sympathique, dit Ella.

— Le contraire m'aurait étonné.

Il lui tendit une rose en prenant bien garde, comme il le faisait depuis plusieurs jours, de ne pas la toucher.

— Il y a des fleurs partout dans cette chambre, mais je me suis dit que tu aimerais peut-être en toucher une.

— Merci, dit Ella.

— Tu te sens bien ?

— Non.

— J'appelle l'infirmière !

— Assieds-toi ! s'écria-t-elle avec impatience. J'aimerais bien que tu arrêtes de me traiter comme une invalide !

— D'accord. Tu viens faire un peu de jogging dans le parc ?

— Désopilant, Brett.

Avec un soupir, il s'assit.

— Et pourquoi ne me regardes-tu pas, quand tu me parles ?

Il se tourna vers elle.

— Je te regarde, non ?

— Tu m'en veux beaucoup ?

— Allons, ne sois pas ridicule.

— Je ne suis pas ridicule. Tu viens ici tous les matins, tous les soirs…

— C'est vrai que je dois être furieux pour faire une chose pareille.

Il s'approcha du lit et redressa ses oreillers.

— Fiche-moi la paix, Brett. Je peux me débrouiller toute seule.

Il faillit répliquer sur le même ton, mais ravala sa colère.

— Tu vois ? continua Ella. Tu ne veux même plus te disputer avec moi. Tu ne sais plus que me tapoter l'épaule ou la joue et me demander si je n'ai besoin de rien…

De frustration, elle tapa du poing sur le matelas, à côté d'elle.

— Tu me traites comme une infirme, j'en ai assez ! Tu n'as même pas été foutu de me raconter ce qui s'était vraiment passé !

En quelques secondes, elle venait de semer le chaos dans les pensées et les émotions de Brett.

— Qu'est-ce que tu veux exactement ? s'emporta-t-il. Que je te raconte quel effet ça fait de voir un bâtiment exploser en sachant que tu es à l'intérieur ? Et de te trouver inconsciente sous un tas de décombres, en sang, complètement disloquée ?

En parlant, il agrippa le pied du lit.

— Tu veux que je te dise tout ce qui m'est passé par la tête dans la salle d'attente, quand je ne savais pas si tu allais t'en sortir ?

— Parfaitement ! Je veux savoir tout ça ! Comment allons-nous recommencer à vivre, si nous n'en parlons jamais ? Toi aussi, tu as souffert ! Tu crois que ça ne me fait rien quand je regarde tes mains, ton visage ? Tu es retourné me chercher dans cet enfer. Je veux que tu me racontes tout, dans les moindres détails.

— Tais-toi ! Je n'en peux plus, Ella. Je t'aime, j'en ai assez de revivre toutes les nuits le même cauchemar, de penser à ce qui aurait pu arriver…

— Justement, il ne s'est rien passé, Brett ! Je suis là, vivante, grâce à toi. Tu n'es pas responsable, idiot ! Tu m'as sauvé la vie ! Je t'aime trop pour supporter de te voir dans cet état. Si tu ne peux pas me traiter normalement, alors ne viens plus !

— Tu veux que je parte ? Très bien, je m'en vais. Mais pas avant de t'avoir dit le fond de ma pensée. En effet, je me sens responsable de ce qui t'est arrivé. Et ça me regarde. Ce n'est pas toi qui me dicteras ce que je dois ressentir ou non. J'ai été trop bête de me plier à toutes tes exigences.

— De quelles…

— Pas d'attaches, pas de promesses, pas de projets à long terme !

— Nous étions d'accord…

— Je ne suis plus d'accord avec rien ! Et j'en ai plus qu'assez d'attendre toujours le bon moment, le bon endroit, la bonne atmosphère pour dire ce que j'ai sur le cœur ! As-tu seulement entendu, tout à l'heure ? J'ai dit que je t'aimais. Voilà, je le répète ! Je t'aime ! Je veux t'épouser !

— Mais…

— Non, j'irai jusqu'au bout maintenant.

Il laissa tomber les bras le long de son corps.

— Je ne peux pas me passer de toi, Ella. Je voudrais qu'on se marie dès que tu sortiras de l'hôpital, et que tu viennes vivre avec moi en Floride.

Elle prit une profonde inspiration.

— C'est d'accord.

Sa réponse le laissa abasourdi. Avec un demi-sourire, il se massa le visage et les yeux, comme pour s'assurer qu'il ne rêvait pas.

— C'est tout ?

— Pas tout à fait. Viens ici.

Elle lui tendit les bras — l'un plâtré, l'autre entouré de bandages — et le serra contre elle. Pour la première fois depuis des jours, il put l'étreindre comme il en avait envie.

— Je te demande pardon, Brett.

— Pardon pour quoi ?

— Pour tout ce que tu as enduré par ma faute.

Elle sourit, glissant les phalanges qui dépassaient de son plâtre entre les doigts bandés de Brett.

— Il y a tout de même une chose qui me réjouit… Cette aventure t'a obligé à me demander ma main.

— Je l'aurais fait. Enfin, peut-être…, ajouta-t-il, ne pouvant résister au plaisir de la taquiner un peu.

Épilogue

Brett remplit la fiche de renseignements à la réception. Au fond, sur la roche, les cactées commençaient à fleurir. L'employée lui sourit.

— Nous vous souhaitons un excellent séjour parmi nous, monsieur Johnson.

Il mit la clé dans sa poche et se retourna. Des gens allaient et venaient dans le hall, certains descendaient l'escalier en spirale, d'autres empruntaient les ascenseurs de verre. Brett contempla un instant ces allées et venues à la lumière du soleil traversant le dôme. Une cascade — la sienne — tombait en chantant dans un vaste bassin. Souriant, il s'approcha de la femme qui la contemplait.

— Rien à redire ?

Ella se retourna.

— Je me souviens encore des kilomètres de tuyauterie qu'il a fallu faire installer pour satisfaire ton petit caprice. Enfin, grâce à moi, tout cela fonctionne !

Décidément, elle ne changerait jamais. Brett lui trouva soudain l'air bizarre.

— Qu'est-ce qu'il y a ?

— Rien, c'est stupide.

— Dis toujours.

— Les enfants me manquent…

Il éclata de rire, la prit par la taille pour la faire tournoyer autour de lui et l'embrassa.

— Je peux t'aider à ne pas trop y penser ! Je me suis laissé dire que les lits étaient très confortables, dans les villas… Mais auparavant, je dois t'avouer une chose. Il y a cinq ans, quand nous sommes venus ici, à l'aube, que tout était vide, que nous doutions de l'avenir du centre…

— Brett, il vaut mieux oublier tout ça.

— Non, laisse-moi finir. Ce matin-là, je voulais te demander ta main.

Malgré leurs cinq ans de mariage et la naissance de deux enfants, Ella sentit son cœur battre plus vite. Leur amour n'avait fait que grandir depuis cette époque troublée.

— Tu sais, j'aime beaucoup ta cascade, finalement.

Brett lui glissa une pièce dans la main.

— Fais un vœu…

— Pas la peine. Puisque tu es là…

Elle jeta par-dessus son épaule la pièce qui s'enfonça lentement dans l'eau tandis qu'ils s'éloignaient, étroitement enlacés.

UN PRINTEMPS AU MARYLAND

1

« Qu'est-ce que je suis venue faire ici ? », se demandait Vanessa en descendant Main Street au volant de sa voiture. La petite ville de Hyattown, dans le Maryland, n'avait presque pas changé depuis douze ans qu'elle l'avait quittée. Blottie au pied des monts Blue Ridge, elle était environnée de riches terres agricoles, de forêts épaisses et de vergers en fleurs. Des vaches laitières paissaient nonchalamment l'herbe grasse des enclos qui marquaient les limites de cette commune qui ne connaissait rien des problèmes inhérents aux grandes agglomérations.

La jeune femme passa devant de grosses bâtisses entourées de jardins sans clôture où le linge claquait au vent et où les enfants jouaient en toute sécurité. Vanessa songeait, à la fois surprise et soulagée, que tout était resté tel qu'en son souvenir. L'aspect bosselé des trottoirs n'avait fait que s'accentuer sous la poussée des racines de chênes qui, en cette saison, portaient de jeunes pousses d'un vert tendre. Les forsythias ployant sous le poids d'une abondante floraison brûlaient d'un jaune éclatant tandis que les azalées exhibaient d'innombrables bourgeons, prometteurs d'une explosion de couleurs incandescentes. Les crocus, annonciateurs de printemps, étaient en passe d'être évincés par les jonquilles et les tulipes.

Tout comme par le passé, les gens s'activaient frénétiquement à prendre soin de leur jardin.

Certains d'entre eux levaient, sur cette voiture inconnue, un regard curieux et vaguement intéressé. D'autres lui faisaient un petit signe de la main, puis se replongeaient très vite dans leur besogne. Par la vitre baissée, Vanessa s'enivrait des senteurs mêlées de l'herbe coupée, de la terre fraîchement retournée et du lourd parfum des jacinthes. Pêle-mêle, lui parvenaient le ronflement des tondeuses à gazon, les jappements des chiens du quartier et les rires aigus d'enfants.

Elle dépassa deux hommes d'un certain âge qui, casquette vissée sur leur crâne dégarni, bavardaient tranquillement devant la banque, tandis que de jeunes garçons à bicyclette grimpaient en haletant la côte raide de la rue. Probablement se rendaient-ils chez Lester pour y faire l'acquisition de boissons fraîches et de friandises. Combien de fois avait-elle accompli cet exploit lorsqu'elle était enfant ! Autant dire une éternité, songeait-elle, l'estomac noué. Elle était si différente de l'adolescente qu'elle avait été que parfois, même, elle avait du mal à se reconnaître.

« Mais qu'est-ce que je suis venue faire ici ? », se demanda-t-elle de nouveau, en cherchant dans son sac à main le tube de médicaments destinés à calmer la douleur qui l'étreignait.

Elle voulait croire qu'elle avait eu raison de revenir. Mais avait-elle toujours une place au sein de ce foyer quitté depuis tant d'années ? Le désirait-elle vraiment ?

Elle avait tout juste seize ans lorsque son père l'avait enlevée à cette petite ville tranquille pour lui faire vivre une vie de nomade uniquement ponctuée de répétitions acharnées et de représentations aux quatre coins du monde. Deux ans plus tard, elle remportait à l'unanimité le prestigieux prix Van Cliburn, laissant derrière elle des pianistes autrement plus chevronnés qu'elle.

A l'âge de vingt ans, grâce à son talent et à l'acharnement de son père, elle était devenue l'une des concertistes les plus jeunes et les plus douées de sa génération. Elle avait alors mené une vie passionnante, exclusivement vouée à la musique. Elle avait joué devant des têtes couronnées et dîné avec des présidents. Dans sa poursuite éperdue de reconnaissance, elle était parvenue à se forger une réputation d'artiste talentueuse et brillante. La remarquable concertiste Vanessa Sexton.

Aujourd'hui âgée de vingt-huit ans, elle revenait dans la maison de son enfance, à la rencontre d'une mère qu'elle n'avait pas revue depuis douze ans.

Elle était si profondément plongée dans son passé qu'elle amorça le virage qui la menait chez elle sans même prêter attention aux brûlures d'estomac dont elle souffrait quotidiennement. La maison non plus n'avait pas changé. Vanessa la trouva même plus pimpante que dans son souvenir. La façade n'avait pas souffert des outrages du temps et les volets, fraîchement repeints en bleu profond, en renforçaient l'aspect neuf. Des bouquets de pivoines sur le point d'éclore masquaient partiellement le mur de clôture et des buissons d'azalées encore en boutons entouraient la maison.

Vanessa resta assise un moment, les mains crispées sur le volant, résistant désespérément à l'envie de rebrousser chemin. Oh oui ! Prendre la fuite ! A plusieurs reprises, elle avait cédé à des impulsions subites, mais sa vie d'adulte et de concertiste exigeait d'elle un emploi du temps rigoureusement programmé qui ne laissait aucune place à des décisions fantaisistes. Elle avait appris, par la force des choses, à se contrôler et à mener une vie bien ordonnée. Et revenir sur les lieux d'une enfance, marquée par des blessures encore à vif qui ne manqueraient pas de réveiller de douloureux souvenirs, dérogeait à cette règle de vie.

Cependant, prendre la décision de repartir maintenant signifierait renoncer à avoir les réponses aux questions qu'elle se posait depuis si longtemps.

Sans plus se laisser le temps de réfléchir, elle sortit de la voiture et alla chercher sa valise dans le coffre. Après tout, elle était libre de ne pas s'éterniser si la situation se révélait insupportable, se disait-elle pour se donner du courage. Elle était désormais une adulte responsable et libérée de tous liens affectifs depuis le décès de son père, six mois auparavant.

Elle pouvait donc décider de s'installer où bon lui semblait. Son foyer serait celui qu'elle se choisirait.

Et pour l'heure, c'est ici que son instinct l'avait guidée.

Vanessa traversa la rue et gravit les cinq marches qui menaient au perron. Son cœur battait à tout rompre mais il n'était pas question de laisser deviner son trouble intérieur. Elle releva crânement la tête et redressa les épaules, comme son père lui avait appris à le faire dans les circonstances difficiles. Il estimait que l'image que l'on donnait de soi était essentielle, et que celle-ci devait être positive.

Mais lorsque la porte d'entrée s'ouvrit sur sa mère, elle ne put faire un pas de plus, paralysée par l'émotion.

Des dizaines d'images affluèrent, pêle-mêle : elle se revit grimpant les marches quatre à quatre et se jetant dans les bras de sa mère qui guettait son retour, ivre de fierté après son premier jour d'école. Ou encore, venant chercher le réconfort et les soins maternels en pleurnichant, les genoux égratignés après une chute à bicyclette. Sa mère, qui ne posait jamais aucune question, mais était toujours prompte à l'assurer de son amour pour elle.

Jusqu'à ce jour où Vanessa, encore enfant, avait quitté le cocon familial et où elle l'avait laissée partir loin d'elle, sans tenter de la retenir ni esquisser le moindre geste d'adieu.

— Vanessa.

Loretta Sexton se tenait sur le palier, se tordant les mains d'anxiété. Aucun fil d'argent ne striait les cheveux châtains qu'elle portait plus court aujourd'hui et qui encadraient un visage épargné par les rides. Un visage plein, duquel émanait une douceur oubliée. Elle semblait plus petite, plus ronde qu'auparavant, mais plus jeune que les femmes de son âge. Le contraste était frappant avec le souvenir de son père, qui, dans ses derniers jours d'agonie, était décharné, pâle, et avait l'apparence d'un vieillard.

Loretta aurait voulu se précipiter vers sa fille mais cela lui était impossible. La jeune femme qui se trouvait devant elle n'avait rien de commun avec la petite fille qu'elle avait perdue et qui lui avait manqué chaque jour depuis douze ans.

« Elle me ressemble tant ! se dit-elle en refoulant ses larmes. Plus forte, plus sûre d'elle, mais si semblable à moi ! »

Rassemblant ses forces comme elle le faisait invariablement avant de prendre place sur scène, Vanessa reprit sa marche, sensible au craquement des marches de bois sous ses pas. Lorsqu'elle se trouva en face de sa mère, elle nota qu'elles avaient la même taille et que leurs yeux étaient du même vert pailleté d'or.

Un mètre à peine les séparait mais Vanessa ne le franchit pas. Il n'y eut aucune effusion.

— Je te remercie de m'avoir laissée venir, articula Vanessa avec raideur.

— Tu es la bienvenue, répliqua sa mère après s'être éclairci la gorge pour tenter de refouler l'émotion qui la submergeait. J'ai appris pour ton père. Je suis vraiment désolée.

— Merci, dit-elle d'une voix impersonnelle. Je suis heureuse de voir que tu vas bien.

— Je…, commença Loretta.

Elle renonça. Que pourrait-elle bien dire qui effacerait le souvenir de ces années perdues ?

— Tu n'as pas eu trop d'embouteillages ?

— Non. En tout cas pas depuis que j'ai quitté Washington. Le trajet a même été plutôt agréable.

— Tu dois être fatiguée. Viens, entre.

Vanessa suivit sa mère à l'intérieur et remarqua avec étonnement que tout avait changé. Les pièces semblaient plus gaies, plus aérées que dans son souvenir. Les papiers peints sombres et austères avaient été remplacés par des teintes pastel qui donnaient à l'ensemble une impression de chaleur et de bien-être. La moquette avait été retirée et laissait apparaître, entre des tapis aux couleurs vives, un parquet de bois clair. Les vieux meubles sans style avaient cédé la place à du mobilier ancien, parfaitement restauré et des bouquets de fleurs fraîches exhalaient leurs parfums dans chacune des pièces. C'était une maison de femme. De femme aisée, au goût sûr.

— J'imagine que tu as envie de te rendre dans ta chambre

et de défaire tes bagages, lui dit-elle. A moins que tu n'aies envie de manger quelque chose.

— Non, je n'ai pas faim, merci.

Anxieuse, Loretta la précéda dans l'escalier.

— Tu aurais sans doute aimé retrouver ta chambre telle que tu l'as quittée.

Elle se mordit la lèvre avant de reprendre, embarrassée :

— Mais j'ai procédé à quelques changements.

— C'est ce que j'ai cru voir, en effet, dit Vanessa d'une voix qu'elle s'appliqua à garder égale.

— Tu as toujours la même vue agréable sur le jardin, s'empressa de préciser Loretta, comme pour se justifier.

— Je suis sûre que c'est très bien, dit Vanessa en suivant sa mère dans la pièce.

Toutes ses peluches, ainsi que les poupées de son enfance, avaient disparu. Les murs avaient été débarrassés des affiches et des diplômes encadrés dont Vanessa était si fière. Son petit lit n'était plus là, ni le bureau sur lequel elle s'était échinée sur la conjugaison française et la géométrie. Sa chambre de jeune fille était devenue une chambre d'amis.

Les murs ivoire étaient bordés d'une frise vert pistache et un immense lit à baldaquin trônait au milieu de la pièce. Un édredon vert émeraude assorti de coussins moelleux le recouvrait. Loretta avait disposé sur un élégant bureau d'époque, un bouquet de freesias ainsi qu'un pot-pourri dont les senteurs délicates parvenaient par bouffées à Vanessa.

Loretta traversa la pièce et d'un geste nerveux tira sur la pointe de l'édredon avant d'aller essuyer du bout des doigts une trace de poussière imaginaire sur la coiffeuse.

— J'espère que tu te sentiras bien ici, finit-elle par dire. Et si tu as besoin de quoi que ce soit, n'hésite pas à me le demander.

Vanessa avait l'impression de se trouver à la réception d'un hôtel chic.

— C'est vraiment charmant. Ce sera parfait. Merci.

— Bien, affirma Loretta en se tordant de nouveau les

mains, comme pour s'empêcher de toucher sa fille, de la serrer dans ses bras. Veux-tu que je t'aide à ranger tes affaires ?

— Non, s'empressa de répondre Vanessa.

Elle se força à sourire à sa mère et ajouta :

— Je vais me débrouiller.

— Très bien. La salle de bains est…

— Je sais où se trouve la salle de bains, la coupa Vanessa.

Loretta regarda désespérément par la fenêtre pour masquer sa maladresse.

— Bien sûr. Si tu as besoin de moi, je serai en bas.

Cédant à un besoin irrépressible, elle prit le visage de sa fille entre ses mains et lui dit gentiment :

— Bienvenue à la maison.

Puis elle sortit en hâte et referma la porte derrière elle.

Une fois seule, Vanessa s'assit sur le lit et laissa son regard errer sur cette chambre qui, un jour, avait été la sienne et qu'elle ne reconnaissait pas.

Elle-même ne sentait rien de commun entre la femme qu'elle était devenue et la jeune fille d'hier. Parfois même, elle avait du mal à se reconnaître. Mais avait-elle seulement envie de retrouver celle qu'elle avait été ?

Elle se leva et alla se planter devant la psyché, comme elle le faisait avant chaque concert pour vérifier qu'aucune mèche ne s'échappait de ses cheveux soigneusement tirés en arrière, et que sa tenue, toujours sobre et élégante, était parfaite. L'apparence lui était familière, c'était bien l'image de Vanessa Sexton qui se reflétait dans le miroir. Ses cheveux, légèrement indisciplinés après le long trajet qu'elle venait d'effectuer, étaient du même châtain foncé que celui de sa mère. Le maquillage léger qu'elle avait appliqué le matin cachait mal à présent les ombres qui cernaient ses yeux mais une touche de couleur rehaussait ses pommettes et sa bouche aux lèvres charnues. Elle avait revêtu un tailleur rose ajusté mais dont la jupe flottait à la taille.

Cependant, ce qu'elle voyait d'elle à cet instant, cette adulte sûre d'elle, équilibrée, n'était qu'apparences. Elle aurait aimé remonter le temps et retrouver la jeune fille de ses seize ans. La vie alors s'ouvrait à elle, pleine de promesses, malgré la tension familiale qui régnait au sein de leur foyer.

Dans un grand soupir, elle se détourna du miroir et entreprit de défaire ses bagages.

Lorsqu'elle était enfant, Vanessa considérait sa chambre comme un sanctuaire dans lequel elle trouvait refuge et où nul ne devait pénétrer. Mais elle n'était plus une enfant. Elle était venue dans l'espoir de renouer un contact avec sa mère et ce n'était certes pas en restant enfermée dans sa chambre qu'elle y parviendrait. Il était temps de regarder les choses en face et d'affronter la situation. Elle s'arma de courage et descendit l'escalier.

De la cuisine lui parvinrent les notes étouffées d'une chanson d'Elvis Presley. Sa mère avait toujours préféré la musique populaire à la musique classique, ce qui avait le don d'irriter son père. Vanessa s'arrêta sur le seuil de la pièce qui faisait autrefois office de salon de musique. Le piano à queue ancien qui occupait presque tout l'espace ainsi que l'énorme meuble rustique qui contenait toutes ses partitions avaient disparu. A la place, sa mère avait installé des chaises raffinées, à première vue de grande valeur, décorées de coussins brodés à la main. Un canapé de style victorien faisait face aux deux fenêtres jumelles et de petites aquarelles ponctuaient de leurs couleurs pastel l'uniformité des murs. Au centre de la pièce trônait un ravissant piano droit de bois clair. Incapable de résister, Vanessa traversa la pièce pour s'en approcher. D'un doigt léger, elle joua les premières notes d'une étude de Chopin. La raideur des touches lui fit penser que l'instrument était neuf. Sa mère l'avait-elle acheté après qu'elle lui eut annoncé sa venue ? Pensait-elle combler par ce geste un fossé de douze années ? Non, cela ne pourrait pas être aussi simple, se disait Vanessa qui sentait poindre les signes annonciateurs d'une migraine.

Elle délaissa l'instrument et se dirigea d'un pas assuré vers la cuisine.

Loretta s'y trouvait, occupée à mettre le point final à une salade composée qu'elle avait artistement disposée dans un saladier vert pâle. Sa mère avait toujours aimé les jolis objets. Fragiles et délicats. Tels les sets de table brodés qu'elle avait placés sous les assiettes de porcelaine rose, ou encore les verres de cristal soigneusement alignés sur une étagère. Une brise printanière apportait des senteurs florales par la fenêtre ouverte.

Vanessa remarqua les yeux rougis de sa mère, néanmoins celle-ci parvint à sourire et à dire d'une voix claire :

— Je sais bien que tu n'as pas faim, mais j'ai pensé qu'une petite salade accompagnée d'un thé glacé te feraient plaisir.

— Merci. La maison est charmante. Elle me paraît même plus grande qu'autrefois. Pourtant, j'ai entendu dire que plus on vieillit, plus les choses semblent rétrécir.

Loretta éteignit le poste de radio, laissant un silence pesant s'installer entre elles.

— Les couleurs étaient trop sombres ici, finit-elle par dire. Et le mobilier trop massif. Parfois j'avais l'impression de ne pas avoir ma place parmi tous ces meubles. Mais j'ai gardé certaines pièces, celles qui appartenaient à ta grand-mère, se justifia-t-elle, embarrassée. Je les ai mises au grenier. Tu voudras peut-être les récupérer un jour…

— Peut-être, oui, répondit distraitement Vanessa en prenant place devant son assiette. Qu'as-tu fait du piano à queue ?

— Je l'ai vendu, lâcha brutalement Loretta. Il y a des années. Je trouvais stupide de le garder alors qu'il n'y avait plus personne à la maison pour en jouer. En outre, je l'ai toujours détesté, avoua-t-elle en reposant le pichet de thé. Je suis désolée.

— Tu n'as pas à t'excuser. Je comprends.

— Non, je ne pense pas que tu puisses comprendre, dit Loretta en regardant sa fille d'un air pénétrant.

Vanessa ne se sentait pas prête à approfondir la question et prit le parti d'ignorer la perche que lui tendait sa mère. Elle prit sa fourchette et se mura dans un silence protecteur.

— J'espère que le nouveau piano marche bien, reprit

Loretta. Tu sais que je n'y connais pas grand-chose en instruments de musique.

— Il est très beau, la rassura Vanessa.

— L'homme qui me l'a vendu m'a certifié que c'est ce que l'on faisait de mieux dans le genre. Je sais que tu as besoin de t'entraîner, alors j'ai pensé... Enfin s'il ne te convient pas, tu peux...

— Il est parfait, la coupa Vanessa.

Elles mangèrent un moment en silence puis Vanessa engagea une conversation courtoise.

— La ville n'a pas changé, commença-t-elle sur un ton poli. Mme Gaynor vit toujours au coin de la rue ?

— Oh oui ! répondit Loretta, soulagée d'aborder un sujet plus léger. Elle va sur ses quatre-vingts ans maintenant et, crois-moi, cela ne l'empêche pas de se rendre tous les jours à la poste chercher son courrier, qu'il pleuve ou qu'il vente. Les Breckenridge, eux, ont déménagé il y a cinq ans. Ils se sont installés dans le Sud. Ce sont des gens charmants qui ont racheté leur maison. Une famille de trois enfants, le petit dernier vient juste de faire sa première rentrée à l'école. Tu te souviens des Hawbacker ? poursuivit Loretta, intarissable. Tu gardais leur fils, Rick.

— Oui, ils me payaient une misère pour veiller sur une espèce de petit monstre avec des dents de lapin qui tirait sur tout ce qui bougeait avec son lance-pierre.

— C'est bien ça, approuva Loretta en riant.

Vanessa réalisa que le rire de sa mère l'avait poursuivie durant toutes ces années d'absence.

— Eh bien, il a bénéficié d'une bourse qui lui permet d'effectuer des études à l'université.

— Je n'arrive pas à le croire !

— Il est venu me rendre visite pendant les dernières vacances de Noël et il m'a même demandé de tes nouvelles.

Loretta marqua un temps d'arrêt et reprit après s'être éclairci la gorge :

— Joanie, elle, vit toujours ici.

— Joanie Tucker ?

354

— Elle s'appelle Joanie Knight, maintenant. Elle a épousé Jack Knight il y a trois ans et ils ont un beau bébé.

— Joanie, murmura Vanessa comme pour elle-même.

Du plus loin qu'elle s'en souvenait, Joanie Tucker avait toujours été sa meilleure amie. La confidente des premiers jours, la complice avec qui elle avait fait les quatre cents coups.

— Joanie a un enfant, souffla-t-elle.

— Une petite fille, Lara, précisa sa mère. Ils habitent une ferme en dehors de la ville. Je suis sûre qu'elle aimerait te revoir.

Pour la première fois de la journée, Vanessa sentit quelque chose d'indéfinissable se déclencher en elle.

— Moi aussi, j'aimerais bien la revoir. Et ses parents, comment vont-ils?

— Emily nous a quittés il y a presque huit ans.

— Non!

Instinctivement, Vanessa posa sa main sur celle de sa mère. Emily avait été l'amie la plus proche de Loretta.

— Je suis désolée.

Le doux contact des mains de sa fille et le souvenir de son amie disparue lui firent monter les larmes aux yeux.

— Elle me manque tant! Encore aujourd'hui.

— C'était la femme la plus exquise que j'aie jamais rencontrée, dit Vanessa. Si seulement j'avais…

Elle s'interrompit. Il était trop tard pour éprouver des regrets.

— Et ce bon Dr Tucker? Il va bien, lui au moins? s'enquit-elle.

— Ham est en pleine forme, oui, confirma Loretta en refoulant ses larmes.

Elle tenta de chasser la douleur qu'elle éprouva lorsque Vanessa retira sa main de la sienne.

— Il a beaucoup souffert de la disparition d'Emily, mais grâce à ses enfants qui l'ont merveilleusement soutenu et à son travail qu'il adore, il a peu à peu remonté la pente. Il sera si heureux de te revoir, Van.

Personne ne l'avait appelée ainsi depuis des années et elle en fut touchée malgré elle.

— Son cabinet se trouve toujours au même endroit ?

— Bien sûr. Mais tu ne manges pas, veux-tu que je prépare autre chose ?

— Non, non, s'empressa de répondre Vanessa en avalant à grand-peine une bouchée de salade.

— Tu n'as pas envie d'avoir des nouvelles de Brady ?

— Non, affirma Vanessa en se forçant de nouveau à manger, pas particulièrement.

Loretta reconnut avec émotion chez cette quasi-étrangère le froncement de sourcils, l'air buté de son enfant.

— Brady Tucker a marché sur les traces de son père, reprit-elle néanmoins.

— Tu veux dire qu'il est médecin ? s'enquit Vanessa, interloquée.

— C'est exact. Il a un poste important dans un hôpital de New York. Chef d'internat, je crois, ou quelque chose comme ça.

— J'ai toujours pensé que Brady finirait dans la rue ou au mieux en prison.

Loretta laissa éclater un rire franc.

— C'est ce que nous pensions tous. Et finalement, il est devenu quelqu'un de tout à fait respectable. Malheureusement, il est toujours beaucoup trop séduisant pour faire son propre bonheur.

— Ou celui de quiconque, d'ailleurs, marmonna Vanessa.

— Il est toujours difficile pour une femme de résister à ce genre d'homme.

— C'était un voyou, oui ! s'enflamma Vanessa.

— Il n'a jamais rien fait de vraiment répréhensible, tout de même, dit Loretta avec indulgence. Bien sûr, il a causé du souci à ses parents, peut-être un peu plus que les autres adolescents, concéda-t-elle, un sourire aux lèvres, mais, en tout cas, il a toujours veillé sur sa sœur et c'est pour cela que je l'aimais bien. Et il était amoureux de toi.

Vanessa esquissa une moue de dégoût.

— Brady Tucker était amoureux de tout ce qui portait jupon.

— Il était jeune, plaida Loretta, en regardant l'étrangère qui lui faisait face et qui était sa fille. Emily m'a raconté qu'il ne cessait de rôder autour de la maison après ton départ pour l'Europe… avec ton père.

— Il y a si longtemps, dit Vanessa en se levant, désireuse de couper court à la conversation.

— Je m'en occupe, anticipa Loretta en empilant les assiettes. C'est ton premier jour ici et je pensais que, peut-être, tu aimerais essayer le piano. J'aimerais tellement t'entendre jouer de nouveau dans cette maison !

— Très bien, dit Vanessa avant de se diriger vers la porte.

— Van ?

— Oui ?

Parviendrait-elle un jour à l'appeler « maman », comme autrefois ?

— Je voudrais que tu saches à quel point je suis fière de ce que tu es devenue.

— Vraiment ?

— Vraiment.

Loretta observait sa fille, désirant de toute son âme avoir le courage de la serrer contre son cœur.

— Et je te souhaite d'être très heureuse.

— Mais je le suis.

— Me le dirais-tu si tu ne l'étais pas ?

— Je ne sais pas. Nous ne nous connaissons pas vraiment, toutes les deux.

Au moins, cela avait le mérite d'être honnête, songea Loretta. Douloureux, mais honnête.

— Eh bien, j'espère seulement que tu resteras le temps nécessaire pour que nous puissions nous retrouver.

— Je suis venue ici pour trouver des réponses à des questions que je me pose. Cependant je ne me sens pas encore prête à les poser.

— Prends ton temps, Van. Prends tout ton temps. Et

crois-moi lorsque je te dis que je n'ai toujours voulu que ton bonheur.

— Mon père m'a toujours soutenu la même chose, répliqua Vanessa aussi posément que possible. Mais c'est quand même drôle que, devenue adulte, je n'aie toujours pas la moindre idée de ce que cela peut vouloir dire.

Elle quitta la pièce et se dirigea vers le salon de musique.

Une douleur fulgurante embrasa son sternum. Elle avala fébrilement une de ses pilules avant de prendre place au piano.

Elle commença par une sonate de Beethoven, jouant de mémoire et avec tout son cœur, se laissant envoûter par la musique. Combien de fois avait-elle joué ce même morceau dans cette pièce ? Jour après jour, heure après heure, elle s'était entraînée. Par amour pour la musique, certes, mais aussi parce que c'était ce que l'on attendait, ou plus exactement ce que l'on exigeait d'elle.

Les sentiments qu'elle éprouvait pour la musique avaient toujours été mitigés. Il y avait d'un côté l'amour passionné, irraisonné, qu'elle portait à ce don du ciel qui lui avait été donné, et de l'autre le besoin désespéré de satisfaire les exigences de son père, d'atteindre cette perfection qu'il attendait d'elle.

Il n'avait jamais voulu entendre que la musique n'était pas pour sa fille une vocation mais une simple passion. Qu'elle la vivait comme un moyen d'expression et non comme une ambition. Les rares fois où elle avait essayé de le lui expliquer, il s'était mis dans une telle rage qu'elle avait définitivement renoncé. Elle qui, adolescente, avait un caractère bien affirmé, était devenue une jeune fille docile et craintive qui n'avait plus jamais osé défier son père.

Vanessa poursuivit avec Bach. Elle ferma les yeux et se laissa porter par la musique. Elle joua ainsi pendant plus d'une heure, subjuguée, envoûtée par le génie du compositeur qu'elle interprétait. Son père n'avait jamais compris qu'elle puisse jouer ainsi, juste par plaisir. Il n'avait jamais su à quel point elle détestait se donner en représentation sur une scène, religieusement écoutée par des centaines de personnes.

Elle délaissa Bach pour Mozart dont la musique requérait plus de rythme et de passion. Elle se sentait complètement habitée par ses compositions. Lorsqu'elle plaqua le dernier accord, elle ressentit une satisfaction oubliée depuis des mois.

Un applaudissement discret la fit se retourner. Un homme avait pris place sur l'une des élégantes petites chaises du salon. Malgré le soleil qui lui faisait cligner les yeux et les douze années écoulées, elle le reconnut immédiatement.

— Incroyable !

Brady Tucker se leva et vint vers elle.

— Absolument incroyable ! répéta-t-il en lui souriant. Bienvenue parmi nous, Van.

La jeune femme se leva à son tour et lui fit face.

— Brady, murmura-t-elle. Je ne t'ai pas entendu.

— Je suis content de te voir, dit-il en la dévisageant.

— Que diable fais-tu ici ?

— Ta mère m'a laissé entrer.

Vanessa posa sur lui des yeux d'un vert profond qui éclairaient un visage encore plus beau que dans son souvenir.

— Je ne voulais pas te déranger pendant que tu jouais. J'ai préféré m'asseoir le plus discrètement possible.

Sa voix était la même, songeait Vanessa. Chaude et grave.

— Elle ne m'a pas dit que tu étais en ville.

— Je vis de nouveau ici depuis environ un an.

Vanessa grimaça une moue qui n'échappa pas au regard inquisiteur de Brady. Il la connaissait si bien !

— Tu es superbe. Un peu trop mince, peut-être.

La moue s'accentua. Désireuse de cacher son embarras, Vanessa se rassit.

— C'est le médecin qui parle, docteur Tucker ?

— En fait, oui, dit-il en prenant place à ses côtés sur le tabouret.

Il la sentit se raidir. Il avait l'impression qu'un océan les séparait.

— Toi, en revanche, tu me parais en forme, dit Vanessa.

Il avait gardé le corps souple et athlétique de sa prime jeunesse. Ses traits avaient perdu en régularité ce qu'ils avaient gagné en séduction. La maturité lui allait bien et le rendait encore plus attirant. Les années avaient également épargné sa chevelure d'un noir de jais. Vanessa posa son regard sur ses mains. Des mains carrées et fortes qui s'étaient posées sur elle si souvent. Il lui semblait qu'il y avait de cela une éternité.

— Ma mère m'a dit que tu avais un bon poste à New York.

Brady acquiesça. Il se sentait aussi gauche et emprunté qu'un écolier. Douze ans en arrière, il aurait su comment s'y prendre avec elle.

— Je suis revenu pour aider mon père, il aimerait prendre sa retraite d'ici un an ou deux.

— Je n'arrive pas à le croire ! s'exclama de nouveau la jeune femme. Toi ici, ton père à la retraite.

— Eh oui ! Les années passent si vite.

Vanessa, en proie à des réminiscences d'adolescente, se leva vivement de son siège.

— J'ai tellement de mal à t'imaginer dans la peau d'un honorable médecin !

— C'est exactement ce que je ressentais lorsque je trimais comme un fou durant mes études de médecine.

Vanessa avisa la tenue décontractée de Brady : jean, polo et baskets. La même que lorsqu'il était lycéen.

— Tu n'as vraiment pas l'allure d'un médecin !

— Tu veux des preuves ? la taquina-t-il.

— Non, répondit-elle en fourrant nerveusement les mains dans ses poches. J'ai appris que Joanie s'était mariée.

— C'est exact. Elle a épousé Jack Knight, tu te souviens de lui ?

— Non.

— Il avait une année d'avance sur moi au lycée. C'était une star de l'équipe de football et il était passé professionnel

360

il y a deux ans. Malheureusement, une blessure au genou a mis un terme à sa carrière.

Il adressa à Vanessa un large sourire qui révéla la petite imperfection d'une de ses incisives que la jeune femme avait toujours trouvée attendrissante.

— Joanie va être folle de joie de te revoir, ajouta-t-il.

— Moi aussi, assura la jeune femme.

— J'ai encore deux patients à voir, je pense être libre vers 18 heures. Si nous dînions ensemble ? Je pourrais ensuite te conduire à la ferme.

— Je ne pense pas que ce soit une bonne idée, rétorqua sèchement Vanessa.

— Pour quelle raison ?

— Parce que la dernière fois que nous étions censés dîner ensemble, tu m'as fait faux bond. La soirée de gala de notre promotion, tu te souviens ?

Une ombre passa sur le visage de Brady.

— Tu m'en veux encore ?

— Oui, tu devrais savoir que je suis très rancunière.

— J'avais dix-huit ans, Van. Mais surtout, j'avais de bonnes raisons.

— Peu importent tes raisons aujourd'hui.

Vanessa s'interrompit, attentive à la brûlure qui lui vrillait l'estomac.

— Le fait est qu'il n'est pas question de reprendre notre relation là où nous l'avons laissée.

Brady lui lança un regard interloqué.

— Ce n'était pas mon intention.

— Eh bien, c'est parfait, alors. Nous avons chacun nos vies, restons-en là, veux-tu ?

Blessé, il secoua lentement la tête.

— Comme tu as changé, Van !

— En effet, admit la jeune femme en se dirigeant vers la porte.

Puis, semblant se raviser, elle s'arrêta et lui lança par-dessus son épaule :

— Nous avons changé tous les deux, Brady. Tu connais la sortie.

— Oui, se dit Brady, pensif, une fois qu'elle eut quitté la pièce.

Il connaissait la sortie.

2

La ferme des Knight étendait ses bâtiments rustiques dans un paysage vallonné de collines et de prairies. Une étable austère bordait des enclos dans lesquels paissait paresseusement un troupeau de vaches qui ne daigna même pas lever la tête au passage de la voiture de Vanessa. Des poules picoraient frénétiquement de-ci, de-là, et des oies, mécontentes d'être dérangées, se ruèrent en caquetant dans les eaux troubles d'une mare.

Vanessa emprunta l'allée cahoteuse recouverte de gravier. Une fois devant la maison, elle coupa le moteur et sortit lentement de la voiture. Elle se sentait nerveuse. Là, dans cette grosse bâtisse de trois étages, vivait celle qui avait été sa plus proche et meilleure amie. Celle à qui elle avait confié ses pensées les plus secrètes, ses joies comme ses peines.

Elles n'étaient encore que des jeunes filles sur le point de devenir des femmes, et avaient vécu ensemble une période de leur vie où tout n'est qu'émotions et sensibilité. Puis la vie, brutalement, les avait séparées et leur amitié n'avait pas survécu au temps ni à la distance. N'était-ce pas utopique de croire que des liens aussi anciens pouvaient être renoués ? songeait Vanessa en gravissant avec appréhension les marches de bois qui menaient à la porte d'entrée.

La porte s'ouvrit à la volée et, en voyant Joanie apparaître devant elle, un flot de souvenirs enfouis depuis longtemps afflua à son esprit.

La jeune femme n'avait pas changé : mêmes courbes voluptueuses que Vanessa lui avait si souvent enviées, mêmes cheveux courts bouclés qui encadraient un visage aussi joli que dans le passé, quoiqu'un peu plus rond. Elle avait conservé de l'enfance cette bouche pleine et charnue qui rendait les garçons fous d'elle et ces yeux rieurs du même bleu profond que ceux de son frère.

Vanessa, sous le coup de l'émotion, cherchait désespérément quelque chose à dire. Ce fut Joanie qui, la première, brisa le silence embarrassé de son amie. Elle poussa un cri de joie en serrant Vanessa contre son cœur. Rires et larmes se mêlèrent pour effacer comme par miracle les douze années passées.

— Je n'arrive pas à le croire. Toi, ici…, balbutia-t-elle.

— Tu m'as tellement manqué, répliqua Van, submergée d'émotion. Tu parais… Je suis désolée.

— Quand je t'ai entendue arriver…

Impuissante à exprimer ce qu'elle ressentait, Joanie s'interrompit et adressa un sourire rayonnant de joie à Vanessa.

— C'est si bon de te revoir, Van ! s'exclama-t-elle.

— Dire que je redoutais ces retrouvailles, déclara la jeune femme en essuyant ses larmes du revers de la main.

— Mais pourquoi ?

— Je pensais que tu m'offrirais poliment une tasse de thé en te torturant l'esprit pour savoir de quoi diable tu pourrais bien me parler, dit Vanessa.

Joanie tira de sa poche un mouchoir chiffonné et se moucha bruyamment.

— Et moi je croyais que tu viendrais me rendre une visite de politesse, enfouie dans un manteau de vison, des diamants scintillant à tous les doigts, plaisanta Joanie.

Vanessa émit un petit rire cristallin.

Joanie prit son amie par la main et la guida à l'intérieur. Elles traversèrent une entrée lumineuse qui desservait un salon chaleureux où canapés aux teintes délavées, rideaux fanés et tapis défraîchis se côtoyaient dans un joyeux désordre. Les nombreux jouets qui jonchaient le sol témoignaient de la présence d'un bébé. Cédant à une brusque pulsion, Vanessa ramassa un hochet rose et blanc.

— J'ai appris que tu avais une petite fille.

— Lara, précisa Joanie avec un sourire plein de fierté. C'est un bébé merveilleux ! Elle va bientôt se réveiller, il me tarde tant de te la présenter !

— J'ai du mal à imaginer que tu es mère, dit Vanessa en secouant le hochet avant de le reposer.

Joanie prit la main de Vanessa dans la sienne.

— Et moi j'ai du mal à imaginer que je suis en présence de la grande Vanessa Sexton, concertiste de renom, sommité musicale toujours par monts et par vaux.

Vanessa grimaça sous le compliment.

— Par pitié ! Ne parle pas de moi en ces termes. Cette Vanessa-là est restée à Chicago.

— Nous sommes si fiers de toi ! Toute la ville est fière de toi ! Dès qu'un article sur toi paraît dans les journaux, on ne parle que de ça, ici. Tu es liée à cette ville pour toujours, que tu le veuilles ou non.

Vanessa sourit, émue.

— Ta maison est merveilleuse, dit-elle pour dissiper ce moment d'émotion.

— Tu te souviens ? pouffa Joanie. Moi qui m'imaginais femme d'affaires vivant dans un loft à New York.

— Tu es mieux ici, crois-moi, dit Vanessa en se calant confortablement contre les coussins moelleux.

Joanie retira ses chaussures et replia ses jambes sous elle.

— Tu te souviens de Jack ? demanda-t-elle tout à trac.

— Je ne crois pas l'avoir connu. En tout cas, tu ne m'en avais jamais parlé.

— Il était en terminale quand nous sommes rentrées au lycée mais j'avais déjà remarqué ses épaules carrées et… son horrible coupe de cheveux !

Joanie se lova sur le canapé avant de poursuivre.

— Bref, il y a quatre ans, j'étais allée donner un coup de main à papa au cabinet. C'était un samedi et je remplaçais Millie, tu te souviens, son assistante. J'étais en train de consulter le carnet de rendez-vous lorsque j'ai vu arriver un grand malabar, beau comme un dieu : c'était Jack. Il essaya de m'expliquer dans un langage approximatif de sourd-muet qu'il souffrait d'une laryngite, que non, il n'avait pas de rendez-vous mais qu'il voulait à tout prix voir le médecin. J'ai pu le caser entre une varicelle et une otite et il est revenu deux heures plus tard avec un petit bouquet de violettes et une invitation à aller au cinéma. Comment aurais-je pu résister ?

Joanie poussa un soupir de satisfaction.

— Tu as toujours eu un cœur d'artichaut, la taquina Vanessa.

Joanie écarquilla ses grands yeux bleus.

— Tu ne crois pas si bien dire. Avant même de m'en rendre compte, j'étais mariée et les fertilisants agricoles n'avaient plus aucun secret pour moi. Et pas une fois en quatre ans je n'ai eu à regretter le choix que j'avais fait, ajouta-t-elle, les yeux perdus dans le vague. A toi maintenant ! Je veux tout savoir !

Vanessa haussa les épaules et dit d'un air désabusé :

— Répétitions, concerts et voyages. Un jour en Italie, le lendemain dans le Mozambique. Ma vie s'écoule entre des trajets en avion et des séjours dans des hôtels aux quatre coins du monde. Ce n'est pas aussi fascinant que ce que les gens croient.

— C'est sûr, partager la table d'acteurs célèbres, donner des concerts devant des têtes couronnées ou cancaner avec des multimilliardaires doit être d'un ennui mortel ! se moqua Joanie.

— Cancaner ? s'étonna Vanessa en riant, je ne pense pas avoir jamais cancané sur qui que ce soit.

Joanie se pencha vers son amie pour lui caresser le bras. C'était un trait commun des Tucker, se rappela Vanessa, ce contact physique qu'ils instauraient avec les gens, dès lors qu'ils aimaient quelqu'un.

— Depuis des années je t'imagine étoile parmi les étoiles, évoluant parmi ce que la planète compte de personnalités les plus influentes et… les plus prétentieuses. Alors, n'essaie pas de briser mes rêves, la rabroua gentiment Joanie.

— Et pourtant, je t'assure que je passe plus de temps sur scène et dans des avions qu'en compagnie de la *jet-set* mondiale.

— Manifestement, ce rythme de vie te permet de garder la ligne, dit Joanie en posant un regard perplexe sur le corps trop mince de son amie. Je parie que tu n'as pas grossi depuis le lycée !

— J'ai des os fins, dit Vanessa, croyant bon de se justifier.

— Attends un peu que Brady te voie… !

Vanessa hésita une fraction de seconde.

— Justement… je l'ai vu hier.

— Vraiment ? Il ne me l'a pas dit. Comment s'est passée votre rencontre ?

— Disons… de façon assez impersonnelle. Je crois même que je l'ai battu froid.

— Pour quelle raison ?

— Pour m'avoir posé un lapin à la soirée de gala.

— Pour…

Interloquée, Joanie s'interrompit et regarda son amie qui s'était levée d'un bond et arpentait nerveusement la pièce.

— Je n'ai jamais été aussi humiliée que ce soir-là. Cela va peut-être te paraître stupide, mais je me faisais une telle joie de me rendre à cette soirée avec ton frère ! J'imaginais que ce serait la nuit la plus merveilleuse, la plus romantique de ma vie ! Souviens-toi du temps que j'ai consacré au choix de ma robe.

— Oui, murmura Joanie, je m'en souviens.

— J'attendais cette soirée avec tant d'impatience ! poursuivit Vanessa sur sa lancée, je venais tout juste d'obtenir mon permis de conduire et j'avais traversé toute la ville pour aller me faire coiffer chez Frédérick. Je savais bien que Brady n'était pas quelqu'un de fiable, qu'il n'était pas sérieux, mon père me l'avait répété des centaines de fois, mais je ne l'aurais jamais cru capable d'une telle lâcheté !

— Van…

Mais la jeune femme n'entendait plus son amie et continua,

comme pour elle-même, le compte rendu de cette soirée comme si la blessure était encore à vif.

— Je suis restée cloîtrée à la maison deux jours entiers, n'osant plus sortir, subissant les disputes incessantes de mes parents. J'avais tellement honte, j'étais si blessée ! C'était… Oh ! c'était affreux ! Et ensuite, mon père m'a emmenée en Europe.

Joanie se mordit la lèvre pour ne pas parler. C'était à Brady de donner des explications, pas à elle.

— Peut-être avait-il des raisons que tu ignores, souffla-t-elle simplement.

Ayant recouvré tout son calme, Vanessa se rassit auprès de son amie.

— Cela n'a plus aucune importance, aujourd'hui. Il y a si longtemps ! C'est curieux qu'il ne se soit pas marié.

— Et pourtant, il y a pas mal de jolies femmes qui ont développé des maladies chroniques depuis qu'il est installé en ville ! ironisa Joanie.

— Je n'en doute pas ! marmonna Vanessa.

— Quant à mon père, il est aux anges depuis que son cher fils l'assiste. Au fait, es-tu allée le voir ?

— Non, pas encore. J'ai préféré venir ici d'abord.

Elle prit les mains de son amie et les serra chaleureusement entre les siennes.

— J'ai appris le décès de ta maman. J'ai tellement de peine !

— Nous avons tous été sous le choc, mais papa a été profondément meurtri et il a longtemps gardé les stigmates de son absence.

Joanie serra à son tour les mains de Vanessa, tentant de faire passer toute l'affection qu'elle lui portait.

— J'ai appris que tu avais perdu ton père. J'imagine que tu as dû passer par des moments très difficiles.

— Il ne se sentait pas bien depuis longtemps, mais je n'ai été au courant de la gravité de son état que dans les derniers jours.

Ce souvenir réveilla en elle la douleur latente tapie dans son corps.

— J'ai tenu mes engagements jusqu'à sa mort. C'était si important pour lui !

— Je sais.

L'Interphone relié à la chambre du bébé se mit soudain à grésiller. De petits gémissements, suivis de joyeux babils, leur parvinrent, mettant un terme à leur conversation.

Joanie se leva précipitamment.

— Je reviens tout de suite, dit-elle en s'éclipsant.

Vanessa inspecta la pièce remplie d'objets, à première vue insignifiants mais dont elle soupçonnait la valeur sentimentale. Des étagères croulaient sous une masse de livres ayant tous pour sujet l'agriculture ou la psychologie enfantine. Partout des photos de mariage, des photos du bébé. Une vieille théière, que Vanessa avait vue enfant chez les Tucker, attira son attention. La jeune femme avait l'impression irréelle de se trouver au centre d'un livre d'images.

— Van ? dit la voix de Joanie derrière elle.

Elle tourna la tête et vit son amie portant un bébé joufflu aux boucles brunes qui, en battant des pieds, faisait joliment tinter les grelots qui ornaient ses lacets.

— Oh, Joanie, elle est adorable ! s'extasia Vanessa.

La jeune maman déposa un baiser plein d'amour sur la tête de son enfant.

— Tu veux la prendre ? proposa-t-elle.

Vanessa se précipita vers elles et prit délicatement la petite fille dans ses bras. Celle-ci lui lança d'abord un long regard méfiant puis, se sentant en confiance, finit par la gratifier d'un sourire radieux. Attendrie, la jeune femme la porta à bout de bras et la fit tournoyer doucement, provoquant ses éclats de rire.

— Ce que tu es mignonne !

— J'ai l'impression qu'elle t'a adoptée, déclara Joanie, satisfaite de leur complicité naissante. Tant mieux, parce que cela aurait été ennuyeux qu'elle ne s'entende pas avec sa marraine.

— Sa marraine ? répéta Vanessa, abasourdie.

— Tu as bien entendu, confirma Joanie. Je t'ai envoyé un mot juste après la naissance de Lara. Comme je savais que tu ne pourrais pas te libérer pour le baptême, nous t'avons nommée marraine par procuration. Et Brady est le parrain.

Remarquant l'air perplexe de Vanessa, Joanie s'enquit :

— Tu n'as pas reçu ma lettre ?

— Non. Jusqu'à hier, j'ignorais même que tu étais mariée.

— Pourtant, le faire-part d'invitation...

Joanie haussa les épaules, renonçant à percer le mystère de ce courrier égaré.

— Il a dû se perdre. Tu étais toujours par monts et par vaux.

— Tu penses bien que, si je l'avais su, je me serais débrouillée pour venir.

— Peu importe. Tu es là, maintenant.

Vanessa caressa le cou de la petite fille.

— Oui, je suis là, répéta-t-elle distraitement. Oh ! Joanie, si tu savais à quel point je t'envie !

— Moi ?

— Oh oui, je t'envie cette maison, cette enfant adorable, et l'amour qui éclaire ton regard chaque fois que tu évoques ton mari. Toi au moins tu as construit quelque chose de tangible ! Moi, je n'ai fait que me perdre dans un tourbillon stérile de mondanités.

— Ne sois pas aussi négative, lui dit gentiment Joanie, nous avons toutes les deux accompli des choses différentes, voilà tout. Tu es si douée, Van ! Sais-tu que je t'ai toujours admirée, même lorsque nous étions enfants ? J'aurais tellement voulu jouer aussi bien que toi ! Malheureusement, malgré tous tes efforts pour m'aider, je suis restée une piètre musicienne.

Ce souvenir la fit éclater d'un rire joyeux.

— En effet, tu étais irrécupérable, la taquina Vanessa, même si je dois avouer que tu faisais preuve d'une détermination peu commune. Mais je suis si heureuse que tu sois encore mon amie.

— Arrête ! Tu vas me faire pleurer. Tiens, occupe-toi plutôt de Lara pendant que je vais nous préparer des rafraîchissements. Et ensuite, je te dirai tout de la surcharge pondérale de cette pauvre Julie Newton, de la calvitie naissante de Tommy McDonald et du troisième mari de Jean Baumgartner.

La nuit commençait à tomber. Tourmentée par les questions qui l'assaillaient, Vanessa descendit dans le jardin. Elle éprouvait le besoin de réfléchir sérieusement au sens qu'elle comptait désormais donner à sa vie.

Au cours des dix dernières années, elle n'avait guère eu le choix. Ou, plus exactement, elle n'avait pas eu le courage d'affronter la volonté de son père. Elle avait toujours courbé l'échine, obéissant sagement à ses ordres, lui faisant vivre par procuration une gloire qu'il n'avait pas connue. Elle n'avait pas voulu, ou plutôt pas osé le décevoir.

Elle lui devait tout. Tandis que sa mère s'était libérée de ses responsabilités maternelles, lui avait voué son existence à l'éducation de sa fille et à sa réussite professionnelle. Il avait travaillé sans relâche, et s'était occupé sans faillir, jusqu'à la fin, de la carrière de Vanessa. Rien n'échappait à son sens critique et à sa terrible exigence. Et c'est ainsi que, grâce à lui, elle était parvenue au sommet de la gloire.

Elle songea avec mélancolie que la situation avait dû être difficile pour lui qui n'avait jamais percé et encore moins atteint la gloire pour laquelle il avait tant travaillé. La musique était toute sa vie et il avait atteint ses ambitions à travers sa fille.

Et elle était sur le point de tourner le dos à ce qu'il avait désespérément voulu, à ce pour quoi il s'était battu toute sa vie. Il n'aurait jamais compris son désir d'abandonner une carrière aussi brillante. De la même façon qu'il n'avait jamais compris, ni même toléré, la terreur qui s'emparait d'elle à chacun de ses concerts. Cette panique qui lui vrillait l'estomac et provoquait des vagues de nausées qu'elle se devait de combattre. Combien de larmes avait-elle dû refouler lorsqu'elle se trouvait face à son public ?

Le trac, disait-il, il suffisait de le combattre. C'était l'unique volonté de son père qu'elle n'avait pas réussi à satisfaire. Mais malgré ses souffrances, elle prenait sur elle et retournait sur scène comme un vaillant petit soldat.

Vanessa s'installa sur la balancelle et se laissa doucement bercer par le va-et-vient régulier. Savait-elle seulement ce qu'elle voulait ? Peut-être n'était-ce qu'une fatigue passagère ? Les quelques semaines de repos qu'elle avait décidé de s'octroyer l'aideraient à y voir plus clair et peut-être même se surprendrait-elle à vouloir reprendre sa vie de concertiste nomade. Pour l'heure, elle se réjouissait pleinement de la magie du crépuscule.

Elle songea au repas que sa mère et elle avaient partagé. Loretta avait paru blessée du manque d'entrain de sa fille, mais comment lui expliquer, après tant d'années, l'état d'esprit dans lequel elle se trouvait ?

Vanessa ferma les yeux. Il leur faudrait du temps.

Un crissement de pneus suivi d'un claquement de portière la tira de ses réflexions. D'une maison voisine, elle entendit une mère inviter ses enfants à regagner la maison, d'une autre lui parvinrent les pleurs aigus d'un bébé en colère. Vanessa aimait sentir la vie vibrer autour d'elle et elle imagina en souriant qu'elle pourrait planter la tente de son enfance sur la pelouse et s'endormir aux bruits familiers de son quartier.

L'aboiement d'un chien lui fit tourner la tête. Elle vit débouler une boule de poils fauves qui sauta adroitement les plates-bandes plantées de marguerites et de soucis, puis plaqua ses deux grosses pattes sur ses jambes.

— Bonjour, toi, lui dit-elle en lui caressant les oreilles. D'où viens-tu ?

— De deux pâtés de maisons plus bas, lui répondit une voix familière.

Essoufflé, Brady sortit de l'ombre.

— J'ai fait la grossière erreur de l'emmener au cabinet

avec moi et lorsque j'ai voulu le faire monter dans la voiture, il m'a échappé.

Avisant la balancelle sur laquelle se trouvait Vanessa, il lui demanda :

— Puis-je m'asseoir ?

— Je t'en prie, lui répondit la jeune femme en continuant à tapoter affectueusement la tête de l'animal.

Brady se laissa tomber à côté de Vanessa et étendit ses longues jambes.

— Au pied ! intima-t-il au chien qui cherchait à prendre place aux côtés de son maître.

— Il est très beau, apprécia Vanessa.

— Ne le flatte pas trop, il a déjà un ego surdimensionné.

— On dit que les animaux ressemblent à leurs maîtres, ironisa la jeune femme. Comment s'appelle-t-il ?

— Kong. C'était le plus gros de la portée, expliqua Brady.

En entendant son nom, Kong laissa échapper deux petits jappements joyeux et détala à la poursuite d'ombres imaginaires.

— Je l'ai trop gâté, admit Brady dans un profond soupir. J'en paie le prix à présent.

Il allongea le bras sur le rebord de la balancelle, derrière Vanessa, et joua négligemment avec la pointe de ses cheveux.

— Joanie m'a dit que tu étais allée lui rendre visite aujourd'hui, reprit-il d'un air distrait.

— C'est exact, confirma la jeune femme en retirant la main de Brady. Elle est très épanouie et elle a l'air si heureuse !

— Elle l'est en effet.

Revenant à la charge, Brady prit le bout des doigts de la jeune femme entre les siens, comme il l'avait fait tant de fois lorsqu'ils se fréquentaient.

— Tu as donc fait la connaissance de notre filleule ?

— Oui. Elle est si mignonne ! s'exclama Vanessa avec enthousiasme en cachant prestement ses mains entre ses jambes.

Nullement découragé, Brady retourna aux boucles de Vanessa.

— Elle me ressemble, tu ne trouves pas ?

Vanessa éclata d'un rire moqueur.

— Tu es toujours aussi prétentieux, à ce que je vois ! Et veux-tu, s'il te plaît, retirer une fois pour toutes tes mains de ma personne ?

— Tu sais bien que je ne peux pas m'empêcher de te toucher, dit-il en poussant un profond soupir.

Néanmoins, avec une moue résignée, il s'écarta légèrement et reprit d'un air nostalgique :

— Nous aimions nous asseoir sur cette balancelle, tu te souviens ?

— Oui, je m'en souviens, répondit Vanessa, impassible.

— Je crois même que c'est là que nous avons échangé notre premier baiser.

— Faux, lui dit-elle en croisant les bras sur sa poitrine.

— Tu as raison. La première fois, c'était au parc où je m'entraînais au basket. Tu venais me voir marquer des buts.

— Je passais simplement par là.

— Non, non. Tu venais exprès parce que tu savais que je m'entraînais torse nu et tu ne pouvais t'empêcher d'admirer mes pectoraux !

Vanessa éclata de nouveau d'un rire franc. Il avait tout à fait raison ! Elle scruta son visage dans la semi-obscurité. Il souriait, l'air détendu. Il avait toujours eu le don de la faire rire.

— Tes… pectoraux, comme tu dis, n'étaient pas si terribles, je tiens à te le rappeler.

Cette fois, elle ne repoussa pas les mains que Brady avait de nouveau glissées dans ses cheveux.

— Je revois ce jour avec une telle précision, murmura-t-il. C'était la fin de l'été, juste avant ma rentrée universitaire. En l'espace de trois mois, la petite fille malingre était devenue une séduisante jeune fille, aux jambes interminables, à la chevelure superbe. J'étais subjugué !

— Tu parles ! Tu n'avais d'yeux que pour Julie Newton.

— Je feignais de m'intéresser à elle, mais en réalité je

ne voyais que toi. Ce jour-là tu revenais de chez Lester où tu avais acheté une bouteille de jus de raisin.

Vanessa fronça les sourcils.

— Quelle mémoire !

— Tu m'as salué, poursuivit Brady, ignorant le ton goguenard de Vanessa, puis tu m'as demandé si je voulais boire. Je n'en revenais pas ! Et ensuite tu as commencé à me faire du charme.

— Moi ? Pas du tout !

— Si, si, tu minaudais, tu battais des cils !

— Je n'ai jamais su faire ce genre de chose, riposta Vanessa en réprimant la forte envie de rire qu'elle sentait de nouveau monter en elle.

Brady laissa échapper un profond soupir.

— C'était un moment grandiose !

— Et moi, je te revois rouler des mécaniques et m'agripper brutalement, comme tout bon macho qui se respecte.

— Tu ne semblais pas t'en offusquer. Ce baiser a été le plus mémorable de toute ma vie.

Et le mien aussi, songea en souriant Vanessa qui, sans même s'en rendre compte, s'était laissée glisser contre l'épaule de son compagnon.

— Nous étions si jeunes ! soupira-t-elle. Tout était si intense, si simple, à cette époque-là !

— Certaines choses n'ont pas à être compliquées, affirma Brady d'une voix qu'il voulait assurée.

Mais le contact de cette tête calée contre son épaule le fit douter de ses dires.

— Alors, amis ? s'enquit-il.

— Amis, approuva Vanessa.

— Je n'ai pas encore eu l'occasion de te demander combien de temps tu comptais rester ici.

— Je n'ai pas encore décidé.

— J'imagine que tu as un emploi du temps très serré.

— J'irai peut-être à Paris pour quelques semaines, mais à part cela, j'ai levé le pied pour plusieurs mois.

Brady prit les mains de la jeune femme dans les siennes.

Elles l'avaient toujours fasciné. Ses longs doigts fins, sa paume si douce, ses ongles toujours parfaitement manucurés. Il remarqua qu'elle ne portait aucune bague. Il lui en avait offert une, un jour, avec l'argent gagné à tondre les pelouses des voisins. C'était une bague en or, incrustée d'une minuscule émeraude. Elle avait été folle de joie et l'avait embrassé en lui jurant de ne jamais la quitter.

Ce n'étaient que des promesses d'enfants. Il avait été insensé d'imaginer une seconde que la bague brillerait encore à son doigt.

— Tu sais, je suis allé t'applaudir à New York, il y a deux ans.

Tout naturellement, il porta les doigts de la jeune femme à ses lèvres puis, réalisant l'incongruité de son geste, les relâcha promptement.

— J'espérais te voir, mais tu semblais si occupée…

Troublée, Vanessa répondit :

— Tu aurais dû m'appeler, je me serais débrouillée pour me libérer.

— Je l'ai fait. Et là, j'ai réalisé à quel point tu étais devenue quelqu'un. Je n'ai pas passé le premier rempart de défense.

— Je suis désolée. Sincèrement. J'aurais aimé te revoir. Mais quelquefois mon entourage se montre un peu trop protecteur.

Brady prit son menton entre ses mains. Elle était encore plus jolie que dans son souvenir, mais elle paraissait plus fragile. S'il l'avait rencontrée à New York, dans des circonstances moins romantiques, aurait-il été aussi attiré qu'à ce moment même ? Il n'était pas sûr de vouloir connaître la réponse.

Il lui avait proposé son amitié mais il sentait bien qu'il voulait plus que cela.

— Tu as mauvaise mine, Van. Tu es fatiguée en ce moment ? lui demanda Brady d'un air soucieux.

— J'ai passé une année éprouvante.

— Est-ce que tu dors bien ?

Amusée, Vanessa balaya son inquiétude d'un geste évasif de la main.

— Ne joue pas au médecin avec moi, Brad.

— Je suis sérieux, Vanessa, je vois bien que tu es éreintée.

— Je n'irais pas jusque-là; c'est une fatigue passagère, voilà tout. C'est d'ailleurs la raison pour laquelle je fais cette pause.

Brady ne parut pas convaincu.

— Pourquoi ne passerais-tu pas au cabinet pour une petite visite de routine?

— Je te vois venir, Brady, tenta de plaisanter Vanessa.

— N'essaie pas de t'en tirer comme ça; c'est mon père qui t'examinera.

Vanessa se baissa pour caresser Kong qui avait terminé d'inspecter les lieux et les avait rejoints.

— Je t'assure que je n'ai pas besoin de médecin. Je ne suis pas malade et, depuis dix ans, je n'ai jamais annulé un concert pour raison de santé. J'avoue que je suis revenue ici avec une certaine appréhension, mais je me sens mieux maintenant.

Elle avait toujours été si têtue! songea Brady. Il décida que cela ne l'empêcherait pas de rester vigilant et de la surveiller de près durant quelques jours.

— Mon père serait de toute façon très heureux de te revoir. Personnellement, j'entends.

— Je passerai lui rendre visite.

Toujours occupée à caresser Kong, Vanessa tourna la tête vers Brady. Il fut troublé de retrouver dans les yeux de la jeune femme la petite flamme pétillante qu'il avait si bien connue.

— Joanie m'a dit que les femmes se précipitaient à tes consultations. J'imagine que ce doit être la même chose pour ton père, surtout s'il est toujours aussi séduisant que dans mon souvenir.

— Disons qu'il a eu quelques… propositions intéressantes. Mais elles ont cessé dès que lui et ta mère ont commencé à se fréquenter.

Ebahie, Vanessa se redressa.

— Ma mère et ton père? Ils se fréquentent?

— On peut même dire que c'est la romance la plus étonnante de l'année.

— Ma mère ? répéta Vanessa comme pour elle-même.

— Quoi d'étonnant ? Ta mère est une femme très séduisante. Pourquoi n'en profiterait-elle pas ?

Vanessa se leva, une main sur l'estomac.

— Je dois rentrer.

— Quelque chose ne va pas ?

— Non, non, rétorqua la jeune femme. J'ai froid.

Brady la prit par les épaules, comme il l'avait fait tant de fois, adolescent.

— Ne la juge pas, Van. Elle a suffisamment souffert.

— Tu ne sais rien de tout cela.

— Détrompe-toi, j'en sais plus que tu ne crois. Et ne te laisse pas miner par ces vieilles rancœurs.

— C'est facile pour toi ! s'écria la jeune femme avec amertume. Tu as vécu dans une famille unie, tu as toujours été aimé ! Et personne ne t'a jamais éloigné de chez toi !

— Elle ne t'a pas éloignée de chez toi, Van. Tu es injuste.

— Elle m'a laissée partir, riposta-t-elle avec froideur. Cela revient au même.

— Pourquoi n'en parles-tu pas avec elle ? s'enquit gentiment Brady.

Vanessa s'écarta vivement.

— J'ai cessé d'être sa petite fille il y a douze ans. J'ai cessé d'être beaucoup de choses à partir de ce jour-là.

Puis elle tourna les talons et rentra dans la maison.

3

La douleur avait réveillé Vanessa à plusieurs reprises cette nuit-là. Elle l'avait péniblement calmée à coups d'antalgiques et de comprimés qu'elle s'était fait prescrire pour de violentes migraines. Mais surtout, elle voulait à tout prix ignorer sa souffrance.

Par trois fois, elle s'était levée avec l'intention d'aller frapper à la porte de la chambre de sa mère. Mais, la main sur la poignée, le courage l'avait abandonnée et elle avait battu en retraite.

Elle savait bien qu'elle n'avait pas le droit de s'offusquer du fait que sa mère fréquentait un autre homme. Pourtant, elle ne pouvait s'en empêcher. Elle n'avait jamais connu à son père de liaison amoureuse et, s'il en avait eu, il était resté suffisamment discret pour qu'elle ne soit pas au courant.

Quelle importance, après tout ? se demandait-elle en s'habillant le lendemain matin. Déjà à l'époque où ils partageaient le même toit, chacun menait sa propre vie. Mais si, cela avait de l'importance ! se ravisa-t-elle. Comment sa propre mère avait-elle pu vivre heureuse dans cette maison alors qu'elle n'avait plus aucun contact avec son unique enfant ? Comment avait-elle pu se construire une nouvelle vie d'où sa fille était exclue ?

« Le moment est venu », se dit Vanessa. Il fallait que sa mère réponde à toutes les questions qu'elle se posait.

L'odeur mêlée de café chaud et de pain grillé lui parvint de la cuisine. Sa mère se tenait près de l'évier, occupée à rincer des tasses. Elle portait un ravissant tailleur bleu qu'elle avait rehaussé d'un rang de perles et de boucles d'oreilles assorties. Elle chantonnait un air qui passait à la radio.

— Tu es déjà levée ! s'exclama-t-elle en voyant sa fille.

Elle lui adressa un petit sourire forcé.

— Je ne pensais pas te voir avant de partir, reprit-elle.

— Tu pars ? s'étonna Vanessa.

— Oui, je vais travailler. Il y a des muffins et du café encore chaud.

— Travailler ? répéta Vanessa. Mais où ?

— Au magasin, dit Loretta en remplissant sa tasse d'une main nerveuse. J'ai acheté un magasin d'antiquités il y a environ six ans, précisa-t-elle. C'était celui des Hopkins, je ne sais pas si tu t'en souviens. J'ai d'abord été employée chez eux puis, lorsqu'ils ont pris leur retraite, je le leur ai racheté.

Vanessa, sous le choc de cette avalanche d'informations, secoua la tête.

— Tu es propriétaire d'un magasin d'antiquités ?

— C'est une toute petite boutique, tu sais, se justifia Loretta avant de reposer la cafetière sur la table.

Elle tripota nerveusement son collier.

— Je l'ai appelé *Le grenier de Loretta*. C'est peut-être un nom idiot mais je trouvais qu'il sonnait bien. Je l'ai laissé fermé deux jours mais aujourd'hui il faut vraiment que j'y aille. A moins que tu…

Vanessa n'entendait plus sa mère. Elle l'étudiait attentivement, incapable de l'imaginer propriétaire de sa propre affaire, encore moins en train de se démener entre comptabilité et inventaire. Elle ne se souvenait pas l'avoir jamais entendue évoquer un intérêt quelconque pour les antiquités.

— Ne t'inquiète pas pour moi. Vas-y.

— Si tu veux, proposa Loretta, tu peux me rejoindre un peu plus tard. Tu verras, j'ai quelques pièces intéressantes.

— Je ne sais pas.

— Tu es sûre que cela ne te dérange pas de rester seule ici ?

— J'ai l'habitude d'être seule. Depuis bien longtemps.

— Je comprends. Je serai de retour vers 18 h 30.

— Parfait. A ce soir, alors.

Vanessa se dirigea vers l'évier et tourna le robinet. Elle avait besoin d'eau fraîche.

— Van.

— Oui ? dit la jeune femme en se tournant vers sa mère.

— Je sais que je t'ai fait souffrir. J'espère que tu me laisseras une chance de me faire pardonner.

— Le problème, c'est que j'ignore par quel bout laquelle de nous deux est censée commencer, rétorqua Vanessa en écartant les mains dans un geste d'impuissance.

— Moi aussi, dit Loretta en souriant, spontanément cette fois. Mais sache que je t'aime et que je serais la plus heureuse des femmes si je pouvais t'en persuader.

Gagnée par l'émotion, elle tourna les talons et quitta la pièce.

— Oh, maman ! gémit Vanessa, une fois sa mère partie, je ne sais plus quoi faire.

— Madame Driscoll, conclut Brady en tapotant les genoux cagneux de la vieille dame, vous avez le cœur d'une jeune femme de vingt ans !

Comme Brady s'y attendait, l'octogénaire émit un petit gloussement de satisfaction.

— Ce n'est pas mon cœur qui m'inquiète, Brady, ce sont mes os. Ils me font un mal de chien !

— Peut-être devriez-vous enfin laisser à vos petits-enfants le soin de désherber votre jardin à votre place, la rabroua gentiment Brady.

— Je me débrouille seule depuis soixante ans, alors…

Brady reposa son tensiomètre.

— Certes, vous faites pousser les meilleures tomates de la région, mais si vous ne levez pas un peu le pied, votre arthrite ne va pas s'arranger, madame Driscoll, dit Brady en prenant gentiment les mains de la vieille dame entre les siennes.

Il y avait vingt-cinq ans de cela, elle avait été son institutrice, et ses yeux d'enfant la percevaient alors comme la personne la plus vieille au monde.

— Je vous ai vue sortir de la poste l'autre jour, dit Brady tout en noircissant une ordonnance, vous n'aviez pas votre canne.

— C'est bon pour les vieux, les cannes, maugréa-t-elle.

Riant sous cape, Brady l'aida à descendre de la table de consultation.

— Je suis votre médecin et je veux que vous l'utilisiez, ne serait-ce que pour en donner un bon coup à John Hardesty, lorsqu'il vous fait une cour un peu trop pressante.

— J'aurais l'air d'une vieille bique, appuyée sur une canne, murmura-t-elle.

— Allons, madame Driscoll, ne nous avez-vous pas appris que la vanité est un vilain défaut ?

— Peut-être, mais en tout cas, ce n'est pas un péché mortel. Laisse-moi me rhabiller à présent.

— A vos ordres, madame, plaisanta Brady en quittant la pièce.

Il passa encore deux heures au cabinet et prit à peine le temps d'avaler une pomme et quelques biscuits salés avant de se rendre à l'hôpital où l'attendaient d'autres patients.

A plusieurs reprises, ce jour-là, il avait dû affronter en silence les ragots accompagnés de sourires entendus des gens qui commentaient le retour de Vanessa Sexton au pays. C'était l'inconvénient majeur de la vie dans ces petites villes de province : tout le monde était au courant des moindres faits et gestes de chacun. Ici, personne n'avait oublié qu'il avait fréquenté Vanessa douze ans auparavant.

Lui s'était appliqué, durant tout ce temps, à ne plus penser à elle. Sauf lorsqu'il voyait sa photo, lisait son nom dans les journaux ou achetait ses albums.

Les rares fois où il s'était autorisé à se souvenir de leur relation, il avait été submergé de tendresse et de nostalgie. Ils étaient à peine sortis de l'enfance alors, et ce qui s'était passé entre eux était resté merveilleusement innocent.

Quelques longs baisers langoureux, des promesses enflammées ponctuées de caresses interdites.

Leur amour avait été d'autant plus intense qu'il s'était heurté au refus catégorique du père de Vanessa. Mais plus celui-ci s'était opposé à leur relation naissante, plus ils s'étaient rapprochés l'un de l'autre. Brady avait joué le jeune rebelle à la perfection. Il avait défié le père de Vanessa, fort de l'amour que celle-ci lui portait, multipliant les menaces et les promesses éternelles comme seul pouvait en être capable le jeune homme de dix-huit ans qu'il était alors. Leur histoire lui aurait-elle laissé autant de traces si elle avait été plus simple ?

Un sourire aux lèvres, Brady songea qu'il n'avait jamais été aussi amoureux que cette année-là. Tout paraissait possible alors.

Ils n'avaient pas fait l'amour et Brady l'avait amèrement regretté une fois Vanessa brutalement écartée de sa vie. Mais aujourd'hui, avec le recul nécessaire, il jugeait que cela avait été positif. Ils n'auraient pas pu rester amis s'ils étaient devenus amants. Et pour l'heure c'était tout ce qu'il souhaitait : son amitié. Il n'avait nullement l'intention d'essuyer un nouvel échec amoureux avec elle.

Il admit néanmoins que lorsqu'il l'avait vue devant son piano, il avait été troublé : son pouls s'était accéléré, sa respiration s'était altérée. Mais n'était-ce pas une réaction normale ? Après tout, Vanessa lui avait un jour appartenu et depuis elle était devenue une jeune femme extrêmement séduisante qui ne l'avait d'ailleurs pas laissé de marbre lorsqu'il s'était assis à côté d'elle sur la balancelle.

La voix d'une infirmière qui passait la tête par la porte de son bureau le tira de ses réflexions.

— Docteur Tucker, votre patient vient d'arriver.

— Très bien, j'y vais tout de suite.

— Ah, j'allais oublier ! Votre père aimerait que vous passiez le voir avant de partir.

— Merci.

Brady se hâta vers la salle des consultations en se demandant rêveusement si Vanessa se trouverait de nouveau sur sa balancelle ce soir.

Vanessa frappa à la porte des Tucker et attendit. Elle avait toujours aimé la sensation de sécurité que lui procurait cette maison chaleureuse avec son porche peint et ses nombreuses jardinières débordant de géraniums. Elle nota avec émotion que, comme chaque année, les doubles-rideaux avaient cédé la place aux moustiquaires, signe indubitable que l'hiver était terminé.

Le fauteuil du Dr Tucker se trouvait à la même place sous le porche et elle se souvint qu'il aimait à s'y reposer les soirs d'été, bavardant gentiment avec les promeneurs ou écoutant patiemment leurs jérémiades.

Chaque année pour le week-end du mémorial, les Tucker organisaient un grand barbecue dans leur jardin. Tous les habitants étaient conviés à venir manger les énormes plats de viandes grillées accompagnées de salades de pommes de terre, à se reposer à l'ombre du grand noisetier ou à jouer au cricket.

Le docteur était un homme débordant de générosité, doué d'une gaieté communicative et d'une rare douceur.

Que pourrait-elle désormais dire à cet homme qui avait été une figure emblématique de son enfance, et qui aujourd'hui était le compagnon de sa mère ? Lui, auprès de qui elle était tant de fois venue chercher la tendresse et le réconfort qui manquaient à son foyer. Saurait-elle trouver les mots après tant d'années ?

Il lui ouvrit la porte lui-même et, frappé de surprise, la scruta en silence. Vanessa songea qu'il était aussi grand que dans son souvenir et qu'il avait gardé la même silhouette athlétique. Seules les rides qui griffaient le coin de ses yeux et les mèches argentées qui striaient sa chevelure sombre témoignaient des années écoulées.

Ne sachant quelle attitude adopter, Vanessa lui tendit une main hésitante, mais avant qu'elle ait pu articuler un mot, deux bras puissants l'avaient pressée contre son cœur. Elle retrouva avec émotion, les larmes aux yeux, les senteurs de son eau de toilette, heureux mélange d'épices et de citron vert dont il avait l'habitude de s'asperger.

— Ma petite Vanessa ! s'exclama-t-il de sa voix de stentor. Bienvenue à la maison !

— Merci, murmura Vanessa avec émotion. C'est si bon d'être ici. Vous m'avez tellement manqué !

— Laisse-moi te regarder, dit-il en s'écartant d'elle. Bon sang ! Emily l'avait bien dit que tu deviendrais une beauté !

— Oh ! docteur Tucker ! Je suis désolée pour votre épouse !

— Nous avons tous été très malheureux, dit-il le regard voilé de tristesse. Et elle t'aimait tant ! Elle ne laissait passer aucun article sur toi dans les journaux et elle aurait adoré t'avoir pour belle-fille. Elle me disait toujours : « Ham, c'est exactement la jeune fille qu'il faut à Brady. Elle saura le remettre dans le droit chemin. »

— On dirait qu'il s'en est bien sorti tout seul.

— En partie, oui.

Il passa un bras autour des épaules de Vanessa et la guida à l'intérieur.

— Que dirais-tu d'une tasse de thé et d'un bon morceau de tarte ?

— Volontiers.

Elle s'assit à la table de la cuisine et regarda Ham s'affairer. Là non plus, rien n'avait changé. Les bibelots d'Emily étaient à la même place. La pièce, inondée de soleil, donnait sur le jardin ombragé et fleuri.

— Mme Leary fait toujours les meilleures tartes de la ville, annonça-t-il en lui servant une épaisse part de tarte qu'il venait de découper.

Il poussa un profond soupir de satisfaction et s'assit face à elle.

— Je suis sûr que tu n'imagines pas à quel point nous sommes fiers de toi !

Vanessa rougit sous le compliment et secoua la tête.

— Si seulement j'avais pu revenir plus tôt ! Je ne savais

même pas que Joanie s'était mariée et qu'elle avait un enfant ! dit-elle.

Elle but une gorgée de son thé et se cala confortablement sur sa chaise, se sentant à l'aise pour la première fois depuis son arrivée.

— Lara est magnifique ! reprit-elle.

— Et intelligente, avec ça ! s'exclama Ham en lui adressant un clin d'œil complice. Au risque de paraître présomptueux, je dirais même que je n'ai jamais vu d'enfant aussi éveillé !

— J'espère que je vais pouvoir en profiter pendant mon séjour. Que je vais profiter de vous tous, en fait.

— Combien de temps comptes-tu rester ?

— Je ne sais pas encore, je n'y ai pas sérieusement réfléchi.

— Ta mère se réjouissait tant de ton arrivée ! Elle n'a parlé que de cela durant des semaines !

Embarrassée, Vanessa chipota dans son assiette.

— Elle semble aller bien.

— Elle va bien, en effet, elle est forte. Il a bien fallu qu'elle le soit.

Vanessa leva les yeux sur Ham et s'appliqua à parler distinctement pour se distraire de la douleur qu'elle sentait monter en elle.

— Elle m'a dit qu'elle avait acheté un magasin d'antiquités. J'ai tellement de mal à l'imaginer en femme d'affaires !

— Elle s'en sort plutôt bien, dit-il, une lueur de fierté dans le regard. Elle m'a appris que tu avais perdu ton père.

— Oui. Il est mort d'un cancer il y a quelques mois.

— Cela a dû être éprouvant pour toi.

Vanessa haussa imperceptiblement les épaules.

— Malheureusement, je n'ai pas pu faire grand-chose pour le soulager. Il refusait d'accepter sa maladie et détestait la faiblesse. Il avait coutume de dire qu'il ne fallait pas s'écouter.

— Je sais, dit Ham en lui prenant la main. J'espère que tu sauras te montrer plus tolérante, Van.

— Vous savez, je ne déteste pas ma mère. C'est juste que je ne la connais pas.

Ham sembla apprécier la réponse de la jeune femme.

— Moi, je la connais et, crois-moi, ça n'a pas été facile pour elle. Quoi qu'elle ait pu faire, elle a payé le prix fort, mais s'il y a une chose qu'il faut que tu saches, c'est que ta mère t'aime. Qu'elle t'a toujours aimée.

— Pourquoi m'a-t-elle laissée partir dans ce cas ?

— C'est à elle que tu dois le demander, Van. Et je suis certain qu'elle a envie de te répondre.

Vanessa laissa échapper un petit soupir.

— Vous voyez, je n'ai pas changé. Je viens toujours pleurer contre votre épaule.

— C'est ce pour quoi les épaules sont faites, plaisanta-t-il pour tenter de la dérider. Tu sais bien que je t'ai toujours considérée comme ma propre fille.

Vanessa refoula à grand-peine ses larmes.

— Docteur Tucker, êtes-vous amoureux de ma mère ?

— Oui. Cela te contrarie ?

— Ça ne devrait pas.

— Mais… ? anticipa Ham.

— J'ai du mal à l'accepter car Mme Tucker et vous êtes tellement indissociables dans mon esprit ! Vous étiez si unis ! Vous étiez ma référence quand mes parents, eux, passaient leur temps à se déchirer !

— On ne choisit pas ses parents, Van, dit-il tranquillement.

Vanessa se détendit un peu, contente qu'il la comprenne.

— Je sais bien que ce n'est pas raisonnable, mais… comment dire… ?

— Ma chère enfant, la coupa Ham, il y a trop de choses injustes dans la vie. J'ai partagé vingt-huit ans de bonheur avec Emily et j'étais certain d'en passer encore autant avec elle. Jusqu'à la fin nous nous sommes aimés d'un amour absolu, inconditionnel. Mais la vie en a décidé autrement. Lorsqu'elle est morte, j'étais anéanti, une partie de moi-même s'était enfuie avec elle. Ta mère était l'amie la plus proche et la plus chère d'Emily, c'est pourquoi j'ai continué à veiller sur elle pendant des années. Et puis un jour, notre amitié s'est transformée, et je crois que si Emily nous voit de là-haut, elle en est satisfaite.

— J'ai l'impression d'être une petite fille.

— C'est parce que nous restons à tout jamais des enfants devant nos parents.

Il jeta un regard interrogateur sur la part de tarte presque intacte.

— Tu as perdu ton goût pour les sucreries ?

— Non, répondit-elle en lui adressant un sourire forcé. Plutôt mon appétit.

— Je ne veux pas jouer les rabat-joie, mais je te trouve un peu trop mince. Loretta m'a dit que tu avais un appétit d'oiseau.

Vanessa fronça les sourcils. Elle était loin d'imaginer que sa mère avait remarqué ce genre de chose.

— Je suppose que c'est la tension de ces deux dernières années. Je n'ai pas arrêté une seconde !

— Quand as-tu passé ta dernière visite médicale ?

Vanessa éclata de rire.

— On croirait entendre Brady ! Je vais bien, docteur Tucker, je vous assure. Les tournées m'ont épuisée, c'est nerveux, voilà tout !

Ham acquiesça en se promettant de la surveiller attentivement.

— J'espère avoir l'immense privilège de t'entendre jouer un de ces jours, déclara-t-il avec emphase.

— Je suis en train de roder le piano que maman vient d'acheter. D'ailleurs il faut vraiment que j'y aille, j'ai bâclé mes répétitions ces derniers temps.

Au moment où elle se levait, Brady fit son apparition dans l'embrasure de la porte. La présence de Vanessa chez son père le contraria. Bien malgré lui, il n'avait cessé de penser à elle toute la journée et voilà qu'en plus, elle se trouvait dans sa cuisine ! En guise de salut, il lui adressa distraitement un signe de la tête puis il fixa son attention sur la tarte.

— Une tarte de cette bonne Mme Leary, je parie ! dit-il en souriant à son père.

— Je te rappelle qu'elle est une de mes patientes.

Brady mordit dans la part de tarte de Vanessa.

— Tu voulais me voir ? demanda-t-il à son père.

— Oui, comme tu me l'avais demandé, j'ai jeté un coup d'œil sur le dossier Crampton. J'y ai fait quelques annotations.

— Merci.

— Je dois vous laisser à présent, annonça Ham en prenant Vanessa par les épaules et en déposant un baiser sonore sur sa joue. Reviens quand tu veux, Van. Tu es ici chez toi.

— Merci. Je saurai m'en souvenir.

— Au fait, le barbecue aura lieu dans deux semaines. Je compte sur ta présence.

— Je n'y manquerai pas.

— Quant à toi, Brady, ajouta-t-il d'un air malicieux, conduis-toi correctement avec cette jeune femme.

Lorsque son père fut parti, Brady adressa un sourire narquois à Vanessa.

— Il s'imagine peut-être que je vais te coincer à l'arrière de ma voiture !

— Je te rappelle que tu m'as déjà coincée à l'arrière de ta voiture, riposta Vanessa avec cynisme.

— C'est exact. Eh bien… veux-tu du café ?

— Du thé plutôt. Avec une rondelle de citron, s'il te plaît.

Brady grommela quelque chose et alla sortir une bouteille de lait du réfrigérateur.

— Je suis content que tu sois passée voir mon père. Il t'adore !

— C'est réciproque.

— Tu ne manges pas ?

— Non, et d'ailleurs je m'apprêtais à partir lorsque tu es arrivé.

— Tu es pressée ? s'enquit-il en attaquant sa part de tarte avec appétit.

— Pas particulièrement, mais je…

Brady l'interrompit brutalement.

— Assieds-toi, lui commanda-t-il en se servant un énorme verre de lait.

— Je vois que tu n'as pas perdu ton légendaire appétit.

Elle aurait dû partir et pourtant elle n'en demeurait pas moins là, à le contempler, détendu, éclatant de santé. Il lui avait proposé son amitié. Pourquoi refuser ? Elle s'adossa contre le comptoir.

— Où est le chien ? demanda-t-elle.

— Je l'ai laissé chez moi. Papa n'apprécie pas qu'il creuse dans ses plates-bandes.

— Tu ne vis plus dans cette maison ? demanda Vanessa, surprise.

— Non, dit-il en levant les yeux sur elle.

Un doux sourire flottait sur ses lèvres et la lumière qui jouait avec ses cheveux la nimbait d'une auréole d'or. La tenue sévère dans laquelle elle semblait vouloir dissimuler sa féminité renforçait l'impression de fragilité qui se dégageait de sa personne.

— Je…, balbutia-t-il, troublé.

Il tenta de cacher son embarras en se versant une nouvelle rasade de lait.

— J'ai acheté un terrain en dehors de la ville. Les travaux avancent lentement, mais j'ai déjà un toit.

— Tu te fais construire une maison ! s'exclama Vanessa.

— Oui, et si tu as envie d'y jeter un coup d'œil, je pourrai t'y conduire un de ces jours.

— Nous verrons, répondit-elle avec circonspection.

— Et si nous y allions tout de suite ? proposa Brady en chargeant le lave-vaisselle.

— C'est-à-dire… Je dois vraiment rentrer.

— Qu'as-tu de si urgent à faire ?

— Je dois m'entraîner.

En se retournant, le corps de Brady frôla celui de la jeune femme.

— Tu peux le faire plus tard.

Tous deux savaient que c'était un défi qu'ils se lançaient. Ils voulaient se prouver que le désir qui les avait animés autrefois était mort et qu'ils pouvaient désormais se côtoyer librement sans réveiller de vieux démons.

390

— Très bien, je te suis avec ma voiture, ainsi tu n'auras pas à revenir en ville.

— Parfait.

Brady prit la jeune femme par le bras et la conduisit à l'extérieur. Elle prit place au volant de sa Mercedes et suivit le véhicule tout-terrain de Brady. Ils roulèrent environ cinq kilomètres au terme desquels ils empruntèrent une petite voie cahoteuse creusée d'ornières et bordée d'arbres touffus. Un dernier virage en épingle les conduisit devant chez Brady où Kong les accueillit en manifestant bruyamment sa joie.

Brady avait vu grand : sa maison était une belle bâtisse de deux étages percée de hautes fenêtres arrondies desquelles on devait avoir une vue imprenable sur les monts environnants.

Une allée, pour le moment recouverte de gravats mais que Vanessa imaginait aisément pavée et fleurie, menait en pente douce vers un ruisseau dont elle entendait le doux murmure.

— C'est magnifique ! s'écria-t-elle avec enthousiasme. Le site est vraiment exceptionnel !

— Oui, c'est d'ailleurs ce qui m'a poussé à choisir cet endroit.

Il attrapa Kong par son collier pour l'empêcher de sauter sur Vanessa. La jeune femme se baissa pour le caresser en riant.

— Salut, Kong. Toi aussi tu dois te sentir bien ici, n'est-ce pas ? Tu ne manques pas d'espace.

En regardant Vanessa jouer avec son chien, Brady sentit une petite pointe de tendresse lui vriller le cœur. Il lui tendit la main.

— Viens, je vais te faire visiter la maison.

— Depuis combien de temps ont commencé les travaux ?

— Environ un an.

Ils franchirent en silence un petit pont de bois qui enjambait le ruisseau.

— Regarde où tu mets les pieds, le sol est traître.

Puis, semblant se raviser, il la prit dans ses bras et la porta jusque devant la porte d'entrée. Brady sentait à travers la fine toile de son pantalon les longues jambes fuselées de

Vanessa ; celle-ci, de son côté, dut s'avouer qu'elle n'était pas insensible au torse puissant contre lequel elle s'était lovée.

— Toujours aussi galant, n'est-ce pas ?

Ignorant le ton ironique de sa compagne, Brady la déposa délicatement au sol.

Lorsqu'ils pénétrèrent dans l'entrée, une forte odeur de sciure les assaillit. Ce qui allait devenir un salon était jonché de bois de charpente, de sacs de ciment et d'outils de toutes sortes. Une énorme cheminée occupait tout un angle du mur, et un escalier provisoire menait à l'étage.

— Viens, je vais te montrer la cuisine, dit-il en la conduisant dans une pièce contiguë.

La lumière pénétrait à flots par une large baie vitrée située au-dessus de l'évier et qui donnait sur les bois environnants. Le four et le réfrigérateur avaient trouvé leur place dans des niches prévues à cet effet.

— Un couloir voûté, qui rappellera les arcades des fenêtres, mènera à la salle à manger, précisa Brady.

Vanessa s'était perdue dans la contemplation du ciel à travers trois lucarnes en enfilade.

— Cela me semble un projet ambitieux.

— Pour le moment, ce n'est qu'un projet.

Lui prenant de nouveau la main, il l'invita à découvrir le reste du rez-de-chaussée.

— Ici, une salle d'eau, indiqua-t-il en ouvrant une porte. C'est ta mère qui m'a trouvé ce lavabo en porcelaine. Il est en parfait état. Là, poursuivit-il, une espèce de tanière. Tu vois, un endroit douillet où écouter de la musique, lire des livres tranquillement.

Il s'exprimait avec une telle passion, émaillant son discours de détails si précis que Vanessa visualisait parfaitement ce que donnerait cette pièce une fois achevée.

— Te souviens-tu de Josh McKenna ? lui demanda-t-il tout à trac.

— Très bien. Vous étiez inséparables.

— Eh bien, aujourd'hui, il travaille dans une entreprise de construction. C'est lui qui a fait toutes les menuiseries, ici.

— Josh ? s'étonna Vanessa en admirant le travail soigné des rayonnages sur un mur.

— Oui, confirma Brady. Il a dessiné aussi tous les placards de la cuisine et, crois-moi, ils sont superbes. Allons à l'étage à présent, l'escalier est étroit mais solide.

En dépit de son affirmation, Vanessa grimpa les marches avec précaution, se retenant au mur d'une main.

La chambre principale, meublée sommairement d'un matelas posé à même le plancher et d'une armoire, jouxtait une immense salle de bains dans laquelle la baignoire était encastrée dans le sol en carreaux de céramique.

Un pan de mur bleu marine tranchait merveilleusement avec les couleurs pastel qui recouvraient l'ensemble de la pièce. Vanessa s'imagina un instant se prélassant paresseusement dans la baignoire, le regard perdu sur les arbres qui formaient une toile de fond irréelle, magique.

— Tu as bien fait les choses, on dirait.

— Tant qu'à faire… A cet étage, il y a encore deux chambres avec une salle de bains commune et là, je pense installer mon bureau.

Il lui montra une pièce parfaitement circulaire, percée, à espaces réguliers de fenêtres en arcs de cercle qui offraient une vue magnifique sur les bois tout proches.

— J'adore cet endroit ! s'extasia Vanessa. Je crois que je pourrais me contenter de vivre dans cette seule pièce.

— Je suis content que tu ne les aies pas coupés, dit-il en enroulant autour de ses doigts une mèche des cheveux de la jeune femme, ils m'ont tellement fait fantasmer dans mes rêveries nocturnes.

Son regard chercha celui de Vanessa.

— J'ai rêvé de toi si souvent, Van. Pendant des années.

Embarrassée, Vanessa lui tourna précipitamment le dos et s'approcha d'une fenêtre.

— Quand les travaux seront-ils finis ? s'enquit-elle d'un ton qu'elle voulait léger.

— En septembre, j'espère.

Ce n'était pas en pensant à elle qu'il avait choisi les

couleurs, les matériaux. Alors comment expliquer que sa présence dans cette maison lui paraissait tout à coup évidente ? Pourquoi éprouvait-il à cet instant précis l'étrange sentiment de l'avoir attendue toute sa vie ?

— Van ?

— Oui ? demanda-t-elle prudemment, attentive à garder ses distances.

Sa gorge était nouée, la paume de ses mains moite. Brady gardant le silence, elle se tourna résolument vers lui et lui dit d'un ton faussement léger :

— C'est vraiment un endroit merveilleux, Brady, et je suis très heureuse que tu me l'aies montré. J'espère que j'aurai la chance de voir ta maison terminée.

Il n'allait pas lui demander de rester. Il préférait ne pas connaître la réponse. Mais ce dont il était sûr, c'est que leur histoire n'était pas terminée et qu'elle avait tourné court malgré eux.

Il la rejoignit d'un pas nonchalant et lut dans ses yeux qu'elle cherchait désespérément un moyen de le fuir.

— Non, s'il te plaît, protesta-t-elle faiblement quand il la prit dans ses bras.

Il ne l'écoutait plus. Tendrement, il posa ses lèvres sur les siennes. Ce simple contact embrasa son corps tout entier. Il la sentait frémissante et il appuya un peu plus son baiser. Ses mains remontèrent lentement le long de ses bras pour caresser tendrement son visage.

Vanessa maudissait sa faiblesse, elle se détestait d'éprouver du plaisir aussi facilement. Plaisir auquel elle s'était fermée depuis si longtemps et qui, à présent, la faisait vibrer de tout son être. Elle plaqua son corps embrasé contre celui de Brady et répondit à son baiser passionnément. Elle redécouvrit le goût de ses baisers, la puissance de ses muscles sous ses doigts. Elle oscillait allègrement entre passé et présent.

Brady songea avec bonheur que Vanessa était restée telle qu'en son souvenir. Des souvenirs qu'il pensait oubliés à jamais affluèrent à son esprit. Souvenirs de frustration, de besoins, d'espoirs. Souvenirs d'une jeunesse volée et envolée.

Tremblant d'une émotion contenue, Brady s'écarta légèrement de Vanessa et, les mains perdues dans sa chevelure soyeuse, il étudia attentivement ce visage dont il connaissait chaque détail par cœur.

Ses sentiments pour elle étaient restés intacts. Elle avait le pouvoir d'effacer d'un simple regard les douze années qui les avaient séparés. La magie de la séduction opérait encore.

— C'est bien ce que je craignais, murmura-t-il.

Il avait besoin de réfléchir, il fallait qu'il garde toute sa raison.

— Tu fais encore battre mon cœur, Van.

— Nous n'aurions pas dû, répliqua la jeune femme, le souffle court. Nous ne sommes plus des enfants, Brady.

— Tu as raison, dit-il en enfonçant les mains dans ses poches.

— Notre romance est terminée depuis si longtemps !

— Manifestement, nous venons de nous prouver le contraire. Peut-être nous faut-il en passer par là pour nous libérer à jamais de notre histoire.

— Je n'ai pas besoin de cela pour m'assurer que tout est fini entre nous, lui dit-elle d'une voix neutre. Il serait vain de vouloir faire revivre le passé.

Brady la fixait, un sourire aux lèvres.

— Je pense, au contraire, que cela pourrait être intéressant.

— La réponse est « non », Brady.

Elle passa devant lui pour emprunter l'escalier mais il la retint par le bras.

— Tu n'avais que seize ans la dernière fois que tu m'as dit non. Et je t'ai aimée pour cette raison aussi, mais aujourd'hui, nous sommes des adultes responsables, Vanessa.

Le cœur de Vanessa cognait dans sa poitrine. Brady n'avait pas perdu son légendaire sens de la formule.

— Cela ne signifie pas pour autant que je doive te céder.

— Certes ! Mais cela signifie que, quel que soit le temps qu'il me faudra, je saurai te faire changer d'avis, Van.

— Décidément, tu es toujours aussi présomptueux !

— J'adore quand mes propos te font sortir de tes gonds, lui dit-il d'une voix enjôleuse. C'est la preuve que j'ai raison.

Et sans lui laisser le temps de riposter, il lui ferma la bouche d'un baiser fougueux.

— Et cette fois, reprit-il posément, je ne te laisserai pas m'échapper. J'en fais le serment.

Au son de sa voix, Vanessa comprit qu'il parlait sérieusement.

— Va au diable ! lui siffla-t-elle au visage avant de lui tourner le dos et de se précipiter vers l'escalier.

Brady la regarda franchir le petit pont en courant et il l'entendit claquer rageusement la portière de sa voiture.

Un sourire de satisfaction flotta sur ses lèvres. Il avait toujours aimé son tempérament de feu.

4

Vanessa martelait les touches de son piano. Sous ses mains tremblantes de rage, elle faisait du thème romantique du premier concerto de Tchaïkovski une interprétation passionnée au travers de laquelle elle donnait enfin libre cours à la colère qu'elle avait contenue devant Brady.

Il n'avait pas le droit de vouloir les replonger dans leur passé. De la forcer à faire face à des sentiments qu'elle avait délibérément enfouis au plus profond d'elle-même et qu'elle savait prêts à resurgir avec plus d'intensité aujourd'hui qu'elle était une femme.

Elle voulait se persuader qu'il n'était rien pour elle, désormais. Rien d'autre qu'un ami d'enfance, une vieille connaissance. Elle refusait de souffrir encore par lui. Et pour rien au monde elle n'accepterait de nouveau de sentir peser le pouvoir qu'il avait jadis sur elle. Ce trouble qu'elle éprouvait, elle se chargerait bien de le chasser au plus vite ! Car si elle devait ne retenir qu'une chose de ce que la vie lui avait enseigné au cours de toutes ces années qu'elle avait exclusivement consacrées à son travail, c'était qu'elle, et elle seule, était responsable de ses sentiments.

Enfin calmée, elle s'arrêta de jouer. Elle ne pouvait pas prétendre avoir retrouvé sa sérénité, mais du moins avait-elle évacué toute la colère et les tensions accumulées.

— Vanessa ?

Loretta se tenait sur le seuil de la porte.

— Je ne savais pas que tu étais à la maison.

— Tu ne m'as pas entendue, je suis arrivée pendant que tu jouais. Tout va bien ? s'enquit-elle d'un air soucieux.

— Oui, oui, affirma Vanessa en repoussant des mèches de cheveux rebelles.

Face à sa mère, elle se sentait redevenir une petite fille rougissante et vulnérable.

— Je suis désolée, je n'ai pas vu le temps passer.

Loretta mourait d'envie de se rapprocher de sa fille et de lisser d'une main maternelle sa longue chevelure soyeuse. Mais, encore une fois, elle se retint de le faire.

— Mme Driscoll est passée me voir au magasin. Elle t'a vue entrer chez les Tucker.

— Toujours un œil de lynx, à ce que je vois, ironisa Vanessa.

— Tu as vu Ham, alors, dit Loretta d'une voix hésitante.

— Oui, confirma-t-elle. Il n'a presque pas changé, et semble en pleine forme.

— Je suis contente que tu sois allée lui rendre visite. Il t'a toujours adorée !

— Je sais.

Vanessa prit une profonde inspiration avant de demander :

— Pourquoi ne m'as-tu pas dit que vous vous fréquentiez ?

Loretta entortilla son collier d'une main nerveuse.

— Je suppose que je ne savais pas comment aborder le sujet. Je pensais que tu… tu te sentirais mal à l'aise avec lui en sachant cela.

— Ou peut-être estimais-tu que cela ne me regardait pas ? rétorqua durement Vanessa.

— Tu te trompes, s'empressa de répondre Loretta. Oh, Van… !

— Après tout, tu n'aurais pas tort, dit Vanessa en enfonçant le clou. Papa et toi étiez divorcés depuis des années avant qu'il ne meure. Tu es donc libre de choisir le compagnon que tu veux.

Loretta ressentit la sentence comme un coup de poignard. Mais s'il y avait des choses dont elle n'était pas fière et qu'elle regrettait, sa relation avec Ham Tucker n'en faisait pas partie.

— Tu as raison, rétorqua-t-elle d'une voix posée. D'ailleurs, j'assume parfaitement ma relation avec Ham et je n'ai pas à en rougir. Nous sommes adultes et, en outre, nous sommes libres.

Elle relevait fièrement le menton, dans une attitude que lui connaissait bien Vanessa.

— Au début, je trouvais bizarre de prendre la place d'Emily car elle était ma meilleure amie, mais j'ai fini par me dire qu'elle était partie et que je ne lui volais rien. Je pense même au contraire que c'est notre amour commun pour elle qui nous a rapprochés, Ham et moi. Et je suis très fière, conclut-elle, qu'il soit entré dans ma vie parce que, pour la première fois, je me sens comprise et épaulée.

Puis, sans un mot, elle tourna les talons et se hâta de regagner sa chambre. Elle était occupée à retirer ses bijoux lorsque Vanessa fit son apparition sur le seuil de la porte.

— Excuse-moi. Je n'ai pas le droit de te critiquer comme je l'ai fait.

Loretta posa bruyamment son rang de perles sur sa coiffeuse.

— Je ne veux pas de tes excuses froides et polies. Tu n'es pas une étrangère, Vanessa. Tu es ma fille, et en tant que telle je préférerais t'entendre hurler ou claquer ta porte comme tu le faisais, adolescente, pour marquer ta désapprobation.

Vanessa entra dans la pièce et remarqua un siège de velours bleu qui correspondait parfaitement à la femme de goût qu'était devenue sa mère.

Ayant retrouvé tout son calme, elle pesa soigneusement ses mots afin de ne pas la froisser de nouveau.

— Je ne t'en veux absolument pas de fréquenter le Dr Tucker. J'admets que la nouvelle m'a surprise, mais je te répète que cela ne me regarde pas.

— Van…

— Non, s'il te plaît, coupa Vanessa, laisse-moi finir. Quand je suis arrivée ici, je pensais que rien n'aurait changé. Mais je m'étais trompée. Alors, c'est vrai, j'ai du mal à accepter tous ces changements, à accepter que tu puisses poursuivre ta route avec autant de facilité.

— Ça n'a pas été facile, Van.

Vanessa fixa soudain sa mère intensément et lâcha la question qui la taraudait depuis tant d'années.

— Pourquoi m'as-tu laissée partir ?

— Je n'avais pas le choix, répondit simplement Loretta. Et à ce moment-là, je voulais me persuader que c'était la meilleure chose pour toi. Que c'était ce que tu voulais.

— Ce que je voulais ? s'écria la jeune femme amèrement. Personne ne m'a jamais demandé mon avis, que je sache !

— J'ai essayé. Dans chaque lettre que je t'ai envoyée, je te suppliais de me dire si tu étais heureuse ou si tu souhaitais rentrer à la maison. Lorsqu'elles me sont revenues, intactes, j'ai compris quel était ton choix et je n'ai plus insisté.

Livide, refusant de croire ce que sa mère venait de lui apprendre, Vanessa protesta d'une voix à peine audible :

— Tu ne m'as jamais écrit.

— Je t'ai écrit pendant des années, espérant jusqu'à la dernière lettre que tu trouverais la compassion nécessaire pour me répondre au moins une fois.

— Je n'ai jamais reçu ces lettres.

Sans un mot, Loretta alla chercher dans une malle placée au pied de son lit une boîte dont elle retira le couvercle.

— Je les ai toutes gardées, dit-elle en tendant à sa fille une pile de lettres portant l'adresse d'hôtels du monde entier.

Prise de vertiges, Vanessa se laissa tomber sur le bord du lit.

— Il ne te les a pas données, n'est-ce pas ? murmura Loretta.

La gorge nouée, la jeune femme secoua la tête.

— Il m'a même privée de ces petites joies, murmura-t-elle au bord des larmes. Mais pourquoi ? Pourquoi ?

— Peut-être craignait-il que je te détourne de ta carrière, dit Loretta d'une voix douce visant à apaiser sa fille. C'était sans doute le seul moyen de te protéger et de me punir. Mais il avait tort de croire que j'aurais pu t'empêcher d'atteindre le but que tu t'étais fixé et que tu méritais tellement !

— De quoi voulait-il te punir ?

Loretta ne répondit pas et se mit à arpenter la pièce nerveusement.

— Bon sang ! J'ai le droit de savoir, non ? s'écria-t-elle.

La colère déclencha un spasme douloureux qui la fit se pencher en avant.

— Van, qu'y a-t-il ? s'enquit Loretta d'une voix inquiète en passant une main rassurante dans le dos de sa fille.

— Ce n'est rien, dit-elle, furieuse d'être prise en flagrant délit de souffrance.

— J'appelle Ham, reprit sa mère en se dirigeant vers le téléphone.

— Non ! dit Vanessa en agrippant sa mère par le bras. Ce n'est pas la peine. C'est juste la tension de ces derniers temps, assura-t-elle en tentant de surmonter la douleur.

— Eh bien, ce sera l'occasion de faire un petit bilan. Van, dit-elle en enlaçant tendrement sa fille, tu es si mince !

— Ce n'est pas nécessaire, je t'assure, répéta la jeune femme. Quelques semaines de vacances et j'irai mieux !

— Oui, mais...

— Je sais ce que je ressens et tout va bien, trancha-t-elle.

Blessée par le ton implacable de sa fille, Loretta retira son bras de ses épaules.

— Très bien, n'en parlons plus. Tu n'es plus une enfant.

Butée, Vanessa reprit :

— A présent, je voudrais que tu répondes à ma question : de quoi papa voulait-il te punir ?

— De l'avoir trompé, lâcha Loretta, impassible.

Vanessa n'en croyait pas ses oreilles ! Sa propre mère venait de lui avouer qu'elle avait commis l'adultère.

— Tu as eu un amant ? s'enquit-elle prudemment.

— Oui, admit Loretta. Il y a eu quelqu'un. Peu importe qui. Nous avons eu une liaison pendant presque un an avant votre départ pour l'Europe.

— Je vois, dit Vanessa d'un air entendu.

Loretta laissa échapper un petit rire cynique.

— Je n'en doute pas une seconde. C'est pourquoi je n'ai

pas à m'excuser, ni à me justifier. De plus, j'estime avoir suffisamment payé pour ça !

Vanessa leva sur sa mère un regard interrogateur. Elle était tiraillée entre l'envie de comprendre et celle de condamner.

— Tu l'aimais ? finit-elle par demander.

— Il m'était devenu indispensable. Ce n'est pas la même chose.

— Pourquoi ne l'as-tu pas épousé ?

Loretta réfléchit un instant, sentant la vieille blessure sur le point de se rouvrir.

— Ni l'un ni l'autre nous n'en éprouvions le besoin.

— C'était simplement… physique, risqua Vanessa. Tu as trompé ton mari pour une banale histoire de sexe ?

Sous le coup de l'insulte, Loretta se sentit devenir cramoisie.

— Notre relation ne se limitait pas à cela, dit-elle faiblement. Mais maintenant que tu es une femme, peut-être pourras-tu me comprendre à défaut de me pardonner.

— Non, je ne comprends pas, rétorqua durement Vanessa.

Ce n'était pas la peine de se lamenter sur le passé. On ne pouvait revenir sur ce qui avait été fait.

— Je sors, reprit-elle, j'ai besoin d'air.

Face à sa solitude, Loretta s'assit sur son lit et donna libre cours à ses larmes.

Vanessa conduisit des heures avec pour seul but celui de parcourir cette région qu'elle connaissait si bien. Quelques-unes des vieilles fermes qui émaillaient le paysage avaient été vendues et divisées en parcelles, et de nouvelles constructions prenaient la place de ce qui autrefois avait été d'immenses champs de maïs. Elle éprouva le même pincement au cœur que lorsqu'elle évoquait sa famille éclatée.

Elle repensa à la conversation qu'elle avait eue avec sa mère. Aurait-elle eu la même réaction si l'aveu avait émané d'une autre femme ? Elle en doutait.

Il était déjà tard lorsqu'elle emprunta la voie qui menait

chez Brady. Elle ignorait ce qui l'avait guidée jusqu'ici. Le besoin d'être écoutée, de se sentir protégée ?

De la maison éclairée lui parvinrent les aboiements de Kong qui avait entendu sa voiture arriver. Avant même qu'elle ait le temps de frapper, Brady lui ouvrit la porte.

Elle réalisa soudain l'incongruité de la situation.

— Je suis désolée, il est tard.

— Entre, dit-il simplement en lui prenant la main pour la guider à l'intérieur. Tu veux boire quelque chose ?

— Non, merci.

En fait, elle ne savait pas ce qu'elle voulait. Elle jeta un coup d'œil à l'échelle posée contre le mur et nota la fine couche de poussière sur les avant-bras de Brady. Manifestement, elle l'avait interrompu en plein travail.

— Je te dérange.

— Non. J'étais en train de poncer les murs, mais ça peut attendre.

Il alla sortir une canette de bière du réfrigérateur.

— Tu en veux une ?

— Non, merci. Je conduis et je ne peux pas rester longtemps.

Brady but une longue gorgée, se donnant ainsi le temps de chasser l'émotion trop vive que la venue de la jeune femme avait provoquée.

— Tu n'es plus fâchée contre moi ?

Vanessa, frissonnante, se dirigea vers la fenêtre.

— A vrai dire, je ne sais pas. Je ne sais plus, avoua-t-elle honnêtement.

Brady connaissait trop bien ce ton : le même que celui qu'elle utilisait lorsqu'elle venait se réfugier chez eux pour fuir les violentes disputes de ses parents et qui signifiait qu'elle avait besoin d'être réconfortée.

— Raconte-moi ce qui ne va pas, veux-tu ?

Vanessa savait qu'il serait à son écoute. Il l'avait toujours été.

— Je n'aurais pas dû venir, dit-elle en soupirant.

— Tu as bien fait au contraire, lui assura-t-il gentiment.

Vanessa observa son pâle reflet dans la vitre.

— Ma mère m'a dit qu'elle avait eu un amant juste avant que je ne parte pour l'Europe.

Devant le silence de Brady, Vanessa se retourna pour lui faire face.

— Tu étais au courant.

— Pas à ce moment-là.

Voyant le visage décomposé de la jeune femme, il s'approcha d'elle et lui caressa doucement les cheveux.

— Je l'ai appris peu de temps après ton départ, reprit-il. Tu sais comment sont les gens, on ne peut pas les empêcher de jaser.

— Mon père savait, lui aussi, c'est pour cette raison qu'il m'a éloignée d'elle et qu'elle n'a pas voulu venir avec nous.

— J'ignore ce qui s'est passé entre tes parents, Van. Mais si tu as besoin de réponses, c'est à ta mère qu'il faut les demander.

— Je ne sais pas quoi lui dire, je ne sais pas par quoi commencer. Mon père non plus ne m'a parlé de rien durant toutes ces années.

Pas étonnant, se dit Brady en se gardant bien de livrer ces réflexions à la jeune femme.

— Que t'a dit ta mère sur cette liaison ?

— Qu'elle n'aimait pas cet homme, que c'était purement physique, répondit-elle froidement.

— Eh bien, il ne nous reste plus qu'à la tondre et à l'exhiber dans les rues de la ville, riposta Brady.

— Ce n'est pas drôle, Brad ! s'indigna Vanessa. Elle a trahi mon père, elle a détruit la famille que nous formions !

— C'est vrai, admit-il. Mais connaissant un peu Loretta, je suppose qu'elle avait de bonnes raisons de le faire.

Il posa sur Vanessa un regard plein de sagesse.

— Cela m'étonne que tu ne te sois pas interrogée à ce sujet.

— Mais comment oses-tu défendre l'adultère ! s'emporta-t-elle.

— Je ne défends pas l'adultère, mais les choses ne sont jamais aussi simples qu'on le croit, Van. Et je pense que lorsque ta colère et ton ressentiment seront tombés, tu devrais en parler avec elle.

— C'est facile pour toi ! Tes parents se sont toujours adorés. Mais qu'aurais-tu ressenti si l'un d'eux s'était conduit de la sorte ?

— La même chose que toi, j'imagine, dit-il en posant sa canette sur la table basse. Viens contre moi, ajouta-t-il d'une voix pleine de douceur.

Vanessa ne se fit pas prier et, les larmes aux yeux, vint se blottir contre son compagnon. Il l'enveloppa de ses bras rassurants tout en lui caressant le dos d'un doigt léger. Il posa doucement ses lèvres sur ses cheveux et s'enivra des senteurs mêlées de parfum et de grand air qui s'en dégageaient.

Vanessa s'abandonna entièrement aux gestes affectueux de Brady. Il semblait si solide à présent ! Comment le jeune adolescent rebelle, insouciant, avait-il pu devenir un homme aussi responsable, aussi rassurant ? s'interrogea-t-elle. Il lui donnait sans même qu'elle demande.

Les yeux fermés, elle songeait qu'il serait délicieusement facile de retomber amoureuse de lui.

— Tu te sens mieux ? lui demanda gentiment Brady.

Elle sortit lentement de la douce torpeur dans laquelle les caresses et les battements de cœur de Brady, à l'unisson avec les siens, l'avaient plongée.

Elle leva les yeux sur lui et lut dans son regard une détermination et une volonté qu'elle ne lui connaissait pas jusqu'à présent.

Ignorant sa question, elle lui dit :

— Je n'arrive pas à savoir si tu as changé ou si tu es resté le même.

— Un peu des deux probablement, répondit-il, distrait par le parfum dont il se grisait. Je suis heureux que tu sois revenue, Van.

— A vrai dire, ce n'était pas mon intention. Quand je suis venue tout à l'heure, j'étais en colère car tu as fait resurgir des souvenirs que j'aurais préféré garder enfouis.

Ce regard ! songeait Brady, il fallait qu'elle cesse de

l'envelopper de ce regard qui l'avait toujours fait chavirer, sans quoi, il ne répondrait de rien.

— Van, tu devrais vraiment essayer de régler tes problèmes avec ta mère. Veux-tu que je te reconduise chez toi ?

— Je n'ai pas envie de rentrer à la maison ce soir, dit-elle, surprise par sa propre audace. Je voudrais rester ici avec toi.

La demande de la jeune femme plongea Brady dans un tourbillon d'émotions douloureuses. D'un geste lent, il se libéra de l'étreinte de Vanessa et s'écarta légèrement d'elle.

— Ce n'est pas une bonne idée, Vanessa, dit-il en grimaçant un sourire forcé.

— Ce n'est pas ce que tu semblais penser, il y a quelques heures. Ce n'étaient que des paroles en l'air, si j'ai bien compris ? riposta-t-elle en se levant précipitamment, tout à coup soucieuse de mettre de la distance entre eux.

La colère que ces insinuations avaient déclenchée chez Brady retomba aussitôt et c'est d'une voix calme qu'il répliqua :

— Tu as toujours su trouver les mots qu'il faut, n'est-ce pas ?

— Contrairement à toi, rétorqua la jeune femme d'un ton cinglant.

Brady s'approcha lentement d'elle et glissa ses mains sous sa lourde chevelure, enserrant son cou gracile.

— Tu cherches à me provoquer, Vanessa ? lui dit-il d'une voix rauque. Ne va pas trop loin, je pourrais te prendre au mot.

Une onde d'excitation parcourut la jeune femme. Depuis l'instant où elle l'avait revu, elle s'était demandé comment serait l'amour avec lui.

— Je voudrais bien voir cela !

Brady observait Vanessa, le menton fièrement relevé, ses yeux jetant des éclairs, ses lèvres entrouvertes en une moue boudeuse et sensuelle ; un violent désir de la prendre le submergea. Il avait passé des heures à refouler ces images de son esprit, mais l'attitude provocante de Vanessa pourrait balayer en une seconde ses bonnes résolutions. Dans une dernière tentative de défense, il s'éloigna d'elle de quelques pas.

— Ne me pousse pas à bout, Vanessa.

— Si tu n'as pas envie de moi, pourquoi… ?

— J'ai envie de toi ! hurla-t-il. Bon sang ! Cette envie me hante depuis mes dix-huit ans et ne m'a jamais quitté ! Tu es contente à présent ?

Bouleversée par cet aveu, Vanessa fit un pas vers lui.

— N'approche pas ! ordonna-t-il. Surtout, n'approche pas !

Il but une longue gorgée de bière et, semblant avoir recouvré son calme, ajouta d'une voix neutre :

— Tu peux prendre mon lit. Je dormirai sur le canapé.

— Pourquoi, Brady ? insista la jeune femme.

— Parce que ce n'est pas le bon moment, Van. Ce soir tu ne sais pas où tu en es. Tu es perdue, malheureuse, furieuse contre ta mère. Tu m'en voudrais d'avoir profité de la situation.

Il avait raison. Il avait toujours raison.

— Décidément, ça n'est jamais le bon moment pour nous, n'est-ce pas ?

— Ça le sera un jour, affirma-t-il d'une voix assurée en prenant son visage entre ses mains. Tu devrais aller te coucher, à présent.

La gorge nouée d'émotions confuses, Vanessa se dirigea vers l'escalier. Avant de gravir les marches, elle se retourna vers Brady et lui lança :

— Je regrette que tu sois un homme aussi bien.

— Moi aussi, plaisanta-t-il.

Elle lui adressa un faible sourire.

— Non, pour ce soir tu as eu raison. Je suis désolée parce que cela m'a rappelé à quel point je t'aimais. Et pourquoi.

Brady regarda la jeune femme disparaître dans l'escalier.

— Merci, murmura-t-il, maintenant je suis sûr de passer une nuit blanche.

Vanessa, enroulée dans les draps de Brady, écoutait le ronflement régulier de Kong qui avait déserté la compagnie de son maître et dormait paisiblement au pied de son lit.

Serait-elle allée au bout de sa proposition ? se demandait-elle honnêtement à la faveur de l'obscurité profonde qui régnait dans la pièce. Une partie d'elle-même, aiguisée par la curiosité et par ces longues années d'abstinence, mourait d'envie de céder à l'appel de ses sens. L'autre partie, espèce d'instinct de survie, lui dictait en revanche de se tenir à l'écart, de ne plus se jeter inconsidérément à la tête de Brady.

Pourquoi avoir voulu provoquer ce qu'elle avait si violemment rejeté quelques heures auparavant ? Cela n'avait aucun sens.

Brady avait toujours eu le don de l'embrouiller, de lui faire perdre tout bon sens. Mais seule dans ce grand lit où elle tentait vainement de trouver le sommeil, sa frustration était tempérée par de la gratitude à son égard : il la comprenait mieux qu'elle ne se comprenait elle-même.

Durant toutes ces années passées à voyager, aucun des hommes qui avaient croisé sa route n'était parvenu à faire sauter les interdits qui verrouillaient solidement ses émotions.

Le seul qui possédait ce pouvoir était Brady. Qu'était-elle supposée faire maintenant ?

Si les choses en restaient là et qu'ils demeuraient bons amis, elle pourrait envisager, sereinement et sans souffrance, de reprendre sa carrière lorsqu'elle se sentirait prête à le faire. Mais si elle décidait de devenir la maîtresse de Brady, son souvenir la hanterait jusqu'à la fin de ses jours. En outre, même si par le passé elle avait souffert par sa faute, elle ne voulait à aucun prix le blesser.

Elle connaissait trop la souffrance pour vouloir l'infliger à quiconque. Cette peine immense qui vous submerge et vous noie quand l'être aimé finit par vous ignorer.

Elle épargnerait à Brady le mal qu'il lui avait fait.

Ne pas céder, ne plus s'offrir, serait le plus grand service à lui rendre. Elle ne deviendrait pas sa maîtresse. Ni celle d'aucun homme, d'ailleurs, se dit-elle avec amertume. Elle avait sous les yeux l'exemple de sa mère, qui, en cédant à ses pulsions, avait gâché trois vies. Vanessa savait que, malgré les apparences, son père avait été profondément malheureux. Il n'avait jamais pardonné à sa femme de l'avoir trahi. Pour quelle autre raison lui aurait-il caché les lettres de Loretta, pour quelle autre raison n'aurait-il plus jamais prononcé son nom ?

Vanessa se recroquevilla, sous l'emprise de la douleur qui, au fil de son introspection devenait, plus aiguë. Elle se fit la promesse d'essayer d'accepter, à défaut de comprendre, les choix que sa mère avait faits.

Enfin apaisée, elle ferma les yeux et attendit le sommeil.

Vanessa se réveilla au bruit de la pluie qui crépitait sur le toit. Encore tout engourdie de sommeil, elle se laissa bercer quelques instants par la douce musique. Le chien avait quitté la pièce, il était temps pour elle de faire de même. Elle aurait aimé se prélasser dans un bon bain mais la voix de la sagesse lui souffla de prendre une douche rapide. Dix minutes plus tard, elle descendait l'escalier, ragaillardie.

Un sourire attendri flotta sur les lèvres de la jeune femme à la vue de Brady, entortillé dans un sac de couchage, le visage enfoui dans un oreiller ridiculement petit. Kong, assis à son chevet, attendait patiemment qu'il se réveille. Lorsqu'il vit arriver Vanessa, il manifesta sa joie en aboyant bruyamment et en léchant joyeusement le visage de son maître.

Brady se réveilla en jurant, détournant de lui, à coups de petites tapes, la truffe trop affectueuse de son chien.

— Couché, Kong ! grogna-t-il.

Nullement intimidé par le ton de Brady, l'animal sauta sur le lit qu'il ne daigna quitter que lorsque Vanessa lui ouvrit la porte d'entrée. Il bondit alors à l'extérieur, tout heureux d'aller patauger sous la pluie.

Brady se redressa, dévoilant son torse nu et musclé, et fronça les sourcils à l'adresse de Vanessa.

— Comment diable fais-tu pour paraître déjà aussi fraîche ?

Troublée par la semi-nudité de son compagnon, Vanessa concentra toute son attention sur son visage. Elle le trouvait encore plus séduisant, mal réveillé.

— Je me suis permis d'utiliser ta douche, j'espère que ça ne te dérange pas, dit-elle pour cacher son embarras.

Brady grommela quelque chose qu'elle ne comprit pas mais elle se força néanmoins à lui sourire. Elle se sentait si mal à l'aise qu'elle remercia le ciel qu'il ne soit pas venu la rejoindre cette nuit !

— J'ai beaucoup apprécié le calme de ta chambre, Brady. Vraiment. Et pour te remercier de ton hospitalité, laisse-moi te préparer un bon café !

Sans lui laisser le temps de répliquer, elle se précipita dans la cuisine où elle finit par trouver un récipient de verre et un filtre en plastique qu'elle ne savait trop comment utiliser.

— Je crains de m'être un peu trop avancée, lui cria-t-elle, penaude.

— Mets de l'eau à chauffer. J'arrive.

Reconnaissante d'avoir quelque chose à faire, elle alla remplir la bouilloire d'eau.

— Je suis vraiment désolée, dit-elle. J'ai mal agi hier et tu as été très…

Elle l'entendit se lever et enfiler son pantalon.

— Stupide, acheva-t-il en la rejoignant. J'ai agi de façon stupide. Et j'aimerais que nous n'en parlions plus.

Elle lui caressa tendrement la joue mais il darda sur elle un regard si noir qu'elle retira prestement sa main.

— Je me suis conduite de façon puérile. Ma mère a dû s'inquiéter, tu aurais dû me mettre à la porte.

— Je l'ai appelée lorsque tu es montée te coucher.

Vanessa fixa le bout de ses chaussures.

— Tu es beaucoup plus attentionné que moi.

Brady feignit de ne pas entendre. Il ne voulait pas de sa gratitude, ni de ses remerciements. Il lui tendit un filtre en papier.

— Tu le mets dans le cône en plastique et tu places celui-ci sur le pot de verre. Six cuillerées de café et tu passes avec l'eau chaude. C'est bon, tu as compris ?

— Oui.

— Parfait ! Je te laisse, j'en ai pour une minute.

Quel homme exaspérant ! songeait Vanessa en le regardant gagner l'escalier. Qui pouvait se montrer adorable à certains moments et exécrable à d'autres. Mais n'était-ce pas ce qui l'attirait chez lui ? En outre, il y avait bien longtemps qu'elle avait cessé de croire au prince charmant, en tout point parfait.

Elle retourna à sa tâche et s'appliqua à mettre la dose exacte de café dans le filtre. Elle aimait l'arôme puissant qui se dégageait de la poudre brune. Mais ce plaisir lui était désormais interdit.

Elle était en train de verser consciencieusement l'eau brûlante sur le café lorsque Brady réapparut. Il paraissait avoir retrouvé sa bonne humeur, aussi lui adressa-t-elle un sourire qui se voulait amical.

— Tu as battu tous les records de vitesse ! s'écria-t-elle en désignant ses cheveux encore mouillés.

— J'ai appris à faire les choses dans l'urgence à l'époque où j'étais interne. Je vais nourrir Kong, il doit mourir de faim, dit-il en la plantant là de façon abrupte.

Lorsqu'il revint, le café était presque complètement passé.

— Je me souviens d'avoir vu la même cafetière chez vous.

— Oui, ma mère disait que c'est ainsi qu'on obtient le meilleur café.

— Brady, je n'ai pas encore eu l'occasion de te dire à quel point je suis désolée pour ta mère. Je sais combien elle et toi étiez liés.

Un voile assombrit le visage de Brady.

— Elle m'a toujours protégé, même si à plusieurs reprises, je ne le méritais pas, mais j'imagine que toutes les mères sont ainsi, conclut-il en fixant Vanessa dans les yeux.

Mal à l'aise, la jeune femme détourna le regard.

— Je crois que c'est prêt, annonça-t-elle.

Brady alla chercher deux tasses et lui en tendit une.

— Non, merci. Je ne bois plus de café depuis des années.

— En tant que médecin, je ne peux que t'en féliciter mais en tant qu'être humain, j'ai du mal à le comprendre, dit-il en remplissant sa tasse.

Vanessa regarda avec tendresse de petites gouttes d'eau perler à ses cheveux et elle lui adressa un sourire attendri.

— Bien, je vais te laisser. Je dois partir à présent.

De son bras tendu, il lui barra le passage. Son regard, à présent radouci, avait détecté les signes de fatigue sur le visage de Vanessa.

— Tu as eu un sommeil agité, n'est-ce pas ?

— Autant que toi, j'imagine.

— J'aimerais que tu fasses quelque chose pour moi.

— Si je peux…

— Rentre chez toi, couche-toi et essaie de dormir au moins jusqu'à midi.

— Je pense que c'est de mon ressort.

— Et si ces vilains cernes n'ont pas disparu d'ici quarante-huit heures, je te préviens, j'alerte immédiatement mon père.

— Quel discours !

Brady repoussa sa tasse et attira la jeune femme contre lui.

— Il me semble que tu m'as reproché mon manque d'à-propos, hier soir.

Prisonnière de l'étreinte de Brady, Vanessa se raidit, l'esprit en alerte.

— Ce n'étaient que des paroles en l'air destinées à te provoquer, se défendit-elle.

— Tu as réussi, répliqua-t-il en la plaquant plus fermement contre lui.

— Brady, ce n'est pas le moment, je dois y aller.

— Très bien. Alors embrasse-moi.

— Je n'en ai pas envie, se rebiffa Vanessa en relevant le menton.

— Si, tu en as envie, murmura-t-il, les lèvres sur celles de la jeune femme. Mais tu as peur.

— De toi, peut-être ? riposta-t-elle crânement.

— Non. Pas de moi, de toi.

— C'est ridicule !

— Eh bien, prouve-le.

Ivre d'une rage contenue, elle se pencha vers lui avec l'intention de lui donner un baiser bref, dépourvu de toute chaleur. Mais à peine leurs lèvres se joignirent-elles, que son corps s'embrasa. La bouche de Brady était douce et chaude sur la sienne. Sa langue dessina le contour de sa bouche, puis elle força le barrage de ses dents pour devenir plus audacieuse, plus tentatrice.

Le souffle court, Vanessa promena des doigts légers sur le torse encore humide de Brady qui, à présent, mordillait doucement ses lèvres, se grisant de leur goût fruité. Prudemment, délibérément, il posa ses mains sur le comptoir, conscient que rien ne pourrait arrêter le feu qui le brûlait s'il touchait la moindre parcelle de peau de Vanessa.

Elle viendrait à lui. Il s'en était fait la promesse durant la nuit. Pas en souvenir de leur passé commun, pas par vengeance, mais parce qu'elle le voudrait.

Lentement et pour rester maître de ses émotions, il libéra la jeune femme de l'étreinte qui la retenait prisonnière.

— Je veux te voir ce soir, Van.

— Je ne sais pas, répondit-elle encore tout étourdie.

— Très bien. Réfléchis et passe-moi un coup de fil quand tu auras pris ta décision.

Aveuglée par la colère, Vanessa ne vit pas les doigts de Brady serrés sur sa tasse et qui trahissaient l'anxiété qui le rongeait à ce moment précis.

— Je ne joue pas à ce petit jeu, Brady.

— Ah oui ? Et que fais-tu alors ?

— J'essaie simplement de survivre, lâcha Vanessa d'une voix tremblante.

Elle attrapa son sac et se précipita dehors.

5

Vanessa n'aspirait plus qu'à aller se perdre dans le sommeil lorsqu'elle arriva chez elle. Ainsi, elle chasserait les fantômes du passé, se bercerait d'une musique d'ambiance, et, avec la volonté qui la caractérisait, parviendrait à rattraper la nuit blanche qu'elle venait de passer. Une fois reposée, elle aurait l'esprit plus clair et trouverait sans mal les mots à dire à sa mère. Mais ces quelques heures de sommeil suffiraient-elles à l'éclairer sur ses sentiments à l'égard de Brady ?

Elle en doutait.

Elle s'apprêtait à rentrer lorsqu'une voix la fit se retourner. C'était Mme Driscoll qui, protégée par un immense parapluie et pressant contre elle son sac et une pile de courrier, se dirigeait vers elle d'une démarche pesante. Vanessa alla à sa rencontre en souriant.

— Madame Driscoll ! Quel plaisir de vous revoir.

La vieille dame scruta Vanessa de ses petits yeux plissés.

— J'ai entendu dire que tu étais de retour. Je suis contente de te voir, mais dis-moi, tu n'es pas bien épaisse !

Eclatant de rire, Vanessa se pencha vers elle et embrassa la joue parcheminée de son ancienne institutrice. La même bonne odeur de lavande émanait d'elle.

— Vous, en revanche, vous avez l'air en pleine forme !

— C'est que je fais attention à moi. Quand je pense que ce gredin de Brady, qui se prétend médecin, veut que je marche avec une canne ! Tiens-moi ça, dit-elle d'un ton autoritaire à Vanessa en lui tendant son parapluie.

Puis elle ouvrit son sac et y fourra son courrier en tentant

414

avec entêtement de garder son équilibre. Le temps maussade accentuait ses vieilles douleurs mais elle adorait se promener sous la pluie.

— Il était temps que tu reviennes au pays, grommela-t-elle. Tu vas rester chez nous ?

— Eh bien, je n'ai pas…, commença Vanessa.

— Il est temps aussi que tu te préoccupes un peu de ta mère, coupa la vieille dame. Je t'ai entendue jouer du piano hier en allant à la banque, mais je n'ai pas pu m'arrêter.

— Voulez-vous entrer boire une tasse de thé ? s'enquit poliment Vanessa.

— Je n'ai pas le temps. Tu joues vraiment bien, Vanessa.

— Merci.

Lorsque Mme Driscoll lui reprit le parapluie des mains, Vanessa crut qu'elle allait enfin être débarrassée d'elle, mais c'était mal la connaître !

— Une de mes petites-nièces prend des leçons de piano à Hagerstown. Mais c'est trop loin et ça coûte trop cher à sa mère. Pour le résultat qu'elle en a ! Maintenant que tu es de retour, tu pourrais peut-être t'en occuper ?

— Mais je…, balbutia Vanessa, prise de court.

— Elle a pris quelques heures de cours et sait jouer à peu près correctement *Vive le vent*.

— C'est très bien, décréta Vanessa qui commençait à être sérieusement trempée. Mais si elle a déjà un professeur…

Semblant ne pas tenir compte des arguments de Vanessa, Mme Driscoll poursuivit, intarissable :

— Elle habite à deux pas d'ici, elle pourrait venir à pied, ça laisserait à sa mère le temps de souffler un peu. Lucy, c'est ma nièce, la cadette de mon frère, elle attend un autre bébé, elle doit accoucher le mois prochain. C'est un garçon. Heureusement : il n'y a que des filles, dans cette famille !

— Ah !

— Ce ne serait pas prudent de faire tout ce chemin jusqu'à Hagerstown, tu comprends ?

— Oui, bien sûr, mais…

— Allons, tu dois bien avoir une heure de liberté dans la semaine, n'est-ce pas ?

Exaspérée, ne sachant comment se sortir d'une telle impasse, Vanessa passa une main impatiente dans ses cheveux.

— En effet, je…

Violet Driscoll l'interrompit brutalement pour saisir la balle au bond.

— Pourquoi pas aujourd'hui, alors ? Le bus la dépose à 15 h 30, elle peut être chez toi à 16 heures.

« Il faut que je me montre plus ferme », se dit Vanessa.

— Madame Driscoll, j'aimerais beaucoup vous aider, mais je n'ai jamais donné de cours.

La vieille dame plissa de nouveau ses petits yeux sombres.

— Tu sais jouer, n'est-ce pas ?

— Oui, mais…

— Dans ce cas, tu devrais être capable de montrer à quelqu'un comment faire. Tu verras, Annie est intelligente, tu devrais y arriver sans problème.

— Je ne doute pas qu'Annie…

— Je te paierai dix dollars de l'heure.

Tandis que Vanessa cherchait désespérément une échappatoire, un large sourire de satisfaction éclaira le visage de Mme Driscoll. Elle poursuivit son monologue :

— Tu as toujours été une bonne fille, bien élevée. Pas comme ce vaurien de Brady. N'empêche, je l'aime bien lui aussi. Eh bien, c'est dit, je veillerai à ce qu'Annie soit là à 16 heures.

Interdite, Vanessa la regarda s'éloigner sous son grand parapluie, avec le sentiment désagréable de s'être laissé, une fois de plus, rouler dans la farine.

Des leçons de piano ! Comment avait-elle pu se laisser embarquer là-dedans ? se demanda-t-elle, furieuse contre elle-même.

Elle pressa le pas vers la maison mais abandonna toute idée d'aller se coucher. Si elle devait affronter une virtuose en herbe, mieux valait qu'elle s'y prépare. En outre, cela lui éviterait de trop réfléchir.

Elle se rendit dans le salon de musique, espérant que sa mère avait gardé quelques-uns de ses vieux livres de cours. Elle retrouva dans un des tiroirs du meuble de rangement une partition qu'elle jugea inappropriée à une jeune débutante. A mesure que ses doigts fouillaient dans les papiers, elle brûlait de l'envie de se mettre au clavier.

Elle trouva enfin ce qu'elle cherchait dans le dernier tiroir du meuble. Légèrement cornés, mais soigneusement empilés, il y avait là tous les manuels d'apprentissage de son enfance. Un sentiment de nostalgie lui noua la gorge. Elle s'assit sur le sol et, jambes croisées, se mit à les feuilleter, se replongeant complaisamment dans son passé.

Elle se souvenait de ses toutes premières leçons et des heures consacrées aux exercices de doigté et à ses gammes. Avec quelle émotion grisante elle avait découvert le pouvoir magique de transformer de banales notes de musique en mélodies merveilleuses !

Vingt ans s'étaient écoulés depuis son premier cours, dispensé par son père. Il lui avait tout appris, et très vite elle s'était montrée une élève douée et volontaire. Comme elle avait été fière le jour où, pour la première fois, il l'avait félicitée ! Il était si avare de compliments qu'elle avait eu envie de se surpasser encore plus.

Emue, Vanessa poussa un profond soupir et alla inspecter de nouveau le tiroir. Si Annie prenait des cours depuis un an, cela signifiait qu'elle avait dépassé le niveau débutant. C'est alors qu'elle tomba sur l'album dans lequel sa mère conservait précieusement tout ce qui concernait sa fille. Un sourire aux lèvres, elle ouvrit la première page.

Les premiers clichés la représentaient, assise à son piano. Vanessa ne put réprimer un éclat de rire en revoyant la petite fille modèle qu'elle était alors, en socquettes d'un blanc immaculé, les cheveux tirés en une queue-de-cheval impeccable. Suivaient, dans l'ordre chronologique, des photos de son premier récital, puis celles de ses premiers prix. Elle retrouva avec émotion les récompenses qui ornaient jadis les murs de sa chambre et des coupures de presse vantant les concours régionaux, puis nationaux brillamment remportés par l'enfant du pays. Sous l'emprise d'une terreur irraisonnée, elle avait supplié son père de la laisser faire machine arrière, mais il s'était montré inflexible : une grande pianiste devait apprendre à vaincre sa peur. Et elle avait gagné !

L'album regorgeait de photos, d'entrefilets ou d'articles plus conséquents qu'elle n'avait, pour la plupart, jamais vus. Toute sa vie s'étalait là, sous ses yeux, à travers ces reliques pieusement conservées par sa mère dans cet album.

Qu'était-elle censée en conclure ? s'interrogea-t-elle, en proie à la plus vive émotion. Que penser de cette mère dont elle croyait qu'elle l'avait oubliée mais qui lui avait obstinément écrit pendant des années, se refusant à renoncer bien que ses lettres soient restées sans réponse. Qui avait suivi la carrière de sa fille pas à pas, bien que celle-ci l'ait écartée de sa vie. Et qui, après tant d'années de silence, lui avait ouvert sa porte sans lui poser la moindre question.

Mais pourquoi dans ce cas l'avoir laissée partir sans un mot, sans se battre pour la retenir ?

« Je n'avais pas le choix », lui avait-elle avoué. Qu'avait-elle voulu dire ? Pourquoi son père avait-il empêché toute relation avec elle ?

Il fallait qu'elle sache. Aujourd'hui. Elle se releva et sans prendre la peine de rassembler les papiers éparpillés sur le sol, partit en toute hâte à la recherche de sa mère.

La pluie avait cessé, cédant la place à un pâle soleil qui tentait timidement de percer les nuages. Vanessa stoppa sa voiture devant le magasin d'antiquités, charmante maison de deux étages à la sortie de la ville. Une enseigne en arc de cercle placée au-dessus de l'entrée précisait le nom de la boutique.

Vanessa poussa la grille du jardin dans lequel se trouvait un joyeux mélange hétéroclite : un vieux traîneau aux armatures métalliques rutilantes côtoyait un vieux fût de bois qui débordait de pétunias mauves et roses et des banquettes anciennes recouvertes de tissus aux couleurs chatoyantes avaient été disposées de part et d'autre de l'entrée. Lorsqu'elle ouvrit la porte, les clochettes d'un carillon tintèrent joyeusement, annonçant sa venue.

— Celui-ci date du XIXe siècle, entendit-elle sa mère expliquer à un client. Aux environs de 1860. C'est l'un de mes plus beaux meubles. Je l'ai fait restaurer par un artisan avec lequel j'ai l'habitude de travailler et qui fait un travail remarquable. D'ailleurs, je vous laisse admirer la facture.

Vanessa écoutait la conversation d'une oreille distraite, préférant fixer son attention sur les innombrables trésors que recelait l'endroit. D'exquises petites coiffeuses étaient recouvertes de porcelaines, de statuettes, de flacons de parfum de verre ciselé, de gobelets en argent. Le bois brillait, le cuivre rutilait, le cristal étincelait, des senteurs aux parfums subtils s'échappaient de pots-pourris placés aux quatre coins de la pièce.

Il se dégageait de l'endroit une chaleureuse atmosphère qui donnait l'impression de se trouver dans une maison plutôt que dans un magasin.

— Vous verrez, continuait Loretta en pénétrant dans la pièce principale, vous ne le regretterez pas, vous allez être enchantés de votre acquisition. Et si ce n'est pas le cas, je suis disposée à vous reprendre le tout. Oh, Vanessa ! s'exclama-t-elle en apercevant sa fille. Monsieur Peterson, je vous présente ma fille Vanessa. M. Peterson vient de Montgomery.

— De Damascus, précisa le vieil homme. Mon épouse et moi venons d'acheter une vieille ferme. Nous avons repéré cette salle à manger il y a quelques semaines, et j'ai eu envie de lui en faire la surprise.

— Je suis sûre qu'elle va l'adorer, dit Loretta en prenant la carte de crédit que lui tendait son client.

Vanessa admira en silence les talents de négociatrice de sa mère.

— Bien que votre magasin soit admirablement situé, je

vous garantis un franc succès si vous en ouvrez un dans notre comté.

— Je me plais ici, dit Loretta en lui tendant son ticket de caisse. J'y ai toujours vécu, vous savez.

— Je vous comprends, c'est une ville charmante. En tout cas, sachez que nos amis vont se presser chez vous lorsqu'ils auront vu notre acquisition.

Loretta lui adressa un petit sourire.

— Aurez-vous besoin d'aide lorsque vous viendrez en prendre livraison ?

— Non, je vous remercie, mais je pense pouvoir trouver quelques amis, prêts à me donner un coup de main. Au revoir, madame Sexton.

— Au revoir, monsieur Peterson.

Il se tourna vers Vanessa, souriant.

— Au revoir, mademoiselle. J'ai été ravi de vous rencontrer. Vous avez une mère épatante ! ajouta-t-il, enthousiaste.

— Merci.

— Ne vous dérangez pas, je connais le chemin, dit-il en se dirigeant vers la sortie.

Puis, semblant se raviser, il s'arrêta net et se retourna vers les deux femmes.

— Vanessa Sexton ! s'exclama-t-il, réalisant soudain à qui il avait affaire. Vous êtes la pianiste Vanessa Sexton ! Mais bien sûr ! J'ai assisté à votre concert à Washington la semaine dernière. Vous avez été sublime !

— Je suis ravie que vous ayez apprécié, rétorqua Vanessa, embarrassée.

— Ça alors ! Si je m'attendais à une rencontre pareille ! Ma femme est folle de musique classique, c'est une de vos plus ferventes admiratrices. Elle ne va jamais me croire quand je lui dirai que je vous ai rencontrée ! Vous voulez bien lui signer un autographe ? s'enquit-il en sortant de sa serviette un agenda en cuir. Elle s'appelle Melissa.

— Bien sûr, acquiesça Vanessa.

— Si on m'avait dit que je rencontrerais quelqu'un comme

vous dans un endroit pareil ! poursuivait inlassablement M. Peterson.

— Je suis née et j'ai grandi ici.

— Je suis prêt à parier que ma femme va venir vous rendre une petite visite d'ici peu de temps, répliqua-t-il en adressant un clin d'œil complice à Vanessa. Encore merci, madame Sexton, dit-il en reprenant le chemin de la sortie.

— De rien, et soyez prudent surtout, lui dit-elle en le regardant franchir la porte.

Une fois qu'elles furent seules, Loretta se tourna vers Vanessa.

— C'est assez troublant de voir sa propre fille signer des autographes.

— C'est le premier que je signe dans ma ville natale, précisa la jeune femme.

Elle prit une profonde inspiration avant de poursuivre.

— Ta boutique est ravissante. Cela doit te demander beaucoup de travail, non ?

— Oui, mais j'adore ce que je fais. Au fait, je suis désolée d'avoir dû quitter la maison très tôt ce matin, mais j'avais une livraison importante à réceptionner.

— Ne t'en fais pas pour ça.

Loretta rangea dans un coin le chiffon doux avec lequel elle époussetait ses meubles.

— Veux-tu que je te fasse faire le tour des lieux ?

— Oui. Oui, bien sûr.

Loretta passa devant sa fille et la guida dans la pièce voisine.

— Voici la salle à manger que ton admirateur vient d'acquérir.

Elle lui désigna une magnifique table en acajou, assortie de chaises finement ouvragées.

— Avec les trois rallonges, on peut aisément tenir à douze convives. Le buffet et la table roulante sont vendus avec.

— C'est très beau, dit Vanessa avec sincérité.

— J'ai enlevé le tout dans une vente publique il y a quelques mois. Ce mobilier appartenait à la même famille depuis plus d'un siècle, je trouve triste qu'ils aient dû s'en défaire. C'est pour cette raison que je suis heureuse de les vendre à des gens qui sauront les apprécier à leur juste valeur et qui en prendront soin comme ils le méritent.

Loretta dirigea ensuite sa fille vers une élégante vitrine de laquelle elle sortit un verre de cristal bleuté.

— Je l'ai déniché dans un marché aux puces, enfoui au fond d'une boîte. Quant à ces salières, elles sont françaises et seul un collectionneur averti pourra me les enlever.

— Comment sais-tu autant de choses ? s'étonna Vanessa, admirative.

— J'ai beaucoup appris en travaillant ici, mais aussi en chinant dans d'autres magasins. J'ai assisté à de nombreuses ventes aux enchères et j'ai lu des manuels spécialisés. J'ai également su tirer parti des erreurs commises et, crois-moi, quelques-unes d'entre elles m'ont coûté assez cher pour que je m'en souvienne et que je ne les reproduise plus, dit-elle en riant. A présent, je me débrouille et je parviens même à réaliser quelques très bonnes affaires.

— Tu as de si jolis objets ! s'extasia Vanessa. Oh ! comme c'est charmant ! dit-elle en prenant avec précaution un coffret à bijoux.

— C'est de la porcelaine de Limoges. J'essaie d'en avoir toujours quelques pièces en réserve et peu importe que ce soient des objets anciens ou neufs.

— Je comprends. Je possède moi-même une petite collection qui me suit partout et qui donne un air familier aux suites impersonnelles que j'ai l'habitude de fréquenter.

— Alors, fais-moi plaisir. Prends cette boîte.

— Non, je ne peux pas accepter.

— S'il te plaît, Vanessa, dit Loretta en mettant la porcelaine dans les mains de sa fille. J'ai raté un certain nombre d'anniversaires et tu me ferais plaisir en acceptant ce petit cadeau.

Emue, Vanessa leva les yeux sur sa mère. Elle avait le sentiment qu'un premier pas venait d'être franchi.

— Merci. Je saurai en prendre soin.

— Je vais chercher de quoi l'emballer. Ah ! quelqu'un vient d'entrer. Les chineurs sont nombreux, le week-end. Va jeter un coup d'œil à l'étage, je te rejoins.

— Non, je préfère t'attendre ici, répliqua Vanessa en serrant, tel un trésor, le petit coffret entre ses mains.

Loretta lui adressa un sourire affectueux et alla accueillir son visiteur. Lorsque Vanessa reconnut la voix du Dr Tucker, elle alla le rejoindre.

— Alors, Van, tu es venue voir ta mère à l'ouvrage ?

— Oui. C'est vraiment un endroit merveilleux !

Ham avait passé son bras autour des épaules de Loretta, ce qui eut pour effet d'intimider Vanessa. La jeune femme n'avait pas encore eu le temps d'analyser ses sentiments.

— Un endroit qui la retient bien souvent loin de moi. Mais il faudra bien que je m'y habitue, désormais.

— Ham !

Le Dr Tucker jeta un regard impatient à Loretta.

— Grands dieux, Loretta, ne me dis pas que tu ne lui as pas encore parlé ! Tu as eu toute la matinée pour le faire !

— De quoi ma mère devait-elle me parler ? s'enquit Vanessa.

Ham décida de prendre le taureau par les cornes et devança Loretta.

— Eh bien, il m'aura fallu deux ans, mais j'y suis enfin arrivé !

— Arrivé à quoi ? répéta Vanessa, perplexe.

Ham déposa un baiser tendre sur les cheveux de sa compagne.

— Ta maman et moi allons nous marier, annonça-t-il d'un air triomphant, un sourire radieux aux lèvres.

— Oh ! laissa échapper Vanessa, sous le choc.

— Eh bien ! C'est tout ce que tu trouves à dire ? la taquina Ham. Allons, viens donc m'embrasser.

— Félicitations, articula péniblement Vanessa.

Puis elle se dirigea tel un automate vers Ham et effleura sa joue d'un baiser distrait.

— Je veux un vrai baiser, gronda Ham en serrant la jeune femme dans ses bras.

— J'espère que vous serez très heureux, dit-elle enfin avec sincérité, se laissant aller à l'étreinte chaleureuse de son futur beau-père.

— Mais je n'en doute pas une seconde. En outre, cela va me permettre d'avoir deux belles femmes dans ma vie plutôt qu'une.

— A quand est fixé le grand jour ? demanda Vanessa souriant à la plaisanterie de Ham.

— Dès que possible.

Il n'avait pas échappé au Dr Tucker que les deux femmes n'avaient pas échangé un mot, ni même un regard.

— Joanie a organisé un dîner pour nous ce soir, reprit-il. Ce sera l'occasion de fêter la bonne nouvelle.

— Je serai là, dit-elle en se dégageant des bras de Ham.

— Après ta leçon de piano ?

— Les nouvelles vont vite, à ce que je vois.

— Quelle leçon de piano ? s'enquit Loretta.

— Celle qu'elle va donner à Annie Crampton, la petite-nièce de Violet Driscoll, précisa-t-il en éclatant d'un rire tonitruant lorsqu'il vit Vanessa froncer le nez.

— Violet a accroché ta fille ce matin même, ajouta-t-il.

— Et à quelle heure est ce cours ? demanda Loretta.

— A 16 heures.

— Je peux en parler à la mère d'Annie, si tu veux.

— Non, ça ira. Ce n'est qu'une heure par semaine, juste le temps de mon séjour. Je ferais mieux d'y aller d'ailleurs, si je veux préparer un peu ce cours. Eh bien, à plus tard et merci encore pour le coffret à bijoux.

— Attends ! Je vais te l'emballer.

— Ce n'est pas la peine. A ce soir chez Joanie, docteur Tucker.

— Tu peux m'appeler Ham puisque nous allons bientôt faire partie de la même famille.

Elle alla embrasser sa mère, surprise de constater qu'elle l'avait fait spontanément.

— Tu as beaucoup de chance, lui souffla-t-elle à l'oreille.

— Je sais, répliqua Loretta en serrant la main de Ham dans la sienne.

Lorsque le carillon sonna, annonçant le départ de Vanessa, Loretta laissa couler ses larmes.

— Je suis désolée, dit-elle.

— Tu as le droit de craquer, Loretta, dit Ham en lui tendant un mouchoir. Je t'avais bien dit qu'elle viendrait.

— Elle a toutes les raisons de me détester.

— Allons, ne sois pas si dure avec toi-même, lui dit-il d'un ton réconfortant.

Elle secoua doucement la tête, enroulant nerveusement son mouchoir entre ses doigts.

— Oh! Qu'il est dur de faire des choix, Ham! Et toutes ces erreurs que nous pouvons commettre au cours d'une vie! Je donnerais n'importe quoi pour qu'elle me comprenne et me pardonne!

— Laisse-lui le temps, Loretta, murmura Ham en lui prenant le menton et en l'embrassant. Laisse-lui le temps.

Vanessa écoutait d'une oreille distraite les notes monotones qu'égrenait péniblement son élève.

C'était une jeune adolescente de douze ans, dégingandée, dont les cheveux en bataille encadraient un visage anguleux à la moue boudeuse. Elle possédait de belles mains carrées qui pouvaient être un atout pour une pianiste. Malheureusement, elle semblait avoir du mal à en faire bon usage.

Elle avait du potentiel, jugeait Vanessa en lui adressant un petit sourire d'encouragement. Il suffirait de lui en faire prendre conscience.

— Combien de fois par semaine t'entraînes-tu, Annie? demanda la jeune femme, soulagée que le massacre cesse enfin.

— Je ne sais pas.

— Fais-tu tes exercices tous les jours, au moins?

— Je ne sais pas, répondit obstinément Annie.

Cette réponse eut le don de hérisser Vanessa.

— Mais enfin, s'impatienta-t-elle, tu prends bien des cours depuis un an ?

— Je ne…

Vanessa ne lui laissa pas le temps de terminer.

— Tu ne me facilites pas les choses, lui reprocha-t-elle. Alors, dis-moi ce que tu sais.

Pour toute réponse, la jeune fille haussa les épaules et balança ses jambes dans un mouvement régulier. Prête à renoncer, Vanessa prit place à côté d'elle sur le tabouret.

— Annie, s'il te plaît, donne-moi une vraie réponse : as-tu réellement envie de prendre des leçons de piano ?

Annie frappa ses baskets orange l'une contre l'autre puis répondit :

— Je suppose que oui.

— Ce n'est pas pour faire plaisir à ta mère ?

L'adolescente gardait les yeux obstinément baissés sur les touches du piano.

— Je pensais que j'aimerais ça, répondit-elle en grimaçant.

— Et ça ne te plaît pas ?

— Si. Quelquefois. Mais je joue que des trucs de bébé.

— Je vois, décréta Vanessa tout à coup compatissante. Et qu'aimerais-tu jouer, toi ?

— Je sais pas, des chansons de Madonna ou des trucs qu'on entend à la radio, mais mon autre professeur dit que c'est pas de la vraie musique, dit-elle avec un regard en coin.

— Toute forme de musique est de la vraie musique, riposta Vanessa, que de tels propos faisaient bondir. Ecoute, si tu veux, nous allons passer un marché.

Annie la dévisagea d'un air suspicieux.

— Quel genre de marché ?

— Tu promets de faire tes exercices tous les jours et de travailler les cours que je te donne et, en échange, je vais acheter des partitions des chansons de Madonna et je t'apprendrai à les jouer.

La moue de la jeune fille se mua en un sourire radieux.

— C'est bien vrai ?

426

— C'est bien vrai, mais à une seule condition : il faut que tu travailles un peu.

— C'est promis ! exulta Annie, prête à lui sauter au cou. La tête que va faire ma meilleure amie quand je vais lui dire ça !

— Tu vas devoir patienter encore quinze bonnes minutes, dit Vanessa, enchantée d'avoir su trouver une parade. Je te propose de reprendre où nous en étions.

Annie obéit sans rechigner et s'appliqua à jouer avec toute la concentration dont elle était capable. Eh bien voilà ! se dit Vanessa, triomphante, il suffisait d'un peu de motivation. Après tout, ce pourrait être une expérience intéressante de s'occuper de cette gamine. En outre, ce serait également l'occasion de satisfaire son penchant naturel pour la musique dite populaire.

Lorsqu'un peu plus tard, Vanessa se retrouva dans la solitude de sa chambre, elle passa un doigt léger sur la boîte à bijoux que sa mère lui avait offerte. Finalement les choses prenaient une tournure à laquelle elle ne s'attendait pas. Sa mère se révélait une femme beaucoup plus humaine que l'image qu'elle s'était faite d'elle. Sa maison demeurait sa maison, et ses amis lui étaient restés fidèles.

Et Brady était toujours là.

Elle ressentit l'envie irrépressible d'être à ses côtés, de voir leurs deux noms associés, comme ils l'avaient été dans le passé. Il était curieux de constater qu'à seize ans elle était sûre d'elle, de lui, et qu'aujourd'hui, adulte, elle avait peur. Peur de commettre une erreur et de souffrir de nouveau.

Pouvait-on reprendre le cours de la vie là où on l'avait laissé plus de dix ans auparavant ? Et pourrait-elle envisager un nouveau départ tant que le passé n'aurait pas livré les réponses à ses questions ?

Toute à ses réflexions, elle se prépara pour le dîner chez Joanie. Elle choisit une robe bleu marine ajustée qui faisait ressortir son teint clair et épousait parfaitement ses formes.

Elle choisit de laisser ses cheveux flotter librement sur ses épaules et mit la touche finale avec des boucles d'oreilles en or serties de saphirs. Elle jeta un coup d'œil satisfait à son reflet dans le miroir. Ce soir, elle était bien déterminée à profiter pleinement de la fête et à passer un bon moment en famille.

Elle allait refermer sa boîte à bijoux lorsqu'une bague surmontée d'une petite émeraude attira son attention. Elle ne résista pas à la tentation et, émue, la passa à son doigt. Elle lui allait toujours. Elle secoua la tête, comme pour chasser ces pensées nostalgiques, et referma le coffret d'un coup sec. Il faudrait qu'elle évite de se laisser aller à ce genre de complaisance, surtout si elle était amenée à partager des soirées entières en compagnie de Brady.

De simples amis. Voilà ce qu'ils seraient désormais l'un pour l'autre, se rappela-t-elle. Il y avait bien longtemps qu'elle ne s'était pas autorisé le luxe de nouer une vraie amitié. C'était l'occasion rêvée, et si elle se sentait encore prise au piège de sa séduction, eh bien tant pis ! Cela mettrait un peu de piment dans leur relation, décida-t-elle.

Une douleur qu'elle connaissait bien la tira de sa rêverie. Pressant une main sur son estomac, elle alla chercher dans le tiroir de sa table de nuit un tube d'antiacides. Aussi festive que s'annonçait la soirée, elle n'excluait pas une certaine forme de tension.

Vanessa s'en voulait de ne pouvoir gérer ce stress qui rongeait son corps dès qu'elle avait à faire face à des situations embarrassantes. Il était grand temps qu'elle devienne adulte, décréta-t-elle. Si elle apprenait à maîtriser ses émotions, elle parviendrait à dompter également ses malaises physiques.

Forte de cette résolution, elle jeta un coup d'œil à sa montre et gagna l'escalier. Vanessa Sexton était toujours à l'heure lorsqu'il s'agissait de donner une représentation.

Brady l'attendait au bas des marches et, à sa vue, émit un sifflement admiratif.

— Van, tu es magnifique. Et toujours aussi séduisante.

Mais comment se débrouillait-il pour être aussi beau ? se demanda la jeune femme qui sentit son estomac se nouer. Embarrassée, elle laissa son regard errer devant elle, avant de le porter sur Brady.

— Oh ! Tu as mis un costume.

— Il semblerait bien que oui, dit-il en souriant ironiquement.

— C'est la première fois que je te vois en costume, poursuivit gauchement Vanessa.

Elle descendit une marche et se retrouva à sa hauteur, les yeux dans les yeux.

— Que fais-tu ici ? Pourquoi n'es-tu pas parti chez Joanie ?

— J'ai préféré passer te chercher.

— C'est ridicule, voyons. J'ai ma propre…

— Chut ! lui souffla-t-il en la pressant contre lui pour lui donner un baiser.

Vanessa attendit que les battements de son cœur reprennent un rythme régulier pour lui dire :

— Ecoute, Brady, je pense nécessaire d'instaurer quelques règles de base entre nous.

— Je déteste ce que tu essaies de suggérer, lui susurra-t-il en prenant de nouveau ses lèvres. Et puis rappelle-toi que nous faisons partie de la même famille désormais sœurette.

— Tu n'agis pourtant pas comme un frère devrait le faire, murmura-t-elle à son tour.

— Que penses-tu de la situation ?

— Tu sais bien que j'ai toujours adoré ton père.

— Et… ?

— Et j'espère qu'ils seront heureux ensemble.

Brady fronça les sourcils en voyant Vanessa porter les mains à ses tempes.

— Qu'y a-t-il ?

— Ce n'est rien, assura la jeune femme en retirant promptement sa main. Une légère migraine, voilà tout. Bien, si nous y allions, à présent ?

— D'accord, dit-il en la prenant par la main.

Il ne la lâcha que pour lui ouvrir la portière de sa voiture.

Dix minutes plus tard, Joanie se ruait sur la porte d'entrée pour se jeter dans les bras de son amie.

— N'est-ce pas formidable ? Je n'arrive pas à croire que nous allons bientôt être sœurs ! Je suis si heureuse pour eux, pour nous, s'écria-t-elle en resserrant son étreinte.

— Et moi, alors ? intervint Brady, pour mettre fin aux effusions de sa sœur, tu ne me dis pas bonjour ?

— Salut, Brady, dit-elle platement.

Voyant la mine déconfite de son frère, elle éclata de rire et le serra à son tour contre son cœur.

— Tu es magnifique dans ton beau costume !

— Papa m'a laissé entendre que c'était une soirée habillée, alors...

Joanie fit un pas en arrière pour admirer son amie.

— Seigneur ! Où as-tu acheté cette robe, Van ? Elle est fabuleuse ! Je serais capable de tuer pour pouvoir me glisser dans une tenue pareille ! Mais assez parlé, ne restons pas là, venez. Je vous ai concocté un repas dont vous me direz des nouvelles.

— Joanie a toujours été une maîtresse de maison hors pair, commenta Brady en regardant sa sœur partir à la recherche de son mari.

Le dîner fut en effet royal : il débuta par un énorme jambon en gelée accompagné de pommes de terre sautées et d'un assortiment de légumes verts, et se termina par une mousse légère aux fruits et une tarte chaude aux pommes.

L'ambiance de fête se trouvait accentuée par les bougies dont Joanie avait décoré la table et les verres de cristal qu'elle avait disposés devant chaque convive.

Les conversations fusaient, animées et joyeuses, ponctuées par le tintement que produisait la cuillère que Lara cognait de toutes ses forces contre son assiette.

Vanessa, un peu en retrait, captait les joyeux éclats de rire de sa mère. Elle n'avait pas le souvenir de l'avoir jamais vue aussi gaie, de l'avoir jamais sentie aussi librement heureuse. Belle, souriante, elle symbolisait aux yeux de Vanessa l'image du bonheur parfait.

Elle espéra que personne n'avait remarqué son manque d'appétit, mais lorsqu'elle sentit sur elle le regard inquisiteur de Brady, elle se força à avaler une autre bouchée, à boire une autre gorgée et à rire aux plaisanteries de Jack.

Soudain, Brady se leva et appela l'attention de tous :

— Je propose que nous portions un toast aux fiancés, dit-il en levant son verre. A mon père, dont la décision prouve une fois de plus sa grande intelligence et à la future mariée qui avait la gentillesse de feindre l'ignorance lorsque je me faufilais en douce dans son jardin pour rejoindre sa fille.

Des éclats de rire accueillirent ce discours et les verres s'entrechoquèrent gaiement.

Personne ne vit que Vanessa buvait une gorgée de champagne à contrecœur.

— Quelqu'un reprendra du dessert ? demanda Joanie à la ronde. Parfait, dit-elle en réponse aux grognements de refus. Jack, aide-moi à débarrasser la table, veux-tu ? Loretta, restez assise, vous êtes mon hôte d'honneur et, en tant que telle, il n'est pas question que vous participiez aux tâches ménagères.

Loretta obtempéra de bonne grâce.

— Très bien. Alors je me charge d'aller changer Lara.

— Oui. Papa et vous pouvez aller la câliner pendant que nous terminons ici. Vanessa, laisse cela, veux-tu ? ajouta-t-elle à l'intention de son amie qui s'apprêtait à lui donner un coup de main. Toi aussi tu es dispensée de corvée, c'est ton premier dîner chez moi.

— Elle n'a pas changé. Toujours aussi autoritaire, commenta Brady. Veux-tu que nous allions écouter de la musique dans le salon ?

— Non, en fait, je préférerais aller prendre un peu l'air.

— Alors je t'accompagne. Rien ne me fait plus plaisir que de me promener au clair de lune avec une jolie femme.

Il lui adressa un sourire complice et lui emboîta le pas.

6

L'air était doux et chargé d'humidité. Les lilas exhalaient leur lourd parfum.

— J'ai entendu dire que tu donnais des leçons de piano, attaqua Brady sans préambule.

— Je vois que Mme Driscoll t'a fait un rapport.

— En fait, je l'ai appris par John Cory qui le tenait lui-même de Bill Crampton, l'oncle d'Annie. Il tient un atelier de réparations et tous les hommes s'y retrouvent pour bavarder et se plaindre de leurs femmes.

Vanessa éclata de rire.

— C'est rassurant de constater que les commérages fonctionnent toujours aussi bien dans cette bonne petite ville, plaisanta-t-elle à demi.

— Et comment se comporte ton élève ?

— Disons qu'elle a… du potentiel.

— Quel effet cela te fait d'être de l'autre côté de la barrière ?

— C'est un sentiment étrange. D'autant plus que je lui ai promis de lui apprendre à jouer du rock.

— Toi ? s'étonna Brady.

— Pourquoi pas ? rétorqua-t-elle sèchement.

Brady ignora le ton brutal de sa compagne. Il prit son visage entre ses mains, et caressa d'un doigt léger le lobe velouté où brillaient les saphirs.

— C'est juste que je n'arrive pas à t'imaginer jouant ce genre de musique.

— Toute musique est digne d'intérêt ! Et maintenant,

si tu es venu pour te moquer de moi, je serais aussi bien toute seule !

— Susceptible, à ce que je vois.

Pour se faire pardonner, il passa un bras autour des épaules de la jeune femme. Il se grisa des senteurs enivrantes de son parfum. Combien d'hommes avaient eu ce même geste, éprouvé les mêmes émotions que lui en cet instant ?

— J'aime beaucoup Jack, déclara Vanessa tout à trac.

— Moi aussi.

— Joanie a l'air si heureuse ici ! J'ai pensé à elle si souvent !

— Et moi ? demanda Brady, soudain redevenu grave, tu pensais à moi de temps en temps ?

— Je suppose que oui, éluda-t-elle.

Elle ne lui dirait pas que son visage avait hanté ses jours, ses nuits. Trop. Trop souvent.

— J'ai attendu désespérément des nouvelles qui n'arrivaient jamais.

— Je t'en voulais trop, Brady. A toi, à ma mère. J'étais meurtrie. Puis les semaines ont passé, et les mois, les années.

Elle lui adressa un sourire qu'elle voulait plein d'indulgence et reprit :

— Il m'a fallu des années pour te pardonner de m'avoir lâchement abandonnée le soir du gala de la promotion.

Livide, Brady laissa échapper un juron.

— Je ne t'ai pas abandonnée, dit-il d'une voix blanche.

— Que veux-tu dire ? s'enquit Vanessa, perplexe.

— Je ne t'ai pas abandonnée, répéta-t-il. J'avais même loué mon premier smoking pour la circonstance et acheté un bouquet de roses jaunes et roses. Et j'étais probablement aussi excité que toi à l'idée de la soirée qui nous attendait.

— Alors pourquoi n'es-tu pas venu ? Je t'ai attendu plus de deux heures.

Brady inspira profondément avant de répondre.

— Parce que, cette nuit-là, j'ai été arrêté.

— Pardon ? demanda Vanessa, sceptique.

— C'était une erreur, bien sûr, s'empressa-t-il de préciser. Mais le temps qu'on me relâche, il était trop tard.

— Mais enfin, de quoi étais-tu accusé ?

— Détournement de mineure. J'avais dix-huit ans, tu en avais seize.

Vanessa ne pouvait croire ce qu'elle entendait.

— Mais c'est ridicule ! Nous n'avions jamais…

— Non, nous n'avions jamais… A mon grand regret, d'ailleurs, dit-il avec un petit rire.

Vanessa, incrédule, se passa une main dans les cheveux. Cette histoire était tellement abracadabrante !

— Brady, j'ai du mal à le croire ! Tout cela est tellement ridicule ! Nous ne faisions rien de mal et, en outre, nous étions amoureux l'un de l'autre.

— C'était bien là le problème.

Une douleur fulgurante obligea Vanessa à prendre une profonde inspiration avant de poursuivre.

— Je suis sincèrement désolée, Brady. Comme tu as dû être malheureux ! Et tes parents ! Oh ! Mais qui pouvait bien t'en vouloir au point de te faire jeter en prison ? Qui pouvait…

Elle s'interrompit net, lisant la réponse dans les yeux de Brady.

— Non ! s'écria-t-elle, refusant de croire à la réalité. Mais pourquoi ?

— Il était persuadé que j'avais profité de la situation et pensait que j'allais détruire ta vie. Alors il a agi en conséquence : il m'a fait payer ses certitudes et a fait en sorte de te guérir de moi.

— Il aurait pu m'en parler, murmura-t-elle, parcourue de frissons. Pour une fois dans sa vie, il aurait pu m'en parler. C'est ma faute !

— Allons, ne sois pas stupide, tu n'y es pour rien.

— Si, répéta-t-elle avec obstination, c'est ma faute. Si je lui avais parlé de mes sentiments pour toi, si je lui avais dit ce que je ressentais…

Elle leva sur Brady un regard lourd de culpabilité.

— Aucune parole ne pourra jamais effacer le mal qu'il t'a fait, n'est-ce pas ?

— Il n'y a rien que tu puisses dire, Van, lui assura-t-il en la pressant contre lui. Nous étions tous deux si innocents ! Et nous n'avons pas pu en parler. Moi parce que j'étais fou de rage et toi parce que tu te croyais trahie. Ensuite, il était trop tard, tu étais partie.

Les yeux de Vanessa se brouillèrent de larmes. Elle l'imaginait, jeune, rebelle, révolté.

— Tu as dû être terrorisé.

— Un peu, admit-il. En fait, il n'y a pas eu de chef d'inculpation, j'ai simplement été interrogé. Tu te souviens du shérif Grody, une espèce de gros plein de soupe qui ne me portait pas dans son cœur ? Eh bien, disons qu'il a profité de l'occasion pour me faire peur. Je pense que quelqu'un d'autre aurait mené les choses différemment.

Il trouvait inutile d'évoquer avec elle ce moment humiliant où on l'avait jeté sans ménagement dans une cellule et durant lequel il avait connu les pires heures de sa vie.

— Mais, vois-tu, il s'est produit quelque chose cette nuit-là qui me fait penser que rien n'est inutile. Mon père s'est rangé sans faillir à mes côtés et j'ai découvert la force de son amour. A aucun moment il n'a douté de moi, de mon innocence. Il m'a soutenu sans poser la moindre question et je crois que cette épreuve qui nous a rapprochés a changé le cours de ma vie.

— C'est vrai, dans ton malheur tu as eu beaucoup de chance. Mon père, lui, savait ce que représentait cette soirée pour moi. Toute ma vie, je me suis pliée à sa volonté. Mais cette fois, il sentait bien que je me serais rebiffée, alors il a pris les devants.

— C'est si loin tout cela, Van.

— Je ne pense pas que je puisse…

La douleur qui l'étreignait lui fit pousser un gémissement.

— Vanessa, que se passe-t-il ? s'enquit Brady, inquiet.

— Rien, rien, lui assura-t-elle. C'est juste…

Une deuxième vague de douleur plus puissante que la première lui coupa le souffle. Brady se précipita vers elle et, la soutenant, l'aida à regagner la maison.

— Tout va bien, ne t'inquiète pas. C'est juste un point de côté.

— Respire lentement, lui commanda Brady, retrouvant ses réflexes professionnels.

— C'est bon, Brad, dit-elle d'un ton exaspéré, inutile d'en faire toute une histoire.

— Si tu as ce que je soupçonne, je te prie de croire que tu auras droit à la plus belle scène qu'on t'ait jamais faite !

Une fois dans la maison, il l'emmena dans la chambre de Joanie et la fit s'étendre sur le lit. A présent, elle avait rendu les armes et se laissait faire docilement. Brady dirigea la lampe vers son visage et nota la pâleur de ses traits tirés par la souffrance. Des gouttes de sueur perlaient à son front.

— Essaie de te détendre, d'accord ? dit-il d'une voix douce.

— Ce n'est rien, je t'assure. Juste un peu de stress.

— Eh bien, c'est ce que nous allons voir, dit-il en lui palpant doucement l'abdomen. As-tu été opérée de l'appendicite ?

— Non.

— Aucune autre opération chirurgicale ?

— Non, rien.

Il poursuivit la consultation sans la quitter des yeux. Il put ainsi voir l'éclair de souffrance qui la fit grimacer lorsqu'il appuya sur un point précis sous le sternum. Il prit gentiment sa main dans la sienne.

— Van, depuis combien de temps as-tu cette douleur ?

Vanessa s'en voulut de s'être trahie.

— Réponds-moi, répéta-t-il, une note d'impatience dans la voix.

— Je ne sais pas, mentit Vanessa.

— Comment te sens-tu ?

— Bien. Je veux juste…

— Ne mens pas, coupa-t-il avec autorité. Eprouves-tu une sensation de brûlure intense ?

Inutile de se voiler la face plus longtemps, elle n'avait plus le choix.

— Un peu, avança-t-elle prudemment.

Vanessa ferma les yeux. Pourquoi ne la laissait-il pas tranquille ?

— Je suppose, oui.

— As-tu des douleurs lancinantes là, sous le sternum ?

— Quelquefois.

— Et à l'estomac ?

— Oui, avoua-t-elle enfin à contrecœur.

La précision avec laquelle Brady lui décrivait ses propres symptômes l'alarma.

— Que prends-tu habituellement pour calmer la douleur ?

— Brady, c'est de la déformation professionnelle, je t'assure. Pour répondre à ta question, je prends des antiacides et je me sens mieux.

— On ne traite pas un ulcère avec des antiacides.

— Je n'ai pas d'ulcère, protesta Vanessa, c'est ridicule ! D'ailleurs, je ne suis jamais malade.

— Maintenant tu vas m'écouter, dit Brady en prenant son visage entre ses mains, et tu vas faire ce que je te dis. Demain tu te rendras à l'hôpital pour effectuer une série d'examens.

— Je n'irai pas, se rebiffa Vanessa, butée.

La perspective de retourner dans un hôpital comme celui où son père avait souffert le martyre avant de s'éteindre lui était insupportable.

— Et maintenant, laisse-moi passer, reprit-elle, catégorique.

— Tu vas rester ici ! gronda Brady d'un ton sans appel.

Vanessa se résigna à obéir mais simplement parce qu'elle n'était pas sûre de pouvoir se lever. Pourquoi fallait-il que cette crise se produise maintenant ? se demandait-elle en luttant contre la douleur qui la submergeait. Pourquoi ici ? Elle tentait de se redresser lorsque Brady revint, accompagné de son père.

— Alors, que se passe-t-il ici ? dit-il d'un ton gentiment bourru.

Vanessa esquissa un faible sourire et se serait levée si Brady ne l'avait pas stoppée dans son élan.

— C'est Brady, il a tendance à exagérer.

Ham passa outre les protestations de Vanessa et, tout en l'examinant, lui posa les mêmes questions que Brady. Son visage affichait une mine préoccupée à mesure que la jeune femme répondait.

— Maintenant tu vas m'expliquer comment une jeune femme de ton âge peut avoir un ulcère.

— Je n'ai pas d'ulcère, s'obstinait à dire Vanessa.

— Deux médecins t'assurent le contraire. Je suppose que tu avais établi le même diagnostic, Brady.

— En effet.

— Eh bien, vous vous trompez tous les deux, voilà tout, s'entêta Vanessa en essayant de mettre un pied par terre.

Ham la repoussa gentiment contre les oreillers.

— Des examens complémentaires nous le diront.

— Je n'irai pas à l'hôpital, répéta Vanessa en se raccrochant désespérément à la dernière parcelle de volonté qui lui restait. Les ulcères sont réservés aux agents de change survoltés, aux P.-D.G. surmenés. Moi je suis une musicienne et je n'ai jamais laissé la tension et l'angoisse gérer ma vie.

— Moi, je vais te dire ce que tu es ! s'écria Brady, la voix étranglée de colère. Tu es une femme bornée qui a trop tiré sur la corde et qui a négligé de prendre soin de sa santé. Et tu iras à l'hôpital, dussé-je t'y traîner de force !

— Allons, docteur Tucker, du calme, trancha Ham d'une voix douce. Van, pour le moment, oublions l'hôpital. Je vais te prescrire des médicaments et nous verrons bien.

— Je n'ai pas besoin de vos médicaments !

— C'est ça ou l'hôpital, jeune fille ! N'oublie pas que je suis ton médecin traitant depuis tes premières couches-culottes et j'entends que tu m'obéisses. Je vais te faire une ordonnance, la pharmacie est encore ouverte à cette heure-ci, ainsi tu pourras commencer ton traitement ce soir. Ah ! Et évite l'alcool et les plats épicés pendant quelque temps. Brady, j'ai laissé ma serviette en bas, accompagne-moi, veux-tu ?

Les deux hommes quittèrent la pièce et refermèrent la porte derrière eux.

— Si le traitement reste sans effet d'ici trois ou quatre

jours, il sera temps de lui faire passer des examens complémentaires. En attendant, moins elle aura à subir de stress, mieux ce sera pour sa santé.

— Je me demande bien ce qui a pu lui provoquer un ulcère.

— Elle finira bien par se confier à toi, laisse-lui le temps. Je vais informer Loretta. Toi, veille à ce qu'elle prenne ses médicaments ce soir.

— Ne t'inquiète pas, je prendrai soin d'elle.

Ham posa une main affectueuse sur l'épaule de son fils.

— Je n'en doute pas, mais fais attention. Si elle est comme sa mère, elle aura tendance à fuir si elle te sent trop proche.

Il hésita un instant à poser à son fils la question qui lui brûlait les lèvres. Mais, après tout, Brady avait beau être un adulte, il n'en demeurait pas moins son fils.

— Tu l'aimes toujours ?

— Je ne sais pas mais en tout cas je n'ai pas l'intention de la laisser filer tant que je n'aurai pas la réponse.

— Bien, je vais rédiger l'ordonnance. Retourne auprès d'elle.

Lorsque Brady pénétra dans la chambre, il trouva une Vanessa embarrassée, humiliée et furieuse, assise au bord du lit.

— Je ne prendrai pas ces damnées pilules ! s'écria-t-elle.

— Faut-il que je te traîne hors d'ici, ou préfères-tu me suivre docilement ? demanda Brady en refrénant à grand-peine la colère qu'il sentait monter de nouveau en lui.

Elle avait envie de pleurer mais elle lui emboîta le pas crânement jusqu'à la voiture.

Ils roulèrent en silence jusqu'à la pharmacie.

— Attends-moi, je n'en ai pas pour longtemps, ordonna-t-il.

Elle le regarda s'éloigner et saluer quelques promeneurs qui le connaissaient.

Un ulcère, songeait-elle. Comment était-ce possible ? Elle eut soudain envie de se réfugier chez elle et de sombrer dans un profond sommeil qui lui ferait oublier ses souffrances. Elle voulait une fois de plus se persuader que demain tout cela ne serait plus qu'un mauvais souvenir. Mais elle savait bien, au fond d'elle-même, qu'elle avait tort.

Lorsque Brady revint, il déposa en silence le petit sachet en papier sur les cuisses de la jeune femme et remit le contact. Vanessa s'enfonça alors dans son siège et ferma les yeux.

Brady lui coula un regard attendri. Il lui en voulait de ne pas lui avoir fait confiance, de garder pour elle ce lourd fardeau qui minait son corps. Mais il était bien résolu à l'aider, même malgré elle, s'il le fallait.

Parvenu devant la maison, il coupa le moteur et alla ouvrir la portière de Vanessa. Celle-ci entama le discours qu'elle avait soigneusement préparé durant le trajet.

— Je suis désolée, Brady. Je me suis comportée de façon puérile. Je sais que ton père et toi ne voulez que mon bien.

Pour toute réponse, Brady la prit par le bras et la guida vers la porte d'entrée.

— Ce n'est pas la peine, Brady. Tu peux rentrer chez toi à présent.

— Je t'accompagne, insista-t-il. Je veux m'assurer que tu prendras bien tes médicaments et ensuite j'irai te border.

— Brady, je ne suis pas invalide tout de même !

— Heureusement ! Et grâce à moi tu ne le deviendras jamais.

Il la conduisit directement dans sa chambre, remplit un verre d'eau qu'il lui tendit avec un comprimé et attendit qu'elle déglutisse.

— Déshabille-toi, commanda-t-il d'une voix égale.

Ignorant les protestations outrées de la jeune femme, il ouvrit la penderie et en sortit une chemise de nuit.

— Lorsque je te déshabillerai pour des raisons personnelles, ajouta-t-il, ne t'inquiète pas, tu t'en rendras compte ! Et à présent, au lit !

Il la laissa s'étendre puis remonta draps et couvertures jusque sous son menton. Soudain, elle avait de nouveau seize ans. Troublé, Brady s'empressa de détourner son regard du teint de pêche et des grands yeux verts de Vanessa. Mieux valait la considérer comme une patiente !

— Tu verras, lui dit-il d'un ton rassurant, dans quelques jours, tu ne te souviendras même plus que tu avais un ulcère. Tu n'as besoin de rien?

— Brady...

— Oui?

— Tu te souviens de la nuit où tu m'as rejointe dans cette même chambre? Nous nous sommes assis par terre et nous avons discuté jusqu'à 4 heures du matin. Si mon père l'avait appris!

— Crois-tu que ce soit le moment de t'inquiéter de cela?

— Je t'aimais tant, Brady! Notre amour était si doux, si pur! Pourquoi a-t-il tout gâché?

— Il savait que tu étais vouée à un destin hors du commun et j'étais en travers de ta route. Il fallait m'éliminer.

— Tu m'aurais demandé de rester? Si tu avais su ce qu'il complotait, tu m'aurais demandé de rester? répéta-t-elle d'une petite voix pleine d'espoir.

— Oui, répondit Brady sans hésiter. J'avais dix-huit ans et j'aurais été assez égoïste pour cela. Mais alors, toi et moi ne serions pas ce que nous sommes aujourd'hui.

Vanessa ferma les yeux, perdue dans des souvenirs lointains.

— J'ai longtemps fait le même rêve, murmura-t-elle. J'étais dans les coulisses avant un concert, et j'attendais, tremblante de peur, me maudissant de devoir subir tout cela. Et puis tu venais me chercher.

— Subir quoi? s'étonna Brady en fronçant les sourcils.

— Les lumières, le public, la scène. J'espérais de toutes mes forces que tu viendrais me délivrer de ce fardeau et que nous repartirions ensemble. Et puis j'ai cessé d'espérer... Je suis si fatiguée!

Brady prit sa main et embrassa tendrement chacun de ses doigts.

— Dors à présent, lui murmura-t-il.

— Je suis fatiguée d'être seule, souffla-t-elle avant de sombrer dans le sommeil.

Brady resta un long moment à son chevet, essayant de démêler les sentiments du passé de ceux du présent. Mais la frontière était tellement ténue entre les deux ! La seule chose dont il était sûr, c'est qu'il n'avait jamais cessé de l'aimer.

Fort de cette conclusion, il déposa un léger baiser sur les lèvres de la jeune femme et quitta la chambre après avoir éteint les lumières.

7

Les cheveux en bataille, enveloppée dans une robe de chambre en velours éponge, Vanessa gagna l'escalier d'un pas traînant. Elle devait néanmoins reconnaître que le traitement prescrit par Ham deux jours auparavant l'avait soulagée. Elle se sentait mieux.

Le temps gris et pluvieux était en parfait accord avec son humeur maussade. Elle allait enfin pouvoir goûter à la solitude car, depuis le dîner chez Joanie, tout le monde se relayait à son chevet sans tenir compte de ses protestations. Loretta prétextait n'importe quelle excuse pour se précipiter à la maison deux ou trois fois par jour, Ham passait régulièrement vérifier son état de santé et Joanie venait la dorloter, les bras chargés de fleurs et de victuailles en tout genre.

Tout le monde, excepté Brady.

Elle ne lui en voulait pas de ne pas trouver de temps à lui consacrer. Elle était soulagée, même, car la dernière chose dont elle avait besoin, c'était bien des leçons de morale du jeune Dr Tucker et du ton suffisant qu'il prenait pour les lui assener. Elle se détestait de s'être rendue ridicule auprès de lui, l'autre soir chez Joanie et de lui avoir ainsi donné l'occasion de la traiter comme une banale patiente. En outre, cette histoire d'ulcère était parfaitement grotesque et si elle allait mieux aujourd'hui, c'était tout simplement parce qu'elle s'était enfin accordé le repos qui lui avait fait défaut pendant si longtemps. L'état d'épuisement dans lequel elle se trouvait en aurait abattu de plus fortes qu'elle. Elle avait d'ailleurs mis à profit ce repos forcé pour décider de prolonger son séjour d'un mois, peut-être même deux, avant de choisir la tournure qu'elle allait donner à sa carrière.

Elle fut surprise, en pénétrant dans la cuisine, d'y trouver sa mère.

— Bonjour, dit Loretta, un sourire radieux aux lèvres.

— Bonjour. Je croyais que tu étais partie.

— Non, je suis juste allée chez Lester pour t'acheter des journaux. J'ai pensé que tu aurais envie d'avoir les dernières nouvelles.

— Merci, répondit Vanessa d'une voix où perçait l'exaspération. Mais tu n'aurais pas dû.

Elle s'en voulait de ne jamais trouver les mots justes lorsque sa mère lui témoignait les marques de son amour maternel. Elle lui en était certes reconnaissante, mais elle n'éprouvait pour elle que la gratitude que peuvent avoir des invités pour une hôtesse attentionnée. Cela entraînait un sentiment de culpabilité dont elle se serait bien passée.

— Cela me fait plaisir. Assieds-toi, ma chérie, je vais te préparer du thé.

— Vraiment, tu ne devrais…

Des coups frappés à la porte l'interrompirent.

— J'y vais, dit-elle, soulagée d'échapper à ce tête-à-tête.

Une jolie brunette se tenait sur le seuil, sous un parapluie dégoulinant.

— Bonjour, Vanessa, lui dit-elle. Tu ne te souviens probablement pas de moi, je suis Nancy Snook, la sœur de Josh McKenna.

— Eh bien, je…

— Nancy ! s'exclama Loretta, venue rejoindre sa fille. Mais entre donc, tu es trempée.

— Non, merci, je ne peux pas rester. J'ai simplement entendu dire que Vanessa était de retour et qu'elle donnait des leçons de piano à Annie Crampton, alors je me demandais si tu accepterais d'en donner aussi à mon fils Scott.

— Oh, mais je ne suis pas vraiment…, protesta Vanessa, cherchant ses mots.

— Il a huit ans, poursuivit Nancy, et mon mari et moi

pensons que ce serait une bonne chose. Annie ne jure que par toi, tu sais. Je me disais que le lundi, après l'école… Si tu n'as pas d'élève à cette heure-là…

— Non, mais…

— Très bien. Violet m'a dit qu'elle te payait dix dollars ?

— Oui, mais…

— C'est parfait. Eh bien, je vous laisse, sans quoi je vais être en retard à mon travail.

Loretta parvint à garder son sérieux en refermant la porte derrière la jeune femme.

— Je tiens à te prévenir : Scott Snook est une terreur.

Il était encore trop tôt pour réfléchir sérieusement, songea Vanessa en posant sa tête entre ses mains.

— Elle ne m'aurait certainement pas piégée aussi facilement si j'avais eu les idées plus claires, argua-t-elle mollement.

— Bien sûr. Que dirais-tu de quelques tranches de pain grillé ?

— Ne prends pas cette peine, je me débrouillerai.

Loretta ne répondit pas et se mit à chantonner tout en versant du lait dans un bol. Elle avait été privée de ses prérogatives de mère durant douze longues années, rien ni personne ne pourrait l'empêcher désormais de choyer sa fille comme elle l'entendait.

— Tu n'ouvres pas le magasin, aujourd'hui ? insista Vanessa, pressée de se retrouver seule.

— Tu as besoin de reprendre des forces, répliqua Loretta en cassant des œufs auxquels elle ajouta une pointe de cannelle, du sucre et de la vanille. Ham juge que tu es sur la bonne voie, mais il veut que tu prennes du poids.

— Je n'ai pas besoin…, commença Vanessa, lorsque de nouveaux coups à la porte l'interrompirent.

— J'y vais, cette fois, annonça Loretta, et si c'est encore pour toi, je m'en charge.

Mais c'était Brady qui, ruisselant de pluie, se tenait sur le seuil.

— Bonjour Loretta. Salut, beauté, dit-il à Vanessa en lui adressant un clin d'œil complice.

Le nez dans son bol, Vanessa grogna un salut inaudible.

— Brady ! Quelle bonne surprise ! s'exclama Loretta. Entre. As-tu déjà pris ton petit déjeuner ?

— Non, madame, répliqua-t-il, d'humeur badine. Mmm… Vous avez fait du pain perdu ?

— Assieds-toi, ce sera prêt dans quelques minutes.

Brady ne se fit pas prier et alla s'installer à côté de Vanessa. Il la gratifia d'un franc sourire destiné à traquer le moindre signe de fatigue sur son visage. Mais il constata avec soulagement que les cernes mauves avaient disparu.

— Belle journée, n'est-ce pas ?

Vanessa dirigea son regard vers les vitres battues par la pluie.

— Oui, en effet, dit-elle sur le même mode que Brady.

Pas de nouvelles depuis deux jours et il débarquait la bouche en cœur, sans même s'inquiéter de sa santé. C'était tout de même bien lui qui avait diagnostiqué ce prétendu ulcère !

— Ah ! Loretta, s'extasia-t-il devant l'assiette fumante qu'elle venait de déposer devant lui. Quel heureux homme que mon père !

— J'imagine qu'être un fin cordon-bleu est un critère de sélection important chez les Tucker, lança méchamment Vanessa.

Brady encaissa l'attaque et rétorqua calmement.

— Disons que je le considère comme un « plus ».

La réponse sexiste et sans doute provocatrice de Brady ne fit qu'accroître la mauvaise humeur de Vanessa. Elle allait riposter sèchement lorsque Loretta la coupa dans son élan.

— Je vais vous laisser, à présent, dit-elle. Van, il y a tout ce qu'il faut dans le réfrigérateur pour le déjeuner mais, si le mauvais temps persiste, je rentrerai tôt. Et bonne chance avec Scott, ajouta-t-elle avant de s'éclipser.

— Merci.

— Scott ? répéta Brady, surpris.

— Je n'ai pas envie d'en parler, maugréa la jeune femme.

— Pas de problème, répliqua Brady, conciliant. En revanche, j'aimerais t'entretenir du mariage de nos parents.

— Le mariage ? s'enquit-elle distraitement. Ah, oui ! Le mariage. Que veux-tu me dire ?

— Eh bien, papa voudrait qu'il ait lieu le jour de Memorial Day.

— Mais c'est la semaine prochaine !

— Pourquoi attendre de toute façon ? rétorqua Brady, se faisant le porte-parole de son père. Ce sera l'occasion de faire d'une pierre deux coups.

— Je comprends, dit Vanessa avec lassitude.

Tout allait si vite ! songeait-elle. Elle avait à peine eu le temps de retrouver sa mère, que déjà elle la perdait de nouveau.

— Je suppose qu'ils vont s'installer chez ton père.

— Probablement. Je les ai en effet entendus évoquer l'éventualité de louer cette maison. Cela t'ennuie ?

Vanessa reporta toute son attention sur sa tranche de pain. En fait, elle ne savait pas trop. Elle n'avait pas encore eu le temps de se poser la question.

— Non, je ne crois pas. Et, de toute manière, je vois mal comment ils pourraient habiter les deux maisons en même temps.

— En tout cas, elle ne la vendra pas. Elle y tient trop.

— Je me demande bien pourquoi, dit Vanessa, songeuse.

— N'oublie pas que c'est la maison de son enfance, tout comme elle est la tienne. Pourquoi ne lui demandes tu pas ce qu'elle compte faire ?

— Rien ne presse, répondit la jeune femme en haussant légèrement les épaules.

Brady la connaissait trop pour insister : sa réponse évasive signifiait que le sujet était clos.

— En fait, c'est du cadeau de mariage dont je voulais t'entretenir. Je pensais que nous pourrions leur offrir un voyage pour leur lune de miel. Quinze jours au Mexique. Ni l'un ni l'autre n'y sont allés. J'en ai parlé à Joanie, elle est emballée.

Vanessa leva des yeux étonnés sur Brady. C'était une charmante idée, en effet.

— Nous leur ferions la surprise ?

— En tout cas, nous pourrions essayer. Je sais que papa fait son possible pour se libérer une semaine, je vais faire en sorte qu'il n'y parvienne pas. Ensuite il suffira de réserver les billets et de leur préparer une valise sans qu'ils s'en rendent compte.

Enthousiaste, Vanessa commençait à retrouver sa bonne humeur et se mit à participer de bon cœur à l'élaboration du projet.

— Je suis certaine que ça va marcher ! s'enflamma-t-elle. Nous pourrions leur donner les billets au cours du pique-nique et puis nous pourrions aussi prévoir une limousine qui les amènerait à l'aéroport. Et tant qu'à faire les choses, faisons-les en grand : réservons-leur une suite nuptiale.

Brady avait sorti de sa veste un petit carnet dans lequel il consignait tout ce que disait Vanessa.

— Autre chose ?

— Oui, le champagne. Une bouteille dans la limousine et une autre dans leur chambre. Et des fleurs, maman adore les gardénias.

Vanessa s'interrompit brusquement. C'était la première fois qu'elle prononçait ce mot depuis douze ans. Maman. Elle l'avait prononcé de façon si naturelle, sans même s'en rendre compte.

— Génial ! s'exclama Brady.

Remettant le petit carnet en place, il nota l'assiette vide de Vanessa.

— Il faut croire que j'avais faim, crut bon de se justifier la jeune femme.

— Eh bien, c'est très bon signe ! Et si tu n'y vois pas d'inconvénient, je vais en profiter pour vérifier que tout va bien.

Avant même qu'elle ait pu protester, il s'était approché d'elle et lui palpait doucement l'abdomen.

— Tu m'as tout l'air d'être sur la bonne voie, conclut-il, satisfait. Encore quelques jours et il n'y paraîtra plus.

— Parfait. Tu peux donc enlever tes mains de mon corps à présent.

— Pas de problème, dès que tu auras payé la consultation, lui dit-il d'une voix sourde en se penchant sur elle pour l'embrasser.

Sans lui laisser le temps de réagir, il la plaqua plus étroitement contre lui et promena sa bouche gourmande sur son visage, son cou, ses cheveux, tout en murmurant son nom. Puis tout doucement, il prit son visage entre ses mains et la fixa intensément, se noyant délicieusement dans le vert profond de ses yeux. Le cœur battant à tout rompre, il prit de nouveau ses lèvres, resserrant son étreinte, craignant qu'elle ne se refuse encore.

Mais Vanessa se sentait en complète osmose avec lui. Frémissant de désir, elle l'enlaça à son tour, répondant désespérément à ses baisers et à ses caresses.

— Vanessa…

— Ne dis rien. Pas encore, lui susurra-t-elle, en laissant ses lèvres dériver vers son cou.

Elle ne voulait pas rompre la magie de l'instant. Elle aussi se laissait couler avec délice dans le tourbillon de ses émotions. Elle sentait les battements de son cœur sous ses lèvres, son corps souple et athlétique sous ses doigts. Mais soudain, la confusion et les craintes prirent le pas sur la volupté. Elle repoussa légèrement Brady.

— Je ne sais pas…, balbutia-t-elle. Je ne sais plus où j'en suis depuis que je t'ai revu.

Brady la saisit par les épaules, plus fermement qu'il ne l'aurait voulu.

— J'ai envie de toi, Van, lui dit-il d'une voix rauque de désir. Tout comme tu as envie de moi. Et nous ne sommes plus les adolescents que nous étions.

— Ce n'est pas si facile.

Brady l'observa, en proie à des émotions contradictoires.

— Si ce sont des promesses que tu veux…

— Non ! rétorqua vivement Vanessa. Je ne veux rien recevoir que je ne pourrais donner moi-même.

Brady resta interdit devant une telle franchise. Lui qui se sentait capable de lui promettre monts et merveilles ! Il ravala péniblement sa fierté pour lui demander gentiment :

— Qu'es-tu capable de donner, Van ?

— Je ne sais pas, répondit-elle avec honnêteté.

Voyant sa mine déconfite, elle prit ses mains entre les siennes puis les relâcha pour se détacher de lui.

— Bon sang, Brady, je suis perdue ! C'est comme si je contemplais mon reflet dans un miroir et que j'y voyais une étrangère. Tu comprends ?

Brady luttait pour ne pas la reprendre dans ses bras. Mais son père l'avait prévenu : dès qu'on approchait trop près du but, il risquait de vous échapper.

— Ce n'est pas complètement faux, Van. Mais il s'agit de nous deux.

Elle l'observa attentivement. Elle admira en silence le bleu intense de ses yeux qui, selon son humeur, pouvait éclairer ou assombrir son visage à la mâchoire carrée, ses mèches brunes qui lui donnaient un air romantique et sa bouche aux contours incroyablement sensuels. Ce n'était pas étonnant qu'elle soit tombée amoureuse de lui ! Mais à présent, elle redoutait de succomber de nouveau aux pièges de l'amour et voulait s'en préserver coûte que coûte.

— Je ne prétends pas ne pas avoir envie de toi, Brady, mais comment te dire… ? Ce désir me fait peur.

Elle prit une profonde inspiration, pesant soigneusement ses mots avant de poursuivre :

— J'ai tellement rêvé de ce moment où nous serions en phase l'un avec l'autre. Je sais bien que mon attitude peut te paraître déconcertante, que mes revirements peuvent être interprétés comme des caprices, mais je ne m'attendais pas à te revoir. Avec toi ont resurgi des sentiments que je croyais enfouis à jamais et qui me déstabilisent. Tout le problème est là, en fait. J'ignore dans quelle mesure ce que je ressens pour toi est un écho du passé ou la réalité.

Brady l'avait écoutée religieusement.

— Mais nous sommes différents aujourd'hui, Vanessa.

Elle leva sur lui un regard empli de nostalgie.

— Quand j'avais seize ans, je t'aurais suivi au bout du monde, Brady. Je nous imaginais construisant notre vie ensemble, fondant une famille.

— Et aujourd'hui ? s'enquit prudemment Brady, redoutant la réponse de la jeune femme.

— Aujourd'hui, nous avons grandi et la vie nous a appris que les choses ne sont jamais aussi simples ni aussi faciles que nous le supposions. Nos vies ont pris des chemins différents, nos rêves ne sont plus les mêmes et je n'ai toujours pas réglé mes problèmes. Je ne trouve donc pas très sage de démarrer aujourd'hui une relation avec toi. Du moins tant que je n'aurai pas résolu mes propres dilemmes, conclut-elle.

— Mais, Van, il ne s'agit pas que d'une relation physique entre nous. Tu le sais bien.

Vanessa secoua la tête.

— Raison de plus pour prendre notre temps, alors. Je n'ai pas encore décidé de la tournure à donner à ma vie professionnelle, et les choses seraient encore plus difficiles entre nous si je devais partir.

La panique s'empara de Brady. Partir ? Il en mourrait s'il devait la perdre une nouvelle fois.

— En tout cas, dit-il en se rapprochant d'elle et en l'étreignant de nouveau, quelle que soit ta décision, il est déjà trop tard. J'éprouve pour toi des sentiments auxquels je ne suis pas prêt à renoncer. Et tu ressens la même chose, je le sais.

Un frisson de désir la parcourut tout entière. Elle retrouva dans le regard ardent de Brady l'ombre du jeune adolescent qu'elle avait aimé et auquel elle ne pouvait résister.

— La décision m'appartient, Brady, parvint-elle néanmoins à dire. Et je la prendrai avec le recul nécessaire, certainement pas sous le coup de la passion ou de pressions quelconques. Crois-moi, c'est beaucoup mieux ainsi.

Brady la défia du regard.

— Je ne suis pas un de ces amants lisses et bien élevés

dont tu sembles avoir l'habitude, Van. Et sois tranquille, je n'emploierai ni la séduction ni les menaces pour te retenir. J'attendrai, et lorsque le moment sera venu je prendrai ce qui m'est dû, tout simplement.

Se sentant défiée, Vanessa se libéra de son étreinte et lui tourna le dos.

— Tu ne prendras rien que je ne veuille bien donner, riposta-t-elle sèchement. Quant à mes supposés amants, j'aurais aimé t'en donner la liste mais je préfère te dire la vérité.

Elle marqua un temps d'arrêt puis se retourna pour lui faire face, les yeux étincelant d'une rage froide.

— Je n'ai jamais eu d'amant, siffla-t-elle d'un ton moqueur. Parce que c'est moi qui en ai décidé ainsi. Et si je décide de ne pas te céder, tu n'auras plus qu'à aller rejoindre le rang de mes amoureux transis, tu peux me croire !

Personne. Il n'y avait eu personne. Il passa outre la provocation contenue dans la phrase de Vanessa et avança vers elle. Mais il s'arrêta dans son élan. Il ne fallait pas lui donner la satisfaction de faire le premier pas, ni celle de partir avec éclat. Il s'approcha donc de la porte et lui demanda négligemment :

— Si nous allions au cinéma ce soir ?

La stupéfaction se peignit sur le visage de la jeune femme.

— Pardon ? s'enquit-elle, certaine d'avoir mal compris.

— Veux-tu aller au cinéma ce soir ? répéta-t-il calmement.

— Je… Heu… oui, s'entendit-elle répondre.

— Parfait, dit-il en claquant la porte derrière lui.

La vie ressemblait à un puzzle, se disait Vanessa, songeuse. Pour l'heure, prise dans le tourbillon des préparatifs du mariage et de l'organisation du pique-nique, elle n'avait guère le temps de tenter d'en assembler les pièces. Depuis une semaine, elle jonglait entre l'élaboration des menus, le choix des photographes et la commande des innombrables bouquets. Devant l'ampleur de la tâche, elle estimait que c'était une erreur de mélanger une cérémonie intime à une fête municipale, mais ce n'était pas son choix et elle se devait de le respecter.

Elle ne le réalisait pas vraiment tout à fait, mais au fil des jours elle recouvrait santé physique et morale. Cela faisait des années qu'elle ne s'était pas sentie aussi bien. Elle sortait avec Brady presque tous les soirs. Ils allaient au restaurant, au cinéma, assistaient à des concerts. Brady était un compagnon si agréable, à l'humeur si constante, que Vanessa en vint à se demander si elle n'avait pas rêvé les propos venimeux échangés dans la cuisine.

Mais chaque fois que Brady passait la porte et qu'il l'embrassait, le souffle court, elle savait qu'il n'avait pas renoncé. Qu'il attendait que ce soit elle qui vienne à lui.

La veille du mariage, elle avait décliné l'invitation de Brady pour aider Loretta et Joanie à régler les détails de dernière minute.

— Je persiste à penser que les garçons auraient pu nous donner un coup de main, maugréait Joanie en disposant de petits pâtés à la viande sur un plateau.

— Ils ne feraient que nous encombrer, contesta Loretta. Et à vrai dire, je préfère ne pas avoir Ham dans les jambes ce soir, je me sens trop nerveuse.

Joanie éclata de rire.

— Papa est dans le même état que vous. Lorsqu'il est venu à la ferme aujourd'hui, il avait les nerfs à vif.

— C'est bon de savoir que lui aussi souffre, plaisanta Loretta en souriant.

Elle consulta une fois de plus l'horloge de la cuisine. Dans quatorze heures exactement, elle deviendrait Mme Ham Tucker !

— Pourvu qu'il ne pleuve pas !

Vanessa, qui appliquait consciencieusement les consignes culinaires dispensées par Joanie, s'arrêta pour rassurer sa mère.

— Les prévisions météorologiques sont excellentes : il fera beau et chaud.

Loretta adressa un petit sourire contrit à sa fille.

— Tu me l'as déjà dit, n'est-ce pas ?

— A peine cent fois, la taquina Vanessa.

— Nous pourrons toujours nous rabattre à l'intérieur mais cela gâcherait la fête. Ham tient tellement à son pique-nique !

— Il ne pleuvra pas, Loretta, affirma Joanie en lui prenant la pâte des mains.

Puis, incapable de résister plus longtemps, elle aborda le sujet qui l'excitait au plus haut point :

— C'est quand même trop bête que vous ayez dû reporter votre lune de miel, lâcha-t-elle d'un ton compatissant.

Loretta haussa les épaules d'un air dégagé destiné à cacher sa déception.

— Ham n'a pas réussi à se libérer, ce n'est pas grave. Et puis, il va bien falloir que je m'habitue à ce genre de petites contrariétés puisque je vais devenir l'épouse d'un médecin. Zut, il pleut ! N'est-ce pas la pluie que j'entends ? s'enquit-elle, prise de panique.

— Non, répondirent en chœur les deux futures belles-sœurs.

— Ce doit être la fatigue des derniers jours, dit-elle en secouant la tête. Figurez-vous que je ne retrouve plus mon chemisier de soie bleue, et que j'ai égaré le pantalon en lin que j'ai acheté en solde le mois dernier. Mes nouvelles sandales et une de mes robes de cocktail noire ont également mystérieusement disparu. Je me demande vraiment où j'ai pu ranger tout cela !

Vanessa fusilla Joanie du regard, pressentant le fou rire qui allait les trahir.

— Ne t'inquiète pas, tu vas bien finir par les retrouver, dit-elle à sa mère pour la rassurer et brouiller les pistes.

— Oui, oui, répondit sa mère d'un ton distrait. Bien sûr. Vous êtes sûres qu'il ne pleut pas ?

Exaspérée, Vanessa se planta devant Loretta, mains sur les hanches.

— Bon sang, maman ! Il ne pleut pas et il ne pleuvra

pas plus demain. Tu devrais aller prendre un bain, cela te détendrait.

Lorsque Vanessa vit les yeux de sa mère se remplir de larmes, elle crut bon de s'excuser.

— Je suis désolée. Je ne voulais pas te parler aussi sèchement.

— Tu m'as appelée « maman », hoqueta Loretta, les larmes ruisselant à présent sur ses joues. Je croyais que ce jour ne viendrait jamais.

Submergée d'émotion, elle quitta précipitamment la pièce.

— Bon sang, il a fallu que je gâche tout la veille de son mariage ! grommela Vanessa, furieuse contre elle-même.

— Tu n'as rien gâché du tout, dit Joanie en passant une main affectueuse sur l'épaule de son amie. Je vous ai bien observées toutes les deux. Et je sais que vous n'espériez que ça.

— Je ne sais pas si je peux lui donner ce qu'elle attend de moi.

— Mais bien sûr que tu peux, lui certifia Joanie d'une voix douce. D'une certaine façon, et sans même t'en rendre compte, tu le fais déjà. Pourquoi n'irais-tu pas la rejoindre pour lui demander si tout va bien ? Pendant ce temps, je passerai un coup de fil à Brady pour qu'il vienne m'aider à transporter tout ça chez papa.

— Tu as raison, j'y vais.

Vanessa monta l'escalier lentement, se donnant le temps de réfléchir à ce qu'elle allait dire à sa mère. Mais lorsqu'elle la vit assise sur son lit, désemparée, elle oublia tous ses beaux discours.

— Excuse-moi, dit Loretta en essuyant ses yeux rougis avec un mouchoir. Mais je suis sur les nerfs en ce moment.

— C'est normal.

Elle hésita à entrer dans la pièce.

— Préfères-tu rester seule ?

— Non. Tu veux bien t'asseoir un moment ?

Incapable de refuser, Vanessa alla prendre place à côté de sa mère.

— Je ne sais pas pourquoi, j'étais en train de te revoir

bébé. Tu étais si jolie ! Je sais bien que chaque enfant est la fierté de sa mère, mais toi tu étais vraiment très jolie. Vive. Intelligente.

Tout en parlant, elle enroulait ses doigts autour des cheveux de sa fille.

— Quelquefois, je me levais la nuit juste pour te regarder dormir. Je n'arrivais pas à croire que tu étais mon enfant. Du plus loin que je me souvienne, j'ai toujours désiré un foyer rempli d'enfants. De nombreux enfants. Le jour de ta naissance a été le plus beau jour de ma vie. Mais tu comprendras mieux lorsque tu seras maman à ton tour.

Vanessa pesa soigneusement ses mots avant de dire :

— Je sais que tu m'aimais et c'est justement pour cette raison que la séparation a été si difficile. Mais je ne pense pas que le moment soit bien choisi pour aborder ce sujet.

— Tu as raison.

Le moment viendrait-il un jour d'avoir une explication ? Loretta en doutait.

— Je veux juste que tu saches que je te comprends. Et que je suis consciente des efforts que tu fais pour me pardonner. Cela signifie déjà beaucoup pour moi.

Elle profita de l'occasion pour prendre les mains de sa fille entre les siennes.

— Sache que je t'aime autant qu'à la première minute de ta vie, lorsque je t'ai serrée dans mes bras. Et que je t'aimerai toujours, Van, quoi qu'il arrive.

— Je t'aime aussi, murmura Vanessa en portant leurs mains unies à son visage. Je n'ai jamais cessé de t'aimer.

Emue, elle se leva et adressa un petit sourire à sa mère.

— Tu devrais essayer de dormir à présent. Il faut que tu sois en forme demain.

— Oui. Bonne nuit, Van.

— Bonne nuit, dit la jeune femme en refermant doucement la porte derrière elle.

8

Un sifflement réveilla Vanessa en sursaut. « Est-ce la pluie ? », se demanda-t-elle sans trop se rappeler pourquoi cette question lui paraissait si importante.

Le mariage. Les brumes du sommeil se dissipèrent peu à peu et elle s'assit dans son lit, regardant le soleil filtrer par les persiennes. De nouveau, elle entendit le sifflement, accompagné cette fois du bruit de cailloux lancés contre ses volets. Elle bondit de son lit et se rua à la fenêtre.

Brady se trouvait dans le jardin, en survêtement et en baskets.

— C'est l'heure, dit-il à mi-voix.

Vanessa le regardait, les coudes appuyés sur le rebord de la fenêtre.

— L'heure de quoi ?

— Eh bien, de te lever.

— Tu ne pouvais pas téléphoner ?

— Je ne voulais pas réveiller ta mère.

— Quelle heure est-il ? s'enquit Vanessa en bâillant.

— Plus de 6 heures, répondit-il en rappelant à l'ordre Kong, occupé à déterrer les tulipes. Alors, tu descends ?

En riant elle referma la fenêtre. Il ne lui fallut pas plus de dix minutes pour se préparer et rejoindre Brady. Elle fut presque déçue d'apercevoir Joanie, Jack et Lara venus eux aussi l'attendre.

— Alors, s'enquit-elle, que sommes-nous censés faire à une heure aussi matinale ?

— Nous occuper de la décoration, la renseigna Brady

en désignant une boîte en carton. Il y a tout ce qu'il faut là-dedans : papier crépon, ballons, tulle, guirlandes… Nous avons pensé à quelque chose d'élégant et de discret ici pour la cérémonie, et à un autre genre de décoration chez papa pour le pique-nique.

— Encore des surprises, si j'ai bien compris. Eh bien, allons-y. Par quoi commençons-nous ?

Ils se mirent au travail en murmurant, étouffant régulièrement leurs fous rires et se chamaillant joyeusement. En fait de décoration discrète, Brady s'était mis en tête d'accrocher un peu partout des banderoles surmontées de ballons multicolores.

— Je te rappelle qu'il s'agit d'une réception, pas d'un cirque, ironisa Vanessa. On dirait l'œuvre d'un enfant de cinq ans.

Imperméable aux taquineries de la jeune femme, Brady répliqua :

— Peut-être, mais moi je te rappelle qu'il s'agit également d'une fête. Passe-moi le papier crépon rose, veux-tu ?

En dépit du manque évident de goût dont faisait preuve Brady, Vanessa s'exécuta docilement.

Jack, de son côté, s'était attaqué aux gouttières auxquelles il accrochait des mètres de tulle orné de grelots tandis que Joanie nouait des rubans partout où elle le pouvait, le tout sous la haute surveillance de Lara qu'elle avait installée sur une couverture en compagnie de Kong.

Le résultat de leurs efforts conjugués se révéla désastreux mais eux le jugèrent formidable.

— Voilà, annonça Brady en affichant un air satisfait, il ne reste que ces deux rouleaux de banderoles à attacher.

— Viens, commanda Vanessa en se ruant vers la maison, j'ai une idée. Fais-moi grimper sur tes épaules.

Sans attendre son assentiment, elle se hissa sur le dos de Brady, enroulant ses jambes fuselées autour de sa taille, première étape pour atteindre enfin ses épaules.

— Donne-moi les rouleaux, à présent.

— J'adore tes jambes, commenta Brady en mordillant la chair tendre de ses cuisses.

— Arrête, Brady. Considère que tu n'es qu'une échelle pour moi.

Elle accrocha une des extrémités des banderoles aux charnières du toit.

— C'est bon, tu peux reculer. Doucement. Maintenant, emmène-moi au grand sycomore qui est à l'arrière de la maison.

Tandis que Brady exécutait docilement ses ordres, elle s'appliquait à garder son équilibre tout en tressant ensemble les deux rouleaux de papier. Elle accrocha la frise ainsi obtenue à une des branches de l'arbre et guida de nouveau Brady vers la maison où elle fixa les derniers mètres de papier.

Puis elle demanda à Brady de reculer afin de juger de l'effet obtenu.

— Charmant, s'exclama-t-elle, l'air satisfait. Vraiment charmant.

Joanie sourit en voyant son amie toujours perchée sur les épaules de son frère.

— Nous ferions mieux d'y aller. Nous n'avons plus que deux heures devant nous. Toi, intima-t-elle à Brady, tu t'occupes de papa jusqu'à ce que nous soyons de retour.

— Allons, lui dit son mari en la prenant par le bras, cesse de t'inquiéter pour ton père, et partons, sans quoi nous risquons vraiment d'être en retard.

— Je ne m'inquiète pas, riposta Joanie en se retournant vers son frère. N'oublie pas de vérifier la commande chez Mme Leary. Et les…

Ses paroles furent étouffées par la main de Jack qui lui fermait la bouche.

Tous deux les regardèrent s'éloigner avant de regagner l'entrée de la maison. Brady se baissa pour permettre à Vanessa de descendre.

— Tu m'offres un petit déjeuner ? demanda-t-il.

— Non.

— Une tasse de café alors ?

— Non plus, dit-elle en riant. Je vais me prélasser dans un bain bien chaud et ensuite je prendrai le temps de me faire belle.

— Tu es déjà belle, lui glissa-t-il gentiment à l'oreille.

— Je peux l'être encore plus si je veux, lui dit-elle d'un ton mutin en se faufilant à l'intérieur de la maison.

Vanessa semblait avoir hérité de l'extrême nervosité qui s'était abattue sur sa mère ces dernières heures. Alors que la mariée se préparait, la jeune femme passait fébrilement d'une pièce à l'autre, mettant la dernière touche aux bouquets, vérifiant que le champagne avait bien été placé dans le réfrigérateur, et faisait les cent pas en maudissant le photographe qui n'était toujours pas arrivé.

— Il devrait être là depuis dix minutes, maugréa-t-elle. Je savais bien que c'était une erreur de prendre le petit-fils de Mme Driscoll. Je ne sais pas pourquoi…

Elle se retourna vers sa mère qui venait de faire son entrée et la regarda, le souffle coupé.

— Maman ! Tu es magnifique !

Loretta avait choisi une robe de soie vert émeraude d'une simplicité étonnante mais dont la coupe parfaite mettait en valeur ses formes épanouies. Un petit chapeau assorti complétait merveilleusement sa tenue.

— Ce n'est pas trop habillé ? s'enquit-elle, inquiète.

— C'est parfait, vraiment parfait, assura sa fille. Je ne t'ai jamais vue aussi belle.

Loretta afficha un sourire rayonnant.

— Je suis si heureuse que je crois bien que je vais pleurer.

— Ah non ! Tu ne vas pas pleurer, lui intima fermement Vanessa. Le photographe ! s'exclama-t-elle soudain en entendant le portail s'ouvrir. Tu as tout ce qu'il faut ?

— Tout ce qu'il faut ?

— Oui. Quelque chose de vieux, quelque chose de neuf…

— Flûte ! J'ai failli oublier ! s'écria Loretta en récapitulant fébrilement ce qui lui manquait. Ma robe est neuve…

Mes perles. Ce collier appartenait à ma mère qui le tenait elle-même de la sienne, il est donc ancien.

— C'est un bon début, l'encouragea Vanessa. Quelque chose de bleu ?

— Oui. Je porte sous ma robe un caraco en dentelle incrusté de rubans bleus.

— Parfait. Il nous manque l'objet emprunté.

Elle détacha de son poignet un fin bracelet en or qu'elle alla passer au poignet de sa mère.

— Voilà, tu as tout ce qu'il faut à présent.

Emue, Loretta remercia sa fille.

— Ah ! La famille Tucker au grand complet vient de faire son entrée, reprit Vanessa en regardant par la fenêtre. Va dans le salon de musique pendant que j'essaie de les retenir.

La jeune femme attendit que sa mère soit hors de vue pour leur ouvrir la porte. Une joyeuse confusion régnait au sein du petit groupe. Joanie expliquait à Brady comment épingler correctement sa boutonnière, Jack râlait après sa femme qui avait trop serré sa cravate, Ham arpentait nerveusement la pièce.

— Tu as amené Kong ? dit Vanessa en fixant le bel œillet rouge que son maître avait artistiquement accroché à son collier.

— Il fait partie de la famille, non ? Au fait, tu avais raison.

— A quel sujet ?

— Tu peux être encore plus belle, dit-il en la détaillant avec admiration.

Vanessa avait porté son choix sur une ample jupe imprimée qui contrastait merveilleusement avec le bustier en dentelle bleue qui dévoilait la courbe douce de ses épaules.

— Merci, mais tu es très beau toi aussi.

Portée par un élan de tendresse, elle alla rectifier le nœud de la cravate qu'il avait assortie à son costume sombre. Puis elle jeta un dernier coup d'œil circulaire : tout semblait parfait. Il était temps d'aller chercher la mariée.

Elle la trouva assise sur le tabouret de piano, s'appliquant à respirer profondément.

— Tu es prête ? demanda la jeune femme à sa mère.

— Oui, répondit Loretta en se levant.

Arrivée devant la porte qui donnait sur le jardin, elle s'arrêta et s'agrippa à la main de sa fille. Ensemble, elles traversèrent la pelouse pour se rendre devant le pasteur. Vanessa lâcha alors la main de sa mère et alla rejoindre Brady.

Emue, elle assista à l'union de Loretta et de Ham, puis alla féliciter les nouveaux mariés.

— Tous mes vœux de bonheur, madame Tucker, dit-elle en embrassant sa mère.

— Oh, Van !

— Ce n'est pas le moment de craquer, tu as plein de photos à faire ! lui chuchota-t-elle à l'oreille.

Ivre de joie, Joanie rejoignit les deux femmes, Lara dans les bras.

— Allons, embrasse ta grand-mère, dit-elle à sa fille.

Brady passa un bras autour des épaules de Vanessa.

— Quel effet cela te fait d'être la tante de cette enfant ?

— Je n'en reviens pas, avoua-t-elle en souriant à l'objectif du photographe.

— Allons, il est temps d'ouvrir le champagne.

Deux heures plus tard, tout le monde se trouvait au domicile des Tucker où Brady s'affairait à faire griller au barbecue les plateaux de viande que Vanessa lui apportait.

Il avait retiré sa cravate et la veste de son costume, et roulé les manches de sa chemise.

— Ce pique-nique est exactement tel que dans mon souvenir, dit Vanessa.

Des hordes de gens avaient investi la plus petite parcelle du jardin. Certains avaient pris place aux tables dressées un peu partout pour l'occasion, d'autres s'étaient installés sur la pelouse. Les enfants jouaient bruyamment, heureux de s'ébattre en liberté tandis que les anciens papotaient à l'ombre des grands arbres.

On avait installé une chaîne hi-fi dispensant une musique

populaire qui enchantait une bande d'adolescents venus là pour flirter librement.

— Regarde, commenta Brady en les montrant du doigt, nous étions comme eux, il y a quelques années. Dire qu'aujourd'hui, je suis le très respectable Dr Tucker ! Je n'arrive pas moi-même à y croire... Tiens, prends ce sandwich.

Vanessa mastiqua consciencieusement une bouchée de pain.

— Tu as de la moutarde, là, la prévint Brady.

Sans lui laisser le temps de réagir il avait saisi les mains de la jeune femme et s'était penché vers elle pour lécher le coin de sa bouche.

Embarrassée, Vanessa recula.

— Tu vas faire brûler tes hamburgers.

En guise de réponse, il se pencha de nouveau et lui donna cette fois un baiser fougueux, s'attardant à mordiller ses lèvres pleines et sensuelles. Ils se perdirent dans ce baiser jusqu'à en oublier la foule présente. Lorsque Brady relâcha son étreinte, il entendit quelqu'un dire :

— Comme au bon vieux temps, on dirait.

— Beaucoup mieux, riposta Brady du tac au tac.

Une petite tape sur son épaule le fit se retourner. C'était Violet Driscoll.

— Lâche un peu cette jeune femme et occupe-toi plutôt de tes invités, ronchonna-t-elle. Les gens meurent de faim, ici.

— Bien, madame, plaisanta-t-il.

— Il n'a jamais eu un brin de jugeote, s'exclama la vieille dame. Mais c'est vrai qu'il est très beau, ajouta-t-elle en adressant un clin d'œil complice à Vanessa.

— Elle a raison, admit la jeune femme en poussant un profond soupir.

— Tu trouves que je suis beau ?

— Non, que tu n'as pas un brin de jugeote.

Elle lui lança un regard aguicheur et le planta là pour aller retrouver ses amis d'enfance.

C'était comme au bon vieux temps. Les visages avaient pris quelques rides, des enfants étaient venus grossir les rangs, mais l'ambiance restait la même. Toujours cette bonne odeur de barbecue, cette joyeuse atmosphère ponctuée d'éclats de rire et de conversations banales.

Lorsque Brady vint la rejoindre, Vanessa était assise dans l'herbe avec Lara.

— Que fais-tu ? s'enquit-il.

— Eh bien, tu vois : je joue avec ma filleule.

Femme et enfant levèrent la tête simultanément pour sourire au nouveau venu.

C'est alors que quelque chose remua Brady, le frappant comme une évidence. En voyant Vanessa lui sourire, un enfant au creux des bras, il sut que c'était ce qu'il attendait depuis toujours.

— Tout va bien, Brady ? s'enquit Vanessa en notant son air songeur.

— Oui… oui, bien sûr, balbutia-t-il. Pourquoi ?

— Tu me regardais d'une drôle de façon.

Il s'assit à côté d'elle et prit le parti de lui dire la vérité.

— Je t'aime encore, Vanessa, et je ne sais pas quoi faire.

Même si la jeune femme avait réussi à mettre un nom sur le déferlement d'émotions qui la submergea à ce moment-là, elle aurait été incapable de les formuler. Elle avait devant elle non plus le jeune adolescent rebelle et vindicatif de sa jeunesse, mais un homme mûr qui, calmement, délibérément, venait de lui déclarer son amour. Il attendait qu'elle réagisse mais elle ne pouvait pas. L'émotion la paralysait.

Les couinements de Lara mirent un terme au silence embarrassé de Vanessa.

— Brady, je…

Mais, déjà, Joanie se laissait tomber à côté d'eux.

— Ah ! Vous voilà, je vous cherchais partout. J'ai l'impression que je tombe mal, je me trompe ?

— Va au diable, Joanie, grommela Brady.

— Je le ferais volontiers puisque tu me le demandes si gentiment, mais je suis venue vous prévenir que la limousine est arrivée. Je crois qu'il est temps de nous occuper de nos jeunes mariés.

Se servant de Lara comme d'un écran, Vanessa se leva la première.

— Tu as raison. Il ne faut pas qu'ils ratent leur avion. Brady, tu as les billets ?

— Oui.

Mais avant qu'elle ait pu lui échapper, il avait pris son menton entre ses mains en murmurant :

— N'oublie pas, Van, nous avons encore une affaire en cours.

— Je sais, dit Vanessa d'une voix qu'elle s'appliquait à garder calme pour masquer son tumulte intérieur. Mais ne penses-tu pas que le moment n'est pas bien choisi ?

Lara perchée sur la hanche, elle s'éloigna à grandes enjambées retrouver sa mère.

— Qu'est-ce que c'est que cette histoire de limousine ? demanda Ham à sa fille. Quelqu'un est mort ?

— Non, lui répondit Joanie en déroulant les manches de sa chemise et en réajustant ses boutons de manchette. Toi et ton épouse allez faire un petit voyage.

— Un voyage ? dit Loretta, perplexe.

— Lorsque de nouveaux mariés partent en voyage, cela s'appelle une lune de miel, précisa Brady à son tour.

— Mais c'est impossible ! protesta Ham, j'ai des rendez-vous toute la semaine.

— Eh bien, tu n'en as plus, expliqua Brady.

Les quatre jeunes gens escortèrent leurs parents, incrédules, vers la limousine.

— Je n'en crois pas mes yeux ! s'exclama Loretta en voyant l'immense voiture garée devant la maison.

Brady sortit une enveloppe de sa poche et la tendit à son père.

— Votre avion décolle à 18 heures. *Vaya con Dios !*

— Que veut dire tout ceci ? demanda Ham qui ne comprenait plus rien.

Vanessa nota avec amusement que de vieilles chaussures et des boîtes de conserve avaient déjà été accrochées au pare-chocs.

— Mon emploi du temps…, commença Ham.

— Est en ordre, acheva Brady. Et nous nous revoyons dans quinze jours.

— Quinze jours ? Mais où diable allons-nous ?

— Au Mexique, annonça Joanie en plaquant un baiser sonore sur les joues de son père.

— Au Mexique ? s'exclama Loretta. Mais nous n'avons même pas fait nos bagages !

— Ils sont dans le coffre, dit Vanessa en embrassant tendrement sa mère.

— Dans le coffre ? Ma chemise de soie bleue ?

— Entre autres, précisa sa fille.

C'en était trop pour Loretta qui fondit en larmes.

— Vous avez préparé tout ça en cachette ? hoqueta-t-elle. Vous tous !

— Bande de sournois ! grommela Ham qui avait du mal à contenir son émotion. Eh bien, Loretta, finalement, je crois bien que nous l'aurons, notre lune de miel.

— Pas si vous ratez votre avion, dit Joanie qui, toujours prompte à s'inquiéter, les poussa à l'intérieur de la limousine. Allez-y à présent, et bon voyage.

— Bon voyage ! reprirent-ils tous quatre en chœur.

Ce fut sous les acclamations et les hurlements de joie des villageois que la limousine descendit lentement Main Street.

— Voilà, ils sont partis, murmura Joanie en enfouissant son visage contre l'épaule de son mari.

— Allons, ma chérie, lui dit Jack en lui caressant tendrement les cheveux, les enfants doivent un jour voler de leurs propres ailes. Rentrons chez nous à présent.

Emue, Vanessa regarda s'éloigner la petite famille.

— Il faut que je te parle, lui dit Brady. Chez toi ou chez moi ?

— Je pense que nous devrions attendre…

— Nous avons assez attendu, trancha Brady.

Sentant l'étau se refermer, Vanessa regarda autour d'elle, cherchant désespérément une échappatoire.

— Mais les invités…

— Ils ne s'apercevront même pas de notre absence.

Et sans plus lui laisser le temps de protester, il la prit par le bras et s'apprêtait à gagner sa voiture lorsque Annie Crampton arriva en courant, affolée.

— Docteur Tucker ! Docteur Tucker ! Venez vite ! Grand-père ne se sent pas bien.

Tous trois se précipitèrent au chevet du vieil homme.

— J'ai une douleur là…, haleta-t-il, une main sur la poitrine. J'ai du mal… à respirer.

Vanessa tendit à Brady la serviette de Ham qu'elle avait pris l'initiative d'aller chercher dans son cabinet.

— J'ai appelé une ambulance, ajouta-t-elle.

Brady approuva d'un signe de tête.

— Ne vous inquiétez pas, monsieur Benson, lui dit-il d'une voix douce et ferme, détendez-vous. Je vais vous faire une piqûre qui va vous soulager.

Impuissante, Vanessa passa un bras réconfortant autour des épaules d'Annie et l'éloigna de son grand-père.

— Vous croyez qu'il va mourir ?

— Mais non ! Avec le Dr Tucker, il est entre de bonnes mains.

— Je sais, c'est lui qui s'occupe de maman, dit Annie en reniflant. Mais grand-père est vraiment vieux. Il était tout joyeux et, tout d'un coup, il est tombé par terre.

— Tout va bien se passer, tu verras. Et lorsqu'il ira mieux, tu lui joueras la chanson que tu as apprise.

— Celle de Madonna ?

— Oui.

L'ambulance fit son entrée, sirène hurlante.

— Ton grand-père va être transporté à l'hôpital.

— Est-ce que le Dr Tucker va aller avec lui ?

— Bien sûr que oui.

Vanessa regarda les ambulanciers se précipiter vers le vieil homme avec un brancard. Brady leur donna des ordres brefs et concis. Elle le vit poser des mains réconfortantes sur les épaules de la mère d'Annie qui l'écoutait parler religieusement, les yeux pleins de larmes.

— Tu devrais aller rejoindre ta maman, à présent, elle doit avoir besoin de toi.

Vanessa parlait en connaissance de cause. Elle ne se souvenait que trop bien de la peur et du désespoir qui l'avaient assaillie lorsqu'on avait emmené son père.

Annie partie, elle se précipita vers Brady.

— Tiens-moi au courant, n'est-ce pas ?

Il acquiesça d'un signe de tête puis s'engouffra dans l'ambulance pour veiller sur son patient.

Il était un peu plus de minuit lorsque Brady revint. Il coupa le moteur et demeura quelques minutes assis à contempler les étoiles qui scintillaient dans la nuit claire, à écouter le vent souffler entre les branches des arbres.

Il était reconnaissant à Jack de lui avoir amené sa voiture à l'hôpital pour qu'il puisse rentrer chez lui. Tout ce dont il rêvait après cette journée harassante, c'était de relâcher ses muscles endoloris dans un bon bain chaud et de boire une bière fraîche.

Il était content de constater que quelqu'un avait négligé d'éteindre les lumières. Il trouvait tellement sinistre de rentrer dans une maison vide et sombre !

Auparavant, il était passé chez les Sexton mais la maison plongée dans l'obscurité lui avait laissé penser que Vanessa devait dormir à cette heure tardive. Il en avait été finalement soulagé car il n'était pas en état d'aborder un sujet aussi délicat que celui qui le préoccupait. Mieux valait laisser à Vanessa le temps de réfléchir.

Une main sur la poignée, Brady songeait avec irritation qu'il n'était pas habitué à tergiverser de la sorte. Il était un homme de décisions et l'avait prouvé à plusieurs reprises dans les choix qu'il avait faits et auxquels il s'était tenu sans faillir et sans jamais les regretter. Alors pourquoi diable était-ce si difficile dès qu'il s'agissait de Vanessa ?

Il allait retourner chez elle et la pousser dans ses retranchements. Et tant pis s'il devait pour cela forcer la porte de sa chambre. Ils régleraient leur problème ce soir ! Il refusait d'attendre un jour de plus !

Fort de cette résolution, il s'apprêtait à regagner sa voiture lorsque la porte de la maison s'ouvrit.

— Brady ? demanda Vanessa, tu n'entres pas ?

Stupéfait, Brady passa machinalement une main dans ses cheveux. Décidément, elle était toujours aussi imprévisible !

— Joanie et Jack m'ont déposée avant de rentrer. J'espère que cela ne te dérange pas de me trouver ici.

Kong qui avait entendu son maître s'était rué sur lui et bondissait en aboyant joyeusement.

— J'ai rapporté des restes du pique-nique, reprit Vanessa. J'ai pensé que tu n'aurais pas eu le temps d'avaler quoi que ce soit.

— Non, en effet, répliqua Brady qui avait repris le chemin de la maison.

— Comment va M. Benson ?

— J'ai craint un moment pour sa vie mais à présent il est hors de danger.

— Tant mieux, Annie avait si peur !

— Depuis combien de temps es-tu là ?

— Deux heures ? Heu… non… en fait cinq exactement, avoua-t-elle. Mais le temps a passé vite. J'ai lu… et puis, j'ai vu ta cuisine. Les travaux ont bien avancé.

— Van, pourquoi es-tu venue ?

La jeune femme se pencha pour caresser le chien avant de répondre :

— Eh bien… A vrai dire, la journée a été longue et j'ai eu le temps de réfléchir à… Comment dire ? Cette affaire en cours que tu as évoquée.

— Et… ?

— Et je… A propos de ce que tu m'as avoué cet après-midi…

— Que je t'aimais ?

Vanessa s'éclaircit la gorge avant de poursuivre.

— Oui, c'est ça, eh bien, je ne sais pas exactement ce que je ressens, ni toi non plus d'ailleurs…

— Je sais parfaitement ce que je ressens, Van, coupa-t-il.

— Oui, mais il est fort possible que tu penses m'aimer parce que tu m'aimais déjà dans le passé et que finalement c'est confortable, tu n'es pas en terrain inconnu.

— Tu crois cela ? Eh bien, tu te trompes : je ne me suis jamais senti aussi perturbé que le jour où je t'ai revue assise à ton piano.

— Il faut quand même que tu saches que je ne suis plus celle que tu as aimée, Brady. J'ai changé. Et quelle que soit l'attirance que nous éprouvons l'un pour l'autre, j'ai peur que nous fassions une bêtise.

Brady franchit les quelques mètres qui le séparaient de Vanessa jusqu'à se retrouver tout contre elle. Il était prêt à toutes les bêtises, pourvu que ce soit avec elle.

— C'est pour me dire ça que tu m'as attendu ici ?

— En partie, admit-elle en se mordant les lèvres.

— Alors, à mon tour, je…

— Je n'ai pas terminé, l'interrompit-elle d'une voix ferme. Si je suis venue ici ce soir, c'est parce que je n'ai jamais réussi à t'oublier. Ce que je veux, en réalité, c'est ce pour quoi mon père nous a séparés.

La jeune femme prit une profonde inspiration et reprit en dardant sur Brady un regard intense :

— J'ai envie de toi, Brady.

Elle se plaqua contre lui et passa les bras autour de son cou.

— Suis-je assez claire ?

Brady se pencha pour effleurer ses lèvres.

— Je crois que oui, lui chuchota-t-il à l'oreille.

— Alors, fais-moi l'amour.

Main dans la main, ils gravirent lentement les marches qui menaient à la chambre de Brady.

9

Pendant qu'elle l'attendait, elle était montée dans cette chambre, imaginant ce qui allait s'y passer, l'appelant de toutes ses forces. Et bien qu'il n'y ait pour tout mobilier qu'un matelas posé à même le sol et une caisse en guise de table de nuit, c'était la plus jolie chambre qu'elle ait jamais vue.

Brady aurait voulu l'aimer dans un décor plus romantique, fait de bougies parfumées et de draps en satin, mais pour l'heure tout ce qu'il avait à lui offrir se résumait à sa propre personne.

Il se sentait aussi nerveux qu'un adolescent à son premier rendez-vous amoureux.

— L'ambiance n'est pas très propice, n'est-ce pas ? s'excusa-t-il.

— C'est parfait, Brady, dit-elle d'un ton rassurant.

Il prit les mains de la jeune femme et les porta doucement à ses lèvres.

— Je ne veux pas, j'ai peur de te faire mal, Vanessa, murmura-t-il.

— Je sais, dit-elle en embrassant à son tour chacun des doigts de son compagnon. Quant à moi, c'est bête mais je ne sais pas comment m'y prendre.

Brady se pencha vers elle et prit sa bouche, jouant voluptueusement avec ses lèvres.

— Tu n'as qu'à te laisser aller, c'est tout.

Se fiant à son instinct, Vanessa promena des mains tantôt légères, tantôt pressantes le long du corps de Brady. Elle lui offrait une bouche avide de sensations et frissonnait de plaisir sous les caresses de son amant qui dessinait son corps de ses mains puissantes et douces. Il s'attarda d'abord sur ses hanches pleines, puis remonta sur sa taille fine.

Ivre de sensations inconnues, Vanessa se pressa un peu plus contre lui, se grisant de la bouche que Brady promenait à présent sur sa gorge et sur ses épaules dénudées. S'abandonnant sans retenue, elle murmura son nom.

Cette totale confiance qu'elle lui témoignait toucha Brady au plus haut point. Car aussi intense que soit la passion qu'il sentait monter en elle, Vanessa n'en demeurait pas moins innocente à ses yeux. Ses courbes avaient beau, à présent, être celles d'une femme, elle était aussi pure que la jeune fille qu'il avait aimée et perdue. Il ne fallait pas qu'il l'oublie. Cette fois serait pour elle. Rien que pour elle.

D'un geste plein de douceur, il dégrafa son bustier, libérant ses seins tendus, puis il fit lentement glisser sa jupe le long de ses hanches. Une myriade de petites étoiles dansèrent devant les yeux de Vanessa.

Brady l'écarta légèrement de lui pour la contempler dans toute la splendeur de sa nudité.

— Que tu es belle ! murmura-t-il.

Rendue plus audacieuse par ses propos flatteurs, Vanessa se rapprocha de Brady et, d'une main encore tremblante, défit un à un les boutons de sa chemise. Rivant ses yeux aux siens, elle fit glisser le vêtement long de ses épaules et le laissa tomber sur le sol. Le cœur battant la chamade, le souffle court, elle se plaqua contre Brady et mit les bras autour de son cou.

— Caresse-moi, lui chuchota-t-elle en s'offrant à lui. Apprends-moi à t'aimer.

Au comble de l'excitation, Brady l'embrassa ardemment, s'obligeant à la tendresse quand son désir commandait un peu plus de passion. Lorsqu'il déposa délicatement Vanessa sur son lit, il put lire dans son regard enflammé tout le désir qu'il lui inspirait.

Il l'allongea, puis, d'une main experte, détacha les jarretelles qui retenaient ses bas de soie. Il les fit lentement glisser le long de ses jambes fuselées, promenant ses lèvres chaudes sur chaque parcelle de peau qu'ils dévoilaient. Ses doigts couraient, légers, sur son corps brûlant de désir.

Patiemment, il la mena sur des sentiers inconnus, enflammant les coins les plus secrets de son corps. Il en jouait comme d'un instrument de musique, lui arrachant des gémissements de plaisir. Leurs émotions passaient de l'un à l'autre tels des vases communicants. Ils se cherchaient, se reconnaissaient, faisant de cet acte d'amour une expérience unique.

Le corps tendu de Vanessa s'arc-boutait sous le sien, cherchant plus de plaisir encore.

Lorsqu'il la prit avec douceur en murmurant son nom encore et encore, elle cria, abandonnée, impuissante, les yeux brillant de volupté.

Cette nuit-là, elle devint femme dans le plaisir et la joie.

Vanessa se réveilla au chant mélodieux d'un oiseau. Elle s'étira paresseusement et regarda son compagnon qui dormait profondément à ses côtés. Il avait passé un bras autour de sa taille et respirait paisiblement. Elle contempla avec envie la bouche sensuelle, les mains puissantes qui avaient su lui prodiguer tant de plaisir. Abandonné dans le sommeil, il ressemblait plus au jeune homme vulnérable qu'elle avait connu qu'à l'homme dont elle commençait à percevoir les contours.

Elle l'aimait, elle n'en doutait plus à présent. Mais aimait-elle l'homme d'aujourd'hui ou l'adolescent d'hier ?

D'un geste tendre, elle repoussa une mèche de cheveux qui tombait sur son front. Elle était heureuse, et pour l'heure cela suffisait à son bonheur.

Elle repensa à leurs folles étreintes. Découvrir l'amour avec lui avait été merveilleux car ils étaient en parfaite osmose : mêmes besoins, mêmes désirs…

La terre pouvait bien s'écrouler à présent, elle n'oublierait jamais les moments magiques qu'ils venaient de partager.

Dans un élan de tendresse, elle se rapprocha de lui et

déposa un doux baiser sur ses lèvres. Mais ce simple contact suffit à éveiller de nouveau ses sens et une onde de désir jaillit, irrépressible.

Brady gardait les yeux mi-clos, se gorgeant d'images qu'il avait découvertes avec elle. Il revit son corps souple et chaud contre le sien qui s'arc-boutait en quête de plaisir. Ses longues mains fines sur sa peau, ses lèvres sensuelles faites pour l'amour.

Lorsqu'il ouvrit les yeux, il la vit lui sourire.

— Bonjour, murmura-t-elle. Je n'étais pas sûre que…

Il lui ferma la bouche d'un baiser. Rêve et réalité se mêlèrent tandis qu'il se glissait en elle.

Le soleil était déjà haut lorsque Brady réitéra sa question.

— Tu disais ?

Vanessa souleva ses paupières encore lourdes de sommeil.

— Hmm. Je t'ai posé une question ?

— De quoi n'étais-tu pas sûre ?

La jeune femme fouilla dans sa mémoire.

— Ah oui ! Je me demandais si tu avais des rendez-vous aujourd'hui.

— C'est dimanche, je te rappelle que le cabinet est fermé. Et toi ?

— J'ai quelques cours à préparer. Il le faut bien maintenant que j'ai dix élèves.

— Tu as dix élèves ? s'exclama-t-il d'un ton étonné.

Vanessa s'étira voluptueusement et posa sa tête sur la poitrine de Brady.

— Oui. Je me suis laissé prendre hier au pique-nique.

— Dix élèves, répéta-t-il, songeur. Envisagerais-tu de t'installer définitivement ici ?

— Tout au moins pour l'été. On m'a proposé une tournée pour l'automne, mais je n'ai pas encore donné ma réponse.

Parfait ! Ainsi, il avait tout l'été devant lui pour tenter de la convaincre. Un large sourire aux lèvres, il demanda :

— Et si nous dînions ?

— Mais nous n'avons même pas pris de petit déjeuner ! protesta-t-elle.

— Je voulais dire ce soir. Ici. Juste toi et moi.

Cette perspective la transporta de bonheur.

— Très bonne idée.

— Bien. Et si nous tentions de bien commencer la journée ? lui dit-il d'un air lourd de sous-entendus.

Vanessa promena ses lèvres sur la poitrine de Brady.

— Je croyais que c'était déjà fait.

— J'entendais par là prendre un bain avec une âme charitable qui me frotterait le dos, la taquina-t-il en la traînant hors du lit.

Une fois que Brady l'eut ramenée chez elle, Vanessa échangea sa tenue de mariage contre un short et un T-shirt plus confortables et attacha ses cheveux. Elle avait décidé de passer sa journée au piano. Pour préparer ses cours, s'entraîner et selon son humeur composer. Les tournées ne laissaient aucune place à la création. Heureusement, elle avait tout l'été devant elle pour s'y adonner. Et pour se consacrer pleinement à son premier amour.

Mon premier amour, songea-t-elle, un sourire béat aux lèvres. Mon premier amant. Et probablement le dernier.

Il l'aimait, ou du moins le croyait-il. Restait à savoir ce qui serait le mieux pour chacun d'eux car elle ne voulait pas risquer de souffrir une fois de plus. Des erreurs avaient été commises dans le passé qu'elle ne voulait pas voir répétées dans le futur. En outre, elle savait que si elle lui avouait ses sentiments, il ne la laisserait plus partir.

Elle estima qu'il était trop tôt pour envisager l'avenir. Mieux valait profiter de l'instant présent.

Alors qu'elle se dirigeait vers le salon de musique, le téléphone se mit à sonner. Elle hésita un instant puis se décida à décrocher le combiné.

— Allô !

— Vanessa ? demanda une voix familière.

— Franck ! Comment vas-tu ?

— Bien, bien.

Vanessa imagina son agent en train de passer sa main sur son crâne lisse, comme elle l'avait vu faire si souvent. Son père l'avait engagé pour sa seule capacité à enchaîner les heures de travail sans émettre la moindre plainte, mais elle, elle appréciait sincèrement l'homme qu'il était.

— Comment va ton nouveau protégé ?

— Francesco ? Oh, il est brillant ! Vraiment brillant ! Et il a du caractère, tu peux me croire ! Mais enfin, on lui pardonne, c'est un artiste. Il va jouer à Cordina.

— Au profit de la fondation de la princesse Gabriella ?

— Oui.

— Je suis certaine qu'il fera des merveilles.

— Oui, sans doute… certainement, balbutia-t-il. Mais vois-tu, la princesse… Elle est très déçue par ton absence et elle m'a demandé…

Vanessa entendit Franck avaler péniblement sa salive.

— Eh bien, elle m'a demandé d'essayer de te faire changer d'avis.

— Franck…

— Tu serais logée au palais, bien sûr !

— Je sais, Franck, mais je n'ai pas encore pris de décision en ce qui concerne ma carrière.

— Tu ne peux pas abandonner, Vanessa. Quand on possède ton don…

— Justement, coupa sèchement la jeune femme, c'est *mon* don. Il serait peut-être temps que je prenne mes décisions seule, non ?

Le silence se fit à l'autre bout du fil, puis Franck reprit :

— Je t'accorde que ton père n'a pas toujours été à l'écoute de tes besoins ou de tes envies, mais c'était simplement dans ton intérêt, parce qu'il te savait douée d'un talent exceptionnel.

— Je sais tout cela, Franck.

— Oui, bien sûr.

Vanessa poussa un long soupir. Il était inutile de faire payer à ce pauvre homme le prix de ses frustrations.

— Je comprends tout à fait ta position, Franck, ajouta-t-elle d'une voix radoucie, mais de toute façon, j'avais déjà décliné l'offre de la princesse et lui ai fait parvenir un chèque.

— Je sais, c'est la raison pour laquelle elle m'a contacté, elle n'arrivait pas à te joindre. Elle connaît les liens qui nous unissent, bien que je ne sois pas ton manager officiel, lui rappela-t-il avec une pointe d'amertume.

— Je te promets que tu le deviendras si je décide de continuer.

— Je te remercie, lui dit-il d'une voix chevrotante. Tu sais, je comprends parfaitement que tu aies besoin de temps pour te retrouver un peu. Ces dernières années ont été très éprouvantes ! Mais cette fondation est si importante pour la princesse ! Elle tient vraiment à ta présence !

— Je sais, admit Vanessa à contrecœur.

— Et ce ne serait que le temps d'une représentation, insista Franck, sentant la jeune femme sur le point de flancher. En principe, deux morceaux sont prévus mais tu pourrais n'en jouer qu'un. Rien que ton nom sur le carton d'invitation ferait la différence ! Tu aurais carte blanche, évidemment, poursuivit-il, intarissable. C'est une cause qui vaut la peine, je t'assure.

— Quand aura lieu la soirée ?

— Le mois prochain.

Vanessa leva les yeux au ciel.

— Le mois prochain ! Mais quel jour précisément ?

— Le troisième samedi de juin, précisa-t-il.

— Dans trois semaines, donc. Très bien, tu peux annoncer à la princesse qu'elle pourra compter sur moi, annonça-t-elle en poussant un profond soupir.

— Vanessa, je ne peux pas te dire à quel point…

— Chut ! l'interrompit Vanessa en souriant.

— Tu pourras séjourner à Cordina aussi longtemps que tu le voudras.

— Une soirée, répéta-t-elle fermement. Fais-moi parvenir tous les détails. Et présente mes hommages à Son Altesse.

— Tu peux compter sur moi, lui assura Franck d'une voix fébrile. Elle va être si heureuse !

— Alors, à bientôt, Franck, dit Vanessa en raccrochant.

C'était étrange, mais elle ne ressentait pas l'angoisse et l'anxiété qui l'habitaient auparavant à l'idée de donner une représentation. Et pourtant la salle de concert de Cordina avait de quoi impressionner n'importe qui avec ses dimensions gigantesques ! Peut-être était-ce le destin qui l'avait poussée à accepter ce défi aujourd'hui, alors qu'elle était en pleine remise en question. Ce concert l'aiderait-il à aller de l'avant ou au contraire à prendre ses distances avec ce métier ?

Elle sentait proche l'heure des décisions. Elle pria pour que celle qu'elle prendrait soit la bonne.

Elle était en train de jouer lorsque Brady revint. Des fenêtres ouvertes lui parvenaient les notes légères, romantiques, que Vanessa égrenait de ses doigts magiques. Une femme et son enfant, envoûtés, s'étaient arrêtés sur le trottoir pour écouter.

Vanessa ne l'entendit pas entrer. Il la regarda jouer, les yeux mi-clos, un sourire aux lèvres, comme possédée par la musique à laquelle elle donnait vie. Il eut le sentiment en l'observant qu'elle faisait passer ses émotions sur les touches du piano. Sa gorge se serra.

Lorsqu'elle plaqua le dernier accord, elle rouvrit les yeux et lui sourit, nullement étonnée par sa présence.

Brady traversa la pièce pour aller la rejoindre, encore en proie à la plus vive émotion.

— Tes mains sont magiques, parvint-il néanmoins à lui dire.

— Les tiennes aussi. Elles ont le pouvoir de guérir.

— Lorsque je suis arrivé, il y avait une femme et son petit garçon sur le trottoir. Ils t'écoutaient jouer et des larmes coulaient sur les joues de cette femme.

— On ne pourrait me faire plus beau compliment. Et toi, tu as aimé ?

— Beaucoup. Qu'est-ce que c'était ?

— Un morceau de ma composition. J'y travaille depuis quelque temps et, pour la première fois, j'ai l'impression qu'il prend forme.

— Tu l'as écrit toi-même ? s'écria Brady. Mais j'ignorais que tu composais !

— Je commence, j'espère pouvoir continuer. Mais tu ne m'embrasses pas ?

Il posa ses lèvres sur celles de Vanessa.

— Depuis quand écris-tu ?

— En fait, j'essaie depuis plusieurs années mais entre les répétitions, les concerts et les déplacements, je n'ai jamais rien pu faire de bien sérieux.

— Mais tu n'as jamais rien enregistré ?

— Non, parce que jusqu'à présent ce n'étaient que des ébauches que je n'avais pas le temps de mener à bien.

— Alors, parle-moi un peu de ce morceau que tu viens de finir.

— Qu'en dire ? Je ne sais pas trop.

— Tu l'aimes ?

— Je l'adore. C'est mon préféré.

Brady avait pris les mains de la jeune femme entre les siennes et jouait avec ses doigts.

— Alors, pourquoi n'achevais-tu pas les œuvres que tu commençais ?

Il la sentit se raidir.

— Je viens de te le dire. Je manquais de temps, répliqua-t-elle sèchement.

— Viens, lève-toi, dit-il.

— Où allons-nous ?

— Là. Sur ce canapé confortable, lui commanda-t-il en la forçant à s'asseoir. A présent, parle-moi.

— De quoi ?

— De ce qu'était ta vie ces dernières années.

— Eh bien, je te l'ai dit. Mais où veux-tu en venir exactement ? Nous étions en train de parler de ma composition et...

— Tout est lié, Van. Il faut que tu saches que les ulcères

sont provoqués par un flot d'émotions trop fortes mais surtout contenues. Les frustrations, la colère, le ressentiment, s'ils ne sont pas exprimés, peuvent déclencher ce genre de maladie.

— Je ne suis pas frustrée, s'écria Vanessa avec véhémence. Et tu devrais le savoir mieux que quiconque ! Maintenant, si tu ne me crois pas, renseigne-toi : je suis célèbre sur trois continents !

Brady l'avait écoutée calmement.

— Je n'en doute pas, Vanessa. Mais je ne me souviens pas t'avoir jamais entendue te disputer avec ton père.

Que pouvait-elle répondre à cela ? Elle préféra se retrancher derrière un silence protecteur.

— Le problème est de savoir ce que tu veux réellement, poursuivit Brady : donner des concerts ou composer.

— Les deux ne sont pas incompatibles. Il suffirait simplement de privilégier l'un plutôt que l'autre.

— Et quelle serait ta priorité ?

Vanessa se tortilla sur son siège, manifestement mal à l'aise.

— A l'évidence, je préfère jouer.

— Pourtant, je t'ai entendue dire que tu détestais cela, poursuivit Brady, impitoyable.

— Que je détestais quoi ?

— Je veux te l'entendre dire, Van.

La jeune femme se leva d'un bond et se mit à arpenter nerveusement la pièce sous le regard impitoyable de Brady. Il ne renoncerait pas tant qu'elle ne lui aurait pas livré des sentiments qu'il savait refoulés.

— D'accord. Je n'ai jamais aimé jouer en public.

— Tu veux dire par là que tu ne voulais pas jouer ?

C'était une affirmation plutôt qu'une question.

— Non, confirma-t-elle. Je ne le voulais pas. J'ai un besoin vital de jouer, mais pas comme cela, pas en public. J'ai trop peur. Tu vas me trouver puérile, mais j'étais paralysée par le trac. J'ai eu beau essayer, jamais je n'ai réussi à surmonter ce malaise.

— Cela n'a rien de puéril, Van. Mais dans ce cas, pourquoi t'es-tu acharnée ?

Il anticipa sa réponse.

— Ton père, bien sûr…

Vanessa passait d'un siège à l'autre, incapable de rester en place.

— C'était si important pour lui ! Il était à mille lieues de comprendre ce que je ressentais.

— C'est ce qui t'a rendue malade, Vanessa.

— Je n'ai jamais été malade ! riposta-t-elle vivement, refusant d'admettre la réalité.

— Peut-être, mais tu as continué pour lui. Au détriment de ta santé. Il n'avait pas le droit, Van.

— C'était mon père, chuchota-t-elle avec émotion. Et je lui dois beaucoup.

« Un sale égoïste, oui », se dit Brady.

— N'as-tu jamais envisagé une thérapie ?

— Il s'y serait opposé. Il était très intolérant et aurait considéré cela comme une marque de faiblesse.

Vanessa ferma les yeux un instant comme pour mieux se plonger dans son introspection.

— Ne le juge pas trop durement, Brady, reprit-elle. Il était comme ça, il faisait abstraction de tout ce qui aurait pu l'empêcher d'avancer. Pour lui, cette phobie n'existait que dans mon imagination. Alors, cent fois j'ai essayé de la chasser, mais cent fois elle est revenue. Au moment d'entrer en scène, je prenais sur moi, je me disais que cette fois tout allait bien se passer, que je n'avais aucune raison de me tourmenter comme je le faisais. Mais je n'y suis jamais parvenue. Je restais dans les coulisses, tremblante, nauséeuse, misérable. Puis je me lançais et retrouvais un comportement à peu près normal. Aussi, je pensais que la fois d'après… ce serait mieux.

Brady détestait l'idée de Vanessa souffrant jour après jour, année après année.

— La pensée qu'il vivait sa vie par procuration à travers toi ne t'a jamais effleurée ?

— Si. Jusqu'à la fin, il est resté exigeant, ne me laissant pas le loisir de m'arrêter, même pour le soigner. Il avait refusé tous les traitements et il est mort dans des souffrances atroces alors que je donnais un concert à Madrid.

— Te sens-tu coupable de cela ?

— Non, répondit-elle sans hésiter. Mais je le regrette, ajouta-t-elle, les yeux embués de larmes.

— Qu'as-tu l'intention de faire, à présent ?

Vanessa se tordit nerveusement les mains avant de répondre.

— Lorsque je suis revenue ici, Brady, j'étais épuisée. Physiquement et moralement. J'avais besoin de prendre du recul pour comprendre ce que je ressentais et ce que je voulais vraiment.

Elle se rapprocha enfin de lui et, tendrement, prit son visage entre ses mains.

— Et retomber amoureuse de toi était bien la dernière chose au monde à laquelle j'aspirais. Je savais que cela entraînerait des complications. Cependant, lorsque je me suis réveillée à tes côtés ce matin, j'étais heureuse. Je n'ai pas envie de te perdre, Brady, conclut-elle en se réfugiant entre ses bras.

— Je t'aime, Vanessa, lui murmura-t-il à l'oreille.

— Alors, donne-moi du temps.

10

— C'était votre dernier patient, docteur Tucker.

Brady leva les yeux des dossiers qu'il était en train de consulter et regarda son assistante.

— Pardon ?

— C'était votre dernier patient, répéta-t-elle, sac sur l'épaule, prête à partir. Voulez-vous que je ferme derrière moi ?

— Oui, merci. A demain.

Il prêta une oreille distraite aux bruits de clés et de tiroirs que son assistante ouvrait et refermait. Il achevait, pour la quatrième fois au cours de cette semaine, une journée de travail de près de vingt heures car, indépendamment de ce qui faisait son lot quotidien, il avait dû faire face à une épidémie de varicelle et de coqueluche qui avait terrassé la moitié de la population.

Il était affamé, épuisé mais par-dessus tout en manque de Vanessa. Il l'avait à peine vue depuis le mariage de leurs parents, depuis ce week end qu'ils avaient passé presque exclusivement à s'aimer. A trois reprises, il avait dû annuler leur rendez-vous. Et là où d'autres femmes auraient renoncé, Vanessa le comprenait et le soutenait. Elle saurait à quels sacrifices une femme de médecin devait se plier : dîners annulés au dernier moment, vacances reportées, nuits interrompues. Sa décision était prise, il allait l'épouser.

Refermant ses dossiers, il frotta ses yeux fatigués et contempla rêveusement la carte postale posée sur un coin de bureau que son père lui avait hâtivement griffonnée.

Il se demanda si Vanessa aimerait un voyage de noces sous

483

le soleil des tropiques. Journées torrides, nuits passionnées. Tel serait leur programme.

Brady secoua la tête. Il ne pouvait y avoir de voyage de noces sans mariage, et il n'y aurait pas de mariage tant qu'il n'aurait pas convaincu Vanessa que, désormais, elle ne pourrait plus vivre sans lui.

Il se jura de prendre son temps avec elle, de lui offrir les moments romantiques qu'ils n'avaient pas vécus, adolescents, et auxquels il estimait qu'ils avaient droit. Pour elle il voulait des promenades au clair de lune, des dîners au champagne, des discussions au coin du feu. Cependant, il ne pouvait empêcher son imagination délirante de se projeter en mari exemplaire que son épouse attendrait en jouant du piano, tandis que leurs enfants dormiraient dans la pièce contiguë. Il imaginait avec bonheur des matins de Noël, des week-ends partagés avec la femme qu'il aimait et la nombreuse progéniture qui serait venue sceller leur amour.

Brady se rejeta en arrière, yeux mi-clos. Il avait compris à quel point il aspirait à fonder une famille avec Vanessa au moment même où leurs regards s'étaient de nouveau croisés dans le salon de musique.

Mais il savait qu'avant d'en arriver là, il leur faudrait trouver des réponses à leurs questions et des solutions à leurs problèmes. Il étira ses muscles endoloris, décidant qu'il était trop fatigué pour être logique et raisonnable.

Il n'avait pas entendu Vanessa entrer. Elle se tenait dans l'embrasure de la porte et l'observait attentivement, partagée entre des sentiments aussi divers qu'étonnement et admiration. Il paraissait si différent dans son cadre professionnel ! Si sérieux dans sa blouse blanche, son stéthoscope autour du cou. C'était une facette de Brady qu'elle ne connaissait pas ; celle d'un homme responsable qui avait en charge la santé et la vie de centaines de personnes. Lui au moins avait trouvé sa voie. Il avait fait des choix et trouvé sa place, alors qu'elle hésitait encore pour trouver celle qu'elle allait donner à sa vie. Pourtant, invariablement, ses pensées la ramenaient à Brady, la poussaient vers lui.

Elle esquissa un petit sourire et fit un pas dans le cabinet.

— Un rendez-vous de dernière minute, docteur Tucker, lui dit-elle en déposant un panier rempli de nourriture sur son bureau.

Brady sursauta et ouvrit les yeux pour voir l'objet de ses pensées se matérialiser devant lui.

Vanessa éclata d'un petit rire nerveux.

— J'ai failli ne pas entrer. Tu parais si… intimidant.

— Intimidant ? Moi ?

— Oui. Il faut dire que je me trouve face à un médecin. Un vrai médecin.

— Je peux ôter ma blouse si tu veux.

— Non, en fait je crois que tu me plais ainsi. J'ai croisé ton assistante, elle m'a dit que tu n'avais pas encore terminé.

— C'est exact. Mais les dossiers vont devoir attendre, j'ai une faim de loup. Qu'y a-t-il dans ce panier ?

— Notre dîner. J'ai pensé que tu pourrais peut-être y consacrer un moment malgré ton emploi du temps surchargé.

— Tu ne pouvais pas mieux tomber, un patient vient d'annuler son rendez-vous.

Comme par miracle, la simple vue de Vanessa avait suffi à lui faire oublier la fatigue accumulée durant ces derniers jours. Il regarda, attendri, les petites taches de rousseur qui piquetaient le haut de ses pommettes.

— Et si vous me disiez ce qui ne va pas ? s'enquit Brady sur le mode de la plaisanterie.

Vanessa prit place sur un des sièges qui se trouvaient devant le bureau.

— Eh bien, voyez-vous, docteur, dit-elle sur le même ton, je ne sais pas ce que j'ai, mais je me surprends fréquemment à rêvasser, au point d'en oublier ce que je suis en train de dire ou de faire.

— Hmm…

— Et puis, il y a ces petites douleurs, là, ajouta-t-elle en mettant une main sur son cœur.

— Je vois…

— Comme des palpitations, voyez-vous. Et la nuit…, chuchota-t-elle.

Elle se mordit la lèvre et reprit :

— La nuit, des rêves viennent troubler mon sommeil…

Brady se leva et vint s'asseoir sur un coin du bureau.

— Quel genre de rêves ?

— C'est trop personnel, je ne peux pas vous le dire, répliqua-t-elle, d'un air faussement ingénu.

— Vous pouvez tout me dire, je suis médecin, lui dit-il d'un ton encourageant.

— Je n'en suis pas certaine, vous ne m'avez même pas demandé de me déshabiller.

Brady se leva, la prit par la main.

— Suivez-moi.

— Où ?

— Il semble que votre cas requiert un examen complet, déclara-t-il en la conduisant dans la salle des consultations.

— Brady…

— Docteur Brady, je vous prie, lui intima-t-il, désireux de poursuivre le jeu.

Il la souleva par la taille et l'allongea sur la table de consultation. Puis il se pencha et examina attentivement les yeux de Vanessa.

— En effet. Ils sont définitivement verts, annonça-t-il le plus sérieusement du monde.

— Quel soulagement !

— Très bien. A présent, ôtez vos vêtements, je vais vérifier vos réflexes.

Vanessa s'exécuta docilement, déboutonnant lentement les boutons de son chemisier, dévoilant un caraco de soie bleue.

Brady la regardait faire, le souffle court.

— A première vue, vous me paraissez être en excellente santé.

— Oui, mais la douleur dont je vous ai parlé…, insista-t-elle en guidant la main de Brady sur sa poitrine. Vous sentez mon cœur ? Voyez comme il s'emballe. Ma peau est brûlante, murmura-t-elle, et mes jambes ne me portent plus.

D'un doigt leste, Brady abaissa une des bretelles du caraco et caressa l'épaule ronde qui s'offrait à lui.

— Votre cas me semble contagieux, j'envisage même de vous mettre en quarantaine.

— Avec vous, j'espère ? lui susurra-t-elle d'une voix aguicheuse.

— Cela me paraît une excellente idée.

Lorsqu'elle eut retiré ses sandales, Brady fit glisser son pantalon sur ses hanches, caressant la peau soyeuse qu'il découvrait petit à petit.

— Alors, docteur, quel est votre diagnostic ? s'enquit Vanessa, la voix rauque de désir.

— Trop de musique, décréta-t-il en se penchant vers elle.

Vanessa noua les bras autour du cou de son compagnon, frissonnant sous les baisers ardents qu'il déposait au creux de son épaule.

— Pensez-vous pouvoir m'aider ?

— Je vous promets de faire de mon mieux.

Sa bouche vint cueillir celle de la jeune femme. Leurs souffles se mêlèrent.

— Je me sens déjà beaucoup mieux, chuchota-t-elle en lui mordillant les lèvres.

De nouveau, Brady se sentit pris au piège de ses grands yeux émeraude, mais cette fois ce n'était pas pour s'y perdre mais pour s'y retrouver. Tout ce dont il avait toujours eu besoin, dont il avait toujours rêvé, se trouvait là, sous ses doigts à présent impatients. Ses caresses, jusque-là empreintes de douceur et de tendresse, devinrent plus pressantes, plus exigeantes.

Ce changement n'effraya pas Vanessa qui comprit qu'il n'était que le reflet du désir effréné qu'il avait de la posséder. Elle ressentit avec un bonheur intense une ferveur presque désespérée la gagner et ce fut dans une communion totale d'émotions qu'elle entreprit de le dévêtir. Elle lui arracha, plus qu'elle ne lui retira, ses vêtements, n'écoutant que le désir intense qui la submergeait. Elle voulait sa peau contre la sienne, sa bouche sur son corps. Sa première expérience n'avait été que douceur, elle voulait cette fois se laisser aller à des instincts qu'elle sentait plus sombres, plus sauvages.

Au comble de l'excitation, Brady la repoussa contre l'étroite petite table, déchirant la légère tunique de soie qui entravait ses courbes subtiles. Il voulait se rassasier librement de sa peau, s'enivrer de son parfum.

Répondant à ses ardeurs, Vanessa parvint à se hisser agilement sur lui. Elle voulait mener le jeu à son tour, laisser sa bouche explorer la moindre parcelle de ce corps musclé et ferme qui la rendait folle, laisser ses doigts courir sur sa peau moite. Elle jouait passionnément de lui, de son corps, comme elle l'aurait fait d'un instrument de musique. Son cœur rythmait ses élans, elle était prise dans un tourbillon vertigineux d'émotions inconnues. Elle se sentait investie d'un pouvoir étrange mais qui néanmoins la portait aux nues. Elle n'imaginait pas que l'on puisse donner et prendre autant dans l'acte d'aimer et voyait se refléter sa propre passion dans le regard enflammé de son amant.

Brady, subjugué par la force des sentiments de Vanessa, l'agrippa par les hanches, se laissant griser par chaque mouvement cadencé qu'elle imprimait à leurs corps.

— Bon sang, Van, murmura Brady, jouissant de la douce torture qu'elle lui infligeait.

Elle comprit que le moment était arrivé et, d'un mouvement leste, se glissa sous Brady. Elle lui offrit son corps, dans une quête infinie de plaisir.

Durant un instant, le temps suspendit son vol. Vanessa s'abandonnait, émerveillée, aux délicieux tourments de l'amour, arc-boutant son corps insatiable, tour à tour soumise ou exigeante, jusqu'à ce qu'en parfaite osmose, une explosion de plaisir les submerge, les laissant ivres de bonheur.

Vanessa se coula le long du corps de Brady et pressa ses lèvres sur sa gorge, là où les pulsations de son cœur battaient à tout rompre. Encore éblouie, elle avait du mal à réaliser qu'elle avait été l'initiatrice de leurs joutes amoureuses. Elle n'avait eu qu'à se laisser guider par ses pulsions, qu'à obéir à la passion qui l'avait enflammée. Forte de ce pouvoir d'amante qu'elle ne soupçonnait pas, elle se redressa sur un coude et regarda Brady en souriant.

Le visage complètement détendu, les yeux fermés, il paraissait sur le point de s'endormir. Elle agaça doucement le lobe de son oreille.

— Docteur, murmura-t-elle.

— Mmm ?

— Je me sens beaucoup mieux.

— C'est parfait, cela signifie que le traitement a porté ses fruits.

— Oui, dit-elle en promenant un doigt expert sur la poitrine encore palpitante de son amant. Mais je crois que je ne suis pas tout à fait guérie. J'ai encore cette douleur, là, minauda-t-elle en effleurant son visage de baisers légers.

— Vanessa…, protesta faiblement Brady.

Mais la jeune femme feignit de ne pas l'entendre et précisa ses caresses.

— Vanessa, il va t'arriver des ennuis, chuchota-t-il.

— Je prends le risque, murmura-t-elle en retour.

— Seigneur ! gémit Brady en descendant de la table d'examen, je n'en peux plus !

— Cette fois, je pense que je suis guérie, s'exclama Vanessa. Pour le moment, en tout cas.

Elle tendit à Brady ses vêtements et se glissa dans les siens.

— Quand je pense que j'étais simplement venue t'apporter quelques sandwichs au jambon !

La perspective d'un repas, ne fût-ce qu'un simple sandwich, fit saliver Brady.

— Mmm ! J'en rêve depuis des heures !

— Je t'ai apporté aussi quelques chips, je pensais bien que tu serais affamé.

Elle ramassa le T-shirt de Brady et le lui tendit.

— Et si nous allions chez moi ? proposa-t-elle. Nous pourrions dîner au lit.

— Très bonne idée, renchérit Brady.

*
* *

Une heure plus tard, confortablement installés dans le lit de Vanessa, ils terminaient la bouteille de chardonnay qui complétait leur pique-nique. La jeune femme avait disposé des bougies un peu partout, donnant ainsi à la pièce une ambiance romantique, en parfait accord avec son humeur.

— C'est le meilleur repas que j'aie fait depuis le dernier grand rassemblement des Jeannettes auquel j'ai participé. Je devais avoir treize ans, déclara Vanessa.

Elle prit la dernière chips du paquet et la partagea consciencieusement en deux avant d'en donner la moitié à Brady.

— Tu m'as manqué, lui avoua-t-elle en l'embrassant.

— Toi aussi. Je suis vraiment désolé que cette semaine ait été aussi chargée.

— Ce n'est pas ta faute, je comprends. Tu as dû affronter une épidémie de varicelle, aider à un accouchement, suturer diverses plaies, énonça-t-elle. Tout cela venant s'ajouter aux bobos et consultations quotidiennes.

— Mais comment sais-tu tout cela ? lui demanda-t-il, sincèrement étonné.

— J'ai mes sources, éluda-t-elle.

Elle lui caressa tendrement la joue.

— Tu dois être épuisé.

— Oui, mais au moins la période la plus difficile sera passée lorsque papa rentrera. Tu as reçu une carte postale ?

— Juste aujourd'hui. Apparemment, entre palmiers, plages de sable blanc et couchers de soleil romantiques, nos parents passent un séjour de rêve.

— Je l'espère. Parce que, dès qu'ils seront rentrés, nous prendrons leur place.

— Que veux-tu dire ? s'enquit Vanessa, perplexe.

— Je veux partir quelque part avec toi, Van, lui dit-il en portant les mains de la jeune femme à ses lèvres. Où tu voudras. N'importe où.

— Partir ? répéta Vanessa, gagnée par la nervosité. Mais pourquoi ?

490

— Parce que j'ai besoin d'être seul avec toi. Complètement seul, comme nous ne l'avons jamais été. Juste toi et moi.

— Mais nous sommes seuls en ce moment, murmura-t-elle.

Brady posa son verre et la fixa intensément.

— Van, je veux que tu deviennes ma femme, dit-il gravement.

Vanessa ne fut pas surprise par la demande de Brady. Elle savait, lorsqu'il lui avait avoué son amour pour elle, qu'il envisageait cette perspective. Mais elle se sentit submergée de sentiments contradictoires.

Lorsqu'ils étaient adolescents, ils avaient abordé ce sujet, mais tous deux savaient alors que ce n'était qu'un rêve, qui paraissait si lointain qu'il ne se réaliserait sans doute jamais. Aujourd'hui, elle considérait le problème avec des yeux d'adulte qui n'ignorait plus ce que le mot « mariage » voulait dire.

— Brady, je…

— A vrai dire, ce n'est pas vraiment de cette façon que j'envisageais de faire ma demande. J'aurais aimé te déclarer ma flamme de manière plus poétique mais, tout ce que je peux te dire, c'est que je t'aime, que je n'ai jamais cessé de t'aimer et que je t'aimerai toujours.

Emue, Vanessa caressa tendrement la joue de Brady.

— Aucun autre discours préparé n'aurait été plus poétique que celui-là, Brady. Je n'avais jamais réalisé à quel point j'avais envie que tu prononces ces mots. Et j'aimerais pouvoir te dire oui.

— Mais… ? s'enquit Brady, gagné par l'angoisse.

Vanessa leva sur lui des yeux embués de larmes.

— Je ne peux pas accepter, il est encore trop tôt. C'est vrai, nous nous connaissons depuis toujours. Mais nous ne nous sommes vraiment retrouvés que depuis quelques semaines.

— Il n'y a jamais eu que toi, Vanessa. Ton souvenir me hantait jour et nuit, et chaque femme qui a jalonné ma vie n'était qu'un substitut à ton absence.

Bouleversée, Vanessa parvint néanmoins à articuler :

— Depuis mon retour ici, ma vie est complètement chamboulée. Je ne pensais pas te revoir et je me disais que, même si cela se produisait, ça n'aurait plus d'importance. Eh bien, je me trompais : notre histoire compte beaucoup à mes yeux et elle rend les choses d'autant plus difficiles.

— Pourquoi ne les rendrait-elle pas plus faciles, au contraire ? demanda Brady qui sentait avec désespoir la situation lui échapper.

— Parce que j'ai besoin de savoir qui je suis, ce que je veux vraiment, tu comprends ?

— Non, je ne comprends pas.

— C'est possible, en effet. Tout est encore si confus en moi. Ce dont je suis sûre, en revanche, c'est que, pour l'instant, je ne peux pas te donner ce que tu veux. Et peut-être même ne le pourrai-je jamais.

— Pourtant nous sommes faits pour nous entendre, Vanessa, tu ne peux le nier !

La jeune femme le sentait blessé, aussi pesa-t-elle soigneusement ses mots avant de poursuivre.

— Brady, il y a encore trop de questions sans réponses et je ne peux envisager un mariage tant que je n'aurai pas trouvé la solution à mes problèmes.

— Mes sentiments ne changeront pas, tu sais.

— Je l'espère.

— Et sache que je ne te laisserai pas m'échapper une seconde fois. Car, où que tu sois je te retrouverai, conclut-il d'un air grave.

— C'est une menace ?

— Oui.

Vanessa redressa fièrement le menton et le défia du regard.

— Tu devrais savoir que je déteste cela, Brady.

Dans un geste désespéré, Brady la prit par les épaules et la serra contre lui.

— Tu m'appartiens, Vanessa. Tôt ou tard, tu te rendras à l'évidence.

Un frisson la parcourut tout entière comme chaque fois qu'il la prenait dans ses bras. Mais elle ne flancherait pas !

— Je n'appartiens à personne, Brady, déclara-t-elle crânement.

— Tu ne peux pas nier que le lien qui nous unit désormais est le plus fort, lui murmura-t-il en prenant ses lèvres.

— Je ne le nie pas mais, pour le moment, contentons-nous de cela et sachons profiter des moments qui nous sont offerts. Lorsque je suis avec toi, plus rien d'autre n'existe.

Mais lorsqu'il roula sur elle et que leurs corps s'embrasèrent, il savait que ce ne serait pas suffisant.

Lorsque, au petit matin, Vanessa se réveilla seule dans le grand lit déserté, elle eut peur d'avoir perdu à jamais l'homme qu'elle aimait.

11

« Bien, très bien », se disait Vanessa en écoutant Annie plaquer sur le clavier les dernières notes d'une chanson de Madonna. Elle avait dû la simplifier pour les doigts encore mal dégourdis de l'adolescente, mais elle se devait de reconnaître les progrès effectués par son élève. Un sentiment de fierté la submergea. Elle aussi avait changé. Elle n'aurait jamais imaginé pouvoir un jour apprécier de donner des cours et tirer fierté de l'influence qu'elle pouvait avoir sur de si jeunes cerveaux. En outre, son travail lui permettait de chasser Brady de ses pensées une à deux heures par jour.

— C'est bien, Annie, lui dit-elle d'un ton encourageant.

La joie qui se peignit sur le visage de l'adolescente récompensa largement Vanessa des efforts et de la patience dont elle avait fait preuve.

— Je peux le rejouer, si vous voulez.

— La semaine prochaine, répliqua Vanessa en entendant claquer la porte d'entrée. Et n'oublie pas de travailler ton prochain cours comme je te l'ai demandé.

Elle se tourna vers Joanie qui venait de rentrer dans la pièce, accompagnée de sa petite Lara.

— Salut, Joanie.

— J'ai entendu de la musique. C'est toi qui jouais, Annie ?

La jeune fille lui adressa un sourire plein de fierté, dévoilant un appareil dentaire étincelant.

— Oui. Mlle Sexton m'a même félicitée.

— Elle a eu raison. Je suis d'autant plus impressionnée qu'elle n'a jamais rien pu tirer de moi.

D'un geste affectueux, Vanessa ébouriffa les cheveux d'Annie.

— C'est normal, Mme Knight refusait de travailler ses cours.

— Moi, je travaille ! se défendit Annie. D'ailleurs, maman trouve que j'ai fait plus de progrès ici en trois semaines que chez mon ancien professeur en trois mois.

Elle rassembla ses affaires et ajouta avant de s'éclipser :

— Et puis, c'est plus drôle ici. Au revoir, mademoiselle Sexton. A la semaine prochaine.

— Au revoir, Annie, répondirent en chœur les deux jeunes femmes.

Vanessa se tourna vers sa filleule et lui tendit les bras.

— Bonjour, Lara, lui chuchota-t-elle en la serrant tendrement contre elle.

— Qui sait ? dit Joanie, rêveuse, attendrie par le tableau que formaient son amie et sa fille, peut-être lui donneras-tu des cours un jour.

— En effet, qui sait ?

— En dehors d'Annie, comment se passent tes autres cours ? Mais au fait, combien d'élèves as-tu à présent ?

— Douze, mais je n'en prendrai pas plus.

Elle chatouilla le nez de Lara ce qui eut pour effet de faire rire la petite fille aux éclats.

— Je n'ai pas à me plaindre, tout se passe plutôt bien, sinon que j'ai exigé d'inspecter leurs mains avant qu'ils ne s'installent au piano ; et crois-moi, ce n'est pas du luxe ! Surtout celles de Scott Snook, précisa-t-elle en riant.

— Ce serait miraculeux que tu parviennes à faire rentrer dans les rangs ce jeune vaurien.

— C'est un défi que je me suis lancé, et j'avoue que je commence à me prendre sérieusement au jeu. J'ai des boissons au frais, je te sers quelque chose ?

— Non, merci, je n'ai pas vraiment le temps, et j'imagine que tu attends un autre élève ?

— Sauvée par l'épidémie de varicelle, figure-toi, plaisanta Vanessa qui, Lara bien calée sur la hanche, se rendit dans la cuisine. Mais dis-moi, pourquoi es-tu si pressée ?

— Je suis juste passée voir si tu n'avais besoin de rien. Mais je ne peux pas m'attarder, papa et Loretta seront là dans quelques heures et j'ai mille choses à faire avant leur retour. J'ai déjà consacré une bonne partie de la matinée à ranger le désordre que cette petite tornade avait semé un peu partout dans la maison, et la seule perspective de ce qui m'attend encore m'épuise, gémit-elle en se laissant tomber sur une chaise.

Vanessa retira doucement la petite main que sa filleule avait agrippée à son collier.

— Je peux garder Lara quelques heures, si tu veux, proposa-t-elle gentiment. Laisse-moi juste le temps de mettre de l'ordre dans mes partitions et…

— Tu veux dire par là que je peux aller faire mes courses tranquille, sans ma fille ?

— Eh bien, si tu me fais confiance…

Joanie accueillit la proposition de son amie avec un petit cri de joie. Elle bondit de sa chaise et alla tour à tour embrasser Vanessa et Lara.

— Au revoir, mon bébé, je t'adore.

— Joanie, attends…, dit Vanessa que l'enthousiasme de son amie fit éclater de rire.

— Oui, oui, bien sûr, excuse-moi, je suis tellement excitée ! Mais il y a si longtemps que je ne me suis pas retrouvée seule… que je ne me souviens même pas à quand remonte la dernière fois ! Quelle mauvaise mère je fais ! Tu te rends compte, je suis heureuse de me débarrasser de mon enfant. Non, pas heureuse, corrigea-t-elle, folle de joie !

— Tu es une maman merveilleuse, Joanie, tu le sais bien.

— Bien sûr, je plaisantais. Mais tu n'imagines pas le bonheur que cela représente de ne pas avoir à trimballer avec soi tout l'attirail nécessaire à un enfant en bas âge. Au fait, sauras-tu te débrouiller ?

— Ne t'inquiète pas. Nous allons bien nous amuser toutes les deux, n'est-ce pas, Lara ?

496

Joanie jeta un coup d'œil circulaire à la pièce.

— Tu devrais mettre en lieu sûr tout ce qui est fragile, conseilla-t-elle à son amie.

— Je m'en occupe, la rassura Vanessa en asseyant la petite fille par terre, devant un magazine.

— Je l'ai changée avant de quitter la maison, mais sauras-tu changer sa couche si elle en a besoin ?

— Mais oui, je me débrouillerai.

— Bon, tu n'as pas de regrets ? Tu en es sûre ?

— Non, je t'assure. Je suis libre tout l'après-midi et si les nouveaux mariés arrivent avant ton retour, nous n'aurons que quelques mètres à effectuer pour aller leur rendre visite.

— J'imagine que Brady va passer te voir.

— Je l'ignore, répondit Vanessa, évasive.

Joanie regarda sa fille se relever maladroitement et trottiner jusqu'à la table basse.

— Je ne m'étais donc pas trompée, dit-elle.

— A quel sujet ?

— J'ai cru remarquer une certaine tension entre vous la semaine dernière. Et depuis, Brady est d'une humeur massacrante ou alors complètement replié sur lui-même. Je croyais que tout allait bien entre vous ?

— Il m'a demandée en mariage.

— Vanessa ! s'exclama Joanie en sautant au cou de son amie, quelle merveilleuse nouvelle !

Semblant vouloir participer à la joie de sa mère, Lara tapa de toutes ses forces sur la table de verre.

— Regarde comme ta filleule est contente !

— J'ai refusé, lâcha Vanessa d'une voix blanche.

— Tu as refusé ! Mais pourquoi ?

Vanessa tourna le dos à son amie, incapable d'affronter sa déception.

— C'est trop tôt, Joanie. Je ne suis de retour que depuis quelques semaines et tant de choses se sont passées depuis. Ma mère... Ton père... Quand je suis venue ici, je pensais ne rester que quelques jours, au mieux un mois. J'avais même envisagé une tournée pour le printemps prochain.

— Mais cela ne t'empêche pas de mener ta vie privée comme tu l'entends, objecta Joanie. Si tu en as envie, bien sûr.

— Je ne sais pas ce que je veux, avoua Vanessa avec lassitude. Le mariage… Je ne sais même pas ce que cela représente vraiment, alors comment veux-tu que j'accepte d'épouser Brady ?

— Mais tu l'aimes ?

— Je crois, oui. Mais je ne veux pas reproduire la même erreur que mes parents, tu comprends ? J'ai besoin d'être sûre que nous désirons bien tous les deux la même chose.

— Mais toi, que veux-tu ?

— Je te l'ai dit, je ne sais pas, c'est encore très confus.

— Vanessa, je connais bien mon frère, alors, crois-moi, décide-toi vite car il te laissera peu de temps.

— Eh bien, tant pis ! Je prendrai le temps dont j'aurai besoin, déclara-t-elle fermement. Tu ferais mieux d'y aller si tu veux être de retour avant que nos parents ne soient rentrés.

— Tu as raison, dit Joanie qui avait compris que le sujet était clos. Je vais chercher les affaires de Lara.

Brady savait qu'il allait au-devant de nouveaux conflits en se rendant chez Vanessa, et bien que son amour-propre ait été malmené par le refus de la jeune femme et qu'il ait préféré garder ses distances quelques jours, ses pas le ramenaient presque malgré lui devant sa maison.

Il voulait croire qu'elle avait répondu sur un coup de tête, et qu'en n'insistant pas, en jouant la carte de la légèreté, il la ramènerait à de meilleurs sentiments. Il préférait écarter l'éventualité qu'elle pourrait aussi confirmer sa prise de position et donner ainsi un caractère irréversible à sa décision.

C'est donc le cœur battant qu'il frappa à la porte de la jeune femme. De l'intérieur parvenait un vacarme assourdissant qui couvrait tout autre bruit. Vanessa était-elle en colère contre elle-même au point de tout casser dans la maison ? se demanda-t-il, soudain gonflé d'espoir. Avait-elle réalisé qu'elle laissait passer sa chance d'être enfin heureuse ? Cette perspective lui réchauffa le cœur et ce fut d'un pas léger qu'il pénétra dans la maison.

Quelle ne fut pas sa surprise de trouver sa nièce installée par terre dans la cuisine et occupée à entrechoquer allègrement casseroles et couvercles sous la haute vigilance de Vanessa qui, saupoudrée de farine de la tête aux pieds, semblait s'être lancée dans la confection d'un repas.

— Bonjour, dit Brady.

Vanessa sursauta et regarda le nouvel arrivant sans sourire mais le cœur battant la chamade.

— Brady ! Je ne t'ai pas entendu entrer.

— Cela n'a rien d'étonnant, rétorqua-t-il en prenant sa nièce dans ses bras pour l'embrasser. Joanie n'est pas là ?

— Non, comme elle avait prévu de faire des courses en ville, je lui ai proposé de garder Lara.

— Manifestement, tu parais débordée.

Vanessa confirma d'un hochement de tête, découragée par le désordre qui régnait autour d'elle.

Brady caressa tendrement les boucles brunes de Lara avant de la reposer par terre, devant une petite pyramide de boîtes de conserve.

— Imagine un peu ce que ce sera lorsqu'elle aura maîtrisé l'art de décoller toutes les étiquettes. Tu m'offres quelque chose à boire ?

— Oui. Il y a le jus de pomme de Lara.

— Je ne voudrais pas priver cette enfant de sa boisson préférée.

— Alors tu trouveras du soda dans le réfrigérateur. Va te servir, moi je ne peux pas, lui dit-elle en montrant les légumes qu'elle était en train d'émincer avec application.

— Je vois, en effet. Qu'es-tu en train de préparer ?

— Eh bien, au départ ce devait être un ragoût de thon, mais je crois que mes talents culinaires ne me permettent pas de telles ambitions, expliqua-t-elle en reposant son couteau avec lassitude. Je voulais épater Joanie, elle nous a toujours si bien reçus ! Malheureusement, je crois que c'est raté, dit-elle en désignant la mixture qu'elle avait cuisinée. Décidément, je pense qu'il vaut mieux que je renonce définitivement à quelque prétention culinaire que ce soit.

— Tu confectionnes de merveilleux sandwichs au jambon, dit-il d'un air entendu.

— Je ne plaisante pas, Brady, affirma-t-elle d'un ton grave.

— Peut-être devrais-tu, riposta-t-il en se servant un grand verre de soda.

— Tu vois bien que je ne suis pas digne d'être la femme d'un médecin ! Je ne serais même pas capable de lui présenter un repas digne de ce nom alors qu'il aurait passé une journée éreintante à visiter des malades ou à assurer des gardes. N'est-ce pas quelque chose qu'il attendrait de moi ?

— Pourquoi ne le lui demandes-tu pas ?

— Mais enfin, Brady, ouvre les yeux ! Ça ne marchera jamais !

— Tout ce que je vois, c'est que tu n'arrives pas à...

Il jeta un coup d'œil dans la marmite.

— Qu'est-ce que c'est déjà ? reprit-il.

Vanessa esquissa une moue de dégoût.

— C'est censé être un ragoût de thon.

— Tu n'arrives pas à réussir un ragoût de thon, reprit-il. C'est une chance, j'ai horreur de ça !

— Brady, tu sais bien que ce n'est pas le fond du problème.

Mû par un élan de tendresse, il essuya amoureusement la joue recouverte de farine de la jeune femme.

— Et quel est-il alors ?

— Si je suis incapable d'assumer des choses aussi insignifiantes que celles-ci, comment pourrais-je faire face à des responsabilités plus importantes ?

— Vanessa, crois-tu que je veux t'épouser pour m'assurer un repas chaud tous les soirs ?

— Non, mais je ne peux pas accepter de devenir ta femme alors que je ne me sens pas à la hauteur du rôle que j'aurais à tenir à tes côtés.

D'un geste impatient, Brady désigna vaguement le plan de travail jonché d'épluchures et d'ustensiles.

500

— Tu ne peux pas baser une décision aussi importante sur de pareilles futilités, Van !

— J'ignore comment être une bonne épouse, affirmat-elle, visiblement bien décidée à avoir le dernier mot.

Prenant conscience qu'elle avait élevé la voix, Vanessa s'exhorta au calme car même si Lara paraissait plus intéressée par ses jouets improvisés que par les éclats de leur discussion, elle ne voulait pas que la petite fille soit témoin de leur dispute. Elle avait trop souffert de celles que ses parents lui avaient infligées durant son enfance.

— La seule chose que je sache bien faire, Brady, c'est jouer du piano, conclut-elle.

— Mais je ne t'ai pas demandé d'y renoncer, que je sache !

— Et lorsque je devrai partir en tournée pendant des semaines, voire des mois, loin de toi ? Que je devrai passer des journées entières à répéter ? Quelle sera notre vie ?

— Je ne sais pas, admit Brady avec lassitude. J'ignorais que tu envisageais de reprendre les tournées.

— Pourtant, il faut bien que j'en tienne compte. Ces tournées ont représenté une part importante de ma vie pendant si longtemps ! Je suis musicienne, Brady, de la même façon que toi, tu es médecin. Et si je ne sauve pas de vies, j'ai le pouvoir de les enrichir.

— Je sais que ton métier tient une grande place dans ta vie, Vanessa. Je t'admire pour cela. Mais je ne vois pas en quoi il peut être un obstacle à notre union.

Tendrement, il prit son visage entre ses mains et la fixa intensément.

— Je veux t'épouser, reprit-il, confiant, je veux que tu sois la mère de mes enfants. Il suffit que tu me fasses confiance, Van.

La jeune femme prit une profonde inspiration.

— Je pars pour Cordina la semaine prochaine, annonçat-elle d'une voix qu'elle voulait assurée.

Brady se raidit et s'écarta d'elle.

— Cordina ? répéta-t-il, sonné par la nouvelle.

— Oui. La princesse Gabriella donne chaque année un gala de charité.

— J'en ai déjà entendu parler, en effet.

— J'ai accepté d'y donner une représentation.

Sous le choc, Brady alla chercher un verre dans un placard.

— Parfait, dit-il d'une voix blanche. Quand as-tu donné ton accord ?

— Il y a deux semaines.

Les doigts de Brady se crispèrent sur le verre.

— Tu ne m'en as pas parlé.

— Non. Je craignais que tu réagisses mal.

— Qu'attendais-tu ? explosa-t-il, ne pouvant retenir plus longtemps la colère qui le submergeait. D'être à l'aéroport ? Ou peut-être avais-tu simplement l'intention de m'envoyer une carte postale de là-bas ? Bon sang, Vanessa ! Quel jeu joues-tu avec moi ? Je t'ai aidée à passer le temps, à raviver pour quelques jours une flamme éteinte depuis longtemps, c'est ça ?

Blêmissant, Vanessa encaissa le coup et parvint à rétorquer calmement :

— Tu sais très bien que c'est faux.

— Tout ce que je sais, c'est que tu t'en vas.

— Ce n'est l'affaire que de quelques jours, Brady, il ne s'agit que d'une seule représentation.

— Et ensuite, que comptes-tu faire ?

Vanessa détourna son regard de celui de Brady.

— Franck, mon agent, me pousse à reprendre les tournées. Mais je n'ai pas encore pris de décision.

— En résumé, et si je comprends bien, lâcha-t-il d'un ton sardonique, tu es arrivée ici, épuisée, malade parce que tu ne supportais pas la scène et tu ne songes maintenant qu'à y retourner.

— C'est une décision que je dois prendre seule, Brady.

— Ton père…

— Mon père est mort, lança-t-elle d'une voix tranchante, il ne peut donc plus influencer mes choix. Et je te serais reconnaissante de ne pas prendre le relais.

Brady bouillonnait d'une rage intérieure contenue. Il avait le sentiment d'avoir été trahi.

— Tu n'écartes pas l'éventualité de reprendre la vie professionnelle trépidante qui était la tienne, et tu ne m'en as jamais parlé, insista-t-il.

— Non, répondit-elle honnêtement. Mais aussi égoïste que cela puisse te paraître, j'estime que cette décision n'appartient qu'à moi. De la même façon, je ne me sens pas le droit de te demander de m'attendre, aussi ne le ferai-je pas.

Vanessa ferma les yeux et prit une profonde inspiration avant de poursuivre :

— Quoi qu'il en soit, je veux que tu saches que ces dernières semaines avec toi ont été les plus belles de ma vie.

— Je me fiche de tes belles déclarations, Van ! dit-il en tirant brutalement la jeune femme à lui. Tu peux bien aller à Cordina ou au bout du monde si tu veux, tu ne pourras jamais défaire le lien qui nous unit.

Il prit ses lèvres avec avidité, faisant passer dans ce baiser toute la palette d'émotions contradictoires qui le submergeaient.

Vanessa ne se débattait pas, trop consciente du désespoir dont elle était la cause. Elle songea avec douleur que si sa vie devait s'achever à ce moment précis, elle n'en retiendrait que cette supplique désespérée et silencieuse.

— Brady, murmura-t-elle en prenant son visage entre ses mains, j'ai besoin de temps. Le temps de réfléchir au sens que je veux donner à ma vie. Et lorsque j'aurai pris la bonne décision, rien ne me fera plus changer d'avis. Mais pour cela, il faut que tu me laisses partir.

— Ecoute-moi bien, Vanessa, dit-il en resserrant son étreinte : j'ai fait une fois l'erreur de te laisser partir et je l'ai payée très cher. Alors si tu t'en vas de nouveau, je ne passerai pas le restant de mes jours à attendre ton retour. Tu ne me briseras pas le cœur une seconde fois, conclut-il froidement.

L'arrivée intempestive de Joanie empêcha toute réplique de la part de Vanessa et mit un terme définitif à leur discussion.

— Salut, les nounous ! lança-t-elle gaiement.

Ignorante de l'extrême tension qui régnait entre eux, elle prit sa fille dans ses bras et la couvrit de baisers.

— Vous n'allez pas le croire, annonça-t-elle, mais ce petit monstre m'a manqué ! Je suis désolée d'avoir mis tant de temps, mais il y avait un monde fou en ville aujourd'hui. Et devinez sur qui je suis tombée en arrivant ?

L'arrivée de Loretta et de Ham, bras dessus, bras dessous, ne lui laissa pas le temps de ménager son effet plus longtemps.

— Regardez comme ils sont superbes, tout bronzés !

Vanessa grimaça un faible sourire mais resta clouée sur place.

— Soyez les bienvenus, parvint-elle à articuler. Votre séjour s'est bien passé ?

— Merveilleusement bien, proclama Loretta en déposant un lourd panier en osier sur la table.

Vanessa ne manqua pas de remarquer le teint joliment hâlé de sa mère et la petite flamme qui brillait au fond de ses yeux.

— C'est le plus bel endroit du monde ! s'exclama-t-elle avec enthousiasme. Si vous aviez vu ces plages de sable blanc, cette mer turquoise ! Nous nous sommes même initiés à la plongée sous-marine !

— Je n'ai jamais vu autant de poissons de ma vie ! renchérit Ham, se déchargeant à son tour d'un lourd panier.

— Des poissons ! s'exclama Loretta. Tu veux parler des jolies naïades qui exhibaient partout leurs corps à moitié nus, oui !

Elle émit un petit rire enfantin et jeta à son mari un regard complice avant de sortir de son panier une marionnette bariolée qu'elle anima devant la petite fille, éblouie.

— Tiens, ma chérie, c'est pour toi. Entre autres choses.

— Il me tarde de vous montrer les photos que nous avons prises, déclara Ham qui ne voulait pas être en reste. J'ai même acheté un appareil étanche pour prendre des clichés sous l'eau.

Loretta se laissa tomber sur une chaise.

— Nous déballerons le reste des cadeaux plus tard, décida-t-elle. Pour l'heure, je rêve d'un soda bien frais.

Brady lui remplit un verre et le lui tendit.

— Bienvenue à la maison, dit-il.

— Merci. J'avoue qu'il est bon de rentrer chez soi et de retrouver les siens. Mais que s'est-il passé ici ? demanda-t-elle en désignant le plan de travail.

— Eh bien… j'ai voulu vous éviter d'avoir à préparer un repas le soir de votre arrivée, alors…

— Mmm, rien ne vaut nos bonnes vieilles traditions culinaires, déclara Ham.

— A vrai dire… Ce n'est pas vraiment…, bredouilla Vanessa.

Devinant la situation, Joanie vola au secours de son amie.

— Tu viens juste de commencer, à ce que je vois. C'est parfait, je vais pouvoir te donner un coup de main, lui dit-elle gentiment.

— Je reviens dans un instant, répliqua la jeune femme.

Elle sortit précipitamment de la cuisine et se rua dans l'escalier.

Une fois dans sa chambre, elle s'assit sur le bord de son lit, les yeux brouillés de larmes.

— Van, puis-je entrer un instant ? demanda Loretta qui se tenait sur le seuil, une main sur la poignée.

— Je m'apprêtais à redescendre, répondit la jeune femme en se levant.

Mais elle renonça à mentir et se rassit lentement.

— Je suis désolée, je ne voulais pas gâcher votre retour.

— Tu n'as rien gâché du tout, ma chérie, la rassura sa mère.

Loretta hésita un instant puis décida que le moment était venu. Elle referma la porte derrière elle et alla s'asseoir au côté de sa fille.

— J'ai bien vu que quelque chose n'allait pas quand nous sommes arrivés. Tu paraissais contrariée, j'ai cru que c'était à cause de moi.

505

— Non. Pas vraiment.

— Aimerais-tu m'en parler ?

Vanessa hésita un long moment puis prit le parti de se confier à sa mère.

— C'est Brady. Non, en fait, c'est moi, rectifia-t-elle, agacée. Il m'a demandé de l'épouser et j'ai refusé. Je lui ai expliqué les raisons de mon refus mais il ne les comprend pas. Ou plus exactement, il ne veut pas les comprendre. Mais j'ai si peur qu'il me reproche un jour de ne pas être, comme Joanie, une parfaite maîtresse de maison. Je ne sais même pas cuisiner !

— Joanie est une femme merveilleuse, commença Loretta en pesant soigneusement ses mots, mais elle est différente de toi.

— C'est moi qui suis différente ! s'écria Vanessa. De Joanie. De toi. De tout le monde, en fait.

Soucieuse d'apaiser les angoisses de sa fille, Loretta lui caressa tendrement les cheveux.

— Ce n'est tout de même pas si grave de ne pas savoir cuisiner, dit-elle d'une voix douce.

— Je sais. Mais je manque de confiance en moi et je n'arrive pas à assumer mes lacunes.

— J'ai ma part de responsabilités, Van. Je ne t'ai jamais enseigné quoi que ce soit, en grande partie parce que tu consacrais tout ton temps à la musique, mais également parce que je ne le souhaitais pas. Je préférais tout gérer moi-même à la maison parce que, de cette façon, j'avais l'impression d'être utile. C'était ma manière à moi de me réaliser, de vous être indispensable. Mais ce n'est pas vraiment ce qui te tourmente, Vanessa, je me trompe ?

— Non, admit la jeune femme. En fait, l'idée du mariage est séduisante mais...

— Mais, poursuivit sa mère à sa place en lui prenant la main, tu as grandi dans un foyer désuni qui t'a ôté toutes tes illusions. Lorsque tu étais adolescente, je n'imaginais pas une seconde que la mésentente qui régnait entre ton père et moi pouvait t'affecter. Et pourtant...

— Cela ne me regardait pas. C'était votre vie.

— Non, c'étaient nos vies, étroitement mêlées les unes aux autres.

Loretta regarda sa fille droit dans les yeux et lui dit :

— J'en ai beaucoup discuté avec Ham au cours de notre voyage, et il a réussi à me persuader que le moment était venu de te parler.

Mal à l'aise, Vanessa tenta de se soustraire à la conversation.

— Tout le monde doit nous attendre en bas.

— Assez tergiversé, Vanessa, riposta fermement Loretta. Ils attendront.

Elle se leva et alla regarder par la fenêtre les tulipes enfin écloses qui mêlaient leurs corolles jaunes et orange à celles, d'un blanc immaculé, des marguerites.

— J'étais très jeune lorsque ton père et moi nous nous sommes mariés. Je venais juste d'avoir dix-huit ans, il en avait trente. Il était si beau ! Et il menait une vie tellement passionnante, se partageant entre Paris, Londres, New York. Il m'a fait complètement perdre la tête.

— Sa carrière n'a jamais vraiment décollé, en tout cas, répliqua implacablement Vanessa.

— Il était cependant un très bon musicien, riposta Loretta, les yeux soudain remplis de nostalgie. C'est lorsqu'il a dû renoncer à sa passion que les choses se sont gâtées entre nous. La déception l'avait rendu aigri, coléreux, sujet à des sautes d'humeur de plus en plus fréquentes.

Loretta prit une profonde inspiration avant de poursuivre :

— J'étais issue d'un milieu modeste, je menais une vie simple et je crois que c'est ce qui l'a attiré en moi. De la même façon, le monde artistique dans lequel il évoluait m'éblouissait. J'étais flattée qu'il m'ait élue, moi qui correspondais si peu aux femmes sophistiquées qu'il avait l'habitude de fréquenter. En fait, nous nous sommes très vite rendu compte que ces différences qui nous avaient attirés l'un vers l'autre étaient en train de nous séparer tout aussi sûrement. Malheureusement c'était trop tard. J'étais enceinte.

Vanessa accusa le choc sans manifester la moindre émotion.

— Tu veux dire que vous vous êtes mariés à cause de moi ?

— Nous nous sommes mariés, répéta Loretta, parce que nous croyions nous aimer. Je veux que tu saches, ajouta-t-elle en martelant chaque mot, que tu as été conçue dans ce que nous pensions être un amour sincère. C'est plus tard que nous avons réalisé qu'en fait, il ne s'agissait que de tendresse et d'affection.

— Tu étais enceinte, tu n'avais donc pas le choix, jugea froidement Vanessa.

— On a toujours le choix, quelles que soient les circonstances, affirma Loretta en soutenant le regard dur que sa fille posait sur elle. Nous, nous avons choisi de t'avoir et jamais nous ne l'avons regretté. Tu représentais la meilleure part de chacun de nous. Nous étions si heureux à l'idée de devenir parents ! La première année de notre mariage a même été positive, avec de très beaux moments de bonheur. Et lorsque tu es née, tu as été la plus belle chose qui nous soit jamais arrivée. A aucun moment, Vanessa, nous ne t'avons tenue responsable de ce qui s'est passé par la suite. Nous seuls avons été les artisans de l'échec de notre mariage.

— Que s'est-il passé ?

— Mes parents sont morts et nous sommes venus nous installer dans cette maison qui désormais m'appartenait. La maison dans laquelle j'avais grandi. Ton père était tiraillé entre l'envie de vivre de ses talents de musicien et la crainte de devoir de nouveau affronter des échecs successifs. Il a résolu son problème en reportant toutes ses ambitions contrariées sur toi. Il a commencé à t'enseigner la musique en se jurant de te mener vers les sphères les plus hautes, celles que lui-même n'atteindrait pas. Il voulait faire de toi la concertiste de renom qu'il ne serait jamais.

Loretta s'interrompit quelques secondes.

— Je n'ai pas tenté de le raisonner ou de l'en dissuader. Tu semblais si heureuse lorsque tu te mettais au piano. Plus tu montrais de dispositions, plus il devenait exigeant, intransigeant. Et plus nous nous éloignions l'un de l'autre.

Tu étais le seul lien qui nous unissait encore, mais cela n'a pas suffi à sauver notre mariage.

— Pourquoi ne vous êtes-vous pas séparés ?

— Je ne sais pas. Les habitudes, la peur. L'espoir insensé que nous nous aimions encore. Nous avons laissé la situation s'aggraver, rythmant notre vie de disputes de plus en plus fréquentes, traumatisant l'adolescente sensible que tu étais. Nous n'avons pas su te préserver, Van. Ton père, parce que tu servais ses ambitions personnelles et moi, parce que je l'ai laissé faire. Lâchement, j'ai fermé les yeux et me suis trouvé un exutoire. J'ai pris un amant.

Courageusement, Loretta affronta de nouveau le regard de sa fille.

— Je n'ai aucune excuse. Car même si ton père et moi vivions depuis longtemps comme deux étrangers sous le même toit, j'aurais pu choisir une autre solution. J'ai fait preuve de lâcheté, mais comment résister à un homme qui, soudain, vous fait redécouvrir votre pouvoir de séduction, votre féminité ? Avec lui j'ai découvert le plaisir excitant d'enfreindre les règles et j'ai aimé ça.

Vanessa sentit les larmes lui monter aux yeux.

— Comme tu devais te sentir seule ! murmura-t-elle, compatissante.

— Oui. Je me sentais seule. Mais ce n'était pas une raison pour...

— Cesse de t'excuser. Que ressentais-tu alors ?

— Je me sentais vidée, avec l'impression horrible que ma vie était finie. Je ressentais le besoin éperdu d'avoir un homme dans ma vie. Qu'il me murmure des choses gentilles, fussent-elles des mensonges. Je me suis jetée dans cette aventure, tête la première, mais une fois de plus je me suis trompée.

Remuée par tous ces souvenirs douloureux, Loretta ressentit le besoin impérieux d'un contact physique avec sa fille. Elle s'approcha d'elle et lui prit la main.

— Les choses seront différentes pour toi. Et passer à

côté de ton histoire d'amour avec Brady serait aussi insensé que de se jeter à la tête du premier venu.

— Mais comment peut-on être sûr de ne pas se tromper ? demanda Vanessa d'une voix de petite fille.

— On le sait, on le sent. Il m'a fallu presque une vie pour comprendre ça. Avec Ham, j'ai su tout de suite que je faisais le bon choix.

— Ham…, demanda Vanessa avec circonspection, ce n'était pas… ?

— Non. Il aimait trop Emily pour même songer à la trahir. Non, reprit Loretta, c'était un étranger, installé en ville pour quelques mois seulement. Cela nous a rendu les choses plus faciles et, lorsque j'ai rompu, il est parti sans faire de scandale.

— Tu as rompu ? Mais pourquoi ?

Loretta poussa un profond soupir. De tous les aveux qu'elle venait de faire, celui-ci restait le plus difficile à révéler.

— C'était le soir du gala de ta promotion. Tu te souviens, j'étais avec toi dans ta chambre. Je tentais de te consoler, tu étais si bouleversée !

— Le soir où il a fait arrêter Brady, dit-elle à mi-voix.

Loretta accentua la pression sur la main de sa fille.

— Je te jure que je ne savais rien des manigances de ton père, Vanessa ! Je suis redescendue parce que tu voulais rester seule, pestant contre Brady et me promettant de lui faire son affaire lorsqu'il a téléphoné. J'étais encore sous le choc quand ton père est rentré. Il était blême, fou de rage que le shérif l'ait relâché. Il ne l'aimait pas, mais il aurait agi de la même façon avec quiconque aurait représenté une menace pour ton avenir, et donc le sien. J'étais consternée qu'il puisse aller aussi loin, les Tucker étaient nos amis et personne n'ignorait que Brady et toi étiez amoureux. Alors j'ai perdu tout contrôle et je lui ai craché au visage ce que je tentais désespérément de lui cacher depuis des semaines : j'avais un amant et j'étais enceinte de lui.

— Enceinte ? répéta Vanessa, bouleversée. Oh ! mon Dieu !

Loretta lâcha la main de sa fille et se mit à arpenter nerveusement la pièce.

— J'ai pensé qu'il allait devenir fou de rage mais, au contraire, il a accueilli la nouvelle avec un calme olympien. Puis il m'a annoncé, tout aussi calmement, qu'il allait engager une procédure de divorce et qu'il allait t'emmener loin de moi. A Paris, car je ne méritais pas d'être ta mère, je n'étais qu'une catin qui portait le bâtard d'un autre homme. Plus je tempêtais, suppliais, menaçais, plus il restait de marbre. Pour finir, il m'a sommée de ne rien tenter pour te retenir, sinon…

Les larmes ruisselaient sur les joues de Loretta.

— Mais tu… Il ne pouvait…, bredouilla Vanessa.

— J'ignorais ce qu'il pouvait faire. La seule certitude que j'avais, c'était qu'il allait t'éloigner de moi et réaliser les projets qu'il avait pour toi. Mais crois-moi, Vanessa, je l'ai laissé faire parce que je croyais sincèrement que c'était ce que tu désirais.

Vanessa se leva et prit sa mère dans ses bras.

— Cela n'a pas d'importance, lui murmura-t-elle à l'oreille. Cela n'a plus d'importance, à présent.

— Je savais que tu me détesterais mais…

— Je ne t'ai jamais détestée. Je n'ai jamais pu. Et… le bébé ? Qu'est-il devenu ?

— Je l'ai perdu, lui aussi. J'ai fait une fausse couche au troisième mois de grossesse.

Submergée d'émotion, Vanessa se mit à pleurer doucement, rejoignant sa mère dans la tristesse et la douleur.

— Oh, maman ! Comme tu as dû souffrir ! lui dit-elle en la berçant tendrement.

Loretta s'abandonna avec bonheur à ce moment de profonde complicité.

— Je voudrais que tu saches qu'il ne s'est pas passé un jour sans que je pense à toi, où tu ne m'as pas manqué. Et si c'était à refaire…

Vanessa secoua la tête.

— Tout cela appartient au passé, maman. Il est temps de nous tourner vers le futur.

12

Vanessa se trouvait dans sa loge envahie par les innombrables bouquets que proches ou admirateurs lui avaient fait parvenir. Tout en sachant que c'était impossible, elle avait vaguement espéré que l'un d'eux était envoyé par Brady.

Il l'avait laissée partir sans se manifester. Il ne lui avait pas proposé de l'accompagner à l'aéroport et ne lui avait même pas téléphoné pour lui souhaiter bonne chance ou lui dire qu'elle allait lui manquer. Ce n'était pas son genre, se disait Vanessa en contemplant son reflet dans le miroir. Il était beaucoup trop fier pour revenir sur sa décision, ou reconnaître ses torts. Il en avait parfaitement le droit, décida-t-elle.

Après tout, c'est elle qui l'avait quitté. Elle l'avait provoqué, s'était offerte avec toute la passion dont une femme amoureuse est capable, mais n'avait pas prononcé les mots qu'il attendait. Elle avait retenu ses émotions, préférant faire machine arrière.

Parce qu'elle avait peur. Peur de s'engager et de commettre une erreur dont ils souffriraient toute leur vie.

Elle comprenait mieux, à présent que sa mère lui avait parlé, que des erreurs puissent être commises pour la meilleure des raisons, comme pour la pire. Elle regrettait de ne plus pouvoir demander à son père quels avaient été ses sentiments, ses motivations.

Elle espérait seulement qu'il ne serait pas trop tard pour elle.

Qu'étaient devenus les adolescents qu'ils étaient alors, et qui s'aimaient avec tant d'heureuse insouciance ? Brady avait réussi sa vie professionnelle, les questions qu'il se posait semblaient avoir trouvé une réponse. Famille, amis, métier, tout semblait lui réussir. La jeune graine de vaurien s'était miraculeusement transformée en un homme responsable et intègre.

Mais elle ? Vanessa ? Elle observa ses longues mains fines. Ses mains de pianiste. Seule la musique avait jusque-là rempli sa vie. C'était la seule chose qu'elle ait jamais maîtrisée.

Elle comprenait à présent, à travers les échecs de sa mère et les erreurs de son père, à quel point tous deux, chacun à leur façon, l'avaient aimée. Même si cet amour avait échoué à former une famille, même s'il ne les avait pas rendus heureux pour autant.

Et tandis que Brady creusait un peu plus profondément les racines qui le retenaient dans cette ville qui les avait vus grandir, elle se retrouvait seule, loin de lui, dans une loge remplie de fleurs, attendant, une fois encore, de monter sur scène.

Un coup discret frappé à la porte la tira de ses réflexions.

— Entrez, dit-elle dans un français parfait.

La princesse Gabriella se glissa dans la pièce, éblouissante de beauté dans un fourreau de soie bleue.

— Vanessa !

— Altesse, dit Vanessa en s'apprêtant à se lever pour esquisser la révérence qu'exigeait le protocole.

Mais la princesse, d'un geste de la main à la fois impérieux et amical, l'invita à rester assise.

— J'espère que je ne vous dérange pas.

— Absolument pas. Puis-je vous servir un verre de vin ?

— Volontiers, merci.

Ressentant la fatigue d'une journée harassante, Gabriella s'installa avec une grâce innée sur le siège que lui avançait Vanessa. Ne jamais se plaindre. Tel était le mot d'ordre des gens nés de sang royal.

— La journée a été si mouvementée que je n'ai pas eu le temps de m'assurer que vous étiez confortablement installée.

— Comment pourrait-on être mal logée au palais, Altesse ?

— Appelez-moi Gabriella, voulez-vous ? dit-elle à la jeune femme en prenant le verre que celle-ci lui tendait. Je tenais à vous remercier personnellement d'avoir accepté de jouer ce soir. Ce gala me tient tellement à cœur !

— C'est toujours un plaisir pour moi de jouer à Cordina, répondit sincèrement Vanessa. En outre, je suis très honorée que vous ayez pensé à moi.

Gabriella but une gorgée de vin avant de laisser échapper un petit rire cristallin.

— Je suis désolée d'avoir insisté au point de bouleverser vos vacances, mais j'ai appris très jeune à être impitoyable pour obtenir ce que je voulais.

Vanessa lui adressa un petit sourire indulgent. Toute princesse qu'elle était, Gabriella avait le don de mettre ses interlocuteurs à l'aise.

— J'espère que la soirée connaîtra un grand succès.

— J'en suis certaine. D'ailleurs, il ne peut pas en être autrement, dit la princesse avec autorité. Cette année j'ai exigé une participation active de tous mes proches et même Eve, ma belle-sœur américaine… L'avez-vous déjà rencontrée ?

— Oui, à plusieurs reprises.

— Eh bien, quoique très arrogante je vous l'accorde, elle a été d'une efficacité remarquable.

— Votre époux est-il aussi américain ?

A la seule évocation de son mari, une petite étincelle dansa dans les yeux dorés de la princesse.

— Oui. Reeve a été un amour ! J'ai également fait appel à mon frère qui, bien qu'en déplacement à l'étranger, a fait tout son possible pour être parmi nous ce soir.

La princesse ne manqua pas de remarquer le voile sombre qui, soudain, assombrit le regard de Vanessa.

— Mon frère, Bennett, vous prie de bien vouloir l'excuser, reprit-elle, mais son épouse étant sur le point de donner naissance à leur premier enfant, il ne pourra assister à votre représentation.

Vanessa se souvint sans émotion particulière du frère de

514

la princesse, coureur de jupons invétéré, dont le nom avait été un certain temps lié au sien par la presse à scandale.

— Son Altesse était, sans conteste, le plus charmant des chevaliers servants, commenta-t-elle poliment.

— J'ai été déçue d'apprendre par votre agent que vous aviez prévu de repartir sitôt le concert terminé. Il y a si longtemps que vous n'étiez pas venue !

— Croyez bien que je le regrette, votre accueil est si chaleureux ! Je repense souvent avec bonheur à mon dernier séjour chez vous, dans votre maison de campagne parmi les membres de votre famille.

— Vous savez que vous serez toujours la bienvenue, Vanessa.

Notant une fois de plus la tristesse qui voilait le regard de la jeune femme, Gabriella lui prit gentiment la main.

— Tout va bien, Vanessa ? s'enquit-elle.

— Oui, merci, répondit Vanessa d'un ton peu convaincant.

— Peut-être puis-je vous aider, insista Gabriella.

Vanessa regarda pensivement leurs mains jointes puis, encouragée par les yeux remplis de douceur et de bienveillance de la princesse, elle lui demanda :

— Qu'est-ce qui compte le plus pour vous dans votre vie, Gabriella ?

— Ma famille, répondit la princesse sans hésiter.

Vanessa lui sourit.

— Evidemment, votre rencontre avec votre mari a été si romantique !

— Ne vous méprenez pas. Notre histoire l'est devenue petit à petit, mais tout n'a pas été si facile.

— C'était un roturier, n'est-ce pas ?

— En effet.

— Si vous aviez dû renoncer à vos droits en l'épousant, l'auriez-vous fait ?

— Oui. Non sans douleur, mais je l'aurais fait.

Gabriella marqua une pause avant de demander :

— Un homme vous aurait-il demandé de renoncer à ce à quoi vous tenez le plus dans la vie ?

— Oh non ! Il ne m'a pas demandé de renoncer à quoi que ce soit, cependant il exige tout de moi.

— C'est un art dans lequel les hommes excellent en effet, commenta la princesse avec un petit sourire ironique.

— En outre, poursuivit Vanessa qui se sentait en totale confiance, ma mère m'a récemment fait des révélations sur mon passé et sur ma famille, qui sont très difficiles à accepter. J'aurais peur, en donnant aujourd'hui à cet homme ce qu'il attend de moi, de le tromper. Et de me tromper moi-même.

Gabriella garda le silence un instant, semblant peser ses mots avant de reprendre.

— Vous n'ignorez sans doute pas que, lorsque j'étais jeune, j'ai été kidnappée. A l'époque, les journaux ne parlaient que de cela. Eh bien, lorsque mes ravisseurs m'ont libérée, j'ai perdu la mémoire. Je ne reconnaissais pas mon père, mes frères m'étaient devenus de parfaits étrangers. Je n'avais plus aucun repère et mon fort caractère avait du mal à supporter une situation aussi frustrante. Angoissante également. Puis, peu à peu, j'ai fini par me reconnaître, par retrouver ma famille. Mais d'une tout autre manière. Comment dire ? Je les voyais à travers un prisme différent. Je les aimais, mais autrement. Et tous leurs défauts, tout le mal que nous avions pu nous faire n'avaient plus aucune importance.

— Vous voulez dire que vous aviez fait table rase de votre passé ?

Gabriella secoua sa chevelure flamboyante.

— Non, c'est impossible. On n'oublie jamais son passé, mais j'ai considéré les choses, les gens sous un angle neuf. Après ce que j'appelle « ma renaissance », tomber amoureuse a été d'une facilité déconcertante.

— Votre mari a beaucoup de chance.

— En effet, et je m'applique à le lui rappeler régulièrement, plaisanta la princesse. Il est temps que je vous laisse vous préparer, à présent, conclut-elle en se levant.

— Merci, Gabriella.

Avant de sortir, la princesse se retourna vers Vanessa et lui dit :

— Peut-être nous verrons-nous lors de mon prochain voyage en Amérique ?

— Avec grand plaisir, Altesse.

— Ce sera ainsi l'occasion de me présenter cet homme, ajouta-t-elle en s'éclipsant.

Lorsque la porte se referma derrière la princesse, Vanessa se rassit et observa attentivement son reflet dans le miroir. Elle vit d'abord la musicienne qu'elle était, puis derrière elle, la femme qu'elle allait devenir.

— Vanessa Sexton, murmura-t-elle en souriant à son image.

Elle avait enfin compris pourquoi elle se trouvait ici, pourquoi elle allait donner ce dernier concert. Et pourquoi, lorsqu'il serait terminé, elle rentrerait chez elle.

Il faisait bien trop chaud pour s'escrimer de la sorte sur un ballon de basket, pourtant Brady n'en continuait pas moins à tenter de marquer des paniers avec un acharnement frénétique. Pour quelle raison insensée avait-il pris sa journée, lui qui avait plus que quiconque besoin d'occuper ses pensées, de combler ce vide qui le rongeait ?

Vanessa lui manquait cruellement.

Depuis deux jours, ses blessures étaient ravivées par la parution de photos dans les journaux, par des reportages télévisés, par les commentaires incessants des habitants de la commune.

Il aurait donné n'importe quoi pour ne pas l'avoir vue dans sa magnifique robe blanche largement décolletée que venait caresser sa superbe chevelure qu'elle avait laissée cascader sur ses épaules et dans son dos. Son regard s'était attardé avec émotion sur ses longs doigts fins, tour à tour courant sur le clavier ou le caressant, jouant ce jour-là sa propre composition. Celle qu'elle avait jouée en attendant son retour. Et que manifestement elle avait achevée.

Que pouvait-il espérer ? Qu'elle revienne s'enterrer dans ce trou avec celui qui n'avait été qu'un amour de jeunesse, elle qui était reçue dans des palais par tout ce que la planète comptait de têtes couronnées ? Lui, tout ce qu'il avait à lui offrir se résumait à une maison dans les bois, à un chien encombrant et mal élevé et à d'occasionnelles pâtisseries remises en guise d'honoraires. Pourtant aucun autre homme ne l'aimerait d'un amour aussi passionné, aussi inconditionnel.

— Arrête, Kong ! ordonna-t-il à son chien qui poussait de petits jappements aigus en bondissant autour de lui.

C'est en pivotant sur lui-même pour rattraper le ballon qui lui avait échappé qu'il la vit. L'apparition de Vanessa lui souriant, une bouteille de jus de raisin à la main, le cloua sur place. D'un revers de la main, il essuya la sueur qui coulait de son front.

— Salut, Brady, dit Vanessa avec un détachement feint, destiné à cacher le tumulte intérieur qui faisait violemment battre son cœur. Tu sembles avoir affreusement chaud.

Elle le fixait de ses grands yeux verts en sirotant une gorgée du jus de fruits.

— Tu en veux ? proposa-t-elle en se dirigeant vers lui.

Brady demeura silencieux. Que s'était-elle imaginé ? Il n'avait plus dix-huit ans et il ne la laisserait pas jouer avec ses sentiments une fois de plus.

Il la regarda se baisser pour caresser Kong.

— Qu'es-tu venue faire ici ? demanda-t-il sèchement.

— Je me promenais, répondit-elle d'une voix qu'elle voulait désinvolte.

Puis, désignant le ballon en souriant :

— Tu sembles avoir perdu la main.

Face au silence obstiné de Brady, elle s'exhorta au calme et prit le temps de terminer sa boisson. Les choses s'avéraient plus difficiles que prévu ! Il faudrait qu'elle se montre prudente si elle ne voulait pas le braquer définitivement.

— Tu ne m'embrasses pas ?

— Non, répondit laconiquement Brady qui préférait garder ses distances.

— Ah.

Vanessa sentit vaciller l'inébranlable confiance qui l'avait portée durant tout le trajet qui la séparait de lui.

— Dois-je comprendre que c'est fini entre nous ?

— Va au diable, Vanessa ! s'écria-t-il enfin, laissant libre cours à la colère qui bouillonnait en lui.

Refoulant ses larmes, Vanessa lui tourna le dos.

— Tu as parfaitement le droit d'être en colère contre moi, parvint-elle à articuler sans trahir son émotion.

— En colère ? Ce n'est pas vraiment de la colère que je ressens, vois-tu.

Il marqua un temps d'arrêt et envoya le ballon au loin, à la plus grande joie de Kong.

— A quoi joues-tu exactement, Vanessa ? ajouta-t-il.

Les yeux brillants, la jeune femme lui fit face et le brava du regard.

— Je ne joue pas, Brady. Je t'aime.

Il ne savait pas trop si ces mots tant attendus lui brisaient le cœur ou au contraire pansaient ses plaies à vif.

— Il t'a fallu du temps pour t'en rendre compte, siffla-t-il.

Son ton acerbe la mortifia. Elle inspira profondément et répliqua :

— J'ai pris le temps nécessaire, en effet. Et je suis désolée de t'avoir blessé, ce n'était pas mon intention. Sache que je ne suis pas venue pour régler des comptes ni pour me disputer avec toi, alors si tu veux me parler, je serai chez moi.

Brady la saisit violemment par le bras.

— Tu n'iras nulle part, dit-il d'une voix sourde. Ne t'éloigne plus jamais de moi, Vanessa.

— Pas de menaces, Brady, je te l'ai déjà dit.

— C'est trop facile, Vanessa ! Tu pars, sans tenir compte de mes envies, de mes attentes, sans même une promesse de retour, ni un mot me laissant penser que nous avons un avenir commun. Puis tu reviens me provoquer comme si rien ne s'était passé ! Mais qu'est-ce qui a changé depuis ton départ ?

— Ecoute-moi bien, Brady…

— Non, écoute-moi, toi ! A partir de maintenant, c'est tout ou rien.

Sans lui laisser le temps de riposter, il prit ses lèvres, dans un baiser violent et brûlant, reflet de la douleur et de la rage qui l'étreignaient.

Vanessa tenta vainement de se libérer de cette embrassade brutale, offusquée que Brady puisse user ainsi de sa force pour la retenir. Jamais elle ne l'avait senti aussi désespérément furieux.

A bout de souffle, les forces décuplées par la colère, elle parvint néanmoins à s'écarter de lui et l'aurait frappé si elle n'avait remarqué le regard empreint de souffrance qu'il posait sur elle.

— Va-t'en, Van. Laisse-moi seul.

— Brady…

— Va-t'en, répéta-t-il en haussant de nouveau le ton.

Vanessa se planta devant lui, fermement décidée à l'affronter et à se faire entendre.

— Tu as fini de jouer les machos stupides ? Tu vas peut-être écouter ce que j'ai à te dire maintenant !

En guise de réponse, Brady lui tourna le dos et alla chercher une serviette avec laquelle il éponge la sueur qui coulait sur son visage. Puis, toujours silencieux, il alla s'asseoir à l'ombre d'un chêne.

Vanessa courut vers lui.

— Brady, tu es impossible !

Il la toisa puis détourna son regard pour lancer au loin un bâton sur lequel se rua Kong.

— Donc… ? lâcha-t-il avec dédain.

— Donc, reprit posément Vanessa, je me demande comment j'ai pu tomber amoureuse de toi. Et deux fois, en plus !

Elle s'éclaircit la gorge avant de poursuivre d'une voix assurée.

— Tout est ma faute, Brady. Je pense que je n'ai pas su exprimer ce que je ressentais avant mon départ.

— Mais si, tu l'as parfaitement exprimé : tu as refusé de devenir ma femme.

— Je n'ai pas été si catégorique, Brady. J'ai simplement dit que je ne savais pas comment l'on devenait une bonne épouse et que j'ignorais encore si j'avais envie de le devenir. C'est différent, tout de même ! L'exemple le plus proche étant celui de ma mère qui n'a jamais été aussi malheureuse que lorsqu'elle était mariée avec mon père, il est possible que j'aie été influencée dans ce sens. En outre, je craignais de ne pas être à la hauteur de ce qu'un mari est en droit d'attendre d'une épouse digne de ce nom.

— A cause d'un ragoût de thon raté, si je me souviens bien, dit Brady, sardonique.

— Ce n'était qu'un prétexte pour masquer mes doutes, mes hésitations. J'avais peur de ne pas pouvoir concilier des devoirs d'épouse et de femme, de mère et de musicienne. Car je n'ai jamais eu l'opportunité d'assumer complètement un de ces rôles.

— Tu étais déjà femme et musicienne, que je sache !

— Non, rectifia-t-elle. Jusqu'à mon retour ici, je n'étais rien d'autre que la fille de mon père.

Elle venait de crever l'abcès. Rien ne pourrait l'arrêter, désormais. Elle se laissa tomber à côté de Brady et poursuivit sur sa lancée.

— J'allais où il voulait que j'aille, je jouais la musique qu'il voulait que je joue. J'étais devenue une espèce de désincarnation de moi-même dont il gérait même les émotions.

Elle s'absorba un instant dans la contemplation des monts environnants puis revint à la réalité.

— Pourtant, j'ai ma part de responsabilité dans tout ça. J'aurais dû me rebeller, faire entendre ma volonté et les choses auraient certainement été différentes.

— Van…

— Non, s'il te plaît, laisse-moi terminer. J'ai passé beaucoup de temps à essayer de tout analyser clairement, il faut que tu saches maintenant.

Elle prit sa main dans la sienne comme pour se donner le courage de continuer.

— Ma décision de revenir ici a été la première décision d'adulte prise seule en l'espace de douze ans. Et même cela n'a pas été vraiment un choix puisqu'il était dicté par un besoin impérieux : celui de régler une affaire en cours.

Elle le regarda et lui adressa un petit sourire d'excuse.

— Tu n'étais pas censé faire partie de mes projets, aussi lorsque tu es entré de nouveau dans ma vie, les choses n'en sont devenues que plus compliquées.

Elle arracha nerveusement quelques brins d'herbe et reprit :

— Je n'ai jamais cessé de t'aimer, Brady. Même au plus profond de mes souffrances, lorsque j'étais encore meurtrie ou aveuglée par la colère. C'était d'ailleurs là le problème : je ne parvenais pas à avoir le recul nécessaire et les choses ont commencé à m'échapper complètement. Et lorsque tu m'as demandée en mariage, j'ai réalisé qu'il ne suffisait pas juste de le vouloir, ni d'accepter égoïstement ce que tu m'offrais. Je savais que mon séjour à Cordina te contrarierait, mais j'éprouvais le besoin viscéral de me remettre en question. Pourtant, à aucun moment je n'ai voulu te blesser.

Au fur et à mesure que Vanessa s'exprimait, Brady retrouvait son calme.

— Je n'exigerai jamais de toi que tu renonces à la musique, ou à ta carrière, Van.

Vanessa se leva et quitta l'ombre pour le soleil.

— Non, mais j'ai eu peur de devoir tout abandonner juste pour te satisfaire, pour ne pas te décevoir.

Touché par la sincérité de la jeune femme, Brady la rejoignit et la prit tendrement par les épaules.

— Je t'aime telle que tu es, Van. Tout le reste n'est que détails sans importance.

Vanessa se retourna vivement vers Brady et le regarda, vibrant d'une passion débordante.

— Non, dit-elle d'une voix ferme, ces détails se sont révélés, au contraire, très importants. C'est en m'éloignant d'ici que j'ai réalisé vers quoi je me dirigeais. Toute ma vie, j'ai obéi passivement à ce qu'on m'ordonnait de faire et pour la première fois, c'est moi qui ai décidé. De me rendre à Cordina, de remonter sur scène. Et lorsque je me suis retrouvée dans les coulisses, j'ai guetté avec anxiété le moindre signe annonciateur du trac dévastateur qui me rongeait habituellement. Mais rien ne s'est passé.

En proie à une vive émotion, Vanessa détourna de Brady ses yeux embués de larmes.

— Je me sentais merveilleusement bien. Je me fondais sur scène, au milieu d'un public qui ne me faisait plus peur mais qui, au contraire, me transportait de bonheur. Et tout cela parce que moi, et moi seule, je l'avais voulu.

— Je suis heureux pour toi, Vanessa, commenta Brady en s'écartant légèrement de sa compagne. Je suis sincère, je m'inquiétais pour toi.

— C'était magique, Brady, poursuivit Vanessa qui semblait ne pas avoir pris conscience de la tristesse qui perçait dans sa voix. Jamais je n'ai aussi bien joué ! Je sais que, désormais, je pourrai affronter n'importe quelle scène sans la moindre appréhension. Je le sais, répéta-t-elle. Je me sens libérée d'un tel poids !

— Tant mieux, Vanessa. Je détestais l'idée que tu puisses de nouveau te rendre malade, mais malgré cela je te répète que jamais je n'exigerai de toi un tel sacrifice. Je veux juste avoir la certitude que tu me reviendras. Que ma maison deviendra notre maison, le havre de paix où tu viendras me retrouver une fois tes tournées achevées. Et où nous abriterons la famille que je veux fonder avec toi.

— Je le voudrais bien, mais…

— Il n'y a plus de « mais » qui tienne, Van, répliqua Brady avec autorité.

— Mais…, reprit Vanessa en le défiant du regard, je n'ai pas l'intention de reprendre les tournées.

— Tu viens juste de dire…, bredouilla Brady, certain d'avoir mal compris.

— J'ai dit que je pourrais, éventuellement, remonter

sur scène. Et je le ferai, occasionnellement, et à la seule condition que ce ne soit pas au détriment de ma vie privée.

Vanessa éclata d'un rire plein de gaieté.

— Savoir que je peux jouer librement, si j'en éprouve l'envie ou le besoin, voilà ce qui m'importe. Oh ! Brady ! Si tu savais ce que j'éprouve ! Avant de monter sur scène pour ce dernier concert, j'ai observé mon reflet dans le miroir et, tout d'un coup, tout s'est mis en place naturellement, j'ai su qui j'étais. Et j'ai aimé cette femme que je voyais et qui découvrait soudain qu'elle était une personne à part entière, libre de ses choix.

— Pourtant, tu es revenue.

— J'ai choisi de revenir. Parce que j'en éprouvais le besoin.

Vanessa serra la main de Brady dans la sienne.

— Il se peut que quelques concerts viennent ponctuer ma vie, mais je veux continuer à donner des leçons, et je veux prendre le temps de composer. Surtout si j'ai la possibilité de faire installer un studio d'enregistrement dans ma future maison.

Brady embrassa avec dévotion les doigts de Vanessa.

— Je pense que c'est une idée envisageable.

— Je veux également apprendre à connaître ma mère et rattraper avec elle le temps perdu. Ah ! Et je veux aussi apprendre à cuisiner.

Elle marqua un temps d'arrêt puis reprit d'un ton grave :

— J'ai choisi de revenir ici, vers toi, Brady. La seule chose que je n'ai pas décidée, c'est de tomber amoureuse de toi.

En souriant, elle prit son visage entre ses mains.

— Mais je crois que je m'y ferai. Je t'aime tant ! Chaque jour un peu plus.

Elle cueillit sur ses lèvres un baiser plein de tendresse et lui chuchota à l'oreille :

— Redemande-le-moi, Brady. S'il te plaît.

— Te demander quoi ? dit-il d'un ton taquin. Non, cette fois, je veux faire les choses dans les règles de l'art. L'endroit n'est pas propice. Il n'y a ni lumière tamisée ni musique romantique. Et je n'ai pas de bague à t'offrir.

— Tu te trompes, déclara-t-elle en sortant de sa poche un anneau surmonté d'une minuscule émeraude.

Elle vit le visage de Brady blêmir sous le coup de l'émotion.

— Tu l'as gardée, murmura-t-il, bouleversé.

— Bien sûr.

Elle lui glissa le bijou dans le creux de la main.

— Cela a marché une fois. Pourquoi ne pas essayer une nouvelle fois ?

Brady lut dans les yeux de la jeune femme de telles promesses de bonheur que ce fut d'une voix tremblante qu'il lui demanda :

— Vanessa, veux-tu être ma femme ?

— Oui. Oh, oui ! répondit-elle, les yeux remplis de larmes.

Et Brady glissa sans peine au doigt de sa compagne la petite bague, symbole d'un amour jamais éteint.

Composé et édité par HarperCollins France.

Achevé d'imprimer en avril 2019.

Barcelone

Dépôt légal : mai 2019.

Pour limiter l'empreinte environnementale de ses livres, HarperCollins France s'engage à n'utiliser que du papier fabriqué à partir de bois provenant de forêts gérées durablement et de manière responsable.

Imprimé en Espagne.